2018年11月25日，全国大型慕课平台智慧树网上海总部，拍摄《中国审美》第一讲《“美”的解密：有价值的乐感对象》视频截图

且行且珍惜

——祁志祥自传体诗文集

祁志祥 著

汕頭大學出版社

图书在版编目（CIP）数据

且行且珍惜：祁志祥自传体诗文集 / 祁志祥著 . --
汕头：汕头大学出版社，2018.12（2019.7重印）
ISBN 978-7-5658-3784-5

Ⅰ . ①且… Ⅱ . ①祁… Ⅲ . ①中国文学－当代文学－作品综合集 Ⅳ . ① I217.2

中国版本图书馆 CIP 数据核字（2019）第 029245 号

且行且珍惜——祁志祥自传体诗文集
QIEXING QIEZHENXI —— QIZHIXIANG ZIZHUANTI SHIWENJI

著　　者：祁志祥
责任编辑：邹　峰
责任技编：黄东生
封面设计：汤　丽
出版发行：汕头大学出版社
广东省汕头市大学路 243 号汕头大学校园内　邮政编码：515063
电　　话：0754-82904613
印　　刷：北京虎彩文化传播有限公司
开　　本：787mm × 1092mm　1/16
印　　张：41.25
字　　数：590 千字
版　　次：2018 年 12 月第 1 版
印　　次：2019 年 7 月第 2 次印刷
定　　价：188.00 元
ISBN 978-7-5658-3784-5

目　录

引子

60 岁这一年，生命做过超常绽放

2018 年，步入 60 岁。

60 岁是一个值得纪念的年龄。前些年所有的努力，在这一年凝聚为超常的绽放。我以一年出版 11 本书、发表 20 多篇论文的成果，给自己的生日献上了一份大礼。

第一本，《钱中文祁志祥八十年代文艺美学通信》，由我执笔叙述、编纂，上海教育出版社 2018 年 4 月出版，21 万字。此书出版后，曾受到中国社科院柳鸣九先生的高度评价，认为此书“可谓 2018 年中国的一本奇书”。它是“一本加深美学修养的教科书”“一本提升人生境界的教科书”“一部有人格力量、有人生洗涤价值的范例书”。在诸多以书信结集的书籍中，“我以为当以此书境界最高，社会意义与正能量价值当以此书为最高。在胸襟上、在无私的人文精神上，甚至比《傅雷家书》有过之而无不及”。

第二、三本，《中国现当代美学史》上、下册，商务印书馆 2018 年 3 月出版，80 万字，独著。这是一个国家社科基金后期资助项目的结项成果。

第四至第八本，《中国美学全史》五卷本，上海人民出版社 2018 年 8 月出版。第一卷为《论美学、美与中国古代美学精神》，第二卷为《先秦至六朝美学》，第三卷为《隋唐宋元美学》，第四卷为《明清近代美学》，第五卷为《现当代美学》。共 257 万字，独撰。此为上海市高校服务国家重大战略出版工程项目，也是“十三五”国家重点图书出版规划项目。

第九本是《中华传统美学精神》，这是呼应“传承和弘扬中华传统美学精神”的时代要求，调动自己研究中国古代美学的长期积累，根据《中国美学全史》第一卷改写的单行本，33万字，独著。

第十本是“十一五”国家级指南类高等教育教材《中国古代文学理论》修订版，华东师大出版社2018年12月出版，近50万字。担任主编，统稿全书，我承担撰写的部分约占全书的90%。

第十一本就是本书了。虽然著之在过去，但编之在近日，约50余万字。

另发表论文20多篇，其中南京大学统计的核心期刊10多篇，20多万字。

同一年，出版11本书，发表500万字作品，基本出自一个人手笔，大概可以说创造了中国学界的一个传奇，足以供人们去谈论、去探究。可这不是美丽的传说，而是可被考证的事实。

从小在励志教育中长大，那个时代流传的奥斯特洛夫斯基的一段名言深入骨髓：“人的一生应是这样度过的：当他回首往事的时候，不因虚度年华而悔恨，不因碌碌无为而羞愧。”

让生命发挥最大的潜能，焕发耀眼的光彩，就是支撑我不断进取的内在动力。

1983年，25岁时，曾用隶书在宣纸上写过一段古训赠人：“大本领人当时不见有奇异处，敏学问者终身无所谓满足时。”那言外之意是：虽然当时我尚“不见有奇异处”，但作为“终身无所谓满足时”的“敏学问者”，通过不懈努力，终有一天会成为“大本领人”。

30多年过去了。一直笔耕不辍，奋斗不止，称得上一个永不满足的“敏学问者”。发表400多篇论文，出版30多本著作，内容横跨文学理论、美学、哲学、佛学、国学、法社会学6个领域，多次获奖，转载无数，大概算得上“大本领人”了。

在文学理论领域，主持并独立完成了一项“十一五”国家级指南类规划教材项目《中国古代文学理论》（山西教育出版社2008），出版了“十二五”国家重点图书出版规划项目《中国文学美学史》（山西教育出版社 2014）、“十二五”国家重点图书出版规划项目《历代文学研究的经济维度》（河南人民出版社 2011）。

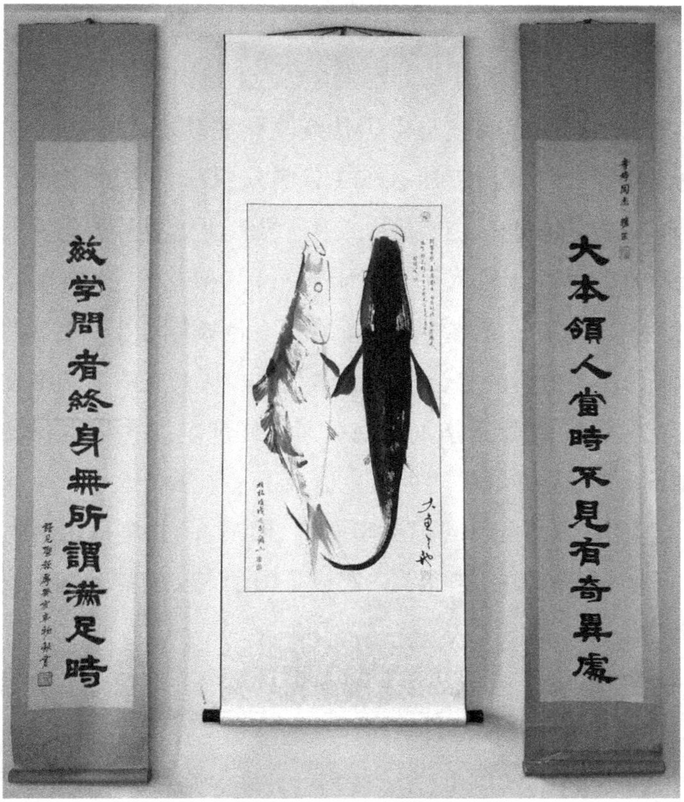

在美学领域，出版了美学原理著作《美学关怀》（复旦大学出版社 1998）、《人学视阈的文艺美学探究》（上海财经大学出版社 2010）、2014 年国家社科基金后期资助项目成果《乐感美学》（北京大学出版社 2016）以及中国古代美学原理著作《中国美学原理》（山西教育出版社 2003）、《中华传统美学精神》（上海人民出版社 2018）；在美学史领域，主持并独立完成了 2005 年国家社科基金项目成果《中国美学通史》三卷本（人民出版社 2008）、2016 年国家社科基金后期资助项目成果《中国现当代美学史》二卷本（商务印书馆 2018）以及 2016 年上海市高校服务国家重大战略出版工程项目、“十三五”国家重点图书出版规划项目成果《中国美学全史》五卷本（上海人民出版社 2018）。

在哲学领域，出版了《中国人学史》（上海大学出版社 2002）、《中国现当代人学史》（学林出版社 2006）、《中国现当代人学史——思想演变的时代特征及其历史轨迹》（2016 年在台湾出版）和《人学原理》（商务印书馆 2012），完成了对人文哲学的史、论建构。

在佛学领域，曾因佛教与中国传统文化密切相关，完成了《佛学与中国文化》研究（学林出版社 2000），另从纵横两方面完成了佛教美学原理与佛教美学史的建构，出版了《中国佛教美学史》（北京大学出版社 2010）与《佛教美学》（上海人民出版社 1996）、《似花非花：佛教美学观》（宗教文化出版社 2003）、《佛教美学新编》（上海人民出版社 2017）。

在中国古代文史哲的综合形态国学领域，从人文精神的维度切入国学研究与教学，自 2017 年下学期起在智慧树网向全国大学生开设国学人生课程，拍摄了 500 分钟的教学视频，出版了《国学与人生》（商务印书馆 2017）、《国学人文导论》（商务印书馆 2013），主编了《国学人文读本》二卷本（上海文化出版社 2008），完成了国学人文精神系统的横向建构与纵向梳理。

在法社会学领域，完成出版了央财项目《社会理想与社会稳定》（社会科学文献出版社 2013），对中西社会理想学说及其实践的历史线索做了系统梳理，就维系社会稳定的人性依据、人本原则、危机意识、体制保障、大政方针、层级管理、价值追求做了整体探索。

其他主编或参与主编、写作的项目和著作，这里不再详列。

这张 30 多年奋斗的成果清单，在刻录了岁月沧桑的同时，也留下未曾辜负韶华的欣慰。

日月如梭，年届耳顺。盘点过往，有成功，也有挫折；有鼓舞，也有打击。面对各种意想不到的打击，我总爱用孟夫子的那段“天将降大任于斯人也，必先苦其心志”的名言激励自己，风吹浪打，永不趴下，做一粒关汉卿说的“蒸不烂、煮不熟、槌不扁、炒不爆、响当当的铜豌豆”！面对来自各方善意的肯定与赞赏，我心存感激：因为你们的鼓舞，我可以破浪前行、自我超越、征服群山。

在学术研究中有不少禁区。是曲学阿世，还是孤往精进？戴震自述：“为学不作媚时语，独寻真知启后人。”陈寅恪赞叹王国维“独立之思想、自由之精神”。熊十力感叹：“今日所急需要者，思想独立，学术独立，精神独立，依自不依他。”胡适声称：“生平不降志，不辱身，不追赶时髦，也不回避危险。”王元化追求：“不媚权势，不媚平庸的多数，也不屈服自己并不赞成的一种潮流。”求真务实，和而不同，与人为善，待人以诚，既尊重前辈和时贤的成果，又保持独立的人格与思考，是我一以贯之的为人、为学特色。乡儒沈默之有感于此，曾取我的名字写了一句藏头诗相赠：“志因笃学成高远，祥缘积德臻永恒。”

一切在流，每个人都是进行时。奋斗没有完成时，人永远在路上。人生就像一场马拉松，笑到最后的才是笑得最美的。曾去沈阳参观少帅府，张作霖手书的一副对联说得好：“书有未曾经我读，事无不可对人言。”学业应永不满足，做人应光明磊落。没有做得最好，只有做得更好。在人生活了一个甲子的承前启后之际，紧扣时代悲欢回顾一下个人走过的路，品味一番其中的酸甜苦辣，或许有益于整装再出发！

感谢上苍赐我健康，感谢父母赐我天分，感谢亲人给我支持，感谢师友给我扶助。

生命对于每个人来说只有一次。人在旅途，让我们且行且珍惜。

特别鸣谢友人王建兰、弟子冷冰对全书的仔细校阅。

2018 年 12 月

于上海苏州河畔世纪同乐城

第一章　出生在“大跃进”年代

苏北。黄海之滨，盐阜平原，一条204国道横穿南北。

时下的204国道，是当年北宋文学家范仲淹为抵御黄海海潮而筑的范公堤。在204国道大丰路段，有一个白驹镇，传说是《水浒传》作者施耐庵的出生地。

镇中狭窄逼仄的街道内，有三间非常普通的朝南的瓦房。1958年农历四月初七清晨，一个男孩在此呱呱坠地。

一、母亲祁慧中，父亲杨应生

母亲祁慧中，江苏淮安人氏。出身贫寒。排行老大，原有一弟四妹，均因病夭折。早年父亡，解放初随外婆到上海给人做帮佣。后经人介绍北渡来到江苏省大丰县白驹镇供销社工作。母亲只有小学二年级文化，但好学上进，成为供销社珠算能手，与父亲喜结良缘。作为两代单传，曾外祖母和外婆在母亲成家后都跟着她一起生活。在我出生前，母亲已生有两个女儿。母亲生性好强，见过世面，富有叛逆精神，有点新中国新潮女性的味道。她觉得生孩子女人最辛苦，孩子跟父亲姓不合理，所以两个姐姐都随她姓。我这个男孩出生后，对于传接香火更重要，所以仍然坚持随她姓祁，而父亲并不计较。这在那个年代是极为少见的。

父亲杨应生，大丰白驹人。祖父以开私塾为生，培养学生无数，本是个自谋职业者，但因祖上传下20亩田，请农工代种，所以新中国成立后父亲的出身被定为“破落地主”。父亲排行老四，有一兄、二姊。兄长杨荫麟，曾在国民党军队任文职，后移居台湾。祖父很有学问，写得一手好字，是小镇上很受人尊敬的私塾先生。父亲从小在祖父的私塾馆受学，年轻时在南京等地商铺做过学徒，新中国成立后在白驹镇供销社担任辅助会计，后调任为9公里外的刘庄镇供销社的总账会计。也就在到刘庄工作不久，我来到人世。

祖父重男轻女，在我出生前，并不把两位姐姐随母姓当回事。他一心盼望孙子的诞生，但当我出生时，他已离世。不过，他留下的“破落地主”成分却长期伴随着我，成为我在那个年代发展的紧箍咒。

姓随母亲，名字则由更有文化的父亲来取。父亲从小接受《三字经》《弟子规》和“四书五经”的熏陶，儒家礼教观念深深浸入潜意识中。他给两个姐姐取名“婉玲”“婉珍”，一“婉”字包含了传统文化对女性角色特征的期待。男孩子本来应当承担大业、有所作为，但新中国成立后经历的各种政治运动，使生性谨慎的父亲更加小心。他对儿子不敢有太高的期望，只求平平安安、吉祥如意便好，所以取名“志祥”，一个极为普通的名字。

当地乡镇上的人记生日，只按农历不论阳历。我一直不知自己的生日是阳历几月几日，所以我办身份证时，报的出生年月日是1958年4月7日，这一天是阳历5月25日。而当我将本书初稿给父亲过目时，他告诉我其实我的出生日是农历四月十七日，也就是阳历6月4日。我究竟是哪个时辰出生，父亲表示记不清楚了。于是我的出生时间就成了一笔糊涂账。多年后有人要给我看生辰八字，这怎么也看不准了。

二、排行老三，偶然降生

生命的诞生是极为偶然的，我来到人世便雄辩地证明了这一点。

早在我出生之前，曾任中共政府政务院财政经济委员会副主任的经济学家马寅初就向中央提出过计划生育的建议。如果当时中央政府采纳这个建议，颁布一对夫妻只能生一胎或二胎的政策，我就不会来到人世。

1953年上半年，中央政府统计局根据马寅初的提议，对全国人口做了第一次普查，发现中国人口年增长率在千分之二十二以上，每年净增1300万人，全国人口已突破6亿。为核实普查的准确性，马寅初花三年时间，三次去家乡浙江蹲点考察，发现中国人口的实际增长率实际达到千分之三十。如果照此发展，50年后全国人口将达26亿。这将是一个不堪重负的数字。为此，1955年7月，马寅初写了一份题为“控制人口与科学研究”的发言稿，准备在一届人大二次会议上提出，但在征求人大代表小组意见时受阻。马寅初觉得：“人口问题对国家民族太重要了。我既然发现和认识了这个问题的极端重要性，就一定要坚持到底！否则，作为一个经济学家和人民代表，我就没有尽到自己对国家和人民应尽的责任。”在 1957 年春召开的最高国务会议上，他当着毛泽东主席的面，提出控制人口生育问题。1957 年 6 月，他将主张“控制人口”的《新人口论》作为提案提交一届人大四次会议，并在 7 月 5 日《人民日报》上全文发表。

然而，在人口问题上毛泽东是早有定论的。1949 年 9 月，毛泽东在《唯心历史观的破产》一文中明确表示：“中国人口众多是一件极大的好事，再增加多少倍人口也完全有办法。”“革命加生产即能解决吃饭问题……”“世间一切事物中，人是第一可宝贵的。在共产党领导下，什么人间奇迹也可以造出来。”“西方资产阶级经济学家如马尔萨斯者流所谓食物增加赶不上人口增加的一套谬论，不但被马克思主义者早已从理论上驳斥得干干净净，而且被革命后的苏联和中国解放区的事实所完全驳倒。”“我们相信革命能改变一切，一个人口众多、物产丰富、生活优裕、文化昌盛的新中国，不要很久就可以到来，一切悲观论调是完全没有根据的。”如果采取马寅初公开的《新人口论》主张，势必颠覆毛泽东的人口主张。这在那个时代是绝不能允许的。于是马寅初遭到了连续两年的、连篇累牍的批判。生育多少子女没有限制，由每个家庭自由决定，于是位居老三的我顺利来到人世。

我们这一代人，兄弟姐妹五六个是很正常的。门口有一家邻居前后一共生了 11 个孩子，大孩子已经结婚生子，但小孩子还在吃奶。这在今天是不可想象的。

三、生在红旗飘飘的“大跃进”时代

另外值得注意的是，我出生的 1958 年正处于“大跃进”时代。

“大跃进”是 1958 年中共中央提出的“三个法宝”之一。其他两个“法宝”是“人民公社”和“社会主义建设总路线”。1960 年 5 月以后，“三个法宝”改称“三面红旗”。1958 年元旦，《人民日报》发表社论指出：“不仅要又多又快又好又省地进行各项建设工作，而且必须鼓足干劲，力争上游，充分发挥革命的积极性创造性。” 5月5日至23日，党的八大二次会议召开，刘少奇正式宣布了“鼓足干劲，力争上游，多快好省地建设社会主义”的总路线。总路线不仅推进了“人民公社化”运动的迅速铺开，而且成为农业和工业“大跃进”运动的指导思想。

“大跃进”的目标是创造奇迹，粮食、钢铁产量赶英超美。早在1957年9月，党的八届三中全会就揭开了农业“大跃进”的序幕。这年冬至次年春开展的大规模农田水利基本建设和积肥运动，可以说是农业“大跃进”的前奏曲。1958年1月11日，中共中央召开南宁会议，最高领袖提出以跃进的速度提前实现农业发展纲要确定的目标。一声令下，各地雷厉风行，农产品的高指标也相继出台。高指标的下达，导致了浮夸风，全国各地虚报粮食产量，竞放“高产卫星”。与此同时，工业战线也竞放“高产卫星”。于是土法上马，全国建起了大炼钢铁的小高炉和土高炉。各地党政领导带领群众上山找矿，没有矿石的地方就将家庭用的铁器收缴砸碎作为原料。由此造成了人力、物力、财力的极大浪费和自然资源及生态的严重破坏。

大跃进的主要标志是高指标、浮夸风。先是河南遂平县卫星农业社宣布小麦亩产创下2105斤的奇迹；一天后，湖北谷城县东尼社宣布亩产2357斤；两天后河南卫星社又宣布亩产3530斤；四天后，河北临漳县红光社又宣布亩产2650斤；同一天，同属湖北谷城县的星光社宣布亩产4353斤；20天后，河南西平县和平社又宣布亩产创下7350斤的新纪录。9月1日，河北徐水县宣布亩产山药蛋120万斤，要创造1棵白菜500斤、小麦亩产12万斤、皮棉亩产5000斤、全县粮食亩产2000斤的高产奇迹。在竞相攀比、无须验证的浮夸风气中，虚报的水稻亩产高达130434斤，小麦亩产高达8585斤。

“共产风”是“大跃进”运动的另一标志。当时的农村普遍设立了公共食堂，吃饭不要钱，农民敞开肚子往死里吃。白驹镇的乡下也是如此。此后的几年，身居小镇的我们家也无法在家里开伙，而是到供销社食堂去吃饭。吃饭不要钱，但要饭菜票。能买多少饭菜票，是受计划供应的粮票和父母有限的工资限制的。那时候父母俩人的月工资总收入是53元，成人每月粮票是 24 斤，未成年人每月粮票是 7 斤。

高指标、浮夸风导致的直接后果是大饥荒。农村是要交公粮的。你报了那么高的产量，就必须按比例交给国家相应的公粮。但实际亩产并没有那么高，你交了公粮后不仅口粮所剩无几，甚至连口粮都交了也不够，于是公安干警来催交公粮，最后必然导致大饥荒。以上述河南省为例，1958 年“大跃进”运动中，河南省上报的粮食产量 702 亿斤，而实际产量只有 281 亿斤。上交粮食数量不够，公安人员就翻箱倒柜征收农民粮食，甚至动用捆、吊、打、抓的手法。

导致大饥荒的另外两个原因是“共产风”与“无产阶级国际主义”。一方面，全国推行以生产队为单位的人民公社大食堂，实行“放开肚皮吃饱饭”的共产制度；另一方面，在粮食产量虚高的背后，人民公社实行不计报酬的劳动制度造成了劳动效率的急剧下降和粮食产量的严重不足。在全国出现严重饥荒的情况下，1958 年至 1959 年，中国仍然向苏联和东欧等社会主义国家出口粮食，年出口数量为 415.75 万吨，达到历史上的峰值。

“大跃进”运动前后持续了三年，到 1960 年底逐渐终止。

四、饥荒年代的艰难生活

1958年至1960年的“大跃进”带来了1959年至1961年三年的“大饥荒”。

黄海之滨土地富饶，属鱼米之乡，但在这制度性缺失造成的饥荒面前也未能幸免。1961 年，我们举家随父亲搬到刘庄镇，母亲也调到刘庄镇供销社工作。虽然父母有基本工资，但菜价很贵；虽然我们都有计划粮供应，但供应量大幅减少。本来，新中国成立后的计划粮只够每天吃中午一顿干饭，困难时期连这一顿干饭也不够吃，就用瓜菜这样的代食品与米搅拌着煮成饭吃。胡萝卜饭吃不着了，就吃胡萝卜缨子饭；胡萝卜缨子饭吃不着了，就吃白萝卜饭；白萝卜吃光了，就吃豆饼饭。那时的代食品饭，米很少，揭开锅盖，一眼看去多是代食品。胡萝卜缨子尚不难吃，难吃的是白萝卜饭和豆饼饭。那时的白萝卜没有改良过，个小、皮厚、肉实、味辣，煮熟后味道特别苦，入口很难。豆饼由黄豆榨油后剩下的渣滓压成，坚硬无比。

本来是给猪吃的饲料，这时只好用来给人充饥。煮饭前将其捣碎成屑，水中浸泡后搅拌在米中一起煮。煮好的豆饼饭气味刺鼻，令人作呕，下咽很难。

我幼年就是在“大跃进”留下的这种缺吃少穿、营养不良的环境中长大的。当然，因为我是男孩，吃饭时曾得到外婆及外曾祖母的特别照顾，比如多捞点干饭、多留点白饭什么的。但在当时总体的大环境下不可能有什么好吃的。感谢上苍眷顾，幼儿时期的营养不良好像并没有在我身上留下什么后遗症。成年后的我不仅长得人高马大，身高达 1.78 米，而且脑子也算好使，写五卷本的大书也不感到吃力。而这也要感谢父母给我留下的基因了，虽然他们属于最普通的平民百姓。

第二章　亦苦亦乐的童年往事

刘庄距离白驹9公里，都坐落在范公堤改造的公路上。

一条波光粼粼的串场河从镇西蜿蜒流过。河面手摇木船、机动船、乌篷船星星点点，承载着盐城地区的人货交通。

串场河前身叫“复堆河”，唐代修筑海堤时形成。北宋范仲淹新修捍海堤，世称“范公堤”，从南到北沿线有富安、安丰、梁垛、东台、何垛、丁溪、草堰、白驹、刘庄等十大盐场。因“复堆河”将这十大盐场串联起来，所以称“串场河”。

串场河是盐城人民的母亲河。它承载着若干枢纽城镇的交通往来，浇灌着两岸的田野庄稼，维系着沿途乡镇居民的养育生息。

一、与“吃”相关的记忆

父母举家来到刘庄工作生活后，祖母因为原来是大家闺秀，小脚，不能做什么事，还留在白驹原来的房子里独自生活，外婆及外曾祖母随我们一起生活，帮着母亲带孩子。不久，妹妹祁婉娣、弟弟祁志伟（高考时改名为杨小川）也来到人世。我们一家9口人住在小镇西北盐仓库旁边的一套三间公房里。那时食盐是属供销社经营的。食盐从串场河上运盐的船里挑上来入库，在我家天井的磅秤上过秤。我至今还清晰地记得挑盐工人脚穿草鞋，挑着两大筐盐，在过完秤后，踩着木跳板哼哧哼哧往仓库里的盐堆上倒盐的情景。盐分是会通过水分向四周渗透、扩散的。屋后的巷子里每年种南瓜，怎么也结不出几个像样的果实来，那是因为土中盐分浓度较高，不适合作物生长。

当时父亲月工资 41 元，母亲月工资 38 元，刨去每月给白驹祖母的 8 元生活费，我们一家 9 人每月的生活费只有 71 元。扣除计划粮、代食品等基本生活开销及房租、学杂费后所剩无几。半个月吃不上一次肉、一个烧饼。平时中午吃饭的菜就是青菜汤、炖胡椒瓜子酱。一年一度的中秋节吃月饼，全家只能买两个，每个切成 4 块，一人吃一角，其中有一个人还摊不到一角，但是我们孩子是保证可以吃到一角的。

为了保证大家吃饱饭，母亲利用在供销社的便利，疏通粮站工作人员的关系，按 1 斤整米换 2 斤碎米的比例，将计划粮换成数量更多的碎米，其实碎米饭吃起来与整米饭并无什么不同。

那时食油也凭票供应，定量很少。人的肚里都缺油，所以对有油的食品特别感兴趣。油条、油饼、油渣春卷、油肉包子，都是最爱，遗憾的是很难吃到。猪肉 7 角 4 分一斤，母亲买猪肉，总是请卖肉的多给点肥肉。一次她没空，父亲代买，瘦肉多了点，她便发了一顿脾气，骂父亲买的肉哪里是猪肉，分明是狗肉。春节供销社食品店油炸京果，剩下碳化的黑色面粉——果脚，味道有点苦，没有什么营养，但因为浸着残留的油，父母利用在供销社的便利，每年在春节前就买回几斤，里面搁点食糖，作为馅包糯米圆子。包不掉的，我们就当点心吃。

生活如此贫寒，外曾祖母在串场河码头边淘米洗菜的时候，经常把别人洗菜时扔掉的带鱼头捡回来，洗净后搁点葱姜盐放在饭锅里炖一炖，给我们解馋，味道自是异常鲜美。尤其令人难忘的是，一次外婆到供销社下属的生产资料经营部做零工，从别人卖给经营部的牛腿骨上刮下未割尽的牛筋和肉屑偷偷带回来，配上大蒜、慈姑片爆炒，吃得我们口舌留香、美不自胜。

贫穷固然不好，但它能使人对难得享用到的一次美味抱有特别深切的感受，对难拥有的一件新衣怀有异常的兴奋。那时，入冬时节，总要买上一个猪头腌一腌，因为猪头比猪肉便宜好多。来年春分时节，麦苗青来菜花黄。天气转暖，咸猪头不能再放了，于是炖上一锅，搁进青菜薹拔油，无须添加任何作料，其香扑鼻，其味肥美，盖过世间一切美味。一年一度丰盛的年夜饭，那是孩子全年的期盼。每到这时，外婆、外曾祖母是轮不着掌勺的。母亲亲自下厨，外婆、外曾祖母只能做帮手，洗菜切菜、拉风箱烧火。母亲做得一手好菜。除皮蛋、香肠、五香猪肝、香菜萝卜丝等八碟外，肉皮三鲜羹、萝卜小蛏汤、红烧狮子头、菠菜肝大肠、水晶红烧肉、红烧乌鲫鱼、青菜豆腐汤是永远不变的主菜，但相隔 365 天才吃上一次，是永远都吃不够的。

二、因陋就简的童年游戏

生活虽穷，但童年的乐趣并不因此减少。邻居、同学的小伙伴之间跳格子、打玉球、推铁环、捉蜜蜂等等，都是因陋就简可以获得乐趣的游戏。所谓“跳格子”游戏，是用碎瓷片在泥地上画出一块方格天地，然后站在下端将碎瓷片扔到最上方的方格里，然后单脚跳着每一个方格，最后俯身将碎瓷片拾起来，再跳回来，比拼的是单脚悬空弯腰拾物的能力。所谓“打玉球”，其实打的是玻璃球。即在泥地上挖一个洞，每人出一球，在入洞前先得将别人的玻璃球打远，先入洞者为胜。所谓“推铁环”，是用粗铅丝做的钩子推着铁环在地上翻滚奔跑的游戏，以跑得最远为胜。那时小镇上不少民房是用布满芦茎的河泥方块垒成的，芦茎的洞眼恰成蜜蜂天然的蜂窝。每年油菜花开时节，蜜蜂就在蜂窝与屋旁菜地的油菜花之间来回奔忙。发现蜜蜂行踪的吾等小朋友就先用一根麦管掏芦茎的洞眼，里面如有蜜蜂，就会飞出来。在它飞出洞口之前，我们将早已准备好的玻璃瓶口对准洞眼，于是飞出的蜜蜂便会钻进瓶中，成为我们可以比拼的战绩。经常这样掏洞眼对墙体是有损害的。所以每当在后墙掏了一半，房屋的主人便会跑出来把我们赶走，如此等等。这些充满童趣的游戏充斥着我们的生活，给我们带来无限快乐，我感到很富足，并不觉得缺少什么。

三、亦学亦工贴补家用

因为家境贫寒，所以我们在童年便加入了挣钱贴补家用的家庭劳动。暑假中我们经常做的活是给食品站编麦秸做的蛋格。麦秸自己买，将叶子摘尽后按照蛋箱的规格剪好，两三根麦秸组合在一起为一个单位，纵横编织，最后收口，用作搬运鸡蛋的隔层。食品站收购每个蛋格为一分二厘钱，刨去成本，编每个单格可挣二厘钱。暑假里，天气热，我和两个姐姐利用早凉和午后三点钟的阴凉编蛋格，每天起早摸黑，做得腰酸背痛。我平均一天只能做40个单格；二姐能干，可做60个。我好胜心强，因比不上二姐，经常大哭。大姐动作比较慢，一天只能做20～30个，但她从不着急，似乎没有好胜心。寒假时，年关近，供销社炸京果需要大量纸袋，我们就做糊纸袋的活儿，累并兴奋着。平时上学，利用完成作业的空余时间，给镇上的针织厂绞手套，主要分钩手指与绞手颈两种活儿，我只负责钩手指头。这种勤工俭学活动一直伴随于我读小学初中的少年时期。穷人的孩子早当家，那时我是邻居长辈们经常夸许的对象。

四、迈过生命的两道坎

我是1964年9月报名进小学的。从1963年开始，中央在全国大部分农村和少数城市工矿企业及学校开展了“清政治、清经济、清思想、清组织”的“四清”社会主义教育运动。这次运动，虽然对于解决干部作风和经济管理等方面的问题起到了一定的积极作用，但由于把这些不同性质的问题都上纲为“阶级斗争”，暴露出“左”的倾向，因而在1964年下半年使不少基层干部受到不应有的打击。由于我年纪尚小，生活在小镇，对这些大人的事茫然不知。

记得此前的一年，父亲带我到镇上的小学报过一次名。当时报名先要数数，我见到老师，吓得跑回了家。父亲为这事发了火。这从小对数的缺少敏感几乎贯穿了后来的人生。过了一年，七岁了，再不报名，上学就晚了。在母亲的带领下，终于报上了名，开始了求学的生涯。童年时的学习似乎未露出什么天赋。记得在家门口的阴凉处做家庭作业时，汉语拼音字母 *a* 怎么写也写不像，急得我放声大哭表示抗议。

童年的我身体状况并不算好，曾在大小腿的弯曲处患上了骨结核，如果得不到及时救治，就可能瘫痪。于是有很长时间，我每天到镇医院打青霉素，一个疗程就是几十天。打针是肌肉注射。给我打针的是一位姓沈的年轻女医生，长得漂亮，打针也不疼，还会给我鼓励，表扬我勇敢。经过长期的打针治疗，骨结核终于治好了，没在我身上留下任何后遗症。这大概是 10 岁之前的事。到了 10 岁那一年，我发了疝气病。一天放学回家后，突然感到腹部疼痛难忍。脱衣检查，发现小肠全部滑到阴囊里，涨得像个气球，吓死人。送到镇医院时，立即进行全麻手术。也算运气好，本来镇医院没有条件做这样的手术，那天正好碰到县医院来的外科医生下基层检查工作。发现情况紧急，立马因陋就简，实施手术。父亲胆大，穿好消毒服亲眼目睹了手术全过程。肠子从阴囊里取出时，都变紫了。事后主刀医生对父亲说：如果拖到第二天天亮，赶到几十里外的县医院动手术，问题就大了。条件虽简陋，手术很成功，我有惊无险地迈过了生命的又一道坎。

第三章　单纯近乎愚昧的青少年时代

我读小学二年级的时候，无产阶级“文化大革命”爆发。这次革命运动覆盖全国，波及面广。刘庄小学操场是小镇上举行万人批判大会的唯一合适场所，所以我可以经常感受这场运动的巨大声浪。

针对“四清”运动中暴露出的社会问题，1965年1月，中共中央制定了《农村社会主义教育运动中目前提出的一些问题》，共23条。这个文件虽然对“四清”运动中暴露的某些“左”的偏向做了纠正，但又提出了这次社会主义教育运动的重点是“党内走资本主义道路的当权派”这种更“左”的思路。沿着这样的思路，1966年5月16日，中共中央发布了《中国共产党中央委员会通知》，即《五一六通知》。通知指出“混进党里、政府里、军队里和各种文化界的资产阶级代表人物是一批反革命的修正主义分子，一旦时机成熟，他们就会夺取政权，由无产阶级专政变为资产阶级专政”。于是，“文化大革命”爆发。

5月“文革”爆发的时候，我读小学二年级，只能戴“红小兵”袖章，比我们年长一些的高年级学生，则可以戴上“红卫兵”袖章。有了“红卫兵”资格，就可以免费乘车到全国各地串联，这让我们这些只能在本地守护阵地的红小兵羡慕不已。

一、“文化大革命”中我们怎样读书

“文革”给学校教育体制带来了颠覆性革命。

一是缩短学制。小学由六年缩短为五年，初中、高中由原来的三年缩短为两年；同时将原来跨年的学年改为自然年。

二是成立学校革命委员会，进驻“工人阶级宣传队”，实行军事化管理。“学校”改称“营”，“年级”改称“连”，“班级”改称“排”，“小组”改称“班”，这样与学生称“兵”相吻合。

三是批判“读书做官论”和“白专道路”，改变“以学为主”的办学方针，强调“德智体劳”全面发展，加强军事体育训练，实行“开门办学”和忙假制度，反修防修，培养“无产阶级革命事业的接班人”。后来发现学年改为自然年有诸多不便，还是恢复到原来上一年9月到下一年7月的跨年度传统。本人1971年读初中，1975年高中毕业，整个基础教育阶段都是在“停课闹革命”，走向农村、工厂、猪圈、水利工地“开门办学”的“文化大革命”中度过的。

二、刘庄小学成为小镇革命主战场

1966年8月，最高领袖发表了《炮打司令部——我的一张大字报》，刘少奇、邓小平、陶铸成为最早被揪出的“党内最大的走资本主义道路的当权派”。从此以后，全国各地开展了风起云涌的揭批运动。各种各样的战斗司令部纷纷成立。用芦席钉起来的大字报栏如雨后春笋，在大街要道上拔地而起。白纸黑字的大字报头天刚贴上，第二天就被新的大字报覆盖。为了醒目，揭露罪状的大字报开始用蓝、黄纸书写。传单也是揭露罪状的一种流行手段。比之固定的大字报栏，它具有流动性优势。走在街上，经常遭遇红、黄、蓝各色传单当街散落开来，上面是用钢板蜡纸刻印的揭批内容。刘庄小学地处镇中心，有一个特别方正阔大的操场。这是小镇举行揭批大会、宣判大会最理想的地方，因而成为革命的主战场。多少次，我看到一个个“走资派”“地主”“富农”“资本家”“特务”“历史反革命”“现行反革命”从人丛中被揪出来，头上戴着高帽，脖子上挂着牌子，被革命群众用“坐飞机”的方式推到主席台前，接受群众公审以及雷鸣般“打倒”的诅咒，批斗结束后游街示众。在看别人被揪斗时尚有点麻木，甚至有种胜利的喜悦感，因为一个个隐藏的“坏人”被挖出来了；但在亲眼目睹父亲从人堆中被揪斗示众的一幕时，我彻底震惊了、困惑了。父亲的牌子上写的罪名是“阶级异己分子”，当时无法理解是什么意思。后来才明白，这是指混进“无产阶级革命队伍内部的异己分子”。因为你出身是“地主”，写的成分却是“职工”。

三、父亲被揪斗后家人受连累

我当时在班上是个成绩优秀、温顺听话、深得老师喜欢的孩子。这事出现在我班同学眼皮底下，对我打击实在很大，干脆一个无地自容。还记得施克勤老师——我的三、四年级的班主任当着全班同学的面为我辩解说：一个人的出身是不可以选择的，但一个人的道路是可以选择的。我们既看成分，也不唯成分论。只要在思想上与父亲划清界限，照样可以成为无产阶级革命事业的接班人。嘴上表示同意与父亲划清界限，情感哪里做得到！与父亲朝夕相处，没发现父亲有什么不好的呀。

父亲被关起来后，三餐送饭的都是二姐，而受害最严重的也是二姐。她小学毕业后，因为家庭出身问题，迟迟不能进初中。母亲到处托人帮忙，在耽搁了一年之后，才升学读书。

本来，我们跟母亲姓，是可以填“贫农”出身的，但总感到心虚。因为所谓“出身”，指父亲的成分。因为父亲出身不好，所以结束关押后，在 1968 年“干部下放劳动”的运动中，我们一家人被下放到大丰县大道公社新民一队，但曾被揪斗的父亲摇身一变为“下放干部”，倒也是一种叫人哭笑不得的安慰。

为了保住我们这几个孩子的城镇户口，母亲到处找人求人，我们上面姊妹兄弟三个的城镇户口被保留下来，但弟弟妹妹的户口及其他人的户口都变成了农村户口。农村户口不仅没有计划粮可吃，而且不安排工作，无工资可拿，在那个年代与城镇户口有天壤之别。

大道公社是一个海门人集聚的地方。因生活习惯不同，半年后，母亲又将全家迁到了刘庄公社新建一队落户。

四、那时对领袖的绝对忠诚

“大海航行靠舵手，万物生长靠太阳”“天大地大不如党的恩情大，爹亲娘亲不如毛主席亲”。电线杆上高悬的高音喇叭整天循环播放的是这些“革命歌曲”。“文革”中最高领袖的地位被神化。家家户户都要设“主席台”。主席台上供奉主席的石膏像或塑料像，供全家人“早请示、晚汇报”。我儿时学练字、学美工，我们家的主席台自然成为我施展美术才华的用武之地。在进门大堂的窗台上，放上四卷本的红封皮《毛泽东选集》作为宝台；将白色的毛主席石膏像置于宝台之上；两旁各放两个盛满水的玻璃瓶，里面插上青翠欲滴的柏树枝；窗台的两侧再用红纸写上一副表忠心的对联。

“文革”中主席像不仅以石膏像的形式供奉在主席台上，而且以印刷画、油画、徽章等形式张贴、树立、悬挂在各处。《毛主席语录》被印成64开的小开本，成为每个人必须随身携带的“红宝书”。《为人民服务》《纪念白求恩》《愚公移山》作为“老三篇”，要求人人背诵。一个比我低几个年级的叫丁小兵的女孩，因为年纪很小就能背诵“老三篇”，被当作“活学活用毛泽东思想的积极分子”在全镇大会上做经验汇报。毛主席的话作为“最高指示”，被书写于大街小巷房屋墙体的水泥宣传牌上，红漆的底色，黄漆的字。

镇文化站站长季四写得一手漂亮的美术字，画的巨幅毛主席油画像神采奕奕，形神俱备，令我佩服不已。我拜他为师，学素描、学绘画、学写美术字。虽然油画没什么长进，但美术字突飞猛进。12岁就能用很大的排笔或板刷直接在巨幅墙面上书写宣传标语，令过往行人啧啧称奇。

我还学会了在纸板上将毛主席头像刻成阴文，再在玻璃窗等底板上用红漆颜料刷成阳文，这样主席头像就可以很快地印刷出来。

我也曾收集过毛泽东像章，小的、大的、镏金的、有机玻璃的、荧光的，将像章挂在胸前、别在军帽上。

为了表达对毛泽东的崇拜与绝对忠诚，1971 年至 1973 年，我坚持每天写向毛主席晚汇报的日记。因为确实没什么真情实感可写，后来难以天天写日记了，但依然断断续续记了两三年。

五、破“四旧”，勇敢从祖母开刀

“文化大革命”作为一场“文化”革命，是从“破四旧、立四新”开始的。过去的一切文化都被当成“封资修”的东西打成了毒草。所谓“破四旧”，就是将群众家里从旧社会流传下来的香炉、佛龛、木雕、石刻、古书等等全部抄走或砸烂烧毁。我曾参加过一次“破四旧”的抄家活动。与几个同学排成“革命队伍”，任意冲到居民家，发现旧物，不由分说，拿了就摔。

“革命”要勇于拿自己开刀。记得在白驹镇祖母客厅的条台上，见过反搁着一只铝合金的茶瓶盖，里面放着米，米中插根香，烟雾缭绕。我觉得这属于祭神的“四旧”，特意用一个假日，从刘庄乘汽车到白驹，一进祖母的家，也顾不上跟平时疼我的祖母打招呼，就径直冲向焚香的茶瓶盖，连香带盖拿着就往外扔，弄得祖母不知我怎么了。祖父原是私塾先生，留下不少古书，也属于“四旧”之列，在这个时期被抄后不知所终。

“文革”中期，我读初中。刘庄中学门口有座古代留下的石拱桥，两侧的石头护栏嵌满了描述古代故事的浮雕，这时被视为“四旧”，凿毁一空。

刘庄中学地处紫云山。紫云山上有座庙，庙里供奉着木质的佛陀和菩萨雕像，也在“破四旧”的怒潮中被推倒、砸烂、焚毁。佛菩萨雕像的木质是粉红色的香木，油脂含量高，可以助燃，火光熊熊，浓烟滚滚，装饰佛像的琉璃珠噼啪作响，到处飞溅。

六、文学艺术的意外收获

旧文化被“革命”了，拿什么来填充呢？是鲁迅的《呐喊》《彷徨》，浩然的《艳阳天》《金光大道》《西沙儿女》，贺敬之的《放声歌唱》，奥斯特洛夫斯基的《钢铁是怎样炼成的》，还有《山村新变》《海岛女民兵》《较量》《虹南作战史》什么的。偶尔，也能看到《艺海拾贝》这样的饱含学问和辞彩的文化散文，让我对饱学之士的渊博学问敬佩不已。尽管这些文学著作表现的主题是呼唤革命、歌颂革命，但艺术感染力还是很强的。我曾被贺敬之《放声歌唱》中的不少诗篇感动得夜不能寐，也曾被秦牧的说理散文感动得浮想联翩，对浩然又快又好的写作才能佩服不已，渴望成为贺敬之、浩然、秦牧这样妙笔生花的诗人、小说家、散文家。对于文学之美，我有种与生俱来的喜好和敏感。我对文学的爱好就是在这些作品的阅读、熏陶中形成的。作为年轻时在文学上崭露头角的一个典型例证，是在小学五年级时，我给全班写了一个5000字的总结。那在那个年纪是宏文了，令班主任唐琳老师夸赞不已。

作为无产阶级革命文化占领旧文化阵地的实验，京剧改革是标志性事件。京剧改革催生了“革命样板戏”。最早诞生的几个样板戏是《红灯记》《沙家浜》《奇袭白虎团》。那时记忆力、模仿力挺好，样板戏中的唱段，不分男女老少的，听几遍就会唱。学演革命样板戏也成为一时热潮。我在读小学五年级的时候，所在的五（1）班排演了全本《红灯记》。我在读书的时候是一个乖孩子，但不知为什么找到我，饰演反派人物日本关东军宪兵队长鸠山。和服是用尼龙化肥袋染成咖啡色后制成的。鸠山的光头是用猪尿泡打气晒干后做成的。因为揣度角色很到位，演出的时候张牙舞爪，气势甚至压过了李玉和，不仅给整个戏带来了很好的反响，也给我带来了不小的名声。我们曾被邀请，多次到农村的大队做慰问演出，还曾荣幸地到白驹镇公演、给县教育局领导做汇报演出。作为可以培养的演出新苗，在我进初中后，曾被吸收进公社文艺宣传队，饰演独幕歌剧《心红苗壮》。终因这方面缺少天赋，没有走得更远。不过，这段经历，却给我后来的授课、演讲富于表情奠定了基础。

1975 年 7 月，我完成高中学业。

1976 年 10 月，“文革”宣告结束，并被中央反思与否定。

从小学二年级开始到高中毕业，我的青少年时代都是在“文革”中度过的。

单纯的我只知道跟党走，听最高领袖的话。现在看来，这种单纯，近乎愚昧。

第四章　激情燃烧的少年日记

“文革”中对旧的教学体制进行军事化“革命”，将原来的“某年级某班”改称“某连某排”。“军宣队”（全称是“军队毛泽东思想宣传队”）进驻、领导学校，对学校进行军事化管理。“排委会”即班委会。除名称改变外，还缩短了学制、调整了学年。原来的学年改为自然年，原来的小学六年制，初中、高中三年制缩短为小学五年制，初中、高中二年制。在学年调整中，我在同一年级多停留了半年。学制改革中，年龄大的提前一年毕业，我因年龄小，仍读六年（因小学缩短了学制，只有五年级，所以这时的“六年级”叫“五连”）。这样，我在小学实际读了六年半，即 1964 年 9 月—1970 年 12 月。1971 年上半年，我在刘庄中学读初一。

这里节选 1971 年至 1973 年我读初高中时期的部分日记及批判稿、感谢信、忙假小结等“文革”常用文体，来看一看青少年时代的心路历程。

2000 年 12 月 27 日的《中华读书报》“读者来信”栏目发表过一篇谈日记隐私性的文章说：“我很佩服方青卓的一篇散文，她为自己旧时的日记而脸红，因为那里面竟然只有时代的大话套话和口号，唯一没有自己真实的情感；她为自己旧时的日记而遗憾，因为竟然没有保留一点自己青春的隐私，过去的生活记载竟然是片空白。”这段话可做我少年日记的注脚。在宗教迷狂般的个人崇拜中，青春少年只是被某种思想操纵着、只是被某种革命激情燃烧着，不敢表白真情实感，失却了鲜活的血肉，其纯可嘉，其愚可叹。

一、十三四岁的初中日记

日记坚持天天写，但大多是些空洞的口号。故按随机方式删掉多数，留下少量日记，以见大概。因年代久远，文中许多说法今人已经隔膜，所以略加注释，以便今天的读者理解。

一九七一年三月三十一日

今天，我被同学们选进排委会[①]，当时我很高兴。我要牢牢记住毛主席“不要吃老本，要立新功”的伟大教导，[②]谦虚谨慎不骄傲，时时看到我自己的缺点错误，不骄不躁，全心全意为人民服务，做一个人民的勤务员。

---

① 排委会，即班委会。

② 1966年“文革”爆发时我刚读小学二年级。“文革”中流行背“毛主席语录”，小64开、红塑料封面、镏金字的“红宝书”《毛主席语录》人手一册，可以随身携带、随时记诵。有一个读小学一二年级、叫丁小兵的小女孩，曾在万人参加的“活学活用毛泽东思想积极分子大会”上背诵了“老三篇”（即毛泽东的《为人民服务》《纪念白求恩》《愚公移山》）中的一篇，获得了“活学活用毛泽东思想积极分子”的殊荣，令人羡慕不已。那时的人可以随时记诵“毛主席语录”作为自己的行为依据，而且这已成为当时人们普遍的思维习惯和行为方式。

一九七一年四月一日

在毛主席“五·七指示”[①]光辉照耀下，我校办起了小农场。下午，我们到小农场挖土堆田埂。

耕田的拖拉机卷着尘土从对面驶来，加上风大，我的眼睛迷糊得睁不开。但是，我和同学一直奋战在自己的战斗岗位上，不怕苦、不怕累，分秒必争，积极肯干，终于筑起了长约二十多米、高约一米的田埂。

劳动数次，每劳动一次，就多一份对贫下中农的深厚无产阶级感情。我觉得：劳动是块磨刀石，它能磨掉头脑里的锈，铲除修正主义[②]的苗。因此，我要经常劳动，随时清除思想上的毛病，永远向我的老师——贫下中农学习。

一九七一年四月二日

在头脑里扎下一个“公”字；

对毛主席胸怀一个“忠”字；

在平时狠抓一个“用”字。

一九七一年四月三日

学习了毛主席诗词《沁园春·长沙》，我更加懂得了那时候革命青年中最杰出的代表——伟大领袖毛主席在青年时代的革命活动。我们不但要学习毛主席青年时代那种革命思想、革命活动，还要学毛主席青年时期那种敢想、敢说、敢闯、敢干的革命精神，在风华正茂的青年时期，努力学习马克思列宁主义[③]、毛泽东思想，

---

① “五·七”指示是1966年5月7日毛泽东给林彪的信所做的批示。批示确立了学工、学农、学军，与工农相结合的方向。

② 修正主义：当时对苏联的称呼。指苏联的社会主义是对马克思主义的修正，不是真正的社会主义。

③ 那时口口声声讲“学习马克思主义、列宁主义”，实际上从来没有读过马列原著，也读不懂。其实这一直是大家心知肚明而又心照不宣的普遍社会现象。为了对得起“认真学习马列主义、毛泽东思想”这句口头禅，“文革”结束若干年后、20世纪80年代中叶自学考研究生的时候，我真正接触《马克思恩格斯选集》《列宁选集》和《毛泽东选集》，并做了详细笔记，写出了不少研究论文。

不断加强思想革命化。

一九七一年四月四日

现在我们伟大祖国的各条战线上，欣欣向荣，蒸蒸日上[①]。我感到生长在毛泽东时代，是多么幸福[②]。特别是我们青少年一代，更是要努力学习马列主义、毛泽东思想，胸怀祖国，放眼世界，不忘世界上还有三分之二的人民处在水深火热之中，[③]不忘阶级苦，牢记血泪仇，“认真读书”，勤奋学习，把自己的一切献给伟大的革命事业。

一九七一年四月五日

21 年前，伟大的中国人民和解放军一道，前仆后继，英勇作战，排除万难，不怕牺牲，打败了日本军国主义及其一切走狗，建立了强大的无产阶级专政社会主义国家。随后，用毛泽东思想武装起来的七亿中国人民，粉碎了国内外阶级敌人的破坏和阻挠，从小到大，由弱到强，繁荣、昌盛的社会主义新生中国巍然屹立在世界的东方。我们生在甜水里、长在红旗下的青少年一代，要牢牢记住这是成千上万的先烈用鲜血和生命换来的。

今天清明节，我想起牺牲的烈士们，就感到悲痛。我们一定要化悲痛为力量，向英雄们学习，以革命利益为第一生命，以个人利益服从革命利益，踏着英雄没走完的道路，继续前进。

---

① 后来我们从中央公布的林彪“571 工程纪要”中听说，其实这个时期中国的形势是“一团漆黑”。再后来我们从党的十一届三中全会决议中得知，这个时期中国的国民经济已经到了“崩溃边缘”。

② 这是封闭教育、愚昧教育的结果。今天看来，那时候没好吃的、没好穿的、没好住的、没好玩的，更没有精神的自由，是很痛苦的时代，但那时的报纸广播宣传说“解放前”劳动人民吃的是“猪狗食”，过的是“牛马不如的日子”，而当时世界上还有“三分之二”的劳苦大众生活在远不如我们的“水深火热”之中，使我确信我们生活在一个无比幸福的时代。

③ 那时尽管我们自身很穷，但还要求发扬“无产阶级国际主义精神”，将世界上其他处在“水深火热”中的人民解放出来，因为“无产阶级只有解放全人类，才能最后解放无产阶级自己”。事过境迁，我们终于清醒地认识到，我们的国家说到底不过是发展中国家，人民平均生活水平还很低，中国最要紧的事情是“把自己的事情办好”。

一九七一年四月六日

在党中央20号文件号召鼓舞下，一个深挖“五·一六”反革命阴谋集团[①]的“一打三反”运动正以排山倒海之势、雷霆万钧之力，荡涤着资产阶级的一切污泥浊水，推动着革命历史车轮滚滚向前。

我决心积极投入到这场运动中去，认真学习毛主席有关阶级斗争的论述，提高辨别是非的能力，克服困难，深挖细排，追根寻源，口诛笔伐，勇敢杀上阶级斗争第一线，把“五·一六”反革命分子从各个阴暗角落统统揪出来，不达胜利绝不罢休。

一九七一年四月七日

伟大的中国人民解放军非常革命化、战斗化、无产阶级化，它永远是革命的大熔炉，永远是我们学习的榜样。

伟大领袖毛主席号召我们“全国人民都要学人民解放军”。我一定要以解放军为榜样，如饥似渴地活学活用毛主席著作，向模范共青团员胡业桃同志学习，一不怕苦、二不怕死，以团员标准严格要求自己，“破私立公”，改造思想。

一九七一年四月八日

今天我打扫教室时，拾到一把文具小刀，当时我冒出了一个念头：这小刀是否占为己有，即便占为己有也无人知道，还是……就在这时，我想起了毛主席“一个共产党员，应该是襟怀坦白、忠实、积极”的伟大教导，认识到刚才的想法是不对的。它违背了毛泽东思想，如果这样发展下去，只能造成恶劣的后果。于是我把小刀交给了老师。[②]打扫了教室之后，我又帮别的班贴大字报。我想：

---

① “五·一六”反革命阴谋集团，现已查清了是子虚乌有的杜撰，但当时煞有介事，在全国造成了许多冤假错案。我们那儿有个叫“朱德生”的中学物理老师据说是“五·一六”分子，后来又听说是骨干，被抓起来，打得满嘴是血，吃了不少苦头。

② 一有私心，一遇到困难，就“想起”毛主席教导，人完全变得机械化、工具化、木偶化了。这是不符合人的潜意识真实的，是写日记时的一种粉饰。后面的日记中，这样的记载还有很多。这可视为“文革”特色。

张张大字报，如同万把锋利的匕首，直刺“五·一六”分子和阶级敌人的心窍。

我要继续学习毛主席著作，克服私心杂念，坚定正确的政治方向，把自己的一切献给伟大的革命事业。

一九七一年四月九日

放了学，我和几个同学一块上伙食房旁边捆杂柴。在劳动中，我的手指被树枝划破了，流血不止。这时我想起了毛主席的教导：“我赞成这样的口号，叫作‘一不怕苦，二不怕死’。”顿时感到无比温暖，浑身是劲。所以，我便和朱纬、崔华银、王元根几个同学连续作战，捆了几十捆，把它们运到目的地，直到天黑才回家。虽然手上留下了伤口和勒痕，但我感到非常高兴。高兴的是我用毛泽东思想武装了头脑，斗掉了“私”字。今后，我一定要以毛泽东思想为武器，反骄破满，以苦为乐，积极参加集体劳动，彻底改造世界观。

一九七一年四月十日

我国男女乒乓球运动员怀着为伟大领袖毛主席争光的雄心壮志，在三十一届世界乒乓球锦标赛中，克服困难，穷扣猛打，荣获了四项冠军、三项亚军，这充分显示了毛泽东思想的巨大威力，标志着用毛泽东思想武装起来的中国运动员的雄伟气魄，是毛泽东思想的又一伟大胜利！[①]它宣告了中国不闻名、体育不发达的时代已经一去不复返了。只有在毛泽东时代，只有在毛主席的领导下，中国运动员才能取得这样的成绩，在历史上写下光辉的一页。

在比赛中，我国运动员遵循毛主席谦虚谨慎的伟大教导，边打边祝贺对方胜利，友谊第一，比赛第二，[②]这是多么鼓舞人心的

---

① 由小见大，无限引申，将很普通的成绩都归功于毛主席思想和毛泽东时代的伟大胜利，正如将很小的事情都夸大成阶级斗争动向一样，是那个时代的思维特色。

② “文革”中所有的比赛都有一个特点，即反对锦标主义，提倡“友谊第一，比赛第二”。这是与那时批判“白专”道路的思想路线相联系的。

事情啊。

一九七一年四月十一日

一个人，做一点、两点好事并不难，难的是一辈子做好事，不做坏事。这才是一个纯粹的人。我觉得一个人活着，就应该勤勤恳恳地为人民服务。有了成绩不骄傲，继续革命永向前；有了缺点不灰心，快马加鞭赶先进。大做好人好事，时时克服缺点，不做对人民无利的事，做一个高尚的人。

一九七一年四月十二日

林副主席[①]指示我们：“革命也得革起自己的命，不革自己的命，这样的革命是搞不好的。”我要认真学习林副主席这一教导，反复对照衡量。我要在改造客观世界的同时改造主观世界。既做革命的动力，也做革命的对象，向一切不符合毛泽东思想的言行做不调和的斗争。坚定正确的政治方向，坚持正义的立场，敢于向坏人坏事做斗争，反对“老好人”，同时还要勇于批评与自我批评，“有则改之，无则加勉”。不断斗私批修，做到亮私不怕丑，斗私不怕疼，改私不怕难。

一九七一年四月十三日

锣鼓，震拂了全镇；战旗，映红了长空。革命口号声响彻云霄。上午，全镇人民一道，敲锣打鼓，鞭炮齐鸣，夹道欢送镇上首批知青奔赴农场第一线。[②]我也是欢送群众中的一员。

我被插场知青的行动感动得热泪盈眶。他们之所以积极奔赴农场第一线，是由于平时毛主席著作学得深、用得活。我毕业了之后，一定要遵照毛主席的教导，服从党和祖国人民的挑选，一

---

① 林副主席，即林彪。

② 知识青年到农村、农场插队落户，接受贫下中农再教育，当时被说成是走与工农相结合的道路、是反修防修的伟大创举，人们喜气洋洋、笑逐颜开，后来则留下了种种孽债，产生了诸多社会问题。20 世纪 70 年代以后，知青相继返城。多少年后，当年的插队知青在回忆起这段往事时仍禁不住伤心落泪，社会学家则对此给予尖锐批判和深刻反思。

颗红心两种准备，听从党的召唤。不管到什么地方去，都要忠心耿耿为人民服务，为锦绣祖国好河山做出一份贡献。

一九七一年四月十四日

人的生命是有限的，为人民服务是无限的，我要把我有限的生命，投入到无限的为人民服务中去。紧跟毛主席，干一辈子革命，战斗到全人类解放。[①]

一九七一年四月十五日

无产阶级革命事业的班靠我们来接。我们肩负着中国革命和世界革命的重任。为此，必须加强政治和思想上的教育，把活学活用毛泽东思想放在首位，狠批“读书做官论”及其翻版“读书无用论”，把马克思主义、列宁主义、毛泽东思想真正学到手，德智体全面发展，政治统率业务，学好社会主义文化，努力完成党和毛主席交给我们的学习任务。

一九七一年四月十六日

七亿中国人民掌握了毛泽东思想这个显微镜，把隐藏在党内最深的炸弹“五·一六”反革命阴谋集团揪出来了。这是一场深刻的、重大的阶级斗争。所以，我们“千万不要忘记阶级斗争”，批臭刘少奇[②]的“阶级斗争熄灭论”。如果忘记了阶级斗争，就会使国家变色、个人变质。

我们好好地想一想，如果我们因为胜利而蒙头大睡，让阴险的“五·一六”反革命阴谋集团复辟得逞，那我们就会重吃二遍苦，受二茬罪，把我们打入旧社会十八层地狱。因此，我们绝不能麻痹大意，必须提高阶级斗争和路线斗争觉悟，毫不松懈自己的革命警惕性。

---

① 这种干嚎式的口号不得不坚持写一点，无非是将当时报刊广播中的一些口号以文字形式抄一遍充数，以求得自我的心理安慰。

② 刘少奇，“文革”中被打成“叛徒、内奸、工贼”，是“党内最大的走资本主义道路的当权派”。“文革”结束后平反，方知这是新中国成立以来最大的一桩冤案。

一九七一年四月十七日

下午在上外语课的时候，一位同学将搁在教室里的粪桶踢来踢去，说嫌粪桶臭，影响了我们社会主义文化课的学习。有同学向他提出批评，他反而说："哪个不嫌臭，哪个把粪桶搬到自己跟前。"听了这话，我非常气愤：他破坏了纪律还强词夺理，这不是无政府主义①的反映吗？

革命纪律是胜利的保证。在战争年代，我们靠着无产阶级的纪律，打败了日本帝国主义者，取得了一次又一次的辉煌战果；在建设伟大的社会主义事业中，我们凭着革命的纪律，坚决执行毛主席的无产阶级革命路线，夺得了一个又一个伟大的胜利。我思前想后，觉得"纪律是执行路线的保证"。我是个班干部，有责任帮助这位同学，促使他把思想上肮脏的东西去掉，做一次深刻的斗私批修。在老师和同学们一再帮助和引导下，这位同学表示坚决听毛主席的话，纠正错误，加强革命的纪律性。

一九七一年四月十九日

以前，我总认为自己没什么缺点和错误，思想没什么可改造的。总之，我满足于现有的成绩，思想上存在一个"骄"字。通过学习毛主席的教导，我吓了一大跳，大大小小的缺点和问题出现在我眼前。这才使我知道：革命形势飞速发展，比人们预料的总要快一些。如果有了一点成绩，停步不前，那就会落在形势的后面。成绩只能表示过去，不能说明现在，更不能代替将来。我的认识提高了，决心就增大了。我觉得，一个革命者要在继续革命的大道上勇往直前，就要不断反骄破满，谦虚谨慎！

---

①　无政府主义，"文革"中被批得"狗屎烂臭"，因为与"无产阶级专政"水火不容。后来接触20世纪20年代中国思想史，发现"五四"前后的争取民主的"新村运动"也叫"无政府主义"。一个人在反对专制主义的时候，需要"无政府主义"；在实行专制主义的时候，就必然反对"无政府主义"。历史上常常有这样的现象：反对别人的"无政府主义"，正是为了自己"无政府主义"地为所欲为。

一九七一年四月二十日

上午六点二十分，我们排队去永大大队第二生产队支农。一到那里，我们就不停地干了起来。有的同学累了，就坐下来歇息。这时老师鼓励我们说：越是在关键时刻，越是能考验人。我以干部的标准严格要求自己，一直干个不息。一位同学提着六齿耙与我开玩笑，不慎把我的脚趾戳破了，但我包扎了一下又继续干活了。就这样一直干到下午三四点，感到浑身酸疼，手上起了疱，抓工具都痛，觉得这一天特别长，盼望早一点天黑放工。对这个问题，我反复学习了毛主席教导，抓住私心，狠批狠斗。[①] 我想：贫下中农天天劳动，但还是干劲冲天，而我劳动了大半天，为什么就感到浑身酸痛？为什么手上起了疱？这说明我和贫下中农的距离太远了。因此，我必须积极参加集体生产劳动，保持劳动人民的本色，重活累活干在前，做一个革命的"老黄牛"。

一九七一年四月二十一日

战斗故事片《奇袭》[②] 热情歌颂了中朝两国人民血肉般的友谊。影片多少令人难忘、令人激动得流泪的镜头啊。一位中国人民志愿军首长为了掩护战友，身负重伤，昏倒在地，一位朝鲜老妈妈看见了，很激动，急忙奔上去用草盖上，叫自己儿子引狼扑身。结果志愿军保住了，自己的儿子不幸被敌人打死，英勇地牺牲了。中国人民为了支援朝鲜人民抗美救国战争取得胜利，一不怕苦，二不怕死，前仆后继，英勇作战，排除艰难险阻，克服重重困难，和朝鲜人民战斗在一起，胜利在一起。在朝鲜游击队的紧密配合下，炸毁了敌人的大桥，消灭了全部敌人，取得了重大胜利。影片《奇

---

① 这段记叙存在着典型虚假。一个人陷入怕苦怕疼的本能感受中时，是不自觉、无意识的，不可能有意识地"带着这个问题反复学习毛主席的教导"。现在还记得，当时这样写时就因为不够真实而犹豫过，但当时报纸上宣传先进人物时都是这样写的，所以仍这么记了。

② "文革"中保留下来的"革命"影片只有《奇袭》《地道战》《地雷战》等极为有限的几部，翻来覆去地看，精神生活贫乏得可怜。

袭》反映的这些事迹，标志着中朝两国人民的战斗友谊万古长青。

一九七一年四月二十三日

一部机器，由于有许多螺丝钉的连接和固定，才成了一个坚固的整体，才能发挥它巨大的工作能力。一个人对于革命事业来说，就如一架机器上的一颗螺丝钉，螺丝钉要经常保养和清洗，才能永不生锈，闪闪发光，保持机器的坚固性、长久性。在社会主义这个大家庭里，一个革命者也需要经常检验思想，去掉私心杂念，才不会出毛病。在建设伟大的革命事业中，做一个永不生锈的螺丝钉，使无产阶级铁打的江山永远保持着鲜红的颜色。

一九七一年四月二十四日

“政治工作是一切经济工作的生命线。”政治挂了帅一切都办好；政治不断挂帅，一切都失败。因此，大力突出无产阶级政治，用毛泽东思想统率一切，按照毛泽东思想办事，就前进，就胜利；反之，不执行毛主席的无产阶级革命路线，不按毛泽东思想办事，就受挫折，就失败。这是一条历史的规律，党的全部历史证明了这一条。我们必须以政治统率一切，努力学习马列主义、毛泽东思想，始终前进在毛泽东的革命路线上。

一九七一年四月二十五日

今天，我在全校干部学习班上谈了自己学习毛泽东思想的心得体会。我觉得在继续革命的道路上永远没有终点。成绩只能表明过去，不能说明现在，更不能代表将来。一切成绩的取得，都是在毛泽东思想的指引下取得的。应当把成绩当作是前进道路上的新生起点、加油站，不断学出新水平、用出新水平。

一九七一年四月二十六日

这几天，学习班经常办到深夜十点多，早上五六点我就起床了。由于睡眠不足，给学习社会主义文化带来了影响，上课老打瞌睡。我觉得我现在正是长身体的时候，这样下去会对身体健康有害。这时，毛主席“下定决心，不怕牺牲，排除万难，去争取胜利”这十七个金光闪闪的大字出现在我的眼前，张思德同志的光辉形象在我头脑里浮现。我忽然开朗起来。革命前辈们为了人类的解放、祖国的解放，牺牲了自己的一切！我遇到的这点困难算啥？“要自学，靠自己学。”学好文化知识，必须自己抽出时间、挤出时间。所以我一面积极参加开会，一面与疲劳做斗争，努力把革命文化学好。

一九七一年四月二十七日

今天晚上，我帮助刘庄加工厂抄写大字报，一直到深夜十一点钟才回家。[①]我为工人同志抄写大字报，把一系列可疑的现象、问题揭了出来。虽然很晚才睡觉，有一些累，但我感觉到这是我最大的快乐。

一九七一年四月二十八日

今天我针对一些同学中的“活思想”[②]进行了帮助。开始去农场劳动的路上，有个同学说：“我们把下午五十斤秧草任务完成掉，就回去。”我听了，觉得这话里有问题，想到这是为了完成任务而完成任务，对劳动的重要意义还没有足够的认识。所以，我对他说：“我们要为中国革命和世界革命做出较大的贡献，不能只围着‘私’字转圈子，只顾完成自己的任务，不顾及全班。我们一定要胸怀世界干革命啊！”那同学觉得我说得有道理。在劳动的时候，大家鼓足干劲，积极肯干，既顾数量，又顾质量，出色地完成了任务。

---

① “文革”中流行画毛主席像、写毛主席语录。我很早师从刘庄镇文化站站长季四学美术，并临摹柳公权体《为人民服务》书帖，美术字、毛笔字都写得不错，在全镇小有名气。到镇加工厂抄写大字报是镇党委沈宣委点名的。夜晚加班的唯一回报是加工厂食堂免费供应非常可口的饭菜，这在缺吃的年代非常有吸引力。大字报上写的内容是与躲在各个阴暗角落的阶级敌人的斗争，于是深夜回家走在漆黑的路上老是想起“躲在各个阴暗角落的阶级敌人”会向我扑出来，心里害怕得要命。从镇北的加工厂到镇南的家约有千米远，常常走着走着就忍不住跑起来，一直到进了家门才感到安全。

② “活思想”：“文革”中常见用语，指私心杂念。

一九七一年四月二十九日

看世界，要用聚光镜，看到世界革命风雷滚滚；

对别人的优点，要用放大镜，不断取人家的长处，补自己的短处；

对自己的缺点，要用显微镜，不放过一点细小的缺点；

对具体的问题，要用照妖镜，透过现象看本质。

一九七一年五月一日

今天，全世界无产者共同庆祝自己的节日——五一国际劳动节。

目前，在世界范围内，反对美帝国主义①及其一切走狗的斗争高潮继续向前发展。越南、老挝、柬埔寨三国人民的抗美救国战争所取得的辉煌胜利，极大地鼓舞了全世界被压迫人民和被压迫民族的解放斗争。亚洲、非洲、拉丁美洲的民族解放运动和北美、欧洲、大洋洲的革命群众运动，风起云涌，此呼彼应。朝鲜人民、日本人民、巴勒斯坦人民和阿拉伯人民克服困难和阻力，在反对美帝国主义和日本军国主义的斗争中，在反对美、以②侵略者的斗争中继续前进。在美国国内，广大人民群众反对尼克松政府侵略政策、战争政策和种族歧视的斗争空前高涨。美帝国主义、社会帝国主义和各国反动派矛盾重重，危机四伏，他们好像坐在火山口上，日子很不好过。在四海翻腾、五洲震荡的大好形势下，我们又迎来全世界无产阶级团结战斗的五一国际劳动节。我们要坚持无产阶级国际主义，和全世界革命人民并肩一道，在反对帝、修、反的斗争中共同前进。

---

① 中共与美国有宿怨，反美在“文革”中达到高潮。由于冷战时期国际关系的变化，中、苏、美都有联合其中一方抗击另一方的需要，1975年尼克松访华，中美关系出现戏剧性变化。邓小平主政后，出于改革开放的需要，中美友好关系进一步发展，但终因政治制度、意识形态及各自利益的不同，中美不可能成为真正意义上的伙伴。

② “以”即以色列。鉴于以色列与美国的盟国关系，中以关系也走过了与中美关系相似的历程。

一九七一年五月十五日

在公社军体运动会即将召开的大喜日子里，我受公社的重托，担任竞赛记录这项严肃、光荣的任务。我心里既高兴，又提醒自己，防止产生骄傲的情绪，绝不能盛气凌人，一定要把裁判员的业务工作提高到人民勤务员的高度来对待。

一九七一年五月三十日

我们来到校办小农场，将草泥塘的肥料运到我排的那块地上，这样可以为早稻丰收提供有利条件。

塘中的草泥经过发酵，成为有机肥，既烂又臭。究竟下去不下去，我思想斗争很激烈。正在犹豫的时候，忽然想起了毛主席的教导。我觉得尽管贫下中农身上是脏的，脚上有牛屎，但是比资产阶级知识分子都干净。我越想越感到惭愧，觉得自己和贫下中农的距离太远了。于是我脱下鞋子，卷起裤管，跳进草泥塘里干起来，先是挖，后是挑。挑了一担又一担，肩膀压得又红又痛。我觉得这样才能去掉资产阶级"娇"气。一天下来，身上都是臭味，但我感到越臭思想就越红。

一九七一年六月一日

今天我在抬大粪的时候，一脚踏在稀烂的牛屎上。牛屎漫过了鞋底，几乎碰到脚面。我感到很脏，产生了"活思想"。此时，毛主席有关教导在耳边响起，贫下中农不怕脏、不怕累的形象在脑里翻腾。贫下中农为什么不怕脏不怕臭，而我为什么与此相反呢？这说明知识分子和贫下中农有着不同的世界观。知识分子必须在长期的甚至痛苦的锻炼中，彻底改造思想，把立足点移到工农兵这方面来。认识提高以后，我就不感到脏了。因为我抬的是体积巨大的笆斗，位置在后面，根本看不见路上的缺口、凹塘，一连三次踏在牛屎上，但我感到无上光荣。

一九七一年六月十八日

今天，我头发昏，胸口难过，想到向工农兵学习，用高标准要求自己，这点小事没有什么了不起，便由始至终参加拾蚕豆的劳动。一件事情尤其令我难忘。拾蚕豆的时候，不小心抓了个粪便，感到脏得不得了，不知道怎么办。正在这时，贫下中农不怕苦、不怕脏的形象出现在我眼前。我怀着对毛主席的赤胆忠心，对贫下中农深厚的无产阶级感情，洗洗手，继续干活。

一九七一年七月一日

中国共产党诞生到今天，已经整整五十周年了。半个世纪以来，中国共产党不怕艰难险阻，迎着惊涛骇浪，在同陈独秀、王明、刘少奇为代表的“左”（右）倾社会主义路线①的斗争中发展壮大。五十周年后的今天，中国共产党已领导着七亿中国人民建设起一个初步繁荣昌盛的社会主义国家②。正如毛主席所说：“中国共产党是全中国人民的领导核心，没有这样一颗核心，社会主义事业就不能胜利。”如果没有党和毛主席，哪有我们的今天？哪有今天的新中国……在“七一”这个光辉的日子里，我们衷心敬祝毛主席万寿无疆③，振臂高呼伟大的、光荣的、正确的中国共产党万岁！！

一九七一年七月十六日

毛主席畅游长江，这是人们政治生活中的一件大喜事。今天下午，全镇人民隆重集会，开展游泳活动，纪念毛主席畅游长江五周年。

毛主席身体非常健康。五年前，他老人家已经七十多岁了，还能畅游长江，速度非常之快，每小时达 30 里。这是中国和世界

---

① “文革”中总结了党内“十次路线斗争”，他们非左即右，唯有毛泽东思想路线不左不右，唯一正确。今天看来，“文革”中毛泽东的思想路线比当年被毛泽东斥责为极左的王明更左，而被视为右倾投降路线代表的陈独秀，其思想言论中倒有许多客观公允的真知在。

② 事实上不是“繁荣昌盛”，而是濒临“崩溃边缘”。

③ “敬祝毛主席万寿无疆”是“文革”中人们喊得最多的一句口号。当时它确实表达了人们心灵深处对毛泽东近乎宗教迷狂式的虔诚情感，一点也没觉得有什么不妥。“文革”结束后看起了古装片，方知“万寿无疆”是古代专制社会臣民对皇帝的专用祝词。

人民最大的骄傲、最大的光荣。

毛主席多次畅游长江，发出了体育方面一系列指示，大大地推动了全国体育事业的蓬勃发展。

一九七一年七月二十九日

居委会的劳动安排在星期三、星期四上午五点至八点。而今天早上五点时，同学来喊我，我却还睡在床上，一连两天都是这样。我觉得很愧疚。自己是个干部，为什么在有些地方还不如普通同学呢？这说明我有些骄傲了，没有用高标准来严格要求自己。找到了思想根源，今后就可以不再出现这种情况。

一九七一年七月三十日

晚上，居委会组织我们上街搞宣传。宣传的方式是排成队，唱着语录歌，沿主要街道从镇南到镇北来回踏着方步行走，起到广播喇叭的作用。这样来回跑着宣传，实在累得不行。规定宣传的时间过去一半，就有同学要回家。带着这个问题我学习了毛主席“下定决心，不怕牺牲，排除万难，去争取胜利”等有关教导，一直坚持到最后，从自家门口走过都没有回家。宣传活动结束后，又到居委会集中，直到深夜十一点半才回家。

一九七一年八月三日

千难万难，学了毛主席著作就不难。这是群众学习毛主席著作的经验。多年来，群众有了难题，就从毛主席著作中找答案，解除了思想疙瘩。所以，毛主席著作就越学越要学。

我觉得，饭可以不吃，觉可以不睡，但是一天不学毛主席著作就不行。

一九七一年八月十一日

昨天下午，老师叫我到校，用一两天时间背熟《红灯记》里鸠山的台词，[①] 明天居委会组织的劳动可以不参加。我本来可以歇会儿，后来想起了大寨大队党支部书记陈永贵哪怕是只有十分钟、半个钟头也坚持参加集体生产劳动的先进事迹，觉得不能因为背台词而不参加劳动。我想，早一点起来劳动不是可以照样到校排演节目吗？于是，今天早晨四点半钟我便起身，五点就开始劳动了。我和两个同学摘了两片地的蓖麻籽，然后回家吃早饭、到校排演。

一九七一年八月十九日

每当我捧起雪白的米饭时，我心坎里就自然地发出了“毛主席万岁”这个时代的最强音。[②]

伟大的舵手，杰出、天才的领袖毛主席领导着七亿中国人民斗地主、闹翻身，使我们这样大的社会主义国家建成了初步繁荣昌盛的国家，吃不愁、穿不愁，巍然屹立在世界的东方。我生在毛泽东时代是多么幸福啊。我想，要是普天下的劳动人民都和我们一样，过着幸福的生活，那是多好啊。[③] 但是，地主、资本家、帝国主义和社会帝国主义以及一切反动派的残酷压榨，给人民带来了悲惨的非人的生活。我一定要紧跟毛主席，彻底埋葬帝修反，使全世界人民都能吃上“白米饭”。

---

① “文革”中大演“革命样板戏”，我在小学五、六年级时参加了学校现代京剧《红灯记》的排练演出。戏中我演鸠山，很成功。全剧多次在小镇公演，并下乡给贫下中农慰问演出，誉满全镇。这里说的是进初中后的复排。

② 那个时代愚民教育的结果之一，是让人感到吃“白米饭”就是最幸福的事情。这确有现实根据——那时人们的实际情况是普遍吃不饱。由于实行人民公社制度，农民出工不出力，粮食年年歉收，城镇人口粮食实行定量计划供应，这量远不够人的基本需要。如一个成年人每月的粮食计划是 12 公斤粳米，根本吃不饱。以我家为例，那时早晚吃粥，中午吃饭，但一日一顿饭也难以天天保证，每月午饭总要吃几次稀饭。即便这样，其余的午饭也必须掺和一些辅食品如山芋、胡萝卜、南瓜、青菜，不然便吃不饱。所以，如能吃上不掺任何辅食品的“白米饭”，在当时实在是很难得、很幸福的事。

③ 这也是当时的封闭宣传造成的一种误解。我们的生活已经很差，还要把别国的生活说得比我们更差。而当时世界上未必有“三分之二”的人民连一天一餐的“白米饭”都吃不上。

一九七一年九月一日

早上，我带着乒乓球拍和乒乓球到学校去，看看有没有开学，准备没有开学就打球。没想到老师刚见到我，就吩咐我把教室里的桌子搬出来，再从别的教室将课桌搬进来。当时我很犹豫，心想，就我们这两个人，要搬到什么时候？带着私心，我搬桌子，心里老是闷闷不乐。后来，耳边响起了毛主席“以个人利益服从革命利益”的伟大教导，解开了思想疙瘩，变得兴奋起来。有的课桌很重，我很吃力，但还是坚持搬。一直干到任务完成，心里有说不出的高兴。下午开学报名，我怀着无比喜悦的心情报了到。

一九七一年九月十二日

今天是星期日，我们被分配到奋斗大队去捉棉虫。开始我有些苦恼，觉得路太远，来回要跑30里，因而产生了怕苦畏难情绪。后来，是毛主席的教导鼓舞了我，同学们的行动感动了我。跑到指定地点后，我不顾劳累，投身劳动。早晨的露水浸透了裤子，感到钻心凉，但我只有一个信念：以自己的实际行动带好一班人。

下午收工时，我共捉了213条棉虫。尽管我尽了最大努力，但还是比不上一些先进同学。这说明我的经验是很不够的，还需要认真、虚心地向他们请教，消灭更多的病虫害，保证棉花大丰收。

一九七一年九月二十五日

美帝国主义的急先锋——日本军国主义，这个僵尸现在又死灰复燃了。40年前，日本军国主义侵略并占领我国东北三省，实行三光政策，到处枪杀我国同胞。然而我国人民在毛泽东思想的鼓舞下，在斯大林领导的苏联红军的配合下，把日本军国主义打得一败涂地，1945年日本无条件投降。① 而这个僵尸现在又复活起来，妄想走侵略战争的老路。这是中国人民绝不答应的事情，

① 中国抗日战争的胜利不仅是中国共产党领导的军民奋斗的结果，也是国民党政府领导的军队共同抗日的结果；不仅是苏联红军宣战的结果，也是以美国为代表的盟军参战的结果。

也是世界人民绝不允许的事情。如果日本反动派妄想走原来的老路，最终必将遭到比原来更惨重的彻底失败。

一九七一年九月二十七日

今天，我在平凡的生活当中，做出了不平凡的一些事情。一方面，家中自留地的稻子熟了，今天要割稻、晒稻，另一方面，老师又布置我上午到校在墙报上画国庆特刊，下午还有排演迎接国庆的节目的任务。家人叫我请假不去学校。面对这个矛盾，我学习了毛主席“一分为二”的哲学观点，摆正家务与公事的关系。上午用两个小时完成了画国庆特刊的任务，然后赶回家晒稻谷。下午到学校排演节目，晚上再到生产队翻稻草。深夜十点多，我在漆黑中跑了两三里路才回到家。当我感到在平凡的生活中做出了一点不平凡的事的时候，就觉得浑身是劲，无比愉快。

一九七一年十月六日

今天下午，我们到竞赛四队拾棉花。一路上看到一根根高耸入云的电线杆，大片金黄色的稻田，镶嵌在绿叶中雪白的棉花，社会主义新农村分外妖娆。我为此心花怒放。我国农业在获得九年粮棉大丰收的基础上，今年又是丰收。这次忙假我一定要和贫下中农一起，彻底改造世界观。

一九七一年十月十九日

忙假结束了，这次忙假是很有意义的，这样的革命化忙假要是再增加数天该多好。开学了，我要总结经验，找出差距，谦虚谨慎，不断向前！经常参加校内外劳动，铲修苗，挖私根，做无产阶级革命事业的接班人。

一九七一年十月二十一日

中午，我遇到一条狗。狗向我扑来，吓得我叫起来，多亏一位老奶奶将狗赶跑了。事后我想，凭我这点胆量，如果打起仗来，怎么能杀死敌人呢？怎么能不怕死呢？一连串的问号出现在我眼前。我想，平时一定要加强锻炼，才能适应战备[①]需要。切记！！

一九七一年十一月二日

今天，我们怀着磨炼铁脚板、彻底埋葬“帝修反”的雄心壮志，进行了长距离拉练。到了目的地化肥厂，我们被工人同志革命加拼命、拼命干革命的精神所感动。工厂主任给我们介绍了化肥厂的工作原理，带领我们参观了生产流程，工人师傅还与我校师生举行了篮球友谊赛。晚上我们步行回家，路上我们还像解放军同志那样学习卧倒、埋伏等等。跑不动路的时候，就用毛主席的语录增添力量。我们排着整齐的队伍，唱着歌，于晚上十点，终于胜利地回到了学校。

一九七一年十一月五日

我们在图画课上，写了光辉的“为人民服务”五个大字。“为人民服务”一写而过，一说而完，可“用”得怎样呢？毛主席的话儿字字句句闪金光，一句顶一万句，[②]我必须深刻理解，在平常工作中处处用毛主席“为人民服务”的教导要求自己，全心全意地为同学们服务。

一九七一年十一月二十二日

第二十六届联合国大会于今年十月二十五日以压倒多数，通过阿尔巴尼亚、阿尔及利亚等23个提案国提出的恢复我国在联合国的一切合法权利，立即把蒋介石政府代表从联合国及其一切机构中驱逐出去的提案，使美国政府和日本佐藤政府妄图在联合国制造两个中国的阴谋彻底破产。[③]这是毛主席的革命外交路线的胜

---

① “战备”，又叫“备战”，“文革”中常常加以宣传。毛泽东指出，第三次世界大战总是要爆发的，因此他号召“深挖洞，广积粮”。为落实毛主席指示，全国各地到处挖防空洞。刘庄中学依紫云山而建，防空洞是全镇挖得最好的。当时要求每家也挖防空洞。我曾在离家不远的一块空地上挖过，挖了三米深就见地下水了，最后不了了之。

② 毛主席的话儿“字字句句闪金光”，“一句顶一万句”，是当时造神运动中常用的赞语。

③ 重返联大，这确是毛泽东时代重大的外交胜利。中国如今在国际事务中举足轻重的地位，很大程度上缘于中国是联合国五大常任理事国之一。

利，这是世界人民的共同胜利。我们为此而感到骄傲和高兴。

一九七一年十一月二十三日

今天，公社毛泽东思想宣传队进驻我校，搞“一打三反”运动。我决心参加到这一场战斗中去，密切关注阶级斗争动向，深挖阶级敌人，狠批“学校是清水衙门”等“阶级斗争熄灭论”，使阶级敌人无处藏身。

一九七一年十二月六日

下午，我和同学们一起，完成自己班400块整砖的搬运任务。寒风呼号，我们抬着一百多斤的砖头，走路已经很吃力了，开始，腰杆都站不起来。我下决心、扶着人，坚持把砖头抬到学校。特别是经过校门口的拱桥时，桥面很陡，走路更吃力。有毛主席教导召唤自己，再大的困难也能克服。就这样，我超额完成了任务。后来，我又和一位同学一起，遵照毛主席“完全、彻底为人民服务”的教导，把砖头一一堆放好。

以后，我要认真学习毛主席著作，理论联系实际，用毛泽东思想统率我每一个细胞。

一九七二年一月一日

毛主席领导的新中国，
工农业生产齐飞跃，
各条战线热气腾腾，
胜利凯歌冲云霄。

忆往昔，
工业战线捷报频传，
农业生产十年大丰收，
新工艺、新产品日益增多，
市场繁荣物价稳定，
科学技术空前发展，

颗颗核武器爆炸成功，
人造卫星上天了，
一桥架南北，天堑变通途……
全是毛主席的好领导
我们自豪又骄傲。

望未来，
紧跟领袖毛主席，
建设繁荣、富强的新中国
彻底地埋藏帝修反，
描绘共产主义新蓝图。①

一九七二年一月二日

1972年开始了，我们踏上了新的征途。在新的年头里，必须以元旦社论为行动准则，批修整风，“进行一次思想和政治路线方面的教育”，提高自己的阶级斗争、路线斗争和无产阶级专政下继续革命的觉悟，做光明正大的事，做老实人。

一九七二年一月十七日

晚上，我们又要登台演出《红灯记》选场。演革命戏是应该的，而对我们来说，更重要的是演革命戏，做革命人。②

一九七二年二月三日

雪下了一夜，加上白天下的雪，积成了一个个小雪山。我陶醉在这雪天银地之中，倍觉祖国分外美丽妖娆。虽然旧中国一穷二白，解放后短短的22年内，在党和毛主席的英明领导下，就建立起了一个初步繁荣昌盛的国家。然而，在一片大好形势下，国内外的阶级敌人是恨之入骨的，是要做最后的挣扎和捣

---

① “文革”中流行顺口溜似的诗歌。我心向往之，此为习作，毫无诗的形象、意境和美感。

② 读小学五年级时，我出演《红灯记》中的鸠山大获成功，在小镇上成为名人。整个演出班子曾到各地演出《红灯记》全场多次。这个时候的演出换了人马，风光不再，所以只是演出选场。

乱的。我们一定要加强战备观念，加强训练，随时准备歼灭入侵之敌。

一九七二年二月四日

这次总考，我取得了优良的成绩。这是毛主席思想哺育的结果。怎样对待成绩呢？只有用唯物主义观点一分为二地看待成绩，成绩面前找差距，戒骄戒躁，才能保持进步。否则，非但不能前进，反而要倒退落后。

一九七二年二月十四日

除夕，我们生活多么美好，我们是多么幸福啊……幸福的暖流暖我心窝，心潮澎湃，热血沸腾，高兴得不知说啥为好。[①] 万语千言汇成一句：祝福毛主席万寿无疆！万寿无疆！！

一九七二年二月十八日

这些天过春节，无限幸福。因为有毛主席、共产党的好领导，吃不愁，穿不愁，社会主义祖国欣欣向荣。旧社会过年，等于过关，因为地主阶级和一切剥削阶级压迫、剥削广大劳动人民，人民吃不饱、穿不暖，一逢过年，地主就来逼债，逼得穷人家破人亡、妻离子散。对比旧社会，我决心紧跟毛主席，永远干革命，小车不倒只管推，一直推到共产主义。

一九七二年二月二十九日

晚上，我骑自行车，不小心将路旁一棵新栽的树苗撞倒了。毛主席教导我们："损坏东西要赔。"我觉得，这是个很严重的问题。我虽不是团员，但是个班干部，必须从严要求自己，照价赔偿，并且要做个检讨。

一九七二年三月十三日

今天，我们排办起了批修整风学习班。这对于解决排里及我

---

① 之所以这么激动和高兴，是因为除夕晚上有一顿丰盛的美餐。这顿美餐一年只有一次。现在看来，这恰恰是那个时代最大的悲哀。

身上的一些问题，纠正错误偏向，是有巨大意义和重大作用的。我认为，这次学习班办得好，办得及时。

我决心以战斗的姿态投入到这个活动中去，敢于揭露矛盾，敢于向坏人坏事做斗争，勇于斗私批修，和同学干部加强原则团结，改正缺点错误，在毛主席的革命路线上阔步前进。

一九七二年三月十七日

早上，一到学校，发现一盏公用电灯亮着。我想到哪怕节约一度电，对于建设社会主义也具有重要作用。我便去教室拿板凳，把电灯关了。

一九七二年四月八日

今天下午，我被喊去学校办公室，徐主任告诉我：中央即将在我们公社召开现场会，公社排演节目，需要一个角色，这个角色由我担任。这个消息我昨天晚上已听到。当时我觉得，这个任务既光荣，又艰巨，我感到既高兴，又担心。宣传毛泽东思想是我们的职责。我一定要尽自己的努力，把节目演好。

一九七二年四月十六日

以前我以为英语很神秘，不容易学会，再说长大了我不出国、不做翻译，何必学它？主观上不想学，于是除了上课，课后一词不看，一句不背，英语成绩也就比较差。现在，我通过革命大批判，通过下乡知识青年以事实对刘少奇散布的“读书无用论”的有力驳斥，明确了学习目的，课堂上振作精神，有疑问及时提出来，课后复习自学，终于使英语成绩有了显著提高。① 我深切体会到，

---

① “文革”中中学课本学的英语非常浅，且政治色彩很浓，如“毛主席万岁”“中国共产党万岁”“中华人民共和国万岁”“我是一个工人”“你是一个农民”“他是一个人民解放军”，等等。再说那时升大学不用考试，与外国没有民间交往，学英语确实无用。老师教英语、学生学英语都是走过场。我在那个时候学英语的唯一收获，是学会了音标。“文革”结束后恢复高考制度，1978 年考大学，英语不计分。在大学里也没有学到什么英语知识。后来考研究生，英语就是凭着当年一点音标知识自学起来的。这段经历，决定了我们这一代学者英语水平大多先天不足。

无论学什么东西，只要树立雄心壮志，刻苦努力，就一定能取得成绩。

一九七二年四月二十一日

今天下午，我拾到一条手帕。当时我觉得，手帕是小东西，不值几个钱，不交公也不能说明我思想不好。不过，就在这时，“一切缴获要归公”，拾到东西一定要还失主或交给老师的道德训诫在我脑海里出现，使我改变了原先的想法。一条手帕虽不值几个钱，如何处理却反映了一个人的世界观的高下。如果放松了对自己的思想要求，就会让资产阶级思想钻空子，发展下去就会变成大问题。认识提高了，我终于把手帕交给了老师。

一九七二年四月二十二日

看了电影《草原英雄小姐妹》，我感动得热泪盈眶。我想如果当时我在那样艰苦的环境中能像玉龙和他姐姐那样坚强吗？和他们比起来真是一天一地。我要向他们学习，就得下一番苦功夫。下苦功不是一时一阵的，而是在日常具体工作、学习中体现出来。

一九七二年五月五日

傍晚，我迎着晚霞，踏着新筑的大马路，从学校回家。我被眼前新鲜的美景吸引住了：大路两边的电线杆高高矗立，一盏盏电灯放射出耀眼的光芒，路旁刚栽的泡桐树吐出一片嫩绿，映在蓝蓝的天空上。我心潮起伏，暗下决心：沿着毛主席指引的康庄大道奋勇前进。

一九七二年五月七日

站在紫云山，眼看全世界，
风云四起，雷声滚滚，
反对苏美两霸斗争浪潮，
汹涌澎湃，滚滚向前。
国家要独立，民族要解放，人民要革命，
历史潮流，不可抗拒，

“全世界无产阶级联合起来”，
团结战斗，
帝修反注定失败，
共产主义必然实现。

一九七二年五月十七日

红旗招展，战鼓齐鸣。紫云山下，一片欢腾。我校第三届体育运动会今天胜利召开了。这是毛主席革命体育路线的伟大胜利。运动会的召开，标志着我校体育事业有了新的发展。它的主要目的就是促使我校体育不断向纵深发展，练好师生身体为社会主义革命服务。我们应该以战斗的姿态，积极投入到这次运动会中去。

一九七二年六月一日

今天是六一儿童节。儿童们都穿着新衣服，欢快地到学校开会，参加六一庆祝活动。想起旧社会，孩子们给资本家当童工，给地主家放牛，吃了多大的苦头？旧社会和新中国相比，真是两重天。我们要永远忠于党、忠于人民、忠于伟大的领袖毛主席。

一九七二年六月五日

今天，我们劳动的项目是拔蚕豆。蚕豆很高、很密，给我们拔豆子的速度带来了影响。我遵照毛主席关于“一不怕苦，二不怕死”的教导，用尽全身力气，使进度加快了不少。尽管手上磨起了老茧，浑身酸痛得不行，但心里感到很高兴。

一九七二年七月七日

在今天下午召开的期末考核动员大会上，我谈了一点学习体会。陈主任在做动员报告时表扬了我是怎样好好学习的。我决心不骄不躁，继续努力，以更加出色的成绩迎接期末考核。

一九七二年七月八日

期末考试到来了。今天，班里开了会。我也表示了自己的决心：认真复习，细读默背，弄懂弄通；考试时突出无产阶级政治，不偷看，不做小动作，不搞虚假活动。以实际成绩向毛主席汇报。

一九七二年七月十日

傍晚，我兴冲冲地回家，准备完成期终复习题目后去看电影《龙江颂》。看电影不仅仅是为了图乐，而且要学习英雄人物的高尚思想、崇高的“龙江风格”，向毫不利己、专门利人的模范江水英学习，将她的革命思想化为我们的思想，将她那种专门利人的革命行动化为我们的行动。这是看电影之前首先应该明确的目的。

一九七二年七月十九日

1972年的暑假战斗生活开始了。怎样过好一个革命化的暑假，这是一个关键问题。要在去年暑假的基础上迈进一步，积极参加居委会的政治活动，服从居委会领导的任务分派，为集体多做些有益的事。同时还要提高警惕，严防阶级敌人的破坏，认真复习文化课。

一九七二年七月二十七日

早上我接到通知，到居委会集中。我以为活动半天就结束了，谁知下午还要到离镇五里以外的新农二队挑秧草，秧草任务是200斤。当时我产生了消极悲观情绪。后来想到毛主席的教导，想到支援农业生产、夺取粮棉双丰收的重要性，于是把锄头磨快，毅然投入到下午的挑秧草劳动。开始下河搞水草，我担心危险，又怕有蛇。正在这时，我眼前出现了王杰同志专向危险地方冲、专找脏活累活干的英雄形象，勇气倍增，干劲十足，终于完成了挑秧草任务。

一九七二年八月二日

每天下午，我都去居委会跑一趟，开会就参加，不开会就回家做事情。但是由于对参加政治学习的目的不明确，自觉性也就不高，每天总希望不开会就好了。归根结底，还是人家要我学，不是我要学。这样从根本上背离了毛主席的教导，必然得不到收获，即使参加学习也等于零。我一定要用毛主席的教导时时对照自己，不断纠正错误思想和行为，争取不断进步。

一九七二年九月十二日

马克思主义、列宁主义、毛泽东思想，深刻地揭示了人类历史发展的客观规律，科学地总结了国际无产阶级斗争的历史经验。它们是全世界的无产阶级最正确、最革命的科学思想的结晶，是放之四海而皆准的普遍真理，是无产阶级政党的指导思想和行动指南，是革命人民彻底解放的锐利思想武器。

一九七二年九月二十六日

放学以后，和几个同学打乒乓球。天黑了，回家时经过教室门口，看见门窗没有关，也没有锁。我想起中午收的语文、画图作业本，因为老师开会，办公室门锁了，就放在教室里，本来打算明天送去。发现教室没有锁门，一路上总有些忧虑，但又给自己找借口：现在哪个人思想境界这么低，还敢偷作业本？就这样回到家，捧起了晚饭碗。不过根据毛主席的教导，又想到：社会上的阶级斗争，必然会反映到我们学校内来，任何地方都有着阶级斗争。自己刚才的思想是阶级斗争熄灭论的反映。我收作业本，是老师和同学对我的信任，我绝不能辜负他们的希望，应保证作业本万无一失。想到这里，我毅然地放下粥碗，跑了四五里路，重返学校，把全班的作业本送给了教师，并吩咐值班同学把门窗关好。

一九七二年九月三十日

下午，学校召开了国庆庆祝大会。会上，徐主任对我们做了形势辅导报告，总结了历史经验，叙述了我国解放 23 周年以来社会主义事业取得的伟大胜利和重要意义，着重讲了当前国内外一片大好形势，对我们提出了新的要求。我要时时解剖自己，不断跟上形势。

一九七二年十月十九日

随着秋收秋种大忙时节的来到，1972 年的秋忙假开始了。我订出了秋忙假计划，决心在秋忙假期间认真看书学习，刻苦改造世界观，提高克服困难的勇气，增强搞好生活的信心，当好一班之长，处处起模范带头作用，以不怕苦、不怕累的姿态出现在劳动中，吃苦耐劳，积极肯干，加强思想改造，锤炼一颗忠于毛主席的红心。

一九七二年十月二十四日

下午开始摘棉花时，总觉得一个同学最多不过完成20斤。经过5个小时的劳动，有的同学摘了近60斤的棉花。我所了解的十几个男同学，最少摘了30斤，我也摘了40斤多。事实说明，我估计错了，犯了“先验论”的错误。这件事情，对我是有很大触动的。怎样来纠正这个错误呢？就是以最大的努力，用马列主义、毛泽东思想的观点武装自己、改造自己。

一九七二年十月三十一日

今天，秋忙假结束了，我们在贫下中农怀抱里劳动、生活了九天，今天回来了，真有些恋恋不舍。回顾九天的秋忙假劳动，我们在贫下中农的教育指导下，在思想改造、路线觉悟提高方面都取得了一些进步，为支援农业生产出了一点力，在走与工农群众相结合的道路上迈进了一步，心情像沸腾了的水，久久不能平静。通过这次秋忙假，我进一步认识到，农村是我们的最好课堂，贫下中农是我们最好的教师。只有坚定地走与贫下中农相结合的道路，不断改造世界观，虚心接受再教育，把贫下中农的高贵思想品德和艰苦朴素的优良作风逐步学到手，才能保证我们更好地执行毛主席革命路线，更好地从事今后的工作、学习和劳动。

一九七二年十一月十四日

我校团支部于今天成立。这是在国内外一片大好形势下，在批修整风的新高潮中诞生的。团支部的建立，是我们青年生活中的一件大喜事。我是一个毛泽东时代的青少年，应该用高标准严格要求自己，发挥自己的积极作用。虽非团员，要以团员标准要求自己，为配合党的中心工作做出一份贡献，争取早日加入共青团。

一九七二年十一月二十五日

学习了《在延安文艺座谈会上的讲话》，我深深感到，毛主席啊，您在中国革命的许多紧要关头，都明确地指出了革命航向，指引着中国革命的进展。毛主席，您是多么伟大、英明。《讲话》这篇重要文献，明确指出了无产阶级文艺的根本方向，要求文艺作者必须在深入工农兵群众、深入实际斗争和学习马克思主义、学习社会的过程中转变立场，为工农兵服务。它不但给文艺指出了方向，也给知识分子指出了方向。

一九七二年十一月三十日

阶级斗争在社会主义这个历史阶段中，是客观的不以人的意志为转移的，不论在何时何地，斗争总是非常尖锐、十分复杂的。我们稍一放松警惕，资产阶级思想就会侵蚀我们。要做到拒腐蚀，永不沾，一定要认真学习马列主义和毛泽东思想。

最近，公社派出所在有关群众的协助下破了几个案子，把那些偷窃扒拿的坏分子捉起来，进行审讯批判，其中有一个是以前在我们学校上学时被开除的学生。由于他平常自由散漫，好吃懒做，在学校教育和帮助后还是屡教不改、一犯再犯，问题越来越大，以致走上了今天的犯罪道路。这是一个难得的反面教材，我一定要吸取教训，引以为戒。

一九七二年十二月十日

今天一天，我校球队参加了在白驹镇举行的男女乒乓球、篮球比赛。比赛结果，我们得分不多。对此，如果采取消极悲观或者若无其事的态度，我们就不能搞好思想工作，提高打球技术水平。打球的方针是“友谊第一，比赛第二”。所以，我们应该振作精神，坚持苦练，不断从失败中取得经验，摸索规律，更好地开展球类活动。

一九七二年十二月十三日

在资本主义国家里，无产阶级深受资本家的压榨和奴役，工人一天劳动十五六小时，有时甚至更长。就这样，工人除了进行抵偿工资的劳动外，还被迫为资本家的剩余价值劳动。乡村的农民也是如此，替地主、富农扛长工，打短工，起三更，睡半夜，过着牛马不如的生活，在政治上更是没有广大贫苦劳动群众的自由。世界上还有四分之三的劳动人民未解放，他们的痛苦，就是我的痛苦。我决心为他们的幸福、为他们的自由和解放而斗争。①

一九七二年十二月十四日

今天上午上课时，有几个同学和我闹着玩，骂我，我多次发出警告，他们还是骂。我以为理由掌握在自己手里，也就忘了课堂纪律，竟走出座位要打人，表现得很自由、很过分。下课后，老师对我说："你在今天课堂上所表现的，跟你的身份不相称。你是干部，同学们如果都学你，跟你一样，那还得了吗？"我现在越想越觉得自己不对。第一，别人和我闹着玩，即使冒犯了自己，也不应计较。第二，别人和我闹着玩，即使有问题，也应该向老师报告，而且当时老师就在场。第三，课堂上有了矛盾，应该下课解决，解决的办法只有讲理，不应该打骂人。

这件事情使我受到了教育，觉得自己和同学还须进一步加强团结。我决心以后，遇到每一件事情都要问个为什么，用脑筋好好想一想，用干部身份要求自己。

一九七二年十二月三十日

我马上就要毕业了，就将是一个初中毕业生了。②回头总结一下自己，我是否算得上是一个合格的初中毕业生呢？不禁感到惭愧。但我有信心，决心在以后的征途上不断勤奋学习，努力提高、完善自己的水平。

① 这是闭关锁国和对西方无知蓄意丑化的结果。改革开放后，人们一出国门，看到西方资本主义国家"劳动人民"的真实生活状况，顿觉自己在"文革"中受了政府宣传的欺骗和愚弄。

② "文革"中学年曾改为与每年的自然年同步，初中、高中学制缩短为二年。我于 1971 年初至 1973 年初完成初中学业。

一九七三年一月一日

今天是中华人民共和国一九七三年元旦，我跨进了新的一年。在新的一年里，我要订出新的规划，以新的战斗姿态投入新的战斗，取得新的成绩。

一九七三年一月十二日

今天下午，我排分班开了一个民主评讲会，各人对自己做了总结，再由同学们评讲，总结以往的经验教训，提出了新的奋斗目标。这可以说是我们初中阶段的最后一次班会吧！

时间在飞逝，日益发展的形势要求我们迈开坚实有力的步伐，战斗在新的征途上，夺取新成绩。当我向同学说自己初中阶段的情况时，我想起了在那刚进初中大门的第一天，人民的期望、上级的指示、党的关怀一齐涌在心头。我还表了决心。以后，又战斗了日日月月，从无知到掌握一些知识，从只看事物的表面和局部现象到学会分析事物的本质和整体。既总结了正面的经验和成绩，又总结了反面的教训和挫折。度过两年的读书阶段，即将跨出初中大门，我的心真是像川畅河水，沸腾起伏。然而，我和同学们一样，都在筹划着新的蓝图，争取更大的成绩。

一九七三年一月二十日

今天下午，学校召开了“一九七三届初、高中生毕业大会”，我的心情无比激动。我代表全班战士表示决心：坚决听党的召唤，到祖国需要的地方去。今天是我最难忘的一天。我决心用自己的实际行动实现自己的诺言。

一九七三年一月二十八日

四海波涛迎日出，五洲鲜花向阳开。春节快到，我的心情在跳跃。我生在甜水里，长在红旗下，在毛泽东思想的阳光照耀下度过了 14 个春秋。看今朝，革命红旗飞舞，胜利捷报频传，令人欢欣鼓舞。我要积极创出新成绩，迎接春节。

二、十五岁的高一日记

1973 年春节后，我步入刘庄中学读高中。下面随机保留的日记，为我读高中时期所写。

一九七三年三月十二日

上午第三节地理课，我以为上学期已经学过，因此课上就没有抄写，而是去做数学作业了。开始，我意识到甲课不应该做乙课的事情。可转念又想，做数学作业并不妨碍别人，不怎么要紧，因而做了整整一节课。下午的班会上，我通过学习，对问题的危害性有了深刻的认识。一、甲课不应当做乙课的事。二、自知错误，却故意为之，是自由主义。如若全班同学都像这样，那会产生什么样的结果呢？对教育革命将产生怎样的影响？想明白了，决心以后引以为戒，绝不重犯。

一九七三年三月十八日

我学习了毛主席《实践论》这篇光辉哲学著作，对于主观和客观、理论和实践、知和行之间的关系在一定的程度上有了正确的理解。

理论来源于实践，实践是认识的唯一源泉。理论对于实践是依赖的关系。一般的认识包括两种，一种是感性认识，一种是理性认识。而理性认识又依赖于感性认识，感性认识有待于发展到理性认识。马克思列宁主义认识论的特征是注重科学实践，理论联系实际。所以，它坚决反对以主客观相分裂、理论与实践相背离为特征的唯心论和机械唯物论。我们是马克思列宁主义者，要学会用唯物主义的观点去观察问题，分析问题，解决问题；确立“实践第一”的观点，不断从实践中取得认识，获得正确的理论，从中找出规律性的东西，再去指导实践，在实践中不断开辟认识真理的道路，能动地改造世界。

一九七三年三月二十日

下午我参加了校办农场劳动。尽管劳动时间是短的，可却很有收获。

劳动中我带的工具是大锹。劳动内容是加深渠道，用锹挖土方。在农村同学看来，这是容易的事，可对从小生活在城镇上的我来说却是不简单的。起初，我挖的土总是散掉，不见方；后来有些成形了，但很费劲，速度慢。我遵照毛主席“一不怕苦，二不怕死”的伟大教导，使出全身力量干，出色完成了任务。通过这次劳动，我有两方面收获。第一，改造了世界观，加深了无产阶级感情。第二，增强了劳动观念，认识到参加集体劳动与中国革命、世界革命有着密切联系。为了支援世界人民的解放事业，彻底埋藏帝修反，我应当吃苦耐劳，不断劳动。

一九七三年三月二十二日

今天我们自发组织了“看书学习小组”，由黄亚祥、朱纬、智通华和我四人组成。这是在学习雷锋同志先进事迹的高潮中建立起来的。

我要发挥小组作用，团结组里同学，共同学习、互相提高，坚持每天学习毛主席著作，写读书心得和日记，理论联系实际，提高政治水平，用毛主席思想指导自己的学习和生活。

一九七三年三月二十九日

下午，我们全班同学挖泥抬土不过两个半小时，就把农场上一大块地增高了十公分至十五公分。别的班级也是进行这项劳动，但我们的工效比他们快了一倍。劳动中，我用雷锋同志的言论和行动鼓舞自己，不怕苦，不怕累，努力改造思想，转移立足点。

一九七三年四月六日

今天下午第二节课后，是同学们自学和体育活动的时间。绝大部分同学都到操场活动去了，还有部分住宿的同学去完成拉树枝的任务。老师没有分配我劳动，我起初在操场自由活动。后来想到雷锋同志的光辉形象，想到劳动同样能使身体受到锻炼，因此就带了头，并叫了几个正在操场上玩耍活动的同学，做通了他们的思想工作，一起加入到劳动行列中来，尽快拖完了树枝。我边劳动边鼓舞大家说："雷锋正在前面带路呢！看，我们离他有多远？加油啊！"同学们劲头很大，干得也欢。今后我要以雷锋为榜样，处处对照自己，不断取得进步。

一九七三年四月十日

下午，天下着细雨，营教导员吩咐我在学校修改一下批判稿。因为同学们都去劳动了，所以在教室里很快修改好了。这时候，营教导员还在上课，趁着这空隙时间，我想把教室的地扫一遍。但觉得自己一个人，既要扫地，又要排桌子，多麻烦！这时，我思想斗争很激烈，犹豫了半天。后来，雷锋的精神深深触动了我，我起劲地扫地，汗水一滴一滴地从脸上流下来。快结束时，一位同学因头疼，请假回到教室，一起加入打扫教室的行列。我们把教室扫得干干净净。下课铃响了，想到要把稿子交给教导员，急匆匆倒垃圾时，不小心将垃圾撒落在自己身上，搞得很脏，不过我却感到，虽然身上脏了，但是思想上有了进步，这是值得高兴的。

一九七三年四月十一日

知识是后天通过实践才获得的，绝不是先天就有的。今天下午，我参加了营部①组织的调查，从调查的一些事例中，我完全明白了这个真理。农具厂的工人同志，在毛主席哲学思想的指导下，经过多次反复，从失败中找出经验教训，勇于实践，终于先后试制成功了较精密的全专区较少的"C6136Q"车床两台和几十架脱粒机、许多把农具，深受工人和贫下中农的欢迎。他们的领导向我们介绍经验的时候，深有体会地说："我们之所以能够生产出这样的机器和农具，是因为我们用毛主席哲学思想引路不断实践

① 营部，即校部。当时班级称排，年级称连，学校称营。

的结果，实践第一。”

一九七三年四月十七日

我被评为学校营干部，心里又高兴又担心。高兴的是同学们信任我，担心的是能否担得起这副重担。我要更加认真看书学习，走“红”与“专”的道路。正确摆“主”与“次”的关系，勇于实践，吃苦耐劳，勤奋学习，积极搞好工作。

一九七三年四月二十四日

批修整风运动是在取得了粉碎林彪、陈伯达反党阴谋集团伟大胜利后开展的一次规模甚大的运动。在这次运动中，我们要牢牢掌握斗争大方向，弄清首先批修、其次整风这个指导思想，始终把矛头对准刘少奇一类骗子，积极开展革命大批判，用辩证唯物论的认识论观点看问题、分析问题，以事实为武器，批驳刘少奇一类骗子散布的种种谬论，力图击中要害。

一九七三年四月三十日

看了越南故事片《回故乡之路》以后，思潮滚滚，浮想联翩。影片主人公在艰苦的环境下表现出来的英勇、顽强的战斗作风和革命乐观主义精神，给我留下深刻的印象。

影片中描写的三个侦察兵中的一个，叫阿三。为了保护公路很快建成、不被损坏，他们三人的任务是牵引敌机。一次敌人出了一架“B-52”大型轰炸机，他们三人在离公路线很远的地方分成三路，袭击敌人。敌机上的敌人以为主力部队来了，把大批大批的炸弹扔下来了，结果都爆炸在荒野空地上。战斗胜利了，可是阿三却不见了。其他两个侦察兵找到的只是他的水壶和钢帽，以为阿三已壮烈牺牲。其实，阿三并没有死，他在深山老林里面度过了极端困苦的日子。风雨、野兽时时向他袭来，敌机也常常在这里扔下炸弹。可他不畏惧这些，还以惊人的勇气，扛来了敌机扔下但未爆炸的许多炸药。影片最后，在敌人被越军打得狼狈不堪、四处逃窜的时候，阿三不顾危险，把收集起来的炸药推向敌群，炸死了汽车上的敌人，配合大军取得了总攻的胜利。

我要向阿三学习，把这种英勇、坚强的战斗作风和坚韧不拔的钢铁意志应用到学习和身体锻炼中去。

一九七三年五月四日

在今天下午的“纪念五四青年节”大会上，我光荣地加入中国共产主义青年团。这是我一生中难以忘怀的大喜事。从今天开始，我就是共青团组织的一名战士了，我怎能抑制得住内心的激动呢?

我决心把入团当作继续革命的新起点，当作鞭策自己、催促自己不断前进的动力，加强思想建设，努力在思想上入团，谦虚谨慎，不断前进。

一九七三年五月十七日

若有千只脑，
愿献千只脑；
若有万只手，
愿献万只手；
赤胆忠心为人民，
甘洒热血为集体。

一九七三年六月十三日

近来，我对于老师或领导布置的任务，抱着不完成说不过去的思想，感到老是像有什么东西缠住自己似的，半心半意，推卸责任，斤斤计较，时时打折扣，更谈不上雷厉风行，圆圆满满。要引起注意，加强主观世界的改造，培养“三八”① 作风，警惕资产阶级思想的侵蚀。

一九七三年六月二十日

在保证学好文化课的前提下，我自学画画。② 应该处理好主业

---

① 指“三大纪律、八项注意”。

② “文革”中画毛主席像、出大批判栏，画画的技能很吃香。我跟从镇文化站站长季四（“文革”结束后曾任大丰市文教局副局长）学美术，具备了一定的画宣传画、写美术字的基本功。

与副业的关系，以自己的努力来搞好业余绘画学习，千万不能给文化课学习让路。

一九七三年六月二十三日

我参加了学校组织的文娱排练，担任了独幕话剧《心红苗壮》中小苏这个角色。怎样把这个角色演好，把戏中戏演出来，要靠自己细细体会，多想多练。经过十来天的奋战，这个节目终于登台上演了。虽然获得了群众的好评，但这出戏还存在着不少缺点。主要问题出在演员身上。通过几天的排练、加工，其他演员都有了进步，而我的进步并不显著。原因主要是：一、不能认真排练，二、有自满情绪，三、不能够让自己完全进入角色中。我要从纠正这三点入手，认真对待排练和演出，把这出戏演得更好。

一九七三年六月三十日

我们排演的小话剧《心红苗壮》参加了县业余文娱节目的调演。这是县文教局对我们的信任和鞭策。我们应采取什么态度呢？首先要认真地对待演出，把戏演好；同时还要虚心地向兄弟单位学习，取人家之长，补自己之不足。第一点我基本做到了，但第二点做得不够好。对于别人演得好的节目我看，对于不顺眼的节目连看也不看。尤其是今天下午的节目结束前，实在按捺不住了，没等人家表演结束就跑掉了，连对人家应有的礼貌都不顾。这样做暴露了自己的骄傲情绪以及在这一点上思想认识的错误，要改！

一九七三年七月十四日

在十一日上午作文考试时，为了一件无理的事情，和老师发生了争执。这件事的发生，好像是偶然的，但是从这个偶然中我发现了必然。这是平时对自己要求不严，让“骄”字抬头的结果。这件事影响不小，对我触动很大。我一定要认真地总结经验教训，从灵魂深处挖根源，保证今后不再犯类似错误，做好各方面的工作。

一九七三年七月十五日

今天，我被正式宣布为三好生。虽然同学推选我，领导批准我，但在我身上还存在着不少的缺点。我要不断加强学习，加强思想改造，克服缺点，发扬成绩，争取德、智、体三方面真正得到全面发展。

一九七三年七月十六日

打今儿开始，我们的生活就进入到四十天暑假中了。在这次暑假中，我要以实际行动实现自己的诺言，做到认真读书，坚持写日记，不断学习，完成老师布置的作业，积极参加当地阶级斗争，参加居委会政治活动，深入社会调查，向社会学习，向群众学习，开展读书会、故事会等活动，加强思想改造，把立足点逐步移到工、农、兵方面来。

一九七三年八月十日

今天我到八里以外的龙新七队参加居委会组织的支农劳动。

一路上，我看到了黄澄澄的稻谷，看到丰收在望的棉花，看到长势喜人的其他绿油油的庄稼，心里有说不出的高兴，深切感到劳动人民的伟大，感到广大劳动人民中蕴藏着极大的智慧和力量。但是，我也看到耕田、拉磨使用的牲畜，看到挑担、收割使用的人力，看到农村许多非机械化的耕种、收割，越发感到我们的责任重大。

“农业的根本出路在于机械化。”要想使祖国的农业走向发达，第一步必须实现农业机械化，进而实现电器化。从而，以更多的人力去从事尖端科学的研究、发展。

“天地转，光阴迫。”“帝、修、反”等着我们去消灭，共产主义等待我们去实现。我一定要立足于本职，刻苦学习，积极劳动，不辜负党和人民对我们的期望，圆满完成学生应该完成的任务。

一九七三年八月十五日

我来到新丰轧花厂已几天了。[1]这几天来，只要有时间，我就去玩弄自来水，这是不对的。自来水需要电，电是十分宝贵的。如果别人都像我这样的话，浪费的电量就很多，会对国家带来损失。我决心以后坚决改正。

一九七三年八月二十五日

今天是暑假最后一天。回顾这次暑假，我觉得真有意思。

暑假里，我参加了多种劳动，但最让我兴奋和难忘的，还是假期的最后十来天。这十来天的生活，是在我父亲工作的工厂里度过的。在这期间，我看到了工人同志忘我劳动的生产热情和坚韧不拔的革命斗志，看到了工人同志淳朴、真诚的思想品格和谦虚、踏实的优良作风，看到了工人同志的那种革命的乐观主义精神，实在感到钦佩，受到深深启发。我立志当一名工人，所以经常和工人师傅接触，向他们学习。

在厂里生活是有规律性的。我爸爸在这里做会计，我和他一起吃、住。白天我帮助厂里写写画画，中午做作业，晚饭后洗衣服、写日记，再剩下的时间就是同工人师傅接触的时候了。提到洗衣服，对我来说是件新鲜事儿。在家里，都是妈妈、奶奶、姐姐包下来的，与我不相干。有时我也到河边汰衣服，但都只凭兴趣。来到厂里的头几天，我一个劲儿要洗，总算不错。可过了几天，劲头不大了，嫌烦了。这时，在我们宿舍旁的工人同志为我做了榜样。他们以一双粗壮有力的手，吭哧吭哧地洗着衣裳——几年甚至十几年如一日啊，我怎么坚持了几天，就这样了呢？与工人师傅比较起来，我存在很长一段差距。而缩短这差距的第一步，就要从培养一干到底的扎扎实实革命精神开始。又是一个晚上，凉风拂面，柳枝轻飘，星星满天，月儿挂在柳梢上。我和几个青年工人唱起了歌

---

① 当时我父亲从下放的农村调到了大丰县新丰轧花厂财务科工作。我利用暑假来这里玩。

唱祖国社会主义建设事业的歌曲。歌声震动了四方，惊动了周围的工人同志——多热闹的场面啊！

暑假终于结束了。我就要离开新丰轧花机械厂了。回顾假期里有趣的生活，真叫人依依不舍。然而，特别令人难以忘怀的还是那火热的场面，因为它记载着我和工人同志热情奔放的交情。

一九七三年八月三十日

时代，在革命的风暴中推进。
看！黑人的铁拳猛击在反动统治者的头上，
工人的吼声震动了资本家的宫殿；
柬埔寨战斗局面大好，[①] 越南军民旗开得胜。[②]
从资本主义的国家到帝国主义中心美国，
从印度支那三国到拉丁美洲、世界各地，
民族解放运动蓬勃掀起，
革命斗争风起云涌，
正义的呼声此起彼伏，
人民革命捷报频传，
帝国主义阵营四分五裂，
资本主义世界日薄西山，
社会帝国主义国家不得安宁。
啊！这是伟大的革命时代，
整个帝国主义世界将在这个时代的风暴中毁灭。

---

① “文革”中我们支持柬埔寨红色高棉革命。多少年后，国内报刊披露，以波尔布特为代表的红色高棉是一个极为残暴的独裁政权，不仅在其极左革命中大量杀害了自己的无辜同胞，而且滥杀了若干当地华侨。

② “文革”中我们发扬“无产阶级国际主义”精神，从道义上、物质上支持越南的反美斗争，于是结下了“兄弟般情谊”。“文革”结束后，中国集中精力把自己的事情办好，减少了对越南的物质支援，加之边界之争，于是越南与中国大哥反目为仇，爆发战争。战争对双方都没有好处，于是战后两个社会主义国家重新走到了一起，不过此后不再是“兄弟”关系，而是平等互利关系。

祖国，在这社会主义的轨道上前进，
听！第一个人造卫星鸣奏的《东方红》乐曲彻响太空；
工农业战线凯歌高昂，
火红的钢水倾泻，
丰收的镰歌回响，
这是大跃进精神放的光芒，
这是批修整风的丰硕成果！
文教事业空前普及，
卫生水平不断提高，
新产品、新品种与日俱增，
繁荣的市场笑迎新客。
斗、批、改运动更加深入，
批修整风向纵深发展，
各条战线欣欣向荣，节节胜利，
社会主义事业生机勃勃，一日千里，
帝、修、反日趋没落，终归灭亡，
社会主义事业鹏程万里，前景美好，
啊！共产主义的春天，灿烂光辉、即将来到。

一九七三年九月一日

正当全国人民夺得革命和生产新胜利的时候，红色电波又传来了——党的十大胜利闭幕的特大喜讯。这是多么振奋人心的消息！

中国共产党第十次全国代表大会于八月二十四日至二十八日隆重举行。这次大会是一次团结的大会、胜利的大会、朝气蓬勃的大会。[1]

---

① “十大”解决了林彪出逃带来的政治窘境，然而确认王洪文为毛泽东的接班人，又给党内留下了新的隐患。

人们欢欣鼓舞，奔走相告，济济一堂，热烈庆祝党的第十次代表大会胜利召开！纵情欢呼毛主席无产阶级革命路线的又一伟大胜利！让我们振臂高呼：毛主席万岁！万万岁！

我们坚决拥护中共中央决议：永远开除资产阶级集团野心家、阴谋家、反革命两面派、叛徒、卖国贼林彪的党籍，永远开除林彪反党集团主要成员、国民党反共分子、托派、叛徒、修正主义分子陈伯达的党籍，撤销其党内外一切职务；一致拥护中共中央委员会对林彪反党集团其他主要成员的处理和所采取的全部措施。

当前，摆在我们面前的头等大事是批林整风。我决心积极投入到这个运动中去，批判修正主义，批判资产阶级世界观，认真学习马列主义、毛泽东思想，努力把工作搞好，好以实际行动迎接党的“十大”的召开。

三、工作规划、工作小结、感谢信与墙报稿

每天早请示、晚汇报，是“文革”中单位、个人应当完成的仪式和功课。而给未来做“工作规划”、给过去做“工作小结”，则是常见的实用文体。初中时我是班干部，虽然不是班长，但班上的工作总结班主任总是叫我写。秋天是农村收获的忙季，为了向贫下中农学习，也为了帮助公社的生产队秋收，每年秋天都会放两个星期左右的秋忙假，学生与农民同吃同住同劳动。忙假结束时都要做忙假工作小结。生产队接待学生，要安排好几十个学生的吃住，所以班级在离开时得写“感谢信”，这自然也由我代劳。那时教室的后墙或室外行人走动较多的墙面上都会用水泥制作大大的黑板，作为宣传阵地，用各色粉笔书写。刊登在上面的宣传文章，叫“墙报稿”，其实文体可以是“批判稿”，也可以是“决心书”“小评论”。“文革”中无论写什么文体，往往前面先安排一段“毛主席语录”作为“最高指示”和立论依据，然后开题。这里实录当年写下的几篇相关文体，借以洞悉那个时期的生活状况和思想动态。

1. 初二个人秋忙假小结

毛主席语录

知识青年到农村去，接受贫下中农的再教育很有必要。

路线是个纲，纲举目张。

团结起来，争取更大的胜利

9月21日，我们放了秋忙假。从那天起至31日，我和大家一样，生活在贫下中农中间，过着有意义的集体生活。有一天早晨，气温明显下降，刮起很大的西北风，灰土满天飞，吹得眼睛都难睁开，我同样是按照规定的时间，七点钟就出发了。我的眼睛被风吹得眼泪直淌，但心总是觉得，为革命支援农业生产，吃些苦算得了什么？到了劳动所在地，我负责记同学们采棉花叶的斤数，但手指冻得无法执笔。一阵阵西北风吹到我身上，冷得浑身上下直打颤。我想起毛主席关于“一不怕苦，二不怕死”的教导，力量倍增，心里顿时热乎起来，感到寒冷恰好是锻炼人的好时候，我绝不能在艰苦的环境下被困难所吓倒。于是我不断地与困难做斗争，顺利完成了自己的任务。

23号上午，我打起背包，身带宝书①，怀着为支援中国革命和世界革命、为支援农业生产贡献自己最大力量的想法，和同学一起来到农新八队支农。吃过中饭以后我就下地劳动了。晚上，我兴奋地回到新宿舍写了感想和心得。那天晚上我的心情如同沸腾的水，久久不能平静。第二天一早，我和同学们来到棉花田里采棉花叶子。当时露水很大，没过一刻工夫，我的整个裤腿都湿透了，感到寒冷。当老师知道露水湿透了同学们的衣裳，通知大家休息一会儿的时候，我还是坚持着，最后，超额完成了任务。

秋忙假中期到结束这段时间，大家摘棉花你追我赶，互相

① “宝书”，指“文革”中流行的64开红封皮的《毛主席语录》。

帮助，既求数量，又讲质量，掀起了赛革命、赛团结、赛贡献、赛进步的高潮。我也深受感染和鼓舞，力争多做贡献。看着田里一朵朵雪白的棉花，我打心眼里高兴，更加敬佩广大贫下中农，深切感到工农群众是我们最好的老师。我应当恭恭敬敬地拜他们为师，认真虚心地接受他们的再教育，彻底改造世界观。随着思想认识的提高，干起来也就劲头十足了，中午一个小时就摘了 20 斤棉花。快要完成任务了，我不禁产生了骄傲情绪，放慢了速度。“中国应当对于人类有较大的贡献。”毛主席的教导实然回响在我耳边，我严厉批判了自己的骄傲自满思想，树立了赶先进、超基数的目标。后来，不仅自己大大超额完成了任务，还帮助其他同学完成了任务。不过，在我身上也存在一些不足，如开玩笑当真、骂人、团结不够、不能听指挥。

在这些天的中午和傍晚的休息时间里，我坚持学习毛主席《矛盾论》这篇光辉著作，解决碰到的问题，并坚持写学习心得和劳动体会。

十几天的忙假过去了。回顾那段有意义的战斗生活，真有些恋恋不舍。通过忙假劳动，我们的皮肤晒黑了，心炼红了，身体炼壮了。我深深认识到：农村是我们最好的课堂，是革命的大熔炉，贫下中农是我们的好老师。我决心坚决走与工农相结合的道路，永远以小学生的姿态，向贫下中农学习。

1972 年 11 月 2 日

2. 初二（2）班秋忙假总结

我们结束了一九七二年的秋忙假。今天，已经以新的姿态，投入了紧张的学习社会主义文化的高潮。回顾十天的假期生活，我们坚持学习和看书[①]，以路线教育为纲，深入开展革命大批判，

① “看书学习”，源于毛泽东“认真看书学习，弄通马列主义”，这句话当时是流行语，指读马克思列宁的书，学习毛主席著作。

提高了大家的阶级斗争、路线斗争和无产阶级专政下继续革命的觉悟，进一步明确了支农目的，使同学们懂得自己对支农做出的贡献，也不过是大海里的一滴水，自己取得的成绩是不足和渺小的，从而焕发出为中国革命和世界革命做贡献的精神力量，奋战在支农第一线。

一

怎样才能把同学们的干劲鼓起来？实践使我们认识到：要做到这一点，坚持看书学习、进行路线教育和革命传统教育是重要一环。9月23号上午，在班主任的带领下，全班27个同学身挎背包，身带宝书，迎着东风，高高兴兴地向着通往农新八队的大堤走去。一路上，看到那金黄的稻谷、雪白的棉花、嫩绿的麦苗，大部分同学决心在这次忙假里打个漂亮仗，但也有些同学议论说，这回去农新八队不知惬意不惬意。听了这番议论，老师觉得不对，立刻打预防针，使大家明白了支农目的，克服了贪图享乐的懦夫懒汉思想。在忙假期间，我们进行了社会调查，了解了当地的队史、家史，邀请老贫农给我们忆苦思甜，提高大家阶级斗争和路线斗争觉悟。拜访了当年参加过多次战役的八路军军人，进行革命传统教育。同时还抽出时间，学习马列主义的基本立场观点和毛主席著作。通过新旧社会的对比，通过看书学习和思想教育、传统教育，调动了大家的积极性，鼓足了革命干劲，为同学们支农劳动起了极大的促进作用。

二

20号和21号，我们分别在蔬菜二队和竞赛五队采棉花叶。虽然没有老师带领，但劳动时大家的劲头还是比较大。22号早上，气温明显下降，刮起了很大的西北风，天气很冷，但是，我们按规定的时间七点钟就出发，一到竞赛五队就下地劳动了。大家用毛主席关于“一不怕苦，二不怕死”的教导鼓舞自己，发扬不怕苦、不怕累的大无畏精神，顶着寒风完成了一百斤棉花叶的采摘任务。

五队蒋队长夸奖我们干劲大，很出色，关心地叫我们注意休息，早点收工回家。我们把贫下中农干部的夸奖当作是对自己的鞭策，继续干。傍晚，风停了，太阳悬挂在偏西的远天上。看着一包包棉花叶，仿佛多少头肥猪出现在眼前，① 我们是多么高兴啊！

从23号到月底，我们住宿在农村八队知青宿舍里。早晨七点上工、十点半收工，下午一点钟上工、五点半放工。一天早上，烟雾沉沉，露水很大，同学们毫不犹豫地下田干活。过了一刻工夫，采起了一围裙棉花叶，而个个同学的裤脚管都被露水浸湿了。有人向老师建议歇会儿，老师同意了，但大多数同学哪肯歇，还是一个劲地干活。露水湿透了同学们的整条裤子，甚至里边的线裤、内裤乃至上半身衣服也湿了，可是同学们，心中只有一个念头：为支援农业生产多做贡献。在他们的带动下，休息的同学也坐不住了，一起投入了战斗，你追我赶，谁也不甘落后。那半天，采得最多的同学达60斤以上。晚上，老师组织同学们总结经验，开展讨论，表扬先进，肯定成绩，指出存在问题，提出了新的战斗任务。

后来几天，我们的劳动内容换成了摘棉花。尽管大家都很卖力，但是，有的摘得多，有的摘得少，老师发现不平衡性后，认为主要原因出在思想上。于是晚上开展革命大批判，批判刘少奇一伙散布的“活命哲学”等黑货。大家你一言、我一语，有力驳斥其反动论调，认识到活命哲学是与马克思主义活着为革命、为实现世界大同的科学论断截然相反、根本对立的，我们下乡支农绝不能怕这怕那，从而确立了活着就要为中国革命和世界革命多贡献力量的雄心壮志。目的明确了，认识提高了，干活的劲头也就不同以往了。第二天早晨七点，当广播里报时的时候，同学们已出现在棉花田里，双手齐用，争先恐后，一会儿，围裙里就摘满了

① 棉花叶可做饲料喂猪。

棉花，送来过秤。这种生气勃勃的局面，是我班前几次忙假劳动所未曾见过的。吃过早中饭，中午十一点刚出头，同学们又陆陆续续下地劳动了。路过一家贫下中农门口时，一位老奶奶惊讶地问：怎么现在就下地劳动了？饭后怎么不休息会儿？事实上，为了争贡献、赛劳动，我们上午提早了两小时出工，哪顾得上中午休息？劳动中，大家比学赶帮，相互帮助，掀起了比进步、比干劲、比贡献、比团结的“四比”竞赛。那天，每个同学平均摘棉花60斤。贫下中农议论说：这回下来的同学肯干。队长说：同学们没离开过父母，没离开过家，这次下来支农，对我们队支援很大。我们把他们的称赞和夸奖当作动力，在继续革命的大道上奋勇前进。

在十天的秋忙假劳动中，我们共采棉花叶七千斤，共摘棉花约七千二百斤。

三

十天的秋忙假，我们能够取得如此巨大的成绩，除了用马列主义、毛泽东思想统率，以路线教育做开路先锋外，与后勤工作的紧密配合也是密切相关的。忙假期间，炊事班同学通过路线教育，认识到烧饭同样是一项革命工作，也是继承革命传统、保持和发扬艰苦朴素传统的好机会。为革命做好炊事工作，保证同学们按时吃饭、上工，同样是为革命做贡献。这次炊事班同学是新上阵的，没有烧饭经验，但他们虚心向有经验的请教，听取同学们的意见，努力将饭菜烧好，同时还承担提供学生日用开水的任务。每天不管早晨还是傍晚，开水总是按时烧好，满足了大家的要求。同时他们还给同学提供方便。一次炊事长上街买菜，大家叫他带这带那，他总是一一接受，从不拒绝。当他把青菜和要带的东西挑回来的时候，估计要有几十斤重，而单程就有五六里路。

四

由于我们对毛主席“三要三不要”[①]的指示学习不透，理解不深，不免在忙假的生活、劳动中还存在一些不足。为一些小事情，经常闹起无原则纠纷，甚至发生吵架现象；作息制度遵守不严；所摘棉花质量上不够讲究，与兄弟班级比起来，还存在一段距离。我们决心，从读书学习着手，深刻理解“三要”原则，克服存在的不足。

通过这次忙假劳动，我们的脸晒黑了，心炼红了，世界观得到了改造，深深体会到农村是我们最好的课堂，贫下中农是我们最好的老师。只有认真虚心地接受贫下中农的再教育，刻苦锻炼自己，彻底改造思想，才能拒腐蚀、永不沾，成为贫下中农的好后代、无产阶级革命事业的接班人。

1972 年 11 月 5 日

3. 初二（2）班秋忙假感谢信

毛主席语录

知识青年到农村去，接受贫下中农的再教育，很有必要。

农村是一个广阔的天地，在那里是可以大有作为的。

感谢信

农新八队全体干部、贫下中农同志们：

九天的秋忙假过去了，我们又迈开步伐，准备投入新的战斗。在这期间，你们以极大的热情，从政治、生活方面无微不至地关怀我们，使我感到生活在贫下中农怀抱的无比温暖。在此，我们表示最深切的感谢。

这次秋忙假时间虽然不长，但是，你们广大贫下中农、革命

① “三要三不要”，指毛泽东所说的“要搞马列主义，不搞修正主义；要团结，不要分裂；要光明正大，不要搞阴谋诡计”。这段话是毛泽东在 20 世纪 70 年代中期庐山会议上为批评江青与林彪是否设国家主席之争而说。

干部日以继夜、忘我劳动的精神，为支援中国革命和世界革命多生产、多打粮的革命行动，却给我们以深刻印象。在百忙时节，你们抽出人来指导我们生活学习，并给我们上一些政治课，使我们深受感动。你们永远是我们学习的榜样，永远是我们的好老师。我们决心把你们的好思想、好作风、好品德带回去，像你们那样认真攻读马列的书和毛主席著作，像你们那样刻苦学习文化，[①]继承艰苦奋斗的光荣传统，保持和发扬艰苦朴素、实事求是的优良作风，为更好地执行毛主席革命路线而斗争，在与工农群众相结合的道路上，虚心接受贫下中农再教育，认真改造世界观，做一个贫下中农的好后代、无产阶级革命事业的接班人，永远以小学生的姿态，向贫下中农学习！学习！再学习！

刘庄中学初二（2）班战士

1972 年 10 月 30 日

4. 初二个人期中小结

学期过去了一半。回顾以往，往事历历在目；展望将来，任务更加艰巨。形势的发展是不以人的意志为转移的。如何才能紧跟形势，沿着毛主席指引的路线胜利前进？在此，我想总结一下过去半学期的情况，吸取经验，接受教训，以便更好地进行今后的工作与学习。

毛主席教导我们："要搞马克思主义，不搞修正主义；要团结，不要分裂，要光明正大，不要搞阴谋诡计。"这三条基本原则，是我们思想品德的衡量标准，是革命者不可缺少的素质。在本学期中，我努力学习，认真看书，服从校革命委员会领导和老师分配，完成各项政治任务，为集体做事力求做好；积极参加革命大批判

① 其实贫下中农既没有"认真攻读马列的书和毛主席著作"，也没有"刻苦学习文化"。贫下中农的特点之一就是没"文化"，所以也不可能"攻读马列的书和毛主席著作"。不过"文革"中有一种民粹主义倾向，即言过其实地赞美贫下中农，把人世间最美好的言辞都献给贫下中农。

和各项政治活动，批判和驳斥修正主义的黑货——刘少奇一类骗子的反动言论，为巩固无产阶级专政远大目标而奋斗；加强与同学之间的团结；在课后作业、额外任务、各种稿件、课程复习和预习交织在一起、不堪重负的情况下，能够运用毛主席的基本哲学思想，先解决主要矛盾，再解决细小问题；并坚持每天记日记。

一个人思想好还不够，还要具有一定技能。国庆社论指示我们要在无产阶级政治统率的前提下，刻苦钻研技术，坚持又红又专。我觉得我们是新中国的主人，将来必定要从事祖国社会主义建设事业，现在读书是打基础阶段，学不好文化，嘴上说得再漂亮也是空的。因此，我坚持作息制度，从不无故缺席，不迟到不早退，刻苦学习文化知识，防止一知半解，不懂就问；上课认真听讲，课后注意复习，改善学习方法，使各门课程的学习成绩都有了新的起色。

在忙假劳动和校园劳动中，我也能够积极完成任务，向多快好省方面看齐。

谈到体育锻炼，我虽然有点进步，但与其他同学们比起来可以说不值一谈，拿五项接班人的要求来对照的话，必须加倍努力，拉大步伐，赶上其他同学。

让我们在革命的万里征途上，迈出新脚印，取得新成绩。

1972 年 11 月 26 日

5. 初二（2）班第二学期总结

在毛泽东思想的指引下，我们用战斗的步伐走过了 1972 年第二学期。

一学期来，我们以马列主义、毛泽东思想为行动准则，开展了以路线斗争为课题的思想教育，批判了刘少奇一类骗子的反动谬论，提高了执行毛主席革命路线的自觉性，在不断实践和劳动的过程中，逐步改造了思想，丰富了知识，取得了成绩。

学期刚开始，同学们纷纷表示，要认真看书学习，增强识别能力，投身到火热的斗争中去，把阶级斗争、路线教育贯穿到一切工作的始终。在工作、劳动中，大家进步较快。有位女同学上学期的学习成绩并不好，只是过得去而已。通过批修整风，思想上触动很大，明确了学习目的，树立了远大志向，学习上更加刻苦。她以坚韧不拔的毅力复习、计算，不懂就问，成绩显著进步，各门功课都在 80 分以上，在女生中，可算是尖子。一位男同学思想也不太健康，以往在劳动中总是磨洋工，在路线教育中，他认识到以前的做法是好逸恶劳、贪图享乐的资产阶级思想的反映，是和党和人民的希望格格不入的。思想转变后，劳动积极性、自觉性也就提高了，后来领导每次下达劳动任务，他都能不折不扣按时完成。实践使我们体会到：狠抓思想建设，就能把事情办得好一些。

通过开展批修整风的路线教育，加强了组织纪律性。上学期，我班的组织纪律性不强，课堂上说说笑笑、叽叽喳喳，使得课上不下去。以前同学们总以为纪律遵守得严不严是“小节”问题。因为中了刘少奇一类骗子谬论的毒，所以导致了这种结果，影响了教育革命。毛主席说过：加强纪律性，革命无不胜。通过学习毛主席教导，现在大家认识到：能不能严格遵守革命纪律直接关系到毛主席、党中央的指示能否畅通无阻地传达，教育革命能否搞好这些重大问题，因而改变了原来那种无纪律无政府状态，提高了学习质量。

通过路线教育，加强了同学之间的团结。以前，我们虽然解决了一些大的、明的不团结现象，但是细的、暗的不团结现象还存在，甚至出现了新的苗头。这种现象妨碍了毛主席革命路线的贯彻执行，影响了排内工作的进展。开展整风之后，联系马克思“全世界无产者联合起来”的观点和毛主席“要团结不要分裂”的指示，认识到不团结的危害性，加强了同学之间在原则基础上的团结。

通过路线教育，加强了全班战士的体育锻炼。前一学期，我们在田径活动及锻炼身体方面取得了良好成绩。在成绩面前，有些人沾沾自喜了，放松了锻炼。通过思想教育，同学们深知建设共产主义大厦必须有一定的基础，我们要为实现世界大同而具备强壮的体魄、充沛的精力，所以形成了一个自觉为革命锻炼身体的热潮。

忙假劳动，不仅是为了支援农业生产，也是磨炼人的意志、改造世界观的好机会，但如果不能正确处理，就会产生消极结果。在忙假劳动中，如何正确发挥大家的主观能动性，调动一切积极因素呢？我们的做法是：第一，开展路线教育，明确支农目的，促使大家树立起为支援中国革命和世界革命贡献力量的雄心壮志。第二，通过忆苦思甜，回忆对比和阶段教育，激发全体同学乐于吃苦、自找苦吃的积极性，掀起了学先进、赶先进、超先进的热潮。第三，针对怕苦畏难情绪，开展了对刘少奇一类骗子散布的“活命哲学”反动黑货的大批判，确立了革命的人生观，充分发扬革命的乐观主义精神。第四，及时总结经验教训。每天晚上，老师组织我们对一天的情况做一个总结，表扬先进的，指出存在问题，使成绩得到发扬，错误得到纠正。

新的战斗开始了。让我们进一步开展认真看书学习活动和路线教育，刻苦地学习，勤奋地工作，迈开新的步伐，取得新的成绩。

1973 年 1 月 15 日

6. 高一第一学期个人规划

我是在伟大的社会主义旗帜下成长起来的毛泽东时代的革命青年，走过了初中学习的道路，在 20 世纪 70 年代第三个年头的初春，又兴致勃勃地跨入了高中大门。接着，一个以雷锋同志为榜样、学英雄事迹、走英雄道路、做雷锋式战士的热潮在全校蓬勃地展开了。

伟大的共产主义战士雷锋具有大公无私、勤俭朴素的革命精神，爱憎分明的阶级立场，饱满旺盛的革命斗志，奋不顾身的高尚风格，他无愧于毛主席的好战士、祖国人民的优秀儿子的称号。阅读了雷锋同志的动人事迹，受教育很深，感动之极，对照自己，更觉得羞愧。中国古代有一句话："一年之计在于春，一日之计在于晨。"觉得确有制订规划的必要。

我要向雷锋同志学习。发扬"钉子"精神，挤时间，钻空隙，认真看书学习，阅读毛泽东选集，关心时事政治，坚持写学习心得和日记，理论联系实际，认真改造思想，增强政治敏感，提高辨别能力。

我要向雷锋同志学习，在学习上善于挤和钻，钻研刻苦，勤奋努力，力求弄懂弄通，力戒一知半解。老老实实，实事求是；谦虚谨慎，学而不厌，不仅自学要孜孜不倦，而且对同学也要互助。在期中、期末考试时，争取各科成绩均在 90 分以上。

我要向雷锋同志学习，为革命锻炼一副强壮的身体，保证体育成绩及格。在劳动中，苦活留给自己，享受让给别人。

阳春三月，千枝张臂，万物萌发，等待着的将是万紫千红，开花结果。让我们用行动来实行自己的诺言吧！

1975 年 3 月 10 日

7. 高一第一学期期中个人小结

学期下来了一半。回首以往，我深切感到，毛主席为我们制定的教育方针，是指导广大学生走上又"红"又"专"道路的准则，是我们学好社会主义文化知识的思想武器。而刘少奇一类骗子散布的"天才史观""智育第一"等黑货，是毒害我们，使我们走上"白专"道路的腐蚀剂。我们只要按照毛主席的教导去从事工作学习，就能取得各方面的成绩，反之，就不可避免地会犯错误。

长期以来，刘少奇一类骗子在教育战线上竭力推行修正主义教育路线，向学生兜售修正主义黑货，灌输资产阶级名利思想。是坚持唯物论，还是坚持唯心论，这历来是两个阶级、两条道路、两条路线斗争的焦点。实践告诉我们，确立唯物论的反映论观点，用分析的方法去解剖题目，是没有克服不了的难关的，什么“天生的聪明”是根本没有的。

开学的第一天，我们就投入了紧张的学习文化课的热潮。为了使自己取得进步，我制定了学习规划和平日措施，坚持早晨学习文化课，课间休息时间看报，每天晚上学习毛泽东选集，针对一天的生活情况，写体会、日记和心得。每天，我都读书读到深夜十点多。但是前进的道路是曲折的，读书的过程中有的字不认识，有的句子很长，不顺口，有时读过以后头晕眼花，根本不知是什么意思。由于白天紧张地学习、劳动，加之领导交给我的政治任务要尽快完成，时间紧，休息少，一天下来感到十分疲倦。因此，产生了晚上读书时间缩短一两小时不要紧的松懈思想。这个思想一露头，我就学习了毛主席著作。毛主席说：“我赞成这样的口号，叫作‘一不怕苦，二不怕死’。”又说：“如果存在着两个以上矛盾的复杂过程的话，就要用全力找出它的主要矛盾，抓住了这个主要矛盾，一切问题就迎刃而解了。”毛主席的哲学思想，打开了我的心窍。我按毛主席的教导办了，正确处理主次关系，发扬不怕苦和累的精神，解决了这些矛盾。

两个月以后，我当上了营干部，事情比以前多了，各种矛盾冲突更厉害。由于休息时间少，上课时打瞌睡，影响了学习，几次做作业都出现了小错误。接连几节数学课，上下来不知讲的什么。我深感愧疚。党和人民把我送进学校学习，我不好好学习，怎对得起党和人民？世界上还有四分之三的受苦受难劳苦大众，我们今天的学习也是为着他们的早日解放。高度的政治责任感，催促我为革命而勤苦学习。下课以后，别人去玩了，我一个人坐在一边复习老师讲的功课，将弄不懂的在笔记本上一一写下来，逐段地琢磨、分析。时过不久，起色很大。我深深认识到“实践出真知”是一条颠扑不破的真理，认清了刘少奇一伙散布的“天才”“愚笨”

等谬论是什么样的货色。以后又以实践为基础，在其他方面都取得了成绩。平时我对体育锻炼较冷淡。由于缺乏锻炼，在操场上跑不到两圈就支撑不住了。一次练习三千米长跑，跑了不到四百米，吸气就疼了，再跑一段，简直喘不过气来，但我鼓足了勇气，坚定必胜信念，坚持跑到终点。打这以后，有时去学校完成领导布置的任务，或是平时上学回家，总是坚持跑步。坚持锻炼的结果，是现在跑 800 米不感到吃力。这次期中考试，总评分数 97。这是与平时的努力分不开的。

成绩只能说明过去。我决心今后进一步认真看书学习，用辩证唯物主义思想武装头脑、统率言行，补偏救弊，发扬成绩，在新的起点上做出更大的努力。

一九七五年五月十三日

8. 墙报稿

我们以饱满的热情、充足的信心和积极的努力，度过了一个有意义的秋忙假战斗生活。劳动改造了思想，实践丰富了知识。通过这次秋忙假劳动锻炼，我们的思想觉悟显著提高，各方面收到了良好效果。

这次秋忙假时间不长，但由于我们以路线教育为纲，通过看书学习，在十天的集体劳动中，大家发扬不怕苦、不怕累的精神，你追我赶，争先恐后，干劲十足，取得丰硕成果。除回乡劳动的农村同学外，集镇同学采棉花叶七千斤，摘棉花七千二百斤，取得了我班前所未有的成绩。

劳动中，天气冷，露水大，不少同学手指划破了皮，戳满了肉刺，有人产生怕苦畏难情绪。我们为此开展了革命大批判，批判刘少奇一伙宣扬的活命哲学；进行革命传统教育，请苦大仇深的老贫农忆苦思甜；开展了一系列社会调查活动，提高了思想认识，明确了支农目的，圆满完成或超额完成了预定的任务指标。

在取得的成绩面前，在贫下中农和干部夸奖之后，我们学习了毛主席关于“中国应当对于人类有较大贡献”的指示，戒骄戒躁，再接再厉，掀起了比进步、比干劲、比贡献、比团结的“四比”热潮，后进赶先进，先进更上一层楼。

秋忙假已经过去了，我们将以新的姿态投入学习社会主义文化的热潮。

刘庄中学初二（2）班战士

1972 年 11 月 9 日

四、二姐祁婉珍的部分日记及批判稿

“文革”中提倡斗私批修写日记，坚持记日记是思想追求进步的表现。二姐祁婉珍[①]也有几则“文革”后期写的日记保留下来。当时，她在大丰县刘庄公社新建一队插队劳动。“文革”中倡导“大批判”，“批判稿”是那个时期最流行的文体。我曾写过不少，但都未保留。整理日记本时发现二姐的一篇写在本本上。现将她的日记和批判稿附录于此，以与我的上述文字相印证，借以窥见那个时代青年人的生活及思想状况。

1.1975 年、1976 年“文革”结束前日记

一九七五年八月一日

今天，是八一建军节。在今天的日子里，我想到了许多许多东西，感到幸福生活来之不易，是成千成万的先烈抛头颅、洒热血换来的。

的确，在那“长夜难明赤县天”的岁月里，三座大山如三条绳索，把劳苦大众束缚得喘不过气来。人民整天挣扎在死亡线上，是毛主席领导人民的军队转战南北，攻无不克，克敌制胜，消灭了蒋家王朝，赶走了日本帝国主义，解放了全中国。为了巩固用

① 二姐祁婉珍，后为上海市宝山区淞谊中学高级英语教师，已退休。

鲜血换来的红色政权，解放军战士日以继夜地守卫在祖国的边疆，“文化大革命”中，带头支左、支工、支农，使红色政权不变色！

我是革命的后代，必须珍惜这幸福生活，向解放军学习，认真读书，勤奋学习，刻苦磨炼，努力改造，使青春焕发出革命光芒！只有这样，我们的先烈才会高兴地说：“我们的鲜血没有白流。”

一九七五年八月四日

几天前，副业会计唐保才交给我一个任务：每天买两角钱鱼给刚生下的小猪吃，我满口答应，接受了任务。

我怕小鱼卖光，小猪得不到小鱼的营养，于是每天很早起身，洗完衣服就往街上跑，买到了小鱼再往副业跑。这一来一去，跑得我真够呛，但我马上意识到：这是落实毛主席“大力发展养猪事业”号召的需要，是接受再教育的需要，也是磨炼自己的好机会，再累我也不在乎。

可是，出乎我意料的事情出现了。今天早上孙队长严肃地对我说：你以后要早点儿上工。显然，他以为我住在街上的家里，上工迟到了。我被这不加调查的批评惹火了，便顶了两句。事后，我倒埋怨起自己来：有话要心平气和地讲，为何要粗声粗气呢？自然，孙队长不了解情况就批评我，是不对的，可我也不能当面顶撞，应该找个适当的机会跟孙队长讲清楚。再说，孙队长这么讲，也是关怀我的成长，只不过是方法不对罢了。作为自己，为革命受点委屈又有啥了不起？成千上万的先烈能为革命洒热血，我就不能为革命忍受点委屈？相形见绌，实在渺小。

婉珍，以后一定要为革命乐于吃苦，善于吃苦，为革命舍得忍受委屈。

一九七五年八月七日

在阶级斗争空前残酷的社会主义时代，交朋友也有阶级性。俗话说：“人同人好，鬼同鬼好，苍蝇同屎好。”要交好朋友，就得首先了解朋友，认识朋友。有些人的友谊完全建筑在吃酒、玩、乐的基础上，今天有酒今天友谊，明天无酒明天分离，真是“酒肉朋友”，是鬼友。

鲁迅先生说过：“交道是人间的美德，当然很好，不过骗子有屏风，屠夫有帮手，在他们之间，却也叫作‘朋友’的。”这表明不同的阶级有不同性质的友谊。

我希望交朋友。我要交正派的朋友。这就需要认真学习，绷紧头脑中阶级斗争这根弦，正确认识朋友，建立革命的友谊，朝着远大目标奋斗。

一九七五年八月八日

我愿做一个革命的良种，党把我撒到哪里，就在哪里生根、开花、结果。我深信，我这个良种必将在党的阳光雨露的滋润下，在贫下中农的精心管理下，顶破泥土，长出嫩芽，在急风暴雨中变得粗壮挺拔。

一九七五年八月九日

遇事要多问几个“为什么”，多想想。多想想是不是符合毛泽东思想，多想想是不是有利于巩固无产阶级专政。

世间的事情是错综复杂的，绝不像我以前未踏上社会时想的那么单纯。由于阶级斗争的存在，由于资产阶级法权思想的存在，导致了人与人关系的复杂化。然而，只要用毛泽东思想武装头脑，使思想革命化，无论是“复杂化”，还是“不正常化”，都能顶得住，不至于做人与人关系复杂化的催化剂。这就需要认真看书学习，增强识别能力和是非观念。

我是毛泽东时代的青年，捍卫毛泽东思想，保卫无产阶级专政是历史赋予的光荣使命。要出色地担负起这个使命，必须用马列主义、毛泽东思想武装自己的一言一行，每走一步都要看看，看看是否走在毛主席的革命路线上！做一个有志气、纯朴的正派人，绝不做卑鄙、低下的庸俗人，使自己的所作所为闪耀革命的光芒。

一九七五年八月十一日

我愿把火红的青春献给这火红的年代。为革命，为解放全人类，就是上刀山下火海，我也舍得。

一九七五年八月十二日

俗话说："花盆难长万年松，家院难驯千里马。"如果我把自己比作千里马，小小的家院岂能驯住我？只有在那广阔的大地里，才能纵足奔腾。

一个有知有志青年，应该胸怀抱负，舍得到艰苦的地方磨炼，让世界观来一番改造，从而，在广阔的天地中经风雨见世面，增长才干，"海阔凭鱼跃，天高任鸟飞"。只有通过这样的途径，才有资格称得上无产阶级革命事业的人才。

一九七五年八月十三日

无穷的智慧，来自于群众之中；冲天的干劲，来自于毛泽东思想的武装。

一滴水如果离开了大海的洪流而炫耀自己的功勋，须臾之间会被烈日化为乌有；一个人如果离开了群众而吹嘘自己如何高明，则必将被革命的风暴吹得无影无踪。

一九七五年八月十四日

我们人是属于国家的，是属于党的。因此，必须时刻服从国家召唤，党叫干啥就干啥，绝不能挑肥拣瘦、拈轻怕重。其实，这也是一个被党培育了多年的稍有一点志气的人都应该做到的。

一九七五年八月十五日

困难九十九，难不倒我们用毛泽东思想武装起来的有志人的一双手。就是说，只要用毛泽东思想、马列主义武装头脑、指挥行动，高山也得低头，大地也得让路。

一九七五年八月十六日

由于贫下中农的精心管理，棉花长势喜人，最高的已齐我胸部了，我和贫下中农一样，为之感到高兴。

今天早上，我和建凤一起查棉花。下了棉田，走了不到20步远，全身已潮了半截。加之棉花检查的项目又较前多了好几项，不懂要查半个小时左右，于是，怕苦为难的情绪在我头脑里翻腾起来，搞农业没头绪的想法也出了笼。带有这样的想法，反映在行动上必然是没精打采，怨声怨气。中午回来，我重温了毛主席《青年运动的方向》等有关文献。学习后，思想开朗多了，也踏实些了，想到：怕苦怕累是意志薄弱的表现。贫下中农说得好："要问苦不苦，想想长征两万五；要问累不累，想想解放全人类。"这钢铁般的豪言壮语，反映了贫下中农战天斗地、誓为人类多做贡献的崇高思想，体现了贫下中农为了解放人类而不辞劳苦奋斗的高尚品质，贫下中农是好老师。

我需要向贫下中农学习！经常将自己所干的工作与共产主义的远大目标联系起来。这样，怕苦畏难的情绪、轻视农业的想法就不会露头了。

一九七六年二月七日

通过学习朱克家的先进事迹，我深深体会到：一个知识青年只有乐意和贫下中农结合在一块，急贫下中农所急，想贫下中农所想，才能深感农村这个广阔天地大有作为，反之，做一天和尚撞一天钟，稀里糊涂度时光，则厌恶农村，厌恶劳动。

打个比方吧——我们是海燕，将要展翅飞翔。怎样迈好第一步呢？朱克家为我们树立了榜样。照着他的脚步走，越走前途越光明；逆着他的脚步走，越走前途越黑暗。自然，坚定不移地走上山下乡这条金光大道，必须基于崇高的思想境界——为共产主义的实现甘洒热血写春秋，一切听从党召唤。

"一切听从党召唤"这句话谁都会讲，然而，要实行之，可不是件容易的事。有些人，当党的召唤达到他个人目的的时候，行动表现得干脆利落。当党召唤他到艰苦的地方去的时候，就表现得躲躲闪闪。这种人是地地道道的口头革命派。

毛主席说："看一个青年是不是革命的，拿什么做标准呢？拿什么去辨别他呢？只有一个标准，这就是看他是否愿意和工农结合在一块。愿意和工农结合的是革命的，否则是不革命的或者是反革命的了……"朱克家同志是一个革命派，因为他用实际行动履行了并在继续履行自己的誓言：一切听从党召唤，越是艰险越向前。

我要向他学习，绝不做语言的巨人、行动的矮子。

一九七六年四月二十二日

天老爷真怪。上午热得人汗流浃背，到了下午，突然刮起了七级以上的大风。气温降下来了，下起了中等的雨。其实，我们早就预感天气会变坏。我便跑到秧池征求老农卢春爱的意见，和他商量小秧防冻准备工作——灌水。安排好了，我又到猪场养猪了。下午时光，我们抢前给了猪食。刚给完猪食，大雨伴着大风袭来。有些社员的住房被掀掉了。大风吹得人喘不过气。好不容易从副业间跑上大圩，还是跌了一跤。呵，每前进一步，得花费多大的气力！是啊，前进的道路绝不是平坦的。必须树雄心，克服前进道路遇到的困难，扫除一切障碍，顶着风雨走，迎着困难上，让困难在我们面前低头。这是作为有志青年人应该具有的毅力。

一九七六年五月三日

刀不磨，要生锈，人不学习，要落后。毛主席的书，对于革命人民来说，好比粮食，好比空气。离开了它，就似鱼离开了水，不能生存。即使生存下来，也只不过是短暂一息，苟延残喘。

我是毛泽东时代的青年，捍卫毛泽东思想，保卫无产阶级红色江山是义不容辞的责任。自然，要做到这些，首先还必须从理论上弄懂马列主义。这就需要学习。我从实践中体会到：还必须在学习前面加上"刻苦"两个字。学而不思、囫囵吞枣不行！急于求成、一口吃成一个胖子也不行！必须端正学风，理论联系实际，以坚韧的革命毅力攻克学习上的难关。为此，我决心：1. 每天坚持读书一至二小时，并写读书笔记。2. 理论联系实际，生字查字典，不懂就问别人。

2. 批判稿：坚持党的基本路线，批判“阶级斗争熄灭论”

去年秋天，党内不肯改悔的走资派抛出了“三项指示为纲”的纲领。这是一个宣扬“阶级斗争熄灭论”“唯生产力论”，复辟资本主义的修正主义纲领。它一出笼，教育界、科技界各种奇谈怪论便接踵而至，刮起了一股右倾翻案风。这是一场由党内那个不肯改悔的走资派亲自导演的有组织、有计划、有理论、有纲领的复辟活动①。它深刻说明了一个问题，即无产阶级和资产阶级的矛盾是社会主义社会的主要矛盾，修正主义仍然是当前的主要危险。

围绕着社会主义社会还有没有阶级斗争，还要不要无产阶级专政这个课题，马克思主义者同修正主义者展开了针锋相对的斗争。从伯恩斯坦、考茨基到托洛茨基、布哈林，都反对马克思主义的主要之处即无产阶级专政。苏修②叛徒集团抹杀阶级斗争，取消无产阶级专政，使世界上第一个社会主义国家蜕变为社会帝国主义国家。毛主席曾经指出：修正主义上台就是资产阶级上台。这就揭露了修正主义是披着马列主义外衣的资产阶级这个实质。新中国成立以来，我们同刘少奇、林彪两个资产阶级司令部的斗争，都是围绕着狠抓还是放弃阶级斗争、巩固还是取消无产阶级专政这个焦点展开的两个阶级、两条路线的生死大搏斗。今天，党内那个不肯改悔的走资派提出了“三项指示为纲”的黑纲领，代表了地主、资产阶级的根本利益，凝聚了资产阶级复辟的愿望，完全是“阶级斗争熄灭论”的变种。把它和国际共产主义运动中新老修正主义者的论调联系起

---

① 林彪倒台、周恩来病危后，毛泽东请邓小平复出主持工作，任国务院总理。邓小平上台后面对满目疮痍着手全面整顿工作，结果又被作为“右倾翻案风”受到批判。

② 苏修：苏联修正主义。

来，就不难看出，这个纲领的出笼，是有深刻的国际国内根源、历史根源和思想根源的，绝不是孤立的、偶然的现象。

事实表明，阶级斗争熄灭的鼓噪声最响之日，恰恰是阶级斗争进行得十分激烈之时。鼓吹阶级斗争熄灭论的人，自己又何曾"熄灭"过向无产阶级的进攻？党内那个不肯改悔的走资派难道不是这样吗？"文化大革命"前，他追随刘少奇推行修正主义路线；"文化大革命"挽救了他，但他本性未改，一上台又继续推行他那一套"克己复礼"的修正主义黑货，和无产阶级专政较量。就是他，胡诌"阶级斗争哪能天天讲"，妄图篡改党的基本路线；就是他，接二连三地叫嚷"复辟好得很，还乡团好得很，为了复辟不怕打倒第二次"，为复辟资本主义鸣锣开道；就是他，攻击教育革命"一团糟"，样板戏是"一花独放"，反对工农兵登上上层建筑政治舞台；也就是在他的策划和鼓动下，资产阶级反攻倒算才越来越疯狂，右倾翻案风才越刮越起劲。如此等等，不一而足，都说明，由党内那个不肯改悔的走资派一手煽动起来的右倾翻案风，是资产阶级从政治上、思想上、组织上向无产阶级发起的全面进攻。在政治上，他们否定毛主席历来关于要"以阶级斗争为纲"的教导，妄图改变党的基本路线；在理论上，他们大肆贩卖阶级斗争熄灭论、唯生产力论；在组织上，他们纠集不肯悔改的走资派算"文化大革命"的账，翻"文化大革命"的案，向无产阶级猖狂进攻。其要害就是要继续推行刘少奇、林彪反革命修正主义路线，效法孔老二[①]"克己复礼"、复辟资本主义。

有毒草不可怕，清除了可以做肥料；有修正主义不可怕，揭露了可以教育人民。通过这场斗争，我们清楚地看到：修正主义过去有，现在有，将来还会有。只要国内还存在着阶级、阶级矛盾和阶

① 孔老二：对孔子的贱称。孔子排行老二。

级斗争，只要国际上还存在着帝国主义、社会帝国主义的影响，修正主义上台、资本主义复辟将是随时可能的。我们必须树立长期作战的思想，牢记党的基本路线，保持高度警惕，做到修正主义在哪里出现，无产阶级就去哪里战斗，击败阶级敌人的反扑。

“今日欢呼孙大圣，只缘妖雾又重来。”教育界的上空虽然出现了“妖雾”，但只不过是暂时的曲折。春天的寒流岂能阻挡百花开放！广大革命人民将奋起马列主义、毛泽东思想“千钧棒”，把一切“妖雾”“逆风”扫除干净，迎来的定是社会主义的大好春天，“看浮云收尽雨还晴！”

1976年3月2日

第五章　纱厂工作两年半：写诗与高考

1975 年 7 月，我高中毕业。本来准备“一颗红心，听从党的分配”，可是却在家待业了一年。这时，父亲已从农村回城，被安排到大丰县新丰轧花厂财务科，操起了他会计的老本行。我便来到新丰轧花厂打零工，因为有美工特长，所以在厂工会写写画画。轧花厂规模不小，有很长的围墙。记得冬天在照不到阳光的围墙上用红漆写仿宋体的大幅宣传标语，虽然无须花力气，但却冷得受不了。

在这之前，大姐祁婉玲去了徐州煤矿，做电焊工。

二姐祁婉珍去了农村，在刘庄公社新建一队插队劳动。

按照一家可以有一个孩子进厂工作的规定，我得以留城当工人。1976年4月，县工业局下属的地方国营淮南纱厂面向全县招工，我与来自全县各地的200多名青年毕业生分配进厂。

淮南纱厂地处新丰镇，有两千人的规模，是当时县里最大的厂。在大多数青年都到农村插队的时代背景下，进厂当工人是相当光荣的。

一、布房车间工作之余写诗自娱

拿工资了，第一年学徒工，一个月13元。尽管很低，但大家都是这样，没觉得有什么不正常。我被分配在布房间当验布工，这是纱厂的最后一道工序，活计轻松，环境也比较安静整洁，比一般男性在纺纱车间或织布车间当保全工好得多。工业局副局长的女儿王建兰也在这儿做验布工。这比一般女性在纺纱、织布车间做挡车工不知强多少倍。尽管工种是让人羡慕的，但上夜班的滋味确实不好受。

对文学的爱好是儿时读书时形成的。进厂后文学之梦未泯，上班之余，读书写作成为我的习惯。于是留下了一些自娱自乐的诗。

1.《无题》

读书时，远处传来的收音机里的歌声，敲击心弦，思绪放飞，倏然成咏。无以名之，姑名《无题》，写于 1976 年 8 月 11 日。

一

手提钢笔凝眸思，
窗口滤进风丝丝。
思随清风去悠远，
还以微波令人醉。

二

日烘晴画天寂静，
流水哧哧偶有声。
遐迩歌声忽扬抑，
疑是此身在仙境。

2.《车上零感》

淮南纱厂距离刘庄 25 公里，周末骑着自行车回家，沿途所见，常生零零星星的诗情画意。于是产生《车上零感》这样的小诗。诗写于 1976 年 7 月 23 日。

一

莫言林荫好行路，
赚得行人喜悠悠。
正入林荫大道里，
一枝放过一桠拖。

二

水乡七月好风光，
田野农人耕耘忙。
晚风吹秧层层绿，
早稻吐穗处处黄。

3.《厂门前的桥》

淮南纱厂由北部的纺纱车间与南部的织布车间构成，中间有一座横跨南北道路的桥相连。挡车工姑娘们就在这桥上往返上下班，形成一道风景。1976 年 8 月 11 日，我写下《厂门前的桥》：

钢筋水泥铸就你的身躯，
两岸石头夯实你的墩脚，
青枝绿叶给你穿上艳服，
朝霞暮霭给你涂上胭脂。

桥西是通向街市的大道，
桥东是鳞次栉比的厂房，
桥上空气湿润风光好，

桥下流水潺潺分外娇。

白天，机声隆隆放声歌唱，
新一代纺织工的脚步正不停奔跑；
新的征程从他们的脚下开始，
现代化的锦绣在他们手中创造。

夜晚，男女双双在这里聚会，
相互倾吐着欢爱的情调。
理想的火花在彼此心中燃烧，
甜蜜的向往让他们醉倒。

啊，桥上风光为何这样好？
青年工人饱蘸汗水将她点描。
桥下水色为何这般娇？
那是因为青年男女风姿绰约。

4.《笑题装饰》

“文革”中倡导艰苦朴素，如果注重穿着打扮，就被视为资产阶级思想的表现。“四人帮”粉碎后，人们长期压抑在心底的对仪表美的追求爆发出来，同宿舍的一位同事常常喜欢照照镜子、拨弄发型。我的思想仍然停留在传统中，便从艰苦朴素的传统观念出发，以诗暗讽，题为《笑题装饰》。诗写于1976年12月19日。

照一照白果脸俊三分，
烫一烫螺丝头尖戳人，
抠一块“咏梅”脂香十里，
披一顶三角巾娇又嫩。
花费了多少钱钞，

耗尽了多少脑筋，
偏挣个你俏我更俊，
总期待你我心中人。
枉费了多少青春光景。
何不做个老实人，
工作踏实，学习认真，
争做个生产尖兵、读书先锋！
今日，你创高产，
明天，我攀高峰。

5.《贺何兴明同学参军》

这一年底，中学同学何兴明[①]从农村参军，这在当时是非常荣耀的事。12 月 22 日，我写了一首《贺何兴明同学参军》：

不说说不完的旧交，
不道道不完的旧情，
仅怀着同志般的热忱，
兄弟般的荣幸，
祝贺你光荣应征。

早踏上社会征程，
锻炼了两年在农村，
力气大如铁牛一匹，
站起身似苍松一尊。
铁牛哪怕重压，
青松何惧风猛。
我愿你

① 何兴明：退伍后几经辗转，在大丰县（市）城开办钢材贸易公司。

在人民解放军这座大学校里，
像牛一样忠心耿耿为人民，
像松一样节节成长傲苍天。

二、两件事、三首词改变了我的命运

1976年底、1977年初发生的两件事，改变了我的命运，我从车间调到了厂部办公室，成为机关工作人员。

1.《满江红·悼毛主席》

一件事是毛泽东逝世时我写了两首词，引起了厂领导的重视。

1976年9月9日，毛泽东主席逝世。这对长期沉浸在对毛泽东崇拜中的人们来说，不啻是晴天霹雳，仿佛天都要塌下来了。军人出身的车间负责人潘师傅发现我有写诗的基础，从车间的荣誉出发，叫我写诗表示悼念。因为从小读书时学习毛主席诗词，对《沁园春》《满江红》的词牌比较熟悉，也很喜欢其参差错落的句式和抑扬起伏的韵律，我以《满江红》为词牌，填写了两首词悼念毛主席。

惊悉毛主席逝世噩耗，悲不能忍，泪如潮涌，蘸血而书：

其一

长空霹雳，
惊天哀号穿心肺。
万户泣，
江天气寒，
山河声噎。
巨星陨落环宇黯，
浩气冲天日月明。
任千里江水都是泪，
不胜悲。

锤和镰，
您树起；
刀和枪，
开天地。
迎东方日出，
处处朝晖。
雄伟气魄贯长虹，
丰功伟绩载史页。
痛江山如画人却逝，
心潮急。

其二

六条遗志，
鼓舞了万千豪杰。
狠抓纲，
道路不改，
方向不变。
马列红灯今犹在，
岂容妖雾再重莅。
接革命红旗扬征帆，
飞如矢。

北极熊，
吼弗歇；
台湾岛，
未收乂。
须加强国防，
团结一切。

反修反霸筑长城，
备战备荒聚物力。
敢叫二〇〇〇年，
宏图立。

词在车间朗诵，获得一片好评；影响传到车间以外，引起了全厂的轰动和厂长的注意。

2.《满江红·悼周总理》

第二件事是在纪念周恩来总理逝世一周年时，写了另一首《满江红》，促成厂领导把我立即从车间调到科室。

1976 年 1 月 8 日，周恩来总理逝世。首都群众自发组织悼念，被定性为反革命事件。毛泽东逝世后不久，1976 年 10 月 6 日，党中央一举粉碎“四人帮”，宣告“文革”结束。作为拨乱反正的第一步，在周总理逝世一周年之际，全国各地举行纪念活动，我所在的淮南纱厂也不例外。身处其中，2 月 9 日，我填了一首词《满江红·悼周总理》，用毛笔在白纸上书写好，张贴在厂部巨幅宣传栏上。

痛失良佐，
群情鼎沸泪成河。
怎容那，
四害跋扈
毒箭滂沱。
民心八亿不可奸，
总理一生岂堪没！
看黑纱白花汇洪流，
势毋阻。

满腔血，
洒九州。

赤心胆，
报领袖。
英魂冲霄九，
嫦娥为舞。
赫赫才略羞诸葛，
巍巍功绩惊山岫。
忠骨笑催万里疆土，
展宏图。

这首词以合适的诗句表达了人们的心声，又一次赢得全厂上下的好评，我因此名声大噪。

厂长姓韦，私塾出身，很爱才。由于两次所作的悼念诗词的叠加效应，我很快被调到厂部人秘科担任秘书，成为 200 多个新招青工中的幸运儿，也成为全厂瞩目、令人羡慕的明星人物。

三、科室工作之余，赋诗言志、抒情、叙事

1977 年初调到厂部科室工作后，我看书学习的时间更多，积极性更高。常用诗歌的形式言志、抒情、叙事。

1.《Who is he》

《Who is he》，用比较委婉的方式，表达了对自己做人方面的自期。这首诗写于 1977 年 4 月 6 日。

谈正经事，一本正经练达老沉；
说风趣话，从容潇洒绝妙超伦；
对待同事，披肝沥胆满腔赤诚；
对待女性，不亢不卑掌握分寸；
专心读书，刻苦勤奋珍惜秒阴；
勤勉工作，力求过硬尽到本分。

Who is he？这就是我的为人。

2.《自勉》

1977年8月24日写的一首《自勉》，表现了著书立说的人生理想：

须著书，
为党为民可泣事，
引吭高歌。
长恨经历太少，
复加才短口拙，
从小凌云志，
数载空悠悠。

思想燃点本低，
一遇风火便燃起，
心房多炽热。
亟盼领导支持，
勤出访旅游，
与工农大干共商磋，
还我千日夙愿，
毋多久。

3.《自嘲》

当时在科室工作，比起车间工作的三班倒舒适好多，但比起自己成名成家的人生理想，总觉得距离太远，做得不够。于是作《自嘲》。诗写于1977年8月25日。

人都道我工作舒，
怎奈事事总添愁。
倦思寄秋雨，

谈笑解忧愁。
年华暗换春梦里，
惭作人笑偶。

我观历史伟人，
深入社会苦用工。
岳公有言：
莫等闲白了少年头。
青春能几何？
不容蹉跎，
立足眼前头！

4.《我的家》

家是心灵的港湾。每星期六下班后回家，那是一周的期盼。这个“家”是什么样的呢？从大道公社搬回刘庄公社后，我们先后寄居在别人的两处老房子里，比较破旧。父母回城工作后，便用下放劳动获得的一些安家费和计划供应的材料指标以及人情关系，购置了木料和砖瓦，在小镇上盖起了三间瓦房、两间厨房。1977 年 8 月 27 日所写《我的家》，就记录了我对新居的热爱：

三间正屋朝南，
两间厨房朝西，
前面水井后面葵花，
这就是我的家。

红墙青瓦身高大，
一砖一瓦都记录着斗争与冲杀。
曾几何时，迷信的邻居不断捣蛋，
老天也挥动冰雹的拳头，

妄想把运石灰的船儿砸。

迎风冒雨，房屋的栋梁终于立起来啦！
艳阳高照，青瓦生辉，
红色的砖墙放光华。
路人每每赞不绝口，
它实在是宽宽大大。

时间包含着多大的变化，
一年前什么房屋是我家？
出门见山墙，进门低头跨，
秦砖汉瓦的蜘蛛网到处悬挂。

如今，姊妹兄弟聚首窗口读书画画，
在这里认识了牛顿和莎士比亚；
宽阔的白墙能把世界地图容纳，
从这里可看到浩瀚的密西西比、
高耸的喜马拉雅。

多少个月色皎洁的夜晚，
朋友们围着圆桌坐下，
兴奋地谈论古今、天上地下，
有时，为一个问题争论到深更半夜，
有时，与明月相邀，共尝西瓜。

家，可爱的家，
常住其中便觉罢。
在外工作的游子多么想念你，

常用遐想亲吻你温暖的面颊。

5.《浪淘沙》

在往返于纱厂与家乡的路上，目睹沿途景色，不免浮想联翩，禁不住咏物抒情。1977 年 4 月 30 日所写《浪淘沙》即然。

大雨落通榆[①]，
杨花飞烟。
纤绳弯弓舟如矢，
驶向天涯都不见，
知往谁边？

去浇公社田，
船里氨水。
麦吐青芒菜结籽，
硕果堪比江水甜，

① 通榆：通榆河，位于江苏沿海地区，是南北运输的黄金水道，已成为继京杭运河之后贯穿江苏省的第二条南北走向的千吨级水运大通道。连接南通、如皋、海安、东台、大丰、盐城、建湖、阜宁、滨海、响水、灌南等地，流经大丰县刘庄境内。

又一丰收年。

6.《回家路上》

遇到风和日丽，天气晴好，悠然骑一辆自行车回家，难免让人心旷神怡。1977 年 8 月 24 日所写《回家路上》，比较完整地记下了这所见所感。

学生时代我很有灵感，
一件小事会激起思潮的一片波澜。
可是现在不同了，
大事小事无动于衷，
一提起笔，
诗情就跑得无影无踪。

若说还有点诗情的残余，
那是在身随自行车飞驰途中。
斜阳的光束点燃思想的火焰，
遐想的卫星紧紧把宇宙的秘密追踪。
万物伸出无形的千佛手，
金不换的灵感飞奔如龙。

啊，暴雨驾雷将临头，
柳絮舞风多袅娜；
黑云翻墨未遮山，
乱雨跳珠已入船。
一年三百六十日，
渔家最辛苦。

车在曲拱桥上驶过，
唯见大河滔滔天际流。

白帆像海鸥从天际飞来，
烟艇像游龙极目远去。
河湾林立着无数樯桅，
直指天空的云霞朵朵。

辛勤的还是农村社员，
日色垂暮，仍在忙于收割。
记得上回，渠水淙淙，秧苗刚破土；
可是眼下，银镰过处，已满地收获。
还有，玉米羞答答吐出红缨，
梨园里累累硕果已经熟透。

请和我一道浏览，朋友！
新辟的道道河流，
水泥缝未干的码头，
锯齿状的厂房，圆顶式的高楼，
正在兴建动工的数不清的建筑。

面对这瑰丽的生活画卷，
我觉得世界如此丰富多趣，
我更加热爱新生活。
憧憬 2000 年的远景，
四个现代化的壮丽蓝图，
我更加忠诚领袖。
啊，东来西往，西来东去，
不近不远五十里路。
好山好水看不够，
每每都有新感受。

几回下笔不成诗，
今天总算记了个残缺不全。

7.《睡后》

诗是抒情的。初夏的暖风尤其令人陶醉。1977年5月19日写下《睡后》:

午睡起床无情思，
信步下楼有田畦。
暖风吹得游人醉，
唤取玉虬蓬莱栖。

8.《感物》

情由感物而生。1977年8月15日，清晨下雨，北风送凉，为时所感，遣笔而作《感物》：

秋风萧瑟天渐凉，
御热人添御寒裳。
天气变化尚如此，
为人如何不苍黄！

9.《火红的战表》

在厂部办公室做秘书，主要工作是文字宣传。宣传车间第一线的工人生活是我的使命。1977 年 4 月 5 日所写叙事诗《火红的战表》即反映了其中一斑。

织布车间甲班的一份倡议，
像一把火燃红了半个墙壁；
“决心书”“应战书”红光闪闪，
羞得天边红云直朝后退。

倡议犹如战表一份，
机器轰鸣呐喊助威；
老将后纺跃马出阵，
日产棉纱四十三点八三件，
首战告捷。

倡议好比梅花一枝，
引来决赛之花争芳斗艳。
往年四月芳菲尽，
而今四月红肥香泻。
份份“决心”张张“战表”，
仿佛无数捷报漫天飞；
瞧，车间、科室纷纷应战，
年底的棉纱啊，
一定能与青天相接。

10.《喜迎宝书》

1977 年粉碎“四人帮”后不久，人们尚未从“文革”遗留的个人崇拜中走出来，中央推行“两个凡是”，《毛泽东选集》第五卷的发行成为全国人民政治生活中的一件大喜事，必须组织庆祝。4 月 16 日所写《喜迎宝书》记载了淮南纱厂的这一具有时代特色的活动：

一面锣鼓震天响，
十杆红旗迎风扬。
书记双手擎宝书，
干群个个喜洋洋。

宝书这手传那手，
封面目录细端详。
班组个人学习开，
不分夜间与早上。

手捧宝书心花放，
感谢华主席党中央，
给我金棒添力量，
痛打四害狗豺狼。

大干的劲头一鼓再鼓，
高产的纪录一创再创，
跃进的红旗全厂插，
映照宝书五卷[①]放光芒。

四、参加高考

当时，人秘科在单位是核心部门，工作人员必须由党员或可以发展为

① 宝书五卷：指《毛泽东选集》五卷本。

党员的根正苗红人士担任。考虑到我的家庭出身有问题，将来发展为党员很困难，三个月后，我被调整到厂工会负责宣传报道。在工会从事宣传报道期间，我深入车间采访，将车间、班组、个人的先进事迹写成新闻稿在厂部的广播中播出，结识了很多朋友。尽管工作如鱼得水，人人羡慕，但因出身问题从人秘科调到工会这个非要害部门，意味着发展前途的无望。所以我内心深处还是有失落感的。1977 年下半年，国家恢复了高考制度。原来实行推荐上大学制度时，像我这样家庭出身的人是没有任何希望的。恢复高考后，为我圆大学梦提供了十年不遇的机会，同时也为我摆脱压抑、实现作家梦提供了重要的契机。于是我在工作之余加入了复习迎考的行列，与十多年中“积累”下来的考生一起参加了 1977 年的高考。

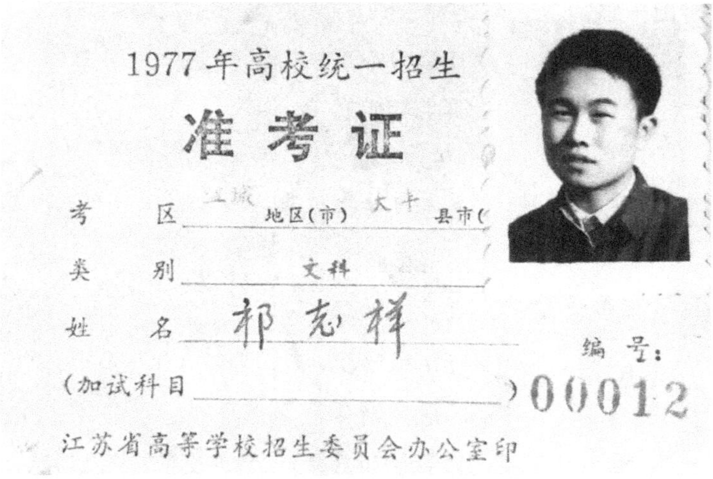
1977年高校统一招生
准考证
考区 盐城 地区(市) 大丰 县市(
类别 文科
姓名 郁志祥
编号：
(加试科目)00012
江苏省高等学校招生委员会办公室印

1977 级高考是从“文革”中盛行的推荐考试制度下抢救出来的一次考试，1978 年初入学，体现了中央高层当时抓教育的副总理邓小平急于选拔真正人才的紧迫心情。那一年没有告知考生分数，直接发录取通知书。我自信满满，但结果录取在江苏师范学院盐城分院。这与我的理想距离太大，所以没有入学。我觉得再复习半年，参加 1978 级高考，肯定会考个更好的学校。

1.《心如麻》

高考是 1978 年上半年进行的。考完后便陷入紧张的等待。8 月 6 日所写《心如麻》记录了当时的焦虑：

高考结果未揭晓，
诸多恼事未能了。
不谙逢谀事，
工作不讨好。
这次第，
怎一个“愁”字得了。

2.《感归途》

尽管忧心如麻，但还是努力用对身边风景的审美愉悦来加以冲淡。如8月6日所记《感归途》：

日落西山下，
驱车赶回家。
前后路游蛇，
两旁风送话。
水静数帆移，
日暮孤烟斜。
阡陌绿暗换，
舳舻声渐炸。
贪餐景如画，
聊解心如麻。

3.《8月6日晚与好友徐育凭串场河畔咏夜色》

《8月6日晚与好友徐育凭串场河畔咏夜色》也反映了内心的不安与焦虑：

盛夏夜晚热如炽，
唯见河畔驻春色。
风吹浪起星俱碎，

月照林荫蝉不沸。
客轮间往珠玉嵌，
诗潮忽咏章句得。
绝妙情景叹不已，
为考多日无此愕。

4. 尴尬的考试结果

8月23日，高考成绩通知书终于寄来了：语文，68.5；政治：73；历史：64；地理：81；数学：76；总分：362.5。这一年文理科重点大学分数线均为360。同厂的一位理科考生于宁总分360，压线被同济大学录取；樊嘉[①]总分347，被南通医学院录取。老家的邻居丁亚平[②]是文科考生，总分341，被江苏师大录取。我因第一志愿填得不合适，仍然被录取在江苏师院盐城分院中文系。录取通知是1978年10月30日收到的。多复习了半年，还是没有跳出江苏师院盐城分院；毕业出来要做中学老师，当时中学老师社会地位很低。因此，我感到极为失落。但这一年淮南纱厂考上大学的青年工人有不少，如果再不走人，我作为在人面上走的人，真不好意思见人。再说，再复习一年也未必保证能考得更好。进高校有书读总是好事。况且，成为作家并不取决于学校的好坏。于是，一半带着遗憾和委屈，一半揣着作家梦、文学梦，我告别了工作了两年半的工厂，跨进了大学校门。

① 樊嘉，现为上海中山医院院长，全国著名的肝外科专家，中科院院士。

② 丁亚平，现为中国艺术研究院电影研究所所长。

第六章　在师专做着作家梦

1978 年 11 月 5 日，来到江苏师院盐城分院报到。大概半年后，江苏师院盐城分院改名为盐城师范专科学校。

一、百废待兴的盐城师专

这是一座刚刚恢复办学的专科学校。从校舍到师资，都处于百废待兴中。入校第二天，我以第三人称记录了所见所感：

> 他来到盐城分院。分院在他面前展现的是什么呢？是坑洼不平的地面、散乱的房屋、砌了半截的宿舍大楼、还未粉刷因而显得粗糙的食堂，唯一一座漂亮的建筑是四层教学大楼。预计将陆续建起一座数学大楼、一座理化大楼、三座宿舍大楼和阅览室。……这杂乱和粗糙的一切曾让他的心头闪过失望的念头，但一座漂亮的教学大楼已可使他满足。这里有透亮的灯光、整齐的桌椅，够了。自己再带上一支笔一本书，就完全可以美满地学习起来了。对于他来说，华丽的游玩设施有什么作用呢？他只需要的是：教室、课桌、老师。不过，这里从教舍到师资都只具备了正规高校的雏形。

盐城分院中文系的录取分数是 340，进校前我曾感到自己很吃亏，不过进校后方知还有比自己更委屈的。同学中有考 370 多分的、380 多分的，甚至有 390 多分的。他们大都是“孩子他爸”式的“老童生”，本可考取更好的高校，但由于恢复高考不久，录取制度不尽完善，都高分低取到这里来了。[①]

学校是不可改变的，但人是可以奋发有为的。在师资不足的高校，成为杰出的学者很难，但成为出色的作家则不受此限，完全取决于自己的努力。于是，从进校门之日起，我就投入了紧张的追梦历程。11 月 8 日日记写道：

> 屈指数来，进院已经四天了。对于这四天，我是问心无愧的。每天早晨五点之前，天还没亮，我就起身了，跑步、看英语。白天参加活动，晚上借人家的教室看书[②]。九点散自修以后，诵读英语。十点后入睡。为保证学习效率，中午休息一会儿。
>
> 保持这几天的学习劲头。三年下来，自然会获益匪浅。

11 月 9 日接到原淮南纱厂布房间同事、当时在南通纺织学校财会班读书的王建兰的来信。当天我的日记是这么写的：

> 来信说，学校的好坏并不能说明问题。文凭只能说明学龄已到，并不能说明一个人水平的高低。是的，苦恼只会使自己丧失信心，陷于沉沦。只有摆脱一切苦恼，振作起来，向前努力，超过那些老童生，获得老师的器重，才是道理。

二、心有不甘，砥砺奋斗

1979 年 7 月 21 日，在辛苦追求了大半年后，我曾经信心满满地写下了一首《抒怀》：

---

① 多少年后单位进人看重“第一学历”，这些高分低取的人便成为最大的牺牲者。其实，即便是大专生，当时的录取比例也很小。“文革”中停止高考招生，所以这两年的考生包含十多年来的往届初中、高中毕业生，数额特别大，因而考上专科以上的大学生的含金量很高。一份统计资料表明：1977 年，报名人数 570 万，录取 27 万，录取率约 4.8%；1978 年，报名人数 610 万，原计划招生 29.3 万，后增加近 11 万，录取 40.2 万人，录取率约 6.6%。这个统计数字含大专生。随着高校建设事业的发展和招生规模的扩大，后来的招生比例愈来愈大，大学生的含金量愈来愈小。如 2009 年报名人数 1020 万，录取 629 万，录取率达到 64.2%；至 2018 年，大部分学生都能上大学了。

② 当时新生的教室尚未到位。

低低羊栏，怎能锁得住骏马铁蹄翻飞？
霏霏淫雨，怎能挡得住车轮滚滚向前？
区区师专，权且当作对于意志的磨炼。
默默努力，期待有朝一日一鸣惊天。

也就在这前后，我又写下了一首《三色版——写有志者的脸》：

你用自卑和自信
制成冷色和热色
又用透明的平淡
调出第三种颜色

冷色画出了
坎坷的路道
咆哮的大海
天边的乌云……

热色标出了
岛上的航标
行驶的风帆
云中的光芒……

明与暗、美与丑、善与恶
在这里展开了激烈的厮杀
从这幅平淡无奇的画中
我读出了——力的象征

我相信
凭借这三种基色
你一定能调制出无数种色调

画出你理想的图画

三、沉潜在中外作家的名著中

要成为作家，一要多读世界文学名著，二要多记、多写、多练。于是一方面，我一头扎进国内外文学名著的阅读学习中，而对中国古代文学的学习只是应付。莎士比亚、巴尔扎克、托尔斯泰、莫泊桑、梅里美、狄更斯、歌德、雨果、大仲马、茅盾、丁玲、叶圣陶、郁达夫、普希金、雪莱……《世界短篇小说选》《中国现代短篇小说选》《中国当代短篇小说选》，等等等等，如饥似渴，生吞活剥，每遇警句，辄加摘抄，只感到名著太多，时不我待，读不完、读不光。书籍带给我很多的快乐，这种快乐成为我抵抗外界苦恼的一道屏障。1979 年 11 月 22 日，我写下了这样的诗篇《从书籍中取乐》：

没有整齐的教学大楼
没有知名的学者教授，
没有赏心悦目的山水亭阁——
我只好从书籍中取乐。

领导的报告叫我厌倦，
老师的冷漠叫我发愁，
同学的嫉妒叫我难受——
我只好从书籍中取乐。

入党？没有靠山、没有门路；
做官？怕人骂作行尸走肉；
政治？辛酸苦辣不可捉摸——
我只好从书籍中取乐。

人与人之间明争暗斗，
“真正的朋友”没有准头，

稍不小心就栽跟头——
我只好从书籍中取乐。

不用狡猾、不用世故，
不谈金钱、不看宝座，
仅凭求知欲便可穷饮美酒——
我自然从书籍中取乐。

这儿，铺展着通向未来的阶梯，
这儿，充满着崇高的精神欢娱，
这儿，奔涌着事业的力量泉流——
我应当从书籍中取乐。

另一方面，我记了好多本生活手记，写了好多小说、诗歌及人生随笔。这些小说、诗歌、随笔虽然没有发表过，但却为我日后转向文艺理论和美学研究提供了艺术创作的经验基础。它们间接地反映和折射出那个时候的社会生活和我的心灵活动，记录着我的追梦历程。

四、大学中写的诗歌

“诗言志”。大学三年写下的诗，一个重要主题是从愚昧走向觉醒、从盲目迷信走向对历史、对现实的独立思考。

1.《怀念》①

日里、夜里，
路上、床上，

① 《怀念》一诗为1978年12月26日毛泽东85岁诞辰而作。1978年12月21日日记记载：“组长布置我写一篇纪念毛主席诞辰85周年的诗歌或散文，我不好推托。逼了三天，总算像挤牙膏一样挤出了一首诗。”当时盛行“两个凡是”，十一届三中全会公报尚未发布，全诗表达了“文革”以来对毛泽东的一贯赞美。诗的形式模仿贺敬之的《放声歌唱》，属于阶梯式的马雅可夫斯基诗体。

为纪念毛泽东的诞辰，
我将心中的诗文反复掂量：
是咏韶峰的红日，
抑颂八角楼的灯光？
是歌岷山的积雪，
抑唱大军渡江？
写，就写天安门城楼升起的
 第一面五星红旗！
但，刚要落笔，
“文化大革命”的洪流
 又在胸中激荡……
呵，毛泽东的千秋功绩，
还是让诗人去歌颂，
让历史去评述吧！
实实在在地表几点决心，
岂不是最好的纪念诗行？！

于是，我攥紧拳头宣誓
面对毛泽东的画像：
像您当年驰骋疆场，
穷追猛打“四人帮”；
趁着风华正茂，年富力强
“多向自然科学学习”，
快快汲取那知识的琼浆！
不偏尚空谈，
不蹉跎时光！
莫道征途漫长，
科学技术是金翅膀；

莫道困难重重，
知识拥有神奇的力量：
化作霹雳，
炸魑魅魍魉；
化作彩虹，
跨深川大江；
化作芝兰，
吐满园芳香；
化作妙手
牵无限春光

到那时，
山山水水任人裁，
天南海北换新装，
“四化”蓝图已实现，
地上人间变天堂。

到那时，
您若在太空，
我就驾着飞船飞到您身旁。
我要向您报告：
您亲手创建的新中国的巨轮，
已经驶进世界的前方；
在这时代的洪流中，
我始终做一滴水，
千里奔腾不歇，
一路凯歌高亢，
怀着对您的深切怀念，

和您的殷切希望。

2.《赞张志新》①

你是江姐的英灵，
你是陈铁军的化身，
——不，你就是你，
你是时代的最强音：
张——志——新！

当“忠”字舞跳得人们头重脚轻，
你清醒地告诫人们：“这是迷信！”
对盛极一时的“旗手”江青，
你大胆地怀疑：白骨精。
当极左的狂潮迷离了人们的瞳仁，
你担忧：祖国的巨轮是否会沉沦；
面对暴徒的毒刑、刽子手的钢刀，
你毫不屈懦，英勇捐身。

你娇艳似花、温柔如水，
那是祖国慈母赋予你的天性；
你目光如鹰、铁骨铮铮，
那是马列主义留给你的精英；
你是人民的赤子，
为人民奋斗，至死不改忠贞；
你是时代的长女，

① 此诗写于 1979 年 10 月 2 日。当时十一届三中全会历史决议已经发布，“实践是检验真理的标准”问题大讨论推翻了“两个凡是”，许多冤假错案开始平反昭雪。我逐步走向对历史和现实的反思。

为祖国报道春信，泪尽啼血甘心。

你是叛逆的开始，
是你，第一个肩开了宗教迷信的大门；
你是冬日的第一阵雷响，
听，“四五”呐喊中，回荡着你的声音。

你倒下了，
你的英名永照汗青。
历史的履历表将永远铭记：
江竹筠、陈铁军、张志新……

你倒下了，
你的精神却鼓舞着千万人。
倘有谁胆敢兴风作浪，
千万人的呼吼会汇合成时代的强音：
我们是张——志——新！

3.《慢一步戴吧，“皇冠”》①

在外求学数月回家，家乡变化真大，一座座楼房竞相媲美，可是室内一片邋遢，楼后的田野里，农民在凛冽的寒风中举起了四齿耙……

汉武的皇冠，
摘去前后十二道流苏，
是七层大厦上
古朴小雅的

① 此诗写于1980年4月9日。寒假回老家大丰县刘庄镇，返校后有感而发。皇冠：指楼顶上像古代皇冠一样的建筑小品，用于包藏水箱。

亭阁。

像待飞的乳燕振翅，
曲线的造型堪夸奇观。
好像在哪儿见过？
欧洲，还有
纽约。

从外面看，
金黄的底色上，
绿玛瑙、碧琉璃，
勾画着
错落有致的
横横竖竖；
还镶着
磨光石子，
犹如
白玉和宝珠。
富丽堂皇啊，
真可和欧美
比个肥瘦！

可是，
走进里面，
陈设，
憔悴依旧，
地面桌面窗面，
总是蓬头垢首。

工作效率
只抵欧美的零头；
讨论和研究
却比得上
奥勃洛摩夫[①]。
走上阳台，
看看大楼的
身后：
用纱巾裹头的
农民，
正高举四齿耙，
一耙下地，
筑起三根半
胡萝卜……

此情此景，
令人恍惚：
这是十七世纪的
欧洲田园，
还是
刀耕火种的
秦皇汉武时候？

乞丐，
罩上一件
华衮，

① 奥勃洛摩夫：俄国冈察洛夫同名小说中的地主，以懒散著称，从床上起来就花了半天时间。

就可以将
衬衣的褴褛
包裹，
却无法遮住
骨子里的
寒酸！

学习西方，
搞现代化，
难道就只体现在
快快建几座
大厦高楼？
而面对
社会的痈疽，
管理体制上的
骨结核，
迟迟不加诊救？

我懂得呵，
一个重病人
健康的恢复，
要等待一段时候，
但，“四害”清除之后，
已过去
四个春秋，
为什么不见
管理体制的
大树上，

开放
改革的花朵?
是花朵呵,
而不是硕果!
我不敢那样
苛求。
须知,
建几座楼房,
容易!
它只需要
上面的资金,
外来的贷款。
而根治
管理体制上的
重疾沉疴,
困难!
因为
它要触动
根深蒂固的
习俗力量,
和书记的四合院,
司令的将军楼。
但,这是治国的根本呵,
通向“四化”的
主要关口!
岂能够由于
面广量大,
积重难返,

就怠慢撒手，
勇退于激流？！
岂能够
舍本求末，
震红脖子，
用昂贵的
玛瑙和钻石，
去点缀
灰色的尘土？！
用金碧辉煌的
“皇冠”，
去粉饰
祖国母亲
干瘦的
头颅？！

慢一步戴吧，
飞红走翠的
雕玉镶金的
威仪赫赫的
“皇冠”！
根本的改革，
快快着手！
“皇冠”要戴，
那是在
“四化”的高楼大厦
落成之后，
举行

加冕典礼的
时候！

4.《心灵的呼喊》[1]

我嫉妒：
问思想，
他是个空白；
问水平，
他是个
吐鲁番盆地；
为什么
他竟能
生活得如此得意？

我终于悟出了
两条真谛：
他能够闭上眼睛顺从，
还有勇气不顾廉耻
迎合上面的意旨。

我要呼喊：
——做人，
为什么偏得
抽去思想的骨髓，
撕去人格的面皮？
——生活，

① 具体写作时间不详。讽刺的是一平庸而唯唯诺诺的同学左右逢源、春风得意的现象。

为什么“顺心”
就不能“得意”？

5.《老鸟的遗训》[①]

一个声音说：
“出来吧，
给你更多的自由。”

从小笼子来到大笼子，
他以为回到了无边的天空，
于是他疯狂地飞跃
迎接他的是重重的撞击
他跌在地上爬不起来，
翅膀折断了，
头也撞破了，
血流了一地。

临死，他对
哭哭啼啼的孩子们说：
“假如，我仍在小笼子里
安分守己地待着，
也不会把你们
抛开……”

① 具体写作时间不详。说的是追求自由的代价。

6.《我只好自尊》[①]

我不想为我的缺点狡辩，
我只想挖一挖自尊的原因。

当我的礼貌被人视为献媚，
我不得不自尊。

当我的谦恭被人视为虚伪，
我不得不自尊。

当我的温良被人视为狡诈，
我不得不自尊。

当我的热情被人视为世故，
我不得不自尊。

于是，我冷静得近乎冷酷，
这使我更加自尊。

于是，我坦直得不近人情，
这岂不是自尊！

于是，我懒得遇人微笑打招呼，
这也算作自尊。

---

① 自尊、自信是独立自主、自由思考的前提。读书、理想给了我自信，处于青春期的敏感给了我自尊，这种自尊有时达到有点过分的程度。本诗就剖析了自尊的成因和理由。

而且，我不愿介入别人的争论，
这还是一种自尊。

当别人露出一点轻蔑，
我便自尊。

当别人企图将我奚落嘲弄，
我便自尊。

为别人把我贬得一文不名，
我不得不自尊。

当别人盲目地自大，
我便比他还要自尊。

为了在干部面前不显得卑下，
我只好自尊。

为了在学者面前不显得无能，
我不得不自尊。

为了回击苏南人的傲气，
我只好自尊。

为了在女性面前不失分寸，
我还是得自尊。

啊，我有一副多么恼人的傲骨呀，

我是崇拜自我的神灵的再生。

我自顾着我孤单的身影，
我原不喜欢孤芳自闻。

我多么想摆脱这恼人的特性啊，
无奈我竟是一个十分无能的人！

7.《贝壳集》

（1）
在真理的法庭里
用不着“辩护律师”
（2）
可叹
开发真理的矿藏
用的仍然是落后的“风钻”
（3）
饱满的良种下地时
且慢奏丰收的锣鼓
因为它有变异的信息

思想、路线好比种子
在它开花、结果之前
且慢唱“正确”的颂歌
（4）
都说孩子丑
却不怪父母是怎么生的

（5）

皱纹

是智慧激起的涟漪

是探索留下的脚印

（6）

白发

是汗水结晶成的盐

（7）

烟头

是思维的光点

（8）

勤奋

是金子

但拜金者

是不屑一顾的

（9）

因为政治的爆米花

不能填饱肚皮

所以连同思想的珍馐

也遭到唾弃

（10）

为了焚烧谬误

把真理劈作干柴

（11）

为了不再被骗

于是把铅角儿

都捏出了汗

（12）

由异性的笑

酿成的蜂蜜

常含着黄蜂

尾上的针刺

（13）

他缄默不语

是为了获得思想的佳酿

她缄默不语

是为了掩饰内心的无知

同似高深

一个深沉

一个浅薄

（14）

不轻视不是敬重

敬重不是佩服

佩服不是崇拜

（15）

尊贵的藩篱

许多是由自己编织的

（16）

腼腆

都说是善良的外延

我却看到里面

藏着狡猾的老练

（17）

羞涩

都当作纯洁的标志

殊不知是对肮脏欲望的
诚实裁决
（18）
身体的秘密
赤裸地暴露
原有的魅力
便跟着失去

大海、森林
星空、宇宙……
拴住人心的
只是一个个未知数

把做人的奥妙
写成一个字母
就是——X①
（19）
彩虹
可遮掩天的脸
但等不到
太阳出

没有云彩的天空
藏的是雨？是雾？
是雷？是电？
永远是个谜

---

① X：数学符号，指未知数。

哦，虚幻
固然是谜
而深沉
是更经久的谜

8.《笑》

其一

半路相遇，他和她相视一笑

笑得多么淡然呀
但淡然的背后却藏着无限的春情

笑得多么亲热呀
但心田笼罩的依旧是一片荒凉

笑得多么羞涩呀
但心里早已实施过无数次大胆

笑得多么腼腆呀
然而却在悄悄地玩弄世故

笑得多么谦恭呀
但心中充满着占有对方的自信

笑得多么和善呀
但骨子里充斥着冰刀般的冷酷……

呵，笑与感情可以成正比

也可以成反比
善良的年轻人呀
你可要判断准确
不然，不是与你理想的佳人失之交臂
就是与你春风满面的朋友闹得一脸三红

其二

我得了一个
甜蜜的笑
细细回味，猛然醒悟了
笑的滋味并不甜蜜
因为我所吃的苦果
都是由笑酿成的

既然笑是
虚伪的把戏
还留着它干什么
冷眼相看吧
——但却不能
因为在今天的社会上
虚伪已渗透到一切方面

9.《致恋人》[①]

一

我有一只苹果[②]，

① 这是一封未寄出的求爱诗。“恋人”是假想中的某位姑娘。

② 金苹果：古希腊神话中爱情的象征。

全用金子浇铸，
假如献给圣母，
不知她能否接受？

我有两枚红豆[①]，
可以嵌入发簪，
假如献给皇后，
不知她肯否戴上头？

二

你是一名金闺，
闺中藏着绣球，
不知这个绣球，
能否抛到我手？

你是一朵芙蓉，
芙蓉长出莲蓬，
莲蓬结出莲子[②]，
能否落我心中？

三

秦晋两国联姻[③]，
双方遂至强盛，
我想我俩的情形，
必定与此相等。

---

① 红豆：古诗中指相思豆。
② 莲子：谐音怜子，古诗中指相爱之人。
③ 化用古语喜结秦晋之好。

你得了我的苹果，
你会变得富有；
我挨了你的绣球，
前进的脚步如梭。

你用红豆装饰，
必定更加漂亮；
我有莲子武装，
必定更加茁壮。

四

丘比特[①]射出神矢，
直指维纳斯心窝；
又怕她疼痛难忍，
像狮子一样暴怒

10.《他与她》

他不愿意看她
却喜欢置身在
她的视区内

他不愿意谈她
却期望自己
成为她话题的中心

① 丘比特：古罗马神话中的爱神。神矢：爱情的箭。语出鲁迅《自题肖像》“灵台无计逃神矢”。

他不愿意追求她
但却等待自己
成为她的猎物

11.《冰冷的爱》

我表面上对你冷若冰山，
只是为了不失我的尊严，
你可知道在我的心中，
燃烧着炽烈的爱情火焰？
枕头、被头可以做证：
多少次我梦中将你呼唤。
多少次呵，我咬紧牙关，
要将爱的金苹果向你进献。
我害怕呵，害怕忍受
那婉言谢绝的千吨难堪！
于是，我对你冷淡，
你真的因此对我疏远。
哎哎！如同你嫌我不粗憨，
我心中深深地责怪你，
为什么不大胆？！

12.《关在笼子里的百灵》

他飞快地按动着琴键，
引来了晶亮的溪水；
她想投进水里洗个澡，
但——刚刚跃起
一只无形的手拽住了她的泳衣。
他挥动神奇的笔端，

引来了幽深的竹林；
她想躲进竹林啜杯清露，
但——刚刚迈步
一声吆喝却破了她梦的美满。

碰巧，他俩在一起练琴，
他对她弹了一个颤音，
“……哦，你是搞音乐的
应当让音乐充满心灵。”

她慌忙岔开话题：“瞧，星星，多迷人……”
“嗬！”他诡秘地笑笑，“知道吗？
天王星是六等星，
叶蒙尼勒看过它十二次
可却把它错过了，
因为缺少——勇敢……”

她心灵的翅膀鼓动了，
她梦想化成一只百灵，
永远伴着他歌舞，
然而她终于没有逃离，
父亲临行前给她设定的音符。

13.《双眼皮》

双眼皮的
大眼睛
第一层包着
地位

第二层围着
金钱

哦，我错了
原以为她的眼睛
是一泓清澈的春水
却原来是
一些垃圾的堆积

14.《“诚实”的教训》

他太诚实了，
以至于女同学背地里笑话他：
“他把我们的客套，
全当作真心的赞扬。”

他觉得自己遭到了玩弄。
他没有想到，
女人竟以表面的诚实和善良，
巧妙地使用过狡猾。

一拳击在太阳穴上，
他要砸去自己的诚实。
因为诚实与浅薄，
并不是两回事。

15.《情殇》

坟草青青……
一年前

这儿埋葬的
滴血的教训
发酵了
滋养着草根
将新叶儿滋润
点缀着
生的光景

16.《致女同事束某书》①

没有强烈的爱，就没有强烈的恨。
一片波澜翻过，心海一片平静。
屈辱不足以起火，书信不会被烧焚。
留它作为杠杆，推动自己前进。
我不会造谣放风，因为良心尚未死尽。
原谅和忘却吧，没有谁自作多情！
如同以前一样，彼此礼貌和尊敬。
为了不显异样，必要时我还会亲叩尊门。
集中全部精力吧，勇攀知识珠峰。
成功，领略无限美妙的光景；
失败，在书山脚下含笑碎骨粉身。

17.《灯》

灯
熄了
姑娘的心

① 束某，原在淮南纱厂工会工作时结识的女播音员。我到盐城分院读书不久，她也考到盐城纺织学校读书。其间有一番试探性、选择性的交往。此诗写的是一段误会爆发后的情感说明，写于 1980 年 4 月 9 日。

却点亮了
远处
一个小伙子
提着如盏的明月
寻觅着心中的姑娘
姑娘来了
她吻着他手心上
刚捺过电闸留下的
痕

18.《月下老人的诗》①

当年，鸠山吩咐过手下的喽啰，
拆开了李玉和和李奶奶紧握的双手。
今天，“鸠山”立志将功补过，
愿将“李玉和”和“李奶奶”重新撮合。

我想，当年在舞台上握过的双手，
至今想必还有余温保留？
因为在握手的一刹那，
双方的心中一定有强大的电流通过。

转眼间过去了几多春秋，
幼小的树苗已长成参天的大树。

① 此诗作为书信写于1980年9月22日。收信人是淮南纱厂女工、我的小学同学曹榕南。小学五年级时，我们排演了现代革命京剧《红灯记》，她饰演李奶奶，我饰演鸠山，何兴明饰演李玉和。后来，她进厂，何兴明参军，我上了大学。何兴明曾对她表示过爱慕之意，她迟迟未予回应。我觉得他们很般配，于是以“月下老人”的名义，写了这首诗给她。不过，她与何兴明最后并未走到一起。

春天来了，爱的花芽已爬上了枝头，
我敲诈过他，他不得已点了点头，
接着又做出种种说明，掩饰自己的胆怯。
我试探过你，你心中有意口不露，
脸红得像熟透的苹果。

当然，一切还只是开头，
最后确定，要等他回来之后。
然而现在，
何妨牵着一根线索？

当青年男女初恋韶华，
第三者不宜过多插手；
当他们有什么隐情不便明说，
朋友有责任代为传播。

我是一个月球，
既熟悉太阳，又了解地球。
假如太阳和地球有什么信息，
那么，请在我这里中转。

啊，当年的“鸠山”拆散过你们握着的双手，
现在，他情愿充当一只报春的喜鹊。
在这里，我请求你允许，
“鸠山”用行动忏悔过去的“罪过”。

19.《花赋：为葛建华大姐送行》①

在您临行的时候，
我送给你一束花。

她不是
洛阳的牡丹，
福州的杜鹃，
北京的菊花，
也不是
天山的雪莲
西湖的蜡梅，
云南的茶花……
她只是
友谊的象征，
希望的寓体
感情的物化。
凭借她，
我要献上一束心上的花。
九年前，当您跨越长江，
从古老的石头城，

---

① 《花赋》为1979年3月3日为前来道别的淮南纱厂同事葛建华大姐而作。葛建华是我在淮南纱厂工会做宣传干事采访中结识的朋友。她是南京知青，1979年初调回省城。3月3日的日记记载了此诗诞生的经过：“昨晚葛建华和他的叔叔来到我这里辞行。今天早晨8:40的车回大丰办理调动手续。从此以后，她就离开大丰，回南京电子管厂工作去了，不知什么时候才能见面。想到这些，我彻夜难眠。送什么给她做留念呢？我突然想到了送花。这既可以纪念我们在淮南纱厂结下的友谊，又可作为她结婚时的贺礼。为了表达心中的情意，还要写一首与花有关的诗才好。于是吃完早饭后就唰唰地写，课也没上。7:45写好，8:10誊好。骑辆自行车上街买了两束塑料花，直奔车站。这时已是8:37了。我飞快地通过检票口，将两束花和一首《花赋》送给了刚刚上车的葛建华。”由于天各一方，生活的轨道不同，后来也就失去了联系。

来到黄海之滨，
盐阜平原，
青春妙龄
不也似花一般美好？

九年了！
耳边——织机的轰鸣，
脚下——不尽的路程，
身边——斗争的风雨，
生命的花儿，
有的枯萎凋零，
有的更加鲜艳；
命运的朋友，
有的分道扬镳，
有些更加亲密。

几经沧桑呵，
多少变化！
正所谓：
年年岁岁花相似，
岁岁年年人不同！

如今，当您踏着黄海的潮头
带着盐阜的泥土，
即将启程重返家乡，
朋友呵，
想起昔日
多少回灯下交谈

人生共勉，
怎能不激动万分，依依留恋？
想起其间
多少道调动手续
多少次悬念不安，
怎能不手持花束，向您祝贺？

我希望，
我们在淮南纱厂结下的战斗情谊，
像花儿一样常开不谢；
我希望，
您在新的工作岗位上，
再创造花一般的灿烂前程！

呵，在您临行的时候，
我献上一束塑料花。
她不仅仅是我们友谊的纪念，
还含着我——一个小弟弟
对于您——亲爱的大姐姐
的美好祝愿。

但等那
花烛高照
大喜临门的那一天，
请将她插在精美的花瓶里，
遥寄我蓄持已久的祝愿：
祝愿您的生活如花似锦；
祝愿您和汪大哥

在实现四化的长征中
像一对并蒂莲
开放在
石头城。

20.《玫瑰》

揽万瓣红霞，
打扮自己的小脸，
遗无数芳菲，
牵动别人的柔情。
见谁便嫣然一笑，
妍丽无比，春风满面。
但你绝不卖弄妩媚，
倘有人企图将你戏弄，
你便亮出剑一般的尖刺。

21.《蔷薇》

不是长在精美的花盆里，
而是长在蓬蒿满地的路边；
万绿丛中有数点飞白，
那便是你的身影。
来往车辆给你撒上道道沙尘，
你从不喜欢去梳洗。
凭着天然的素淡和芳馨，
引来无数过客的倾心赞美。

22.《菜花》

昨天，你绿得正嫩，

轻轻一掐
便有一道汁水往外渗；
今天，你突然变黄了，
而且黄得是这样的深。
多少人把你尽情赞叹：
“嗯，佳色绝伦！”
好像忘了他们昨天说的：
“嗨，唯有绿色最宜人！”

23.《吊车》

你用坚强不屈的头颅
顶住铅色的天空
然后伸出钢铁手臂
将胸中的爱憎赤裸地捧出

24.《光明》

阳光啊，你真公平，
大小什物，你一样抚慰。
不过，你不会弯曲，
鞋底被鞋面遮着，
潮气便莫想去掉分微；
高楼身后留下一片福荫，
你从不在那里落脚小憩。
光明啊就是这样，
永远与正直与正义相随。

25.《力》

莫以为

攥紧的拳头
蹙起的眉峰
咬紧的牙关
才算有力
平淡
好比平滑的巨石
才是力的象征

26.《油》[①]

饭吃得不快活，
唤个朋友啰唆：
“哎，你的嘴上都是油。”
“咳！吃了两三片肉，
油倒沾了许多。
中午洗菜盆——”
他苦笑着挤挤眉头，
摊开油得发光的双手。

油的生性啊，
轻飘飘，水面上浮。
千万别沾上它——
油嘴油手、滑脑滑头，
有一点油星，
就想与日月争辉，
梦想做星斗。

① 写于1980年1月22日。

27.《登临》

月清风淡的夜晚，
我邀女友们
登临楼顶平台，
做一次令人神醉的
晚眺。

“算了，”
她吐出一丝轻愁：
“如果我们刚到楼梯的半腰，
灯火熄了，
怎么好回头？”

“真傻！”我笑嗔着，
伸手指向天边：
“你们没看见么？
明月为我们掌灯，
清风向我们招手，
我们怎么能
负了这佳期良辰？”

于是，姑娘们跟随我，
径直走进天上的琼楼玉宇。
在那儿，
嫦娥提出要和姑娘们结为姊妹，
吴刚招呼我：“来，抬酒！”

28.《瞭望》

站在楼顶
立在云端，
静静地瞭望
远处的烟囱冒出的
黑色的烟卷
一直消融在
我的脚下，
就像一滴蓝墨水
在明净的清水里
由浓至淡地开放出
一串串花儿，
从而，
我不尽的目光，
我无边的思绪，
也久久地浸泡在
层层叠叠的蘑菇云中
并与之溶化。

29.《相对》

絮似的白云
纹丝不动
静静地立在蓝色的天空
躺着的人说：
这天像个蒸笼
没有一点儿凉风

漫步的人说：
多么醉人的微风
犹如少女的玉手将我抚弄

奔驰的人说：
多么可恶的烈风
就像虎钳一般禁锢着我的心胸

30.《跳高》

当她从横竿上跃过，
我看见
一只轻盈的小燕子，
在我头顶上飞过。

她衔着了天边的白云，
情不自禁地回首做了个远眺。
她历数着练习起飞、冲刺的次数，
当她发现自己的辛劳没有白费时，
便露出一丝甜蜜的微笑。

31.《中秋吟》

凭栏杆，
对皓皓月夜，
倾倒情怀。
有良朋，
只差三两杯清酒，
权把玉露代。
念天下游子共清辉，

推愁抛忧亲相爱，
愿酷日此后，
不出来！

偕孤鸿绕月双徘徊，
今又再。
一别数载鬓已殊，
皎月颜色应无改。
团圆自古人共求，
清高哪容浓云埋。
引一曲高歌讴月明，
中天开。

32.《国庆诵》[①]

听不到节日的鞭炮、锣鼓声，
看不到节日盛大的庆祝游行。
工厂的工人杀鸡宰鸭笑出声，
农村的社员喜气盈盈走进城。
新建的人民商场敞开了胸襟，
购物观光的人流如走马灯，
高楼大厦彩旗飘飘，
五色斑斓的彩灯搭成 A 字形。
这是一九七九年的国庆，
新中国三十周年的伟大诞辰。
它不像人们想象的礼花缤纷，
也不同于昔日的狂欢大庆。

① 写于 1979 年 10 月 5 日新中国成立 30 周年之际。

它没有强求工人加班加点，
也不阻拦人们饕餮一顿。

因为，三十年成果辉煌，
也有惨痛的教训。
不能让人们在欢歌中醉酒，
也不能让财富
在爆竹声中化为烟云。

因为，向国庆献礼，
不在于加班加点打疲劳阵。
让人们欢乐度过法定假日，
同样是为了明天
更好地进行新的长征。

反对铺张浪费，勤俭节约办事，
是我党的一贯方针。
但这绝不意味着
不准搭彩门、不准挂彩灯。
人民群众喜闻乐见的形式要恢复，
看，大街小巷，到处洋溢着欢庆气氛。
唯有商业战线的职工得辛苦点，
你们不能休息，你们得照常开门。

三十大庆的日子一闪而过，
紧接着是战马嘶鸣、英雄出征。
风风雨雨的过去，将到这里作结；
山花烂漫的未来，将从这里延伸。

当二十年后的今天
人们走在现代化的大街上庆祝的时分，
我们将记住这历史上伟大的转折点
新中国三十周年的生辰。

五、大学中写的小说

读大学时梦想成为小说家。读过不少小说，写过不少小说。受当时各种类型小说的影响，曾尝试过各种题材、各种手法的创作。

1.《雪，默默地落》[1]

泥泞的路面，狭仄的巷道，风化了的青砖墙，被积雪压斜的篱笆……小镇的一切，还和从前一样古老，唯一与以前不同的，是家家户户的古屋前多了一道红砖院墙。

家乡呵，多少年了，你，就像断了桅杆的中世纪的帆船，一直停滞不前。为什么？先问问自己吧！我，给小镇、给社会添过些什么呢？

田畦、菜花，泥墙、蜂巢。芦柴棒伸进巢洞里掏了几下，立刻把瓶口对准洞口套住。洞内的蜜蜂飞进了玻璃瓶，我如愿以偿了。

房主人出来了。我撒腿就跑，一头栽进一个人的怀里。啊，是陈爹，年轻的房主人的爸爸！顿时，我心怵了。可陈爹并没有发火。他说，蜜蜂是益虫，辛勤，能酿蜜，对人有用。人呢，就得像蜜蜂一样，做一个对别人有用的人……

可现在，我，还是童年时代的我，入学前的我，一无所成，

---

① 写于1981年4月16日。这是尝试散文诗风格的小说习作。生活原型是刘庄镇居委会一位热心为大家义务服务的陈大爷。

何用之有！

雪，又飘落了。婀娜多姿，给停滞的小镇带来了生气；晶莹洁白，给灰色的小镇带来了美色。雪越下越大，行人不见了。我不由得攥紧皮包，朝家小跑起来。

迷茫中，远远看见一个灰点在朝前蠕动。灰点越来越大了：一把旧得发黑的布伞下面，露出一对紧裹的灯笼裤脚，弓着的腿不很得力地支撑着躯干，步履急促而细碎，颤巍巍的身子摇摇欲坠。这是位老人，好像有着急的事儿要办。不过也得看看自己的年岁呀！雪大路滑，万一跌倒，连拉的人都没有。我得劝他避避风雪。

当我走近老人身边的时候，一下子惊住了："是您呀，陈爹！"

老人愣了一会儿，终于认出了我："哦，大学生，放假啦？快来躲躲。"说着将伞罩住了我。口齿远不如我上次回来听到的那样清楚。当他笑着打量我的时候，我看见两排没有血色的牙冠，那上面的牙几乎全部脱落了。

蓖麻的叶子绿得真鲜呀！瞧，还渗出了一层霜哩！那圆溜溜的果子，有青有黄，外围布满了芒刺，像哨兵一样卫护着里面的秘密。大自然的神奇和美好逗得小伙伴们手舞足蹈，一个个像鸭子下了池塘。居委会派来的"领导人"陈爹叫住了大家。他摘了一颗黄亮亮的果子，挑出其中的一粒，风趣地说："孩子们！你们要拾的，就该像这个模样：枣白的底子，有黑的花纹，就像你们画的图画一样；丢在牙上一咬———'咯嘣'，就像打腰鼓一样好听。"说着，他亮开了牙。呵，那是一口多么整齐的牙呀！

这是我读小学二年级时暑假活动的一幕。这天活动的内容是，学雷锋，大做好人好事——拾蓖麻籽。

变了，全变了！牙是年轻的标志。牙一落，会苍老十倍。瞧眼前的陈爹，嘴一下子瘪成个洼塘，两腮松弛地耷拉下来，叠成一行行皱褶，恰与眼角的鱼尾纹构成无数道环形磁力线。下眼睑也被拖下了，白渣渣的，和瞳仁一样毫无光泽。不多的几根睫毛被三三两两地粘在一块，使人想起松坍的河岸上斜插的几根枯树桩。这一切都似乎诉说着，他已距就木不远。我惊讶了，神伤了，心中涌起若有所失的预感。

陈爹并没有给过我什么特殊的恩惠。因为参加居委会活动的关系，我和他有过一些接触，但也很平常。

1972 年，我读初二。暑假刚放，陈爹就来了。通知开会。居委会主任说，评法批儒，老头老奶奶不识字，没法搞，全靠我们学生支持。接受了任务，经过多日准备，总算可以如期登场了。可临讲那晚，月黑风高，大雨滂沱。正迟疑着，陈爹进门了。他告诉我，主任说，会，继续开。他已挨家挨户把人叫齐了，现在只等我出场。瞧他雨水满面，裤管湿透，我深深为他的政治热情感动了。那晚讲的是《西门豹治邺》。我拿出全部解数，讲得绘声绘色，加上外面闪电配合，雷声助威，几乎抓住了每个人的心，可就是没抓住陈爹的心。他轻手轻脚地给我添了茶以后，就坐到一角去打盹儿了。我非常遗憾：原来他的政治热情并不高。

1975 年夏，我高中毕业了。又是在我离开校门的第一天，陈爹上门通知我参加活动了。主任吩咐我辅导学习两个“提纲”。我挺乐意，因为这里面句句话都与人们的切身利益有关。可陈爹好像并不懂这些，当我做辅导时，他依旧躲在一角打盹儿。

接着是反击右倾翻案风，批判两个“提纲”，学习无产阶级专政理论，又是揭批“四人帮”，深挖小帮派。变幻莫测的风潮，把我的一腔政治热情给摔碎了。后悔中我才觉得“打盹”的可贵。可是，当我决心学着陈爹，永远对政治“打盹”的时候，我又看到他通知人们政治学习时所表现出来的积极和热心……

我终于看清了，这不是一曝十寒的“政治热情”，也不叫朴素的“阶级感情”，它是一种淳朴得带有人类的原始、小镇的古老，远远地超越了阶级界限的感情，这种感情使得他乐于为任何人服务。不管对什么人，他都是位好人。

杜甫诗云："新松恨不高千尺，恶竹应须斩万竿。"凡是好人，人们总希望他们能活得长些。倘若死了，即使在盈缩之期，也不免叫人惋惜。我对于陈爹的情感，正是如此。

"陈爹，如果我记得不错——"接过伞，我照顾着老人，边走边谈，"过了年，你八十了吧？"

"嗯……'小'呢！"还是那样有趣。

"年岁不饶人啦！"我提醒道。

"嗯……精神还好。"

真所谓"不知老之将至"！我想起去年夏天见到他驼着背，挑着两大篮甜瓜、番茄，吭哧吭哧往儿子摊头送的情景，说："家里的事有儿孙，您不要再劳神啦！"

"他们孝顺咯，一点也不让我做。不过，一大堆事情，你看得下去吗？"

街道两旁的古屋，不时涌出一团团炊烟。烟雾升腾了，最后溶化在天空中。快过年了，家家户户都开始欢快地忙碌了。欢乐可以使人变得年轻。"你准在忙年货，是吧！"我望着浑身精神的陈爹问，心情不由得被节日的气氛撩得兴奋起来。

"不，这用不到我操心喽……"

一阵大风把伞刮歪了，雪花钻进我的脖子，我不由得抽了口凉气，使劲地缩着脖子，让下巴紧贴住围巾。陈爹仍钩着脖子，迎着扑面的风雪，急促地朝前行进。"那……干吗这么着急？"我感到费解了。

"瞧你问得多怪！"陈爹半真半假地嗔了我一句，然后诡谲地凑住我的耳朵低声道，"你还不晓得吗？老行当哩！"

什么？"老行当"？还在居委会当"跑腿"？不是说去年害了场大病，不能再干了吗？干这行当得有副好腿。现在开会学习，总得三请四邀，跑一趟不成，还得跑两趟、三趟；通知领布证，换粮油簿，总有那么几家拖拖拉拉，那就得一而再、再而三地催。

居委会的领地虽不算大，可弯弯曲曲，坑坑洼洼，也够跑的。其次还要手脚灵便。比如开会时冲水、泡茶、洗杯子、倒茶，散会后扫地、排凳子、擦桌子、锁门窗，等等，全由一人包干，没有灵便的手脚还成！总之，这是碗“英雄饭”，上了年纪的人不能吃。想到这，我禁不住埋怨起居委会主任来。大概，他见陈爹好使唤，就抓住迟迟不放。不过，很快我就发觉这种怨恨是毫无根由的。从陈爹的神情来看，他现在跑腿仍是出于自愿，绝无别人差强的意思。

政治家活动是为了占有世界，文学家写作是为了改善环境，工人做工是为了拿工资，农民干活是为了挣工分。而陈爹在风烛残年还辛苦奔波，是为什么呢？是为拿钱？不，在我的记忆中，陈爹干这一行完全是义务性质。是为讨小便宜？不，他烟茶不嗜，糖酒不惹，居委会的茶叶不会在他手中少掉一片，到人家连白开水都不喝一口。是为给后人造点门路？不，他儿子在街头摆摊，孙子在队里干活，一直未变，再说一个居委会主任对于改善他们的境遇是帮不上什么忙的。那么，是为了某种高尚的信念？或许别人看来是这样，但我敢断定，是在陈爹的心目中，绝无思想家那种明确、执着的“信念”，也从未想过自己能和“高尚”沾上边。那么，是为了获得心灵上的某种慰藉？也许曾经是这样，不过现在很难说。世风变了，人人都讲实惠，纵然是再纯洁的心，也难不受感染。自从1976年底我走上工作岗位以后，就一直没和陈爹接触过。在这风天雪地，他拼着老命奔跑，一点报酬都不拿？我不敢相信。

我想证实我的怀疑，便问：“陈爹，您现在干这个，拿不拿——钱？”话刚出口，一个不言金钱的高大形象耸立在我的面前，那是记忆中的，曾占据过我心灵的形象——从前的陈爹。此刻，我竟直言不讳地用“钱”来忖度他，顿时，我强烈地感到一种近乎亵渎神明的不安。

可是，出乎我的意料，陈爹脸上露出心满意足的笑容，他乐颠乐颠地说：“拿呀！”

怀疑被证实了，但我并不感到快意，恰恰感到失望以及沉重的、无边的惆怅。从童年到现在，多少个春秋过去了，家乡呵，正如《简·爱》的作者描述的曼彻斯特一样：“没生命的东西没变；可是有生命的东西却变得认不出来了。”小镇，依旧像从前一样古老，但已不再使我感到亲切，因为这古老失却了原有的醇厚、宁馨与和谐。谈到“钱”字便喜色于形，这就是……陈爹！一下子，他的形象矮了半截。比起这样的人，我要高尚得多。于是，我忍不住用尖刻的语调揶揄道：

“拿多少哇？”

他竖起四根指头。天啦，读四年大学也不过拿五十块钱！我简直有点嫉妒了。

陈爹毕竟是陈爹，我的这些感情上的微妙变化他一点也没察觉，仍然一个劲地往下说：“……我哪里肯要？承主任之情，说是……年终救济，又算是什么……哦，对了，奖金……反正一句，你不要也得要。嘀嘀……”

我发现老人没有听懂我的意思，便更正道：“陈爹，我问的是——工资！”

“什么？工资？”老人忽地收住了笑容，仿佛遭了不白之冤，连连重复道，“我什么时候拿过工资……”

这一回，我真的犯了亵渎罪，不安的余烬重新点燃了，炽烈地烤燎着我的面颊。但，我仍不愿把人心想得那样纯净美好。“四十块——一年的全部报酬！”我用怀疑的口吻核对着这一不可思议的事实。

“……人得知足，不能贪心，心贪会遭雷轰，以往我哪一年拿过这么多的？这你晓得，前些年一分钱不拿，还不是照干？”

老人愈是满足，我愈是为他鸣不平。凭他付出的辛劳，一个月就是拿四十也不为多！这时，我忽然感到刚才的嫉妒太“那个”了。

老人见我还在一旁发蒙，笑道：“哎，你是个聪明人，怎的一时吃了糊涂药啦？你忘啦？这叫‘为——人——民——服——务’。”

哦哦，“为人民服务”。这五个字出自陈爹之口，轻松，但又庄重；诙谐，却又虔诚；并不慷慨激昂，但都有动魂摄魄的力量。它强烈地叩击着我心灵的门扉，使我震惊，使我摇撼。是因为陌生？不，恰恰是由于熟悉。曾几何时，雷锋把这五个金光闪闪的大字写向天空。在这面大旗的率领和鼓舞下，我和千千万万的人一道，奋斗、再奋斗，创造、再创造。可是，当历史问：小镇，你为什么面貌无改？祖国，你为什么憔悴依旧？我们才看清，原来，我们——千百万群众贡献给社会的剩余劳动果实全被另外一些“拉大旗，作虎皮”的人侵占、挥霍和败坏掉了。清醒了，这是好事。因为历史正是由于千万人的觉醒才得以回复本来的面目的；但也伴随着沉重的“后遗症”，因为“为人民服务”的感染力再也不能完好无损地回来了。它一度变成了“为人民币服务”。因为空洞的政治口号不能解决温饱，所以连同高尚的思想也遭到冷眼；为了焚烧谬误，所以把真理当作干柴；为了不再受骗，所以各自追逐金钱。对于这些，我悲观过，但没有沉沦。我不想做世俗的俘虏，但也不想再做“高风”的殉葬。我不愿损人利己，但也不愿让别人分享我的劳动成果。我仍然没有忘记要努力使自己对社会“有用”，但目的是为了从社会那儿取得相应的报偿。这难道叫对社会“有用”吗？不！社会靠这样的人是不能富有的。啊啊，在“为人民服务”这朵玫瑰在人们的理想之树上业已枯萎的季节，陈爹的心头仍是一片春色，在这儿，生活最美的理想之花长开不谢，源源不断地散发出浓烈的芳香……

雪花在风中飘飞。

化纤海狐绒帽子业已落掉的两张耳舌一张一合、一上一下地在陈爹的耳边跳动。

陈爹用他的足迹在雪地上写下了五个金光闪闪的大字：为——人——民——服——务。

也许，现实对他网开一面，特别宽容？

不，我记得，“文革”中，他因为过去给“和平军”烧过饭，被折腾得可不轻。一年以前，曾听说，他那块一直紧系在腰带上，跟随他颠簸了大半辈子的祖传宝玉被财迷心窍的人偷了去，他积郁成疾，一场大病害得他险些上阎王那儿报到。儿子为这事发誓要在门口箍道院墙，他死活不让，说是如有砖头砌围墙，倒不如把房子上的泥墙换成砖墙。

在政治的沧桑，人情的变化中，陈爹的心始终停泊在人类最古老的年代。他用善良的目光去看待新社会的一切，在他那颗古朴、宽厚的心境里，“文革”中被斗只不过是孙子和自己开的一场玩笑，宝玉被盗只不过是儿子和自己发生的一场误会，因此，尽管政治害了他，他仍毫无怨言地为它服务，尽管人家盗了他，他仍源源不断地为人造福。他给予社会的极多，从社会那儿领得的极少。只有这样的人，才真正叫对社会有用，也只有这样的人，才是祖国的脊梁！虽然有一天他从这个世界消失的时候，报纸上不会有他的讣告，八宝山不会有他的墓陵，但了解他的人必将会在心中把他永远地、深深地怀念。

悄然无语中，雪已积了一层。只听见脚落在上面的“哧哧”声响。转了弯，家已在望。

“进屋躲一躲再说吧，陈爹！”到了家门口时，我说。

“不啰，这雪谁知下到什么时候才停？”老人执拗地推挡着，然后从怀里掏出一帖红色的“选民证”，说：“天快黑了，还有十来户人家。明天一早就开会，得赶在今儿晚上送到。”接过伞，他沿着我们来时的路线往回跑。

我恍然大悟，后悔莫及。“哦，您，陈爹，特意送我回来的？”

我有点手足无措、语无伦次了。陈爹笑了，无声地笑了。他举起蜷曲的手臂，先摇摇，表明这没什么，又招招，示意我快点儿回家，然后，佝偻着背，弓着腿，踽踽而去。

在这洁白的背景上，灰点显得分外耀眼。

灰点越来越小了，终于在小巷的尽头隐没了。

雪，默默地落，它悄无声息地点缀着我们的小镇，点缀着人间。

2.《外婆祭》[①]

清明。墓地上人影幢幢。我和母亲立在一座坟前。枯败的蒲草刚吐出一点新绿，在风中微微颤动。空气中浸透了砭人肌骨的寒意。母亲从篮子里端出未搁盐的鱼、肉、粉、豆腐，供在坟前。我点燃“纸元宝”。一股青烟袅袅升起，金黄色的顷刻变成了银灰色的在空中打旋。母亲对着坟低低地呼唤着：“妈，你拿钱啊！龙儿给你化钱来啦。……你在世就巴望龙儿成‘龙’，龙儿去年跳上‘龙门’啦……”母亲泣不成声了。感情是能传染的。我久蓄在眼里的泪一下子涌出来……

外婆后半辈子是跟我母亲一起过的。在世的时候，我们都管她叫“奶奶”，而不敢叫“外婆”，好像添了个“外”字，外婆就真成了“外”人似的。外婆本人也最忌讳这个称呼。有回我高兴的时候叫了一声，外婆顿时沉下脸来，叹息道：“唉！我们没有儿子的人苦哎……”

外婆是有过儿子的，可因为穷，都没抓住，只抓住我母亲一个。我婆老太也是这样。因此，当母亲生出我这个男孩的时候，她喜欢得简直像得了宝贝似的。她背着父亲跟母亲说：“我们梁家也

① 完成于1981年1月4日。明显带着鲁迅《药》的阴冷风格。以我的外婆和父亲在“文革”中的遭遇为原型。

得有个承接香火的。这男孩子，就跟我们梁家姓吧！”母亲直冲冲地对父亲讲了，父亲并不计较，竟答应了。

我是在大炼钢铁的炉火中诞生的。可是不久，热身子就遇上了一场寒冷。三年经济困难开始了。天灾加上人祸，生活好苦啊。吃的饭见不着米星，一眼望去，尽是青菜、萝卜。尤其是白萝卜饭，我最怕吃，一闻到那气味就哭。有次把妈妈都哭火了。外婆袒护我说：“对孩子发什么火啊！这饭连大人都嫌难吃，怪孩子哭吗？”说着便把我饭里的萝卜拣出来，放在自己的碗里。以后每回吃代食品饭，都是这样。早饭在食堂里吃。爸爸妈妈要上班，我和两个姐姐跟外婆一道吃。四个人计划只能吃五两。外婆总是先让我喝足，再让两个姐姐吃饭，最后余多剩少的给自己。由于长期的营养不良和吃不饱，外婆得了那年代的通病：胃下垂。

因为有了外婆，尽管外面是冬天的世界，而我却一直生活在温暖的春天。童提时代，我的耳边不绝地萦绕着一种轻缓的啼唱：“摇一摇呀摇一摇，我的小宝贝，睡——熟——吧！”于是，我便在这牧歌一样甜美的催眠乐中渐渐进入了梦的世界。梦是美好的。梦醒了，我便哭。每当这时，外婆就让我骑在脖子上，到镇上的娱乐场看热闹。闪闪发光的红糖球，奇形怪状的面人人，缤纷多彩的蛤蜊糖，飞跃升腾的黄龙舞……多么有趣呀！看着看着，不知不觉地，我在外婆的脖子上浇了一泡尿。夹袄湿漉漉的，姐姐捂着鼻子。外婆不在意地笑笑：“男孩子的尿，是香的！”姐姐很生气，但生气又有什么用呢？外婆照常是那样偏爱我。离开了摇篮，晚上我就跟外婆一起睡。冬天，下被窝怕冷。外婆可不怕。每天，她总是用她那宽厚的胸膛来温暖我冷冰冰的手脚……

渐渐我长大了。当我离开外婆的怀抱，独自背着书包上学的时候，那股神气劲儿就别提啦。在老师面前，我虽是个温顺的羔羊，可在外婆面前，我却是了不起的“官儿”。外婆对我恭维得可厉害啦。中午我不用等父母下班回来就可以先吃饭。早上呢，家里没钱买饼，外婆就在煮早饭时给我炕两个山芋或是芋艿。姐姐也上学，可没有这些享受。有一次我为姐姐鸣不平了。外婆说：“不是婆婆偏心啦，个个都吃上，哪来钱买呢？一家九口子，就靠你父母亲七十块工资……”每逢过年，家里多少要买点水果糖。外婆每次都藏起一部分，留着我开学后慢慢吃。最叫我难忘的是 1965 年的春节，香软的“燕子糖”一直吃到打春。桃花红了，柳絮绿了，鸟雀在枝头上啁啾，间忽有两三只飞向明净的天空，在那儿嬉戏交鸣。我再也没心思做作业了，口袋里的糖叫着我呢。我剥了一块丢进嘴里，随手将糖纸一抛。风儿轻盈地托住了它，它悠然地飘呀飘……我突然发现，在它身上，缠绵着几茎柳絮，萦绕着两只燕子，柳絮是翠绿的，绿得十分鲜；燕身是黑色的，黑得十分浓。我完全被它的美丽、它的鲜艳、它的亲切感动了，抬起脚跟追逐它，然而，它飘远了。终于，它变成了一个小点，翩翩落进了远处的柳林。婆娑起舞的柳条掩映着双双徘徊的身影，仿佛成双结对的燕子在枝头穿梭呢喃。我再也克制不住了：“婆婆。您听——”我眉飞色舞、手舞足蹈地背诵起诗人贺敬之的《放声歌唱》：

呵——
在我们
社会主义祖国
每一立方厘米的
空气里，
都充满着
欢乐
与
爱情！

背完，我问外婆：“懂不？”正在做针线活的外婆有点发蒙，我看得出，她不太懂，可她却点点头，仔细地端详着我，愣了一会儿，笑了。那神态，有如人们看见自己亲手栽培的苹果树绽出了第一朵花蕾。

可是不久，大地上卷起了一场风暴。花蕾零落了，空气发生了新的组合。惊恐和仇杀，代替了“欢乐与爱情”。武斗、棍棒、铁钩。黑的进去，红的出来。邻居赵叔叔的小儿子就这样被捅死了。绝望的号啕在深夜里显得分外凄惨、可怕。我蜷缩在外婆的怀里，一丝大气也不敢出。只听外婆惊慌地祷告：“菩萨，莫不是兵荒马乱的年头又要回来啦……”我连忙捣捣外婆：“婆婆，你可别瞎说啊！这是毛主席发动的‘文化大革命’！”“死孩子，还没睡着啊？”外婆吓了一跳，“奶奶刚才讲的，不准出去乱说。听见吗？毛主席？我晓得，他是咱穷苦人的‘大救星’哩。他老人家年岁和我差不多大，你不兴喊‘毛主席’，该喊‘毛爷爷’！懂不？”外婆真机灵！我提醒她注意，她反过头来教训我。外婆又指着外面的哭声，问我：“听见吗？打明以后，不准往外跑。学校也别去了，反正不上课。”我说：“不能啊，婆婆，明天我们班要成立‘红卫造反司令部’呢！”外婆拍了我屁股一下子，说：“不去，不准去作孽！别犟，听话！你二舅就是像你这么大……”外婆不往下说了。二舅是在逃难的路上被国民党飞机扔下的炸弹炸死的，外婆怕挑明了不吉气。“真迷信！”我忍不住暗暗发笑。外婆又将我朝她胸前搂了一把，好像怕我半夜跑掉似的。

第二天，我就不上学，在家待在外婆身边了。淘米、洗菜，外婆什么都不让我干。“你去看看书，要不，画画也行。”“画画？”对了！我忽地想起前天在十字街口爸爸画毛主席油画像的情景。毛主席的脸初是红的，后来变成了紫的。多么奇怪、有趣啊！说干就干，雷厉风行。我立刻找来九宫格、铅画纸和中华铅笔。像放大成了，大姐点头赞许，二姐乐得直拍手：“弟弟，你真聪明！”外婆在一旁露出了自得的微笑：“我早就说过，‘男孩子的尿都是香的！’奶奶说话是没错的。”她笑开了，指着我说：“你妈妈养你的时候，晚霞烧得火红，风刮得正紧。你爸爸不晓得这是个好兆头，慌得很哩！倒是我心里明白。我说，古时讲‘云从龙，风从虎’，这孩子大了必是个‘龙虎人物’！你爸爸信了我，就给你取了‘云龙’这个名字。这不？我们‘龙儿’已显出‘龙相’啦！”二姐被外婆说得恍恍惚惚，大姐不，她毕竟十六了。不以为然地挤挤眼。外婆看见了说：“你别挤眼。你伸过头来看看你弟弟，四方脸、阔脑门，聪明富贵相——一点不错！说不定你们将来还要沾兄弟的光呢！你们别笑，我先说后验！”外婆愈说愈得意，愈说愈认真。我也觉得外婆说话灵验。若不，我怎么第一幅画就画得这样好呢？爸爸回来了，我连忙表功似的捧给他看。父亲只是倏地略了一眼，“嗯”了一声，就进屋去了。弄得我好扫兴啊！

晚上，我翻来覆去，怎么睡也不舒服。我先埋怨爸爸太小瞧人，后来又觉得爸爸有道理。打格子画画，很简单，有什么了不起？要不打格子画得像，才叫本事！渐渐地，一个大胆的设想在我脑海里产生了。我兴奋地躁动起来。外婆叫苦说：“怎么老动个不息？是不是病了？”我咯咯咯地笑起来，心里说：“奶奶，您等着瞧吧！”

这幅比上一幅画得费劲。花了两天的细工，擦掉半块橡皮，总算画好了。我真像干了一件壮举一样。下午，姐姐放学回来，我倏地把画像横到她们面前，得意地说：“你们看！像不像！没打格子！”大姐看了，吃惊似的拿过去，惶恐地叫道：“快，快藏起来！要不就烧掉！”二姐也说：“没有上一幅像！”我好扫兴，气急地叫道：“你们不懂艺术！”说着我就去找外婆：“婆婆，您看像不像？”外婆扬起老花眼，像评论家似的看了看，连连说：“像、像得很呢！”我不知道外婆这样说是出于对我的偏袒，顿时神气起来，露出对姐姐不屑一顾的样子——论年岁，外婆抵得上好几个姐姐呢！太阳还没下山，爸爸尚未回来，窗外行人匆匆。我转念一想，我何不趁这机会将主席像刻好，印在玻璃窗上呢？那样，爸爸见了一定会大吃一惊，街上的行人看见了，一定要问一问“这是谁画的”，于是，我的名声也就传出去了。事不宜迟。

我找来锯条刀刻起来。大姐慌得厉害："云龙，你可别乱来呀！"说着抢过我手中的刀。指头被划破了，血从小口子里渗出来。我哭起来，外婆火了，大姐溜了。刀又回到我手中。外婆要替我包伤口，我没答应，怕来不及。我刻呀、刻呀，殷红的血一滴一滴地落在领袖的像上。那里面，凝结着我对领袖的一片忠诚。甚至我还有一种为捍卫伟大领袖不惜流血牺牲的神圣感觉。像用红漆印成了，一切就毕，只等爸爸回来。等呀，盼呀！星星上来了，月亮下去了。外婆催我："别发傻！睡吧，你爸爸这些日子忙得很喃！"我还想逞强，但浓重的睡意终于把我压垮了。

朦胧中，听见一阵口号声：

"打倒现行反革命分子殷启生！"

"谁反对毛主席，我们就砸烂谁的狗头！"

我急忙扒开被子靠近窗口往外看。太阳已升起一竿高了，那在青天白日下五花大绑站着的，不正是自己日里夜里思念的爸爸吗？

"……反革命分子殷启生，一贯隐瞒其反动的地主出身，今天，他又用他那支罪恶透顶的笔，丑化我们最最敬爱的伟大领袖，犯下了新的反革命罪行……"

镇对敌斗争指挥部胖指挥声色俱厉的宣判，顿时抽去了我的主心骨。我一头倒在外婆的怀里。外婆虽然也感到震惊，但仍不动声色。她安慰我："别怕，龙儿！我晓得，你爸爸不是那种人！"外婆说这句话时，眼神是那样的明亮，仿佛能洞察一切的始末；口气是那样的坚定，令人不容置疑；意志是那样刚强，仿佛无论怎样沉重的打击都受得住。后来我弄清了，父亲的"现行反革命罪状"，仅在于将十字街口那巨幅主席像画得有点走形。

第二天，我被胖指挥的儿子——我们原来都叫他"猴王"——带到学校里。他现在是"司令"。他要我交代，"红卫造反司令部"成立时为什么不来参加。我一时答不上话来。他一拍桌子，骂道："浑蛋！我早就说过，你是道道地地的地主阶级的孝子贤孙！还想冒充我们贫下中农！”我争辩说：“谁冒充的？”“猴王”指着我的鼻尖：“就是你！你交代，你为什么姓‘梁’？”我一时没话说了。别的同学都跟父亲姓，为什么唯独我跟母亲姓？正在着急时，突然冒出一句：“这是历史的发展！”我以为这句带有玄味的话可以把他们吓住。谁知“猴王”抓住把柄似的大喊一声：“好啊！‘跟妈妈姓’是‘历史的发展’，反动透顶！弟兄们，来呀，揍他！”一呼百应，冰雹似的拳头落下来。我抱住头，拔腿便跑。外婆见我脸上红一块紫一块，问：“跟人打架的吗？”我“哇”地哭开了：“婆婆，他们问我为什么……姓梁，为什么……不加……入司令部……”外婆一下子全明白了：“别说了、别说了……这都是你婆婆的……错……”

的确。外婆怎么也想不到，她对于我的过分溺爱，却使我后来蒙受了更大的灾难；而这又通过“反馈”，殃及到了她本人。中秋节。放中学了。我收拾着书包，心里盘算着中午给关在羊圈里的爸爸送什么好吃的。工宣队的赵师傅——亦即邻居赵叔叔——叫住了我，将我带到了小办公室。“猴王”和几个小兄弟早等好了。一见我进门，立刻猛扑上来，我被绑架了。“你们这是……为什么？”我大声诘问道。赵师傅冷冷地睨了我一眼：“你马上会知道的。”我当时直想叫：“赵叔叔，我和你儿子一样是无辜的呀！”但“猴王”早下了禁令：“别梦想抵赖了！铁证如山！”哦，我明白了，原来，一个最要好的同学到我家玩，发现窗上的主席像走了形，回去后连夜就把这一“阶级斗争新动向”报告了“对敌指挥部”。胖指挥从儿子嘴中了解到我的“一贯表现”，从我爸爸那里挖到了导致我“犯罪”的“根子”，认为我这是“公开为‘反革命的老子’鸣冤叫屈”，“猖狂发泄对伟大领袖的阶级仇恨”。于是，我背书包的脖子换上了示众的纸牌，我梳得整齐的头发被剪成了十字码，我淌过赤诚鲜血的手被涂上了墨汁，我成了一个“货真价实”的“小爬虫”被推上了高台，和可怜的爸爸同时接受万人大会的批斗。我幼嫩的心灵受不住这强烈的刺激，两腿一软，“砰”地摔了下去……

迷迷糊糊地，听见有人在埋怨：“……就坏在你身上，明明不像，偏说像、像、像！他当着真的了……”声音多粗啊！谁的？妈妈的？对了。她近来脾气比以前坏多了。……哭声。哭得好伤心啊！认错？叫屈？都有点儿。谁的？外婆的？不错。她近来话很少，常常暗暗流眼泪……

不知什么时候，我朦朦胧胧醒了。二姐淡淡地看我。——往日的热情到哪里去了？大姐怨恼地看我，含着难言的敌意。——你们这是怎么了？啊？亲人的和睦、亲爱，到哪里去了？“你是反——革——命——！”哦，原来如此。“你撞到了我们祖宗的‘灵牌’，该打！”是是。不过，我是无意的呀！“无意？谁能证明呢？你的最好的朋友？还是你的‘赵叔叔’？”哦哦，这场毒打是跑不了了！拳头，冰雹似的拳头……“猴王”……胖指挥；半圆的眼，口似的；攫取的光，饿狼似的……砸烂的人更好吃，连嚼都不用……他就是这样才胖的……他又要吃我了。你们怎么围观着看着他吃？啊！我被人吃了……“婆婆、婆婆，救救我、快救救我……”

我又躺在外婆的怀中了。依旧是那么温暖！外婆诧异地看着我。依旧是那样的慈祥。“……整整两天两夜了。快吃点！”一大碗猪油蒜花面端在我面前。啊，这不正是我平时最爱的美味吗？只有您——婆婆，最了解我，最懂得我。饥饿感苏醒了。我大口嚼着，忽然感到咸涩，原来是泪水。哦，我流泪了。在别人——即使是亲人——都把我视为一个“危险的炸弹”而疏远我、冷落我、仇视我的时候，唯有您——婆婆，仍然像过去那样呵护我、关心我。您对我爱得热烈，一丝一毫都没有减少；爱得大胆，任何风险都不怕担待；爱得伟大，愿意无声无息地忍受一切的委屈……我配受您这样的爱吗？我对得起您这样的爱吗？……

外婆轻轻地抹去我眼角的泪，催我快吃。刚挑到嘴边，又吃不下去了。二姐正盯住我咽唾沫呢！我搁下碗筷："给二姐吃吧……"

二姐朝大姐瞟瞟眼，没敢。

我察觉天色还早，便问："姐姐这么早就放学啦？"

粥开了。外婆起身搅粥锅去了。一直闷声不响的大姐突然冒出一句："停学啦，我'聪明'的弟弟，也亏你喃！"

"云苓！"外婆吼道。声音由于暴怒颤抖了。我从来没有看到外婆发过这么大的火。几乎在同时，她将手中的铜勺使劲往灶角上掼去。立时，一大块石灰剥落了，化成无数碎屑掉在粥锅里。我羞愧极了："婆婆，您别怪姐姐，怪我，是我不好，……要是我当初听大姐的话，也就不会……"我悔恨交加哭出了声。我哭，哭我非但没能给姐姐带来光彩，反而连累了她们，给她们脸上抹了黑；我哭，哭我把外婆花在我身上的希望变成了泡影；我哭，哭现实对我太严酷了，因为不小心跌了一跤，连爬起来都不让，还要死死踏上一只脚，注定我一辈子"啃泥"的命运！毛爷爷会对我这样吗？绝不会！要是毛爷爷能来就好了！我可以把心挖出来，叫他老人家看看究竟是红的，还是黑的……

外婆轻轻地拍着我的肩："不哭吧乖乖，不哭！"她先来劝我，后来自己倒哭了，而且哭得很伤心："一个都不怪，全怪在我身上？龙儿，奶奶让你受罪了，奶奶对不起你呀……"

天都哭黑了。这时，母亲从爆竹厂回来了。

"龙儿爸的饭送去了吗？"她问。

外婆哽咽地说："就……送。"

"今天要早些。"母亲强调了一句，从外婆手里接过搪瓷缸，好像嫌外婆手脚不快。

揭开锅。稀溜溜的玉米糁粥翻滚着泡沫。勺子与锅底接触，发出沙沙的声响。母亲问外婆："怎么这么磅的？"目光咄咄逼人。

外婆语塞了。我刚想说“是为我……”的时候，外婆已开口了：“一点石灰屑。还好，不多。”

“不多？还嫌少？”母亲瞪大眼睛挖苦道。她握住铜勺捣捣粥锅：“这是人吃的吗？啊！……”

外婆没再申辩，连连认错道：“我不好我不好，我就来重煮。”

“来不及喽！”母亲拦住外婆，大叫一声，“现在几点啦？六点了！”母亲在“六”字上打了着重符号。她舀起粥喝了一口，嚼嚼——试试能不能凑合着吃；立刻又吐掉了。啊，这满满的一锅，吃是难咽，倒掉又舍不得。母亲脸都气绿了，牙根直打战，骂了些难听的话，还不解恨，便发狠道：“我恨不得连锅都砸了！”

外婆可有些受不住了：“火小些，将就点，六几年你忘啦？我看这粥还能吃……”

她喝了一口，到嘴到肚，果然没什么难咽的。

如同火上浇油，母亲积蓄在肚里的怨气一下子找到了突破口。她从锅底兜起了一勺子送到外婆嘴边：“我叫你再喝喝这个！”外婆连朝后让，母亲吼了声：“我叫你喝——！”随手将锅勺的热粥浇了过去……

外婆没有叫。她双手蒙着脸，浑身痉挛着，好久、好久，都没吭一声。渐渐地，她的手从脑门往下移动了，鲜嫩的红肉一道一道地扩展、袒露开来，红得凄惨，红得可怕。我们姊妹六个都吓呆了，齐声呼唤“奶奶”。可是，外婆始终闭着眼，没有回音，就像行将就木的老人已经失去任何反应一样……

我调过头，愤怒地逼视着母亲，用力地握紧拳头。我真想扑过去打她，可她却是我的“妈妈”！妈妈呀妈妈，你残害了奶奶，你冲毁了我心中的神圣，奶奶万一有个三长两短，我就叫你抵命……

我的拳头在颤抖。

眼睛里火在燃烧。

屋子里出现了短暂的对峙。

死一般的沉寂，可怕的沉寂。

忽地，“扑通”一声响，母亲跪倒在外婆的身边，破腹哭号起来：“妈，你怎么不睁眼呀？你怎么不出声啊？饶饶女儿吧，女儿也是叫他们逼得没法啊！——他们晚上六点半又要开会批斗龙儿爸啦……你打吧，打死我这个忤逆子……”说着便拉起外婆的手，拼命往脸上打。泪水和着鼻涕，在母亲的脸上纵横。我捏紧的拳头松开了，把注意力全部转移到还在痛苦中煎熬的外婆身上。外婆抽回手，仍然没有反应。她好像还不能宽恕母亲的忏悔，要继续用无所表示的沉默来惩罚一颗负罪的心灵。母亲绝望了：“这日子我也过够了！要死，咱们娘儿俩一块死呃……”哭着就往门外跑，门前是河。我连拖带拉抱住母亲的腿。顿时，屋里哭声大作，呼救声连成一片……

外婆慢慢睁开眼，长长地吐出胸中的吁气，说道：“龙儿妈，妈可没怪你。妈晓得你在外面受了不少委屈，又找不着个人攀谈，心里闷得慌啊……”外婆总是喜欢这样息事宁人，母亲由于内疚，哭得更伤心了，外婆抚摸着母亲涕泪淋漓的脸，说：“别哭。记住！中国有句古话‘不患贫而患不安’啦！……”

从此，外婆卧床不起了。我被开除学籍，在家听候处置。父亲的工资只拿一半，生活更艰难了。我就守护在面目全非的外婆身边。我恨妈妈，虽然外婆饶恕了她，我却不能。你受冤气，外婆哪是你的出气罐？但，每当我看到母亲硬撑着我们这个摇摇欲坠的一家艰难地朝前跋涉，我的心又软了。几十天过去了，外婆的伤情开始好转，我也就逐渐达成了对母亲的谅解。

1970 年元旦。我被带到县里。县革命委员会成立。锣鼓喧天，鞭炮齐鸣。胖指挥披红戴花。我在这一天被发落到了远离家乡的少教所。

……铁栅、电网。现实对我是这样残酷，可我从未失去希望，因为我一心惦念着外婆……外婆的伤好了没有？外婆的身体胖了还是瘦了？等到等不到我回来？家里每次来信都给我带来一些令人振奋的好消息。我在期待中熬过了七个年头，回来了。

一路上，我做了许多美丽的梦。我梦想着外婆一定颤颤巍巍地等候在站口，翘首盼望着春归的燕子。见到她老人家，我第一句该说什么呢？我要说："奶奶，您爱我是对的，历史终于证明我是无罪的……"

可是，下了车，我见到父亲、母亲，见到了大姐、二姐、弟弟、妹妹，就是不见外婆。"奶奶呢？——我的奶奶呢？"

痛苦把母亲的脸扭曲了。"她过世了，早已过世了……"

"啊——"霎时，我感到天旋地转……

"你走以后，我们只说你转到奶奶那儿上学去了。虽是这样，外婆失去了你，精神明显地坏多了……"当我神志清醒以后，母亲对我讲述起我离开后外婆的情况。

"那年三十晚上，你爸回来了。大年初二，我们就搬家了。你外婆就跟着我们下放到海滨的渔业公社。海滨上风像刀子，水土又不服。你外婆经过这番折腾，身子全垮了……

"村子很荒，配个药要跑几十里，很不方便。倒是村里的人热心，送来'老鼠油'——就是刚生下来的肉鼠放在蒜油里浸得的。你外婆执意不肯擦，她说不能随意屠害性命，她的伤快好了，只要用冷开水洗洗就行，不用费事。我也就没在意。

"那年的夏天来得特别早，热得也厉害。没想到外婆的伤口恶化了，化脓，腐烂，发臭……我吓坏了，说什么也要把她抬到医院去。她死活也不肯。她说：我这病，药——治不好……我只求你们把龙儿带回来，让我看看……

"八月初六，是她的生日。一早醒来就叫你。我说：'他外地的奶奶留住龙儿过暑假了。'她说'你们别再瞒我了！过年、搬家他不在，你们说奶奶留住了他！今天呢？又是奶奶留住了他！

你们捎个信给龙儿，就说我没有第二个‘生日’过喽，婆婆只想在临死前看他一眼……’说着就哭，哭我们不把真话告诉她，拿她当‘外人’待；哭我们心太狠，连最后一个‘生日’也不让你见见她；哭阎王老爷太不公平，她行了一辈子好，连最后一点可怜的指望都不让她满足；哭她命苦——旧社会苦了一辈子，新社会本指望过上好日子，没有想到临死都这么悲难……从早上一直哭到晚上，泪都哭干了，嗓子也哭破了。后来就说胡话，做梦，梦见你变成了一条龙，抛下她飞了。她死了。睁着眼、张着嘴，怀着对这个世界的怨恨！……蚊子、苍蝇叮咬她，天热，生了蛆，我们没敢多放，第二天就把她葬了……坟，葬在我们老家的公共墓地上……”

翌日清明。母亲要我去扫墓，我没答应。

“怎么？你把婆婆的恩情全忘啦？”母亲痛心疾首，然而声音却是那么孱弱，语调却是那么委婉……啊，七年不见，母亲的脾性变了……

我默默地走到外婆的遗像前：“原谅我吧，外婆！龙儿至今一事无成……龙儿没脸祭您……”

一束“纸元宝”添进去，火更旺了。我恭恭敬敬地对着外婆的坟，磕了三个头。

距离外婆的死，十个清明过去了，今天，是我第一次到外婆的坟上来祭祀。外婆，您知道吗？为了不辜负您对我的厚望，为了让您在九泉之下得到欣慰，我一切从头来起，拼命奋战了一千多个日日夜夜，终于在去年八月跳进“龙门”——到大学念书去啦！可惜，您没能看见……

经过人生苦海的一番颠簸，爸爸平反了，我得救了。像我们这样直接受迫害而免于死亡的幸存者尚属不少，而因为受牵连而死于离乱颠沛、病痛愁苦、抑郁绝望之中的又有多少？

一阵浓烟飘过来。那是赵师傅在给儿子烧纸——“文革”中整人的他，儿子最后也死于不幸的武斗。青烟袅袅，哭声绵绵……啊，奶奶！您的惨死，绝不是您一个人的悲剧……可惜，当我们意识到这场悲剧的严重性时，已经有千千万万条性命做了祭奠。而他们现在只能享受虽是丰盛但也虚幻的祭品。还有什么比祭奠更能使九泉的冤魂满足的呢？

那就是：奋斗，为着爱的回归，和富的创造！

3.《危机》[①]

铮亮的写字台上，堆着一本厚厚的政治经济学书。书的右侧，是一枚书签、一支红绿铅笔和几张空白的活页卡片。

刚刚看了两三页书，头就疼了。他试图拿出年轻时代那种蚂蚁啃骨头的精神硬着头皮往下看，事实是：眼光虽然摄入了每一个字，但大脑皮层却不能把它们迅速翻译成能为自己接受的信息。那滋味，活像小时候偷吃青柿子。他用他那瘦骨嶙峋的手指抚摸着斑白的发丝，感慨万千地说：“唉——不行啦，老啦！”

是不行啦！现在讲课，离开备课笔记就不行。记忆力特别坏，有时抄条定义，也得把教案捧到黑板跟前。一个字一个字地看。表达某个意思，常常出现语音的“暂停”——那是思维的中断啦。

尽管以前曾朦胧地意识到这些，当他却偏要逞强。不是吗？一周要教两个年级的政治经济学，他向领导怨过人手少吗？没有。系里其他教师外出了，课也得他代，他叫过难吗？没有。他一直不愿意承认自己“不行”。年轻时的他行得很哩！读大学的时候，他曾以记忆清晰、思维敏捷博得了教授的赏识。那位教授，至今还是全国政治经济学界的权威呢。如果不是“文化大革命”……唉！做假设干什么呢？历史是不能假设的。眼前他所面临的，是脑神

① 写于1980年12月。受到意识流小说风格的影响。以给我们上政治经济学课程的老师为原型。

经的严重衰弱！“不能再逞强了。”他对自己说：“必须向柳校长要一名教师——就从七七届毕业生中留。”忽地，一只漆得通红的“荐贤箱”闪现在他眼前。啊，“荐贤”！他喜欢，却又忌讳。因为这两个字眼对他来说，仿佛意味着自己不行似的。

当他明确意识到“不行”已成为铁一般事实的时候，他痛苦极了。他还没到衰老的年龄呀！他今年49岁。这个年龄对于搞社会科学的人来说，正是致力于研究和出成果的时机，可他却濒临脑神经衰弱的危机。衰老，意味着什么呢？意味着青年时代燃起的炽热的理想之火的熄灭，意味着辛勤奋斗了若干年所筑起的事业根基的崩溃，意味着自己将沦为对社会无所贡献的历史过客。而马克思主义政治经济学理论，是多么需要人去发展，去修缮啦。

他从沙发上站起来，缓缓地踱到阳台上。剑兰散发着幽香，秋菊开始凋零。他捡起一片被夕阳染红的菊瓣，怜惜地看着它，再看着一轮西沉的落日。残阳如血。大地一片血红，血红搁进了荧光粉似的。林立的烟囱拖着长长的烟带。萧杂的树丫呈现出黑色的剪影。他不禁想起一句古诗：“夕阳无限好，只是近黄昏。”的确，夕阳诚然美好，但早晨八九点钟的时候已经过去了，中午也已经过去了，过早地过去了！自然的衰老他并不伤神，最叫他销魂的是人间无辜的摧残，况且摧残所留下的后遗症是这样的重。如果不是十年浩劫那场巨大的风霜，自己何以衰老得如此之快呢？

“笃——笃！”轻微但清晰的叩门声。

声音把他从惆怅的思绪中解脱出来。从这声音里，可以察觉出叩门人的谨慎，谨慎中甚至带有点敬畏的成分。他竭力说得亲切点：“请进吧。”

门轻轻推开了，露出一张国字脸。

“是他！”一丝不易察觉的惊讶从他脸上飘过。如果回忆不被打断，那么下一幕的主人公正是他。一群戴着红卫兵袖章的中学生在他的带领下，冲进班主任的家，把老师的三千册藏书、几千张读书卡片以及倾注了毕生心血的《政治经济学质疑》一书的底稿统统洗劫一空，后来，它们在“革命”的熊熊烈火中全部化成了灰烬。

“王老师！”站在门外的年轻人恭恭敬敬地喊了一声。

“哦，进来吧，进来吧。”王老师忽然发觉自己颇有些激动了。他让学生在茶几旁的沙发上坐下，然后平静地做了个亲热的表示：“喝茶吗？”

“不。”学生简洁地答，立即便沉默了。他仔细阅读着老师脸上的每一条纹路，力图准确地剖析出老师的心境，从而决定这时探讨问题是否合宜。因为请教问题，他成了王老师门上的常客。他叫匡国正，今年32岁。1977年底，他作为具有时代特征的“胡子兵”，考进了新恢复的师范专科学校。没想到，他那个班的辅导老师，恰恰是自己当年亲手抄过家、挂过牌子的班主任。1965年，地区师专拆散后，王老师下放到他们那个中学。匡国正清楚地记得，由于自己那次横扫一切的“革命”壮举，给原来辛勤培育过自己多年的老师留下了无可挽回的重创。天啦，这是怎么回事啊！他后悔自己犯了老师无法原谅，自己无法解释的过错。他怕见王老师，每每地避他，躲他。后来倒是王老师主动找了他，说：“我们都是受害者呀！……”当时也是在这儿，他平生第一次淌了动情的泪。“怎么样，学习感到吃力吗？”老师觉得客气得有点近乎严肃，便寻找话题说。说出来后才觉得“吃力”二字不妥。

但这句话毕竟使室内的气氛轻松了许多，并且为学生提出问题提供了良好的契机。匡国正取下肩上的皮包搁在双膝上，谦恭地说：“上午上了您的课，有一点不同的想法。”

“说吧。”老师说，接着加了个“保险总数”，“共同研究。”

“好。”学生收敛起最后一道谦恭的微笑，换上了研讨问题时所常有的认真、专注和深刻。“在分析资本积累的一般规律——无产阶级的贫困化时，您说，这个‘绝对贫困’首先体现在工资在国民收入总额中的份额的不断减少。按照这个逻辑，可以得出两个论点。第一：生活水平随着‘份额’的减少而降低。事实上不是这样。例如在社会主义条件下，随着生产力的发展，工人的生活水平会不断提高，而工人的工资在国民收入中的份额则可能不断减少。理由大体有两个。一、社会劳动生产率的提高可以引起生活资料价格的降低；二、生活资料的消费是有相对限度的，而生产力的发展（或说人工创造的总价值的增长）则没有这个限度。从这里可以看出，‘份额’的减少也可以引起生活水平的提高。”停顿了一会儿，见老师没提什么疑问，他依旧以一种平缓的语调往下说：“第二个论点是：‘份额’的值愈小，生活状态愈差。这也是不可信的。据您说，我国工人所得的工资在他们创造的总价值中占的比重比美国高一倍，那么我们工人的生活难道比人家好吗？因此，我认为，大概不能用‘工资在国民收入的总额中的份额的不断减少’这一条来说明资本主义国家的无产阶级的‘绝对贫困’。此外，王老师讲的其他两条论据，似乎也很难说服人。”说到这，他告一段落，观察老师的反应。

老师并没有因为学生直率地表达了与自己不同的意见而有所不快。相反，他喜欢匡国正这种思考问题和发表意见的大胆与深刻，就像当年教授喜欢自己一样。说句实在的，匡国正说的这些，他都思考过，不过在讲台上，他重复的依旧是书上的说教。教师的职责是把现存的概念纹丝不动地塞给学生。况且，动乱年代的苦头难道还没吃够啊？此刻，当学生无意掏出了他的底蕴时，他禁不住为之兴奋了。“那么，”他饶有兴致地问，“依你说，应当从哪些方面论证‘无产阶级的贫困’呢？”

“我觉得，我们首先要做的事情，不是‘论证’，而是‘检验’，检验一下原来的命题是不是仍然成立！也就是说，应当实事求是地认真考察一下资本日益集中和垄断下的无产阶级是不是‘绝对贫困’。倘有并不是‘绝对贫困’的现象，并且这种现象具有一定的广泛意义，那么，我们就应当毫不犹豫地突破原有命题的束缚，对这类新问题做出新的思考和解答，而不应畏畏缩缩，用前人总结的‘资本积累的一般规律’去硬套新的情况，把它们说成是‘特殊的’‘暂时的’‘局部的’现象。我引用这个例子是想说明一点：我们不能把现实削足适履地变成既成观念的佐证，理论必须根据不断变化的现实进行大刀阔斧的修正。”

“当——”“三五”牌挂钟猛烈地敲响了一记，把王老师吓了一跳。五点半了。

袅袅的余音融化在空气里了。老师把目光重新转移到学生的脸上，这张脸，满是灰拉拉的络腮胡子，但却嵌着一副犀利如鹰的慧眼。挑出米中的碎渣，只需一双不太近视的眼就行了，而要长出这米来，就远不是那么容易了。“破——容易，立——难啦！”老师深有感触地说。

“是这样。”学生接着话茬。顿时感到肩上的分量很沉，面临的任务很艰巨。少许，他说：“不过——要得立，总得破。首先，我们得敢于面对现实。”语调并不昂扬，却很坚定。

一阵急促的楼梯响声。门开了。王老师的妻子回来了。

匡国正觉得该走了。他打开皮包，拿出一叠厚厚的稿纸，审慎地说：“王老师，这是我入学三年来做的政治经济学的心得笔记。想请您帮我指点指点，可以吗？”

“可以。”老师没有谦逊的推托，也没有表示过分的热情。接过稿纸，搁在写字台上。光线很暗。他按亮台灯。锈红色的灯罩把一抹温馨的光抛在稿纸上。一排清俊峭拔的欧阳询体刷地跳入他的眼帘。

“关于马克思主义政治经济学的质疑”。

一尾长弓重重地落在小提琴的高低弦上，发出惊人的共鸣。

低弦深沉，浑厚的余音在老师的胸中激荡。当年，自己独奏的也是这支曲子，但却因此被打成“现行反革命”，而给自己戴上这块白纸黑字的纸牌的，恰恰是现在正在奏响高弦的那只手！

一刹那，王老师年轻时失去的仿佛又回来了。自己起初撰写那本同名书的时候，不正是和他相仿的年龄么？“三十而立”，不错，可惜，自己刚刚破土而出，就遭遇到一场风霜……愿自己的厄运不要再落到年轻人的头上吧！

渐渐地，老师的瞳仁略略湿润了，眼角浮现出欣慰的笑容。

匡国正从老师这一微妙的神情变化中得到了巨大的满足。他深知一个“可以”意味着多么大的劳动量，尤其是对于一个脑力严重衰退的人！于是他从心灵深处吐出两个简单但感情分量很大的字：“谢谢！”

送走学生，老师回到写字台前，连忙打开手稿——他想先看个大概。扉页上是这么写的：

“读政治经济学教科书，听王老师课堂讲授，辄将理论与现实互加对照，发现其间多有费解之处。

“马克思创立的政治经济学理论，用以解释自由资本主义时期的社会现象是万无一失的，但用以解释资本主义发展的高级阶段以及现阶段社会主义国家的一系列新的社会现象，就令人生疑了。这绝不是贬低马克思。马克思作为历史的人，已出色地完成了他的历史责任。对新的社会现象做出新的科学分析和解释，是今人责无旁贷的历史使命，也是当前迫切需要解决的严峻课题。

“记得一家香港杂志上说过，马克思主义在新形势下正面临着危机。我不愿意承认这已是现实，但却不得不担心。毋庸置疑，就马克思主义政治经济学而论，如果我们不敢突破原有的理论教条，对新的社会现象做出恰如其分的说明，如果我们不能迅速建立起一套较为完整的切合国际国内现实状况的新理论来扩充原有的理论，那么，危机的阴影是会降临的……”

“家轩，吃饭啦！”餐室里传出妻子的叫声。妻子在地区百货商场站柜台，是个嘴快手快的人。一眨眼，饭已盛在桌上冒热气啦。

“哦哦……”王老师心不在焉地应着。心灵深处，仿佛敲开了一阵激越的排鼓。只觉得浑身热血在奔流，精力一下子旺盛了许多。目光电子仪似的在字里行间扫荡，列昂节夫、鲁缅采夫、卢森贝……好家伙！从证引的材料来看，差不多把学校能有的政治经济学藏书都翻过了，研究的范围涉及到19世纪的资产阶级政治经济学及现代修正主义的政治经济学。他提的质疑是这样尖锐，有的简直触及到经典理论的原则。他阐述的见解是这样大胆，有的直接吸收现代修正主义的观点。然而，无论是提出质疑还是阐述观点也好，都赋予一种难以辩驳的逻辑力量。老师不得不承认，学生有超过自己当年的地方。虽然这样，学生提出的那些观点，较之充实的事实根据，理论上就显得贫弱了，这种贫弱是无法掩饰的。但不能苛求。仅仅只有三年，三年的业余时间！何况他还是一个有孩子的父亲！透过这厚厚的稿纸和一丝不苟的字迹，老师看到了一个长满胡须的年轻人，在别人哀叹青春流逝的时候，正悄悄地用双倍的刻苦和勤奋补偿以往的损失。他被鼓舞了，忽然感到自己的伤感是没有理由的。李商隐说过“夕阳无限好，只是近黄昏”，刘禹锡不是也说过“莫道桑榆晚，为霞尚满天”么！自己还没全部“不行”，应当再进行一回冲刺，和年轻人共同奋斗，用理论上的所长补救学生的某些不足，包括偏颇。如果马克思主义政治经济学理论果真有某种危机的阴影笼罩着前景的话，那么，自己就赶在生命的危机到来之前，为制止这个阴影的出现而多做一点有益的事吧……

“饭都供在桌上了，还要喂呀？”妻子的唠叨把他从激越的思绪中拽回到地上。

刚刚捧起饭碗。妻子说：“刚才从你们校门口走过，看到红彤彤的荐贤箱。”

王老师只顾吃饭，既不表示愿听，也不表示不愿听。

“怪不得柳校长的儿子这几天朝我家跑，他妈妈跟我说，她儿子想跟在你后面吃粉笔灰！”

“什么？”王老师突然叫了一声。随即丢下碗筷，径自朝书房走去。

王老师倚在沙发上，瘦削的手指支撑着低垂的脑门。正当他在匡国正的激发下燃起青年时代雄心的时候，却撞进了个柳晓春。柳晓春！给人的却永远是秋天的消沉！他，年纪轻轻，但只要开口，流出的总是伤春的哀鸣，好像世界对他特别不公似的。其实，世路对他很宽。他是党员，高干子女！一个校长的儿子留校还犯难？不过，要跟在我后面执教，还得我点头。最好是主动出面——“荐贤”。一个干部子弟要拜我为师，这对别人，未尝不是件幸事，但对我——对不起，谢谢！

“谢谢！说得倒轻松！”妻子这一关想必自然通不过，“你还懂一点人情世故不懂？你的心是不是肉做的？你焦头烂额的时候，不是人家柳校长提携，怎么会调到大学里教书？怎么会有这么好的楼房住？”妻子一定会这样说。讨厌！不过，她说得错吗？不错。自己在感情上，确实欠柳校长一笔债。不过现在不是做买卖！“嗬！你现在是‘系主任’了，有权啦！好，我不管了，你想留谁就留谁吧！”妻子很可能这样讽刺。这讽刺倒提醒了他，他忽然意识到自己不仅有留人的权利，而且有留人的需要。留谁？匡国正？不错，就政治经济学专业水平来说，无疑应当推荐他。跟他在一块，使人感到年轻、奋发、向上。哦，多次的接触，王老师发现了，自己原来对匡国正理智上的误解，正逐步转变为感情上的融洽。不过，感情的伤口虽然愈合了，隐痛还未真正消除。自己已有过原谅他的大度，却难以再有荐举他的热心。纵然有，妻子也必将把它打得粉碎。而且，柳晓春的母亲——商场经理已给过营业员面子，倘不识抬举，将……啊呀呀，不能往下想了——头疼，疼得厉害。

他睁开闭合的眼皮，黑暗顿时消失了，看到的是一束柔和的光。台灯还亮着，翻了一半的手稿浸在灯光之中。光明洒在他的心坎上，一股怡悦和振奋升上来。他翻阅着匡国正的手稿。这里面，凝聚着他希望的光。心绪不宁，看个大概都难。倒是最后一页类似“后记”般的几行话把他凌乱的思绪攥住了：

“我最可尊敬的王老师：

“首先我得说明，我所以要在后面悄悄捎上几句话给您，因为我相信，您是不会拒绝接受《质疑》的，尽管它很浅薄和粗糙。

“我所以矢志攻读政治经济学，所以孜孜不倦地撰写与您的书同名的读书笔记，不是为了迎合您的兴趣，也不是为了避免分配到中学教师队伍，而是在尽历史交给我们年轻人的一项不容推诿的义务，同时也是为了使您在‘文革’的烈火中焚毁的著作获得再生！我觉得我只有完成这项艰巨劳动才能赎回曾经对您犯下的罪过。否则，我将永远有愧于您对我无私的原谅……”

三年，多少个日日夜夜！月亮，多少次阴晴圆缺！可是，他，却始终如一地坚持在教室一隅，默默无闻、不分昼夜地学习！像一头毫不知累的老牛，永不停顿地劳作！这一切，为的什么？哦，原来是为了“赎——罪”！难道这罪是他的吗？不。自己早已原谅过他，可他却一直没有原谅过自己！他这份厚达三百页的颇有分量的手稿，以及他那平时见到自己所流露出的不必要的谦卑和审慎，不都浸透了忏悔的虔诚吗？而自己所给予他的原谅，真如他所理解的那样“无私”吗？没。没有呵。老师流泪了，这是一生的第二次。而第一次，是在匡国正将他的手稿抛进火中的时候……

他离开沙发，在不大的一块水泥地上来回踱步。

在自己任教政治经济学的不算太短的生涯中，匡国正是自己遇到的最理想的学生。他思维敏捷，接受能力强，语言表达好，思考问题大胆独到，研究问题锲而不舍。不仅作为年轻的高校教师是最理想的，而且对于将来搞理论研究也是最合适的。然而现在，他仍然是根苗。如果缺少阳光和空气，就会枯萎。而自己呢？恰恰可以给他阳光和空气，因为自己是政史系主任。呵呵，没想到，决定匡国正命运的权力，竟握在自己手里。而自己刚刚祝福过年轻人免遭厄运。

为了对良心负责，他决定让祝福得到行动上的验证。

但是另一边，校长、经理以及妻子正汇合成一个巨大的反作用力向他一层层逼来。

他将如何行使这权力？

现实呀，你为什么尽出些难题来折磨一颗濒临衰老的心？

不能想了！再想头就得炸了！他感到头从未有过地疼，浑身从未有过地困乏。他挨到床边，下定决心似的躺下，希望立即进入梦乡，摆脱这眼下的煎熬。然而，仿佛冥冥之中有谁和他作对似的，一时偏偏睡不着。

众多的思绪互相厮杀，有一个念头逐渐战胜了群敌。它运用的是“假设推理法”。“如果说，当年匡国正误杀了自己的青春，尚可由社会负责，那么今天我再把这种不幸降临到他身上，这责任就没有社会的份了。社会让你‘荐贤’，你有‘荐贤’的权利和责任，你应当对社会负责！”

于是，他很快入睡，眼皮合上了，还絮语着：“为了……共同……制止……危机……”

4.《变化》[①]

他悄悄地将四周打量了一眼，教室内、走廊上没有一人。当他确信没有人可以窥见他的隐秘之后，便在窗前停下来，对着窗玻璃，仔细将自己审视起来。

---

① 写于1980年8月21日，侧重于心理描写。以自己青春时期审美心理的微妙变化为原型。

还没看清自己，他就察觉出了自己的变化。两年前还在厂里工作时，他看见别人照镜子就生气。当然他自己不喜欢照。他有只圆镜，是他进厂时姐姐替他买的。进厂三年了，他总共加起来没照过十次。后来不小心打碎了，就没有再买。他一直这样看，盯着镜子照为的是什么？为的是外表的漂亮。要漂亮干什么？无非是赢得女子的好感。这种思想太不干净了。为这，迫不得已要对着镜子整理一下衣冠，他总像做了什么亏心事似的，生怕被人看见。现在呀，每天洗漱后在宿舍里照照，那是没什么担心的。在教室的学桌里，他也藏着个小镜子，没人注意的时候，就偷偷地照一照。不仅照镜子，连窗玻璃都照。每当路过窗玻璃时，不照就像不放心似的。起初，从前的他经常跳出来羞他、笑他，他总是被动招架："这有什么可羞的呢？又不是做了什么亏心事！"后来学会了主动反击："爱美，是人的本能！无产阶级并不否定对美的追求嘛！"

他的这一微妙的变化没有被人发现过，他自己也没有意识到。只是今天无意地把现在和过去来一个对比时，才强烈地察觉出来。

他觉得这没有什么不对的，于是心安理得地对着窗玻璃端详起来。

他并不是一件健美得令人百看不厌的雕塑。有时连他也不满意自己的长相。尤其当一个美丽的姑娘对他毫不介意之后。他对着窗子审视自己，觉得的确没有什么好看。但他绝不怀疑自己对异性的吸引力。就在不久前，一个卷着刘海和辫尾，既有风度又长得可爱的女同学表白了对他的爱慕。他相信自己并不丑。尤其当他自己又一次从窗玻璃里看到自己白皙的皮肤和匀称的五官时，更确信这一点。

热烫烫的夏风吹散了他的长发，他习惯地用手指向后梳拢着。梳理后的发丝像被风吹倒的韭菜。他并不满意现在的发型，不过他认为这比过去萧长春式的茬发要好。过去的茬发，刚剪过还显得齐整，长了20天就变成一堆乱茅草。他不爱漂亮，却爱整洁。他下了几次决心要修改发型，但每当准备向理发师开口要留长发时，他的心就引起强烈的自责。然而，终于在半年后，长发留成了。他多么喜欢那波浪形的香蕉头型啊，既好看，也不算太洋派。于是他忍受着身心的煎熬，承受了火钳的烤灼和吹风器的热风。偌大的水银镜映着他油光发亮的发型，他心里很不自在。走在繁闹的大街上，他觉得有无数惊奇的目光盯住自己。他胆怯了。他怕同学在饭后睡前拿自己开心，他怕家乡的朋友因此而对自己疏远，他怕听到别人说："啊，上了两年学，变啦！""嗨！原来看不惯别人洋派的人，现在也烫起发来啦……"立刻，他转身来到浴室，一头闷在浴池的温水里，两手飞快地搔啊抓啊，头发旋即成了螺旋桨。

晶亮的浪花轻轻地拍打着河岸，目光像水一样透明。他和她沿着河滨的沙滩款款而行。她静静地看着那平展展的河面，突然攥住他的腕，颇有些激动地说："玉飞，我明天……也把卷发拉平。"

"为什么？"他不解地看着她，就像看着一个陌生人。

"你看，那平静的河面，没有波纹，多美呀！"她触景生情地说。

"你看，那蜿蜒的河岸，还有岸边有无数曲线组成的浪花，不更美吗？！"他意味深长地说。

这回该她不解了："你……不是不喜欢烫发吗？"

"呵呵，你以为我把我烫发的经过告诉你，是为了向你暗示这个吗？"他哈哈大笑了，笑中含着男子受到女子的迎合所常有的那种矜持和满足。他凝视着她迷惘的眼神，觉得她有点傻气可爱。他坦率地告诉她："我没有烫发，那是怕别人议论，其实……"

还没等他说完，她就接过话头："你怕议论，难道我不怕吗？"

他逗趣道："在这方面我得佩服你、你们女生的勇敢。"

她恼他，但却不由自主地亲住他的下颚，含着哀怨地嗔怪道："你总是这样……"

“食古不化，是吧？”他抚着她卷卷的刘海，继续逗她。

“不、不。”她推开他，抬起头摇着。

“那怎么呢？”他像老师给学生出题目。

“爱取笑人！”她费了好大力气才吐出这股气流。

“也许有点。以前我可没有那么大胆，见到你们姑娘就别扭，真是‘规规矩矩，不敢乱说乱动’。”他变得一本正经了，那种神气既不能叫人全信，又不能叫人不信，“不过，我刚才说的话绝无半点取笑的意味。你要知道，我的思想、审美观与以前比大不相同啦！”

在一株柳树下，他俩停下了。她抓住一根垂到水面的柳条，拨弄着刚刚吐出的新叶。他叉着两腿，潇洒地站在苍老的树干前，对着眼前的三岔河湾做了个鸟瞰。河面很宽。工厂的水银灯给水面洒上了一层碎银。一座灰白色的双曲拱桥在青紫色的天幕上划开一道圆弧。拱桥下，泊着几艘渔船。暮春的夜是甜美的。此刻人们大都进入了梦乡，四周静得出奇。偶尔一声蛙叫，破了夜的静谧。突然，他笑出了声，声音不大，却显得很响。

“你笑什么呀？”她好奇地问。

他没有立刻回答她。他让自己的神思完成了太湖之行，然后，用一种抒情的调子对她说：“眼前的景色使我想起了太湖。”前年，差不多也是这个节令吧，我出差到无锡，顺便到太湖逛了一趟。太湖真美，一向不喜欢拍照片的我，也经不住朋友的怂恿，拍了一张。照片拿到手，我发现，外裤被肥大的内裤挤皱了，整齐的裤缝不见了，那样子你猜像什么？像大肠头！”她忍不住仰面笑起来。他依旧沉浸在过去的回忆中：“我越看越生气，等妈妈回家后就盯住她吵：‘我已经是22岁了，还有多少可长的？买衣服总是要买大、大、大，这里面的秋裤像什么？跟大肠头没有两样！’妈妈变脸了：‘越说越不像话了！我看你进了几年厂，越来越好大求洋了！”你看冤枉不冤枉？进厂三年，总共就买了一条新裤，因为希望有条直缝，就说我‘好大求洋’！我想声辩，眼看妈妈要发火，于是我哭了。我可以借哭的威力尽情地叫冤叫屈，我要用哭证明我的确是有理。没想到我一哭，妈妈反倒笑起来。姐姐回来了，问怎么回事。妈妈说：‘这么大的人，为要裤缝哭呢！’姐姐一听也跟着笑起来。从此，他们经常人前人后地拿这句话取笑我、揶揄我，把我弄得难堪得要死，即使缺什么衣裳也不敢要。”

“怪不着刚进学校的时候，我看你的穿着朴素得很。”她插了一句。

“那时我也不爱穿好的。我推崇的是曹操所赏识的那种‘被褐怀玉’的人。穿得不怎么好，肚子里却很有水平，不更能获得别人的称赞吗？”

“那么你现在穿得可不差呀！”她提醒道。因为他的话不能解释这一现象。“好像对色彩搭配也有讲究。”她笑着讲。应该说，女性对于色彩的感觉能力比男性敏锐得多。

“是的。样式我不讲究，但颜色我还是注意的。我们的穿着太清一色了。男子的春秋衫，不外是青、灰、黄几种。当然，我并不喜欢外国的那些大红大绿，奇装异服，但客观的美总是存在的，无论什么样的观念也无法从我们的心头抹去它。我们应该注重追求内美，但我们在具备内美的同时，再具备外在的美，不更好吗？”他有些激动了。

“那现在不怕妈妈姐姐笑话你了吗？”她问。

“笑话？哼！现在我可不怕了。”他坦然地笑笑，“你们说我要裤缝，我就要裤缝；你们说我要好看，我就要好看。对于美的追求，是不能怕别人笑话的。”

“那你为什么把烫好的发又洗平了？”

“的确，这不符合我思想的逻辑，但符合我性格的逻辑。”他以小说家的口气说，“如果我真的烫了发，那就不是现在的我了，而是将来的我，或许连将来的还不是！”

世界上什么物体流逝的速度最快？光子和电子。还有一种比这流速更快的物体，它就是思想。当刚才那一大段回想从他脑海里飘过的时候，也只不过一刹那的时间。现在，他把头发理好了——尽管不满意，但已调理到最佳程度。他慢慢转动着头部，仔细观察着每一个视角所得到的不同的视像。他要比较一下自己究竟从什么角度上看上去最好看。这以后，他又凑近玻璃窗，看看眼角有没有白色的分泌物，再看看不多的几颗青春蕊有没有结子儿。他不喜欢脸上的青春痘，甚至有时为此懊恼过，但有什么办法呢？这是老天爷赐给青年人的赠品，如同天赋的容貌一样是无可抗拒的。有一种说法他不能同意：“人长得美还是丑，怎么照镜子都没用。”他认为，人的美丑固然不能通过照镜子来改变，但，胖了还是瘦了，这是可以通过照镜子及时发现并加以注意的呀！

他发现自己如此地注重服饰，已经达到了一生的高峰。他警惕不安地扪心自问：你真的变了吗？你是不是成了原来深恶痛绝的只顾装饰、学习偷懒的那种小人？“不、不。”他得到了否定的评判，他相信自己的评判没有错。他是重视道德修养的。厕所脏了，他操起了拖把；教室脏了，他拿起了扫帚；大白天教室的灯亮着，他兜个圈子拉掉开关；乘汽车时，老人来了，他主动让位置，曾站过上百里。如果说以前他因为害怕别人说风凉话而不敢做这些好事的话，那么他现在是无所顾忌了。他要锻炼一种特性：认准了一个理儿，就坚定地朝它迈进，不管别人怎么议论，我行我素。在学习上，如果说他几年前因希望的破灭而放弃了努力的话，那么现在他则因为燃起了一种强烈的事业心而变得奋发刻苦了。他改变了原来午睡的习惯。他把洗衣服的时间安排在晚上入睡之前，因为晚上的时间好比海绵里的水。他以半小时，甚至以分为单位计算时间，争分夺秒地看书学习。在学好本科课程的同时，两年间他读了若干部书，写了四个日记本的读书笔记和五本生活手记及小说习作。同学们无不惊叹他充沛的精力，称他是一架永不知劳累的机器钟。其实他是知道疲倦的。他的眼角经常布满白色分泌物，有时洗过脸不久就生出来。这一变化是无意间被发现的，他深深地惊讶、懊恼和羞愧。他猜度这一定引起过她恶心的感觉。从此他添了两块手帕——这绝不是可有可无的了；又在教室的学桌里悄悄放进了一个小圆镜。但，往往在他刚拿出镜子检查的时候，白色的分泌物已爬上了眼角。于是，小镜子失去了应有的作用，揩眼角成了他下意识的动作。尤其当见到女生，特别是她时，这一动作更是必不可少的。应当说，他的一切努力某种程度上是为了获取她的爱情。但连续不断的用眼必然会生出眼眵，它对爱情的副作用最大，要不使它再生，根本方法是少学习，减少视力疲劳。但这怎么可能呢？对他说来，最重要的是事业，其次才是爱情。如果爱情的获取必须以事业的丧失为代价，无论这种爱情多么高贵，他也绝不稀罕。话虽这么说，真的失去了他所憧憬的她的美妙的爱情，他也会感到莫名的痛苦和惋惜。于是，像通常人们在左右碰壁，找不到一个良好的选择时会无理地怨天尤人一样，他责怪自己眼睛的分泌功能太强了，要不，就是视神经对疲劳的忍受力太弱了。

他多心了，她并没有因此厌恶过他，从来没有。相反，她把眼眵看成是他刻苦学习的一种标志。她佩服他的聪敏，更佩服他的勤奋、刻苦和意志、毅力；她喜欢他大方而又整洁的外表，更喜欢他崇高的志趣和理想。虽然，她对他的奋斗最终能否取得辉煌的成果并不寄予十分的相信，但她感到和他在一块，使人鼓舞、振奋、幸福。她经常索要他写的作品分享，有时遇到一些学习上、思想上的问题，总喜欢找他谈谈。他非常乐意，又非常害怕。他怕和她过多的接触会引起同学们的非议。但后来他一反常态：“让你们议论、嫉妒去吧！只有她信赖的人才有资格和她交谈。我们谈的事光明正大，为什么要担惊受怕的？”多日的交往产生了亲密的友谊。在友谊的顶点，出现了爱情的光轮。爱情并没有像他过去所想的那样会阻碍学业的进步，而是给他的奋斗注入了能量无限的核动力。有几次，同级的女生看了他写的作品后，邀请他到她们宿舍去聊聊。他接受了这一荣誉的彩带，单枪匹马，勇敢地来到另一个世界。为了探测这个陌生世界的奥秘，他竟敢单刀直入地和年轻的姑娘谈人生、谈爱情。他的这种变化使了解他过去的人大为吃惊。假期到原来曾经工作过的工厂走访时，一起工作过的女工都说他变了。“变了，是的。在我们这个时代，一切都在变。”他说话喜欢顺坡牵羊，借题发挥，“我走的前一年，全厂利润只有八千元！去年一下子就升到九十万，今年据工程师估计要达到一百五十万！”他随手指着一排郁郁葱葱的法国梧桐，含蓄地对青春勃发的青年女工笑着说，“看！两年前我离厂的时候，梧桐树还只长了茬儿，现在已绿成一片了。今天下了场好雨，叶子更鲜了……”

“哎，玉飞，你在看什么呢？”

一声叫唤把他震醒了。楼梯口走来一位同学。他发现自己的隐秘被人揪见了，很难为情，连忙掩饰说：“啊？我在做保健操。”说着，两个食指在鼻翼的两边按揉起来。

“天热，中午你也要休息一会儿啊！”同学边关切地说，边走进了教室。

“是，我现在正歇着呢！”说着，他对着被烈日烤得炽白的天空，使劲地做了几个扩胸动作。他暗暗庆幸掩饰的成功。

他虽然思想解放了，但在行动上还不时有所顾忌。他对待有些事情没那么大胆，对待另一些问题又那么小心。比如这照窗子，他就需要保密。如果你要他说：“这并不是什么丑事，怕什么？”那就不是他，而是你了。

六、大学中写的文艺评论

在从事文学创作练习的同时，在订阅的《青春》《芒种》等文学期刊发表的文学评论、作家创作谈的启发下，结合文学的阅读经验和创作体会，写了一些文艺评论，可视为文学创作的副产品。

1.《生活记录与文艺创作》①

飞机起飞，先得在跑道上跑一段，才能离地飞翔。要进行创作，首先必须掌握记录生活的基本功。具体说，就是要能够把生活中的所见、所闻、所感、所思准确简练地记下来，能够娴熟自如、得心应手地状物达意。对于尚未入门的文学青年来说，这是必经的文字关。状物达意这个基本功是起码的，但绝不是浅薄的。生活中的事物变幻万千、丰富多彩，人的思想感情纷纭浩繁、复杂而又细微，要能够把它们精确地记录下来，的确不是轻而易举的，非得靠坚持不断的努力来提高文字表达能力不可。许多大作家从来是不怕干这种琐碎的工作的。著名的文艺评论家秦兆阳在《给一份青年的公开信》中谈过自己走上创作道路的经历："我在搞报纸工作和群众工作之余，在地道里，在农家的炕头上，经常把所见所闻的故事、语言、人物记在小本子上。特别是记录各种人物对我述说的他所经历的故事，尽可能按照他讲故事的口吻记下来。我用这样的办法来学习结构小说，叙述故事，提炼语言。当然也同样记录自己亲自经历的事情。从1943年秋天到1948年秋天，有五年多的时间，都一直是这样学习的。"（《青春》1980年第7期）很难想象，一个连记录生活都不到位的人能创造出什么完美的文学作品来！

艺术创作需要大量的生活素材。即使取得了较高的文字技巧，

① 作于1980年10月5日。

也不能代替对生活的记录。从这一点上看，记录生活又有其必要性。杜鹏程写《保卫延安》，深入战斗前线，写了六七十万字的生活手稿。梁斌谈到创作体会时说：要想在文学上有些成就，应该有一个本子记录生活资料，有一个本子记录人物，有一个本子记录语言，这是个仓库，有了这个东西，就有了创作基础。这个“基础”，显然是指创作的素材。为了收集生活素材，果戈理、契诃夫、马雅可夫斯基等大作家总是随身带着笔记本，随时随地储备作诗写小说的“矿藏”。我国不少作家如刘绍棠、方之、邓友梅、艾青等都是这样做的。也有例外的，像赵树理、蒋子龙、张洁。然而一般来说，平常不做生活手记的作家往往写不出成功的长篇来。像赵树理的《李家庄的变迁》之所以人物写得不太丰满，恐怕与这有关。

再说，生活记录与艺术创作之间没有不可逾越的分野。较好的生活记录，本身就是作品的毛坯。生活记录多了，久而久之，便会产生质的飞跃，过渡到艺术创作。文艺创作为的是反映社会的风貌，录下时代的风云。中外文学史上真正有成就的作家，尽管他们的世界观有先进、落后之分，但都能以一种严肃、认真、诚实的态度观察、认识和反映生活。法国的巴尔扎克和左拉，是19世纪批判现实主义大作家，他们都自称是法国社会的书记官，他们在各自的著作（巴尔扎克的《人间喜剧》，左拉的《卢贡－马卡尔家族》）中出色地给人们展示了第二帝国时期法国社会的图画。真正想有所作为的文学青年，必须以记录社会为己任，像巴尔扎克、左拉那样，甘当一个社会的“书记”，以实事求是、踏踏实实的态度对待生活，反映时代的精神和社会的本质，替广大人民倾吐爱憎。

当我们具备了记录生活的迅捷和准确的高超本领后，是不是就可以引为满足呢？不然！更艰巨的工程还在后边呢！生活记录为生活创作提供了必要前提，但绝不能代替艺术创作。艺术创作与生活记录是不同的。记得屠格涅夫说过这样一段话：“艺术不是记录，哪怕是最准确的记录。……再没有比消极的罗列事实的再现生活和生活中的个别表现更加违背艺术的精神了。”对于生活的刻板的描写，属于自然主义的创作方法，与艺术的根本方法则是相抵牾的。艺术贵在创造。没有创造当然谈不上艺术。生活中没有发生过的事，只要按生活本来的逻辑是可能发生的，就可以创造性地进行描写。生活中还未发生的事，但按生活本来逻辑的发展是可能发生的，我们也可以科学地加以预见。这样的描写虽然不符合生活事实，却符合艺术真实。在这个意义上，我们可以理解这两段话：“艺术能够提供而且提供的东西比记录的事实来得多。”“诗人的职责不在描述已发生的事，而在于描写可能发生的事，即按照可然律或必然率是可能的事。”此外，艺术创作与生活记录的不同还表现在：艺术创作，必须根据典型化的原则，对生活进行筛选、概括、综合、平衡，具体地表现为主题的提炼，人物的塑造，结构的布局，故事情节的编织，矛盾冲突的设置，等等。

因此，我们在认真、严肃地观察和记录生活，通过对生活的众多速写获得准确、深刻而敏捷的笔力，积蓄大量的生活素材之后，还要探讨并遵循艺术规律，进行艺术的再创造。

2.《重视游历对成就文学事业的作用》①

通常，人们习惯把游历和玩乐联系起来，以为游历完全是为了游山玩水，饱尝眼福，殊不知游历对成就文学事业有着十分重要的作用。具体说来，可从以下几方面来看。

（1）开阔眼界，陶冶胸怀

在我国纵横数千里的土地上，有波浪朝天涌的长江，有远上

① 作于1980年8月12日。

白云间的黄河，有“造化钟神秀，阴阳割昏晓”的泰山，有“气吞云梦泽，波撼岳阳城”的洞庭，有“千里莺啼，绿映红”的江南景色，有“瀚海阑干百丈冰”的塞外风光。壮美的名山大川，秀丽的湖光山色，吸引过多少墨客的游踪，迎来过多少诗人的放声高歌！而在我国古代诗人当中，歌唱壮丽山河最出色的要推李白。李白“一生好入名山游”，看尽天下名山，尝遍天下美酒。丰富的游历拓展了他的视野，壮丽的山河陶冶了他的胸怀。这对于他在诗歌创作上奔腾不羁的浪漫主义风格的形成，有着不可低估的作用。

常在山林里生活的人，胸怀放达乐观；常在大海上打渔的人，胸怀宽广深沉。为了开阔视野，陶冶性情，我们自不必像古人那样与山谷同枕，与绿水共眠，但也应当有意识地多进行一些旅游，要懂得，见识短浅，胸怀狭窄的人是写不出气盖一世的杰作来的。谢灵运的诗与他的鞋密不可分。史载谢灵运素好旅游，在永嘉任太守时，常常出没于深山野林、古庙茅亭，甚至遍历诸县，旬日不归。一次他带着一帮人斩木开路，来到临海一带，临海太守王琇大惊失色，以为是山贼，险些闯出祸来。旅游成癖的谢灵运还创造了一种爬山鞋，鞋为木制，前后有齿，上山摘去前齿，下山摘去后齿，走起来十分省力。此鞋后人美其名曰“谢公屐”。李白诗云：“脚着谢公屐，身登云岭梯。”正由于他亲历亲看，所以其山水诗或写绝谷悬崖流泉飞瀑，或写水竹交映云石相依，才能如此刻画入微。

（2）面向生活，加深对书面知识的理解

汉武帝建元年间，一位年轻人漫步在彭城的土地上。这里，曾是秦楚、楚汉交战时的必争之地，也是项羽所建筑的都城。彭城西北的沛郡，是曹参、周勃、樊哙和灌婴的故乡；沛郡以东，是月下追韩信的萧何和汉高祖刘邦的家乡；而沛郡的邻县，又是陈涉、吴广起义的地方。年轻人瞻仰着古战场，仔细察看历史的遗迹，搜集当地有关楚汉年间风云人物的遗闻逸事。后来，他把这些事迹形象、生动地写进了《史记》。这位年轻人就是司马迁。

司马迁在20岁时，怀着继承父业的大志，暂时停止了经传史籍的诵读，开始到各地游历，实地考察祖国的名胜古迹，了解和收集各种史料及趣闻逸事。他到过浙江，探访传说中大禹到过的禹穴；到过湖南，考察有关舜的传说；到过汨罗江，屈原对祖国的忠贞和热爱深深地感动过他；到过曲阜附近的邹县、峄山，亲身感受孔子的遗风和影响；走访过当年孟尝君的封邑薛县。司马迁的这些游历，加深了他对经传史籍的理解，为后来完成《史记》奠定了良好的基础。

古人既强调“读万卷书”，又重视“走万里路”。“读”和“走”的统一，实际上是间接经验与直接经验的统一。透过书本的窗口，我们可以看到许多名胜古迹。但那些都是别人的描述，究竟怎么样，远不如自己亲眼到实地看一看。苏辙年轻时曾懊恼过：“百氏之书虽无所不读，然皆古人之陈迹，不足以激发其志气。”所以他后来外出游历了。游历，不仅可以使我们获得鲜活、真切的感性认识，增强语言表达的生动性，写出超过前人的佳作，还可以使书本知识得到印证，如发现不合实际的地方便加以匡正。全祖望《顾亭林先生神道表》记载了明末清初著名学者顾炎武游历的情形：“凡先生之游，以二马二骡载书自随。所至阨塞，即呼老兵退卒询其曲折。或与平日所闻不合，则即坊肆中发书而对勘之。”正因为他坚持了这种一丝不苟的精神，所以写出了精确性很高的《山东考古录》《京东考古录》《营平二州地名记》《昌平山水记》等。

（3）了解各地的社会动态，加深对现实的全面认识

鲁迅在《小品文的危机》一文中，对晚唐诗人皮日休的《皮子文薮》给予了很高的评价，认为它“是一塌糊涂的泥塘里的光彩和锋芒”。《皮子文薮》是怎样获得这样深刻的批判力量的呢？也与他的远游分不开。年轻时代的皮日休，曾经由湖北、湖南、

江西、安徽、河南到长安，做过上万里的远游。远游使他广泛接触了现实生活，观察到国弊民困的景状，对当时的社会黑暗获得了一手资料。他体会到“为富皆不仁”，“古之置吏也，将以逐盗，今之置吏也，将以为盗”。对当时最高的统治者，他说：“古之取天下也，以民心；今之取天下也，以民命。”并认为，如果皇帝不好，老百姓可以勒住他的咽喉，揪住他的头，侮辱他、驱逐他、消灭他，连同他的亲族也杀掉。原话是：“有不为尧舜之行者，则民扼其吭，捽其首，辱而逐之，折而族之，不为甚矣。”他把这些思考在游历中记下来，收在《皮子文薮》里，使其获得了锐利的批判力量。

俄国作家契诃夫的《第六病室》的创作也是这样。为了广泛地了解社会生活，他到全国各地去旅行。他到过克里米亚，到过高加索，到过乌克兰。1890 年春天，他忍受着咳嗽的病痛和马车的颠簸，经过几千里的长途跋涉，来到流放地萨哈林岛，在这里住了三个月。他用卡片记录了大约一万个流放犯和移民的生活状况，了解到“萨哈林——地狱”的真相。通过萨哈林岛之行，契诃夫加深了对俄国社会的认识，深深感到牢狱般的萨哈林岛就是沙皇统治下俄罗斯国家的缩影，于是写出了中篇小说《第六病室》。列宁对他的姐姐说，读了这篇小说，觉得好像自己也被关在“第六病室”。

不同地区，政治状况、经济状况、社会生活不尽相同，要全面地掌握社会动态，本质地认识社会现实，重要途径之一就是游历。要使作品具有广泛的社会意义和相当的思想深度，必须建立在大量的社会考察之上。

（4）了解各地的风土人情

大凡有成就的小说家，都是出色的风俗画家。要给自己的作品带上浓郁的风土人情，必须深入社会，通过游历，主动扎根到生活的土壤中去。1820 年 9 月，德国诗人海涅独自在哈尔茨山上开始了漫游。越过秀美的山岭，穿过茂密的森林和险峻的峡谷，他看到了哈尔茨山的自然风光，了解到这里的风俗人情，从而写出了富有乡土气息的《哈尔茨山游记》。后来，他又到国外做了多次的旅行。在《从慕尼黑到热那亚的旅行》《鲁卡温泉》等游记中，他同样出色地描绘了意大利的风土人情。19世纪英国小说家斯哥特，曾以惊人的意志克服了先天给他造成的行走不便的缺陷，四处游历，在这个基础上编写出饱含苏格兰生活气息的《苏格兰民歌》。

游历，并非在任何情况下都是赏心乐事，有时须付出艰苦的代价。明代地理学家徐霞客在游历中，遇有名胜古迹，都要历险探索，审视山脉如何来去，水脉如何分合；遇有悬崖峭壁，极力攀登到顶；一碰到深邃的山洞，就像猿猴一样攀藤附葛，或像蛇一样贴地而行，晚上睡在树石之间，有时肚子饿了，就吃野草。他旅行时不避风雨，不怕豺狼，不计路程，不求伴侣，虽然行程相当艰难，但他甘之如饴。他曾自得其乐地说："我欲倒骑玉龙背，峰巅群鹤共翩翩。"

古语说："幼而学，壮而行。"在有了一定的书本阅历，具备了一定的状物达意的文字基本功之后，趁着年轻时代精力充沛，抓紧机会外出旅游，可为成就文学事业尽早打下生活基础。事实上我们有许多年轻人，正重温着苏辙年轻时的苦恼："辙生年十有九矣，其居家能与游者，不过其邻里乡党之人；所见不过数百里之间，无高山大野可登以自广。"有志于文学的年轻朋友，拿出决心来吧，像苏辙那样，"决然舍去，求天下之奇闻壮观，以知天地之广大"！

3.《生活之水，要用时间的明矾来沉淀》

诗人何其芳回忆延安文艺座谈会前夕到毛主席那里去进行小型座谈时有一段记述。谈到当时反映抗日战争的作品吸引人感动人的较少这一现象时，一位同事解释说："生活要经过沉淀，经过一段时间的隔离，然后才能够把它写成很好的作品。"

这令人想起赫尔岑说过的一句话："要是某一种往事经过沉淀变成明晰的思想，……这需要花许多的时间。"他的代表作《往事与随想》就是经过沉淀的生活结晶。

大概尝试过写小说的人都曾有过这样的感觉，有些事情，你刚刚经历过的时候，并不想写它，也担心写不好；过了一段时间后，你却能较好地把它反映出来。这个现象怎么理解呢？

"不识庐山真面目，只缘身在此山中。"站在庐山上四下环顾，映入眼帘的最多不过是半径为几里的圆圈，所能看到的只能是庐山的局部。要把庐山的整体看清楚，非得离远点不可。生活好比是一艘船，这艘船由船头、船身、船尾等多个部分组成。如果身在这艘船之上，就不可能看到船的全貌。当这艘船渐渐远离我们，我们的视野开阔了，船头、船身、船尾以及高耸入云的樯桅都坦露在我们眼前，我们才能看清它的整体。有了整体的概念，我们再给这艘船作画时就能全盘考虑，综合平衡，准确地勾勒出船的轮廓。这样，有准确度、有立体感、色彩和谐统一的艺术画卷才能产生。

认识一件事物的总的过程和趋势，必经过一段时间。香港中国问题研究专家齐辛说过："许多事情要离远一点才能看得清楚的。"一个人的性格变化，一个矛盾的大起大落，一个生活片段的起始和归宿，都需要一段比较长的时间。认识一个人的本质和特征，认识生活的主流和趋势，也得等待、观察一段时间。这对于写长篇来说，尤其重要。如果急不可待，在生活尚未告一段落时就动笔，那么反映的人和事就会被未来的生活实践所粉碎。生活好比黄河，有时向东，有时向西，有时向南，有时向北，如果我们在绕道西倾山的时候就说黄河西向，路过贺兰山时就说黄河北向，沿吕梁山南行时便以为黄河南向，就会闹出许多笑话出来。

只有等到你从巴颜喀拉山北麓的黄河之源出发，一直来到黄河的出口处，完成整个黄河之行后，你才会晓得，黄河九曲十八弯，它的总趋势是向东流。这才算是本质的认识。可见，时间，是一把宝剑，可以砍去生活的枝枝节节，留下主干；时间，又好比是一面筛子，可以筛去生活中的杂质，留下精华。起初，人们对于事物只能限于表面的肤浅认识，到了后来，人们才获得了本质的深刻的认识。只有当认识了生活的本质规律的时候，才能够奏出激动人心的“黄河大合唱”。

创作需要进入一种冷静、超然的虚静境界，而这种境界只有在热情冷却下来之后才能获得。当生活的浪花扑击我们的时候，我们热血沸腾，胸中充满了火一样的感情，激动颤抖，很难自控。当生活的浪头过去了，强烈的激动消逝了，冷静分析生活现象才成为可能。在前期，作者的爱憎具有浓厚的感情色彩，故而变化不定；在后期，这种爱憎则是理智的产物，故而具有深刻性和坚定性。作家进行创作，既需要感情的热，又需要理智的冷。这种热应是包含着冷静的热，这种冷应是热情过后的冷。冷静，首先作为深刻地分析、发掘生活的需要，然后作为进入虚静的创作境界的需要，是必须具备的。从感情的热发展到理智的冷，这当中需要一段时间。常有这样的情形：当你在游山玩水的时候，面对鬼斧神工的名胜古迹、千姿百态的秀丽山水、峰转廊回的花草园林，你会感觉大自然的美妙简直是自己的秃笔难以描画、语言难以形容的。你会哀叹自己口拙腹空，才疏学浅，不敢舞文弄墨。可是，等游历之后，当你乘坐江轮在万顷碧波的江面上行驶的时候，或在明月如画、夜深人静的时候，你辗转回想，心与外界黯然交会，逐渐沉入了一种艺术境界，你胸中便会蠕动一种与大自然的杰作比试的念头，而你写出的东西也许比原先想象的要好得多，比自然景物还要传神动人。显然，这种境界只有经过一段感情冷却的时间之后才能得到。

总之，浮游着各种微生物和杂质的生活之水，要用时间的明矾沉淀才纯净。

4.《“体会”在艺术形象塑造过程中的作用》[①]

斯坦尼斯拉夫斯基在《我的艺术生活》中，记载了苏联名演员萨尔维尼塑造奥赛罗的经历。演出那天的大早，萨尔维尼便开始沉入了塑造人物的思考。戏八点开演，他五点就已到场，念台词、练姿态等等。他慢慢地一步一步地化装，“不仅化装了他的脸，化装了他的身体，而且也同样化装了他的心灵，逐步逐步地建立了一个完整的性格”。

《陈毅出山》中罗奶奶的扮演者，江苏省话剧团著名演员夏克勤也有过一段类似的经历。每当出场之前，她就独自坐在后台沉思默想，慢慢让自己进入角色。这段时间，她什么事也不做，什么话也不讲，别人知道她的习惯，从不在这时惊扰她。如同萨尔维尼成功地扮演了奥赛罗一样，夏克勤成功地扮演了罗奶奶。

这两个事例给我们提供的启示是：艺术家进行成功的形象塑造的奥秘在于体会。

“体会”，在戏剧表演中，就是悉心揣摩、用心领会不能言传、只可意会的艺术形象的特点，努力在创作构思中找到与所塑造的艺术形象的契合，达到自我与角色的同化。就是说，一方面，演员演的角色摆脱了演员本身的影子，使人看到完全是另外一种个性的形象；另一方面，这个形象又是演员本身某些影像的调动和组合。

法国作家小仲马曾经说过这么一段话：“你在别人告诉你的一些事情当中，会看到一种巧合，一种和你自己的生活中的某些事情真实的相似性。”艺术家要塑造好一个形象，就得唤醒过去

① 写于1980年8月25日。

和这个形象个性的某些相似性。当艺术家与所要塑造的艺术形象的经历、个性的相似性得到充分表现的时候，我们就可以说：这是艺术家本身影像的新的艺术造型。这种相似性挖掘得愈是多，表演就愈加灵活自如、生动传神。经验表明，艺术家对剧中人的熟悉程度愈深，与剧中人的遭遇、命运、性格愈接近，表演成功的可能性就愈大。而要把这个可能性转变成现实性，关键在善于体会。

体会不仅在于唤醒心灵世界中故我的形象，而且在于创造以往的经历中未曾见过的新形象。演员和所演的人物不可能完全相像。对于这些不相像的地方，演员就应细心揣摩剧作者的匠心，认识到剧中人的性格逻辑，用创造性的想象补偿经验的不足，力求用新形象排斥旧自我。要和局中人同呼吸，共命运，设身处地地为剧中人着想，即：如果我遇到此情此景将如何想？怎么办？多在这方面体会，那么即使扮演的是完全非我的形象，也能够栩栩如生、生动自然。

上述两层意思，普列汉诺夫做了精辟的总结：“艺术开始于一个人在自己心里重新唤醒他在周围现实的影响下所能体验过的感情和思想，并且给予它们一定的形象表现。”

5.《相互映衬与相互对比》①

有一个朋友长得不错。谈到找对象时，他说，相貌虽不应当过分强调，但起码得与自己相配。的确，小夫妻俩跑出去，如果其中一个比较丑，另一个必然大煞风景。常有这样的情形，干部子女要和干部子女攀亲，漂亮的人喜欢和漂亮的人结伴，有文水的人乐于和水平高的人交朋友。这除了有一个物以类聚的原因之外，还有一个心照不宣的原因：双方都希望以对方来衬托自己的

① 写于 1980 年 8 月 6 日。

身份，抬高自己的身价。

相映成趣的现象在艺术上也有同样的妙用。同一类型的两个人物如果都刻画得很好，就会收到相得益彰的效果。雨果的《悲惨世界》中，冉阿让和芳汀同是社会底层深受压迫的穷苦人，但冉阿让富于反叛精神，芳汀则逆来顺受。作者抓住这些不同的个性特征，成功地刻画了这两个形象，使读者一提起冉阿让就自然而然地想起芳汀。《第二次握手》中，丁洁琼、叶玉菡同为苏冠兰的未婚妻，照一般的理解，爱情具有排他性，扬丁必然要抑叶，反之亦然。但张扬并没有为了赞颂丁洁琼和苏冠兰的爱情，贬低叶玉菡，恰恰相反，作者在深刻挖掘了导致苏、丁恋爱悲剧的社会原因的同时，怀着同情和理解赞扬了叶玉菡，因此，丁、叶二人并未相互排斥，而是相互补充，各臻丰满了。上面两个例子说明，在刻画同一种类型的人物时，要注意人物之间的相互对照和辉映。刻画人物是这样，写一篇文章也是这样。要注意前后照应，综合平衡。如果虎头蛇尾，顾此失彼，即使写得好的部分，也不免为之减色。

相互辉映，相得益彰，是艺术创作的方法之一。还有一种与它相反的方法，即美丑对照，相反相对。

对比的现象在生活中处处可见。一块红宝石，放在红丝绒盒子里，很不显眼，放在黑丝绒盒子里，则光彩夺目。茅盾说过：“烦恼的人恰恰走进作乐的场合，表面上不得不强颜欢笑，心里却加倍痛苦。”而对比在艺术中的运用。则能创造出一种艺术上的极致，产生强烈的效果。法国著名作家左拉在他的短篇小说《陪衬人》中写了这样的故事：巴黎贵夫人为了显示自己的美，竟然不惜重价雇一个丑女人陪衬她。明末抱瓮老人编辑的《今古奇观》上有这样一段描写：“一日元旦，潘华和萧雅不约而同地到王奉家拜年，那潘华生得粉脸朱唇，如美女一般，人称‘玉孩童’。萧雅一脸麻子，眼眍齿耙，好似飞天夜叉。一美一丑，相比起来，那标致的越觉美玉增辉，那丑陋的越觉泥涂无色。”王奉嫌萧雅太丑，便把原配给他的女儿许给潘华，把侄女悄悄地换给了萧雅。有些很普通的事件或细节，由于把它们放在相反的环境、背景、气氛中描写，会生出不普通的效果来。正如清初学者王夫之说：“以乐景写哀，以哀景写乐，一倍增其哀乐。”《巴黎圣母院》中，作者既以瓦西摩多丑陋的外貌与漂亮的爱丝梅拉达形成对比，又与他心灵的善良美丽做出对比，从而产生了一种特殊的审美效果。

为了写美，却故意先去写丑。从这个意义上说，对比，就是埋伏笔、卖关子、写悬念。伏笔埋得愈长，悬念拉得愈大，愈易于造成情节上的大起大落，进而引人入胜。《悲惨世界》描写芳汀美貌的时候，多次写了她美丽的金发和白玉一般的门牙。在西方，一个美貌女子配有一头金发和一口玉牙，是再幸运不过了。然而事实恰好相反。丧失了做工的资格，断绝了经济来源以致穷困潦倒的芳汀，为了寄养的幼女珂赛特的生存，她变卖了金发，最后又强忍着绝望的痛苦，敲开了两颗鲜血淋漓的门牙，变卖了八十法郎。于是，芳汀最幸运的地方成了最可悲的地方。《悲惨世界》中类似这样绝妙的描写很多。作者撒得开去，又收得回来，常常在“山重水复疑无路”的时候，出现“柳暗花明又一村”的新天地，出奇制胜，令人拍案叫绝！

如果说相互映衬是刻画同一类型人物时常用的一种艺术手段的话，那么，相反相对则是描写两个截然对立的人物时运用的重要法则。对比、反衬的手法不仅运用在人物性格塑造方面，而且可以运用于场面描写、细节描写、情节设计、结构安排等各个方面。

6.《做文章与做人》①

我们知道，读书做人，不是两回事，应当把看书学习与躬身

---

① 写于1980年8月18日。

实践结合起来，对照书上所讲的道理，完善自己的言行。那么，做文章与做人之间的关系怎样呢？我以为它们既有一致的地方，又有不一致的地方。

做人与做文章的一致性，主要是就文章的思想性而言的。文章是人的灵魂的表现、意识的流露。一个人的思想、立场、观点，决定着文章的内在价值。要使自己的文章获得较高的价值，首先必须锻炼高尚的人格。文学研究会的代表茅盾曾在《文学与人生》一文中指出：文学与“作家的人格”关系很大，因为“革命的人，一定要做革命的文学”，所以他要求念书研究学问的作家要“像高尔基之做过饼师”一样，具有社会底层阶级的思想和经验。鲁迅强调做人对做文章的重要意义，指出从喷泉里喷出的总是水，从血管里流出的总是血。烈士为什么多是诗人？

因为啊，诗和真理本是孪生的兄弟，

战士的气质和诗人的豪情总是形影难分。（刘不朽《烈士为什么多是诗人？》）

因此，凡是有志于文学创作的人必须给自己提出较高的做人要求，加强主观世界的改造，不断用高尚的志趣情操抵制和克服卑陋的思想感情，使自己的思想、立场、观点逐步转到无产阶级方面来，使自己的灵魂日趋净化，人格日趋完美，气质日趋纯洁。

做人与做文章的不同之处，主要是相对于文学创作的特殊规律而言的。这个不同之处具体表现为：做人，必须老实，写文章，却不能做老实人。艺术不是记录，哪怕是最准确的记录。即使是现实主义的作品，也不是对生活的机械反映。巴尔扎克曾自称是法国社会的“书记”，曹雪芹曾在《红楼梦》一开头就声明，所云之事不敢“穿凿附会”，然而他们的作品，都是经过高度浓缩、典型化了的。生活真实不是艺术真实。为了本质地反映生活，要求我们对原有的生活事实进行提炼和概括，在这个过程中就需要合理的虚构。巴尔扎克把小说创作中这种合理的虚构叫作“庄严的谎话”。离开了虚构，也就不叫艺术了。事实表明，凡有成就的大作家，都是深通虚构之妙的。

其次，做人，必须接受约束，而文章则反对受到任何约束。文章如果受到前人思想的束缚，就失去了生命的心跳。要获得旺盛的生命力，就应当放手打破前人思想的框框套套，大胆阐发自己的观点，在学问的草原上任意纵横。人的活动范围是受时空限制的，而文学创作则不受到时空的限制。它要求人们发挥不羁的想象力，上下几千年，纵横数万里，古今中外，天上地下，“天马行空，独往独来”。在表现形式上，文章应根据需要灵活自如地采取不同方式，时而如高山瀑布，时而如款款细流。如果受到某种固定格式的束缚，就会导致僵死刻板。

可见，正如梁简文帝萧纲所说：“夫文章者，与立身者异；立身，且须谨慎；文章，且须放荡。”

7.《文艺创作的“新”与“陈”》

人们总喜欢吃新鲜的食品。新鲜的食品，它的色、香、味、形能够刺激人的食欲，它的营养成分完好无损，对人体来说是必不可少的。食品太陈了，不仅色、香、味、形会发生变化，而且营养素会遭到破坏，时间隔得越长，这种分解变化就越大，对人体也就越有害。因此，谈到食品，人们总喜欢一个“新”字，忌讳一个“陈”字。为了防止食品变腐，保持食品的新鲜，人们采用低温保藏、盐腌糖渍等多种方法，可谓绞尽了脑汁。

文章，作为人类的精神食品，也贵在一个“新”字。新的表现形式可以吸引读者的兴趣，新的思想内容可以给人们新的教育和启发。如果手法陈旧，没有新意，与人无补，读者是绝不会喜欢的。由此看来，写文章，搞创作，一定要在“新”字上下功夫。要写出一个“新”字并非轻而易举的事，得惨淡经营，煞费苦心。总之，我们要想方设法，给读者烹制出新鲜可口的佳肴来。

当然，“新”也不是绝对的，有时它会在“陈”中产生。据说以前浙江绍兴一带流行着一种风俗。在女儿出生后满月的时候，选酒数坛，在坛外绘上彩花，塑上“京戏”“绍剧”“百将”，然后埋藏在地下，到女儿出嫁时，取出作为珍贵的嫁妆礼品，吹吹打打抬到男的家去，招待亲友。这味道是愈陈愈好。原来，用高粱、米、麦或葡萄等发酵制成的乙醇饮料，存放的时间愈长，发酵就愈充分，所以，愈是陈的酒，愈是香透色澄，味道醇美。

生活中的这种现象同样可以给我们在文学创作上以某种启示。一种新的思想、新的构思刚刚形成，还比较粗糙，不太成熟。作为一种不易多得的灵感，可以先把它捕捉下来。经过一段时间的阅读和收集、思考和推敲，占有的资料充分了，思想变得比较地全面、深刻了，构思比较成熟、精密了，这时才适合动笔。特别是初学写作的人对自己所写的习作，不要急忙寄给报纸杂志以求发表，那样既耽误编辑的时间又耗费自己的精力。经过一段时间扎扎实实的基础训练，思想修养加深了，艺术技巧提高了，对原作的缺陷看清楚了，这时候动笔进行修改、补充、润色、加工才有价值。总之，写文章譬如酿酒，要尽量使酝酿的功夫充足些。只有这样，才能酿制出美妙的艺术珍品。

8.《模仿与独创》①

电影《摩登时代》播出后，一些年轻人情不自禁地在大街上学起卓别林的步式来。原来，卓别林的步式作为绝妙的艺术境界，赢得了他们的钦佩。而过分钦佩就会生出模仿来。

在文学艺术上，模仿是进行创新所必须走的道路。要会跑，先得学会走。要超过某个高度，首先要达到这个高度。如果连字帖都临摹不好，而企图在书法上有所创造，那是不可能的。在文

① 写于1980年10月11日。

学上要想取得一定成绩，总得经过一段模仿时期。这个时期应当以老老实实的态度、实事求是的精神，虚心认真地向别人的成功经验学习，扎扎实实地打好基础。任何眼高手低的评头论足，不切实际的好高骛远，不自量力的好大喜功，不符合科学精神的操之过急，都是极其有害的。

然而，一味模仿，同样是错误的。在治学的过程中，必须坚决反对单纯、盲目的模仿。就人的一生来看，模仿只应属于一定时期。赫尔岑曾经在他的小说《谁之罪》中指出："人应该学习一生；但到了某一时期，再不能受教于他人。"当各方面都具备了一定的基本功之后，就要立即把努力的方向转到独创上。歌德在他的长诗《浮士德》中说："要成长，你总要独创才行。"一个人如果永远停留在模仿的阶段上，是决无多大出息的。前人的东西，即使仿效得再好，也不过是复制品而已，其成就远远抵不上前人。"取法其上，仅得其中；取法其中，仅得其下。"既然模仿是没有出息的，就应当尽量缩短模仿期。不应把别人的东西奉若神明，"不敢越雷池半步"，陈陈相因，处处相袭，原封不动，盲目地照搬照抄。茅盾先生曾经告诫人们，文艺是批判的，文艺是创造的。对于别人的成果，应当批判地吸收，立足于新的创造。创造是文艺的生命。俄国作家舍甫琴科在他的小说《音乐家》中说过："真正的艺术作品，往往有一种魅力……这是艺术家崇高灵魂的表现，是神圣的创造。"鲁迅说得更深刻："依傍和模仿，绝不能产生真艺术。"因此，盲目模仿是万万要不得的。孟子说："尽信书，则不如无书。"唐代书法家李邕说："学我者死，叛我者生。"近代画家齐白石说："学我者生，似我者死。"说法不一，但有一点是共同的，即在批判盲目模仿的同时，强调独创的重要。

怎样进行独创呢？

首先要培养创见。创见的培养，主要表现为看书学习要有自己的观点和见解。创见在古代常称为"识"。清代学者章学诚说过："夫才须学也，学贵识也，才而不学，是为小慧，小慧无识，是为不才。"诗人袁枚说得更形象："学如弓弩，才知箭镞，识以领之，方能中鹄。善学邯郸，莫失故步；善求仙方，不为药误。我有禅灯，独照独知，不取亦取，虽师勿师。"有了自己的主见，就不会为各家学说所左右，沦为别人思想的奴隶；有了主见，就能得心应手，从纷纭浩繁的各家学说中撷取出对自己有用的东西，从而在书山学海中独树一帜。

创造需要勇敢。通常把"胆"和"识"连在一起讲，说明一种新的见解的阐明需要大胆。缺乏大胆精神，即使一种新的见解孕育成熟了，也会悚然放弃，更不消说，会与许多飞跃而过的思想火花失之交臂。诗云："不依古法而横行，自由风雷绕膝生。"不惧怕权威和教条的力量，打破前人的条条框框，推翻天地重扶起，往往能打通道路，开辟出自己的一条蹊径来。

独创不是否定继承。独创与继承性的模仿，具有相辅相成的辩证关系。古人说："平居有古人，而学力方深；落笔无古人，而精神始出。""不学古人，法无一可；竟师古人，何处着我？"当代书法家林散之谈自己书法的体会："应从有法求无法，方向今人证古人。"我们说，模仿是独创的前奏曲，独创不是与模仿截然分开的，创造必须包含、体现在模仿之中。如此，模仿便不是一成不变的照搬照套，独创也不是毫无根据的别出心裁、异想天开。举目望去，凡是有成就的学者无一不是在模仿、借鉴别人的基础上取得自己的成就的。我们从曹禺的剧作中可以看出挪威戏剧大师易卜生的影子，但在内容和形式上又有自己的创新。我们从李准的《李双双小传》的开头可以看见鲁迅《阿 Q 正传》的痕迹，但他不是机械模仿，而有独特的创造，所以深得茅盾肯定。在正确处理模仿与独创的辩证关系方面，曹禺、李准为我们做出了榜样。

9.《文章最忌百家衣》[①]

陆游少年时期写的诗，模仿前人的作品，片面追求文辞的华美。到了晚年，当他回忆起自己“早年但欲工藻绘”“残余未免从人乞”这段经历时，发出“纸上得来终觉浅”“工夫在诗外”的感叹，并告诫自己：“文章最忌百家衣。”

陆游的这段经历和体会，很能给我们一些启发。

一般地说，在每个人的学习道路上，总得经过这样三个阶段。在第一个阶段，思想、生活和文字表达能力都很单薄，有真情实感也难以用语言恰到好处地表达出来。这就走向第二个阶段：片面追求文词华美，雕章琢句，在形式上下功夫。看到别人的文章中有什么优美的词句，便如获至宝地摘录下来，想方设法地加以运用。到了第三阶段，生活阅历丰富了，思想深刻起来，文字技巧也具备了，这时就能用较好的语言把丰富多彩的生活画面生动、传神地描写出来，从而准确地表达精辟的思想、深刻的见地。由此看来，第二个阶段是非走不可的弯路。但有些人走得长些，有些人走得短些。每个人都应尽快走过这段路程。

历史上，也有沿着这条路一直走下去的，如“江西诗派”。它的代表黄山谷主张写诗填词句句有出处，字字有来历。他们裁剪前人的词章为自己所用，以故为新，可以说是达到了“天衣无缝”的地步。即便如此，“江西诗派”在文学史上的地位也不是那么高的。杂合各家作品，像“江西诗派”那样达到“天衣无缝”地步的，可以说是很少。常见的往往是补丁累累、伤痕片片的“百家衣”，这就值得大忌了。

“文章最忌百家衣”，首先要忌“百家”。沉没在百家学说之中，让人家的思想牵着鼻子走，断然做不出好文章。停留在对别人作品的模仿上，拾人牙慧而孤芳自赏，重弹老调而自

① 写于1980年8月9日。

我陶醉，肯定不能开辟出自己的天地。要使文章获得价值，一定要有自己的创见。当然，忌“百家”并不反对杂取各家之长。相反，只有在博取众善的基础上，才能求得有所独创。

“文章最忌百家衣”，还切忌一个“衣”字。“衣”就是皮毛，是表面文章。有人以为，文章的好坏主要看是否有文采，一个人水平的高低主要看在行文中运用了多少词汇。因此，他们在文章中一个劲地堆砌辞藻，能用的倾其所有，不好用的也要拐弯抹角，连生硬冷僻、早已淘汰的古代字词也被用上了。不仅言之无物，而且以文害意。应当指出，这是舍本逐末，把努力的重点、方向搞错了。消灭这个毛病，首先必须从根本上弄明白：缺乏思想、内容空洞、感情做作的文章，即使语言再美，词汇再丰富，也不算是好文章。只有像陆游后来那样，深深地认识到“工夫在诗外”，从生活中发现新意，从而以词达意，才算走上了正确轨道。

不断探索生活的无尽宝藏，立足于自己的独创，这就是我们应从陆游的经验体会中得到的教益。

10.《诗与诗人》

据说，乾隆皇帝作了四万多首诗，但却没有资格称为“诗人”，中国诗歌史上没有他的一席之地。

唐后主李煜留下的诗词不多，仅存十余首，但却称得上杰出的“词人”，中国词史上具有很高的位置。

《当代英雄》中的医生魏纳，虽然一辈子连两行诗也没写过，但莱蒙托夫却称他是位“出色的诗人”。

这个现象怎么理解呢？

原来，乾隆皇帝的诗，形式上缘古而作，无所创新，内容上倚红偎翠，吟花咏柳，自然称不上真正有价值的“诗人”。与乾隆相比，李煜的命运要凄惨多了。他是南唐王朝的亡国之君。虽无治国之方，却有诗文之才。他的诗词，把无形的亡国之思写得生动可感，把复杂的离愁别恨刻画得细致入微。正所谓“能状难写之景，如在目前；含不尽之意，见于言外”。在艺术技巧上，他进行了大胆的创新，对后来宋词的形成产生了重要影响。把“词人”的桂冠送给他，一点也不过分。

至于魏纳这样的人被称作诗人，也不是没有道理的。世事洞明皆学问，人情练达即文章。劳动者的斗争生活，感情饱满，节奏铿锵，本身就是诗——不过没有用文字表达出来罢了。有些善于言谈的人，说话有板有眼，注意抑扬顿挫，时而如高山瀑布，时而如款款涓流。他们讲的话本身就是一首诗，不过它同样没有用文字记录下来。有些人的行动举止，富于节奏感、动作性和舞蹈美，充满了浪漫色彩，本身就是诗化了的。当年人们形容徐志摩是“被诗发酵”了的。魏纳，正是这样一种杰出的诗人。用莱蒙托夫的话说，他“在行动上永远是位诗人，在谈吐上也常常是位诗人”。

可见,就内容而言,诗就是生活;就艺术手法而言,诗贵在创新。学诗之人，务必注意这两点。

11.《构成诗人的气质》①

读了些诗，私下也喜欢写些诗。常暗自思考构成诗人的气质是什么。作为一个优秀的诗人，必须具备哲学家的深刻、数学家的敏捷、小说家的生动形象。

一

英国诗人柯勒律说过：“一个人，如果同时不是一个深沉的哲学家，他绝不会是一个伟大的诗人。”一篇优秀的诗歌，它的妙处，不在于华丽的词藻、优美的声韵、铿锵的节奏，而在于思想的独到与深刻。思想，也是诗歌的精髓，是诗歌的脊椎。少了它，

① 写于 1980 年 8 月 5 日。

就不能在社会上直立行走。一个热情洋溢的诗人，必须学会用哲学家的深沉来冷静地观察、分析、思考问题，把纷纭复杂的感情理成一根根明晰的脉络，从自己所感动的那些生活现象中挖掘出深刻的思想。

诗要求思想明确单一。同一事物可以给人多种多样的理解。比如蔷薇，我们既可以歌咏它的“尖刺”，又可以歌咏它的朴实无华。但在同一篇诗歌中，只能歌咏一个主题，而不能面面俱到。旁枝丛生，主干就不会高大。主题芜杂，就必然影响思想的深度。着眼点小，开掘才容易深。我们来看艾青的《盼望》：

一个海员说：
他最喜欢的是起锚所激起的
那一片洁白的浪花……

一个海员说：
最使他高兴的是抛锚所发出的
那一阵铁链的喧哗……

一个盼望出发，
一个盼望到达。

由于诗人对生活现象的认识非常清楚，因而能够从所要表达的主题思想出发，用最凝练的笔墨勾勒出最简洁、明白的生活画面，给人以明确的感受和众多的想象。诗是凝练、集中的产物。只有学会凝练、集中，才能写出好诗。

诗要求要有深刻的思想。诗光有思想还不够，还要看这个思想深度如何。要获得思想的深度，必须具备良好的哲学修养。学会用哲学家那样深邃的目光观察事物，获得对于蕴藏在生活现象背后的哲理的认识。我们常说的警句，往往就是这种哲理的精辟概括，它是思想的精粹所在。不论哪首诗，如果没有一两个脍炙人口的警句，是流传不远的。有些诗虽然很短，但因为阐发了某个深刻的哲理，却有不可抗拒的征服力。如 1980 年第 3 期《青春》上的两首诗就是这样：

其一

因为天空中有一个冻僵的太阳，

所以大地被窒息，流云才这样猖狂。

其二

神像之所以高大，

是因为我们向他低下了头。

诗，有时候干脆就是思想的火花，可以撇开生活画面而不写。因为这一点，诗歌园地中得以生长出许多形象性不足的讽刺诗、哲理诗之类的带刺的蔷薇。

诗歌中的思想，绝不是对别人思想的重复，诗的思想要以新颖独到取胜。写诗，就是要写出过人之明。别人没有发现的东西被你发现了，你的诗就获得了旺盛的生命力。如果人云亦云，老调重弹，即使诗写得再美，充其量只能是没有生命、不能动人的蜡制美人。必须懂得，只会重复别人思想的人，实际上是没有思想的。

二

灵魂，要找一个躯壳才能生存。深刻的思想只有包含在生动的形象中才能感人。优秀的诗篇，都是把思想融化在栩栩如生的艺术形象之中的。作为一个优秀的诗人，必须像小说家那样善于生动地进行形象思维。

形象思维是与抽象的逻辑思维不同的思维形式。在提炼诗的主题，挖掘思想深度的时候，需要运用抽象思维。一旦获得了深刻的思想，则需要将它转化为生动感人的形象思维。诗的主要手法是赋、比、兴。比、兴的手法与形象密不可分，很容易理解；而即使是铺陈其事、直抒胸臆的赋体诗，也离不开形象。在上文《因为天空中有一个冻僵的太阳》和《神像》两诗中，虽然是哲理的阐发，却是饱含形象的。

形象性对诗的重要性是无须多说的。打开诗卷，可以发现，凡是好诗，总是富有具体可感的形象性的。如杜甫的《绝句》：

两个黄鹂鸣翠柳，
一行白鹭上青天。
窗含西岭千秋雪，
门泊东吴万里船。

这里有一点要说明的是，诗中所出现的形象，应当是一个有机的整体，相互之间有内在的联系，而不应是各种互不相干的形象的自然堆积。如马致远的《天净沙》：

枯藤老树昏鸦，小桥流水人家，古道西风瘦马，夕阳西下，断肠人在天涯。

这首曲子运用十二个名词揭示出多种多样的形象，这些形象都是围绕着烘托、渲染“断肠人在天涯”这样一种主题来选择、安排的，于是构成了意境。如果形象与形象之间缺少关联，那么，这些形象就会破坏诗的意境，达不到感人的效果。

三

如果把诗比作人，那么，思想是这个人的脊椎，形象是这个人的躯体，而敏捷的才思则是这个人得以尽快出世的催生婆。优秀的诗人，往往具有数学家那样的敏捷的才思。

历史上，曹丕逼曹植作七步诗的故事是人们熟知的。传说曹丕嫉妒曹植的才能，勒逼他在七步之内作出一首诗来，写不出来则处死。而素负才思敏捷盛名的曹植居然在七步之内写出来了，这就是：“煮豆燃豆萁，豆在釜中泣。本是同根生，相煎何太急。”

古代不少才子才女，他们才思的敏捷，的确是叫人拍案叫绝的。《双珠凤》中，文必正向才女霍定全求爱，而霍定全也早已听说文必正素负才名，决定试探一下深浅。于是说：

“吏部堂中，一史不通胡作吏？”

文必正对着小姐所住的天香阁略一沉思，马上应道：

“天香阁上，二人可合何瞒天。”

霍小姐又出一联：“竹本无心，皮外空生枝节。”

文公子立即对道：“藕自有窍，腹内满藏情丝。”

再如苏东坡和他的妹妹苏小妹相互戏逗的一段，也是千古佳话。东坡一嘴胡子，小妹笑他：“口角几回无觅处，忽闻毛里有声传。”

东坡立即回敬道：“未出庭前三五步，额头先到画堂前。”

原来小妹额头略显前凸。小妹又嘲笑东坡长长的下颚：“去年一湾相思泪，至今流不到腮边。”

东坡抓住小妹眼膛微洼，还一句加以戏谑：“几回拭泪深难测，留却汪汪两道泉。”

无论写古诗还是写白话诗，都要善于捕捉灵感的火花。苏东坡说：“作诗火速追亡捕，情景一失永难摹。”不难想象，一个反应迟钝的人是很难捕捉住电石火花般的思想灵感的。

敏捷的才思需要锻炼和培养，感情的触角愈磨炼愈敏锐。为什么古人多能口占诗词呢？为什么少数民族的民间歌手能即情歌咏呢？解释只有一个：熟能生巧。

要具备即兴赋诗的本领，重要的一条，是要学会在很短的时间内找到诗眼。诗眼找到了，感情就容易喷涌而出了。

既然诗人必须具备哲学家的深刻思想，小说家的生动形象，数学家敏捷的才思，那么，有志为诗的人不妨在这三个方面多注意培养。诗是诗人的宠儿。不具备诗人的气质是不会写出好诗来的。

12.《艺术创作中的以小见大》①

一把炒面，泡开来却有一碗。

---

① 写于1980年8月25日。

小小的聚光镜焦点，却聚集了很大的热能。

写文章不是泡炒面，它要求我们获得了生活的面粉后，用思想的炉火把其中的水分炒干。

生活中散发着巨大的光和热。反映生活不能用平光镜，而要用聚光镜，对生活中的光和热进行聚焦活动。那最光亮的一点就是我们的笔力所求达到的地方。

文艺是生活的集中反映。在文艺创作中，对那些大量的纷纭的生活材料，我们应当进行筛选、提炼，抓住能够反映生活多方面的本质之点着力描写。这一点虽然小，但却能以小见大。俄国作家莱蒙托夫说："一个人心灵的历史，哪怕是最渺小的历史，也不见得比整个民族的历史枯燥乏味、缺少教益。"

关键在于这个"人"要选准，富有典型性和社会意义。莱蒙托夫在他的长篇小说《当代英雄》中，正是通过别巧林这"一个人"的心灵世界的剖析，来反映19世纪沙皇专制统治下那个社会的黑暗。托尔斯泰的《复活》着力塑造了聂赫留朵夫和玛丝洛娃，雨果的《悲惨世界》主要描写了冉阿让，左拉的《妇女乐园》着力刻画了黛妮丝，巴尔扎克的《欧也妮·葛朗台》《高老头》等等，也都是这方面的例证。像托尔斯泰《战争与和平》那样，通过壮阔的场面来反映社会生活的作品，在文学史上是不多见的。

由此可以得到如下的启发：要使文艺作品获得伟大的价值，并不一定要写大的场景、大的题材。着眼点小，容易把握住。如果开掘得深刻，同样可以获得巨大的容量和广泛的社会意义。

文学创作是如此，文艺欣赏亦如此。据说，苏东坡对自己写的《念奴娇·赤壁怀古》很欣赏，曾兴奋地问人：自己的词与柳永的词相比，哪个好？那人巧妙地打了譬喻：柳永的词最好让十六岁的女郎用红牙拍板，低唱他的"杨柳岸，晓风残月"，苏轼的词则应由关西大汉用铜琶铁板伴奏，高唱"大江东去"。"杨柳岸，晓风残月"是柳永的代表作《虞美人》中的两句。只抽出这两句，无须把柳永的词都举遍，我们便可以体味出柳词委婉凄切、缠绵悱恻的婉约风格。《念奴娇·赤壁怀古》是苏东坡的代表作，而只需抽出其中的一句“大江东去”，苏词奔腾豪放的风格就扑面而来。

以小见大，“窥一斑而见全豹”，无论创作还是欣赏，都可收到四两拨千斤的奇效。

13.《人物语言的个性化》[①]

人物语言要讲究个性化，早在两千多年前就被一些历史散文大师注意了。如《左传》中记载的鲁襄公十八年，晋、齐两国军队在平阴相持的一段：齐军夜里逃跑了，师旷告诉晋平公说：“鸟乌之声乐，齐师其遁。”天明以后，叔向也看出来了，对晋平公说：“城上有乌，齐师其遁。”师旷是乐官，所以能听出鸟、乌之声的快乐，从而判断齐师已经逃走。叔向是智士，所以看到城上有乌飞，就能断定平阴城已经空了。这两句话都很切合他们各自的身份。

语言符合人物的身份，这是获得人物语言个性化的重要一环。人物的身份是与其从事的职业分不开的，因此，写个性化的人物语言，还要善于从人的职业中找到注脚。在《第二次握手》中，作者张扬很注意依据人物的身份、职业来写人物的语言（包括内心独白）。如苏冠兰头发花白，叶玉菡猜度说，这“可能是由于其中遗传因子的关系吧！”作为病毒专家的叶玉菡说这样的话是很自然的。地球物理专家赵久真准备带领丁洁琼到美国留学，接到了留美通知，丁洁琼心事重重，郁郁不乐，就搁了十几天，迟迟不肯启程。赵久真猜不透她的心事，内心独白说：莫非她掉进了什么强大的“磁场”？再如在婚姻问题上，苏冠兰死也不听父亲苏凤琪的安排，苏凤琪费尽心机也属枉然，于是苏凤琪陷入了

① 写于1980年9月25日。

惶惑不解的苦苦思究中。作者这样写道：苏凤琪能探索天空中无数星星的秘密，却不能探知儿子心头的秘密。的确，苏凤琪作为长江观察台台长，在外国留过学的著名天文学家，他确实能探索天空中神秘的星星的奥秘，而作为传统文化的代表，他只能认为他为儿子安排婚姻是天经地义的，任何违抗父母旨意、追求爱情自由的行动，都是他无法理解和难以容忍的。《握手》中这样传神的富有个性的人物语言的描写多得很。它们不仅符合人物的不同身份，而且为读者点明了这些不同人物的身份乃至个性。曾接触过一个农村妇女。她多病交身，当医生给她治好了一个病，并安慰她“病要一个个地攻下来”时，她连连点头说：“对对，水口子要一个个洗，墒口子要一锹锹挖。”这两句比喻就很有个性，农村妇女整天和“水口”“墒口”打交道，自然会拣自己最熟悉、最形象的东西打比喻。如果是装卸工，就不能这么说了。他应当说：“包要一个个扛”，战士则应该说“仗要一个个打”。干部则应该说“问题要一个个解决”。倘说“饭要一口口吃”，就太平常、太缺乏个性化了。

写好人物语言，对于塑造成功的艺术形象挺重要。“高尔基很惊服巴尔扎克小说里写对话的巧妙，以为并不描写人物的模样，却能使读者看了对话，便好像目睹了说话的那些人。”（鲁迅《看书琐记》）人物不应是作者主观思想的传声筒，对话不能简单地作为表达作者意图的手段。人物的语言描写一定要多从人物的身份、性格等中找出依据或注脚，这样才经得起推敲，才能使人物“活”起来。

14.《谈“含蓄”》[①]

在佛教中有特殊地位的杭州灵隐寺，在造园艺术上有独到之

① 写于1980年9月28日。此文修改后发表于1982年第1期《盐城师专学报》。

处。这个独到之处归结为一个字，就是“隐”。回龙桥一直往西，走至天王殿，沿路靠右设置着长长的红墙，这红墙对于造成灵隐之“隐”是一妙笔。这道墙将北高峰与飞来峰恰到好处地分开来，暂时不让人看见灵隐古刹的一鳞半爪，使本来浅显的山谷增加了“梦一般的深邃”，吸引着无数游客。试想，如果没有这道墙，望去直通通一目了然，就兴味寡淡了。

走出杭州的灵隐寺，我们来到无锡的锡惠公园、南京的玄武湖、苏州的拙政园，便会发现，凡是园林胜地，不管人工还是天成，都有山重水复、柳暗花明、峰转路回这样一些特点。把它们概括为一个字，叫“曲”。曲径通幽，引人入胜。

园林赏花，若是在晴空万里的大白天，将美的要素一览无余，也会叫人有失雅兴，常发“不过如此”之叹。如是雾中看花，就更逗人兴致。江西庐山之美，常常是由层层云雾点缀的。云雾可以给它笼罩的景物涂上一道虚幻飘逸的色彩。它的动人之处是一个“虚”字。

“隐”“曲”“虚”，尽管说法不同，但有一个本质的地方，就是“蓄”。生活中蕴含的美，常常离不开一个“蓄”字。古人形容西施之美，喜欢用“病态西施”这个词；欧洲人赞美女神维纳斯的美，喜欢说“睡着的爱神”，也是这个意思。生活中的这个道理，在艺术中也屡试不爽。优美的艺术作品，总离不开含蓄。传说有位画家出了这样一个题目，用最简单的笔法画出最多的骆驼。他的学生有的在试卷上密密麻麻地画了一群骆驼，有的为了节省笔墨，就只画了骆驼头，唯有一个同学别具一格，他光勾勒出两座山峰，再画一只从山谷中走出的骆驼，后面跟着的一只探出半个身子。不言而喻，老师选中了这幅画作为佳作。宋徽宗喜欢画画，加强画院建设，广罗绘画人才。当时画家必须通过考试才能进画院。一次考试的题目是“野水无人渡，孤舟尽日横”。一般的考生画的是岸旁有一只船，船舷边站着一只鹭鸶或船篷上栖息着一只乌鸦，以表现船上无人、孤舟横日。这些画都未选中。最后选中的是这样一幅画：一船夫倦卧船尾，身旁置一竹笛，表明终日没有过路的“渡人”，船夫等待得疲倦不堪，以致丢下了吹弄的笛子睡着了。又一次考试的题目是“乱山藏古寺”，很多人为了表现古寺是“藏”在乱山中的，故意把古寺画得只露一个角落，而被认为画得最好的作品是于荒山之中只画一根佛寺的旗幡，其妙处不言自明。

艺术贵“蓄”。“蓄”的好处有哪些呢?

第一：“蓄”是艺术的重要手段。白石老人说过，绘画之妙，在似与不似之间。这个“不似”，就是艺术性。比如画骆驼，为了画出一个“多”字，就简单地把生活中体现“多”的场景原封不动地搬到创作中来，画出密密麻麻的骆驼，这是生活的照相，哪是什么艺术创作！如果用这种方法去画高山远水，则纸的面积太小！北宋山水画家郭熙《林泉高致》早已揭示其中秘诀：“山欲高，尽出之则不高，烟霞锁其腰则高矣！水欲远，尽出之则不远，掩映断其脉则远矣！”这个锁山腰的“烟霞”、断水脉的“掩映”之笔，就体现了高于生活的艺术性。事实表明，艺术成就高的艺术家，都是深通含蓄之术的。

第二，含蓄可以造成一种悬念，引人入胜。最能够吸引人的是迷，是未知数。人们对于不了解的事物，总想看个究竟。在文学作品中，最忌讳的是把“底”过早地交给读者。也就是反对太露，“露”是“平”的同义语，一平就没有味道了。多埋些“伏笔”，多卖些“关子”，多设点“扣子”，多设些悬念，就能紧紧吊住读者的胃口。让读者围着作者的意图转，“犹抱琵琶半遮面”，这是文艺创作的窍门之一。

第三，含蓄，可以给读者留下想象的余地。一位名家说过，在写作的时候，最反对把读者当成不会思想的傻子。如果把能写的都写上了，叫读者没有一点想象、玩味的地方，这篇作品肯定不能算成功之作。齐白石有一幅名画，叫《蛙声十里出山泉》，但画面上没有一只青蛙，只有几尾小蝌蚪。这幅画好，好就好在它耐人寻味。我国古代形容女子之美，不直写，而是说“增之一分则太长，减之一分则太短，著粉则太白，施朱则太赤”，这就比直写要好得多。它引导读者放开自己的想象，而你想象中长短瘦胖都十分适宜的最美女子，就是作者所写的这个“她”。汉代乐府《陌上桑》中对罗敷的肖像描写，也有同样的妙处：“行者见罗敷，下担捋髭须。少年见罗敷，脱帽著帩头。耕者忘其犁，锄者忘其锄。来归相怨怒，但坐观罗敷。”究竟罗敷怎么美，读者尽可以去想象了。清代学者焦循认为，写诗在于“不直质言之，而比兴言之”。这个“比兴”，就是不明说，让读者依据比兴之物猜度和领会作者的用心所在。当我们的笔力足以给读者提供某种启示之后，就要赶快收缰，不然就会生出闲笔来，甚至会弄巧成拙，画虎不成反类犬。

含蓄既然有这么多的好处，那我们在写作时就应高度重视。具体地说，就是要学会虚实相掩，真假相参，曲直有致。文学艺术作品，小的好比盆景，大的好比园林。让我们都来做盆景家、园林师吧，根据曲尽奇妙的艺术法则，精心培育出耐人观赏的艺术盆景，令人流连的艺术园林，恭迎读者的光临。

15.《一打一跪的得失》

吴遥见到退回的汇款单，一巴掌打在宋薇的脸上，接着又“扑通”一声跪在她跟前求饶……这一打一跪，充分反映了吴遥的专断，淋漓地暴露了吴遥的丑态。许多观众都为之叫绝。然细加推究，亦有值得商榷之处。

吴遥和罗群的分歧，是思想分歧。应当说，影片前半部是较好地表现了吴、罗之间的这种思想分歧和矛盾冲突的。但后半部这一打一跪，却把在此之前不太重要和明显的爱情冲突挑了出来，使观众不能不这样想：这时的吴遥之所以不肯为罗群平反，很大部分原因是为了保持自己在爱情纠葛中的不败地位，不让罗群重新占有宋薇的心。于是，感情因素上升了，思想冲突削弱了，作品的思想意义也随之冲淡了。因为，在影片所规定的那个年代里，思想僵化而自命正确、主观武断而自以为是、对自己过去造成的冤假错案不可加以改正的领导干部不是个别的，而发生在吴、罗、宋身上的爱情纠葛，在生活中毕竟是少数，且带有某种偶然性（虽然这是戏剧性所需要的）。

当然，吴、罗之间的爱情矛盾纠葛也不是不可以写，问题是不能把它写成主线，使其成为掣肘全局的因素。而这一打一跪，恰恰不适当地把这个矛盾尖锐化了，把它的作用夸大了，因而影响了吴遥这一形象的广泛的社会意义。[①]

七、大学中写的人生杂谈

文学是写人的。文学作品中经常有作者关于人生经验的总结与感叹。一直在励志教育的环境中成长，于是，在文学创作、评论之余，又撷取读书启示和生活感受，陆续写下了一些自我勉励、自我告诫的人生杂谈。

1.《如意算盘打不得》[②]

拉·封丹寓言中谈到有个名叫佩莱特的姑娘，一次头上顶着奶钵进城，一路上她美滋滋地想，一钵子奶卖了，可以买到一百个鸡蛋，鸡蛋孵出小鸡养大，卖了买猪，猪卖了买牛，牛又生出小牛，忽地，她看到小牛在草地上乱跳，自己也乐得跳起来，谁知顶在头上的奶钵翻在地上，空欢喜一场。后来，人们把打如意算盘，做不切实际的美丽幻想的做法，叫作“顶上佩莱特的奶钵”。

---

① 刊于《电影评介》1981年第8期，关于电影《天云山传奇》的短评，被删节。

② 写于1980年10月6日。

喜欢顶“佩莱特的奶钵”的看来不少。明代万历年间，有位小说家叫江盈科，他编写了一本《雪涛小说》，其中讲了这样一个故事：“一市人，贫甚，朝不谋夕。偶一日，拾得一鸡卵，喜而高其妻曰：我有家当矣。妻问安在，持卵示之，曰：此是，然须十年，家当乃就。因与妻计曰：我持此卵，借邻人伏鸡孵之，待彼雏成，就中取一雌者，归而生卵，一月可得十五鸡，两年之内，鸡又生鸡，可得鸡三百，堪易十金。十金易五牸，牸复生牸，三年可得二十五牛。牸所生者，又复生牸，三年间可得百五十牛，堪易三百金矣。吾持此金以举债，三年间，半千金可得也。”他越说越兴奋，甚至说家资多了还打算娶个小老婆，这下老婆变了脸，“怫然大怒，以手击鸡卵，碎之”。于是，“市人”发财及其娶小老婆的美梦随之破碎。正是：做梦娶媳妇，想得美。

江盈科讲的“一市人”和拉封丹寓言中的佩莱特，都是穷人。穷人想富，这并不奇怪。《乔老爷上轿》中那个乔老爷说得好：“人穷志不穷，浩气贯长虹。”要变穷为富，只有经过辛辛苦苦、踏踏实实的劳动。如果梦想不劳而获，甚至像“市人”那样，企图放高利贷，还要在这个基础上娶小老婆，就失掉了穷人应有的气骨，令人厌恶了。

从这两个故事中可以得到这样的教益：可能性并不代表现实性。在可能性未曾转化为现实性之前，不要高兴得过早。不要沉湎于美丽幻想的彩虹中，那样骗了别人，也骗了自己。凡事不要往最好的地方着想，想象越美，打击越重。要把一切可能发生的不利因素尽可能全面地考虑在内，从最坏处着想，向最好处努力。一句话：如意算盘打不得。

2.《机遇：可能性转变为现实性的助产婆》①

明朝正统年间，兴安县知县以爱少贱老著称。一次考试以后，

① 写于1980年8月3日。

他弥封试卷，自恃眼力，扬言从公品第，黑暗里抽出谁的试卷，谁就算第一。谁知抽出的，竟是年迈五十七的鲜于同。鲜于同就凭这样的机遇登了科，后来一直做官二十三年，腰金衣紫，赐恩三代。（见《古今奇观》第二十一卷《老门生三世报恩》）

机遇对人的命运来说是非常重要的。光有满腹经纶，没有机会施展，便有“生不逢时”“沧海遗珠”之叹。“泽畔屈原吟独苦、洛阳季子面多惭”，讲的是战国时期屈原终生怀才不遇，苏秦一度不见录用的痛苦、羞惭心情。屈原有着一腔救国安民之策，无奈楚王昏庸，佞人得宠，屈原的才略得不到发挥，反而因此遭到诋毁、贬谪、流放的迫害。

过分看重机遇的作用，把命运的好坏、事业的成败全部归因于机遇的神奇力量，固然是错误的，但一提起机遇的作用就认为是推究客观，迷信唯心的超自然力量，不承认机遇在成就事业中的作用，也是偏颇的。

辩证唯物主义认为，一事物发展的趋势，存在着多种可能性，究竟哪一种可能性变为现实性，这不仅取决于事物内部的矛盾运动，而且取决于和事物相联系的外界条件。一个人在他年轻的时候，具有多种多样的发展趋势。如果让他接受音乐训练，他也许会成为钢琴师，如果让他接受外文教育，他又可能成为翻译家。当具备了某一方面才能的时候，究竟能否在这方面取得成就，就要看客观条件如何了。我们有很多人，他们具有某一方面出色的甚至惊人的才能，只是由于社会没有给他们提供施展才能的机会和场所，他们的聪明才智便悄悄被淹没了。比如，有些老工人在实际工作中积累了丰富的经验，表现出非凡的才智，但由于旧社会没有给他们提供受教育的机会，因而不可能把经验总结、上升为理论，不能成为工程师、科学家。有些人对国际动态有深刻的洞察力和特殊的敏感，如果让他们到名牌大学专门培训，完全可以成为一名出色的国际评论员、观察家，但他们却只能做教师。有些人具备杰出的社会活动家的才能，如果有机会，也许会成为叱咤风云的政界人物，但生活却把他们抛在默默无闻的角落里；有些人在处理人事关系中表现出非凡的本领，富有作为优秀的领导者的气质，但命运却叫他们永远做普通的老百姓。

与上面的情形相反，社会倒是给有些人提供了不应有的机会，造就了不少幸运儿。反右、深挖“516”等政治运动，使不少人遭到了打击报复、发泄私仇宿怨的机会。突击入党、突击提干，使许多不学无术的脓包蠢蛋获得了升官发迹、飞黄腾达的机会。有人看中了机会的神奇力量，苦心经营起投机的买卖来。于是，善于投机经营的人得势，而脚踏实地努力的老实人吃亏。不少人面对现实失望了，发出“运退黄金失色，时来黑铁生光”的悲叹。

我们说，事物的发展变化，主要依赖于事物本身的矛盾斗争。内因是变化的根据。因此，要想成就事业，应当把立足点放在自我努力上，绝不能把希望寄托在机遇、运气上面，祈求、等待命运之神给自己降福。另一方面，机遇，作为与事物本身有紧密联系的外部条件，对事物的发展变化具有重要的促进作用，有时还能成为主宰事物发展变化的决定因素。就像化学反应中的催化剂一样，缺少它就不行。因此，我们要珍惜并创造机会。“才能加上机会，这是古今中外一切名人成就事业的关键。”小说《第二次握手》中凌云竹对丁洁琼的这句话，是有道理的。大鹏图南，须有风云之便。包含在事物内部的可能性，好比是孕育在娘肚子里面的胎儿，要使可能性变为现实性，必须靠机遇这个助产婆。

3.《机遇和发现》①

今天，人们总喜欢这样看，理智，纵然不是科学发展的唯一媒介，也无疑是科学发展的主要媒介。然而，一些意义极其深远，

① 此文属于翻译练习，完成于 1980 年 8 月 3 日。

并给社会带来更大变革的发现，却是由于偶然的原因取得的。在化学、生物学、医学领域更是这样。

世界上最早的人造合成纤维，是1878年一位年轻的化学家由于一种偶然的原因发明创造的。一天，当他在置有摄影用的感光板的暗室里做实验时，不小心碰倒了一瓶珂酪酊。一些溶解在乙醇和酒精中的硝化纤维素溶液溅在桌子上。他没有立刻把这些脏污清除干净。后来，他发现一些溶剂挥发掉了，剩下一层厚厚的发黏的物质。当他用布揩去这些物质时，他注意到长而纤细的珂酪酊纤维被拉出了。它们看起来、摸上去像丝线一样。他突然生出通过小孔将珂酪酊挤压成丝的设想。当溶剂蒸发掉的时候，长长的人造纤维形成了。这就是世界上最早的人造合成纤维。

青霉素的发明者是一位被机遇所垂青的年轻英格兰医生。不过不是一次，而是两次才取得这项发现的。1922年的一天，他正在伦敦圣·玛丽医院的实验室工作。他是致力于致病细菌研究的。那天，他患了感冒，一滴鼻涕从鼻子里滴下来，掉在含有细菌培养基的盘子上。起初，他为一部分宝贵的培养基被毁去而懊恼。但后来，他意外地发现，从他鼻子里滴下的黏液，竟把他精心培养的细菌杀死了。这件事给了他最初的启示。不久，他从这种黏液中分离出一种积极的因子，他称之为溶菌酶。六年后，他发现了青霉素。

阿基米德定律的产生也是这样。古希腊亥厄洛王用十磅纯金，让工匠为他镂刻了一顶王冠。王冠制成后，国王怀疑其中含金不纯，于是请阿基米德鉴定，但有个前提，不能损坏王冠。阿基米德一时束手无策，为这件事苦苦思索了好多天。一天他洗澡时，水从浴盆里溢出来。这一现象使他受到启发。他恍然大悟地叫道：“我找到方法了！”他把王冠置入水中，排出的水量如果比十磅纯金排出的多，那他认为王冠就一定掺入了其他金属。对于这件意外的小事，阿基米德运用了大胆的想象，不仅找到了鉴别金冠的方法，而且导致了科学上的重大发现——阿基米德定律的诞生。这个定律就是：浸在液体中的物体，要受到一个向上的浮力，浮力的大小等于物体所排开的液体的重量。

这方面例子很多。无怪乎爱因斯坦说："与职业哲学家相比，一个自然科学家必定带有某些机会主义色彩。"（《爱因斯坦传》，F. 赫尔内克著）试想，如果珂酪酊不被碰倒、鼻涕不正巧滴在细菌培养基上、阿基米德洗澡时水没有溢出浴盆，那么，人造合成纤维、青霉素也许不会被发现，阿基米德定律也许不会诞生。可见，机遇，在科学发现中是多么重要。量子理论就是以测定掷骰子般的机遇率统计学作为重要支柱的。

据此，我们真的可以说，发现仅仅是由机遇产生的吗？贾克斯·哈德马特在他的《数学园地上新发现的心理规律》一书中写道："发现不能单凭机遇产生，虽然在某种程度上科学发现包含着偶然的因素。……发现必须依赖于有准备的和或多或少的有意识的人心活动。"如果毫无准备，漫不经心，缺少高度的敏感和强烈的事业心，即使机会到了面前也会错过。毫无疑问，荣誉总是给予那些头脑敏捷，随时准备捕捉任何意外成果的发现者。他们深深懂得，任何本来好像是微不足道的小事，事实上却蕴含着某种重大的发现。他们具有大胆、独到的思想去抓住命运的灵感。正如生物学家巴士德所说的那样："在观察的领域里，机遇偏爱的只是那些有思想准备的人。"

4.《矛盾的相互转化》[①]

矛盾的双方可以相互转化，这并不是什么新鲜的论题。早在两千多年前，老子就指出："有无相生、难易相成、长短相形、高下相倾、音声相和、前后相随。"又说："福兮祸所伏，祸兮

① 写于1980年10月15日。

福所倚。”这里想收集一些例子加深对这个道理的理解，并来谈谈如何依据矛盾相互转化的规律，促进事物向好的一面转化。

矛盾的双方可以相互转化，意味着任何事物都是相对的，无所谓绝对的好，也无所谓绝对的坏。孤独是凄惨的，但对于历尽人世漂泊的人来说，却是求之不得的。19世纪西班牙作家显克微支在他的一篇短篇小说《看塔老人》中生动形象地说明了这一点。与他同时代的法国作家左拉在小说《陪衬人》中，叙述巴黎贵妇人为了显示自己的美貌，花钱雇丑女来陪衬自己。对她们说来，丑陋的程度越厉害越好。“磨难，对懦弱的人来说，是万丈深渊；而对强者，则是使他成长的阶梯。”（邹廷霞《芳槿》）古书上常说：“欢娱嫌夜短，愁苦恨日长”“庙小妖气大，水浅王八多”“酒逢知己千杯少，话不投机半句多”等等，这里的“短”“长”“大”“小”“多”“少”，意义都只是相对的。同一事物，人们为什么会有截然相反的评价呢？这要从事物的相对性上来认识。因此，我们不论评价什么事物，都不要把话说绝对了。

事物发展都有它一定的“度”，超过了这个“度”，就会向反面转化。这就叫“物极必反”。老子说：“曲则全，枉则直，洼则盈，敝则新”“物壮则老”，也是建立在“物极必反”这个意义上的。在战争史上，因为骄傲轻敌，使优势变成劣势的例子多得很。做人也是这样，人得敏感，但过分敏感就变成了神经质；人得礼貌，但一味礼貌就成了迂腐；人得大方，但大方过分就会被视为不轨；人得谨慎，但过分谨慎又显得拘板；人得谦虚，但什么都听别人就变成无主见；主见是需要的，但过分强调主见又成了固执。如此等等，启示我们，办任何事情都要掌握好一个“度”。

在一定的条件下，愈好的东西可以引出愈坏的结果。常说爱越强烈，恨也越强烈，就是一例。古希腊著名悲剧诗人欧里庇得斯在他的代表作《美狄亚》中叙述了这样的故事：美狄亚原来对伊阿宋怀有强烈的爱，在这种爱情的驱使下，她奋不顾身地救了伊阿宋的命，最后背弃了父亲和家乡，跟伊阿宋私奔了。没想到伊阿宋几年后变了心，要抛弃美狄亚，另娶当地国王的女儿为妻。美狄亚悲愤欲狂，不仅杀死了新娘和国王，而且杀死了和伊阿宋生的儿子。

明白了矛盾相互转化的规律之后，我们就应当注意运用这些规律，促进事物向好的方向转化。这也就是化不利因素为有利因素。美国华裔先锋派作曲家周文中教授在创作钢琴独奏曲《阳关三叠》时，针对古琴演奏中存在的噪音，创造性地在钢琴上用小九度音程的不协和，艺术地模仿古琴的噪音，从而使《阳关三叠》这首钢琴曲一举成功。在我国古老的琵琶演奏曲《十里埋伏》和法国作曲家拍辽兹的《幻想交响曲》中，都有运用非乐音元素而获成功的经验。于是，有害的噪音在音乐家手里成了组成一种新的音乐美的素材。树根在一般人看来只作烧火用，派不上大用场，但到了艺术家手里，却能变为精巧的艺术品。一个民间工艺美术展览会曾展出几种用树根创作的雕刻作品。有前蹄奔扑、摆出一种好斗架势的《野牛》，有凌空腾飞的《奔马》，有引颈长鸣的《鸣鹿》，有悠闲自在的《双人舞》，等等。摄影有这样的局限性，即近景大而清晰时，远景就模糊了。但高超的摄影师却能把这个弱点转化为优点。普多夫金在电影《圣彼得堡的末日》中曾拍过这样的镜头：近景是沙皇的铜像，占了大半个画面，远景是两个饥饿的农民。这个镜头，正是利用了摄影机器的局限性，把近景中大而清晰、远景中小而模糊的弱点，转化成了表现沙皇的粗暴和农民的凄惨的强烈对比的成功艺术画面。正如古诗所说的："善救物者无弃物，善救人者无弃人。为有春风巧着力，朽木也能绿成荫。"

荀子指出："智者之奉高也，满则虑谦，平则虑险，安则虑危。"（《荀子·仲尼》）。懂得了矛盾的双方可以相互转化的道理，我们在处理问题时就应当把各种可能产生的不利后果都考虑在内，不因处境顺利而昏昏欲醉。“热闹是冷淡的根芽，爽快是牵缠的枝叶”（孔尚任《桃花扇》）。“太痛快了不是好事：吃得痛快，伤食；饮得痛快，病酒。”（刘鹗《老残游记》）。由此推广开去，大有启示。

5.《如何对待逆境》①

人们在奋斗的过程中，如果能有良好的顺利的环境，那是再好不过的。事实上顺利的环境是少有的，令人料想不到的大忌倒是经常会发生的。那么，应怎样对待逆境呢?

（1）刻苦砥砺

就是把逆境当成一块砺石，用它来激励自己刻苦努力。要做到这一点，首先要培养自己忍受屈辱的本领、涵养和功夫。孟子有段名言：“夫天将降大任于斯人也，必先苦其心志，劳其筋骨，饿其体肤，空乏其身，行拂乱其所为，所以动心忍性，增益其所不能。”一个人在成就事业之前，总要经过一番磨炼。战国时期越王勾践采用范蠡“卧薪尝胆”的计谋，“十年生聚，十年教训”，最终打败了吴王夫差，消灭了吴国，雪了亡国之耻。“十年寒窗无人晓，一朝成名天下知。”成名了，人们给予崇高的荣誉，而在成名之前若干年的奋斗中，不知要受到多少歧视和屈辱。“民可以乐成，不可以虑始。”一般人是只看重奋斗的成果，而不看重奋斗的过程。要获得事业的成功，首先必须在奋斗的过程中把这些屈辱都承担下来而不被压垮。正像宋江说的那样：“且伏爪牙忍受，恰如猛虎卧荒丘。”如果受不了这些屈辱，急于求成，结果必然“欲速则不达”，把尚未成功的事业全都毁了。

① 写于1980年10月13日。

（2）振作奋发

在猝不及防的打击面前，是一蹶不振，还是振作奋发继续努力？这是判别强者与弱者的重要标志。18世纪德国浪漫主义诗人席勒认为：“障碍是意志的最好朋友。”在挫折和打击前面，激发起一股强烈的愤激，是产生成果的孕母。司马迁在《史记》中总结说：“盖西伯（文王）拘而演《周易》，仲尼厄而作《春秋》，屈原放逐，乃赋《离骚》；左丘失明，厥有《国语》；孙子膑脚，兵法修列；不韦迁蜀，世传《吕览》；韩非囚秦，《说难》《孤愤》；《诗》三百篇，大抵圣贤发愤之所作也。”司马迁本人曾因救护李陵之事而遭受宫刑。他以历史上刻苦奋发而终成大事的人为榜样，发奋著作，写出了“通古今之变、成一家之言”的伟大历史著作《史记》。

贫穷虽不像挫折、打击一样是猝然发生的，但也属于一种逆境。然而，真正有抱负的强者，是不会因贫穷而自暴自弃的。知识并不拒绝贫穷者，成功也不偏爱纨绔子弟。中外历史上有许多大事业家、科学家、艺术家出身于社会底层。中国宋代发明活字印刷的毕昇，近代欧美发明蒸汽机的瓦特，发现电的作用的富兰克林，发明电灯、留声机的爱迪生，以及科学家罗蒙诺索夫、大文豪高尔基等，都曾是贫苦劳动者。东汉思想家王充出身于“细族孤门”，在洛阳当太学生时，“家贫无书，常游洛阳市集，阅所卖书”，于是才“博通众流百家之言”。战国时楚相伍子胥从楚国逃难到吴国，一路上吹箫乞食；韩信幼年很贫穷，曾靠一个洗衣老妈救济吃饭。所以历史上有“楚相吹箫于吴门，韩王寄食于漂母”的说法。汉朝刘邦手下的重臣出身大都微寒，如周勃是个吹鼓手，樊哙是个屠狗的。所以，古代有句话叫“自古圣贤尽贫贱”。印度作家山列姆昌德说过：“天才只有在穷困之中才会光芒闪烁，就像一盏灯，只有在黑暗里才会辉煌照人。”这话对于鼓舞人不用为了家境而自卑，树立信心奋发努力，是颇有激励意义的。

（3）因势利导

根据自己遭受打击、身处厄运后的具体情形，从不利的境地中挖掘有利的一面，在这上面努力下去，取得成功，化弊为利。古德里克是个哑巴，这并未影响他对于科学的研究。1782年，他对恒星大陵五进行了观测和探究，终于发现了这颗使人迷惑不解的恒星的秘密，成为卓越的天文学者。爱迪生年轻时把耳朵炸聋了，他利用听觉差的弱点，专心致志地从事科学研究，取得了一千多项重要发明。“乐圣”贝多芬晚年耳朵完全聋了，听不到一点声响，却用手和眼指挥交响乐队演奏，写下了许多美妙的乐章。高士奇年轻时期在英国剑桥大学读书时，因为在一次细菌试验中不幸让病毒钻进了小脑，造成瘫痪。但他觉得头脑没坏，思维很活跃，于是展开想象的翅膀，写出了一篇篇优美动人的科学童话诗，成为我国杰出的科普工作者。海涅最后八年倒在“被褥的坟墓”中，手足不能动弹，眼睛半瞎，可他以惊人的想象写出了一首首脍炙人口的诗篇。生病是不幸的，但马克思在一次生病期间，从头到尾地研究了晦涩难懂的黑格尔哲学著作。奥斯特洛夫斯基在身体瘫痪，卧病床榻后，以钢铁般的意志，写出了《钢铁是怎样炼成的》。茅盾生病期间不能多用脑，他就到上海的工厂去观察揣摩，写成一代名著《子夜》。而车尔尼雪夫斯基如果不生病，就根本写不成《怎么办》，因为他平时社会活动太忙啦。李准下放到黄河流域的农村，他利用这个机会深刻了解了黄河流域农村的风情，写出了《黄河风情》。王蒙发配到新疆以后，和那里的牧民打成一片，写出了描绘少数民族风土人情的上佳作品。1851年，路易·波拿巴发动政变，实行帝制。雨果因反对而遭到通缉，被迫流亡19年之久。在流亡英国期间，他创作了《悲惨世界》《笑面人》《静观集》及《街和森林之歌》。

唯物辩证法认为：事物的对立面是可以相互转化的。逆境在一定的条件下也可以转化成有利的因素，关键在于我们如何创造这个条件。在逆境面前刻苦砥砺意志，积极奋发努力，分析利弊，因势利导，就是我所应取的态度。

6.《从傅小石的瘫痪想起的》[1]

著名国画家傅抱石的儿子傅小石，曾跟父亲学得一手好画。1957 年被定为右派后，受尽种种磨难。“四人帮”粉碎后不久，他得到平反。当姐姐把这个特大喜讯告诉他时，他惊喜至极，造成四肢瘫痪。

这令人想起《儒林外史》中的范进。当他在绝望中突然接到被录为进士的好消息时，便高兴得不省人事了。

我们家乡有一个人，原来是出名的中医。肃反时，一个和他同名同姓的杀人犯逃走了，他却被当作凶手绑到了刑场上。就在刚要执行枪决的关头，真凶手抓到了，他获得赦免。过度的惊喜使他成为傻子。

一个好消息令人致残，比残酷的打击致人死命还使人惋惜。为什么好的事情会产生出坏的结果来呢？一首诗说：

因为突然而来的喜悦，
正如突然而来的忧伤，
起初的时候，
一样地惊心动魄。

按照生理学的观点来理解，过度兴奋，引起血管破裂，会导致晕死。笛福在他的《鲁滨孙漂流记》里，为我们叙述过英国的一种风俗：当一个作恶的人被套上绞索、打上结子，正要被吊起的当儿，忽然得到赦免，人们就要请一位外科医生来，一面把消息告诉罪犯，一面给他放血。道理何在呢？就是怕意外的兴奋使他血气攻心，产生病变。

---

① 写于 1980 年 8 月 13 日。

从哲学的角度来看，事物的转化都得有个过渡阶段。我们常见的峰转路回，总有个缓冲地带。抽开这个过渡阶段，就等于抽开了梯子，从楼上跳到楼下，不是粉身碎骨，也得头破血流、鼻青脸肿。正如猝不及防的打击会使人发昏一样，突如其来的兴奋也会给人带来种种麻烦和痛苦。

生活中的这个道理，应引起我们的注意。

7.《要善于适应各种各样的环境》①

雨果说："人的本能是适应各种环境。"俄国生理学家巴甫洛夫用他著名的实验表明：建立在无条件反射基础之上的条件反射，能够保证动物很好地适应经常变化着的外部环境。适应环境作为动物的本能，是人与生俱来的能力。

不过，仅仅是出于本能去适应外界环境，是被动的、消极的。它往往表现为在外界环境面前无能为力、随遇而安。我们强调的是能动、积极地适应环境。它的基本意义是指，在分析了客观环境与我们自身的关系之后，有意识地选择良好的方法，睿智地适应并驾驭各种环境。

在文艺界中，最有影响的演员总是戏路很宽的，如赵丹、于洋、刘晓庆等，最著名的作家总是在他们的作品中描绘广阔的社会画面和形形色色的人物，如巴尔扎克、左拉、茅盾等。在社会上，最吃得开的往往是善于和各种人打交道、善于在各种环境中生存的人。

那么，怎样才能适应多种多样的环境呢？

首先必须提升自身的力量。要想驾驭各种环境，先得确立十足的信心。这种信心不能来自于妄自尊大、不自量力，应当确立在自身的相应能力的根基上。显然，一个能力卑微的人只能被各

① 写于1980年10月28日。

种环境牵着鼻子跑。怎样提高自身的力量？重要的方法就是用知识武装头脑。培根提出："知识就是力量。"因此，我们要不断刻苦学习，在具备一技之长的同时，努力学习多方面的知识、具备多方面的才能，像马克思给自己规定的要求那样："世界的一切对我并不陌生。"这样，我们就能在各种环境中驾轻就熟、应付自如。

其次，要锻炼自己的涵养功夫。人是有个性的，个性与个性之间存在差异，有差异就有矛盾。环境是多变的，变化不定的环境时刻都会与人的心理构成矛盾。如果让个人情感的洪流任意流淌，矛盾就会激化得一发而不可收拾，必将在环境面前碰壁。因此，面对矛盾，必须学会克制感情，每说一句话，都要考虑它会产生什么样的效果，从而决定能说不能说、怎样说；每做一件事，都要左右权衡它的利弊得失，从而决定能办不能办、怎样办。尤其是对于自己不能容忍的，要学会忍耐。这种克制、忍耐的功夫，叫涵养。以巨大的涵养去适应自己所不愿意适应的环境，似乎是被动地被环境所左右了，其实是为了能动地驾驭环境。因此，它与消极的随遇而安有根本的不同。

第三，锻炼适应环境的本领。获得了一定的知识才能，具备了一定的涵养功夫，并不一定就能很好地适应环境了。要能够很好地适应各种环境，还必须在生活中经常总结经验教训，分析利害得失，锻炼适应的本领。比如，成功不要狂喜，失败不要气馁；顺利时不要麻木不仁，挫折时不要一蹶不振；有成绩不要居功自傲，有缺点不要讳疾忌医；对于赞誉不要沾沾自喜，也不要过分推让，对于批评不要申辩解释；过去的不要纠缠不休，对未来要充满信心；理想应常放在心中掂量，着力点应放在眼下脚下。对于地位比自己高的人，不妄自菲薄，对于地位低于自己的人，不盛气凌人，所谓"上交不谄，下交不渎"（孔子）。对于领导干部，敬重而不畏惧，礼貌而不谄媚，从容不迫，宠辱不惊，落落大方，侃侃而谈。与名流学者交谈，既不能说得过多，过多则显得“其言不让”，也不能一句不讲，这样则显得拘泥刻板。既不要装得太懂，太懂了会引起排斥，也不能一点不懂，一点不懂会被看轻，装作偶有不懂之处，最好。和工人农民在一块，可谈些妻子儿女、油盐酱醋茶。对于痞子流氓，也要学会几句骂人的话，留作自卫还击，不用怕粗俗。对于虚荣的人，可不失时机地给他们戴几顶“花帽子”，老老实实提意见万万使不得。对于吝啬的人可以投之以小惠，对于虚伪、奸刁的人可以略施一点狡猾。与异性接触，既不可神经过敏，也不可无动于衷，既不能有失自尊，又不能失掉给对方应有的尊重。至于“遇物添价，遇人减寿”，适当说几句恭维、客套话，那是对一切人都适用的。

为了适应错综复杂的社会环境，不得不学会一点狡猾和虚伪，这是不是与做人的道德标准对立呢？不。只要我们在大的方面老老实实做人，在小的问题上是不必那么拘谨的。子夏说过：“大德不逾闲，小德出入，可也。”司马迁在《史记》中说：“大行不顾细谨，大礼不辞小让。”在枝节问题上过分拘板，是会吃亏的。

适应各种各样的环境，和各种各样的人交上朋友，这不仅对于在社会上做人是必要的，对于搞文学的人来说更显得重要。文学是人学，要认识人的心灵，写出各具个性的人物，必须善于和各种各样的人打交道。为了表现生活，“我们必须具备几套笔墨，有时粗犷雄浑，有时细腻隽永，有时是‘城头鼓角声犹震，匣里金刀血未干’，有时是‘细雨鱼儿出，微风燕子斜’”。在具备多套笔墨的同时，切莫忘了，我们还要多具备一些人物的矿藏。

8.《失恋与事业》[1]

青年时期是怀揣抱负的人奋发努力的大好时机，也是青春活

---

① 写于1980年10月15日。

力最旺盛的时期。即使是事业心很强的人，也不会是不食人间烟火的“凌波仙子”。“无情未必真豪杰，怜子如何不丈夫”！当把爱的信号向自己热恋着的人发出的时候，很有可能收到失恋的回报。那么，如何对待失恋呢?

注意道德修养，反对任何损人利己的报复。一个人要想在事业上取得成就，必须注意培养高尚的道德品行。这种道德品行与自私自利、损人利己是格格不入的。面对失恋采取手段报复，正是极端利己主义的大暴露。一般说，一个事业心强的人，他的自尊心也很强。失恋作为一种屈辱，严重挫伤了他的自尊心。尽管理智不允许报复，但自尊心却要求报复，发泄屈辱所激起的仇恨。这时，是让愤怒主宰理智，还是用理智征服愤怒，就成为衡量一个人道德修养水平高低的重要尺度。具有高尚情操的人，绝不会裹入庸俗的报复旋涡。正如炸药在炸毁别人的时候也炸毁了自己一样，不择手段报复别人，最终必将受到法律的惩罚，他事业的大厦也将在琐碎的利害争斗中倒塌。因此，面对失恋的屈辱，必须以最大的力量克制和忍受。

为对方着想。只有建立在爱情基础上的组合才是幸福的结合。爱情必须是双方面的，不能是单相思。求爱者都以获得对方的爱情为美满和幸福。倘若爱情不是美满和幸福的，他绝不会追求。以己之心，度人之心。当被你追求的人并不把你的爱情视为幸福的时候，你就应该谅解他的谢绝。强迫对方接受你的爱情，无异于强迫对方接受痛苦，处在这个位置上的被爱者是极为不幸的。因此，最好能和对方换个角度，为对方设身处地想一想。再说，纵然勉强结合了，那婚后也不会有什么幸福和乐趣，更毋庸说能给自己的事业带来什么激励和支持。从这上面说，我们谅解了对方，也就方便了自己。

用追求事业的欢乐冲淡和排解失恋的苦恼。失恋了，全当作没事一般，是不现实的。

作为一种打击，必然会引起心灵的强烈震荡，留下痛苦的创伤。冲淡这种痛苦的重要方法，是对于事业的强烈追求。奥斯特洛夫斯基有一次收到了一个被遗弃的女读者的诉苦信。他回答她说："我在自己的一生中也曾经历过被遗弃和背叛的痛苦，可是有一种东西救了我：我的生活永远是有目的、有意义的，这就是为社会主义而斗争，这就是高超的爱情。"爱情是广义的范畴，有男女交往中的爱情，有对于事业的爱情。比如达尔文曾说过："在事实观察与收集方面，我的勤奋差不多已尽了最大的努力，尤其重要的是我对自然科学的爱极坚贞而又热烈。"一个人只要确立了对事业的强烈而坚定的爱情，即使失去了男女意义上的爱情，也不会对生活绝望。并且，对事业的强烈追求会排除一部分苦恼；在事业追求中取得的乐趣又会抵消一部分苦恼。恩格斯、居里夫人等人都曾用这种方式对待过失恋。

锻炼百折不挠的意志和观察人生的能力。在失恋面前，是一蹶不振，潦倒终生，还是百折不挠，继续前进？这是判断一个人的意志是刚强还是脆弱的试金石。毫无疑问，一个在爱情上意志脆弱、经不起一点打击的人，是不可能在事业的奋斗中表现出百折不挠的毅力来的。列宁说过，他很怀疑那些在恋爱的问题上失魂落魄的人，在革命斗争中会表现出可靠和坚忍不拔的品质。这样的人，即使是一个很有才干的青年人，也不会有什么出息。失恋本来是一件坏事，如果把它当地一块磨刀石，磨砺坚强的意志，未尝不是一件好事。人们在失恋之后会更加冷静和深刻地认识人生，而这种对于人生的深刻的观察和分析能力，恰恰是对搞事业有利的。

对于有志于搞文学创作的人而言，失恋还可以转化成文艺创作的素材。从热恋到失恋是一个复杂而微妙的思想演变过程，它对于恋者是不幸的，对于创作却不失为好的素材。文艺复兴初期意大利诗人但丁著名的抒情诗《新生》，就写的是对美貌女子贝雅德丽齐精神上的爱情。德国诗人歌德在年轻时因为追求一个不可能得到的女子而陷入失恋的痛苦，后来他对这段经历进行艺术加工，写成了誉满一时的《少年维特之烦恼》。这些事例难道对我们不很有些启发吗?

最后还想指出一点：失恋并不是十分耻辱的事。它并不意味着社会对失恋者的全部否认。中外历史上，许多名人都有过失恋的经历。在失恋面前，我们应当向恩格斯、居里夫人、奥斯特洛夫斯基学习，而不能像马雅可夫斯基，当“爱的航船，在生活面前撞破”以后，这位诗坛巨星便猝然熄灭了希望的火炬，陨落在情场上。

9.《“成见”小议》[①]

公元十世纪的时候，南唐李后主的宫嫔窅娘缠足而舞，贵族们纷纷说美，便加以提倡推广，从此，裹脚之风蔓延开来，美其名曰“三寸金莲”。

今天见过小脚的人大概没有一个会说它美。当时南唐贵族所以认为它美，仅仅是为了迎合李后主的欢心；至于后来的人还送它一个“三寸金莲”的美名，完全是出于成见。

成见是偏见的一种。古代有个寓言故事，说有个人丢了把斧头，他怀疑是邻居偷的。带着这种偏见去观察邻居，便觉得邻居坐卧起居无一不似“窃斧者”。正在他准备大动干戈的时候，想不到从自家粮囤里发现了斧头。我们说，这位“亡斧者”以为邻居坐卧起居无一不似“窃斧者”，就是一种成见。常言说，“情人眼里出西施”，也是一种成见。它是由对情人的偏爱产生的。唐代诗人元稹在悼念亡妻的诗中说“曾经沧海难为水，除却巫山不是云”，意思是赞美他的妻子是非凡的，好比沧海的水，一般

---

① 写于1980年10月11日。

的水和它比起来不能算真正的水；好比巫山的云，其他的云和它比起来不算真正的云。他的妻子果真好得天下找不到第二个来吗?未必。元稹这样说，是出于对亡妻的极度深刻的感情，归根结底也是一种成见。

成见的产生，与习惯有紧密的联系。清代的刘蓉曾写过一篇《习惯说》，说他小时候在养晦堂西边的一个小室读书，有时候绕室踱步，室中有一尺见方的窟窿，经常绊脚，走的次数多了，竟习惯了。后来他父亲派人填平窟窿，他走在平地上反而“蹴然以惊”，觉得好像有什么东西突然隆起。刘蓉叹道：“噫！习之中人甚矣哉！”就是说，不良的习惯可以使人正常的心理发生异常的变化。还有一个类似的故事。美国心理学家斯卓登做了一项心理实验，他制作了假视镜，让参与实验的观察者戴上这个假视镜，视野全部颠倒。当时参与实验者非常不习惯这种情景，在空间行动都发生困难。经过较长一段时间的训练后，便逐步适应了新的空间关系，行动变得自如了，颠倒的景象看起来也正常了。但摘掉眼镜，本来正常的事物，反而感到反常了。可见，不良的习惯可以改变人们对事物的正确看法。

一旦怀有成见看问题，就会歪曲事物的本来面目，造成不必要的误会和错觉，甚至会酿成严重的后果。邓友梅的短篇小说《在悬崖上》中的“我”，在未认识加利亚之前，见到妻子老远就站在家门口等候自己，心中便感到无限的幸福；在和加利亚发生了感情之后，再看见妻子站在门口盼望自己，心中就立刻升起一股恼火：“哼！一刻都不放松我，在这儿盯着呢！”最终，“我”的成见酿成了“我”和妻子的悲剧。在另外一篇小说《珊瑚岛上的死尸》中，由成见造成的后果就更惨重了。这篇小说中的马太博士在他上当受骗后，把政治看成是骗人的东西，“幻想寻找一种世外桃源，让他忘却这丑恶的功利主义的人间”。他的一个大学同学、某公司经理在一座珊瑚岛上修建了一座实验室，让他“专心献身神圣的科学，不再受世俗的干扰”。谁知十多年后，他发现自己的一项项科研成果竟被用来制造出一件件杀人的武器，想不受骗反而受了骗。试想，如果他当初受骗后，不偏激地把一切政治都看成是骗人的东西，他会再受骗吗？

成见既然很有害处，那么就应当破除它。但成见一旦形成，要破除它很难，往往得在实践中碰了壁，付出了一定的代价后，才会彻底粉碎它。因此，最好的方法，是学会防患于未然，杜绝成见的产生。要做到这一点，就得认真学点唯物辩证法，养成实事求是的严谨作风，坚持在实践中不断修正意见，抛弃不正确的传统观念和陈腐偏见。一句话，就是要培养正确的认识分析能力。在这方面，最值得注意的是把成见当作“三寸金莲”，死抱住不放。

10.《流言蜚语害死人》[①]

印度影片《流浪者》开始，当法官拉贡纳特审问罪犯拉兹时，律师丽达要求法官回忆一下：“您怎么把你的妻子抛弃的？”

在律师的一再要求下，法官不得不做一番痛苦的回忆。

法官原来和他的妻子蒂里感情很融洽。蒂里怀孕不久，原先被法官逼成盗贼的扎卡报复性地抢走了她，发现蒂里怀孕后，不久把她放了，并放风：蒂里所怀身孕是他的。于是乎，流言四起，铺天盖地。法官终究没能抵抗住流言的攻击，在雷雨交加之夜把临产的妻子赶出了家门。妻子在大街上生了孩子，这孩子就是拉兹。

这个故事使人联想起《早春二月》中文嫂被逼死的经过。文嫂的丈夫在北伐战争中阵亡，作为她丈夫的同学和好友，肖涧秋主动承担了提供文嫂一家生活来源的义务。这个举动引起了芙蓉镇人们的种种非议。有人趁此施放冷箭，文嫂欲生不能，

① 写于1980年10月10日。

只好以死表示肖涧秋的无辜和自己的清白。

上面两件事例活生生地告诉人们：流言蜚语可以害死人。一两句话竟能致人死命，初听起来令人吃惊，细究起来一点不奇怪。古人说“众口铄金”，又说“千夫所指，无疾而死”。“孝己杀身因谤语，申生丧命为谗言”。传说，孝己是商朝高宗武丁的太子，很孝顺父母，因后母谗言，被放逐而死。申生是春秋时晋献公的儿子，因为献公的小夫人骊姬施放谣言，被迫自杀。如此看来，流言害人，历史上早已有之。

流言既然能害死人，我们就应该引起高度警惕。就是说，遇事要冷静分析，留言不要轻信，说话要经过思考，绝不能不自觉地成为流言蜚语的传声筒。《吕氏春秋·察传》讲了个“穿井得人”的故事：宋国有一个姓丁的家里没井，需派一人专门外出取水。后来打了口井，这个取水的人节省下来了。于是他对人说：“我家打了一口井，得了一个人。”这话传开去，竟成了丁家从井中得了一个人。宋君听到这个消息感到惊奇，特意派人去打听究竟，最终弄清了真相。讲到这里，作者慨叹道：“夫得言不可以不察，数传而白为黑，黑为白。”人嘴两块皮，人云亦云，以讹传讹，往往会使黑白混淆，是非颠倒。因此，对流言蜚语，我们应详细体察，仔细推究它的来龙去脉。古训说：“事非经过不开口，一问摇头三不知。”这是有值得吸取的意义的。

再则，受到流言蜚语攻击的人也应正确对待，寻死只是无力的抗争，也是懦弱的表现。《庄子》上说：“君子不为小人之匈匈也辍行。”荀子说：“礼义不过愆，何恤人之言兮。”（《天论》）身正不怕影子斜。坐得船头稳，何怕浪来颠！只要我们事实上是清白无辜的，那么就坚强着点，“走你的路，让人们去说吧”（但丁《神曲》）。

11.《傲气、傲骨、骨气》[①]

人们通常把“傲气”和“傲骨”混为一谈，以为这都是值得摒弃的，其实不然。“傲气”是指傲慢之气、盛气凌人之气，这是要不得的。“傲骨”是指倔强的骨气，是人的尊严的表现，是做人必须具备的。现代画家徐悲鸿说：“人有傲气不行，而人无傲骨则不可。”就是这个道理。

十三世纪波斯诗人萨迪在他的《蔷薇园》里讲了这样的故事：有兄弟二人，一个在苏丹那里做官，一个靠双手劳动。有一回，做官的哥哥对那贫穷的弟弟说：“你何不也来伺候苏丹，摆脱这苦重的劳动？”弟弟不但没有领情，反而不以为然地说：“你若摆脱你这伺候人的可耻地位，岂不更好？圣人说：‘与其腰束锦带，服侍别人，不如坐在地上自食其力。’”至此，作者咏怀道：

与其抱手而伺候权贵，
不如动手操劳搅拌泥灰。
你应满足一片面包，
胜过让我在贵人面前折腰。

与此相似，晋朝的陶渊明“不愿为五斗米折腰”，抛弃县令的乌纱帽，弃官还乡躬耕自食。唐代的李白不愿“摧眉折腰事权贵”，他曾让高力士为他脱靴，杨国忠为他磨墨，杨贵妃为他亲手调羹。19世纪俄国诗人普希金面对沙皇的邀请，断然加以拒绝。他说：“我可以做一个臣民，甚至一个奴隶，却永远不愿做仆从和弄臣，哪怕是在上帝那里。”这些人都长着一副咄咄逼人的“傲骨”，他们在权贵面前“傲”，突出地表现出一种敢于蔑视权贵的精神，傲得好！

反之，缺少这份“傲骨”的，将受到别人的蔑视或唾弃。宋末书法家赵孟頫写得一手好字，后来元朝收降他，他就在蒙古人

① 写于1980年8月19日。

那里做了官。以人论字，后人送他一句“媚骨”的评价。

每个人都要有骨气，搞学问的人更是这样。我们常说：诗人要有诗骨。什么道理呢？因为诗是诗人气质的表现。短篇小说家方之在谈创作体会时曾告诫学生：“作家要有些人格，要有些骨气……作家的人格、骨气要在作品中起到作用，要在作品中体现出来。”有学问的人更容易被人利用，因此，具备骨气显得更加重要。

所谓有骨气，就是认准了一个理儿，坚决地向它迈进；就是当高压袭来的时候无所畏惧，毫不屈服；就是面临功名利禄诱惑的时候不为之所动，宁守一生清贫；就是无论在什么情况之下，都绝不做违心苟合、有失人格的事，并对任何侵犯人格的事给予必要的反击。

在这方面，鲁迅为我们树立了光辉的榜样。敌人企图用高官厚禄收买他，他嗤之以鼻；又想方设法迫害他，他忠贞不贰。所以毛主席说：鲁迅的骨头是硬的。

我们要注意培养这种硬骨头精神，千万不能在反对傲气的时候，把应当具备的起码的做人骨气都给抛掉！

12.《谈“嫉妒”》①

1979年9月《文汇报》报道了一则消息：上海东方半导体器件厂有个叫范梅琴的姑娘，因为先进出了名，遭到了许多意想不到的讽刺打击。她生性脆弱，受不了这些委屈，最后含冤自杀。

这是“嫉妒”这个魔鬼作的孽。

“嫉妒”竟能致人于死命，这在今天一般人看来可能会惊讶。其实嫉妒是一种历史社会现象。早在两千多年前，荀子就在《劝学》篇中指出过“言有招祸，行有招辱”的现象。韩愈在《原毁》中指出：

① 1980年10月9日夜10：45写毕。

“事修而谤兴，德高而毁来。”在《张中丞传后序》中指出：“小人之好议论，不乐成人之美。”古训说：“堆出于岸，流必湍之；木秀于林，风必摧之；行秀于人，众必非之。”古希腊神话中天神宙斯的妻子赫拉也是一个典型的好嫉妒的女子。因为伊俄用爱情点燃了宙斯心中的火焰，她妒火中烧，对伊俄横加迫害，伊俄被迫长途漂泊。文艺复兴时期西班牙作家塞万提斯在《堂吉诃德》中指出：“凡是美丽一经达到相当显著的程度，总都难免要受到迫害。”古时候的著名人物，很少有人逃脱出当时人们恶意诬蔑的。凯撒是个有为、英明、豪勇的领袖，但有人诋毁他有野心，又说他平生不修边幅。亚历山大大帝功高盖世，有人却说他贪婪。赫克里斯功劳卓著，却被人指责好色。由此可见，嫉妒是历来有之的社会现象。

那么，什么容易成为嫉妒的对象？

美丽。战国时楚王宠爱魏美人，南后郑秀极为嫉妒。魏美人见到楚王有点不安，请南后指教她。南后叫她见到楚王时捂住鼻子，说这样能讨得楚王欢心。背地里，她又到楚王目前进谗，说魏美人之所以见楚王就捂鼻子，是嫌大王身上有臭味。结果，魏美人被楚王割去了鼻子。不仅人的美丽会遭到嫉妒，有时甚至连花的美丽都能成为人嫉妒的对象。《太平御览》上记载了这么个故事：古代有个生性爱嫉妒的武阳女子，嫁给阮玄武为妻。一年春天，阮玄武观赏院子里花团锦簇的桃花，兴之所至，不禁随口说了一句“美哉”！这可惹起了一旁妻子的不满，盛怒之下，她唤来婢女佣人挥刀砍了桃树。这就是后人常说的“妒花女”。

成功。法国作家大仲马在小说《黑郁金香》中，把因为别人的成功而表现出来的强烈的嫉妒描绘得是淋漓尽致。高乃里于斯·望·拜尔勒通过艰苦的努力，培植出最美丽的郁金香，在颜色的变化、外形的改造和品种的丰富等方面获得了巨大的成功。邻居博克斯戴尔也是郁金香培植者。同行的成功引起了他极大的嫉妒，他在背后恶狠狠地诅咒。他想用木棍、石头去打去砸，又觉不妥，于是采用了一个绝妙的办法。一天晚上，他用一根十尺长的绳子拴住两只猫的后腿，从墙头上把它们扔到花坛上，两只猫受惊了，拼命地在花坛上狂奔，绳子越奔越紧，使它们无法逃脱，于是它们就乱叫乱窜，把高乃里于斯辛勤培育的花全都扭断了。在晨雾中，博克斯戴尔看着这一切，虽然冻得发抖，但并不觉得冷，复仇的希望给他带来了温暖。后来他又设法把高乃里于斯投进了监狱。

爱情。在情场当中，失恋的男子会对稳操胜券的男子妒火中烧。这在小说、电影戏曲中屡屡可见。秦牧写过一篇散文，叙述了抗战时的一段经历。有个编辑面目丑陋，可谓“青面獠牙”，但妻子却十分美丽。一问究竟，原来这位编辑的面容是他的情敌用化学药剂破坏的。

才能。战国时代魏国的庞涓害孙膑，秦国的李斯害韩非，曹丕逼弟弟曹植作七步诗，都是因妒忌对方才能所致。曹操害谋士杨修也出于对杨修才能的嫉妒。据说宫苑落成了，请曹操检查。曹操在宫苑四周跑了一趟，一句话都没说，只在大门上写了个“活”字就走了。下面的人不解其意，急得团团转。杨修见此情景，说：“你们还愣什么？还不赶紧把门改得窄一点！”下面的人不敢动弹，他笑道：“门字之中一个活字，不就是阔吗？”曹操喜欢卖弄才学，却不喜欢别人识破他的机关，听说杨修解开了他的谜，很是不快。又一次，客人带给曹操一些糕点，曹操在糕点上写了一个“合”字就走了。杨修知道这件事后，打开糕点，唤来士兵，吩咐每人尝一口。士兵哪里敢吃！杨修笑道：主上叫我们吃呢。你们看这“合”字，不是“人”“一”“口”吗？事后曹操知道了，对杨修更是不快。又有一次，曹操进退维谷，退怕失体面，进又怕吃败仗。曹操为此费尽心机，正在吃饭时，下面人来问当日军中的口令是什么，他拿着正啃着的鸡肋说，就叫“鸡肋”。杨修听到这个口令，叫大家收拾行李准备动身。众人不敢，杨修解释说：鸡肋，食之无味，弃之可惜。说明主上正在犹豫。众人想起前两件事，知道他说话不会错，都收拾起行李来准备打道回府。消息传至曹操那里，曹操正愁找不到罪名杀他，这下可抓住了。结果，他用扰乱军心之名杀了杨修。曹操一向是爱才的，但妒忌之心比他的爱才之心还要强，不免令人遗憾。比曹操更甚的要数明末的草莽英雄张献忠。有一次他开科取士，当各州推荐的贡生来到的时候，他吩咐他们在一丈见方的大黄旗上写个“帅”字。笔画要尽量粗大，还要求一笔写成。有个叫王志道的生员缚草为笔，用大缸储墨，将草笔泡在缸中三天，然后取出来写，果然又粗又大，一笔写成。他满以为这下张献忠要重用他了，谁知张献忠变脸说：“他日图我的必是你！”立即把他杀来祭旗。

总之，一切美好的事物，都可以成为嫉妒的对象。印度作家普列姆昌德说得好，嫉妒的网是只会捕捉大鱼的。

对于败坏的丑类，人们深恶痛绝，而对于美好的事物，人们又不免嫉妒，这怎么解释呢？

败坏的东西，直接侵犯到人们的利益，所以人们反对它；美好的东西，无形地照耀出某些人身上的缺陷，间接地损害了人的虚荣心，所以，有人嫉妒它，诬陷它。嫉妒是虚荣心的产儿，而虚荣心归根结底是利己心。愈是极端利己的人，嫉妒的火焰愈是旺盛，所产生的后果也就愈加恶劣。因此，为了铲除嫉妒心理，必须注意培养高尚的思想情操。

其次，嫉妒还与气量狭小、目光短浅有关。而这样的人是成不了大气候的。真正有事业心的人，应当培养和锻炼一种大度，把目光放长远，不介入猥琐的是非争斗。

喜欢嫉妒的人往往是肤浅无知的。雨果说：“好嫉妒的人……从不了解才智卓越的人行动的决心。”这种人经常喜欢“以小人之心，度君子之腹”。因而，像空气一样轻的小事，对于一个嫉妒的人，也会变成天书一样坚强的确证，也许这就可以引起一场是非。（莎士比亚《奥瑟罗》）愈是无知，愈容易被嫉妒的圈子套住脚跟，说起流言蜚语来愈是有本事。

嫉妒者往往跟无能联系在一块。真正是有能力的人面对强手，只会产生竞争、比试的欲望和行动，只有自知无能的人才会寻求嫉妒来聊以自慰。嫉妒永远是属于怯懦者的。“怠者不能修，而忌者畏人修”。韩愈《原毁》中的这句话可谓一针见血，击中要害。比如，有些人“自己从来没有出过一本书，却喜欢拿别人的著作来吹毛求疵”，有些人“上了讲台显不出一点才能，然而挑剔别人的漏洞缺点来，却是一个无敌手”（塞万提斯），如此等等都说明，嫉妒者往往是无能的！因此，当我们受到别人嫉妒、非难的时候，反问一句倒是有力的，千万不要被他们的那种咄咄逼人的气势吓倒。

清人刘鹗在《老残游记》中指出：“由愤怒生嫉妒，由嫉妒生破坏。”嫉妒可以给他人造成危害，这自不必说；而因嫉妒作恶于他人的人，最终往往也毁了自己。孙膑被庞涓用计剜骨刺字，后来孙膑逃离魏国，在司马陵之战中，将庞涓打败。《基督山伯爵》中，邓格拉斯因嫉妒邓蒂斯，不惜出卖、诬陷朋友，最后遭到邓蒂斯的复仇。《三国演义》中，周瑜因嫉妒诸葛亮的神机妙算，被活活气死。《冷酷的心》中，阿依曼因嫉妒妹妹的真诚爱情，在疯狂中摔死。如此等等，不一而足。

分析、认识了嫉妒究竟是怎么回事，我们就可以明白怎样对待嫉妒了。一方面，我们要注重道德修养，与极端利己主义进行坚决的斗争，加深知识积累和道德修养，树立强烈的事业心和上进心，抵制和克制自己身上的嫉妒心理；同时，对外来由嫉妒产生的讽刺、嘲笑、挖苦、毁誉、诬陷、非难、打击、迫害等等恶势力，既不能中途改道，更不能含冤殉身，应放出一副“我自岿然不动”的气魄，抱着对美好理想的坚定信念，认准一个理，义无反顾，我行我素，坚决地朝它迈进。

13.《不必多疑》[①]

“夏首之南，有人焉，曰涓蜀梁。其为人也，愚而善畏。明月而宵行，俯见其影，以为俯鬼也；仰视其发，以为立魅也。背而走，比至其家，失气而死，岂不哀哉！”

这是两千多年前荀子在《解蔽》中讲的一个故事：夏首南边有一个叫涓蜀梁的人，生性愚昧胆小，明月之夜走路，看到地上的黑影，以为是卧着的鬼，仰面看头发，以为是站着的鬼。他转身往家逃跑，等他跑到家，竟断气而死。这个死实属可悲。悲就悲在本来一点事都没有，因为胆小怕事，疑神见鬼，最后把自己给折腾死了。

无独有偶。在契诃夫短篇小说《一个官员的死》中，我们也看到了一个“愚而善畏”的人，不过他不是疑“鬼”，而是疑“人”。他叫切尔维亚科夫，是小小的庶务官。一次看戏，他打了个喷嚏，唾沫星恰好溅到将军卜里兹查洛夫的身上。他惊恐不已，连连道歉。将军接受了道歉，没再作声。但他仍不放心，第二天、第三天连续找到门上，絮絮叨叨地表示歉意，搞得将军由厌烦变成了恼火，喝令他“滚出去”。他愈加害怕，回到家竟吓死了。

如果说荀子笔下的涓蜀梁已成历史的笑话，那么契诃夫笔下的公务员在今天的生活中仍可以见到它的幽灵。因为不小心惊扰了领导大人，于是诚惶诚恐，战战兢兢，汗不敢出，这样的情形不是很普遍么？为了避免领导迁怒自己，说一句话走一步路都要察言观色，谨慎小心，这样的人不很多见么？领导的严威固然可怕，而过分地胆小和担忧，憋着人格行事，不敢堂堂正正做人，这不也很可悲吗？作为一个心地坦荡、光明磊落的人，与领导相处，尽可以平等相待。把领导奉若神明，整天在惶恐不安中生活，把自己一点做人的骨气都消磨丧尽，不是

---

① 写于1980年10月6日。

很迂腐可笑么？

堂堂正正做人吧，不必多疑！

14.《葵花饼、葫芦瓢及其他》[①]

小时候，看到一棵葵花上长出许多岔头，总想，如果这些岔头都能长成大葵花饼该多好！现在想来，这太幼稚可笑了。一棵葵花只有一个根系，一个根系吸收的养分毕竟是有限的，把有限的养分分散在众多的岔头上去，必然收获无几；只有打掉岔头，让所有的养分集中在一个主头上，才能长出硕大而饱满的葵花饼。这就叫有所弃才有所取。

学习上也是这样，有所不为才能有所作为。年轻人充满了美好的理想，往往希望成为无所不知的“万事通”。这种想法是天真的。平均用力、全面开花而各方面都有所成就是少有的。歌德说：一个人不能同时骑两匹马，骑上这匹，就要丢掉那匹。荀子指出：“行衢道者不至，事二君者不容。目不能两视而明，耳不能两听而聪。”如果不分轻重主次，结果必然一事无成。荀子把这种人称为“能飞不能上屋，能缘不能穷木，能游不能渡谷，能穴不能掩身，能走不能先人”的“五技而穷”的“鼫鼠”。与其一事无成，不如有一技之长。所以古人告诫说：“泛览百书，不若精于一。”目标单一了，奋斗者就不会力不能支。即使能力有限，也能在某一方面干出成就来。所以，凡是不愿碌碌无为的青年，应当毫不犹豫地掐去种种旁生芜歧的念头，根据主观和客观条件，及早选择一门主攻方向，集中全部精力为之奋斗。

成就的取得不仅靠集中毕生精力专攻一点，而且要善于集中各方面的知识为主攻目标服务。我国最早一部农书《氾胜之书》上记载了种大葫芦瓢的经验。先下十颗种，等十条葫芦苗长到两

---

① 写于1980年8月27日。

尺多长时，用布紧紧缠在一起，再用泥在布外封实。几天之后，十棵秧子长到一起作为主干，其余九棵全部掐掉，这样留下的葫芦藤可以得到十个根系吸来的养分，自然能长出大葫芦瓢来了。

同理，为了在某一方面有所成就，就必须多接触其他方面的知识，打下雄厚的基础。知识面窄，基础单薄，是建不起高楼大厦的。反对平均用力，全面开花，并不排斥有所侧重的前提下广泛涉猎多方面的知识。知识是相互影响的。无论什么专业的学问，都与其他知识有广泛的联系。挖掘这种联系，像扎葫芦藤那样“合十于一”，把各门学科中对我有用的知识全部吸收、集中过来为主攻目标服务，对成就事业，只会有益，不会有害。

选取一个主攻方向，集中全部精力朝它迈进，集合各方面的知识为它服务，就是我们从葵花饼和葫芦瓢中领悟的两点启示。

15.《谈“专心致志”》①

在著名科学家、文学家、艺术家的生涯中，因专心致志而对事业入迷的佳话俯拾皆是。

古典力学的奠基者、微积分的发明者牛顿，曾为思考一个问题整天坐在窗台上吹肥皂泡。一次他牵着马儿上山，想起一个问题，便不知不觉地松开了马缰。他边走边思考，一直等走上山顶再也无路可走时才醒过来，这时他才发现自己的马儿不知在什么时候已经跑了。

大发明家爱迪生因为醉心于研究，居然忘记了在新婚之夜陪同新娘子吃饭。成名以后，一次到税局交税，税吏问他叫什么名字，他因为脑子里还在想着一个发明上的问题，竟张口结舌，一时答不上来。幸好旁边一个人认识他，替他解了围。

爱因斯坦因看书入了迷，曾把一张价值一千五百多美元的支

① 写于1980年9月25日。

票当书签丢失。

俄国诗人普希金有一次正在聚精会神读书，忽然窗外狂风大作，大雨倾盆。后来当别人谈起这件事时，他惊异极了。因为他读书时“忘记了世界”，竟不知外面曾下过大雨。

戏剧表演艺术家周信芳有一次晚饭后给儿子说戏，女儿捎了一碟子梨给他，他一边说一边吃。吃完了，女儿问他：“今天的梨甜吗？”他抬起头来问女儿：“什么梨啊？”因为说戏时入了迷，连亲口吃的梨都忘了。

以上这些例子告诉我们，把整个身心都扑在事业上，而对一些生活琐事不加注意，这是成为大科学家、大文学家、大艺术家的秘密所在。

要想取得一点成就，非专心致志不可。古人说：“不专心致志，则不得也。”天资聪颖，若不能专心致志地追求，一生会碌碌无为。反之，天资平常，但如果专心致志，持之以恒刻苦钻研，也能做出成绩来。

专心致志，首先表现为精力的高度集中。专者心也。心就是思想、注意力。学习时只有集中思想、注意力，才能取得较好的效果。《孟子》讲了这么个故事：“弈秋，通国之善弈者也。使弈秋诲二人弈。其一人专心致志，唯弈秋之为听；一人虽听之，一心以为有鸿鹄将至，思援弓缴而射之。虽与之俱学，弗若之矣。为是其智弗若与？曰：非然也。”孟子用下棋这个例子说明，“学问之道无他，求其放心而已矣”。从心理学的角度来看，集中注意力时，大脑只有一个兴奋中心；注意力不集中时，大脑有好多个兴奋中心，它们之间会相互干扰。因此，应当养成学习时全神贯注的良好习惯。

要全神贯注，必须能够克服外来干扰。爱迪生一次因为搞实验误了事，被老师打聋了耳朵，这本来是坏事，但耳聋可以排除外来的干扰，这对他专心致志搞研究未尝不是一件好事。当然，我们更提倡积极主动地从主观上培养一种抵御外界干扰的能力，用有意注意排斥无意注意。

要全神贯注，还要善于培养自我克制的能力，排除自身的干扰。心猿意马，想入非非，同样是不会取得好结果的。很难想象，一个一遇感情冲动便缴械投降的人会在事业上有什么成就。所以，诸葛亮教导他的外甥，必须“绝情欲”，自觉、稳定地将精力集中在高远目标上。

专心致志，还表现为读书要有明确的目标。“志”是志向、目标的意思。专心致志，就是说要把精力全部集中到某种志趣、目标上。如果仅仅是专心读书，而无一定的目的性，同样不会有什么成绩。久而久之，也会影响专心的程度。鲁迅在指导青年阅读书籍时，要他们“抉择而入于自己所爱的较专的一门”。他还说：“倘要看看文艺作品呢？则先看看几种名家的选本，从中觉得谁的作品自己最爱看，然后再看一看这一个作者的专集，然后再从文学史上看看他的位置；倘要知道得更详细，就要看一两本这个人的传记，那就可以大略了解了。”读书要服从目的性。要根据自己确定的志趣有所侧重地选读。缺乏目的性，漫无边际盲目乱读，必然事倍功半，收效甚微。

读书的目的性必须专一，不能芜杂。宋代历史学家郑樵说：“学之不专者，为书之不明也；书之不明也，为类之不分也。有专门之书，则有专门之学；有专门之学，则有世守之能。”《外国短篇小说》讲了个故事：有位年轻人有五套本领，但别人都不尊重他，甚至侮辱他。他发奋出国。一年多后回来，自以为了不起，但人们还是不服他。为什么？因为他几套本领没有一套拿得住人。宋朝宰相赵普读书不多，但一部《论语》读得烂熟，照样能辅佐太祖定天下，辅佐太宗治天下。这就说明，精于一，照样能有所成就。

在学习上有明确、单一的目标，我们就可以集合各方面的知识为它服务。变化起伏的交流电经过整流器可以变为方向单一的直流电。充满杂质的水经过过滤之后可以变成纯净水。学习上有了明确单一的目标，就等于给自己安上了“整流器”“过滤器”，各种知识都可以吸收过来，变为对我有用的东西。而集合各方面的知识为一个目标服务，其作用有点像聚光镜聚集了大量光线而获得一个能量巨大的焦点，会使某一门事业尽快取得较大的成功。科学发展到今天，知识的综合性更强。要取得某一方面的成就，必须掌握多方面的知识，集中各方面的力量。

专心致志，还表现在集中时间上。明代学者吴梦祥自己定了一份学规：“古人读书，皆须专心致志，不出门户。如此痛下功夫，庶可立些根本，可以向上。或作或辍，一暴十寒，则虽书读百年，吾未见其可也。”成就的取得，不是一朝一夕的事情，必须通过长期的努力。“滴水”之所以能够“穿石”，除了目标单一外，一个重要原因是持之以恒。因此，在选择某一个目标后，必须树立长期作战的思想。长期作战，这是战略上的思想。具体利用时间时，还必须学会抓紧。同样时间，分散开来学习就不如集中起来学习效果好。在时间的跑道上，我们要做速度最快的运动员。成绩往往是在最紧张、最激烈的冲刺中获得的。灵感常常是思维高速运转迸发的火花。松弛的琴弦弹不出声响。思考的弦绷紧了，任何生活的石子哪怕是轻微的击动，都会奏出动人的乐章。如果对于时间的运用总是那么不慌不忙，似松似紧，久而久之，就会作风懒散，思想停滞，惰性增加，最后将一事无成。邓拓指出：“任何思维过程，如果非常平静，没有什么波澜，大脑的活动不紧张，甚至于没有出现兴奋状态，不能形成高潮，那么在这种情况下，所谓灵感一般是不会产生的。”（《创作要不要灵感》）大脑紧张时的外部表现，就是废寝忘食，夜以继日。集中精力与集中时间是相互联系的。

《列子》上曾经记载：纪昌为了射箭时看清任何细微的目标，把虱子用头发丝吊在窗前，每天凝神注视。日复一日，虱子大得如同车轮一般。《庄子》中写道，楚国有个驼背老人，为了使手在捕蝉时丝毫不颤抖，一心磨炼自己能在竹竿尖上放个小球而不掉下来。日复一日，能积五个小球而不倒。后来纪昌射箭百发百中，驼背老人捕蝉万无一失，与他们日复一日的练习是分不开的。明代学者张显祖说："为学犹掘井，井愈深土愈难出，若不快心到底，岂得见泉源乎？"飞机达到了音速，再提高一步就要付出加倍的动力；跳高运动员越过了两米，再增加一公分都很难。学习也是如此，随着深度的增加，难度也会相应加大。这时，特别需要坚持。法国作家司汤达说："一个人只要强烈地坚持不懈地追求，他就能达到目的。"

集中精力，集中目标，集中时间，三者有机地统一，构成"专心致志"的内涵，偏废其中的任何一个方面，都必将影响"专心致志"对成就事业的有效价值。集中时间，集中精力，向着同一个目标努力，才是一条正确的成功之路。

第七章　中学教师六年：转向文艺美学研究

因为百废待兴，各行各业人才奇缺，在我们前面半年毕业的师专生大多没有对口分配，而是分到了地区行署、报社、党校等重要部门，分到盐城中学教书就算差的了。与此形成鲜明对照的是，我们这一届就没有这么幸运了，除非个别有门路的干部子弟，大多数是哪里来哪里去，回各县教育局分配。“文革”中中学教师是“臭老九”，这时虽然时代不同了，但地位还是不高。当预知这一分配去向已不可改变时，心情非常失望、苦闷。这种心态在毕业离校前所写的诗中，曾有所体现。

《别了》

别了
擎着
夭折的嫩枝
别了
披着
秋天的落叶
别了
噙着

黎明的泪
别了
带着
绝望的笑
看着
远去的
孤鸿

1981 年 8 月，我回大丰县教育局报到。9 月，我被分配到南阳中学，当起了初中语文教师。

然而事情都是相辅相成、可以转化的。现在看来，如果大学毕业后不是走上中学教师这个岗位，我也就不会有时间、有精力考研究生，从而走上后来的学术研究之路。

一、前半年教学之余：继续做作家梦

南阳中学是大丰县南片乡镇的重点中学，地处县城东南部，距离县城约 15 公里，距离刘庄的家 30 多公里。小镇不大，一条东西向的河流从小镇中间穿过，河北就是南阳中学。与我一起分配过来的还有三位师专同学。宿舍两人一间。宿舍的东边是一条小河，岸边长满了芦苇。向东望去，是无边无际的乡野，长满了庄稼。宿舍的前面是一块空地，地面上长着斑驳的苔藓，邻居家养的小鸡在上面走着觅食，留下了一个个“个”字状的脚印。空地上树立着几根木桩，拉起钢丝做公共的晒衣架。连绵的雨过后，木桩上长出诱人的蘑菇。

这是一座完中。我被分配教初二语文。初二的孩子很好动。上课时总有几个调皮捣蛋。你不管，他们会肆无忌惮，弄得课没法上；你一批评，他们就吓得像个鬼似的，弄得你忍不住要笑场。语文教学，作文是关键。为了提高教学质量，也为了教学相长，锻炼自己的写作能力，我与学生同作文。

尽管身处乡村中学，但并没放弃成为作家的理想追求。我努力从平凡的生活中发现不平凡的诗意和题材，写下了一些诗歌和小说。

二、南阳工作前半年写的诗

1.《头发》[①]

这头发就像乱茅草，
风吹到哪儿就到哪儿。
一气之下烫了发，
根根蜷曲得像锯齿耙。
夜间好梦三千里，
头发滚成雨后的花。
对着镜子直发愣：
这头型真拿它没办法！
悔恨交加拿起梳，
嗬，今天头发好听话！
前额的发丝高梳起，
风吹不动如山崖；
山崖山崖高且危，
美的含义全在斜。
且庆幸来且惊诧，
其间奥秘在哪儿？
鬈曲的发丝把臂搭，
相互联系不分家。
一拍脑勺响声脆：
这头发也有辩证法！

① 写于1981年11月。

2.《洗碗偶拾》[①]

水池边斜插着三两支嫩藕，
还聚着十几只觅食的鸡雏；
他洒下碗里的一点儿剩饭，
没想到挑起了满地的战火。

鸡冠高举着血染的战旗，
鸡喉敲响了宣战的破锣，
直杀得烟尘掩暗了日头
恨不能我吃了你你吃了我！

他看着芦花鸡滴血的眼珠，
并没有责怪大公鸡的残酷；
怪只怪“粥少僧多”呀！
不知怎的，他心里突然飘过来一丝难过。

3.《蘑菇》[②]

门前长着参天的槐树，
响雷炸断了它的身躯；
剩下的树干渐渐变成了朽木，
我的心也早已发枯。

下了两天的霏霏细雨，
枯树桩长出了褐色的蘑菇；
淘气的同伴伸手采摘，

① 写于1981年10月23日。
② 写于1981年11月21日。

我说：“再等几天吧，
星期日，咱们蘑菇烧豆腐！”

霪霪的雨丝连绵不住，
蘑菇长成了肥厚的猪耳朵，
想到明天中午的美餐，
我沉吟起“失之东隅，收之桑榆……”

翌日睡到八点五十五，
我连忙起身去采摘蘑菇，
谁知蘑菇业已完全枯萎，
我的喜悦也化为乌有。

枯树桩指着头顶的烈日，
在为蘑菇诉说着冤屈；
我望着枯萎的蘑菇感叹：
“为什么它的命运如此像我！”

4.《行车吟》[①]

汽车在河东的柏油路上急速地行驶，
他凭临车窗久久地注视着河里的落日，
那落日羞红着脸儿紧紧地将他追踪，
粼粼的波光摇漾起他思想的涟漪。

他想起了小时候买西红柿的往事，
他奔跑着，忽然发现太阳跟着自己，

① 写于1981年11月21日。

他呼唤着母亲来观赏这难得的奇迹，
母亲说：“哎，你为什么不调过头来将光明迎接？”

于是他伸开双臂向太阳升起的方向奔去，
连熟透的西红柿摔在地上也无所顾惜；
因为他听说太阳上面堆满了金子，
那金子就是光明的全部含义！

他跑啊，急促的步履就像欢快的鹿蹄，
他奔啊，淋漓的汗水流成弯弯小溪，
终于，他像漏了气的皮球瘫软在地上：
“光明呀永远像太阳一样可望不可即……”

他想起了蜿蜒在黄昏中的乡村长堤，
穿梭的“凤凰”牌自行车驮着积聚了数月的乡思，
那太阳始终挂在车的左前方位，说：
“使劲踏吧，我会为你把路指引！”

于是车轮像一支离弦的箭，
跃过洼塘穿过满路丛生的荆棘，
捷足的青蛙蚱蜢嫉妒得直吐怨艾，
黑暗来了他依旧横行无忌。

忽地跌了个嘴啃泥，“凤凰”变成了落水的鸡，
四下找太阳——它已早早逃匿；
“咳，莫以为太阳是指路的明灯，
黑暗到来它就熄灭……”

追踪汽车的太阳突然从河道上消失，
原来它正掩映在西天的树荠里；
然而仍在河面上抛下一根光带，
紧紧地拴住飞驶的汽车，唯恐它逃逸。

哦，太阳围绕着人们奔走，原是虚伪！
一切都在太阳的控制下运行，才是事实！
瞧，从日心射出的光线就是无数根半径，
事物运动的轨迹不外是日心圆上的一节。

你要自由自在地运动？那么，
就必须接受太阳的跟踪和盯视；
因为目前研究的原子能火箭，
很有危险把你带到太阳系以外的星际

汽车把他带到一个乡村小镇，
小镇的傍晚用黑纱罩住了他的面影；
乘车片刻的收获胜过二十四个春秋，
看不清他对此是兴奋还是抑郁。

5.《春的诗笺》[①]

榆树林间
一片苔藓
铺下湖绿色的信笺
几只嬉戏的鸡
用“个”的趾印

① 此诗及《春的曲谱》《春的鼓点》写于 1982 年 3 月—4 月。

写下春的诗篇

6.《春的曲谱》

金黄的菜花
碧绿的麦苗
层层叠叠铺向天边
几只欢乐的小鸟
落在数根高压线上
把五线谱
写向白云舒卷的蓝天

7.《春的鼓点》

一根竹竿
点破平静的河面
一叶舢板
犁开拂晓的雾岚
“嗒、嗒、嗒、嗒……”
渔人粗厚的脚趾
敲打着春的鼓点
唤醒了躲在泥藻里
鱼儿的冬眠
只听见“泼剌泼剌”的鸣响
回荡在静悄悄的水面
渔人笑了
看着向水纹里投去的鱼雁

8.《你是……》

你是一朵迎春，

迎春缺少你的谦逊。

你是一泓湖水，
湖水缺少你的深沉。

你是一块冰晶，
冰晶缺少你的色彩。

你是一颗星星，
星星缺少你的神韵。

9.《我是……》

假如我是黄莺，
我就为你歌唱。

假如我是烛灯，
我就为你闪光。

假如我是溪水，
我就绕着你流淌。

假如我是鲜花，
我就向着你开放。

10.《我原以为……》

我原以为
她的爱情
就像她心爱的水仙

只要三两块晶莹的石子
和一杯清澈的溪水
就可有生命之绿的繁衍
于是我
烈士陵园寻来“雨花”
山石路上挑出“鹅卵”
翻过高山趟过急流
小溪上游取来活水
可是，我太傻了：
那盆景里的水仙
原是供人观赏的呀……

三、南阳工作前半年写的小说

在南阳中学工作的前半年，我仍然做着作家梦，以小说家的眼光，观察着身边的生活，将其撷取为小说题材。写的小说有关于老师的，如《“捞”》；有关于学生的，如《蔷薇》；有关于社会现象的，如《沐浴》。

1.《“捞”》[①]

本地人形容人心贪，喜欢用一个“捞”字。“捞”字发音重浊，加上本地方言均用入声读来，因而很能突出一个人欲望的贪婪。我来到这所中学以后，就经常听到人这样说：“金老师最会捞！”

金老师是上海人。她觉得这个“捞”字用方音读来很有表现力，所以就竭力模仿。尽管她英语发音十分准确，但本地方言她却怎么也学不好。因此，从她嘴里发出的这个音，便带上了一层十分有趣的效果。而她也总爱用“捞”字打趣，于是，“捞”字便成了她的口头禅。比如她动不动就这样问我：“今天你又捞了，

① 写于1982年1月。

是不是？！”呵呵，她想拉我和她作伴。我可说得老实：“哼哼，我可没你那么大的劲头！”

（1）“童老师——你真好！”

的确，我没有她那番“捞”劲，并且，连和她打趣的心情都没有。打趣是要有热情的，而我从开学以来到现在，恰恰是心灰意冷。

记得刚分配到这儿工作来时，我因水土不服，生病住院治疗，护士问我：“教高几？”我简直难堪得没脸回答：“教初一！”说起来真叫“凤凰屈死在泥沟里”。在大学念书的时候，曾有几个老师为我留校的事张罗。可就是因为没有强硬的“后台”，一道令牌发落到这个荒僻的地方！现在呢，教的是全校最低的年级！有什么办法呢？“人到屋檐下，谁敢不低头！”教就教吧，要我拿出全部的干劲出来——对不起！想起考大学前在厂里坐办公室，超过八点半就有夜餐费，而现在天天“坐班”到九点五十，一个子儿都没有，心里就禁不住难过：“唉，当初不该考……”

啊，我只想混，“做一天和尚撞一天钟”。而在另一方面，我却是“身在曹营心在汉”：我要想方设法跳出这教师的队伍，尽管希望十分渺茫。

上课铃响了。我夹着教本和参考书（这上面有现成的教案）来到教室。同学们正好和我撞个满怀。原来他们才下课。金老师连忙给我打招呼：“对不起，对不起，又拖了你的课……”她口角含着两团白沫，脸上充满了笑容，浸透着歉意以及几丝担忧。她可能怕我也像数学老师那样。昨天，因为她拖了课，数学老师几乎同她吵起来。嘿嘿，我可不会像数学老师那么傻。你占用我一点时间，我正好少费一点口舌。于是我很不在意地说：“没关系！”

我的这种态度使她喜出望外。她道了一声“谢谢”，笑得很纯净。

中午，我在备课。今天星期三，下午第一节就是语文。我不想花多大力气，总是现炒现卖。

这时，金老师来了。她蹑手蹑脚地走到我的身边，把手曲成个话筒，悄悄地套住我的耳朵，诡秘地说：“童老师，我有一件事情跟你协商一下。”

在这秋天的中午，人们都沉浸在美美的小睡之中。室内并无他人，可她偏要装成这种鬼鬼祟祟的样子。都四十几岁的人了。哼，年轻时，她肯定是只欢乐的百灵。

“什么事？这么神秘？”我被逗乐了。

“你先回答我——肯不肯答应？”她伸出一只手指指住我的鼻端，很有一种“勒索”的味儿。

我笑了：“你还没有告诉我是什么事情，我怎么好回答呢？”

她一想也有道理：“好，对你说吧——我晓得你是个最好说话的人！”

哈，她又用“花帽子”来哄我了。

“明天下午有一堂英语课。我想和你今天下午的一节换一换，好不好？”

呵呵，原来她是想打下面两节劳动课的主意。因为劳动课经常任务不足，逢到刮风下雨，它就成了空课，可以占用来多上课。我犹豫了。但是，请不要以为我是想讨它的“便宜”。我是舍不得这些小学生。他们很嫩，可承受的学习负担却很重；因为我们这个学校好歹是个“县重点”，要指望在他们当中出“大学生”！他们中午吃的是闷得发黄的青菜汤，早晚喝的是二两稀粥；我始终以为，一个营养不良的大脑所能承受的负荷毕竟是有限的。

“嗨，你这个人啦，拖泥带水，真没有大丈夫气。”她见我犹豫，便用激将法。

我知她很急。于是也弄了个“激将法”：“对不起，我本来就不是‘丈夫’，光棍一条！”

“哎哎哎，不要开玩笑，”她立刻放出一副严肃的样子：“说正经的，其他两个班都和我调过课，就剩下了你们初一（1）班。”

我这时想起了一个教师的评价：“我们学校里就数金老师雷

锋的‘钉子’精神学得最到家。”委实如此！瞧，你不答应她，你就别想摆脱她的纠缠。“好好好，答应你还不行？”我只想求得解脱。我还得备课呢！

话音刚落，同年级两个班的语文老师兼班主任进了门，一个急忙道：“童老师，你别信她，我们没有答应。”另一个连忙附和：“我们也是。”

这时金老师抢上一句镇住我：“大丈夫‘一言既出，驷马难追’！”

我不得不认输了：“金老师，你可真是‘软’‘硬’‘哄’‘骗’全套啊？”

金老师得意地笑开了：“不要瞎说，啊！”

一块儿说说笑笑，心情还好过些。可是，一当幽处独居的时候，莫名的烦躁就爬上我的心头。这不？数学老师请假了，两节课就让我这个班主任“安排安排”。什么“安排”？分明是多上课！一星期七堂语文课，六堂历史，外加三个早读，动不动还要“安排”或“照顾”一下空课！这都是做“班主任”的“得天独厚”之处！这“班主任”下学期是绝对不能当。

“喂喂，‘主任’大人！”有人敲门了，是金老师。

宿舍很小。“铺上坐。”我竭力掩饰住内心的烦躁，“什么事？”

她也不忌讳，就朝我枕头旁边一坐：“听说数学老师请了两天假？”我眉头一挑：“怎么？你又想捞？”

“哪儿的话，瞧你话说得多难听！”她推托着，似乎不愿担“捞”之名，可事实上就那么回事。你听，她又说“说正经的”了：“哎，说正经的，两节课能不能给我一节？”

这正是我巴不得的了！可是，我始终不理解，她一周有十五节正课，三节辅导课，九节早读课，其中，（2）（3）两个班的英语早读课安排在每周二、四、六，我的班安排在一、三、五，这就是说，她每天早上都得到班，时间已不算少，担子已很不轻，她还要捞那么多课干什么？

“哎，你这个人问得才奇怪！”我觉得奇怪，她更觉得我的问话奇怪：“我多要一点时间，即使让同学们背背书、做做作业也是好的！好，不谈这个，你先回答我，到底肯不肯？”

哎哎，她真是以己之心、度人之腹！我回答得十分慷慨：“怎么不肯？如果你不嫌多，两节课都可以给你！”

“哈呀，”她立刻从铺边跳起来，笑逐颜开，推了我一把，激动得愣了半天，发自内心地说了句，“童老师——你真好！”那欣喜若狂的样子，简直就和人家捞到一大笔钱财一样。

（2）红墨水乎，抑血乎

话说回来，金老师捞到的毕竟不是钱财，而是一大堆作业本，外加一本小画书。

星期日中午，一觉醒来。快三点了，我还想睡。俗云：“穷人瞌睡多。”若照古义把“穷”释为“不得志”，此谚倒确能说明我现在的精神状态。但是，非起来不可。上个星期一历史课上出的“洋相”还记忆犹新。这“历史”可不能开玩笑，非得花点时间备备课。

办公室的门开着。“是谁这么积极？”伸头一看，原来是金老师！她正在给学生们粘撕破的作业本封面。星期天的校园，就像鸟散后的森林，静悄悄的，没有风。娇软的阳光静静地照着。桌子、作业本、墨水瓶、蘸钢，一切都显得分外宁馨与和谐。金老师的神色是这样安详、专注，她不停地挥动毛笔，蘸着糨糊，粘呀、粘呀，粘进去慈母的爱，粘进去教师的心。

我的精神为之感动了。昨天下午的一幕倏地跳到我的眼前：

“进来！！！”一声大吼，把争得了一点时间正在静心看书的我吓了一大跳。

于是，从门外进来了一个女孩子。虽是个女的，可比男的调皮。长得虽出挑，成绩却是一塌糊涂。她是公社书记的女儿，开后门进我们学校的。金老师到我们班上捞课，没想到却捞了这么一个“活宝”。

“自己撕！”金老师把小画书甩在她面前。

毕竟是个女孩子。她流泪了。这一招真坏，每次你批评她，她就淌眼泪，叫你不忍下手。

“撕掉！！！”又是一声大吼，全办公室的空气都在颤动。我的乖乖，还把人吓死呢！平时常听说金老师“狠”，这次算是亲眼见到了。

小“活宝”一边哭着一边撕。唉唉，也怪可怜的。可金老师仍不为所动：“对了！自己撕就记得住了！不然呢？屁股一调还是老样子。”

小画书碎片扔到纸篓里，接下来背书。

“我要回去。汽车票已经买好了。”

“回去？票？我老早说过了：布置的作业不完成，别想过关！”

于是背到了天大黑。晚饭冷了，也没捞着吃。

怪不得学生见到她像“老鼠见了猫”。

这时，金老师搁下了手中的笔。她不知什么时候发现了我，有些不好意思了：“哎，你老盯着我看干什么？”

“呵，”我来到她面前，不动声色地说，“我在想，你对待学生是这样慈爱，而训起学生来却是那么凶狠。”

“呵呵，”她一点也不生气，反而笑着问我，“你看，我比得上袁伟民吗？”

我一怔。不错，也有人曾像骂袁伟民一样骂过她“心不是肉做的”，“但是，你总得设法让学生懂得你对他们是一片好心才是，不然他们会恨你的。”

“也许吧，”她漠然地说，“不过我想，只要他们当中将来有谁能成才，总会想起我的。”

唉，知识分子总是那样执拗。我没有再说下去，由生活去改变她吧。

我挨着金老师左前方位的一张桌子坐下了。要备历史课！然而感觉却是如此艰难，以至于一个字也看不进脑子里。索性改本子——明天也要用到它。“哗嗤、哗嗤、哗嗤”，红墨水杠杠在本面上飞快地画着，不需动脑筋，只图做个表面。正如同年事已高、脑袋糊涂的大首长画“圈阅”一样。一眨眼，一大堆。

“你真快呀！毕竟是小青年。”她羡慕地说。

我转脸一看，她也在改本子。跟我相比，她慢得像头蜗牛。

“你太认真了！”我说。

“不行啦，”她没有明白我的意思，“人到中年，反应就不快啦！”

“金老师——我真不懂，你们有家庭的人，星期天跑到这儿来干什么？”

“改作业呀！咯——”她指着三大堆本子：“58、56、还有昨天从你的班上‘捞’的 57 本。再说，家里也没有什么忙的，我的两个孩子都在老家。”

“是吗？在上海？哪条路？”

“不，在郊区。”

“哦，”我打了个顿，“干什么工作？”

“还‘工作’呢！修地球的！”她自我解嘲了。

“户口也在农村？”我紧问一句。

“嗯。”

“唉——”我长叹一声。

“那时候农村户口和城市户口也没有多大差别，所以我们孩子生养后就一直丢在婆婆那儿。后来呢！想带到身边也不可能了。也怪我们当时懒。”

“真是‘一失足成千古恨’啦！”我兴叹着，使我惊讶的是，这么痛苦的事情，平时竟没听她发过一句牢骚。

"那么，你们是怎么会分配到这儿来的呢？"我曾经听说她和她爱人林老师是在名牌大学读书的。

她长叹一声："说来话长。当时，我在大学俄文系读书，成绩蛮出挑，因为我没有答应学校一个处长儿子的婚事，所以在分配时就吃了亏，和老林来到了这里。恰好我们那一届到中学做老师的也多。"

没有想到，平时乐乐颠颠、无忧无虑的她，竟也遭受过如此重大的挫折。与她相比，我的遭遇真是太微不足道了。师范院校的学生到基层中学来做教师，还不是理所当然！有什么理由值得颓废和消沉！

"不谈了，"金老师继续道，"我从不喜欢谈这些。现在呢？半截子下土了，大的理想是没有了，只求把我的书教好，哈，'为他人做嫁衣裳'，当个好'针线娘'吧！哟，快四点了。不能再谈了——我这人改作业快不起来。"

她又恢复了她的专注。作业的分量很大。校长早就在会上说过："不要靠加大作业分量来提高教学质量。"她却这样对我感慨："哼！说的比唱的好听！你叫他找个好方法给你看看！农村来的学生，闭塞，死板，你想用活方法点拨，举一反三，那教学效果就冲家了！"因此她还是用她的"死"方法。学生做得多，她也改得多。这吃力不讨好的事情，她却乐此不疲。她改得是这样的入神，这样的精心，这样的仔细，这样的认真，哪怕错了一个字母，或是"i"上面少一点，"t"字上面差一横，都改出来。顿时，我感到一阵脸红，感到一阵心烫。

殷红的液体源源不断地从她那支自来水笔里流出来。啊，你说流的是红墨水呢，还是流的血呢？我不禁生出一种要写诗的欲望。

（3）得到的和失去的

寄到刊物的长诗退稿了。理由是"露而不蓄"。似乎"蓄"

是衡量诗歌能否发表的唯一标准。也不问人家表达的是什么感情！苏东坡唱“大江东去”，惠特曼作《草叶集》，郭沫若写《女神》，你叫他们怎么“蓄”得起来！

可是，比这更恼人的事情还在后头呢。期中考试结果，我们班语文在同年级中最惨。不仅教导处规定的分数标准没有达到，平均成绩连及格关都没有过！成绩公布上墙了，我却没有脸去看。我仿佛听见人们在议论：“新来的那个姓童的，连个初一也教不好。”又好像听见教导主任在说：“他还要教高中呢！”唉唉，我是没有拿出全身的解数来呀。可是，有什么能证明你是“有水平的”呢？要是那首长诗发表就好了。我简直痛不欲生了。

“童老师、童老师！”一阵急促的呼唤声。猛抬头，只见金老师迈着轻快的步子从窗外走进来，一直走到我的身边。看她笑得简直就像七月的石榴！我感到极不舒服。怪不得有个女老师嫉妒地说：“她（指金老师）考得好不为本事，你看她捞起来多凶！”

她捞到了分数，得到了荣誉。我的班的英语，均分达 89，足足比我的语文高 30 分。因她的高，就愈照出我的低，嫉妒，往往就是从这里产生的。

可是，金老师并不会猜度人的心情，快乐，使她童心焕发了。你看她，弯下腰，伸长颈，双手合十拍了一下，然后又伸出一根指头指着我的鼻端：“你晓得你们班上的英语成绩考得怎么样？”

我极不乐意地应付：“怎么不晓得？好呗！”

“还好呢！”她羞我，差不多要用指头刮我的鼻子，因为这个班是我这个“主任”管的，“其他两个班的平均分数总在 90 以上，就数你的班最差！最差、最差、最差……”

这不是“指着和尚骂秃子”吗？她这玩笑，开得我难堪死了。为了堵住她的口，我说：“这与我有什么关系？还不是你教的吗？”

这么个蹦蹦跳跳、有说有笑的人，第二天早上就爬不起来了——她病了。

晚上，我踏着朦胧的月光，向金老师家走去。

来这儿三个月了，我还没去过金老师家一次。大概知识分子之间就是这样："鸡犬之声相闻，老死不相往来。"这可以解释为冷漠，也可以解释为自爱——你去串门，人家喜欢不喜欢呢？

外间黑着，里间透着一层绿茵茵的光。金老师正倚在床上看信。见我来了，她立刻把信放在台灯下面的台子上。信封的落款是"北京外国语学院"。

我稍稍打量了一下，发现室内别无长物，唯数这台灯最为华丽和阔绰。

"怎么你也不躺躺？"

"学生来了封信。"

"林主任呢？"

"他们教导处今晚有教研活动，我让他去了。"

"那你不用人照料？"

"挂了两瓶葡萄糖，睡了一觉，好多啦！不是什么大病——我自己有数，就是睡眠少了些，脑筋用多了些。也怪昨晚太激动了——回来以后一直抖，两条被子也压不住，浑身像从炉子里面拿出来似的烫，头脑子像一盆开了锅的糨糊，醒着难过，要睡又睡不着，那滋味，真有点像'蓬山此去无多路'了。"

我静静地端详着她，她的挂在嘴角的白沫，她的磁力线的皱纹，她的白皙而板结的皮肤，她的洒满雪花的稀发……比起其他同等年岁的人来，她显然要苍老多了。备课、讲课、批改作业的三段式循环，夺走了她多少的血醣，耗费了她过多的细胞。

"金老师，我冲点麦乳精给您喝喝。"情不自禁地，竟用了个"您"字。说着，我从包里拿出一瓶"强化麦乳精"。

她几乎要和我打起来，说死了也不肯要："……跟你说几句老实话吧，你这样送给我，反给我精神上带来负担。你住院的时候我也没有送什么，我也不能巴望你今后有病。唉，你不晓得我的为人。看啰，”她指着台子上的信，“这个学生现在想起我来了——原来也被我狠剋过——”

好厉害的一句话！像一道篾簧，猛地划过我的心弦。我预感到，生活，正要教训我，而不是“改变她”。不是吗？那个书记的“活宝”丫头，语文只考了38，而英语却考到83！啊，严，能出人才！同是碳元素，不加压不加温只能是最软的石墨，而在高温高压之下，却会变成削铁如泥的金刚石。

“年底要分配了，外事广播电台要她。她感谢我——因为她原来方言口音很重，寒假她打算回来，要把买好的羊毛背心带给我——说是让我‘保护保护喉咙’，我呢，还得准备20块钱放在那儿。我们为学生呕心沥血，并不指望要从学生那儿捞到什么，她今天能想起我，这是对我精神上的最大安慰，也是给我的最高荣誉。这，就够我满足的了。”

哦，原来她不惜用血糖和细胞换得的，就是荣誉！荣誉，在有些人的眼里，可能不名一文，他们可以为了捞取不义之财而将它任意践踏，而在另外一些人的眼里，则如无价之宝，为之含辛茹苦、耗尽心血而甘之如饴。荣誉，它虽是属于个人的，但要得到它，必须以给他人带来利益为前提，因而它又是福荫于社会的。争荣誉并不可怕，最可怕的是丧失了荣誉感。假如我们每个人都能为了顾全自己的声誉而做自我牺牲，那社会岂不更加美好么？！

金老师用她失去的换取她得到的，这个交换就是在两天之前我也不会承认它是等价的，然而现在，我却深深体味到了它的等价意义。树要皮，人要面，知识分子最要脸。“人而无皮，不死何为？”想起昨天下午人们围观成绩公布表那阵，我简直是入地无洞，上天无门了！我必须用全力挽回我在期中考试中损失掉的名誉！不然，我简直在这里无法待下去了。而如果从县重点中学下放到一般的公社中学，那真个是“不死何为”了。

（4）“童老师——你也变坏了！”

像松弛的发条开始揪紧。

像矢志夺冠的运动员开始起跑。

早读课我开始盯班了。批改作业我变得仔细了。

有时间我也学会了捞。

可是，“出师未捷身先死”，一开始就遭遇了“阻击战”。

出战的数学老师。她的火爆性子使她成为一个名不虚传的“炮筒子”。战斗是在讲台前面的一块空地上展开的，因为我先占领了它。

“你占用我的课怎么不事先跟我讲一声？”一阵排炮。

“不是英语课吗？怎么说是‘你的’呢？”

“当然是我的！！！”一声响炮，“金老师用过我的两节课，她答应还我的。”

我不能让学生看笑话，只好忍了。

事情平息下来后，我颇觉好笑。你看，捞这种课，就像分肥似的。左一个“我的”右一个“我的”，仿佛这课是什么财产似的。争时间讲课，说到底都是为了学校的教育事业，可在这里都变成了自私、利己的行为。上课，本来是苦差事，可是人人都表现出了高度的热心。你说这数学老师觉悟有多高吧，她又经常为自己作为民办教师的廉价发牢骚。如同我现在这样“积极”，其实也是“不得已而为之”。我忽然感到我们的教育制度有一种无形的压力，压迫着每个不愿卖力的人不得不把精力贡献给它。

第一仗告败，但我并不气馁。两节课还了你，剩下的该是我的了吧？这时，我禁不住暗暗祈祷金老师好好康复，晚一点来上课。

毕竟捞了两节额外课。多一点耕耘就多一点收获。虽然抓了不过几天，但本面整洁，答题准确程度都有了起色。心情初展的我正在品尝着嫩甜的花果，基本恢复的金老师就来找我的麻烦了。

“童老师，听说我有两节课是你用的？”

“嗯。”

“那你什么时候调两节课还我呢？”

一个“还”字，硬邦邦的。哼，大前天晚上才去看她的，就这么不讲人情！你不讲，我也不讲。“开学初我住院的时候，你好像捞的课时比我多吧？”我装出一副要“算账”的样子。

她立刻赔了个笑脸，走开了：“好好，不谈，不谈。”

真是鬼坏！

又过了几天，到了星期四的下午。下课了，我就开始布置作业。“今天的作业：把黑板上的生字及其拼音抄五遍，并联词；词解抄写一遍，还有……”

学生起哄了：“老师，你再布置我们就要哭了。”

“学生，怎么能怕多做作业？”

“不只是语文呢，还有数学、英语。”

我只得让步了。“那好吧。不过，作业今晚一定要交。”

学生又起哄了：“不能，不能。”

我火了。这些小家伙，把点颜色给他们，就开染坊！“怎么不能？昨天的作业到今天还没交，倒又想拖了！”

我发狠，他们就怕了。但是，小声的怨艾却不绝于耳：“今天有一课英语要背。背不上就别想家去……”

又是英语！我的早读课也有人偷偷背英语！语文作业时间也被她英语挤了！我不能拿学生开心。我得去找她交涉。

回到办公室。正好，金老师在。

“今天又是你捞课的？”她先和我打趣道。

“这不是你跟我换的课？”想起星期三的课跟她调了，真有说不出的后悔。

在座的老师很多。我当众历数她的“罪状”，然后带玩带笑地和她说：“我向你提出抗议！如果你屡教不改。我将到教导处申诉。”这一招是学她的：以假夹真。

金老师只是笑。其他人全被我们吸引了。

初一（2）班的班主任插嘴道：“到教导处才没用哩！她爱人是堂堂的大主任！”

“不错，不错。”大家都跟着说。

“不行我就到校长那儿上诉！”我放出一种“道高一尺，魔高一丈”的架势。

“没有用！她可是‘天上王大，地上王二’！”

金老师本来就会笑。这下子可是笑弯了腰。“好，你们前后夹攻，呵！我和你们前世里结下什么仇？”

她坏得很：既会以笑为攻，又会以笑为守。真拿她没办法。我可真有些生气了。

然而，我毕竟是班主任，“近水楼台先得月”嘛。这不，教图画的老章被县里抽去搞“施耐庵纪念馆”设计了，剩下的空课他先得跟我说一声。于是我首先和教务员通了下气，这一节又归我了。

上课铃响了，我立刻朝班上走去。

“童老师，哪儿去？”

我刚回头，金老师就追上来。她手里捧着作业本。

撞车了！不，只有她让我的道！

“上课去。”

“哎哎，跟你协商一下，这堂课就让我上吧？你看，我本子都捧来了。”

“很抱歉。”

“我不懂，”她故意装聋作哑，“你要捞那么多课干什么？”

我以子之矛攻子之盾：“你不是说过吗？‘做做作业也是好的！’嘿嘿！”

她一下子把眼睛睁得大大的，久久地打量着我，就像打量一个陌生的人，然后，长长地叹了一声：“呵——！我好像不认识你了。”她笑着，摇摇头：“童老师——你也变坏了！”

“哈哈，‘铜’也会变成‘金’的。”说着，我竖起两个指头，模仿着罗马尼亚影片《复仇》中巴拉班警长行礼的动作，道了声“再见”，就扬扬得意地朝教室里走去。

12月上旬，为迎接县先进教师和三好学生代表大会的召开，学校进行了评比。外语组因为和我们语文组是一个办公室，所以划为一个评比小组。我提了金老师的名，她的事迹集中为一个字，就是“捞”；但大多数人都没有提她，那原因，想必也是一个“捞”字吧。

2.《蔷薇》[①]

一

“前两天，我们带领同学们，跟着叶圣陶老师，游览了浙江金华的两个岩洞。双龙洞空隙突兀幽深、冰壶洞瀑布飞珠溅玉的奇观，实在令人惊心动魄，今天，我们要和同学们一块，去游览位于苏州的石湖，欣赏江南的湖光山色……”

我这两句精心设计的“开场白”，不仅很自然地导入了新课，而且一下子就抓住了五十几个同学的心。“良好的开头是成功的一半。”这第一声“响炮”，轰走了我内心的紧张和恐惧，于是乎，我竟能当着校长、教导主任、语文组长以及全校语文老师的面，挥洒自如地讲起范成大来。操的是与此地老教师迥异的普通话。讲的时候撇开教案而又滴水不漏，于漫不经心中见匠心独运。课程进展顺利。自我感觉良好。我禁不住有些踌躇满志了。前天通知听课，同来的大学生小高好生不悦：“哼！好像不放心我们似的！”我正好和他相反：“听就听，我正想在他们面前露一手呢！”

离下课还有几分钟，教程已经完成。“好，下面，同学们有什么问题，可以提出来。”

① 写于1981年11月30日。

我把目光向班长春桃投去。她立即低下头，鼓鼓的两腮红得像这秋天的苹果。我又把目光在这教室的四周掠了掠，那些往日专喜欢捣蛋的“猴子”，今天也显得特别认真和规矩。唉，乡村中学的学生，没见过大世面，生来就胆子小，何况他们还是刚刚从初一过来的孩子！

“哦，没有问题？那就继续看书。”

话音刚落，有个同学举手问“忌风嫌雨天怯寒”的“怯”字怎么读法。

哼哼。都初二的学生了，连胆怯的怯都不认识！我这样想着。可是，真正临到我要给它注音的时候，却并不那么容易。幸亏我汉语拼音还不差，愣了没两秒，就在黑板上流利地写出了“qu è”。“好，大家跟我读……”

两遍刚读完，这时就传出一个女生的声音：“报告！”

我循声望去，只见春桃旁边有只手高高竖在那儿。“请讲。”说着我摆出一副包解百问的神气。那模样，简直有点像基辛格答记者问了。可是，她不是提问题的，而是帮我指正错误的。“老师，你注错了，‘怯’的拼音应该是‘qi è’……”

我的脸一下子变得滚烫。我知道，它肯定红成了猪肚肺。下面的同学窃窃微笑着，并发出一丝轻微的躁动，好像在笑话我的狼狈，称赞他们同伴的高强。听课的领导和老师也用一种诧异的神情，欣赏着这小姑娘的大胆。

下课铃响了。我沮丧地走出了教室。……记得在上大学的时候，我经常给老师提出一些意见。我以为，作为一个实事求是的知识分子，是绝不会不乐意一个学生的诚实而善意批评的。可是现在批评降临到我的头上，我却说不清究竟是什么滋味。说反感还不至于，但说快意肯定搭不上，因为是她给我安上一个不光彩的“尾巴”。

我责备她的不分场合，但，这又何异于是在责备她的纯洁和天真。

我责怪自己备课不周，但，不管怎样，一个小女孩在众目睽睽之下帮助老师纠正错误，总是我始料不及的。

于是我又一次回忆起这女孩的形象：尖而前翘的下颌，长而挺拔的鼻端，双眼皮之间的距离很大，大概有三毫米长，天生的晕斑给她眼睛的四周涂上了一圈深褐色的油彩，整个脸盘子近似欧洲女子，恰与脸如满月的东方型女孩春桃形成鲜明的对照。然而她的穿着打扮仍标志着她是一个东方中国人：扎着牛皮筋的两个“羊角辫”高高地竖在头的两侧，可能是几天没有梳理了，头发显得蓬松而零乱，上身穿的是黄底黑格，但颜色已洗得发白的春秋衫，并且，袖口和肩头都有些破。

她叫什么名字？开学初头一次见面的时候怎么没看到？哦，想起来了。她是随父母的工作调动后来转学进来的插班生。从她的作文中可以看出来，她父母亲也是我们学校的教师，外语组的。她作文的行文很活泼，但偏题太远。叫她写“校园游记”，她却写起父母来。还记得初次见面的情景。她把我从人行道中招呼过去：“来来来，老师，帮我写个封面。”说着就把作文本递到我面前，眼睛直盯着我的笔头看，似乎想看看我这老师写的字怎样。我莞尔一笑，问：“叫什么名字？”

“蔷薇。”

“有姓‘蔷’的？”

“你没有问我的姓呀！”

哈，好鬼的蔷薇！

二

几天以后，在学生中传开了我是“本地人”的议论。奇怪，我上课的时候用的是普通话，下课和同学谈话时也用的是普通话，他们怎么会知道我的底细的？春桃送本子来的时候，我从侧面做了些了解。原来，昨天中午，她不知从哪儿想起来的，说我是“大城市人”，一旁的蔷薇矢口否认说：“才不是呢！你没有听他把

‘qi è’读成‘qu è’？我们这个地方的人就是‘ie’与‘ue’咬不清，还有前鼻音和后鼻音分不清，我们语文老师不也是？”这时正好有个“猴子”走过来听到了，便拾着鸡毛当令箭，霎地播扬出去了。春桃在说这些的时候，非常胆怯，生怕我会为这个生气或发火。其实，我讲普通话只是为了尽力使语言规范化，而绝不是为了在学生心中造成一种“大城市人”的虚假印象。因此，尽管我因为不是“大城市人”而在学生心目中一下子小了许多，但我并不介意。如果说有什么不快的感觉，只是感到蔷薇这丫头很聪明，而且隐隐约约地觉得，她似乎到处想以她的“聪明”来冲撞我的神圣。

下午上作文课的时候，许多同学都在听我讲要求，她却在拨弄她的钢笔套和笔管。反正，平常上课她听得总不那么认真，所以作业总没个满分的。“蔷薇，”我打算给她个下马威，“你站起来，把‘钢笔’这篇说明文的几个步骤说一说。”她迟迟地站了起来，竟然答出来了。原来她在站起来之前悄悄问过了春桃，而春桃总是听得十分入神，记得十分认真的。

要求讲清楚了，就让同学们动笔做。蔷薇却迟迟不动笔。见了我，她问：“哎，老师，钢笔的笔管是怎么会把墨水吸进去的？”

“你问这个干什么？”我不太乐意地回答。心想：这丫头就是喜欢别出心裁，这回看来又是离题万里！

“这不是关系到钢笔的性能吗？”她那话语连同眼神，仿佛在说：你答不出来，反而教训人！

我转念一想，觉得她的话不无道理，就告诉她：“当你把皮管挤瘪后，管内的气压几乎就没有了，这时，外面空气的大气压就会把墨水压到皮管中来。”

她没点头，也没摇头，没说个“是”，也没说个“非”，两个眼睛一眨不眨，好像在思索我刚才讲的到底可信不可信，是不是临时瞎编的。

我认为这是对我尊严的再大不过的触犯了，因而没好气地说：“不信，你可以去问问物理老师。”

她居然答应了：“哎！我是要去问问。”

我差点气昏了。

第二天一大早又是我的课。当班长喊“起立”“敬礼”的时候，又有几个没敬，其中包括蔷薇！

这已经不止一次了。这两年，虽然教师地位比以前提高了，上课敬礼几乎是作为法定程序规定下来，但我对此倒无所谓，敬不敬由你。可是今天我却觉得特别不能忍受！难道我不值得你尊敬？你个小毛丫头脑瓜子灵活点有什么了不起？我不要你们把我“神化”，但是也绝不允许你对我不恭，于是我把所有的怒火全部朝蔷薇一个人身上扔去：“蔷薇！你听到没有？！”我的呼喝声终于使这些桀骜不驯的小家伙震恐了，包括那桀骜不驯的蔷薇！“重喊！”我对春桃说。瞧！当第二次喊“敬礼”的时候，哪个敢例外！然而同时我看得分明，这哪里是“敬”什么“礼”哟，只不过是“点”了个“头”罢了，不，分明是“点木桩子”！但只能达到这一步了。呵，头不可强迫点，心不可强迫夺啦！

想到这一点，我禁不住感到一阵空虚，并感到刚才那一通声嘶力竭、怒目金刚式的发作有点荒唐。

我得找蔷薇好好地谈一谈。

三

交谈的结果使我恍然大悟：原来她之所以不给我“敬礼”，是因为我“老是不回礼”。我的老天，我哪知道做老师的还得给学生“回礼”！

想来真是有趣，一个十二三岁的女学生，倒知道要和老师争“平等”了。真是“鸡毛绑在电杆上——好大的胆子”！然而她是对的，我得采纳她的意见。

于是，我在下次上课的时候，就真的开始回礼了。但是，因为我个子太高，不便伸屈，或是因为我太不习惯，或是因为我这人天生就庄严不起来，我那“礼”回得是非常别扭、难看。究竟难看得什么样儿，我也不知道，只看见同学们哄堂大笑。我也忍禁不住笑起来，于是，笑声大作。有的捧腹，有的流泪。那蔷薇躲在一边笑弯了腰、埋了头。这鬼丫头，捉弄得我可不浅！

夜半，我躺在床上辗转难眠。我细想着招笑的根子，觉得大概在于心不恭、意不诚。说得老实，教好书上好课，这是我应尽的本分，但向学生行礼，我的确没有这份真情。纵行礼也不过是“聋子的耳朵——摆设”！既如此，又何必！然而我不回，学生敬，势必不平等。干脆，学生的礼也免了！只喊“起立”，以示安静。

第二天，我把我的这一决定向大家宣布了。群情踊跃，我深受鼓舞，还大大表扬了蔷薇。

在初一和刚从初一过来不久的初二学生幼小的心头中，教师还没有失去神圣的光环。这种情况，在乡村中学更甚。他们把老师看得高不可攀，比如同宿舍的小高有次到摊上买麻球的时候，他教的初一班上的同学就感到非常诧异：“咦，我们老师还吃‘麻球’！”我有次上街买豆腐，路上遇到班上的两个同学，他们也露出惊异的神色。我没有在这些人为的“神化”中扬扬得意。这个班的学生之所以不肯动脑筋、提问题，似乎与这由幼稚和淳朴生成的麻木与敬畏有关。而这恰恰是在学业上最无前途、最无希望的。相比之下，我忽然感到蔷薇性格的可贵：她不畏惧权威，敢于怀疑神圣，这种思维方式如若巩固下来并发展下去，是有着很大发展潜力的。这种性格的形成，跟她父母也是教师有关。的确，“神化”，都是由于不了解造成的。我应当用实际行动粉碎我在同学心中的“偶像”。首先必须向他们说明和强调——“同学们，”我说，“老师——也是人，普普通通的人！老师的做法——也是有不对的，老师的话——也可能有讲错的。你们的任务——就是要学会挑剔，哪怕‘鸡蛋里头挑骨头’也成！课堂上，老师有什么没有讲明白的，你们要提！有什么讲错的，你们要敢于纠正！怀疑，是重要的学习方法，懂吗？！”眼看着同学们露出似信非信的神色，我又加了一句：“以后凡是能向老师提问题（包括批评意见）的，作为‘平时成绩’，按百分之三十的比例折入学期总分！”

下课以后，我刚进办公室，春桃就跟进来了。她半吞半吐地对我说：“老师，上其他课，学生都向老师‘敬礼’，上你的课不敬礼，恐怕不统一吧？”

我看着她急促起伏的呼吸和被血涨红的脸蛋，知道她肯定是把这件事看得很重。平时，她到我这儿来拿作业本，总是小心翼翼，从没多说一句话，最多朝你一笑，今天……唉，这个农村女孩！

能责怪她吗？她是站在班长的角度上，为了维护学校规定才这样说的。但是从这件事上，我开始觉得在春桃身上有那么一点令人缺憾的地方。不是吗？她学习是专心的，用功的，可就是有点“死”，遇到灵活的题目总是做不好，比如问答题和说明文。这样下去，到高中就可能被甩下来，进大学就危险！想到这里，我便抓住“统一”这个字眼给她剖析说：“不错，为了使整体的步调一致起来，我们是必须强调‘统一’，但具体情况得具体分析，比如思想就不能‘统一’，因为一‘统一’，也就没有了创造，大脑呢，也就失去了独立思维的作用，滋长了惰性，变成了木头。所以，我在上课的时候，并不要你们和我‘思想统一’。”不能再讲了，因为这些看来是春桃不能理解的。她仿佛落在云里雾里了。为了把她拉到地上，我选用了一句最通俗的话作结：“一句话，要肯动脑筋。在这方面，你可以向蔷薇学。”

她临走的时候，我让她把蔷薇叫来。

现在正是活动课的时间。蔷薇一阵风似的跑进来，在办公桌前戛然而止。还没立定，就问：“老师，你找我有什么事？”一边说，一边喘气，两手正重新扎着跳散的头发。

“刚从球场上来？”

“嗯！”

“心还留念着？”

“嗯。哦——不！”

她这种毫无顾忌的态度以及浑身所透露出来的“野气”，使我感到有些不快。以前我都认为这是她思维敏捷和活泼的外在表露，现在我认识到这还反映了她的粗心——用方言说，就是“摆不平，放不稳”。长期下去，将会导致学习上的一知半解。然而，这些道理又怎么能一下子对她讲明白呢？因此，我用长者教育孩子最常用的一句话告诫她：“一个女孩子家，要学会点文静。在这方面，”我深有感触，“你应该向春桃学学。”

不知我这话触动了她的第几感应神经，她顿时蔫了头，眼圈也红了。我忽地觉得自己说走了口。教育就教育呗，为什么要按照你的喜好改变她的个性呢？既然大自然允许蔷薇花和桃花共同存在，为什么硬要蔷薇花和桃花散发出同一种芳香呢？

我该劈入正题了。

“蔷薇，你知道我今天为什么要找你吗？”

没有反应。

“不吱声？好，那么我告诉你吧！你上课注意力不够集中。”接着我举了她课堂上玩圆规、玩火柴（可能在家里她还烧饭）以及时常朝窗外看等例子。我有些痛心疾首了：“我曾经不止一次地用眼光向你示意过，可是你仍不能引起注意。”她们这些正向青春期过渡的女孩子，倘在这时不严格锻炼控制有意注意的能力，养成集中注意力的良好习惯，将来就很有可能抵制不住感情的纷扰，而把原有的聪明全部毁掉。这些，蔷薇不懂，我也不便对她明讲，但我必须让她懂得分心的危害和专心的重要。简单地剖析了这些利弊后，我又苦口婆心地和她讲起《孟子》上“奕秋诲奕”和《列子》上“纪昌学射”的故事。

泪水，从蔷薇的眼里夺眶而出，顺着鼻梁和颧骨搭成的山沟簌簌地流淌着。呵，我兴奋了，毕竟是“响鼓不用重锤敲”呀！然而，也有“围山九仞，功亏一篑”的情况，我得一鼓作气，乘势而下：

“最后还有一点要记住：不循规蹈矩、大胆怀疑是可以的，但必须握有根据。就比如作文吧，要破‘格’首先必须懂‘格’，听懂了吗？我这儿有本《杨朔散文选》，你可以拿去看看！”

四

期中考试到来了。

我们这个学校，属于县重点中学，直接负有向高校输送人才的任务。所出试卷，统一由教导处负责，从形式到分量，均模拟高改。就谈我们初二的语文试卷吧，分量有两大张半，其中有一篇占百分之四十比例的作文。我一看试题，那基础知识部分差不多都复习到了，唯独那篇作文使我伤透脑筋，题目的要求是：以红领巾为线索组织几个生活片段写一篇记叙文，题目自拟。我的老天，这要求太高，分明近于写小说了！开学以来我们练习的多半是说明文和写景状物的记叙文，这种类型的记叙文从来没写过，这怎么得了！这是我从教以来对我的第一次大检查，可直接反映着我的教学效果呵！

于是我把全部希望寄托在春桃身上了，——写记叙文，她是比较拿手的，而且成绩一向很稳。所以，考卷刚拿到手，我就挑出她的作文作为样卷来改。批改是流水作业。基础部分终于改出来了：57 分。剩下的就看作文了。我一口气通读完，总算还不差，就是结尾太老实了，缺少思想的升发。我想打 90 分，可是把关的组长却说，给 80 分已经够高了。乘上 40% 的比例是 32 分，加上 57 的基础分，还不足 90！于是我又请求组长在作文上多给她加上一分。

同年级的其他两个班也改出了两份最好的样卷，都是九十一。虽是一分之差，但我却觉得矮人一等。暗暗地，我责怪起春桃来，春桃啊春桃，你怎么那么呆板呢？做人要老实，作文可不能老实啊！只要你再提高两分，不是就可以理直气壮地和另外两个班同列第一了吗？

可是，说起来，你也许不相信，卷子全部批阅下来的结果，真正的第一名却出在我的班上。不用说你也会猜到，这人就是蔷薇！一点不假！基础知识：56分，不算突出。主要是在作文上得分了——36！组长亲自批改的！这太出乎我的意料了。那股高兴劲就别提了。你知道，是她，帮我脸上争了光，而我所以觉得这果子特别甜，是因为这里面凝聚着我的心血。

兴奋之时，万物生辉。起风了，月牙在浮动的云层中忽明忽暗，被夜色淹没了的树在沙沙作响，地上的落叶在空中飞舞，四处打旋，打在脸上，煞是有趣。我禁不住仰面对着天穹，展臂蹬脚地跳起《流浪者》电影里村民们喜迎天雨的那段舞蹈。同事小高说："注意，别让学生看见。你现在是老师，得注意自己的形象。"我笑着打趣："怕什么？看见就看见吧！我不像有些人，以前是'偶像'的激烈反对者，现在临到他们自己，也搞起现代迷信、造神运动来了！"小高听了只是笑——这个老兄，自从上次被班上的学生笑话过之后，就一直不敢买麻球，哈哈。

清晨，一抹晨曦把天空映红了，一轮朝阳正在经历着巨大的阵痛，从黑暗之中分娩出来。学校的橱窗在霞光中露出轮廓，在它的背后，左侧是铁锈红的小杉木林，右侧是土黄色的操场和跑道。

我伫立在橱窗前，反复品读着蔷薇的优秀作文《红领巾》。

这篇文章写得真好。它既是按照要求来的，又没有被要求卡死。它明为写"红领巾"，实为写戴红领巾的人。这很有些像杨朔的《雪浪花》《香山红叶》，写景写物是假，写人是真。尤其是它让几件事情都发生在"红领巾"和"我"两人的身上，这就有意无意上了小说的边……

记得大前天，我把她叫到跟前，问她："蔷薇，你作文中写的事是真的吗？”

她一摇头：“不，是瞎编的。”

我欣喜了，但又不敢对她这种做法给予嘉奖。我想了许多，诸如生活事实和艺术真实的关系，生活与虚构的关系，等等。这些讲给十二三岁的学生听，无疑是太深了。但不管怎样，我要抓住这棵苗子，多给她进行一些培养。谁能断定她将来就成不了丁玲呢？

于是我从箱子里找出一本《唐宋词百首译注》给她：“拿着，坚持每天背一首。”

她拿到手，反问我：“老师，这些你有没有全背上？”

我的乖乖！又考我了。我回答得老实：“没有。不过你不要向我学。我们像你这么大的时候，背的是毛主席的‘老三篇’。”她可一着不让：“那你也要努力呀。”语锋的尖锐如同她那直挺的两只羊角辫。

看着看着，我的目光落到了文章下面的一段空白上。搞美工的王老师真绝，他用粗犷的线条勾出了一朵花和万重叶，写着：“绿漫野蔷薇。”

3.《沐浴》[①]

孔老大活了五十个年头，苦楚吃过几捆，快活时只有两次。

第一次是合作化。农民从地主手里分回土地，穷的变富，苦的变乐，可孔老大却是喜中怀忧。喜自不必说，忧的是老的成双，小的成行，老婆又在怀孕，这一家十来口大小，几十亩土地，全靠他一个人顶着，纵然浑身是铁，也要被压垮！幸亏来了个合作化，一家子生活才有了真正的保障。于是，吃穿的忧愁化为云散。那些个日子，孔老大整天就像泡在蜜罐里。要说无忧无虑才叫乐，

① 写于1981年11月16日。

那是他平生第一次乐。

这第二次就要数到今天的“沐浴”了。

古书上是这样说的，热水洗头为“沐”，热水洗身为“浴”。不过从今天来看，这个词的意义范围呈缩小的趋向，它似乎应当带上点“雅”气，如郭风在《北戴河日记》中历历记载的“晨起沐毕”，在瓷砖砌的单人浴间蘸一蘸并不太脏的身子，然后着一浴衣，洁净而舒雅，方为名副其实的“沐浴”。像乡镇上的小人物带着满身油垢到乌七八糟什么都有的大汤池里泡一泡，擦一擦，全无雅气，俗不可耐，委实称不上“沐浴”。我们的孔老大自然也不敢附庸风雅（老实说，他干脆连“沐浴”为何物都不懂）。当田里人看见他背着鼓鼓囊囊的黑皮包往街上走，问他：“老大，哪儿去？”他就嚷道：“洗——澡——去！”倒是随行的四十子（他四十岁上生下这孩子，所以取名叫“四十子”。这是第八个孩子，因为后来计划生育抓得辣火，他没敢再生，所以这第八个便成了最小的一个）觉出与书上教的不合，连忙更正道：“爸爸，你说错了，不叫‘洗澡’，该叫‘沐浴’！”“咋？你说清爽些！”“叫沐浴！”“哦哦，沐浴、沐浴……”老大一时兴起，在小儿子脸上亲着逗着。他感到这孩子既聪明得可爱，又稚气得可笑。可是，当他走进刘家澡堂，卖筹的胖经理问他：“洗澡吗？”他却不伦不类地应了一声：“嗯，沐浴！”弄得卖了十几年澡筹的胖经理愣了半天。

真是要命！这是怎么回事？这里有段插曲必须交代一下。孔老大今天不远五里上街一趟，要办三件事，它们依次是：买运动裤（天凉了，现穿现买）、洗澡（打秋以来还没到澡堂洗过）、看电影（票已有人上街买了）。这本是三件美美的事，可办第一件时就受了阻。他要拿几件样品挑挑，售货员给他的却是顿白眼：“锦纶的，八块二一条，买得起吗？”噘嘴姑娘那轻蔑的口吻、冷冷的眼光，像一道天牌提醒了他：这是在“街上”了！在乡下，他老大的一举一动都受人敬重，在“街上”可不同了。你瞧那街上行人投来的一瞥，岂止是不被看重，分明含着看不起的味儿！他觉得应当使自己的言行变得高贵一点，和城里人一样。如此，当胖经理问他话时，他忽地记起小儿子教他的“沐浴”一词，很觉不同凡响，于是脱口而出……

现在他已“浴毕”，正站在全浴室最好的所在“一室”16号座位前面。他学着城里人的派头，耸着双肩（与其说“耸着”，毋如说“驼着”更确切），提着臂膀（像夏天受热的鸡敞开翅膀），虚闭着眼，向服务员发出了无声的召唤。

服务员四十多岁年纪，面皮因消瘦而被骨头撑得紧绷绷的，加上“近水楼台先得月”，天天可免费有一把澡擦洗，因而浑身亮光光的。右眼球有些外凸，布着绿色的翳，但这并不妨碍他视觉的灵敏和准确。尽管孔老大不着一丝的裸体和城里人并没有两样，孔老大“派头”是学到了以假乱真的程度，他还是从那突出的踝骨、宽厚的脚面以及分开的脚趾上看出了老大的身份。此刻他正倚在门框上吸着“大运河”香烟的屁股，还剩两口，吸完了再动身——对乡下佬怠慢一点是没事的。

这“一室”虽然筹价一角有八，但并无暖气设备。室内气温随着室外气候的变化而变化。时值寒秋，凉气袭人。体内的热气刚刚排出体表，立刻变成水滴，渐渐，脚下湿成一摊。

孔老大左等右等不见热毛巾把上身，不得不叫道：“来个热毛巾把子！”往日在一角钱一根筹的外间下坐，他都是这么叫的。不过今天多了点回音——有天花板嘛。

“叫什么？这不来了！”服务员扔掉烟头，不紧不慢地来到炭炉边。炉上架着铁锅，锅里烧着开水，水因挤的毛巾把子太多而变得浑浊了。水很烫，他稍稍一蘸就挤成了。热毛巾在孔老大的背上胡乱擦了两下，就留在肩胛上让他自个擦去了。

毛巾是灰黑色的，沾满油腻，像满身黏液的鳗鱼，绒毛几乎磨尽，成了丝条条，细得像腌瘪的咸菜把，手掌都抓不满。细薄的毛巾自然包不住多少热气，何况本身蘸的开水就不多。没擦上两把，就冷了。

“再来一个！”孔老大真有点不识相。

“你没见我腾不出手来吗？”服务员没好气地训斥道，其实他在虚张声势。直到他说完，才有一个青年人从浴间里上来。

孔老大好不来火！我一角八分钱就擦了你一个热毛巾把子？还“一室”呢，见他奶奶的鬼！哼！我可没有多少便宜给你讨！他顺手拿起铺在躺椅上的干浴巾，没头没脑地擦起来。

“哎哎哎，”说时迟，那时快，服务员一个箭步过去夺下浴巾，对住孔老大直抖，“这是给你擦身子的吗？这儿你有没有来洗过？规矩你懂不懂？”

一顿冰雹似的怒斥和奚落，压得孔老大想发作又抬不起头来。澡洗的时间太长，胸口、大腿还在淌汗，他只得用脏小褂揩擦。服务员冰雹过后风平浪静，恭恭敬敬地替青年人擦了一个毛巾把又一个毛巾把，共是三个。毛巾是雪白的，好像是新的。那青年人刚才在浴池里连连摇头说水“太脏”，孔老大认得他，准是个城里人！这人在老大的右边坐下后，服务员还扔给他一个又沉又大的毛巾把，正巧打在孔老大的鼻子上。

这可把孔老大气坏了。“奶奶的，这不是明摆着欺负人！”刹那间，噘嘴姑娘的声音重新敲响他的耳鼓，刚才买澡筹的情景又出现在他眼前：那胖经理没朝他开口，就把两张印有图戳的方纸骨牌递在他面前。“你怎么晓得我要外间大堂？”他把纸骨牌狠狠地推了回去：“换竹子的！要最长的！”两张二角的票子递过去，找回了四分钱。奶奶的，柜台上明明放着一袋糖块，就是不卖给我！“不行！我不要钱，要找糖！”不想则罢，愈想愈是气恼不过。奶奶的，他们都欺负我，欺我哪一层？乡下人！嗬，乡下人！不错，我是乡下人，我们乡下是不如你们街上……可是，这就该我乡下人永远挨歧视吗？不错，你街上好，可是，这就该你城里人高傲吗？

关于一个人的出生地域是否可以作为这个人骄傲资本的问题，我们的孔老大早就与人有过争论。1968年、1969年那阵，一批苏南的干部、知青大量北下，他们队里也来了人。这当中有个姓刘的，动不动就拿“苏南人”的牌子来压他“苏北佬”，仿佛苏南人就尊贵，苏北人就下贱。孔老大直觉得压人疼，于是他代表苏北人反击了：“你别了不起人（此地不仅农村人，而且包括为数不少的机关工作人员将“看不起人”的意思说成是“了不起人”，笔者照录无误）！若论起古时候，我们这个地方是‘中原’，你们那个地方呢！叫‘蛮地’！我们是实实在在的‘华夏’子孙，你们是十十足足的‘蛮子’！你没听见现在还有不少人称你们‘蛮子’吗？”一语既出，举座皆惊，村野之人为自己有这么个厉害的老大而庆幸，城里的人为这么个目不识丁的粗人能说出如此典故而诧异。说到此处，为防止担待“杜撰”之嫌，特交代一笔。这孔老大，从小就喜欢听说书，长大后又走南闯北，所以一些历史、地理典故还能道出一点。只见人们都把目光盯住姓刘的，看他如何收场。而姓刘的非但脸不红，心不跳，而且振振有词，反唇相讥道：“别麻虾戴斗篷——冒充大头虾了！就是以古而论，你的这个地方也称不上‘中原’，而叫‘东夷’！我们也巴结不上‘蛮子’，古时候真正的‘蛮地’是指柳州一带，唐朝八大家之一柳柳州贬谪过的地方，懂吧？嗯？”孔老大肚里“货”可不多，一时听得云里雾里，不说反驳了，就连招架之功都没有。君子报仇，十年不晚。好不容易又找到个典故，于是找了个机会，当着大庭广众给姓刘的（包括其他苏南人士——老大是意气用事了）讲了这么个故事。讲时完全模仿的是说书人的口气。“话说古时候有位先生，苏南人氏，兵荒马乱时逃落至此，开私塾为生。一次他出了副对联让学生对。上联是‘宝塔巍巍四面七层八角’，这下联除了一个缺席的，在场的都没对出来。回馆后和人谈起此事，先生大摇其手叹道：‘苏北人——笨啦！’这时从背后传来一个声音：‘未必吧！’先生猛吃一惊，回头一看，原来正是那缺席的学生。便喝道：‘此话怎讲？’那学生不慌不忙，指住先生那只刚刚摇过的手，轻轻一笑，对道：‘只手摇摇五指三长两短。’对答如此神速、绝妙、准确，把那老夫子唬得是目瞪口呆，连连自叹不如。”“哈哈……”苏北人捧腹大笑，苏南人饱受奚落，孔老大胜了。但时过境迁，胜利并未改变他在苏南人心目中“阿七”的地位。姓刘的还是捉弄他。孔老大一生什么都不怕，怕的就是别人看不起他。他一年二十几个节气——透熟，打鱼、逮鳖、育种、育苗——都会，猪圈能自己盖，小板凳能自己敲。浑身的本事，浑身的气概。他要堂堂正正做人，他要和任何人平等！若是谁笑话他，他非报复不可，并且不报复则罢，一报复就要彻底地获胜。他苦思冥想，绞尽脑汁，竟然是“愚者千虑，必有一得”。那次，他把姓刘的叫应了，大大咧咧地说：“喂，你规矩点，啊！你姓刘，和刘少奇一个刘！我呢？和孔大圣人一个孔！”这一招委实又绝又狠！果然，姓刘的彻底地蔫了，孔老大彻底地胜了。可是几个月后，“批林批孔”掀起，姓刘的指出孔老大曾引以为豪的那句话，证明孔老大和孔老二是孪生兄弟，一丘之貉！当时新上任不久的公社姚主任发现这事倒非常典型，便擅自到他的队蹲点，硬逼住孔老大交代和孔老二的“联系”，把个孔老大急得差点投河。咳，谁叫你神气的呢！

这都是过去的事了，想起来真荒唐！那时一天的工钱只有二三角，副业不准搞，手头没几个大钱，你要气派，又怎么气派得起来呢？难怪人家城里人瞧不起你！可是现在和从前大不一样啦！他孔老大腰包里有的是钱。不谈别的，就谈去年一年就挣了三千一百六十八块！这是净得，不算粮草钱。这是正规收入，也不算他老大捞的“外快”和老伴养猪养鸡、种田的收入。这不是胡吹，他老大八个孩子，六男二女，除开小儿子，全成大人啦！

小七子考了两年大学没考上，也加入了挣钱的行列。捅碎大锅饭，落实责任制，只要有力出，就有大钱进！春天翻盖了四间大瓦房，接着就给二十七岁的大儿子带上新娘，洋槐树的家具漆得红红堂堂，不论谁见了都要夸奖。一个大家庭过得这样兴旺，提起他孔老大，远近村邻哪个不晓，谁个不叹？就是人家赞叹起他儿女“张张刀快”，也要带上一句：“他孔家的……”就是人家谈起他三姑娘、小儿子漂亮英俊，总少不了捎上一句：“自然啦，龙生龙，凤生凤嘛！你瞧人家父亲那双眼睛，多有神！”在乡下，到处是尊敬，到处是夸赞，到处是羡慕，到处是笑脸（反面的情况也有，最多不过嫉妒、红眼，可表面上都很客气）。在这儿可好：一切全倒过来了！真是凤凰落在小沟里，白鹤困在鸡群中，好不屈杀人也！想到这里，他恨不能在脸上贴个“富”字，叫街上人看看！转而，他又埋怨地老伴来。明明箱子里压着“的卡”春秋衫，却偏偏让他穿上个白洋布染的外衣，叫人一看就晓得他是个乡下人，而且是个非常土气、寒酸的乡下人！这次回去，得找老伴算账去。第一要向她讲清是：“钱是凭力气挣来的，不要抖抖活活，担惊受怕的，现在不比从前。”第二要这样剖析给她听：“不要怕显‘富’，‘富’是瞒不住的，俗话说得好‘家有黄金邻有秤’……”

“爸爸、爸爸，快穿啊！”一旁的小儿子看到爸爸直在打愣，叫道。因为嘴里衔着块糖，发音有些模糊。老头子一心要把本钱赚回来，想在这雅座多躺会儿、多享受会儿，可小儿子受不了。池子里太热，他洗了一半时间就上来了，在此已等了爸爸一个多小时，要不是有糖，真要把他憋死呢！

孔老大这才记起了孩子。窗外的天已暗下来。“饿了吗？包里有麻脆饼，拿块吃着。”说着拿出一只。上面并无芝麻之“麻”。儿子咬了一口，也无所谓“脆”。“何以名之？习惯使然也！”一旁的青年人触景生情，大有感慨。现在他已架上一副银丝边眼镜，这眼镜标志着他的大学生身份，可能是周末从外城回家的吧！

文人之思，自与常人不同。他在想，秦时谓百姓为“黔首”，这在当时是常识，后来便成了典故。这“麻脆饼”一说正与此同。他应当对此做点注解，以免后人考证之烦琐，这注解是不是应当这样开头：“大约于公元一九某某（待细改）年以前，此饼是满口酥脆、芝麻密布的……”

在这大学生钻这“牛角尖”的同时，我们的孔老大在想什么呢？哦，他在端详着儿子蠕动的小嘴，蒜瓣的鼻子，长长的睫毛，亮晶晶的眼睛，这眼睛恰和服务员的翳眼形成鲜明的对照。他又想起那噘嘴的姑娘，那姑娘一点也比不上他姑娘俊俏。就是自己，也比那胖经理耐看多了（这是过谦了）。倏地，一个怪之又怪的念头从老大心头冒出来：按说城里高贵，就应当让高贵人住，把那些瞎子、胖子、丑八怪，还有笨蛋、傻瓜、恶汉……全部赶下农村，而把农村的漂亮姑娘、英俊小子统统搬上街，这才对头。可是，事实却是……咳咳，看来这老天爷带头不公平，你看他安排的一切多么不合理。

穿好了短裤和衬褂，忘了带衬裤。没衬裤怎么能穿八块多钱一条的锦纶裤！单穿马上就要坏的。正在寻思是不是用脏裤子作衬裤，无意间触碰到一旁青年人的目光，从那亮边眼镜上，老大也识出了这是个“大”学生。从小七子的身上他懂得了这“大”学生是十分了不得的，愈是“了不得”的人愈是会看不起人。老大岂能让人看低了？于是，他再也不犹豫了，拿起锦纶裤，光腿一蹬。“旧的不去，新的不来！”以前他曾听说锦（实际上人家说的是“腈”）纶衣戳人，但他觉得一点没有刺刺戳戳的感觉，伸进去——滑堂堂；伸出来——滑堂堂，简直舒服极了，怪不着价钱大！哈，有钱办得上称心事啦。

这时候，一个中年人带着满身热气上来了。他是公社的二把手姚副书记。虽为大干部，可并不是脑满肠肥，大腹便便，却是又瘦又矮，给人的第一印象是清廉。还没到位，服务员就一阵风似的迎上去，脸上堆笑，口喊“书记”，浑身上下前后左右，从胳肢窝到屁眼槽都擦了个遍，很有抓住机会大献殷勤的味道。可这一切对书记来说都是心安理得的。他神色淡然，毫无谢意的表示，连一丝笑容也极其吝啬。如此盛气凌人的架势叫孔老大看了十分恼火。他毫不犹豫地把怜悯和同情放到了服务员身上，为他（也为了自己）发出了不平的诅咒：“奶奶的，他当官的有什么了不起的？原来只不过是个公社烧饭的！不知是碰上哪颗福星，一下子入党又提干，居然也混上了‘二把手’！”

有人曾说，今天的中国农民和鲁迅笔下20世纪20年代的农民形象没有两样，愚昧而麻木。笔者不敢苟同。比如孔老大就是个例外。现身说法吧。他性格上有个最大的特点就是敢“以小人之心，度君子之腹”。解放前遇到天灾人祸，村民们便到刘家祠庙堂烧香拜佛，可他就不相信菩萨的神灵。有人慨叹和尚的圣洁，可他却说和尚也会偷尼姑。时针拨到20世纪60年代中下叶，当人们忙着搭宝书台，做早请示晚汇报，而且表现得十分虔诚和恭敬的时候，他却在一旁发笑。他曾说：“不要把大人物想得多干净。我们要吃饭，他们就不食烟火？我们要拉屎，他们就不撒尿？我们离不开老婆，他们就不生儿育女？”如此推论，他得出一条“真理”：“大人物也有小人物之情。”这在当时来讲委实不能不说是难得的过人之处。后来林彪、“四人帮”垮台，林立果选妃，江青戴假乳的丑闻披露，证明了他当初“忖度”的正确，因此，人们送给他一个雅号：“属孔明的！”虽比不上真的诸葛亮，但一孔之明还是有的吧？不过这是外话。

现在孔老大非议姚副书记，可不是“属孔明的”，而是就事论人、有根有据的。这姚副书记当年拿他当“活靶子”开过刀，指令人砍过他辛勤培育的两分地树苗，说是“割尾巴”，不然就会长出“资本主义”，似乎他自己很“社会主义”。可就是他，背地里用小价钱从别的队逮来五六头卡子猪（卡子猪：苏北方言，指五六十斤左右的猪。），放到他的队里的猪圈里“寄养”，只给点饲料钱，几个月一过，养得膘肥体壮，就拖到食品站去卖，凭空赚上好几百块钱（这事，是在队里养猪的老伴告诉他的）。前年起，说是允许发家致富了，他孔老大一颗汗珠摔八瓣，育成两分地桑树苗，可临卖时，原来挂好钩的几个队全部搁了浅。一打听，原来全被他姚大书记一人包销了。他书记老婆娇贵得很，两个孩子还没长大，怎么育得出那么多的树苗？原来是请人“帮忙”的。用二三分一棵的贱价买回本桑，“请人”栽种，打春时再“请”公社的农技员“帮助”嫁接，一年后变成扶桑，再以每棵一角二三的高价卖出去，你生产队属他手下管，不要也得要。有的队为了把树苗种下去，不得不把长了三五年的桑树砍光重栽，理由是“移植新品种”，说得比唱得还好听！堂堂正正，滴水不漏。好毒啦！农民明里暗里哪个不叫他“二爬手”！可有谁能损掉他一根毫毛！他经常放风给人听：“中央现在的经济政策变了，啊！以前我们谈‘富’色变，现在尽可以甩开膀子干了，啊！你们没见报纸上宣传的吗？要向‘万元户’靠拢！”听听，多么狡猾！仿佛党中央给他撑腰似的！反正，“四人帮”在台上的时候他神气，“四人帮”倒台了他还是有路，你平民百姓总是斗不过他的！想到这里，孔老大气极了，在心里深处骂了一句十分恶毒的话。为避嫌疑，笔者未敢照录于此。总之，换句委婉的话说，老大是根本不把干部放在眼里面的，因为他觉得干部确实没有什么值得他尊敬的地方。

因此，尽管姚副书记就坐在他的左边（只隔了他儿子一个人的位子），但老大连个招呼也没打，然而心头也闪过一丝怕书记记仇报复的胆怯，其实书记根本就没在意他。

他俩挨在一起，恰成鲜明的对比。姚副书记显得很干瘪，孔老大显得挺健壮。姚副书记因孔老大的高大而变成了侏儒，孔老大因姚副书记的瘦小而变成了巨人。此情此景又勾起了大学生的奇思妙想。他做了个假设：假设雕塑大师罗丹在此，那么他一定会以此作为绝好的构图，塑造出东方中国的大地上铁骨铮铮的农民形象。

这时，孔老大又穿上了一件毛线衣。姚副书记呢，口衔一根“过滤嘴”香烟，正在几下寻找火柴。

孔老大有火，却偏不送去。“怕他怎的？这年头凭本事吃饭，他当官的啃不掉我一块肉！奉承他干什么？我又不用他屁眼做门窝。”他这样给自己打气。

眼明手快的服务员立刻凑上去点上火。一来讨好，二来讨烟。可姚书记不动声色地点着后，便倒在躺椅上养神去了。

“才好！谁叫你献殷勤的？”老大见服务员自讨没趣，有些“幸灾乐祸”。

“快穿快穿，人家在等。”这边，没有讨到香烟的服务员一肚子的气正没处发，见到两个穿着最时髦的小青年跟他要空位子，便对动作一直慢腾腾的孔老大大发雷霆道。

“怎么，我一角八分钱哪里少给一分的？！”老大理直气壮地反诘道。他感到服务员真不是东西。你可怜他，他反来咬你，真是“狗咬吕洞宾，不识好人心”，“好心不得好报”！对这种人，就只该狠心点。

老大的那句反诘委实有力，服务员不便反驳，于是他自己给自己找了个下台的坡。他对新来的顾客说：“稍微等一等，马上就有空位子。”

这“马上”二字分明是说给他孔老大听的。“哼，你说‘马上’，我偏不‘马上’！”上面线衫下面锦纶裤，冷暖适中，舒舒坦坦。这“一室”是第一次来，花的钱也不少，何不好好享受享受？于是他干脆不穿了。“喂，来杯茶！”他叫起来。

这茶是不得不倒的。杯子比外间的大。满满的，红红的。

“再倒一杯——我儿子的份子！”

服务员极不乐意，但不得不从命。老大心里乐了一分。

呷了一口。这茶不比白开水，有味。失水过多，口特别干。这茶约莫有七成开。不烫也不冷，正好解渴。孔老大端起一杯，“咕嘟咕嘟”猛喝了个尽，心头又乐了两分。

看见旁边的“大”学生正细斟慢饮，他忽地觉得刚才那种喝相有些露底了。因此，在喝第二杯的时候，他就学着细滤慢过了。呷一口，搁下，呷一口，搁下，不像外间大堂连个搁茶的地方也没有，好不优哉游哉！他觉得还该配上支烟。对了，该死，应该一开始喝的时候就拿出来了。瞧，现在茶仅剩了大半杯。

于是他拿过乌黑锃亮的皮包找烟，但首先拿出的却是一瓶“美加净”珍珠霜。为买这珍珠霜，老伴和他拌过嘴。老伴不许买：“有雪花膏不抹，非要抹这‘珍珠霜’，都成老头子了！”老头子说：“就是看中它是‘珍珠霜’才要抹的。我老大一生一世没见过什么‘珍珠’霜，抹一回死也瞑目。再说花两块多钱也穷不死人。”今天上街，是他特意瞒住老伴带走的，为的是在城里人眼里面摆摆阔。“哎，四十子，”他叫得响响的，“珍珠霜，怎么不抹！”服务员怀疑地伸过头来，不错，圆柱形的瓶子，大大的鹅黄盖子，里头雪白、精细，不是赝品。“乖乖，了不得。”服务员闪过一道惊异的神色。老大心头乐了三分。

接下来该拿烟了吧？可是且慢，先看看表少没少。这包虽是放在加锁的箱柜里的，但孔老大总是有点不放心。他似乎有些神经质地在包的夹层里掏了掏——随后才踏实了。表是外国货——“粗马”的（这是不久前供销社处理一批走私表时抢到的，只二十二块）！老大戴上手臂，炫耀似的振了两振。表链是不锈钢的，透亮，还响。表面是紫绿色的，还有洋文。服务员的目光直盯着转，愈发诧异了。老大见了，又乐了几分。

这回，他才拿出一包还没开封的烟——“红波”牌的，三角一分一包！虽算不上“正规军”，可也不是“杂牌货”。老大打开点上一支，随手将烟和火柴叠在一起，朝躺椅之间的案几上“啪”

地一放，做出一副大模大样毫不吝惜的派头。然后躺在铺有柔软浴巾的长椅上，吸一口烟，呷一口茶，好不舒服，骨头都酥了！

坐在16号正可以看到外间的景象。那儿客人脱下来的衣物挤在一起，人影幢幢，声音嘈杂，一点比不上这儿整齐和清静。老大渐渐感到钱花得还不算冤枉。瞧这儿粉白的四壁，长长的躺椅，高高的案几，亮亮的玻璃镜，坐的都是些高级的城里人和当官的。尽管孔老大刚才曾瞧不起过"城里人"和"当官的"，可当跻身于这些人的行列中的时候，他还是踌躇满志的，"本来嘛，我孔老大吃的、穿的、用的哪一样比不过你'城里人'？"烟助茶，茶助烟，他悠然自得地想着，心头的欢乐又滋生出一分。

至此，我们的服务员已彻底推翻了当初对孔老大的看法，"他不是一般的乡下人！"瞧那烟就不是一般乡下人能抽得起的。书记的烟讨不到，乡下人的烟还是好"哄"的。顺便交代一句：浴室的服务员抽烟买得是很少的，像我们这位服务员干脆连一包都不买。为什么？老婆抠得紧："有人敬着，还不够抽？"他也深明大义——虽然现在澡价提了几分，工资加了几块，可哪里比得上物价上涨的速度？买个慈姑还得二角多钱一斤呢！可是这等人敬烟的滋味极不好受，情况妙时能略有剩余，情况不妙时犯口水也没有办法，比如现在就属于"情况不妙时"。

"噗——！"一个白毛巾把撂在老大面前："擦擦脸。"服务员脸上突然堆满笑容。

老大不客气地擦了。若在正常情况下，我们的老大必定要回敬根烟表示酬谢，不过今天他连个廉价的"难为"都没说。他是会记仇的，他要报复，他要用烟吊吊服务员的胃口，于是他又长长地吸了一口，吐出浓浓的烟雾，故意做出很美的样子。

的确，这"红波"烟质量还可以，烟味又香、又甜，惹得服务员泛上了口水，忍不住朝案几上睁了两眼。那烟壳张着嘴，伸手就可以拔出一根。再加把劲，拿到是不成问题的。

于是提来茶挑子往老大杯里加茶：“慢慢喝，不忙。”话语中充满了亲热。

“奶奶的！‘不忙’——哼！刚才还催我‘快穿’！”老大觉得气恼，又觉得好笑，“哼，没钱遭鬼欺，有钱狗舔人！奶奶的。”不管怎样，受人奉承总是好的，何况他好歹是个城里人！老大心头禁不住又乐了一分——这是六分了。

口水已经漫了一嘴，服务员不得不大咽一口。烟还没有哄到，他气恼了，简直想走开，但“一个馒头已经吃到九十九了”，岂能“为山九仞，功亏一篑”！肯定是火候不够，得再加一把柴。

于是他凑过来没话找话说了：“今晚街上有电影，看一场吧？”他把“街上”说得特别重，竭力表示“城里人”对“乡下人”的关怀。

孔老大终于搭腔了：“自然看的。”一个城里人如此煞费苦心来讨取他的欢心，忍不住心头的欢乐又扩展了一分。兴奋中，他向那包“红波”烟伸过手去，手已触到了火柴，蓦地一个念头闪出来：“不能给。”但手已不便缩回了，他就拿起火柴盒轻轻地扑打起烟盒来。

服务员目不转睛，凸出的喉结间或地蠕动着。

人的良心总是放在弱者一边的。一旁的大学生仔细地观察着这一切，他感到服务员的卑琐固然讨厌，可你孔老大也过于“残忍”了，残忍得就像古希腊神话中说的一个人，为了惩罚一个又饥又渴的俘虏，便把他淹在齐脖子深的水里，并在鼻子上方挂一只苹果，当他要喝水时水就退去，当他要吃苹果时苹果就升高。

这时门外蹿进个行动机灵而穿着破烂的十六七岁的小伙子。他叫二毛，是孔老大队的，生来滑耍，唯一的嗜好是戏和电影。怎奈一家子老的体弱，年轻的多病，生活非常艰难，哪有钱买票！倒是孔老大主动和他订了合同：每逢街上有好戏好电影，他出钱，二毛出腿，二毛替他买票，他请二毛免费同看。真是一桩美事，两厢情愿，何乐不为！今晚放的是《喜盈门》，票很紧张，可难不倒二毛。他一阵风似的来到老大面前，邀功似的说："买到啦！中行八排。挤得差点送了命。"

"是吗？"总算没有白跑，这电影是看定了！应当快点穿，赶到馆子弄他三两面、两个肉包子吃一吃，然后就进剧场。老大心头乐开了花——这是八分了！

"来，抽支烟！"老大只顾敬烟给二毛，也顾不上一旁的服务员了。服务员这下是彻底绝望了。他悻悻地走开了，内心深深诅咒这"乡下佬"，同时也骂自己看错了人。

二毛贪婪地吸了几口烟（不知为什么，农村的小伙子都很早就学会抽烟了，其实家里面很穷。二毛平时也抽，但不敢多抽，最好的是"勇士"，八分一包。大概因为这"红波"是太高级了，所以他抽的时候很贪婪）。他眉飞色舞地对孔老大说："告诉你一个好消息：后天有大剧团来！——你知道是哪里的？上——海——的！看不看？"

什么？上海的"大戏班子"？我的奶奶，可了不得！记得几年前也来过一个什么"大戏班子"，演的是"打虎上山"，当时他孔老大真想去开开眼，可票太贵，确实买不起。这回又来了，再不能错过机会。哈，今天电影，后天看戏，越想这生活越有光彩。他心头又是一阵乐，这时已是九分了。

他忽然觉得这欢乐不太保险，于是问二毛："你说只有下午一场。这票怕是挺难买的吧？"

"没问题，"二毛一拍胸膛，"这个包在我身上！问题是你舍不舍得看！"

"怎的不舍得？看！"老大大吼一声，毫不犹豫，斩钉截铁。

"买多少？"

老大沉吟片刻，说："六张——连你。"

二毛吓傻了眼："我的老大！六角钱一张票呢……"

"六角就六角吧。这样的大戏班子好多年难得来一次，也让我的儿子姑娘见见世面。”

这样的阔气，大学生也不免惊诧。临走的时候，他悄悄拉过二毛的袖口，低声问：“哎，你的那位。”他用嘴角指了指孔老大：“是不是大队书记？”

穿外衣的老大听着了，直愣愣地提起两道耳朵，并用眼风掠着这大学生。

大学生的神情是一本正经的，并有一种深思熟虑、一看就准的神气。捣蛋的二毛索性来了个“顺水推舟”，说：“你看人真准，准极了！你没听我刚才叫他‘老大’吗？”

学生恍然大悟。他有些自鸣得意了，竟放声大笑扬长而去。

学生笑，老大更乐。他不佩服“当官的”、不佩服“城里人”，可就是佩服“大”学生（其实这位“大学生”也是“城里人”）。他小七子一年能挣五百块，可就是考不上大学，说明这“大”学生是非常“了不得”的。现在这么个“了不得”的人竟然在背后称赞他像“大队书记”（孔老大以为这是个不小的“官”），这差不多使他“受宠若惊”了。为了印证大学生的估猜，他暗暗地对着大方镜照了照自己(小儿子玩耍时刚用手抹去镜面上的雾气)，但见天庭宽阔、印堂发亮，正是人家相面说的“官样”“富相”。刹那间，孔老大觉得自己的确是高出一般，非同小可了，于是乎，一股幸福的暖流从心里深处四下漫溢出来，那快乐的感情已经达到登峰造极、无以复加的“十分”的地步了。

这便是他平生第二次最快活的时刻！

四、认识钱中文先生，转向文艺理论

我的这些诗歌、小说都写于第一学期。从第二学期开始，我的奋斗方向从文学创作转到了文艺理论。而引发这个变化的直接原因，是与钱中文先生的不期相识。

进中学之初我继续做着作家梦。当时月工资 47 元。我从不多的收入中拿出一些钱，订阅了《小说选刊》和探讨文学创作原理的理论刊物《文学评论》《文艺研究》《文艺理论研究》。1981 年底，我从自己订阅的《文学评论》第 5 期上，拜读到钱中文先生的理论长文《论文学作品中感情和思想的关系》，深受触动。这是我国文学理论界最早为情感正名的论文。恰好我此前结合创作体会写过一篇约 8000 字的《浅谈情感在文学创作中的地位和作用》，便怀着试试看的态度，通过《文学评论》编辑部转给钱中文先生，向他请教。没想到，不久就收到了钱先生的回信。钱先生以极为负责、认真的态度，提出了具体修改意见，说此文稍加修改，可以争取发表。我喜出望外，备受鼓舞。在诗歌小说创作方面，我曾付出了那么大心血，但没有什么回报。而因为关心小说作法结合创作心得写的一篇论文，不经意之间却得到中国社会科学院文学理论权威的高度肯定。这促使我重新分析了一下自己的长短得失，决意放弃文学创作，转向理论研究。从此，我通过各种方法买书借书读书，加强自己的理论素养。亚里士多德的《诗学》、贺拉斯的《诗艺》、莱辛的《拉奥孔》、黑格尔的《美学》、伍蠡甫主编的《西方文论选》、郭绍虞主编的《中国历代文论选》等等，就是在这个时期接触的。读书的目的在于发现问题，写成论文。在钱先生的感召下，我不断写稿并投稿给他，向他请教，并希冀他推荐发表。他总是有稿必改、有信必复，于是展开了长达六年的学术通信。其间，我写给钱先生的书信有 45 封，钱中文先生写给我的信件达 25 封。钱中文先生给我的回信当时对于我来说如同旱中盼甘霖，我视若珍宝，一直保存在身边。令人惊奇的是，我写给钱先生的所有信件，钱先生都保留着，并在几年前交给我，使我可以整理出版。关于这段往返通信的详情，可见《钱中文祁志祥八十年代文艺美学通信》，上海教育出版社 2018 年 4 月出版。

五、新丰五年：多线作战，喜获丰收

在南阳中学工作一年后，我利用暑假的机会找关系，想调到县中，未果。考虑到新丰是我曾经工作过的地方，新丰中学的领导熟悉且认可我，加上妹妹在新丰纱厂工作，可以有个相互照应，于是 1982 年 9 月，我来到了新丰中学。直至考上研究生，我在这里工作了五年。

新丰工作的五年是我的人生发生重大转折的五年。在这五年里，我同时在三条主线、两条辅线作战，最终都如愿以偿。

1. 教学

一条主线，是教学，这是工作线、谋生线。新丰中学是一所完中。我到新丰中学五年，依次教初三、高一、高二、高三，最后一年再从头开始教高一。我到新中的五年正是我转向文学研究、复习考研究生的五年，压力很大，但教学的任务也很重。新丰中学是大丰县北片的重点中学，面临着高考指标的要求。研究生可以考，但教学不能落下，否则连饭碗也成问题，学校也不会给你报考研究生的资格。因此，如何处理考研与教学的关系，是严峻的挑战。唯一的途径是，怎样花最少的时间和精力，获得最佳的教学效果。在课堂教学上，我将每课的教学要点写在教材上，节省了做备课笔记的大量时间，同时锻炼了现场组织语言即时发挥的口头表达能力。在作文教学上，我坚持每周一大作、一小作。大作的作文只批改一个组，将命题、结构、文字方面发现的具有共性的问题摘录下来集中评讲，举一反三。小作是坚持“五个一”，即每周抄一首诗词、摘一段美文、写一篇周记，找几个成语、几段警句。几年坚持下来，不仅拓展了学生的课外阅读面，而且锻炼了学生的写作能力，提高了学生的文学素养。同时，我将复习考研时积累的鲜活的文学知识融入语文教学中，使学生在潜移默化中广受教益。在我带教的唯一的一个高中毕业班中，入校时语文平均成绩位居全年级四个班第二，但三年后全国高考中却以高出第二名的班级平均分 3 分、高出第四名文科班平均分 10 分的成绩，位列全年级第一。并且令人鼓舞的是，这个班的成绩还高出大丰县中学的语文高考平均分，为全县最高。

2. 考研

第二条主线，是考研。到新丰教书时我刚认识钱中文先生不久。起初，我的追求是发表文章。后来发现发表文章并不能改变工作环境，只有考上研究生才能彻底走上学术之路，于是决意考研。当时恢复高考不久，大学生都很吃香，研究生则是珍稀动物。在师专读书时，一个年轻的教师因为听说她要考研究生，我们就对她敬重不已。现在自己居然准备考研，确实很忐忑。考什么专业呢？我征求钱先生意见，那意思是看钱先生是否有意招我。但钱先生根据我通信中展露的中国古代文论底蕴，建议我考古代文论。我觉得自己外语底子很差，而钱先生是搞外国文论的，所以接受了这个建议。古代文论研究生要考哪些课程呢？当我去县招办翻开目录时，简直都吓瘫了。英语、政治两门公共课外，其余三门闻所未闻，一切都需从头来起。而且政治涉及哲学、党史、国际共产主义运动史、政治经济学、时事政治五门，非常复杂；英语除了认识音标和几个简单的单词外，底子很薄。回家后好长时间没有缓过气来。考，还是不考？考，难度很大，希望渺茫；不考，心有不甘。于是只好横下一条心，走向考研这华山一条道。在处理好教学工作之余，英语是必须每天都看的。从初二课本自学起，一直学到高二，再学许国璋等主编的几部大学英语教材，《新概念英语》第一、二册，做大量研究生英语考试指南的习题及往年全国考试试卷。中国文学史选用游国恩主编的四卷本，兼看中国社科院文学所编的三卷本，兼及郭志刚主编的中国现代文学史等。古代文论以敏泽《中国文学理论批评史》为入门，复旦大学王运熙、顾易生主编的《中国文学批评史》为参考，郭绍虞主编的四卷本《中国历代文论选》为依据，兼及《文心雕龙》《艺概》等代表性著作原典，辅以对西方文论基本知识的观照。因为女朋友在上海，我必须考上海的高校。而上海高校招古代文论的学校就两所，一所是复旦大学，一所是华东师大，都是名校，都很难考。考虑到复旦大学综合课考死的文史知识，外校考生无法准备；华东师大综合课考活的文艺评论（即写作），这恰恰是我喜欢的，我选择了华东师大。1985 年参加了第一次考试。导师为陈谦豫先生。没想到第一门政治就感到考砸了，但下面的四门还须硬着头皮考。考后感觉倒是不错。但结果出来了。政治并不像想象的那么糟，50 分，正好达线。专业课也不像想象的那么好，都是 60 多分，校外考生有些吃亏。倒是英语这一拦路虎达到62分，比预想的要好得多，因为我原先最怕的是英语过不了关。虽然成绩都过线了，但我并未被录取，因为别人考得比我更好。失望之余，也有安慰：在毫无经验的情况下考试都过关了，在此基础上总结经验教训再考一次，应当有比较大的把握。

于是接下来的一年我时间抓得更紧，复习更加卖力，连上厕所都在看英语。可是没想到的是，第二次报考，县教育局人事股不批准。这是出乎我意料的，一点办法也没有。眼看着报考的时间一天天过去，我却无能为力。

不过这年年中，我在《文艺研究》（1986年第3期）上发表了一篇长篇论文《平淡：中国古代诗苑中的一种风格美》。原文12000字，发表时被删去5000字。尽管心痛且遗憾，但在当时，这是极为不易、很值得庆贺了。此文我后来向华东师大中文系主任齐森华先生述及后，他专门从系资料室找来看了一下，很为嘉许，特来信欢迎我报考华东师大，甚至说到了如若考上研究生，毕业后留校的后话。可见这篇文章在我的人生发展中发挥过关键作用。

在接下来的一年中，我在紧张地从事教学工作与考研复习的同时，调动一切可以调动的关系，为挣得第二次报考机会努力。我曾利用一小学同学的爸爸是常务副县长的关系，拜访副县长，请他关心帮忙。我也曾利用大伯在台湾，属于统战对象的关系，找县侨办，请求他们网开一面。我还利用县教育局局长的女婿与我是中学同事，我父亲与局长夫人是白驹镇同乡的关系，拜访过教育局局长，说明女朋友在上海，请他高抬贵手。经过多方面努力，终于获得了教育局局长的默许。正在紧张准备迎考时，齐森华主任来信告知，1987年华东师大中文系的招生目录中没有古代文论专业，欢迎转考万云骏先生的元明清文学。从古文文论转考元明清文学，何其难也！正当我犯愁时，齐先生不久又来信告诉我，招生专业做了调整，新增了古代文论专业，导师为徐中玉、陈谦豫先生。于是我开足马力，全力以赴，终于如愿以偿地考上了华东师大徐中玉、陈谦豫先生的古代文论研究生。

3. 爱情

第三条主线，是恋爱。男大当婚。当婚之年迟迟谈不到合适的对象，总是让人不安的事。新丰纱厂有好多女工，找一个对象不难，但我不想在工人中找。我希望在大学毕业生中找。但当时毕业的女大学生很少，分到新丰中学任教的女大学生寥寥无几，不是名花有主，就是想另攀高枝，没有什么机会。当时大丰四岔河来了一批上海农场高中毕业班的学生，到新丰中学参加高考复习。一些女生别具气质的形象吸引了我的注意。实际上我刚刚大学毕业，与她们年龄相差无几。可不可以在她们当中物色一个呢？于是我突发奇想，主动向主管教学的副校长刘泰龙请缨，是否可以给整个高复班的学生上一次作文辅导课，主题是论“心灵美”。当年是曲啸、李燕杰宣讲“五讲四美”风头正盛的时候。“心灵美”很有可能成为高考语文的作文题材。刘校长采纳了我的建议，分别在两个高复班给我安排了两节课，开设“心灵美”作文讲座。

至今想来，这个决定是极为大胆的。当时我接触美学不久，对美学的了解只是皮毛。联系“五讲四美”的时政题材做两节课的专题辅导，其实底子是很薄弱的。但在大学中我积累了好多中外艺术创作的作家趣事和作品素材，加之少年时对四字成语、绝妙好词的记忆储存，所以在精心准备后，讲课获得了巨大成功。每节课下课，学生都会站起来自发长时间鼓掌。我因此在学生中获得了“美先生”的美誉。

“氓之蚩蚩，抱布贸丝。匪来贸丝，来即我谋。”嘴上讲作文辅导，骨子里想在高复班的上海农场女生中留下好印象，为在她们中物色我心仪的另一半打下基础。

上海农场的女生中，一位身材高挑、气质高雅的女生吸引了我的注意。向班主任打听后，了解了她的基本情况。但在她考上大学前绝对不能谈。因为万一考不上，父母是绝不同意与农场户口的人谈对象的。在我们当地人的心目中，农场户口与城镇户口相比有好多不便。不过，1983 年，这位女生如愿考取了上海师范大学英语系。她叫李婷。

通过寄给她书法作品以示祝贺，请她帮我买考研究生的专业用书、帮我抄写准备投出去的文稿等等，我与她建立起频繁的联系，并在 1983 年底初步确立起恋爱关系。有道是“秀才人情纸半张”。通信是我抓住她的芳心、维持和巩固这种恋爱关系的最有效的手段。因而平时在完成教学任务、做好复习迎考的同时，两地的通信花了我不少时间。但正是这种通信，给我注入了强大的精神动力，同时也给我提供了展示才华的机会，引发着我不断向上提升。她是单纯的、超尘脱俗的。她是上海人我是苏北人，她是本科生我是专科生，她在繁华的大都市，我是无钱无势的平民子弟，她毕业后可留上海工作，而我如果考不上研究生就很可能在大丰乡村中学待一辈子，如此等等。为了爱情，这些对她不利的世俗因素，她都在所不计。尤其是在第一次考研失利后的不离不弃，深深感动了我，给我巨大的慰藉和鼓励。当时，大丰与上海的差距不啻天壤之别。外地人要调到上海，几乎比登天还难。所以巩固爱情、与恋人在上海相会的最好途径，就是考研。考研本是我实现专职从事学术研究理想的奋斗目标，而女朋友在上海这一现实则进一步坚定了这一目标。而且，我第二次考研的理由之一，正是女朋友在上海。所以，在我新丰五年的奋斗中，女朋友是另一至关重要的动力源。

4. 与钱先生通信、写稿

新丰五年在教学、考研、爱情三条主线同时作战的时候，还有两条辅线也是得花时间和精力的。一是与钱中文先生的学术通信。我写给钱先生的 45 封信中，37 封都是在新丰中学工作期间写的。这当然花了我不少精力，但由此产生的动力和能量却无法估量，远大于付出。二是写稿。我喜欢写作，也梦想发表。为了维系与钱先生的通信联系，也只有不断写出稿件请教。与钱先生的通信促进了我的思考和写作。而考研复习中对大量中外文论美学著作的阅读，也每每引发我的写作欲望。考研需要死记硬背，而写作总是浮想联翩。二者是有矛盾、冲突的。尽管为了不影响考研的知识性记忆，我不得不克制写作冲动，但有时越克制，某种写作冲动越强烈，不把它写出来，简直无法做其他工作。每到这个时候，我便顺势而为，于是稿件也就成为瓜熟蒂落的结果。这些稿件在我读研之后都相继发表出版，与此很有关系。而这些后来发表的成果其实都诞生于新丰中学工作的五年中，是忙里偷闲、火中取栗的产物。

这就是说，在新丰中学工作期间，实际上我是同时在五条线上作战。它需要合理地平衡时间、分布精力，从事的是高强度劳动。

六、妹妹的照顾、弟弟的相伴

在新丰中学工作的五年间，妹妹祁婉娣提供了无微不至的生活照顾。

婉娣读小学中学时是个惹是生非的调皮生，在家里也经常撩猫斗狗，跟我这个哥哥经常吵架。但自从分配进新丰淮南纱厂，我利用原来在纱厂工作期间给厂领导留下的好印象，将她从粗纱车间挡车工调任厂部电话总机后，深知这个工作来之不易的她从此脱胎换骨，像换了个人似的，变得懂事而能干。新丰中学与淮南纱厂相距不远。作为妹妹，她对我尽起了生活上照顾的责任。当时我一个月的工资只有 47 元，我将大部分存起来后交一部分生活费给她打理。她平时总是将普通的菜烧得津津有味，将有油水的荤菜让给我吃，推托说自己不喜欢吃。在我女朋友放假来新丰的时候，能在有限的菜金内烧出最体面可口的菜肴。同时，被褥或冬天比较厚的外衣她都主动帮我洗掉。在我投出去的稿件屡屡退回来时，总是给我安慰和鼓励。虽然是妹妹，却完全扮演了一个姐姐的角色，给我紧张的劳动带来呵护和温暖。

妹妹勤劳能干，善解人意，做人大气，烧得一手好菜，每逢过春节，都是由她主厨。后来我成家几十年，只要可能，都是在老家过年、吃妹妹烹饪的家乡菜中度过的。这段兄妹情义，我感恩一生。

另外值得交代的是我与弟弟杨小川在新丰中学共事一年的故事。弟弟出生后本名祁志伟，高考前大概是为了给父亲主持公道，改随父姓。因崇拜中学课本中所学诗人郭小川，自作主张改名“杨小川”。从此我们兄弟俩有了两个完全不同的名字。1986 年 7 月，他从扬州师院历史系毕业后，因成绩突出，分配至盐城师专历史系教书。1986 年 9 月至 1987 年 7 月，他作为高校讲师团成员，来到新丰中学教历史课，与我共事一年。这样，我们哥俩在这考研冲刺的一年中可以相互有个交流和照应。

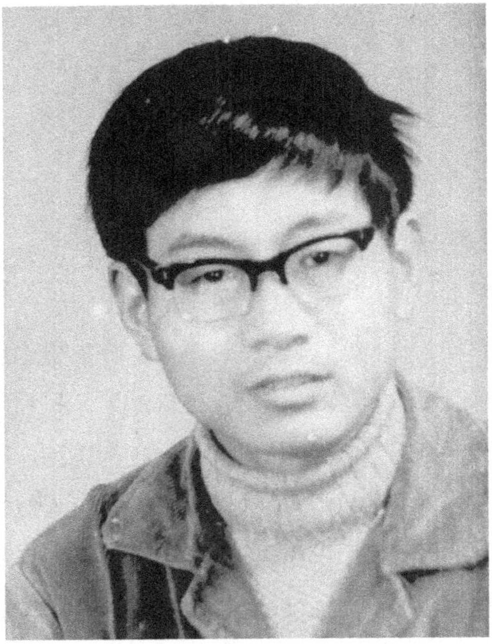

1987 年 9 月我到上海华东师大读研究生后不久，他考取复旦大学历史系研究生，曾师从姜义华先生读近代史专业博士。因当时经济压力颇大，没读完博士就去了宝钢工作，历任总厂文化总监、中国宝武集团工会中层

管理者。于是，我们兄弟俩在上海得以一同生活。弟弟小时候也是个顽皮鬼，惹事的主。成人后也像变了个人似的，善良、包容、善解人意，对我很关心，在关键问题上全力相助，我铭记一生。

第八章　跟随徐中玉、陈谦豫先生读研究生

经过多年的艰苦跋涉，我终于考上了 1987 级研究生。8 月底，我跨进上海华东师大校门，师从徐中玉、陈谦豫教授攻读中国文学批评史专业研究生，实现了与女友李婷在上海的相聚。

一、与女友相聚并完婚，女儿降生

也就在这一年，女友从上海师大外语系英文专业毕业。起先分配在浦东东昌中学。那时浦东很落后，交通须乘渡船，很不方便。费了好大气力，才调配到市六中。市六中坐落于金陵东路外滩，寸土寸金。学校不解决宿舍。女友被安排在校办厂楼顶搭建的简易房中，与校办厂工人一起栖身。房顶是单层到处都是洞眼的石棉瓦。天好的时候，睡在床上，可以看到天上的月光和星星，若遇雨天，雨水则会沿洞眼流进来。石棉瓦上到处都是洞，连一块床那么大完好的地方都没有，必须在床上方扎一块塑料布，才能保证睡觉时不被雨淋。

研究生宿舍一般安排四人住。我住的那间比较小，所以两人住。同住的一位殷卫星，现代文学专业的研究生，上海人，周末回家，所以女友可以过来住一两宿，但并无安全感。

偌大的上海楼房林立，但却没有我们的一席安身之地，好不委屈！

这一年寒假，我与女友在老家成婚。

由于市六中无法解决住房，而结婚以后住房问题显得特别紧迫，于是经二姐牵线，妻子来到比较偏远的宝山区教育局下属的吴淞二中教书，我们也因此获得了宝山区教育局分配的一室一厅、煤卫独用的住房：海滨七村46号503室。在上海，我们终于有了一个可以遮风避雨、安身立命的家。

1990年1月24日，女儿降临人世。但我在给她报户口时，却不慎误写成了2月24日。女儿降生时冰天雪地，取名“祁冰莹”。后发现声调均为平声，没有起伏，且会唤起“骑兵营”的想象，不妥，遂改名为“祁雪莺”，觉得“雪莺”这个意象更可爱。多少年后，一位深通文墨的雅士感叹：这名字好，恰好化用了一句古诗“祁连踏雪闻莺啼”的意境。

二、与田兆元成为徐先生关门弟子

我们这一届报考徐中玉、陈谦豫先生的考生有18人，取三个，另两位同学是田兆元、曾伟才。田兆元小我一岁，毕业于宜昌师专，出身也不高贵，但是个应试奇才。前一年，他考上华东师大中文系一代名师施蛰存先生的词学研究生，但因为被单位检举报考手续有问题，即同意他报考的单位证明的公章是身为中学教导主任的他本人自个儿盖的，所以华东师大将已经来报到的他辞退回家。翌年转考中国文学批评史专业，导师徐中玉也是一代名师，又一举考中。于是他在我们整个这一届研究生中传为美谈。他后来在硕士毕业后，因为不满意所找的工作，又考上了华东师大历史系名师吴泽教授的博士生。毕业后先后在上海大学、华东师大执教，现在是神话学、民俗学方面成绩斐然的著名学者，我们在上海一直保持着亲密的师兄弟关系。曾伟才毕业于江西大学。他在考研之前结识了日本侵华战争中遗留在中国的日本干妈。读研期间日本干妈回日本定居。当时国内与日本的收入差距很大，生活有天壤之别。他研究生毕业之后，立即随干妈移民日本，放弃学术转而经商，从此音信杳无，失去联系。带完我们之后，徐先生没有再招生，于是我和田兆元成为一直在做学术的徐先生的关门弟子。

三、师从徐中玉、陈谦豫、陈伯海先生受学

读研期间，徐中玉先生给我们开了两学期的课。第一学期讲刘勰的《文心雕龙》，第二学期讲刘熙载的《艺概》。地点在华东师大二村徐先生家，两周一次。授课是启发式、讨论式的。讨论式教学激发了我们学习的积极性、能动性，加之讨论的两部书都是古代文论的经典著作，让我受益匪浅。

当时徐先生为上海书店主编《中国近代文学大系·文学理论卷》。我们进校后不久，便分到了编选任务。我因此仔细查阅了华东师大馆藏的刘熙载的《游艺约言》《古桐书屋札记》清刻本。其中“文，心学也”的命题对我认识中国古代文论的心学特征极富启发意义。

陈谦豫先生给我们开的课程是“中国小说批评史”。他为人宽厚，作风严谨，以自己讲为主。他的夫人黄世瑜是文艺理论的名家。我曾经从她参与编写的《文学基本原理》和主编的《文学原理新编》中获益很多。

上海社科院文学所所长陈伯海先生是研究古代文论的名家。他发表在《文学评论》1984年第3期上的《民族文化与古代文论》从传统文化的角度剖析古代文论的民族特色成因，突破了常见的简单就事论事的文学阐释方法，使得文学研究呈现出深刻、繁复、多彩的理论魅力，给我留下极为深刻的印象。经过钱中文先生推荐，我在考研前与他建立起通信联系，得到过他的指点。他与华东师大中文系主任齐森华先生是大学同学。得知我考华东师大研究生，他曾向齐先生做过引荐。其时，他担任华东师大中文系兼职硕导，带唐代文学专业研究生。研究生复试时，恰逢他给研究生授课，我旁听过。学识渊博，思路清晰，表达利落，我感觉很好，收获良多。入校后，他的研究生授课我继续去听，并参与讨论。那一届，陈先生带的唐诗学研究生有三个，两男一女。陈先生提出问题让大家讨论时，往往他们多无语，勉强说了，也不在点子上，而我倒常常有感而发，说了不少，有点喧宾夺主。

四、关注文学研究中的人性、审美、文化问题

20世纪80年代，华东师范大学中文系风云际会，人才辈出，涌现了在全国文学界产生重大影响的作家和批评家两大群体。小说家如孙甌、王小鹰、格非，诗人如赵丽宏、宋琳、徐芳，文学评论家如毛时安、宋耀良、许子东、夏中义、方克强、王晓明、李劼等，一时彬彬之盛。我们进校时，宋耀良、夏中义、王晓明、李劼等新锐学者经常举办学术讲座。我因忙于上规定的课，看自己需看的书，思考发现的问题，写自己的文章，总觉得时间不够用，所以讲座听得很少。

在文学理论研究领域，挤满了前辈和时贤。如何寻求突破，取得自己的一席之地，这是摆在我面前的一道难题。

"文学是人学。"而"人学""人性""人的本质"由于与现实政治联系太紧，一直没法进行实事求是的有效探讨。所以文学理论可从这方面找到某种突破口。"人"是什么？西方古典哲学认为人是有理智、意识的

动物，意识是人的根本特性。马克思、恩格斯认为人的意识是劳动创造的，“劳动创造了人”，“劳动”“实践”才是人区别于动物的根本特性。但同时，“劳动”又被解释为“自觉的、有意识的谋生活动”，它是人类才有的活动。于是这当中就出现了一个逻辑矛盾：在人脑具有意识机能前，怎么会有有意识的“劳动”？“劳动”又怎么可能创造人脑的意识？按照唯物史观的逻辑，是类人猿本能的物质性谋生活动产生了大脑的“意识”，宣告了“人”的诞生，从此才有有意识的谋生活动“劳动”。据此我写了《马克思恩格斯“人的本质”定义献疑》，发表在《探索与争鸣》1988年第2期上，并被《新华文摘》1988年第10期转摘。

“意识”虽然是人的根本特性，但却不是“人性”“人的本质”的全部含义，动物性的“本能”也是作为“有意识的动物”的人的“人性”“人的本质”之一。因此，“人性”“人的本质”是双重的，是感性与理性的统一体。不能把感性、感情等同于恶，只要在理性法则允许的范围内，感性、感情活动都是善的。关于文学的人学维度研究，为我日后深入认识文学的情感特征提供了理论积累。1988年，我在《学习与探索》第5期发表《论艺术家的情感素质》，1989年，我在《内蒙古大学学报》第3期发表《文学情感特征的系统透视》，都可视为对文学进行人学研究的结果。

文学是具有审美娱乐功能的艺术样式。“文革”时代一直忽视文学的审美特征。于是从美学的角度研究文学理论，成为另一突破口。我跟随钱中文先生从事文学理论研究以来，一直注意在文论与美学的联姻中取得突破。入校前，我投的一稿《古代文论中“辞达而已”形式美标准的形成》在《汉中师院学报》1987年第2期发表。入校后，我将原来写好的一文《论审美主体对艺术的双重美学关系——谈西方文艺理论中化丑为美的一个美学原理》投给《文艺理论研究》编辑部主任张德林教授，得到他的高度肯定，旋即签发于《文艺理论研究》1988年第1期。本来他安排在头条，最后送徐先生终审后调整为第二篇。此文发表后被中国人民大学《文艺理论》1988年第2期全文转载。发表于1989年第4期《华东师大学报》的《适性为美——庄子美学系统管窥》一文，则是运用美学基本理论分析庄子美学思想体系的一个有益尝试，它奠定了我日后对庄子美学观的基本理解。

由于徐中玉先生的学术影响力，中国文艺理论学会和中国古代文学理论学会都挂靠在华东师大中文系。我们进校后参加文艺理论界的会议时，建构具有民族特色的文学理论体系成为学界共同的呼声。此前，中国古代文论只是在一般的文学原理教材中充当配角和点缀，甚至成为西方亚里士多德为代表的现实模仿理论的注脚或佐证。其实这是不符合中国古代以意为主的整体倾向的。能否不受西方文论的羁绊，纯粹用中国古代文论材料写一部文学原理著作呢？如果写，又怎么写？这是我研究生三年朝思暮想、悉心考虑的一个大课题。我将这种思考的最初结果以《中国古代文学原理构思》为题，发表在 1990 年第 1 期的《社会科学》杂志上。基本思路是利用贾文昭主编的《中国古代文论类编》之类的成果，选取几十个富有代表性的古代文论范畴和命题，按文学观念论、创作过程论、文论方法论的现代学术框架，把它们组合成一个大系统，建构“文以意为主”的表现主义民族文论体系。发表在 1990 年第 1 期《汉中师院学报》上的《赋比兴综合研究》可视为其中关于诗歌创作方法的一个范畴研究的个案。

当时文学研究界流行方法论热和文化研究热。能否从儒道佛及宗法文化的角度研究中国文论民族特色的成因，这是我念念不忘的另一课题。由于硕士研究生毕业论文的篇幅规定在三万字左右，“中国古代文学原理”这样的大题目无法做，于是我选择了“宗法文化与古代文论”写毕业论文，从“人教”文化、“向心”文化、“征古”文化、“和”文化及“天人合一”五方面，剖析“宗法”文化与中国古代文论民族特色之间的联系。

华东师大是我学术起飞的地方。读研三年，正是风起云涌的时候。排除非学术因素的干扰，我在学术期刊上共发表了 12 篇论文。除上述提到的几篇外，另有《语病指瑕·语法》，《中文自学指导》1988 年第 2 期；《语病指瑕·修辞逻辑》，《中文自学指导》1988 年第 4 期；《欧阳修〈踏莎行·候馆梅残〉赏析》，《中文自学指导》1988 年第 8 期；《“文学”的困惑》，《文艺评论》1990 年第 2 期；《中国古代文学作品论》，《探索与争鸣》1990 年第 3 期。另有几篇论文收到了用稿通知。这些在校期间所写、稍后发表论文有：《曹雪芹创作思想管窥》，《红楼梦学刊》1990 年第 4 期；《古代文论中的“心物交融”说》，《文艺理论研究》1990 年第 6 期；《佛教文化与民族文论》，《百科知识》1990 年第 11 期；《征古文化与古代文论》，《上海大学学报》1991 年第 1 期；《“但见情性，不睹文字”说》，《古代文学理论研究》第 15 辑，上海古籍出版社 1991 年版。

硕士论文是在研究生三年级上学期完成的。此后开始了《中国古代文学原理——一个表现主义民族文论体系的建构》的研究与撰写。1990 年 7 月毕业前，完成了约三分之一。

由于赶上了 1989 年的风波，我们这一届研究生的分配直接受到影响。1990 年 8 月，我来到宝山区广播电视局，干起了原先从未想过的新闻工作。

第九章　宝山七年：新闻谋生、学术创优

宝山坐落于万里长江的入海口、上海浦西的东北角。原来是县，1988年1月撤县改区。

上海市宝山区广播电视局位于宝山城区的友谊路，前身是宝山县广播站。我刚去工作的时候，环境破旧，条件很差。我不仅是宝山区广播电视局历史上第一个研究生，也是宝山区历史上第一个研究生。

一、新闻工作给我带来意外收获

回顾1990年8月到1997年5月这段做新闻的日子，有几点值得说明：

一是受全民经商时代风潮的影响和完成单位下达的广告指标的驱动，我采写的新闻以与企业相关的经济新闻居多。它与广告宣传有或多或少的联系。因而，采访对象或许给点马夹袋或车马费，或会在广告业务上做些支持。

二是在市级新闻媒体、特别是影响力很大的媒体上发表、录用作品，凡是与经济有关的，报道对象一般都要给栏目责编设点纪念品或好处费，否则稿子写得再好也白搭，因为他们负责的版面或栏目是值钱的。

三是看准在区级媒体新闻不可能做出全国性的影响，而在学术上我有信心走向全国，所以我在宝山广播电视局工作时给自己的定位是新闻谋生、

学术创优。宝山广电局的薪水本来就比一般的事业单位员工要高一些，加上采访时的一些小恩小惠，完成广告指标后的一些提成奖励，我们逐步告别贫困，步入小康。1995 年，宝山广电局从创收中拿出一部分钱来购买商品房，按职称分给员工。我们将原有的一套一室一厅交出来，再添一部分钱，置换到一套一楼的 72 平方米的两室一厅。我们再将天井的一半造了一室做书房，成为典型的三室一厅。这在当时上海 30 多岁的年轻人中，是令人羡慕的难得的大房子。

在宝山从事新闻工作，本非我所愿，但给我带来了意外的收获，在我的人生发展道路上至关重要。它不仅使我最早在同辈知识分子中脱贫，更重要的是使我的价值观出现了多元化，不再迂腐地认为万般皆下品，唯有著书高，各行各业都有自己的社会价值，文人、学者的价值其实在社会中是有限的，不宜绝对化。同时，它锻炼了我敢闯敢干的精神和实际办事的能力，因为联系采访、广告都是需要闯劲的；也使我在驾驭学术写作之外，学会了新闻写作。

二、发表的新闻作品一览

在宝山区广播电视局，我先是在总编室工作。从 1992 年下半年到 1997 年 5 月，我先后在宝山人民广播电台、宝山电视台担任记者、编辑，采写过许多新闻。我从对新闻一无所知到懂得了消息、报道、通讯、特写、时评的区别，从对新闻采写不擅长到比较擅长。这些新闻稿不仅在宝山两台采用，而且一部分被上海人民广播电台、上海电视台、东方电视台、《解放日报》《文汇报》《新民晚报》《上海郊区报》《东方城乡报》《上海科技报》《上海教育报》《生活周刊》等新闻媒体采用，也曾获得过一些新闻奖。电台、电视台的新闻个人无法留存，发表在市级以上报刊的新闻作品有：《心中有用户、企业有生命——记林达线带纺织有限公司》，《上海郊区报》1991 年 6 月 17 日；《彭浦欢庆七一、歌唱美好生活》，《上海郊区报》1991 年 7 月 1 日；《横沙海滨游泳娱乐区对外开放》，《上海郊区报》1991 年 7 月 10 日；《宝山形成吹塑版画创作群体》，《文汇报》1991 年 7 月 20 日；《宝山看守所探索教育感化新路子，在押犯人管教工作取得可喜硕果》，《新民晚报》1991 年 8 月 26 日；《泗塘有支老年歌舞队》，《上海郊区报》1991 年 9 月 2 日；《设立总服务台处理顾客投诉，宝钢商场赢得信誉生意做活》，《上海郊区报》1991 年 9 月 25 日；《宝山反盗斗争成果巨大，破案数居各区之首》，《生活周刊》1991 年 11 月 3 日；《宝钢热轧厂出钢材出人才出教材》，《上海科技报》1991 年 12 月 11 日；《童装世界响“春雷”——上海春雷服装厂纪事》，《上海郊区报》1991 年 12 月 25 日；《按需办学，质量挂帅，宝山业余大学越办越兴旺》，《上海教育报》1992 年 1 月 7 日；《这些手铐为啥闲着？——宝山看守所感化犯人的故事》，《新民晚报》1992 年 1 月 22 日；《应用科技成果开发对路产品，江湾仪器厂效益高后劲足》，《上海科技报》1992 年 1 月 22 日；《罗溪“十二佘太君”》，《上海老年报》1992 年 3 月 6 日；《鼓励自荐人才多，财源茂盛滚滚来，康家村成为宝山首家亿元村》，《上海科技报》1992 年 2 月 1 日；《理顺关系效益增，月浦文化馆成为多功能娱乐中心》，《上海郊区报》1992 年 5 月 2 日；《苏步青视察吴淞中学》，《上海教育报》1992 年 5 月 26 日；《上海人的“榔头”》，《大地》（人民日报社主办）1992 年第 6 期；《孺子牛的“傻劲”——记市优秀园丁蔡宝根》，《上海郊区报》1992 年 6 月 2 日；《郊区出现首家三星级影院，宝山影剧院日前举行揭牌仪式》，《新民晚报》1992 年 7 月 23 日；《为居民家庭提供社会化服务，宝山区出现钟点工服务公司》，《上海郊区报》1992 年 10 月 27 日；《老母亲瘫痪难杀子媳，父母官批示成全孝心——徐金弟夫妇调职回沪记》，《新民晚报》1992 年 7 月 26 日；《借鸡生蛋的故事——宝山泗塘中学装订厂创业记》，《上海郊区报》，1992 年 12 月 3 日；《“凤凰”展翅长兴岛——访凤凰饭店总经理张惠彬》，《上海郊区报》1992 年 12 月 22 日；《记江湾仪器厂厂长印志勇》，《上海郊区报》1992 年 12 月 15 日；《宝山区百货公司年销售超亿元》，《新民晚报》1992 年 12 月 26 日；《防爆电缆填补国内空白》，《新民晚报》1993 年 1 月 3 日；《加强管理提高技术，整洁洗染总店效益翻番》，《上海郊区报》1993年1月26日；《坚持“三轻四勤五心”，吴淞镇街道医院获市先进》，《上海郊区报》1993年1月30日；《建立庞大网点，销售产品万台：宝山炊具机械厂名噪全国》，《上海郊区报》1993年1月30日；《绝技惊狮城，佳肴香宝山——记金陵鸭味馆经理、特级厨师吴明》，《上海郊区报》1993年3月2日；《酒香不怕巷子深——访暖晖购物中心服装部经理徐根发》，《上海郊区报》1993年3月9日；《江湾仪器厂三年大变样》，《解放日报》1993年3月11日；《埃士公司中标记》，《解放日报》1993年3月18日；《吴淞中学教改硕果累累，高三考生全部晋升大学》，《解放日报》1993年9月16日；《宝山“梅龙镇”别具一格》，《上海商报》1993年4月5日；《宝山第一瓷——宝华商场见闻录》，《上海郊区报》1993年3月23日；《宝山物资运输配载中心实行科学调控，一年为回空车船配载物资逾亿吨》，《上海郊区报》1993年1月30日；《为伊思得人憔悴——访长毛兔世界纪录创造者戴云敖》，《上海郊区报》1993年5月4日；《货足价格廉，店小生意大：宝达车行令人刮目相看》，《上海郊区报》1993年5月18日；《转换机制，开拓经营：宝月邨公司效益大增》，《上海郊区报》1993年5月18日；《阻止滑坡，组织爬坡，奋力跑步：宝山区交运局三年大变样》，《上海郊区报》1993年5月11日；《社会和经济效益并重，葑塘文化中心办得有声有色》，《上海郊区报》1993年5月25日；《女儿轶事》，《上海郊区报》1993年6月1日；《春来“牡丹”别样红——访牡丹酒家经理李磊》，《上海郊区报》1993年6月1日；《大笔如椽绘宏图——记优秀共产党员、长江口商城总经理陈雪平》，《解放日报》1993年7月1日；《群众酒家为群众》，《上海郊区报》1993年7月2日；《关停并转，轻装上阵：东华东商业公司东山再起》，《上海郊区报》1993年7月6日；《宝山海滨医院获市级先进》，《上海郊区报》1993年7月3日；《蒋本忠和他的分层数学教学法》，《东方城乡报》1993年9月4日；《购物环境改善、商品结构合理：宝钢商场经济效益全市名列前茅》，《上海郊区报》1993年6月22日；《“断奶”之后——杨行服装厂走向市场的启示》，《解放日报》

1993年11月14日；《引进人才，开发新品：江湾仪器厂研制新一代灯座》，《解放日报》1993年11月14日；《友谊副食品商场“保淡”供应吸引消费者：实行微利销售，摊前排起长龙》，《新民晚报》1993年9月22日；《派员四处采购，扩大供应数量：友谊商场蔬菜供应淡季不淡》，《东方城乡报》1993年8月28日；《改革透视：近郊卫星镇商业如何布局？》，《解放日报》1993年11月18日；《加快郊区城市化进程，宝山又有一批商业重点项目上马》，《东方城乡报》1993年12月28日；《适应市场需要，调整种养结构：宝山形成名特优农产品新格局》，《解放日报》1994年1月13日；《宝山区中外合资企业势头强劲》，《东方城乡报》1994年5月3日；《锅碗瓢勺亦辉煌——记三届市劳模、高级技师黄才根》，《解放日报》1994年5月5日；《积极搞好种养结构调整，“名特优新”纷纷落户宝山》，《解放日报》1994年6月22日；《郊区商业应走规模经营的道路（新闻分析）》，《东方城乡报》1994年5月28日；《并非童话的童话〈时事评论〉》，《东方城乡报》1994年6月21日；《转换机制狠抓管理，树立形象追求卓越——访北亚服务总汇总经理薛宜福》，《东方城乡报》1994年1月3日；《是金子处处闪光——记民盟宝山区主委方兆海》，《上海盟讯》1994年8月31日；《适应市场经济变化，寻求企业发展道路——访宝山区机电公司总经理朱炎德》，《东方城乡报》1994年9月20日；《锐意进取，永不止步——记长江口公司医贸部经理顾惠银》，《东方城乡报》1994年10月4日；《从严管理，开拓经营——记宝山医药公司经理顾惠银》，《解放日报》1994年11月3日；《科技兴业，多元发展：上海江湾仪器厂连创佳绩》，《东方城乡报》1994年12月27日；《石皮街的笑声》，《解放日报》1994年12月28日；《集中成片建设，延伸服务范围：宝山成为全国最大仓储基地》，《解放日报》1995年1月13日；《群雁高飞靠头雁——记全国农村青年星火带头人印志勇》，《解放日报》1995年1月23日；《加强组织保证，落实有力措施：宝山区治贫帮困取得明显成效》，《东方城乡报》1995年5月2日；《宝山区电话交换网络全部实现程控化》，《东方城乡报》1995年7月4日；《正是花红叶绿时——访淞苑宾馆负责人吴明祥》，

《东方城乡报》1995 年 9 月 5 日；《以不变应万变——访宝山医药公司经理顾惠银》，《东方城乡报》1995 年 9 月 12 日；《中年须用小跑过》，《春城晚报》1996 年 11 月 3 日。由于受到版面的限制，定稿权不在自己手里，所以这些作品大多被砍得七零八落，从文章的结构来看并不令人满意，但它们记录了我当时作为一名记者不满足于台内发稿、敢于出击、积极进取的奋斗足迹，今天回顾起来也很有意思。

这期间也写过新闻学论文，如《新闻创优中的题材处理》，发表于江西《声屏世界》1995 年第 7 期。不过，涉猎新闻学的强烈感受，是新闻无学，做不出什么有学术含量的新闻学论文，真正的学术看来只能存在于文史哲中。

三、完成并出版《中国古代文学原理》

进宝山广播电视局第一年，局领导将我分在总编室编《宝山声屏》，同时了解电台、电视台的整体工作状况。

我的家离工作单位只有 5 公里的路。骑车上下班，20 分钟即到。那时联系宝山与吴淞的淞宝路很荒。骑车上下班途中，可以欣赏沿路具有原生态的乡村景色。

《宝山声屏》实际上是宝山电台、电视台的节目预告，16 开，正反面，一周一期，没有太多的工作量。我利用这段时间白天读书、收集资料、思考问题，晚上和早晨在处理好烧饭、安顿孩子等家务的同时，集中精力完成已经写了三分之一的《中国古代文学原理》。熬了多少不眠之夜，1991 年初，一部 30 多万字的《中国古代文学原理——一个表现主义民族文论体系的建构》终于大功告成。

写书难，出书更难，对于一个刚出道的无名小辈来说更是如此。盐城师专的樊德三老师与光明日报出版社有关系，可以买书号自费出版，我从盐城师专毕业后一直与他保持着联系。于是我便把书交给他，以我们两个人的名义出版。署名排序时当然是他写在前面。本以为自己写的书马上就能出版，一块石头落到地，感到很兴奋，但妻子及家人则不以为然，因为你生的孩子跟别人姓——老师的名字总得放在前面。我一想也是，于是立马撤回了与樊德三合作出书的意向。但樊老师已与出版社签订了出版合同，于是他便找来古代文论资料，按照文学理论的一般框架把它们填充进去，勉强出版，书名仍是《中国古代文学原理》。这就是第一本《中国古代文学原理》的出版过程。

我的创意，却被别人拔了头筹，好生苦涩。经过多方联系，终于赢得了学林出版社二编室主任周清霖的认可。选题论证时我将此书出版过程做了说明，坚持仍用《中国古代文学原理》的书名，因为我自信此书凝聚着我对民族文论体系的长期思考，其他临时拼凑之作肯定不可与我的同日而语。同时，加了副题“一个表现主义民族文论体系的建构”以示区别。1993 年 7 月，该书由上海学林出版社作为“青年学者丛书”之一推出。条件是资助 8000 元，送书 1000 册。我的硕士导师，中国古代文论学会会长、中国文艺理论学会副会长徐中玉先生为之写序。这年夏天，中国古代文学理论学会在内蒙古师大举行年会。我带去部分样书送与会师友。一位老先生对我说：“建构民族文论体系”的口号喊了十几年，但光听雷声响，不见雨下来，你的著作可以说是这方面的第一部成果，迈出了可贵的第一步。

这第一步究竟走得怎么样呢？有三个特点值得说明。

一是有一个比较独特而合理的理论框架。这个理论框架分为三块。第一章是一块，它从总体上介绍了中国古代文论“文学是什么”和“文学应是什么”的文学基本观念；第二章至第十一章是一块，它按照文学创作发生的自然顺序逐一阐述古代文论在创作过程每一环节上的主要思想；最后一章是一块，它探讨了古代文论自身的方法论特征，并借以说明为什么中国古代文论思想上有系统而理论上无系统。这三块之间有着紧密的内在关联：中国古代的“文学”观念规定了古代文学理论作为文章学理论或者叫广义的文学理论的特征，奠定了中国古代文学原理的表现主义基调；而古代文论的方法论又渗透、体现在对文学创作全过程的各种文学现象的理论思考，渗透、体现在表现主义文学观念中。第二块作为全书的主体，它的每一章乃至每一章下属的每一节既环环紧扣、彼此照应，又独立自主，互不重复。为了兼顾理论著作的逻辑性与民族文论的原生态，笔者选取了若干个富有代表性的古代文论命题、范畴，在当代意识的指导下建构了这个逻辑框架，在具体章节篇目的设计上坚持古今相兼，追求“合之则双美”，避免“分之则两伤”，即“以古说古”或“以今套古”的弊病。这个框架既包含着现代学科的整合，又凝聚着对古代文论范畴、命题原义的潜浸涵濡；框架每一环节的古代范畴、命题的含义是其固有的，但该范畴、命题的固有内涵又不等于本书在该环节中所阐述的含义。比如“比兴”说我们整合在“创作方法论”中述评，其实“比兴”在古代文论中不仅指“方法”，而且指“内容”，即思想寄托。只是由于学科逻辑的要求，本书依据古代“比兴”说的主导含义，纳入“创作方法论”的环节，并不意味着对它其他含义的无视。

二是有一个对中国古代文论内在神理的揭示。这个神理就是“文以意为主”的表现主义。绪论从作家论、创作论、作品论、欣赏论诸环节做了全面阐释和提炼。

三是民族特色文学理论的文化成因剖析，即对文论范畴、命题与宗法文化、训诂文化及儒道佛文化深层联系加以观照，从而突破了一般的文艺理论研究就事论事的格局，展示研究主体深广的文化积累和多维的思辨风采。

由于此书开辟了中国古代文论横向研究的一条新路，作为建构具有民族特色的中国古代文学原理体系的重要成果，出版之后受到广泛关注。《人民日报》1993 年 2 月 23 日、《解放日报》1993 年 4 月 1 日、《文汇报》1994 年 12 月 4 日曾刊发过书讯，《社会科学》1994 年第 5 期、《学术月刊》1995 年第 8 期曾发表过贾明、周锡山的书评，《读者导报》1994 年 6 月 20 日、《文论报》1993 年 11 月 20 日曾发表过吴建民、田兆元的书评。2006 年，复旦大学中文系领衔组了五个学科的书稿，与山西教育出版社联合向教育部申报“十一五”高校教材项目，本书作为其中之一参与申报。本书成为唯一入选的“中国古代文学理论”国家级规划教材，2008 年由山西教育出版社出版。2018 年，该书组织专家增补了第十三章《中国古代文学理论的历史演变》，作为十一五教材修订本，由华东师范大学出版社出版。

四、完成并出版《中国美学的文化精神》

《中国古代文学原理》的一个特点，是运用文化学的方法，剖析文论范畴、命题背后的文化成因。当时学界流行文化学热。可否从中国传统的主要文化形态入手，系统剖析它们对中国文论、美学的影响？于是在完成《中国古代文学原理》之后，我又利用早起晚睡的边角时间，撰写《中国美学的文化精神》。从 1994 年 6 月 16 日动笔到 1995 年 3 月 28 日结稿，该书写作历时 9 个月，30 多万字。本书通过资深编审高国平先生在新时期以来一直享有盛名的上海文艺出版社免费出版，并且给稿费。因为没有资助，担心亏本，责编高国平先生在未与我沟通的情况下自作主张删去三分之一，我在看到校样时虽然感到意外、不快，但只好隐忍、屈从。如果说《中国古代文学原理》重在中国古代文论范畴体系建构，《中国美学的文化精神》则重在中国文论及美学背后民族品格的文化剖析；如果说《中国古代文学原理》所做的工作是力图使中国文论研究走向综合、走向整体、走向系统，那么《中国美学的文化精神》所做的工作则是希望使中国文论及美学研究走向多元、走向复合、走向文化。该书以硕士论文开篇，共设五章，分别探讨中国古代宗法文化、训诂文化、儒家文化、道教文化、佛教文化对中国古代文论、美学民族特色的影响，体现了开阔的文化视野、发散性的思维方式，富有知识性和启发性。该书由新闻采访中认识的上海书法名家刘小晴先生题字，复旦大学美学教授蒋孔阳先生作序，《解放日报》1995 年 12 月 31 日、《文汇报》1996 年 5 月 10 日、《高等学校文科学术文摘》1996 年第 2 期刊载书讯，《中外文化与文论》1996 年第 2 辑发表了臧克和先生写的书评。

五、完成并出版《佛教美学》

在撰写《中国美学的文化精神》第五章《佛教文化与中国美学》的过

程中，深深感到佛教虽然是反世俗美学的，但它从自己独特的世界观出发，建构了自己独特的美学观，渗透着世俗美学的因子，还以其艺术塑造参与了佛教美学的建构。而这个题目，懂美学不懂佛教的人不能做，懂佛教不懂美学的人也做不了。当时学界探讨佛教与中国文艺美学联系的论著不少，但正面阐释佛教美学问题的著作则处于空缺状态，能否在研究佛教文化与中国美学关系的基础上调整角度，写一本《佛教美学》？恰恰在这个时候，也就是 1995 年初，从报端看到一条信息，上海人民出版社将提高出版学术著作的比例。怀着试试看的心情，拨通了该社哲学编辑室的电话，向编辑室主任秦建洲先生说明了写作《佛教美学》的想法。秦主任让我写一个详细纲目报审，两个月后选题通过。于是从当年 6 月动笔，又开始了白天工作、晚上写书，白天搞新闻、晚上搞学术的双重生活。7 个多月后，也就是 1996 年春节前，本书完成，21 万字，1997 年 1 月由上海人民出版社出版。该书由采访中认识的上海书法名家周慧君女士题字，中华美学学会副会长、上海市美学学会会长、上海社会科学院哲学所研究员蒋冰海作序，《社会科学报》1997 年 12 月 18 日曾刊载姚全兴研究员的书评，《解放日报》1997 年 3 月 4 日、《文汇报》1997 年 5 月 3 日、《新民晚报》1997 年 4 月 30 日、《高等学校文科学术文摘》1996 年第 6 期曾刊发书讯。由于该书选题新，首版 5000 册半年后即告售罄，当年 7 月又加印 5000 册。山东大学周来祥教授的一韩国博士生曾与我联系，可否将此书翻译为韩文在韩国出版，终因版权问题未能与上海人民出版社谈妥，作罢。

六、新闻工作之余发表数十篇文艺美学论文

在写书的过程中，为了检验和确保书中章节的质量，我尽力使各章节分开来可作单篇论文发表。《中国古代文学原理》中发表的章节有：《古代文论中的“物我交融”说》，《文史哲》1991 年第 6 期；《中国古代表现主义民族文论体系刍议》，《东方丛刊》1992 年第 1 期（创刊号）；《“虚静”说——古代文论的构思心态论》，《殷都学刊》1992 年第 2 期；《“趣

味”说——中国古代的美感论》，《扬州师院学报》1992 年第 2 期；《“情景”说——中国古代诗歌意境特质论》，《广州师院学报》1992 年第 2 期；《双声、叠韵审美运用的历史嬗变》，《修辞学习》1992 年第 2 期；《“文气”说——中国古代的文学生命论》，《宝鸡师院学报》1992 年第 3 期；《中国古代的文学体裁论》，《汉中师院学报》1992 年第 3 期；《古代文论的总体创作方法论——“活法”说研究》，《学术月刊》1992 年第 4 期；《明清曲论中的接受美学》，《求索》1992 年第 4 期；《古代文论方法论的文化阐释》，《文艺理论研究》1992 年第 5 期；《“兴会”说——古代文论中的灵感论》，《华东师大学报》1992 年第 6 期；《古代文论中的“用事”说》，《上海大学学报》1993 年第 2 期；《古代文论中的纯形式美论》，《上海师大学报》1993 年第 3 期；《“格律声色”说——中国古代文学的纯形式美论》，《中国韵文学刊》1995 年第 1 期。

《中国美学的文化精神》中发表的章节有：《“和”：华夏文化的超稳定系统》，《暨南大学学报》1993 年第 3 期；《“人教”文化与古代文论》，《青海社会科学》1993 年第 5 期；《华夏“和”文化与中国美学》，《青海社会科学》1995 年第 3 期；《汉字训诂与中国美学》，《贵州社会科学》1996 年第 1 期。

《佛教美学》中发表的章节有：《佛教“顿悟”说与美学灵感论》，《青海社会科学》1996 年第 4 期；《佛教论以“圆”为美及其美学影响》，《淮海文汇》1996 年第 6 期；《“无相”之美与“相教”之美》，《文艺理论研究》1997 年第 2 期；《佛教“三界唯心”论与“美是心影”说》，《苏州大学学报》1997 年第 2 期；《佛教美学：在反美学中建构美学》，《复旦学报》1998 年第 3 期。

此外，在宝山广电局工作期间，我还就文艺美学的其他问题发表过一些文章：《切忌作家与人物的错位——评高晓声〈陈奂生战术〉》，《作品与争鸣》1992 年第 2 期；《青年审美三题》，《青年学报》1992 年第 3 期；《文学创作中“自我”与“非我”的辩证运动》，《黄河学刊》1992 年第 4 期；《试论美感与快感的关系》，《淮海文汇》1992 年第 4 期；《现代科学思想的拓展与美学新变》，《文艺理论研究》1993 年第 4 期；《曹雪芹的小说美学思想》，《贵州社会科学》1993 年第 6 期；《刘勰论情感》，《文史知识》1994 年第 2 期；《马克思恩格斯的悲剧观》，《河南大学学报》1994 年第 3 期；《恩格斯“历史的必然要求和这个要求的实际上不可能实现”考辨》，《外国美学》第 11 辑，商务印书馆 1995 年版。

这些论文中被转载的也有不少。《“物我交融”说》，《文史哲》1991 年第 6 期，中国人民大学《文艺理论》1992 年第 1 期全文转载；《古代文论的总体创作方法论：“活法”说研究》，《学术月刊》1992 年第 4 期，中国人民大学《中国古代文学研究》1992 年第 5 期全文转载；《中国古代文源论概观》，《汉中师院学报》1991 年第 1 期，《高等学校文科学报文摘》1991 年第 4 期转摘；《古代文论方法论的文化阐释》，《文艺理论研究》1992 年第 5 期，中国人民大学《文艺理论》1992 年第 6 期全文转载；《“格律声色”说：中国古代文学的纯形式美论》，《中国韵文学刊》1995 年第 1 期，中国人民大学《中国古代文学研究》1995 年第 4 期全文转载；《“和”：华夏文化的超稳定系统》，《暨南大学学报》1993 年第 3 期，《文汇报》1993 年 9 月 17 日《理论动态》摘；《现代科学思想的拓展与美学新变》，《文艺理论研究》1993 年第 4 期，中国人民大学复印资料《美学》1995 年第 6 期全文转载；《马克思恩格斯悲剧理论新解》，《河南大学学报》1994 年第 3 期，中国人民大学《马列研究》1994 年第 5 期全文转载；《佛教“三界唯心”论与“美是心影”说》，《苏州大学学报》1997 年第 2 期，中国人民大学复印资料《宗教学》1997 年第 5 期全文转载；《佛教美学：在反美学中建构美学》，《复旦学报》1998 年第 3 期，中国人民大学复印资料《美学》1998 年第 8 期、中国人民大学复印资料《宗教学》1998 年第 8 期全文转载。

七、婉谢从政机会，选择学术之路

新闻工作是繁忙的，完成广告创收任务更需斗智斗勇、耗费精力，但我在从事新闻工作之余所出版的学术专著、发表的学术论文，远远超过了高校或科研院所的一般专职人员。在学术论著的写作与出版中，我找到了自己的价值，也收获了学界的称誉。随着出版著作的增加、发表论文的增多，每次出去参加学术会议，都有一些学术前辈和同行在赞叹我的学术成果的同时，为我所在的工作单位和职业岗位感到惋惜。然而在本单位，我的这些学术成果因为与新闻无关，在新闻职称评审中是派不上用场的。由于郊县新闻机构的高级职称名额极少，我因新闻创优不足，晋升高级职称显得遥遥无期，而正高职称在郊县基层单位根本就不设。这让我深感价值得不到确认的委屈和痛苦。就在这时，有两个选择同时放在了我的面前：

一是到区委秘书科做区委书记的秘书，担任区委报告的主笔，将来往从政方向发展。区委通过广电局征求我意见，让我一个月之后答复。

二是经中国社会科学院文学所王大鹏教授的推荐和上海大学文学院院长刘德重教授、中文系主任邓牛顿教授的抬爱，到上海大学文学院任职。

考虑到我生性追求自由，做秘书、走仕途不适合我，而到大学专职从事教学和科研则契合我的兴趣，能够发挥我的所长，实现自身的学术价值，我做出了一个令社会上一般人意想不到的决定：

婉谢了区委秘书科的邀请，抛弃里里外外约 10 万元年薪（台内 6 万左右，台外通过广告衍生品，可挣 4 万左右）的新闻岗位，选择了年薪只有大约 1 万元的大学穷教师岗位。因为我已解决了住房，还有 20 多万元的存款，没了后顾之忧，可以专心致志地搞研究；何况，大学钱虽少，但有大量空余时间，只要发挥主观能动性，就不愁不能挣到钱。

1997 年 5 月，我离开工作了不足七年的宝山区广播电视局，来到三门路上的上海大学文学院中文系报到。

第十章　上海大学任教六年：学术转型，经济起飞

上海大学文学院原是复旦大学分校，属于独立建制，原来有独立的人事权和财权。但在我进去两个月后，就合并到了延长路上的上海大学。两年后，上海大学在宝山西南片的新校区落成，文学院又搬迁至新校区办公。从 1997 年 5 月到 2002 年 12 月，我共在上海大学工作近六年。这是我转型做学术的时期，也是我通过商品房的升级换代在经济上起飞的时期。

学术上，我在上海大学工作期间主要做了四件事：一、晋升了副教授；二、完成了在职博士课程，通过了博士论文答辩。三、出任上海市美学学会副秘书长，协助会长开展学会工作；四、出了三本学术专著。

一、以四本专著晋升副教授

在我进上海大学的前一年，文学院就给我颁发了兼职副教授聘书。按照我原来三部专著、50 多篇论文的成果，早已是中级职称的我一进校就可申报副教授。但有关部门告知，我原来的职称是“编辑”，属于新闻系列，要评副教授，先须花一年时间转岗，即转为“讲师”职称。这样又等了一年，我以《中国古代文学原理》《中国美学的文化精神》《佛教美学》《美学关怀》4 部专著、近 60 篇论文的成果晋升文艺学副教授。我这些成果申报副教授是吃亏的，后来文学院领导李友梅看到我这么多的成果，曾问我

当时为什么不直接申报教授。我也曾想过，但考虑到讲师申报教授属于破格，会挤掉原来申报教授的老师的位置，没有先例，难上加难，为保险起见，还是比较稳妥地申报了副教授。批下来的时候，大概在 1999 年 6 月。

二、完成博士课程，通过学位论文答辩

1999 年晋升副教授之后，接下来的事情就是考虑如何做出新的成果晋升教授。但不久学校出台新的政策，像我这个年龄的中青年教师，必须获得博士学位，才可以按照正常的年限，也就是在评上副教授五年之后申报教授职称。否则就必须等到八年之后才有资格申报。于是我不得不在英语丢了十几年之后，重新拾起来，考虑读博的事。后来了解到，如果拥有硕士学位，科研成果优异，且获得过省部级以上奖项，可以同等学力直接申请报考在职博士学位。当时刚从新闻系统来到高教系统，不知道怎么申报评奖，我独立撰著的成果没有获得过什么奖，但跟着徐中玉先生一起参编的《中国近代文学大系·文学理论集》（上海书店 1995 年版）1997 年 8 月获得中华人民共和国新闻出版署颁发的第三届国家图书奖荣誉奖。该书 100 万余字，尽管如此参编者有六人，我作为六分之一，仍然符合获奖规定的要求。资格具备了，但还有两个条件。一是必须通过入学专业考试，二是必须在入学前提交博士论文详细论纲及三万字的论文样稿。后一个问题不大，关键是第一个条件。考谁的呢？当时我有两个选择。一是考复旦大学中文系朱立元教授的美学专业。美学是我喜欢的，而且在上海市美学学会的各种活动中与朱老师也比较熟悉，但朱老师是搞西方美学的，要考好西方美学成绩，心里不一定有把握。二是考复旦大学中文系黄霖教授的古代文论专业。这个专业比较有把握，但自从将重心放在美学、人学上后，与黄霖教授的学术联系并不多，他的态度我没底。于是我拨通了黄霖教授的电话。他态度颇为热情，表示欢迎报考他的博士生，并说他在主持中国古代文论范畴体系项目时，案头经常参考我的《中国古代文学原理》。他的态度打消了我的犹豫，

于是我一门心思决定：考黄霖教授的古代文论博士。

入学考试是专门为我开设的：复旦大学中文系的一间办公室内，就我一个考生，系务员是监考老师。三小时的考试时间太长，监考老师在途中找来一位同事聊天，尽管声音很小，但我听得很清楚。由于精力高度集中，她们窃窃私语的声音并没有对我形成多大干扰。四个大题目，每个都有分量。尤其是第二道题很有难度：谈谈汉代经学与文论的关系，这是一般的批评史书中几乎不涉及的。我本着先易后难的答题原则，最后来答这道难题。董仲舒是汉代今文经学的代表，提出过“诗无达诂”，郑玄是汉代古文经学的代表，就“赋比兴”做过独特的解释。抓住了这两个要点，再生发开去，这道题并未难住我。最后，这门课考试得了 81 分。

与此同时，我提交的博士论文《中国古代美学精神》大纲及部分样稿也通过审定。

这样，我便如愿以偿地获得了 2001 年 9 月进复旦大学中文系在职读博的机会。

同等学力在职读博的时间一般为两年，但我希望早点完成博士论文，通过答辩，拿到学位。于是我在给上海大学学生上课、到复旦大学修博士课程的同时，抓紧做博士论文。这一学年的效率是惊人的。一方面，工作单位的授课量不轻。同时，两学期中必须修满五门专业课程，通过博士英语课程考试。五门专业课程中的三门是博士导师的，但黄霖教授一次课程都没有通知我听过，三门专业课程就让我交三篇论文作结。另两门课程一门是相近专业的，一门是跨学科的。于是相近专业的课程我选了朱立元教授的西方美学，跨学科的课程我选了哲学系王雷泉教授的佛学。朱老师的课程安排在第一学期，两周一次。王老师的课程安排在第二学期，也是两周一次。朱老师的课程以大家讨论为主，王老师的课程以自己主讲为主。而博士英语课程则横跨两学期，每周一次，两节课。为了珍惜在复旦受教育的机会，感受复旦学者的风采，我还主动旁听了蒋凡教授、杨明教授的文学批评史课程。在完成在单位授课、在复旦上课的任务之余，这一年中我完成了 30 万字的博士论文。2002 年 5 月，论文已完成。本可参加 6 月答辩，但因第二学期的英语成绩要等到暑假以后开学时才能揭晓，所以博士论文答辩推迟到 12 月 30 日才举行。参加答辩的老师有齐森华（主席）、章培恒、陈伯海、孙逊、王振复、杨明诸位教授。论文评阅人有钱中文、黄霖、陈洪、蒋凡、邱明正、吴承学教授。论文推荐专家为董乃斌、胡晓明教授。答辩委员会决议书是这样写的："祁志祥同志的博士论文，较全面、系统地论述了中国古代的美学思想及其特征，细致地剖析了儒、道、释三家有关美的论述的共相与殊相，注重学科间的交叉、沟通与交融，把美学问题置于大的文化背景中，尽力用民族的思维与话语去阐释中国古代的美学思想，探索中国古代美学的民族品格和文化成因，为中国古代美学思想研究开拓了新的思路。论文结构恢宏，思路清晰，观点新颖，史料丰富，是一篇优秀的博士学位论文。祁志祥同学对于答辩委员会提出的问题，做出了令人满意的回答。答辩委员会一致通过其答辩，建议授予博士学位。"

读博期间，学位论文中发表的章节有：《以"味"为美——中国古代关于美本质的哲学界定》，《学术月刊》2002 年第 1 期；《以"圆"为美——佛教关于现实美的变相否定之一》，《文史哲》2002 年第 1 期；《同构为美——中国古代美本质的心理界说》，《上海大学学报》2002 年第 6 期；《大道至美——老子美学系统管窥》，《上海大学学报》1999 年第 3 期；《道家论以"淡"为美》，《贵州社会科学》2002 年第 3 期；《论中国古代的情感美学》，《人文论丛》2002 年卷。此外发表的文艺美学论文有：《论文艺是审美的精神形态——关于文艺本质的思考》，《文艺理论研究》2001 年第 6 期；《起名字的美学》，《秘书》2002 年第 3 期；《西方文艺发展中人性二重性的历史变迁》，《淮海文汇》2002 年第 2 期；《龚自珍、魏源的时代归属》，《文汇读书周报》2002 年 11 月 1 日。

由于在美学园地的辛勤耕耘，《美与时代》（郑州大学）2000 年第 4 期"名家访谈"邀请以《我与美学》为题，介绍了自己从事美学研究的历程和思路。

三、受命上海市美学学会副秘书长，协助开展学会工作

2001年9月，蒋冰海任主编、姚全兴及我任副主编的《世纪之交的上海审美文化建设》由作家出版社出版。这是上海市美学学会历史上出版的第一部会员论文集，21万字。出版是由我与山东大学历史系徐传武教授联系的，属于丛书的一种，自费出版，资助8000元，获得950册的样书。2001年下半年，市美学会举行了一次以“先进文化”为主题的年会。会后我写了报道《美学要为“先进文化”做贡献》，发表在2001年10月5日的《文汇报》上；又写了《美学与先进文化》的综述，刊发于《学术月刊》2002年第4期，由于紧扣时代热点，这篇学术含量不怎么高的综述被中国人民大学《美学》2000年第6期全文转载。

四、出版论文集《美学关怀》

上海大学工作期间出了三本书，分别是1998年2月在复旦大学出版社出版的《美学关怀》、2000年12月在学林出版社出版的《佛学与中国文化》、2002年3月在上海大学出版社出版的《中国人学史》。后一本书在出版过程中历尽波折，另章专述。

《美学关怀》早在进上海大学文学院之前就已编好并签约。这是一部论文集，但编得却像一本有机的专著。它是我在原来已出的三本专著之外十多年来所写的已发表和未发表的文艺美学论文的汇编。因为涉及关于美和艺术本体的终极关怀，所以取名“美学关怀”，当然也有“美学关涉情怀”，即“情系美学”的意思。书经复旦大学教师、在会议中结识的学友汪涌豪推荐，时任复旦大学出版社副社长的贺圣遂担任责编。资助1万元，赠书100册。资助款是由好友钱建忠找企业家赞助的。为了纪念这段因缘，书名请爱好书法的钱建忠题写。全书25万字。作为十几年奋斗的一次结集，该书请把我引上学术之路、目睹我奋斗全过程的启蒙老师，时为中国中外

文学理论学会会长的钱中文先生作序。钱先生欣然应允。该书出版后，《文汇报》1998 年 4 月 4 日、《新民晚报》1998 年 4 月 22 日、《春城晚报》1998 年 4 月 9 日、《高等学校文科学术文摘》1998 年第 2 期刊载了书讯，《学术月刊》1998 年 11 期发表了上海师大中文系贾明副教授的书评。

该书出版前后，其中一些原来未发表的部分陆续发表。如《论美是普遍愉快的对象》发表于《学术月刊》1998 年第 1 期，简写版《美是普遍愉快的对象》发表于《文汇报》2001 年 4 月 21 日；《美是什么？》发表于《文汇报》2000 年 12 月 30 日；《美是“人的本质的对象化”吗》发表于南京的《评论》2001 年合订本；《对现行大学美学教材的反思》发表于《淮海文汇》2001 年第 4 期；《中国古代诗歌中的线条美》发表于《贵州社会科学》2000 年第 4 期。值得一提的是，《论美是普遍愉快的对象》在《学术月刊》发表后，中国人民大学《美学》1998 年第 3 期全文转载，《高等学校文科学术文摘》1998 年第 3 期也加以转摘，后来《美学人学研究文集》（江西高校出版社 2000 年）和《美学人学研究与探索》（2008 年 1 月安徽大学出版社）也全文加以收录，成为新时期产生一定影响的美学新说。

五、撰写《佛学与中国文化》

《佛学与中国文化》完全是教学的产物，是专门为开课而写的一本可充当教材使用的专著。来到上海大学文学院报选修课程时发现，这里原有“佛教与中国文化”课程，但没有教师开。对佛教与中国文化我有一定积累，通过开课恰好可以巩固我这方面的知识，为研究正在做的中国人学史研究提供相应支撑。于是我报了这门全校的选修课。由于这门课专业性很强，不备好讲稿不好讲，所以从报名之日起，我就到图书馆借阅相关资料，开始了这门课教材的整理和撰写。此前，“佛教与中国文化”这类的书出过一些，但有的是论文集汇编，有机性、系统性不强，如《文史知识》编辑部编的《佛教与中国文化》；有的侧重于梳理佛教整体形态与中国传统文化的关系，对佛教义学与中国传统思想的关系缺少系统的比较分析，如汤一介的《佛教与中国文化》、方立天的《中国佛教与传统文化》。能否依据自己对佛教哲学与中国文化的独特积累和理解，写出一部有特色的专著作为教材，一举两用？几经推敲，最终取名《佛学与中国文化》。

1999 年暑假，30 多万字的书稿完成。这年 9 月，该书通过上海大学有关部门评审，作为内部教材刊印使用。2000 年 12 月，该书由学林出版社公开出版。责任编辑是我第一本书的责编周清霖先生。考虑到篇幅关系，周老师在出版时拿掉了最后一章，印刷字数为 29 万字。封面设计很漂亮。隶书名家张森为扉页题签。中编是该书的主体，也是全书最具独特心会的部分。其中不少章节曾作为论文单独发表。如《佛教的“般若”“禅定”学说与中国的“静观”“玄鉴”理论》，发表于《云南社会科学》2000 年第 1 期；《“亦空亦有”的佛教世界观与“亦僧亦俗”的中国文化》，发表于《青海社会科学》2000 年第 2 期；《佛教“无相而有相”的本体论及其在中国的传播》，发表于《甘肃社会科学》2000 年第 3 期；《佛教理论对审美认识论的影响》，发表于《新疆大学学报》2000 年第 3 期，中国人民大学《美学》2000 年第 8 期全文转载。对本人的这项跨学科研究论著，全国玄奘研究中心主任、中国南亚学会副会长、中国社会科学院东方文化研究中心名誉主任黄心川研究员在序言中给予肯定和好评。如他评论本书“对佛教文化问题的评价能够言之有据，切中要害，而且条分缕析，引人入胜”；作者“在叙述佛教义学和传统文化某一中心问题时，常常在纵的历史发展过程中提出，并从横的断面加以分析、比较和印证，使历史认识和逻辑达到较完善的统一”；“由于作者对佛教思想的深入把握和对中国文化较全面和独特的理解，因此在很多问题上富有创造性”。《新民晚报》2001 年 3 月 4 日、《春城晚报》2001 年 2 月 6 日刊载了书讯。此书首印 3000 册，出版后三个月即告售罄，于是 2001 年 5 月又再版 3000 册。后来此书被评为上海大学 2002 年度优秀教材。

六、经济脱贫起飞，买了商品房购了私家车

在上海大学工作期间，我的经济状况也发生了比较大的改变。

这个改变不是由上海大学带来的，而是通过自己的智慧创造的。

1997 年 5 月来到上海大学后，我的月收入只有 800 多元，相当窘迫。刚刚离开宝山电视台，不少原来的广告客户并不知情，有广告业务还找到我。我住的地方是宝山气象台，他们与宝山电视台签约的电视气象广告拉不到业务。于是我便以宝山电视台的通行价格谈下广告业务，再以较低的价格给宝山气象台做电视气象广告。一年多的时间中挣了不少差价。但好景不长，这个业务也逐渐黄了。与此同时我利用在宝山电视台采访中结识的人脉关系，在庙行镇前进村兼职做文化宣传，月薪 2000 元，持续了两年。因为事情不多，两年合同期满后也就不再续约。失去了经济来源的我放低身段，以 50 元一节课的价格到民办大学兼课。有时一天上八节课，钱挣得很辛苦，而且分心。我强烈感受到，如果工作上有一份比较稳定的高收入，就可以集中精力做学问。我读博士的一年半，正是我辞掉民办大学的兼职，靠两千多元的月薪生活的艰难岁月。这时上海的其他一些高校收入已拉开差距。正是太低的月收入，推动我决意离开上海大学。

1998 年，亚洲爆发金融危机，人民币存款年利率达到 14%，这让我想起了国民党政府急遽贬值的金融券。担心积攒的几十万元人民币变成废纸，我们在上海老北站附近买了一套 90 多平方米的两室一厅商品房，圆了一个外地人在上海市区拥有一套房的梦。当时每平方米的单价为 4200 元，我们首付 27 万元，公积金贷款 10 万元。简单装修了一下，每月可出租 1600 ～ 1800 元。

1995 年在宝山广电局分得一套两室一厅住房时，我以为这辈子住房已经到顶了，好好装修了一番。后来发现上海一楼的房子有致命的缺陷：不仅蚊子、苍蝇、蚂蚁、老鼠防不胜防，而且到黄梅雨季节，低气压将饱和的水汽都压在一楼的高度，在贴着墙纸的四壁凝聚为水珠不断往下流淌，空气湿度是如此之大，以至于橱内的棉衣、被褥都是一股霉味，得经常拿

出去晒晒才行。但因为妻子、女儿都在宝山教书、上学，所以我们一直住在广电局分的一楼房子里。不过一场偷盗坚定了我们在宝山重买一套商品房的信念。2001 年春节，我们从老家过完年回来后，发现家中被窃贼翻得一塌糊涂，我与妻子的两件皮大衣和我的一件皮夹克被盗。窃贼是从天井搭建的书房窗户进来的。窗口的防盗铁管被剪断。从书房到房间的防盗门上的防盗钢条也被撬开。好在家中的贵重物品放在另一个锁着的房间，窃贼未及撬开，否则损失还要大。房间虽然收拾好了，但脑海中总是浮现窃贼入室盗窃的场景，不禁毛骨悚然。这时我们才发现，一楼的住房是最不安全、最恐怖的。从此我们开始在我妻子工作的吴淞地区选购商品房，并决意将一楼的房子卖掉。一年后，也就是 2002 年，选定了一套距离妻子工作单位吴淞中学只有两百米的景泰公寓 15 楼的三室两厅，单价 3300 元，总价约 40 万元。我们借款 15 万元，一年后，妻子用外语补课的钱全部还清。

2000 年，为了上班、办事的方便，也为了圆自己一个私家轿车梦，我买了第一部车——世纪新秀款桑塔纳。这在当时是很少见的：一个工薪阶层，月收入只有 1000 多元，但私家车每个月的开销也得 1000 多元。不过，这辆车的投入后来加倍赚回来了。因为有了车，四处跑，对上海各地商品房价格的高低了如指掌，所以买对了房产，而这房产日后给自己带来了超值回报。

第十一章 《中国人学史》的起死回生

2002年3月，我在上海大学出版社出版了《中国人学史》一书。这本书在出版过程中历经波折，曾被宵小之徒判为死刑，经过据理力争，该书去掉争议最大的现当代部分出版。

一、从文学、美学研究走向人学研究

《中国人学史》虽然是一个哲学题目，但却是文学研究和美学研究的逻辑延伸。文学是写人的。文学理论中有一个经典命题："文学是人学。"不把"人"的问题搞清楚，"文学"问题是说不清楚的。美学中当时有一个流行定义："美是人的本质力量的对象化。"同样，不把"人的本质"问题搞清楚，"美"的本质也不能说清。因此，"人性""人的本质"之类的"人学"问题，成为美学和文艺理论研究的前提。于是，我在研究文学理论和美学理论的同时，一直关注人性、人的本质等人学问题，注意搜集与此相关的中外古今资料。发表在1988年第2期《探索与争鸣》上的《马克思恩格斯"人的本质"定义献疑》，就显示了这方面的最早信息。研究发现，人们讨论"人性""人的本质"之类的问题，是为了给现实人生活动提供理论依据。因此，人性观与人生观、人治观及社会理想观密切相关，它们组成了一个相互联系的体系，称之为"人学"最合适。本来想着手整理、构建一个人学原理范畴系统，但在做案头工作时发现中外古今这方面的资料相当丰富且各具特色，必须先做一个思想史的资料梳理工作做基础。恰好当时章培恒主编的用人性的观点重写的《中国文学史》在市场上大获成功。于是通过第一本书的责任编辑周清霖与学林出版社总编曹维劲先生取得联系，准备写一部30万字的《中国人学史》。曹总编一口应允，并委托周清霖继续担任我的责编。写作从1996年初我完成《佛教美学》后开始。刨去因讲课需要撰写《佛学与中国文化》的时间，至2000年暑假，该书完稿。在具体写作中，因为发现的材料很多很宝贵，在征得曹总编和责编周老师同意后一扩再扩。写到现当代部分时，思想开放、喜欢读书的周老师还提供了不少书单供我购买、研究、评述。全书完稿时达80万字。曹总编因担心篇幅过大，不好卖，便让我以人性论为线索重新删改，但题目还叫"人学史"，因为"人学"当时很热。我认为"人性论"不等于"人学"，不能为了出版而改变自己的研究所得，于是便另寻出版社出版。

我利用开会中认识的线索找到东方出版中心副编审程炳生。程炳生起初很看好此书，推荐在东方出版中心出版，但未如愿。后来他利用自己在新闻出版署兼职的关系，主动与下辖的几个出版社联系，但均未果。我找到工作的上海大学的出版社副社长陈牛扣先生。他觉得这个选题好，作者又是本校教师，于是推动了本书在该社的出版。

二、左派编辑声色俱厉宣判退稿

考虑到本社文科编辑力量不足，也为了把这本书做好，陈社长决定聘请外社编审担任本书特约责编。我便向他引荐了程炳生。我本来以为这是一桩好事，请他做责编，既是对他的答谢，也可了却他未完成的一个心愿。出乎意料的是，书稿到了他那里后，审稿的时间一拖再拖。问他进展状况，他先是说身体不好，伤风感冒，见我没有反应，[1]之后就支支吾吾，没有准头。在按合同出书时间要求多次催促下，他直到2001年4月10日才向出版社

① 可能是暗示我带礼品去看望他，但我没理这个茬。我一直怀疑，他对我及此书的态度由热到冷的转化与此有关。

提交了“审读意见”。意见有6页，为4号字打印，主要有三点：“一、书稿选材、持论不够客观、严肃，评介、论述有失偏颇，书稿存在较为明显的政治问题。”“二、从纯学术的观点看，书稿学术质量亦不可取”，“粗糙、平庸”。“三、书稿通篇可见：行文冗赘，诘屈聱牙；谴（原文如此）词造句，语法混乱。”于是他在我的书稿前半部用铅笔或黑水笔到处画线、打问号、做涂改或做批语。最后给出结论：“综上所述，本人认为《中国人学思想史》书稿，政治上问题明显，学术质量平庸不可取，本着对社会、读者、出版社负责，同时也是对作者本人负责，建议书稿退回。”

当陈社长将审稿意见及涂改得面目全非的手写稿给我时，我只感到眼冒金星，如五雷轰顶。在接受了书稿、与作者签订了出版合同后，责任编辑给出这样的审读意见，陈社长做了几十年的出版工作，从来没有遇到过。一般说来，责任编辑的审稿意见是要尊重的，何况本书既有政治问题，又有学术问题。但书稿我只有一稿，程炳生涂改成这样，就没法转向其他出版社投稿了。何况，“政治问题”是见仁见智的，“学术问题”也是有公论的，不是由他责任编辑一人说了算的。事实上，程炳生的这两项指控都与事实不合。我不能这样背着这两顶黑锅接受退稿。于是，在仔细研读了审稿意见及程在书稿上的修改之处后，我写了答辩意见提交出版社。

三、据理力争，力挽狂澜

这份答辩意见题为《程炳生〈中国人学史〉审读意见纠谬》，全文如下：

细读程炳生《〈中国人学史〉审读意见》及程对《中国人学史》书稿的具体修改意见，我不仅为程炳生思想上的前后矛盾深感意外，也为程炳生作为一名资深编辑却缺乏最起码的文史知识、语法知识和理解力深感震惊。现逐一提出，以就教于同人。

1. 思想僵化及前后矛盾

《审读意见》第一条，是认为本书“存在较为明显的政治问题”“政治上别有用心”“从资料到持论方法，偏离马克思主义、邓小平理论指导原则”，等等。

从政治上宣判一部学术著作的死刑，这是最简便也是最有效的方法，也是最卑鄙的方法。所幸的是，现在已不是“扣帽子”“打棍子”时代。在邓小平开创的思想解放年代和我国加入了《经济、社会及文化权利国际公约》①、《公民权利和政治权利国际公约》②的今天，学术上允许自由探讨已成共识。我，一个普通的知识分子，即使在学术探讨中出现不同理解，也不可能“政治上别有用心”。危言耸听、无中生有地将一部学术著作扣上“政治上别有用心”的帽子，只能暴露其“棍子”本色。

马列选集、毛泽东选集、邓小平文选我都细读过，并做过大量笔记，写过专门的研究论文。马列主义、毛泽东思想的灵魂是什么？就是小平同志一再指出的“实事求是”。因此，坚持马列主义，不是坚持它的片言只句，而是坚持它实事求是的世界观和方法论。《中国人学史》撰写的初衷，即运用马克思主义、邓小平理论中“实事求是”的世界观和方法论，以新时期以来新解密、新出版、新发现的材料为依据，对中国古今，尤其是现当代的人学思想和状况做出总结与反思，为国富民安尽一孔之明、一得之见。程炳生无视这一基本事实，断言本书“偏离了马列主义、邓小平理论”，充分表明了他的“极左”面目，并告诉人们，左派骨子里与小平同志反复倡导的“实事求是”思想是格格不入的。

一个左派，如果左得很真诚，尽管他思想僵化令人遗憾，但他坚守自己的思想阵地倒也可以令人理解，最令人不能理解的是像“变色龙”一样，忽而保守，忽而开放，前后矛盾。同样的纲目、同样的书稿、同样的绪论，为什么同一个程炳生在此书出版前曾

---

① 该公约我国于1997年10月27日签署，2001年2月28日全国人大批准。

② 该公约我国于1998年10月5日签署。

大加称道，并多方联系、促成此书出版？为什么他一再声称自己乐意担任此书责编？为什么在担任此书责编后的最初四个月内曾主动要求将全书绪论推荐发表，为本书寻找作序者？究竟哪一个程炳生是真实的程炳生？他前后180度大转弯，究竟为什么？①

2. 缺少起码的文史常识

程炳生认为本书有“政治问题”的主要集中在现当代部分，对本书无政治问题的古代部分，他便从“学术质量”上加以否定。不过，他否定的依据是站不住脚的，不少存在着明显的错误，暴露了他文史知识的缺乏和常识上的孤陋寡闻。

他在书稿修改中出现的错误太多，这里无法一一列出，仅以他精心撰写的“审读意见”第二部分为例。

（1）关于《易经》与《易传》关系的问题。原稿P201为：“《周易》经文成书于殷周之际，是一部占辞汇编。《周易大传》（简称《易传》）成书于战国末期，是一部哲学著作。”本书这样写的主要依据为徐志锐《周易大传新注》，齐鲁书社1987年版，《辞海》，1987年版。程氏则批评说：“作者介绍两书关系叙述不清，对两书的成书年代，也未做认真查实，将《易经（志祥按：原稿为‘传’）》成书于‘春秋末期至战国时代’断言为‘战国末期’。”请问：原书介绍《易经》《易传》成书年代有何“不清”？原稿什么地方“断言”“《易经》成书于战国末期”？倒是程氏本人，将我文稿中所有的《易传》几乎都改成《易经》，犯了混淆《易经》与《易传》的最基本的常识错误（见原稿P201、202）。并且，“审读意见”说学界关于《易经》有成书于“战国”一说，亦是闻所未闻、缺乏常识的不实之词，不知根据何在，愿闻其详。

① 如前所述，我怀疑与我没有“孝敬”这个责任编辑有关。我一路出书，从来不搞请客送礼的庸俗的那一套。

（2）程氏指责本书时有“胡妄之论”的第二条重要证据是：“作者在介绍晋末出现翻译佛教经书热一节时，东晋高僧支娄迦谶翻译了《般若道行品经》，书稿却写为‘支谶翻译了《道行经》’。人名错了，书名也错了。”本书原稿 P578 为：“自东汉末年支谶译出般若经典《道行经》后，魏晋时期出现了翻译般若经的高潮。”审稿者将“东汉末年”的支谶说成是“东晋”高僧，其错一也。支娄迦谶，简称支谶，丁福保《佛学大辞典》、任继愈《宗教词典》均有“支谶”条目，一般佛教史书在行文中也习称“支谶”（如最权威的汤用彤《汉魏两晋南北朝佛教史》、吕澂《中国佛学源流略讲》），程炳生不知“支娄迦谶”可简称“支谶”，并据此说明本书使用“支谶”一名“人名错了”，其错二也。又《道行般若品经》，据任继愈《中国佛教史》第一卷，可简称《道行经》（见该书 P318–321，中国社会科学出版社 1981 年版，另据吕澂《中国佛学源流略讲》），又称《道行般若经》。本书是在交代支谶所译“般若经典”时使用《道行经》简称的，既不会引起误解，也有所依据。程炳生据此断言本书“书名也错了”，又一次暴露了他缺乏佛教方面的基本常识。值得补充说明的是，审稿者在与我的交流中，两次将支谶的“谶”（音 chèn）念成 qiān（音千），而且第二次念错是在我第一次对他做出更正后；我也曾向他说明，支谶是汉末人而非“东晋”人，他非但不认错，反而说我“不谦虚”，甚至诬陷“原稿如此”。这种既缺乏文史常识又拒不认错、固执己见的“编辑”，我见所未见。

（3）程氏在引述我对道家人学的评述时，将原稿中老庄的“天道”（见 P232）说成“无道”，连道家学派这一最基本的概念都搞错了，说明他对老庄著作缺乏常识。

（4）程氏批评本书“在评介道家养生术……房中术时”，“整段抄录房术（引者按：‘房术’为程氏生造之词，无此术语）‘妙道’，文字猥亵不堪入目，超越学术论著范围，有违国家出版有关法规和纪律”。新时期以来，随着思想的解放和禁欲主义的打破，性学专著不断整理出版，出版界已从毛泽东时代的“谈性色变”一变而为“谈性色不变”。性学作为人学的重要组成部分，无法回避。本书所收集的材料，均取自新时期国家出版物。程氏以“文字猥亵不堪入目”“有违国家出版有关法规和纪律”相诟，只能说明他对这一时期的有关出版物孤陋寡闻，知之甚少。此其一。又，道家不讲“房中术”，探讨“房中术”的是道教。程氏将“道教”与“道家”混为一谈，明明本书评介的是道教养生术、房中术，他偏偏说本书评介的是“道家养生术、房中术”，实在无可理喻。

总之，程氏摘出的本书中的“学术错误”，每条都有错误，而本书倒是无辜的。他要以他之错，纠我之正。如果听信了他的“改正”，岂不要闹出天大的学术笑话？他批评本书时有“胡妄之论”，他上述的几条批评意见，属不属“胡妄之论”？

此外，程氏还认为，“书稿学术质量差还反映在……抄录太多”，而作者评介、发挥的地方，他又认为或“啰唆”，或“简单”，或“有政治问题”。这实在叫人左右为难。这实际涉及史学著作怎样写的方法问题。在我看来，《中国人学史》是一部“述而不作”的著作，它的主要工作是搜集、提炼、整理材料，把人学思想、现状的历史发展所蕴含的逻辑脉络挖掘出来，因此我所坚持的写法是复述为主、点评为辅。作者的见识，不仅应当体现在点评中，更应当体现在复述材料的取舍、剪裁、连缀中，在剪裁中体现对复述对象思想精华的认识，在连缀中体现对复述对象思想系统性、有机性的认识。《中国人学史》就是要通过逻辑化的分析、提炼工作，将中国古今人学史上那些最耀眼的思想珍珠、最触目惊心的思维教训串联起来，照耀世人、警醒世人、指导世人。它的学术质量，已在《青年思想家》《评论》《辽宁大学学报》等刊物发表的部分章节中得到说明。“文章千古事，得失寸心知。”不仔细阅读、充分理解本书，就随便发表对本书的不负责任的批评意见，不能不叫作者有一种“看人挑担不知重”的不服和遗憾。

3. 缺乏基本的语法知识

程氏提的第三条意见，是“谴（引者按：为‘遣’字之误）词造句，语法混乱”。事实是，他所列举的几条“错误”，实际上一条也不错，而他自己的一篇不长的“审读意见”倒语法错误有若干处，并且在书稿中的语法修改意见也错误连篇。

先看“审读意见”中摘取的几段原文：

“后司马懿夺魏政，杀曹爽，何晏也同时被杀。著有《道德论》《论语集解》及一些诗赋。现《道德论》已流失，只在张湛的《列子生（引者按：原稿为‘注’）》中保存了一些片段。性格高傲，生活放浪。是魏晋玄学的重要创始人之一。”（P433）

这是书稿在介绍魏晋玄学大师何晏生平时的一段。程氏指责它“搭配不当，表述不清”。请问，这里为了行文简约，主语“何晏”有几处承前省略，读者自会理解，有何“表述不清”“搭配不当”？

又，书稿P433介绍王弼生平时写道：“正在注《老子》的何晏听到王弼讲解自己所注《老子》的大意，便不复注，转而作《道德论》。王弼虽才高能辨，但不谙世事，所以仕途很不得意，只做过小官。”

程氏对此的指责是：“文字别扭，语意不明。”请问：此段文字何处“别扭”？语意何处“不明”？

又，书稿P476：“在庄子对‘圣人’（引者按：原稿为‘至人’）‘真人’‘神人’的描绘中，这些人也是不受世俗的是非毁誉所束缚、逍遥而行的，同时又是‘与道俱成’‘涤清满欲’（引者按：原稿为‘涤情荡欲’）的。”

程氏对此的指责是：“用词造句，诘屈聱牙，不知所云。”把我写的“涤情荡欲”误解为“涤清满欲”，当然“不知所云”了。请注意，程氏的这一误读，与将“至人”误读成“圣人”，以及前面将“天道”误读成“无道”一样，都暴露了他对老庄思想几乎一无所知。

又，程氏批评书稿 P918（引者按：当为 P978）“一句话竟用了 113 个字，中间没有一个标点”，事实是这句话由于上下文特定语境的需要虽然长了点，但没有语法问题，而且当中有两个标点，可见原稿。

像这种原稿本来没有语法毛病，却偏被他批评为有“语法毛病”的情况在书稿中有很多，正确的句子就这样被他改得面目全非，惨不忍睹。可参见书稿 P37、39、46、59、69、70、81、106、117，等等等等。

书稿中他具体修改时造成的错误这里无法一一列举。兹以“审读意见”为例，看看这位“责编”的语法错误到底有多少。

病句 1：“全书上起先秦下迄当代，凡予中国人学—人性、人品、人的本质、人道主义、道德范畴与人性、人道主义关系、人性与阶级性，以及人学理论对社会生活、社会发展关系等问题，有建树或提出过独到见解的政治家、思想家、哲学家、文学家或一般学者的思想理论，进行了系统的收集和整理，做了评介和论述。”

这是一句约有 130 多字的长句（我们记得，程氏曾对我 113 字的长句已感到忍无可忍）。长句并不可怕，问题在于它语病极多。

语病一：动宾搭配不当。全句的主谓宾结构是：“全书凡予中国人学问题、思想理论，进行收集和整理，做了评介和论述。”“凡予”充当什么句子成分？“收集”“整理”中本身包含了“评介”的“介”——介绍和“论述”的“述”——描述的意思，“做了评介和论述”与前句交叉重复，应改为“做了评论”。

语病二：破折号使用不当。句中解释“人学”时用了一短画“—”，应改为“——”。

语病三：介词“对”使用错误。“人学理论对社会生活、社会发展关系”中的“对”应改为连词“与”。

语病四：概念属种关系不清。将“政治家、思想家、哲学家、文学家、一般学者”这些不同属种关系的概念并列使用，错误。

病句 2：“后 2 章收集整理的是现当代（新中国成立后至改革开放的八九十年代）中国人学理论、思想发展现状，及作者的评介和论述。”

语病一：动宾搭配不当。全句的动宾结构是“收集整理……发展现状及评介和论述”。

“收集整理发展现状”已属不妥，“收集整理评介和论述”更为不当。

语病二：概念解释错误。句子在解释“现当代”时，居然将时间上限从 1919 年移至 1949 年新中国成立时，严重错误。

病句 3：“在讨论中，理论界广大学者，不仅清算了‘四人帮’人学理论的极左流毒，澄清和恢复了马克思主义、毛泽东思想的人学思想和理论，提出了社会主义时期积极、健康的人学观。”

语病：缺关联词“而且”。

病句 4：“在评介道家养生术，读炼丹、气功、房中术诸方术时，作者抄录各种典籍，达 10 页之多，其实，这些文字与本书题旨关系不大，只须简单提一笔，众略带过即可。”

此句语病极多。

语病一：主谓之间使用逗号多余。“作者抄录各种典籍，达 10 页之多”，中间逗号应省。必须指出，程炳生习惯在主谓之间加逗号（详下），并在改稿时常将书稿中的主谓结构用逗号隔开，实在可笑。

语病二：句号使用不当。上述引文“达 10 页之多”后应为句号，程却用了逗号。

语病三：用词不当。“读”字不通，可改为“谈”“描述”。

语病四：用词不当。“众略带过即可”，“众”字何义？

语病五：“道家”应改为“道教”。这里犯了偷换概念的错误。

病句 5：“书稿的毛病，非编辑所能修改，补救的，实属能否取舍的原则问题。”

语病一：结构助词“的”使用错误，当删。

语病二：“修改”后逗号应改为顿号。

病句 6：“最后一个问题—虽是小问题，但书稿通篇可见：行文冗赘，诘屈聱牙；谴词造句，语法混乱。”

语病一：短画使用错误。程氏使用短画“—”本是为了解释，但用于释义的可以是长画“——”而不能是短画，可见短画为破折号之误。又，此处不必使用破折号，改为逗号即可。

语病二：关联词使用错误。“小问题”与“通篇可见”不存在“虽……但……”转折关系。

语病三：“谴”当为“遣”。

病句 7：“此外，书稿还存在标题、断语既有政治问题，又属没有根据的妄断。”

语病：宾语缺少中心词。可在句末加上“的现象”或“的情况”才符合语法。

病句 8：“……本着对社会、读者、出版社负责，同时也是对作者本人负责，建议书稿退回。”

语病：宾语缺少中心词。可在后一个“负责”后加上“的精神”。

病句 9：“紧接其后的评介，或论述，文字啰唆，平俗，诠释，少深入细致至理的分析。”

语病一：“评介”后面的逗号当省。

语病二：“啰唆”后面的逗号应改为顿号。

语病三：“诠释”后面的逗号多余。这是主谓之间用逗号隔开的又一例。

语病四：“至理”单独做形容词使用，不当。

病句 10：“现稿，思想上缺少深度；理论上缺少力度，所见评介和论述，显得浅浮、平庸。”

语病一：主语“现稿”后逗号应去除。

语病二：主语“所见评介和论述”后逗号应去除。

语病三：分号应改为逗号。

病句 11：“中国学界……对人性、人道主义等问题的讨论和研究，十分热烈。”

语病一：主谓之间逗号当去除。

语病二：主谓搭配顾此失彼。说“讨论热烈”可以，说“研究热烈”不当。

病句 12：“在这场讨论中……（不少学者）都对正确认识、理解马克思主义人学、人性、人道主义在社会主义时期的实践，提出了许多重要的见解，代表了那个时期理论界的主流。”

语病一：主谓之间逗号使用不当。

语病二：“人性”应改为“人性学说”或“人性观念”。说“马克思主义人学”“马克思主义人道主义”均可通，说“马克思主义人性”不可通。

语病三：“人学”“人性”“人道主义”属于不同属种关系概念，不能并列使用。

语病四：与“认识、理解”搭配的宾语结构混乱。在“人道主义”之后加上“及其”更确。

在程氏精心撰写、校订的短短的“审读意见”中出现十多处病句几十条错误，实在令人震惊。更令人震惊的是，他主观地、自以为是地以自己的错误的语法知识对我书稿中正常的文法乱涂乱改，并在“审读意见”中断言本书“语法混乱”，孰是孰非，书稿俱在，请求公断。

4. 缺乏基本的理解力和清晰的思维能力

除上面三条审稿意见存在明显的错误外，作为一位审稿编辑，程炳生不称职的地方还表现在理解力缺乏，思维混乱。

理解力缺乏的突出表现，是程炳生对本书最基本的范畴——"人学"概念理解的错误。本书绪论开宗明义："人学是一门综合的人文学科，它主要以人性（人的本质）、人生意义及人的行为准则为思考对象，是以人性论为核心，兼含人生观（人生价值论和行为准则论）、人治论（自治的修养论和他治的政治论）、人的社会理想论构成的一个有机思想体系。"可"审读意见"却把它理解为"人性、人品、人的本质、人道主义、道德范畴与人性、人道主义关系、人性与阶级性以及人学理论对社会生活、社会发展关系等问题"，不仅大大违背了我的原义，而且本身就是一堆属种关系不一的各种概念的大杂烩。本书反复申明，人性是本能与意识的统一，因而本书对古往今来中国性学思想做了收集整理，可程氏却认为与本书"题旨""无关"，只需"一笔带过"即可。

程炳生思维混乱的突出表现有三。首先，概念属种关系不清。经常将不同属种的诸多概念并列使用，它们内涵、外延上相互纠缠，厘定不清，表述的严密性大打折扣。例证上文已述。其次，表述层次不清，前后混淆一起。如"审读意见"第一条讲"政治问题"，可第三条讲"语法问题"时又冒出"政治问题"来。再次，表现在书稿修改意见中，是将大段思路正常、层次清楚的原文十分武断地说成"思路混乱""层次不清"。对于理解力差、思维不正常的人来说，正常的思路和表述层次只能被视为"不正常""有问题"了。书稿俱在，亦请公断。

5. 主观武断，以讹纠正；虚张声势，夸张己功

编辑不是完人，他也可能有错误，但像程炳生这样的副编审级的做了几十年编辑工作的"资深编辑"在文史知识和语法逻辑方面出现如此众多的错误，这就不正常了。同时，作为责编，他有权提出不同意见，也可做个别文字订正，但却无权在不征得作者同意的情况下对原文做大段修改，更何况若干地方都修改错了。

这不仅涉及对作者是否尊重，而且关系到改错了的文字由谁负责的问题。遗憾的是程炳生连这些编辑常识都不懂，过于主观武断，自以为是，因而留下了许多以讹纠正的笑话。请问，这样的笑话如果按原样出版，它应由作者还是责编负责？如果不出版，书稿怎能另投出版社？

此外，程炳生一再声称自己审稿极负责、极仔细，几乎每一句引文他都要查对原文，所以原先答应好的两个半月的审稿期限他先答应延期一个月交稿，然后答应再延期一个月交稿，而四个半月后据他说才审了 80 万字的前 10 万字。在作者一再催促乃至不得不约定最后期限后，他才于六个月后交稿。这就意味着，后 70 万字是在一个半月内“审完”的。按程氏审稿习惯，凡经他审过的书稿，他都有大量修改，但自书稿 622 页之后，至 1193 页“近代人学”为止，500 多页中无修改痕迹，现当代部分，他只挑了有限的、比较敏感的几个人的章节看了看，多数章节也丝毫未动。这表明，全书 80 万字中，他约有一半以上未审。再看经他“仔细审阅”的前 600 多页，管仲“仓廪实则知礼义”，他改为“仓廪足则知礼义”；朱熹《论语集注》“仁主于爱”，他改成“仁在于爱”；张湛《列子注》，他改为《列子生》；董仲舒“禀气有厚泊”，他不明白“泊”“薄”可通假，改成“薄”，并打了“？”，像这样将正确引文改错的有许多处。另外，在不少他看不清或不理解的引文字句旁，他还屡屡打上“？”，不知这疑问要谁来解答。这些都说明，他并没有“一一仔细查对原文”。他自称“一一查对原文”，不过是虚张声势，目的在于夸大自己的辛劳，为自己迟迟审不完稿提供虚假理由（按：据一份报刊透露，最负责任的审稿速度是，平均每天审一万字。80 万字即需 80 天。程氏花了六个月 180 天审了 30 万字左右的稿，且错误、问号如此之多，实在令人匪夷所思）。

6. 书稿处理要求

（1）鉴于一审编辑程炳生缺乏必备的文史常识、语法常识、逻辑知识和基本的理解能力、正常的思维能力，已不能履行审稿职责，要求撤销他的责任编辑职责，更换本书责编。

（2）鉴于本书被程炳生改得面目全非，已远离作者本意，加上不少地方改错，或删改得文脉不连，非作者所能承担，同时也不便于别人审读，特要求按原文全部恢复原样。

（3）鉴于作者与程氏对邓小平思想、文史知识、语法知识、逻辑知识、思路文理诸多问题的认识存在严重分歧，如出版社能力许可，特请求设立专家小组评定是非曲直，还公道、公理于世。

（4）保留向责编要求更正错误、赔偿名誉损失的权利。

2001 年 5 月 5 日

答辩书摆事实、讲道理，据理力争，守中藏攻，起到了“挽狂澜于既倒”的作用。上海大学出版社最后采取了一个折中的办法：只出政治上比较安全的古代部分，“五四”以后至当代部分因为政治上存在争议，就不出了。前言和绪论中涉及的相关部分也比较敏感，也拿掉。另请责任编辑，在审稿时从政治上严格把关。于是，陈社长请来了上海学林出版社的老编辑徐智明担任责编。文稿均按照原样发排。二审时又将古代人学思想评述中一些可能被人上纲上线的句子删除。2002 年 3 月，被删改成 47 万字的《中国人学史》终于由上海大学出版社出版。

四、举行座谈，收获好评

虽然本书在审稿中历经磨难，但出版社在此书的出版环节还是很重视。美编在封面设计上与我多次往返交流。在装帧设计上，书的前后各加了两张衬页。享有“书法、绘画、篆刻三绝”盛名的上海书法名家韩天衡先生为本书扉页题签。复旦大学章培恒教授为本书写了序言。由于人学当时是理论界的热点，《中国人学史》作为一个跨学科的选题具有创新意义，上海作家协会理论委员会、上海大学文学院、上海大学出版社于2002年5月30日在上海社会科学院联合举办《中国人学史》学术座谈会，与会专家对该书的学术价值给予热情肯定。《社会科学报》2002年6月6日和《文论报》2002年6月20日分别对会议予以报道。《新民晚报》2002年4月8日发表了章培恒先生的书序，《文汇读书周报》2002年7月5日发表了汪涌豪教授的书评。《昆明日报》2002年5月27日发表了云南省社会科学院研究员蔡毅的访谈《理论的生命在于创新》。《中华读书报》2002年5月22日"新视点"栏目发表了该报记者张靖的专访。① 此外，《文汇报》2002年4月5日、《上海教育》2002年6月号、《高等学校文科学术文摘》2002年第3期、《春城晚报》2002年4月4日、《江南晚报》2002年4月5日刊载了书讯。

① 不过，她太年轻，把我不赞成、商榷过的"美是人的本质力量的对象化"当成了专访的标题，引出《中国人学史》的报道。

第十二章　上海财大八年：迎来学术事业第一个高潮

2002 年 12 月底通过复旦大学博士论文答辩后，我作为“引进人才”来到上海财经大学人文学院报到。

一、何以离开上海大学

我调离上海大学前，时任校长助理的文学院常务副院长李友梅教授曾召集院系部分领导做过挽留。当时上海大学中文系已有一个现代文学博士点，古代文学、文艺学等学科的博士点建设正在积极的筹备中，我正好可派上用场。上海财大虽然层次比上海大学招生分数高一个级别，但中文属于绿叶学科，比不上在上海大学属于主流学科，我何以坚决离开上海大学呢？那是因为对上海大学感觉太差。

首先，这个地方官本位现象突出，官僚习气太重。校长钱伟长 20 世纪 50 年代作为民盟代表，曾因争取民主打成右派而享受盛誉，但在他复出担任上海大学校长后，却不顾年老体弱、老眼昏花而永不言退，已无民主精神可言。他同时还担任着全国政协副主席等要职，经常参加国事活动。这就造成了副校长们有事一般不敢打扰他，但大事一定要等他才能决策的行政管理上的错位。他高高在上，对民情并不了解。在移居新校区办公后，住在上海各地的教师上下班都很不方便，他则让二级院系领导传话：

希望教师们常到学校看看。真是自己坐车脚不疼。有一则关于他老眼昏花的传言：新校区落成后，他吩咐人买了鸳鸯放在人工湖里观赏。有一次他从外地待了一段时间回来，鸳鸯死了，下面的人就临时用野鸭子冒充糊弄他，他分辨不出真假，竟一面观赏一面啧啧赞叹。这个地方还将教师分成三六九等，将餐厅分成教授餐厅、普通教工餐厅。我在上海大学工作近六年，从未在就餐时遇到过校领导。是否有校领导餐厅，不得而知。

其次是时代变了，讲究义务与权利对等了，但这个学校还用老一套观念要求教师：先考虑贡献，再谈待遇。因而在周边高校教工的收入屡有提高的情况下，这里依然按兵不动。我离开上海大学时，每月连奖金只有2800多元，而上海财大则可拿到4500多元。在低收入的背后，反映的是对教师劳动的极不尊重。

再次，也是促使我下定决心离走的直接原因，是中文系缺少起码的公平环境。系主任钱某是吴方言研究的大家，但在行政管理方面，却像他的形体一样是不折不扣的小男人。他希望别人围着他转。你如果不说他的好话，拍他的马屁，就不会受到公正的对待。从1997年进上海大学文学院，我一直是系里的科研大户。2002年，我发表论文10余篇，出版了一部47万字的专著，在全系名列前茅。这一年系里教师科研评优有6个名额，却被他以经常缺席系务工作例会为由，将我排除在外。而我缺席的主要原因，是响应学校的号召在职读博士课程。如此不公平的结果向院部反映后，院部居然维护系里的决定。我无法改变这个决定，但我可以选择离开。

到上海财大其实并非我的理想。1999年前后，我曾通过汪涌豪的引荐，向时任中文系主任的陈尚君教授提交过个人材料和王运熙教授的推荐信，商谈是否可以调到复旦大学效力。此事后来不了了之。据说材料到达文艺理论教研室时，某教授提了不同意见。后来到复旦大学中文系读在职博士，在导师黄霖的指点下，也曾与文艺学科负责人朱立元教授再次提出过类似的想法。朱先生告知他们已有物色人选，正在接洽中。而黄霖导师主管的批评史学科当时暂无进人指标。本想等等再说，现在既然在上海大学遭到难以忍受的不公平待遇，就不妨先在上海财大过渡一下。事实上，即便在上海财大一直待下去，也比上海大学感觉好。

到上海财大的机缘其实很偶然。当时，刚刚走马上任的财大人文学院院长张雄为了发展文史哲学科，到处招兵买马。我了解到这个信息后投了简历，张雄院长约我做了一次长谈，敲定引进意向，明确引进条件。财大引进的副教授必须具有博士学位，引进费 20 万元，其中副教授职称安家补贴 8 万元，自拿到学位证书时一次性到位；博士学位安家补贴 10 万元，一年一付；博士科研启动费 2 万元。

二、抓住房产机会，实现投资增值

2003 年 3 月，我拿到了博士学位证书，引进费开始启动。一次性到位的 8 万元只能用于购房，否则取现必须缴纳 5% 的税金。考虑到 1999 年按揭购房所欠银行房款小于 8 万元，2002 年所购商品房借款已还清，于是在这 8 万元安家补贴的促动下，我们在内环线以内的“世纪同乐城”楼盘，以 6008 元的单价买了一套正对小区中央花园的三室两厅。

之所以在内环又买一套三室两厅的商品房，是因为我们觉得等女儿大学毕业后我们搬到市中心居住，原来老北站的两室一厅肯定不习惯了，不仅面积小，没有小区景观，而且一天采光只有一小时，光照不足。此外还因为“世纪同乐城”房子好，售价低。“世纪同乐城”位于苏州河北侧，曹杨路以西，从江苏北路过了苏州河桥便到。我两本书的责任编辑周清霖住在江苏北路。因为经常到周老师家谈出版的事项，我多次开车从这个楼盘前路过。楼盘拥有相当规模，花园式布局，有假山、有人工湖。房体结构南北通透，全明采光；外立面红白相间，线条交错，凹凸起伏，有立体感。这种内环的花园式住房 2002 年开盘时，最低单价只有 4400 元，比外环的房价高出 20% 还不到，很值得买！ 2002 年 5 月五一促销期间，我曾禁不住诱惑，交了五万元定金，订购了一套 114 平方米、总价在 50 万左右的三室一厅，可最终因为每月 2000 多元的工资还不起房贷只好撤单。一年后当我重新来到这个楼盘时，恰逢中央花园的水景房正在销售，虽然售价上去了约 30%，但位置更好！退一步说，万一楼市下跌，就当作这个 8 万元的购房补贴没有拿到罢了。于是我们首付 51 万，贷款 30 万，在楼王的位置，买了一套四楼的与前后的风景有联系的三室两厅的住房。

没想到，一年后，这里的房价就涨了约 50%。而我以前买的其他几套房的房价也有程度不等的涨幅。

这让我从中悟到了商机。于是我做出了一个重要决定：将老北站采光不好、面积不大、租金不高、我们以后永远不会入住的两室一厅卖掉，一分为二作为首付，在具有成长性的新盘再买两套房，采取分蘖的方法获得增值。这套 37 万买进的房子最后卖了 72 万。

2004 年上半年，我们用这部分钱分别在闸北的大华“阳城美景”和宝山的“宝地绿洲城”通过按揭贷款，买了两套三室两厅新房。此外还动员二姐、弟弟在“阳城美景”各买了一套三室两厅，动员妹妹在“宝地绿洲城”参股买了一套三室两厅。阳城美景的单价是 6300 元上下，宝地绿洲城的单价是 5600 元左右。十多年后，“世纪同乐城”“阳城美景”“宝地绿洲城”的房价都有了超乎想象的涨幅。我们运用智慧，踏准了上海房地产成长的节拍，告别了“君子固穷”“书生固穷”的怪圈，实现了财富的巨大增值。

三、被拖一年晋升教授

我是怀着对公平的向往来到上海财大人文学院的。但来到这里不久，就受到了不公平待遇。这个不公平是在评正高职称时遭遇的。

上海财大的职称评审条件是极为苛刻的。正高职称的评审要求是，副高任上在B类权威刊物发表过三篇论文，或一篇A类权威刊物、一篇B类权威刊物论文。被上海财大认可的可发中文专业论文的权威刊物很少，A类权威刊物只有《文学评论》《中国语文》和《中国社会科学》，B类权威刊物只有《文学遗产》和《学术月刊》。当然省部级以上科研项目也可折抵。如果达不到这个标准，就没有申报资格。你的其他论文、专著只有在满足了这个申报资格后才起作用。按照这个要求，2003年中文系除我之外，无人有资格申报教授。但是，一篇权威刊物论文都没有，最多有过一个古委会项目的系主任张某，却因为是张雄院长的老战友、也是文学院工作不可缺少的老部下，被学院送到高评委参与教授评审，并顺利晋升，而发表过一篇A刊、两篇B刊论文及几十篇其他刊物的论文，出版过三部专著，远远超过了评审指标的我，却因为不满副教授任上五年的年限，属于提前一年破格申报，先是被文学院按下材料不送审，后经我发现敦促送审后未通过。在学校高评委中，作为文学院院长，评委张雄的意见无疑起着决定作用。而与标准距离甚远的人居然能够通过全校评委的评审，说明财大所谓的“高标准”是定给外人看的，执行起来完全是另一回事。

令人匪夷所思的是，面对如此不公平的评审结果，张雄还杜撰出种种理由，要求我说“公平”。我因为新来乍到，开始拉不下脸来，最后实在忍无可忍，严词回绝，并向副校长丛树海反映并表达抗议。一年后的2004年6月，我以1篇A类权威刊物、4篇B类权威刊物、20篇南大核心期刊、5篇重要报刊的论文、4部学术专著以及其他论文的成果，正常晋升教授。

不过这拖下的一年给我造成严重后果。9年后申报二级教授，科研处长说我的成果最有希望，但有一个基本条件是评上教授必须满十年，否则无资格申报。我因此错过了最佳的申报机会。

四、八年中出版八部著作

在上海财大工作八年，我的学术事业取得井喷式发展，形成第一个高潮：拿了一个国家社科基金项目和教育部教材项目，出版了八部著作。这八部著作依次是：《中国美学原理》，山西教育出版社 2003 年版；《似花非花——佛教美学观》，宗教文化出版社 2003 年版；《中国现当代人学史》，学林出版社 2006 年版；“十一五”国家级教材《中国古代文学理论》，山西教育出版社 2008 年版；《国学人文读本》，上海文化出版社 2008 年版；《中国美学通史》三卷本，人民出版社 2008 年版；《人学视域下的文艺美学探究》，上海财经大学出版社 2010 年版；《中国佛教美学史》，北京大学出版社 2010 年版。除国家项目成果《中国美学通史》在结项评审中遭遇挫折另章说明外，这里介绍一下其他七书的著述及论文发表情况。

1. 出版《中国美学原理》并获图书奖

该书根据博士论文《中国古代美学精神》改写。写作时就力图用系统的方法，尽可能比较全面地剖析和揭示中国古代关于美与美感的整体思想，有一定的原理性。从市场销售的角度看，改为《中国古代美学原理》亦无不可。而中国古代的美学原理即具有民族特色的“中国美学原理”，从市场要求看，把“古代”二字去掉更好。这样，我就采纳了山西教育出版社的建议，将《中国古代美学精神》改名为《中国美学原理》出版。该书 2003 年 5 月出第一版，3000 册，两年后又加印 3000 册再版。2004 年 8 月，该书荣获山西省新闻出版局和山西省出版工作者协会联合颁发的第十六届“晋版优秀图书暨音像电子出版物奖”评奖活动优秀图书一等奖、华北优秀教育图书评选委员会颁发的第十届华北地区教育图书评奖活动优秀图书三等奖。

2. 为玉佛寺撰写《似花非花——佛教美学观》

因为研究佛教美学和文化的关系，我成为上海玉佛寺的常客。玉佛寺住持觉醒大和尚素以热心襄助佛教研究事业著称。2002 年，我受邀参加了觉醒主编的百本“觉群丛书”工程。丛书属于佛教文化普及读物，每本一个专题，一般篇幅在 10 万字。《似花非花——佛教美学观》便是这丛书中的一本。该书根据原有的《佛教美学》中编用灵动轻快的文字改写，它使得我对佛教美学意蕴的理解有了进一步加深和再一次传达的机会。全书 14 万字，2003 年 12 月首版 4000 册，2004 年 4 月再版 2000 册，社会反响良好。

3. 主编《国学人文读本》并成立国学研究所

2002 年 8 月，夏中义先生主编的三卷本《大学人文读本》问世后，赢得了读者的广泛欢迎。我于次年接触此书。初读一过，有豁然开朗的震撼、深得我心的共鸣，但也有一点遗憾。此书以独特的眼光选取了自近代以来中外阐释现代人文精神尤其是世界普适价值的精美读物，为当今的价值重建提供了难能可贵的思想资源，但缘于编者的编选重心和知识结构的限制，有关中国古代文化典籍中颇富现代价值的人文思想则付诸阙如。恰好当时有一种激进主义思潮，对中国古代的人文精神采取全盘否定的历史虚无主义态度，这实在是对古人的不公，也无助于当代人文价值和先进文化的建构。在此之前，我做过中国人学思想史古今演变的研究，深感古代文化中的人文思想是可以与今天的普世价值接通的，因此准备编一部《国学人文读本》，与夏先生的《大学人文读本》形成互补，以滋养当今人们的心灵。当我把这个想法与素昧平生的上海文化出版社社长陈鸣华先生交流后，立即得到了他的支持。于是我邀请全国高校的专家共襄此事。2004 年岁末，我们在上海召开编委会，商谈编辑体例，落实编选分工。两年后，此书如期完成。我承担全书总主编和先秦、秦汉、明代三个分卷的编选工作，中国人民大学的袁济喜教授承担六朝分卷主编工作，武汉大学的李建中教授承担隋唐分卷主编工作，浙江大学的潘立勇教授承担宋元分卷主编工作，华东师大的田兆元教授承担清代分卷主编工作，复旦大学的张兵教授承担近代分卷编选工作。最后我在统稿时，在每分卷卷首加入了“主编插白”，给其他各分卷增补了对应的二十五史中的史书的资料编选，并在卷首添加了“绪论”。2008 年 8

月，该书由上海文化出版社分上下卷配图出版，王元化先生早已应约题写了书名。版面字数逾百万，我承担了其中 58% 的撰写工作。而这些编写工作都是我在撰写《中国美学通史》的同时，挤出时间完成的。

这部书的特点，是从人文的维度研究国学，挖掘国学中有现代价值的人文精神。这部书的最大新意和贡献，是在绪论中勾勒“国学人文精神的历史演进轨迹”时，揭示了“中国古代人文思想史上的四拨启蒙思潮”。它告诉人们，“启蒙”的本义是去除蒙昧，它并非五四运动和新时期思想解放运动的专利，而是思想史演进、前行的一般规律。中国古代思想史上，就实实在在地存在着四拨启蒙。第一拨启蒙思潮出现在周代，表现为“天”“神”的退场、“人”的觉醒和“民”的凸显，启蒙的对象是夏商的“神本主义”蒙昧思想。第二拨启蒙思潮出现在六朝，特征是钟情任欲、适性逍遥，启蒙的对象是两汉“阳善阴恶”“圣人无情”的蒙昧思想。第三拨启蒙思潮出现在明清，特点是在理欲、义利、公私、凡圣的关系问题上还原常识，启蒙的对象是隋唐宋元由儒家道学—理学构成的似是而非的唯理主义蒙昧思潮。第四拨启蒙出现在近代，特征是借鉴西方人文理念，继承明清启蒙资源，批判古代习以为常但实际上很不平等的纲常伦理。它首次将“四拨启蒙”的概念应用到对中国古代人文思想演变的历史规律和时代特征的分析揭示中，是对在 2002 年发表的《中国人学思想历史演进的总体把握》的进一步深化。2007 年，该绪论以《先秦至清末：中国古代人文思想史上的四次启蒙》为题，发表于《学术月刊》第 8 期。2008 年 12 月，据此加以增补的《中国人文思想史上的六次启蒙》获上海市社会科学界第六届（2008 年度）学术年会优秀论文奖。

2009 年 3 月 1 日，以《国学人文读本》为基础的上海财经大学举行国学所成立仪式暨《国学人文读本》研讨会，《文汇报》2009 年 3 月 16 日、《新民晚报》3 月 17 日、《新闻晚报》3 月 16 日、《文汇读书周报》3 月 20 日以及《社会科学报》刊发了会议报道。此外，《光明日报》2008 年 9 月 20 日发表了杨益航的书评，《文汇读书周报》2009 年 5 月 15 日发表了毛文绮博士的书评。

4. 主持出版十一五国家级教材《中国古代文学理论》

大约是2005年底，教育部启动了“普通高等教育‘十一五’国家级规划教材”申报评审活动。这次活动打破了以往由学校申报、教育部给出版资助的惯例，改由出版社与高校联合申报，教材立项后出版资助由出版社承担，并且以完成的书稿或已出版的著作参评，这就避免了名校凭名气报个题目就可捷足先登，最后滥竽充数的可能，也为学者凭借货真价实的成果竞争入选提供了机会。山西教育出版社找到复旦大学语文所所长黄霖，邀他领衔，组织一批教材申报。他找到我申报《中国古代文学理论》，又通过我邀请华东师大的张弘教授申报《比较文学概论》，另在复旦大学教师中组织了三本教材申报，最后唯有我以1993年在学林出版社出版的《中国古代文学原理》申报的全国高校国家级指南类规划教材《中国古代文学理论》通过专家评审。于是我修订后，以十一五教材《中国古代文学理论》的名义出版。

5. 出版《中国现当代人学史》

《中国现当代人学史》，学林出版社2006年出版，王元化先生题写书名。书的主体部分写于2000年前，是2002年在上海大学出版社出版《中国人学史》时删去的部分。然而，2002年夏中义主编的三卷本《大学人文读本》出版后取得巨大成功，当中收有许多阐述西方人文价值理念的内容，这说明我国思想解放的程度在不断加大。因此中国人学史的现当代部分便迎来了出版的机会。于是我增补了“新世纪的人学走向”一章，在2005年左右与北京大学出版社达成了出版意向，在三审编辑的建议下增加了李慎之一节，在通过三审后进入出版环节，出了书稿校样。但在我看完校样提交上去后，却迟迟没有回音，也一直未能签署出版合同。原来说由一位文科副总编终审通过后与我签合同，这时又说要等所有的总编、社长审稿通过后才能最后决定本书是否出版。考虑到这样审稿的时间会拖得很长，最终结果很可能是七嘴八舌，凶多吉少，于是我通过周清霖编审与学林出版社社长曹维劲见面交流了一次，最终学林出版社与我签订了出版合同。该社总编审稿后，为政治上保险起见，删去了部分章节。2006年12月底，该书终于在学林出版社出版。

6. 出版第一部《中国佛教美学史》

《中国佛教美学史》由北京大学出版社2010年4月出版，41万字。这是针对图书市场和学科创新的需要，根据《中国美学通史》中佛教美学史的线索增补而成。从图书市场来看，社会上有佛教与美学两块巨大的读者群，他们都可能对从未出过的《中国佛教美学史》感兴趣。从学科创新来说，"佛教美学"本身就是跨学科的研究，它需要研究者具备佛教与美学两方面的知识。如果说"佛教美学"这样的书除我之外还有一本，那么"中国佛教美学史"则前无古人，所以有填补空白的创新意义。《文汇读书周报》2010年12月10日刊发了此书书讯。上海市美学学会还召开了此书的讨论会。

7. 出版论文精选集《人学视域的文艺美学探究》

《人学视域的文艺美学探究》由上海财经大学出版社2010年4月出版，33万字，是我过去30年中三个相互联系的研究板块人学、文学、美学论文的精选集，展示了作者从文学到美学，再到人学的追寻历程和学术轨迹。编选时按专著的要求做了处理，既独立成章，又环环相扣。书中附有作者年轻时的书法和绘画习作，别有一番趣味。2010年6月4日，《文汇读书周报》刊发了此书的书讯。

五、晋升教授后六年发表的论文

2004年初，在我第二次申报教授时，校科研处长张珩教授曾问我："祁老师，你写了这么多东西，我想了解的是，你评上教授后还会写吗？"我告诉她，我从事学术研究和写作，不是为了评职称。在做记者时出了三本学术专著，发表了几十篇论文，但对评新闻职称都无用。思考和写作已成为我的一种生存方式。评上教授后还会继续写作。果然没有食言。这年6月在评上教授之后到2010年10月离开上海财大六年期间，不断追求自我超越的我在出版了六部重要著作的同时，还发表了约80篇论文，内容涉及文论、美学、佛学、国学、人学等等，它们记载了我奋斗的踪迹。

关于文学和美学一般问题的有：《上海房市历史走向的美学解析》，《上海市社会科学年会论文集》2005年卷，上海人民出版社2005年版；《走向人学的文艺美学研究》（学术访谈），《学术月刊》2009年第7期；《文学与经济关系的学理考量》，《云南大学学报》2007年第4期（《高等学校文科学报文摘》2007年第5期）；《从"文学革命"到"革命文学"——论五四价值取向的转变》，《云南大学学报》2009年第2期；《沉潜醲郁、含英咀华——王元化先生的学术成就、思想贡献及人格特点》，《盐城师范学院学报》2009年第3期；《文学与经济关系的二律背反》，《学习与探索》2010年第5期；《审美认识中"主客二分"的重新审视与评价》，《辽宁大学学报》2010年第1期；《悦情为美、痛苦为丑》，《上海大学学报》2010年第3期；《美学年度综述：生成论与本质论：美学本体论论争》，《学术月刊》2010年第3期；《文艺学年度综述：文艺学论争："本质"，而不"主义"》，《学术月刊》2010年3期。

关于中国古代文论的有：《"文学以文字为准"——中国古代的文学特征论》，《厦门大学学报》2007年第5期；《"定法"说——中国古代文学创作的具体方法论》，《文学评论》2006年第2期；《中国古代文论的"用事"说》，《浙江社会科学》2004年第6期；《真幻说：中国古代文学的艺术真实观》，《人文杂志》2007年第2期；《"德学才识"说：

中国古代的文学创作主体论》，《阴山学刊》2007年第1期；《中国古代文论中的审美鉴赏论》，《沈阳工程学院学报》2010年第1期。

关于中国古代美学的有：《中国古代美学精神简论》，《美与时代》2004年10月号；《新世纪中国美学研究的拓展》，《文艺理论研究》2007年第4期；《中国美学史研究的观念更新与路径创新》，《学术月刊》2009年第7期（《美学》2009年第9期全文转载）；《中国古代词体价值观的历史演变》，《文艺理论研究》2010年第2期；《〈周易〉的美学思想及其影响》，《殷都学刊》2010年第3期；《孔子美学：文质彬彬》，《中文自学指导》2005年第6期；《孟子美学：充实为美》，《中文自学指导》2006年第8期；《荀子美学：不全不粹之不足以为美》，《中文自学指导》2007年第2期；《老子美学："孔德之容，唯道是从"》，《文艺理论研究》2004年第5期；《庄子美学："自适其适""至乐无乐"》，《上海社会科学年会论文选》2004年卷，上海人民出版社2004年版；《阮籍美学："恬淡无欲，则泰志适情"》，《中文自学指导》2004年第3期；《嵇康美学："无尚无欲，乃为绝美"》，《中文自学指导》2005年第1期，《郭象美学："任性"而"自得"》，《上海大学学报》2006年第2期（《新华文摘》转摘）；《〈列子〉美学：无欲与纵欲的杂烩》，《三峡大学学报》2004年第4期；《"任诞"与"雅量"——从〈世说新语〉看魏晋玄学的美学取向及其分蘖》，《中文自学指导》2008年第2期；《论刘昼的美学思想》，《广州大学学报》2005年第3期；《柳宗元园记创作刍议》，《文学遗产》2007年第5期；《〈题酒边词〉疏正及其意义重估》，《中国文学研究》第8辑，中国文联出版公司2007年4月版；《金圣叹的戏曲批评》，《长江学术》2010年第1期；《梁启超美学：快乐至上的趣味主义》，《贵州社会科学》2009年第2期。

关于佛教美学的有：《佛教美学思想的现代意义》，《觉群》2004年第3期；《"寂灭为乐"——佛教美本质观》，《东方丛刊》2004年第6期；《佛教论光明为美》，《上海佛教》2004年第4期；《佛教论七宝美》，《上海佛教》2009年第4期；《佛教论味美》，《上海佛教》2009年第3期；

《佛教以香味美》，《上海佛教》2010 年第 1 期；《佛教以法音为美》，《上海佛教》2010 年第 3 期；《支谶、安世高译经体现的大、小乘美学思想》，《觉群学术》（第三辑），宗教文化出版社 2004 年版；《支遁美学："即色游玄"》，《上海佛教》2007 年第 4 期；《僧肇美学观》，《上海佛教》2008 年第 2 期；《〈大般涅槃经〉的美学思想》，《上海佛教》2005 年第 2 期；《〈维摩诘经〉的美学追求：俗中求真》，《上海佛教》2006 年第 1 期；《论华严宗以十为美的美学倾向》，《社会科学战线》2008 年第 6 期；《天台宗以"止观"为特点的认识论美学》，《觉群佛学》（2008 年卷），宗教文化出版社 2008 年版；《明代佛教对文字的不即不离态度》，《觉群佛学》（2009 年卷），宗教文化出版社 2010 年 2 月版。

关于国学研究的有：《"国学"解》，《文汇读书周报》2009 年 6 月 5 日；《国学人文精神的现代传承》，《文艺理论研究》2008 年第 4 期；《国学中的"民本"思想》，《文汇报·每周演讲专版》2010 年 7 月 17 日；《先秦至清末：中国古代人文思想史上的四次启蒙》，《学术月刊》2007 年第 8 期；《中国人文思想史上的六次启蒙——兼谈周代是中国思想史上"人的觉醒"时期》，《浙江工商大学学报》2008 年第 4、5 期连载（《高等学校文科学报文摘》2009 年第 1 期转摘）。

关于现代人学的有：《毛泽东人学思想的前后演变》，《青年思想家》2004 年第 6 期；《富民利国、解放思想——邓小平人学思想的历史价值与现代意义》，《探索与争鸣》2009 年纪念新中国成立 60 周年特刊；《民主、稳定与政治文明》，《上海财经大学学习十六大论文集》，上海财经大学出版社 2004 年版；《"人权"入宪的历史回顾和意义评估》，《上海市社会科学界年会论文集》2008 年卷，上海人民出版社 2008 年版；《"和而不同"的实质是尊重公民的权利》，《北京日报》2007 年 12 月 17 日（《报刊文摘》2007 年 12 月 24 日转摘）。

六、办会申博及参与主编的著作

财大工作期间，作为会议总操办，为上海财大中文学科古代文学专业申报博点，于2005年、2007年分别与《文学评论》《文学遗产》杂志联合举办了两次学术会议。作为主编之一，与许建平联合主编出版了《中国传统文学与经济生活》，河南人民出版社2006年版。作为副主编，协助上海市美学学会会长蒋冰海先生，编辑出版了学会论文集《上海城市建设的美学思考》，群言出版社2005年版。作为副主编，协助许建平编辑出版了《探索中国古代文学研究的新路径》，社会科学文献出版社2007年版。

七、担任上海市美学学会副会长和博士生导师

伴随着学术影响力的提升，在担任中国文艺理论学会理事、中国中外文艺理论学会理事的同时，2008年，被理事会推选为上海市美学学会副会长；2010年10月，被上海市学位委员会聘任为第四届学科评议组成员。同时，在因政策调整，像上海这样的一类城市高校二级学科博点申报一律不受理的情况下，上海财经大学学位评定委员会于2009年1月发放聘书，特聘我自2009年1月起在马克思主义中国化专业跨学科担任博士生导师，我因此招收了第一届博士生黄吉辉。

第十三章　国家项目成果《中国美学通史》评审经历的风波

2002年春，山西教育出版社到复旦大学来组稿，我报的《中国美学通史》三卷本选题获得通过。这年6月，在完成博士论文《中国古代美学精神》后，我便全身心地投入了该书的写作。2005年，书稿完成过半后以“中国古代美学的重新解读”为题申报国家社科基金项目，有幸立项，得到6.5万元的资助。所谓“重新解读”，是用“美是普遍快感的对象”为依据分析中国古代美学精神，用“以味为美”“以意为美”“以道为美”“以文为美”“同构为美”互补的“中国古代美学精神”作为中国古代美学史的考察对象，重新阐释和揭示中国古代哲学美学及文艺美学演变的时代特征和历史规律。按合同计划，2006年底，我如期完成三卷本、156万字的《中国美学通史》并送审。

一、《中国美学通史》送审受恶评

按照规定，国家社科基金项目结项成果不能先出版，必须先送审。作为自己20多年文艺美学研究的自然结果，《中国美学通史》无论从质量，还是从体量，都有理由冲击“优秀”。从质量说，书中许多章节已作为有新意的单篇论文在各类期刊发表。从体量说，本成果写作横跨五年，字数达150万字，均由作者一人完成，这在同时期的国家一般项目结项成果中几乎是没有的。然而，令人意想不到的是，2007年底评审结果出来：缓期结项，根据评审意见修改。我仔细研究了五位专家的意见，发现有一人多用苛刻、恶毒的价值评判加以否定，似乎知道作者是谁，与我有深仇大恨，感情用事的酷评自然不值一驳。另几位专家虽无恶意，但不少意见也提错了，而且在有的问题上肯定与否定相互矛盾，让人难以取舍。于是我采取虚心接受、全面润色、大多不改、细加说明的态度，提交了一份以守为攻的答辩说明。

二、以守为攻的答辩说明

这里将这份说明全文收录于此，以让读者评判其中的是非曲直，同时看看这些掌握着国家社科基金项目生杀予夺大权的专家学者的学术水平和人格水准。

2005年国家社科基金项目“中国古代美学史的重新解读”
缓期结项的答辩说明

本人主持的2005年国家社科基金项目“中国古代美学史的重新解读”原是2002年与出版社签约的出版项目，题为《中国美学通史》。2002年开始动笔，2004年完成约三分之一时开始申报2005年国家社科基金项目，一年后获得立项。按照立项认可的计划，本人夜以继日奋力完成余下工程。2006年12月，本项目如期完成送审。笔者在20多年的积累基础上，花了近5年时间，以一人之力，穷心竭智，奋力拼搏，纵览两千年，横跨诸领域，按计划完成了150多万字的成果，本期待冲击“优秀”，没想到得到的结果却是“暂缓结项”。2007年11月19日，上海市哲学社会科学规划办转发“暂缓结项”的通知，并将五位专家的评审意见转我，让我参考评审意见，在一年之内完成修改，并做出修改说明。开始觉得实在很委屈，不过平心静气之后，感到这个决定既体现了对评审专家意见的尊重，也体现了对作者的负责，因为它并没有剥夺作者的申诉权利。客观上，它既给了作者倾听不同意见、进一步打磨完善的机会，也给了我一次澄清误解和不实之词、为自己辩护的机会，这恰恰更有助于彰显本成果的学理价值。

1. 专家的肯定意见及本成果保留原有基本框架和内容的依据

本成果虽然“暂缓结项”，但多数评审专家的意见是持相当肯定态度的。五位专家中，三位给予相当高的评价。一位认为，本书“内容充实，结构合理”，对诸条美学线索“进行深入地（当为“的”）分析和梳理”，在诸多方面“有创意”；全书“在一定程度上具有填补空白的意义”，是“一部有分量且有特色的中国美学通史，具有重要的学术价值”。另一位认为，本书“论述简切，要言不烦，给人一目了然之感”；“一些地方较此前同类著作谈得广泛、周全，对弥补中国美学史研究的视野缺损，显然具有重要意义”；“作者的态度是认真的，研究是符合学理的”。还有一位认为，“全书结构严谨，秩序井然”，“纲举目张，重点突出”，“每每持之有故，言之成理，给人扎实浑厚的感觉”，有“比较鲜明的学术个性和比较明确的学术眼光”，“是一项比较优秀的学术成果”。另有一位虽然对本成果批评居多，但也无法否定：“该成果有一定的学术价值和理论价值，对于中国美学史研究具有一定的资料价值。”

感谢上述三位专家的理解和肯定。在美学研究中，理解的分歧、观点的差异显得尤其明显。尽管三位专家的学术观点并不一定与我相同（因为学术研究是个性化的、求异而非趋同的），但他们并没有因此就偏狭地否定本成果的价值。因为判定一部学术著作的价值，主要应当看其是否有自己的新观点、是否有相应的资料支撑、是否有合理的叙述结构、是否有严密的逻辑思辨。同时还有一个重要的考量指标，就是看它是否符合立项时的设计。下面我们就以上述标准来考量：

（1）本书对美、美学、中国古代美学基本精神、中国古代美学史分期等重大问题有自己的独特观点：① 美是普遍快感及其对象，而不只是“视听觉的快感”，不是“自由”或“实践”，不是“人的本质力量的对象化”。② 因而，作为思考美之本质的美学就是研究五觉快感和精神快感及其对象的感觉学、形式学、道德学，而不只是视觉学、听觉学，不是“自由学”“实践学”“人的本质学”。③ 中国古代美学的基本精神是由“味美”“心美”“道美”“文美”（即形美）和物我“同构”说形成的复合互补系统，它们构成了中国古代美学思想的民族特色。这种基本美学精神不只体现在文艺美学中，而且体现在儒、道、佛、玄等派别的哲学美学中。比如中国文艺美学强调：“诗文书画俱以精神为主”“文以载道”“山水以形媚道”，这是心性美学、道德美学的表征；又注意“格律声色”“文贵参差”，这是形式美学的体现。儒、道、佛、玄诸家以道德为人生最高的真美，这道德内涵虽有不同，但都源于心性修养和实践，都属于道德美学、心性美学；儒家居仁游艺，兼顾外在文饰，主张文质彬彬，而道、佛、玄家则蔑弃文饰，遗忘形骸，体现了对形式美学的基本态度。④ 以“味美”“心美”“道美”“文美”“物我同构美”思想及其在哲学美学和文艺美学中的不同发展变化来考察中国古代美学的古今演变，就得出了对中国古代美学史五个时期（奠基期、突破期、发展期、综合期、借鉴期）的独特划分（现当代则是中国美学的转换期，即从中国古典美学向现代美学学科体系的转换）。

以上述独特的基本观点对中国古代美学史进行重新解读，就得出了许多新的认识。比如由美是快乐的对象，我们可以重新发现庄子“游心于物之初”而“得至美至乐”“至乐无乐”，佛家“涅槃最乐”“乐无所乐”，王弼“美者，人心之所进（追求）乐也”，阮籍“恬淡无欲，则泰志适情”，陶弘景“味玄沮真，于是至乐”，康有为“人性之道”“求乐免苦”，梁启超情感至上、快乐至上等等命题的美学意义。由美是一种超越于视听快感之外的一切快适滋味，我们可以重新发现儒家“仁义之悦我心，犹刍豢之悦我口”，道家“至味去味”“无味而五味形焉”，佛家“涅槃”如“醍醐”“甘露”，“淡乎无味，乃直道味”，王充的“美善可甘”，夏曾佑“小说之所乐，与饮食、男女鼎足而三”，王国维包含“烟酒”“博弈”“艺术”在内的“人间嗜好”研究等等的美学价值。由美可以是道德的象征、真理的形象，我们在阐述中国古代美学时就不致过分局限于形式美学，而理直气壮地把引人快适满足的道德真理的物化纳入考察范围。由美是心性的寄托和形式的律动，我们在考量中国古代诗文、书画、音乐、园林的美学思想时就会始终兼顾意与象、神与形、心与手、道与技两极，而不偏一端。

此外，通过以新观念、新视角对中国古代若干人物美学思想个案的扎实研究，本书在若干地方取得了独到发现。比如孟子的“充实之谓美”含义不明，历来理解存有歧义。笔者联系后继者荀子“不全不粹，不足以为美”的特定语境，考证荀子“不全不粹”的主语指道德修养，由此返证孟子“充实之谓美”的“充实”指道德修养的充实，从而与孔子的“善者，美之实也”思想一起，构成了儒家的道德美学观。又如同是以道为美的道家美学，老子的“道”内涵偏指能生众有的“无”（笔者《老子美学：“孔德之容，唯道是从”》，《文艺理论研究》2004 年第 5 期），庄子的“道”内涵偏指“任其性命之情”、顺其自然的“适性”（笔者《适性为美——庄子美学系统管窥》，《华东师范大学学报》1989 年第 4 期）。而庄子的“适性”为美，发展到魏晋玄学手中又产生了分裂，一是保持庄子人性本义的“适性”，应物无伤，不动情欲，这就是《世说新语》高标的“雅量”，嵇康所推崇的“志无所尚，心无所欲，乃为绝美”；一是背离庄子人性本义、符合自然人性实际的“适性”，纵情任欲，不拘名教，这就是《世说新语》高标的“任诞”，《列子·杨朱篇》艳美的“恣意所欲，其乐无比”。它们同为魏晋士人仰慕、追求的人生风度，同为“适性”“逍遥”之美，但实质已悄然变异，大不相同。这种分裂，不只在《世说新语》中记载着（笔者《“雅量”与“任诞”：从世说新语看魏晋玄学的审美取向及其分裂》，《中文自学指导》2008年第2期），也在《列子》中矛盾地罗列着（《无欲之美与纵欲之美：〈列子〉美学思想的杂烩》，《三峡大学学报》2004年第4期）。再如，对刘勰情感美、形式美思想的考辨（笔者《文章、性情、文采——刘勰〈文心雕龙〉的美学意义》，《东方丛刊》2006年第1期），对柳宗元园记关于园林“旷如”“奥如”之形美和“美不自美，因人而彰”的心美真谛及其继往开来地位的抉发（笔者《柳宗元园记创作刍议》，《文学遗产》2007年第5期），对隋唐间华严宗以“十”为美思想的揭示（笔者《论华严宗以“十”为美的美学倾向》，《社会科学战线》2008年第6期），对南宋胡寅《题酒边词》“诗出于离骚楚词”“于”字的考辨（笔者《胡寅〈题酒边词〉义考》，《中国美学研究》第2辑《〈题酒边词〉疏正及其意义重估》，《中国文学研究》第8辑）及明清词论从“小道”到“尊体”走向的揭橥，等等，不一而足。正是由于这些著述道别人所未道，所以才会在刊物上发表。

（2）本书上述的种种新见均不是信口开河、凭空杜撰的，而是建立在对大量美学资料和文化典籍的占有、分析、概括基础上自然形成的。本书依据的主要原典有《十三经注疏》《二十二子》《大正新修大藏经》《卍续藏经》《道藏》《藏外道书》和今人整理出版的各经、子、集及部分佛教、道教、书画理论、园林理论、美学理论专著。为了尽快进入研究对象路径，尊重并继承今人研究成果，在前人基础上把美学史研究朝前推进，本书还重点参考了《中国美学史资料选编》《中国历代美学文库》《中国历代文论选》《中国历代词论选》《中国历代剧论选注》《中国历代小说论著选》《中国画论类编》《中国历代名园记选注》《中国佛教思想资料选编》和李泽厚、刘纲纪、叶朗、敏泽、陈望衡、王振复、陈炎、张法、王向峰等人的中国美学史论著，以及相关的王运熙顾易生主编的《中国文学批评通史》、郭朋中国佛教史系列论著、任继愈主编的《中国佛教史》《中国道教史》、卿希泰主编的《中国道教史》等等。由于本书坚持美是普遍快感的对象，美学是感觉学，而感觉学又联系着对象的形式与道德，所以，本书考察的视野就扩展到过去许多不为美学研究注意的材料上去，扩展到佛教、道教等文化典籍中去，从而带来了新的美学材料的开拓与发现。

（3）本书不仅有创新的观点，翔实的材料，而且有一个合理的叙述结构。过去人们写美学史，一般在时代分期之下将各类人物和著作按时序直接并列，至于说它们之间是什么关系则不加揭示。这实际上是对阐述对象的整体思考不深、概括不力的表现。好比是厂长直接管个人。结果会给读者认识、把握其内容带来困难。有鉴于此，本书在深入思考、反复斟酌的基础上，依据每一时期众多评述对象美学思想和特点的相互联系，力图在一个更高的层面上对它们加以分类概括。概括的依据或者是哲学世界观的派别属性，或者是文学艺术的门类属性，或者是道德美学、心性美学、情感美学、形式美学等等的不同取向。在每编标题之下增设二级目，将叙述对象的个体变为三级目，就好比在厂长与工人之间增设了车间主任，更便于管理工人，在读者认识对象前作者首先做了一次归类处理，这就更便于读者把握著作内容。值得说明的是：本书二级目从每一时期面对的不断变化、丰富多彩的美学思想实际出发寻找类的属性加以实事求是的概括，其合理性正在这里。它不从预设的逻辑层次要求出发，因为如果二级目设计以概念属种关系的统一为最高追求，那势必会形成对内容表达的削足适履，反而不合理。

（4）行文论证坚持名实相符、论史互证的逻辑。以往的美学史，多存在名不当实的局限。一方面坚持美的本质是“实践”，按照逻辑美学史就应当写成人类实践史；可人类实践史并非美学史，所以“实践”论者所著的中国美学史实际上则是另外一种面目。同理，一方面坚持美的本质是“人的本质力量的对象化”，按照逻辑美学史就应当写成人的本质及其对象化的历史；可人的本质及其对象化史并非美学史，所以他们所著的中国美学史实际上又是一种面目。一方面坚持美的本质是“自由”，因此美学史就应当写成自由思想史；可自由思想史并非美学史。这就叫名不副实，论史互异，这在逻辑上是不严密的。另有一些美学史著作则不追问美、美学和中国美学基本精神是什么，或者对这些基本问题没有自己一以贯之的言说立场，因而美学史撰写就淹没在含有“美”字的资料的松散堆砌中，评述中经常产生前后矛盾、叫人无所适从的遗憾。笔者坚持美是普遍快感及其对象，美学是研究快感规律的科学，按逻辑要求，便把中国美学史写成了中国古代关于普遍愉快之感觉、情感的经验、本质、原因、特征、形态、风格等等的思想史理论史，写成了普遍引人愉快的形式学史、道德学史；在此基础上概括出中国古代美学精神的五大主旨，再运用到对中国美学各家各派的人生美学、各种门类的文艺美学的分析观照中去，从而体现了循名责实、史论相参的严格逻辑性。

（5）本成果是在完成了第一卷后开始申报项目的。其写作思路、历史分期、理论框架、创新特色在立项申报中都做了论证。获得立项时已完成过半，剩下来的时间仍然是按照原来的写法继续完稿。因而本成果与立项通过的论证计划并无多大出入，只是具体材料研究的深入使原先的设想更加充实、完善了。

基于多数专家的肯定意见，也基于上述五方面的考量，本成果的基本框架和主要内容是站得住脚的，值得保留的。同时也毋庸讳言，它具有不容否定的学术价值和贡献。

2. 本书对专家批评意见的部分采纳和修改

上述三位专家在肯定本书的同时也提出了一些善意的商榷意见。另一位专家提出的不同意见较多，还有一位对本成果极尽否定之能事，多不实之词和偏狭之论。本人反复阅读、仔细研究了各人的意见，本着有则改之、无则加勉、择善而从、进一步完善的态度，做了相应修改：

（1）努力“在美学发展的整体性和发展脉理的清厘方面多下功夫”。将原前言与绪论浓缩、改写为新的前言，使其与全书的观念、方法相照应；删除了部分章之后的“小结”，在每编开头统一增加、改写了“总论”，每章开头统一增加、改写了“概述”，使正文的主要观点及其相互联系得到提纲挈领的概括和清晰翔实的勾画；对全书正文做了进一步润色，使行文更加规范、准确、明晰；个别章节做了增补，如《尚书》《周易》及董仲舒等，使其进一步完善。

（2）部分排列做了调整。原书第二编、第四编佛教美学、道教美学章置于每编最后论述，第三编考虑到与首章作为哲学美学的玄学美学的可比性，将佛教美学、道教美学二章紧列其后。现将其列于该编最后，以与第二编、第四编之排列保持协调。

（3）个别标题做了修改。如第一编第一章“扬雄的表现主义美学观”改为“扬雄：‘心声’‘心画’”。第二编第一章“《列子》及张湛注：原欲主义生命美学及其他”改为“《列子》及张湛注：‘无心’与‘恣欲’”；第三编第二章“形式主义倾向的诗歌美学”改为“形式诗学”；第三编第三章“表现主义诗文美学”改为“适意诗学”。这样改订或是为了与全书标题尽量以古人语词概括题旨的风格相统一，或是为了在字数上更整饬、更精练。

（4）再次（这在作者是第三次了，以前曾参与过出版社校样的两次校对）核对了引文，订正了书中的一些技术性差错，全书的准确率进一步提高。专家意见中举出的个别文字差错都得到了订正。

3. 对专家意见中不实之词或错误的申诉与答辩

评审意见中，有不少意见是无法遵从修改的。这些意见可分为五类：（1）明显的错误；（2）似是而非的错误；（3）不实的误会；（4）观点不同产生的批评；（5）恶意的中伤。容逐一答辩：

（1）明显的错误

① “全书依时序共分四编。”笔者按：当为五编，分别是：先秦两汉：奠基期；魏晋南北朝：突破期；隋唐宋元：发展期；明清：综合期；近代：借鉴期。

② “全书开篇所述解构主义美学原则，视‘美’为普遍愉快的对象。”笔者按：“解构主义美学”取消美的本质和定义，绝不“视‘美’为普遍愉快的对象”，“视‘美’为普遍愉快的对象”乃是笔者的观点。

③ “从隋到元长达700余年合为发展期，而忽视元代与隋唐之间的许多不同，有粗疏之嫌。”笔者按：“隋”，错字，当为“隋”。

④ “第一编第二章道家美学以后，再也找到道家美学，只见道教美学了。”笔者按：“找到”当为“找不到”之误。

⑤“对《乐记》及其美学思想重视不够。”笔者按：《乐记》属于《礼记》的一篇，本书关于《乐记》的美学思想有详细探讨，见本书《礼记》美学一节。

（2）似是而非的错误

① 本书引用的《尚书》两则文字“均有问题”：“《周书·旅獒》为伪书，不宜采用；《虞书·舜典》应为《虞书·尧典》。”笔者按：此说似是而非。所谓“伪书”，指东晋梅赜所献的《孔传古文尚书》，它是东晋初年以后流传的《尚书》的唯一本子。真正的《尚书》

原本——汉代的《今文尚书》和《古文尚书》早在西晋永嘉之乱后皆已失传，现在已看不到。唐代孔颖达作疏的是《孔传古文尚书》，宋人把它刻入《十三经注疏》，清人阮元加以刻行，它也是今天《尚书》通行的最权威版本。在中国古代广为流传、并发生深远影响的就是这部被后人考证为“伪书”的《尚书》，古代美学界也是如此。因此，本书研究、评述的《尚书》美学思想应以此，即《十三经注疏》本的《尚书正义》58篇（上海古籍出版社影印出版）为据。《周书·旅獒》是其中一篇，引用它并不为过。又“诗言志”一语，孙星衍《尚书今古文注疏》、郭绍虞《中国历代文论选》归入《虞书·尧典》，我过去亦从此说。而在《十三经注疏》本《尚书正义》中，此语出自《虞书·舜典》，故改从此说。可见指责本书《尚书》引文两处出处“均有问题”，本身是似是而非的。

②“第一编第二章道家美学以后，再也找（不）到道家美学，只见道教美学了。道家美学不同于道教美学，道家美学在文艺上始终占突出地位，这是不能旁落的。”笔者按：本书以代表性人物或著作为美学思想史坐标。道家美学在后世文艺美学中虽然影响很大，但它是像盐着水中一样融化在各类文艺美学中的，缺乏可与老子、庄子比肩的代表人物或与《吕氏春秋》《淮南子》媲美的著作，因而本书“第一编第二章道家美学以后，再也找（不）到道家美学”是自然的、合理的，也是没有办法的。我想，这位持批评意见的专家也无法在“第一编第二章道家美学以后”列出道家美学的历史坐标。又按：如何理解道家美学在文艺上始终占“突出”地位？笔者研究得出的观点是：它无论怎样“突出”，也比不上儒家美学所占的主导地位。因而在后世，特别是在隋唐宋元时期，儒家美学主潮明显，而道家美学只是作为互补的成分隐藏、溶解在文艺美学理论中，无法列举出代表性的人物或著作。

③“道教美学中”“多采用与美学不相关的内容”，“如张三丰的炼丹成仙即‘修心炼性’如何与美学挂钩”？笔者按：本

书在不同时期的道教美学章节中一再说明：道教美学是“乐生”的美学，它以长生成仙为人生最高的美，而修道炼性、养心运气就是达到人生最高的美的理想的根本途径。“修心炼性”是道教特殊的审美方法论和审美活动形态。

④ 本书原稿前言部分为说明各种审美现象的令人眼花缭乱，曾化用白居易《钱塘湖春行》“好花渐欲迷人眼”诗句说“好花渐欲迷乱眼”。有评审意见以白居易原诗为据说明笔者引用错误。笔者按：其实本书说“好花渐欲迷乱眼”时并未注明出处，是化用并非引用，因而也就说不上引用错误。

（3）不实的误会

① 关于框架，评审中有三位专家对本书每编章目不在同一逻辑层面提出商榷或批评。笔者按：其实这既没有领会本书的用心，也没有理解本书的难处。本书章目的设立不是从统一的逻辑概念出发先验预设的，而是根据丰富多彩的对象实际，努力挖掘其最基本的共性概括而成的。中国美学史所要阐述的对象实际是不断发展变化的，很难用一个统一的标准去分类划分。在先秦两汉，文艺美学尚未独立或形成气候，各家各派从不同的世界观出发发表对现实美乃至艺术美的思想看法。这时美学的分类标准是哲学派别。魏晋南北朝，原先的儒家美学和道家美学化合为玄学美学，佛教美学和道教美学飞跃发展，达到高潮，此外在文艺美学领域出现了各种艺术门类美学的辉煌和突破。于是，不同的哲学美学派别与文艺美学门类并列，实在无法在它们之间找到说明逻辑分类的共性，也不可能与前一时期的分类概括在同一层次。隋唐宋元，儒家的道德美成为现实人生与诗歌散文的主导追求，形成儒家道德美学主潮，佛教美学和道教美学达到高峰，与此同时，诗文美学中又出现形式美学与表意美学的两种流脉，书画、音乐、园林美学以各自的艺术规律，融会儒道佛的思想成分取得进展，为明清的综合打下了基础。所以分类又与以前不同。明清各类文艺美

学综合着隋唐宋元的儒家道德美学和魏晋南北朝的情感美学思想，也融会道家、佛教的美学义理，以自身的艺术特性走向集大成，而佛教美学、道教美学则走进尾声。因此分类以文艺美学门类为主，哲学美学类别为辅。近代，中国美学借鉴西方科学美学走向美学学科的独立，摆脱了传统美学对哲学美学与文艺美学的依附，因而本书不再以哲学美学派别与文艺美学门类为分类标准，而只能以这种借鉴中富有贡献的人物为分类依据。可见：本书章目做上述不统一的划分正是实事求是抽象概括的需要，它们不符合概念划分的形式逻辑，却符合名实相当的学理逻辑，凝聚了作者反复推敲的辛勤劳动和对阐述对象内在关联的深入思考，正是本书框架的独特、合理之处。如果强求概念划分的逻辑统一，则将肢解本书的叙述内容，歪曲笔者对中国美学史历史分期的独特认识，结果势必会更不合理(尽管如此，笔者还是出于对评审意见的尊重，在保持原有章目分类的情况下，对无法回避的不在一个逻辑层面的局限做了说明）。

② 关于中国美学史的分期，本书“突破奠基于先秦的说法，把两汉也包括进来，就应论证”。综合期、借鉴期对“综合”“借鉴”“都要作论证”。笔者按：原书这三编开头的导语中都有明确论证，在正文论述中也有所展开和照应，只要读得耐心仔细点，是不难理解的。本次修改时在各编“总论”中又做了进一步强调，可参。这里不赘其详。

③ “儒、道、佛三家美学”在明清综合期中如何“综合”？笔者按：明清作为中国美学的综合期，主要指诗文书画、小说戏曲、音乐园林这些艺术美学门类而言。佛教、道教美学在此时则走向衰落，儒学在明清失去了可与汉儒或宋儒比肩的大家，而融化在文艺美学的主张中，并受到情感美学的冲击，因而没有一条明显的儒家美学线索可循。任何理论概括都只能依据矛盾的主要方面，而不能没有个别例外。

④“基本判断并未贯彻到整部书中。”笔者按：其实笔者对美、美学、中国古代美学基本精神的基本判断都贯彻在全书的历史分期，贯彻在每编的总论和每章的概述中，贯彻在具体材料的取舍中，贯彻在章节标题的设计中——只是为了防止千篇一律，所以在标题设计中尽量采用有个性的原话，以保持一定的内在张力。

⑤“只就各个朝代最重要的人物、思想、命题讨论，其他边缘、次要的被遗落了。”笔者按：本书立项时的最初设计是：篇幅既不要太简略，也不要太庞大，控制在150万字左右，因而笔墨可扩展到二流甚至三流人物或著作的主要观点。较之一卷本美学史，本书其实已评述到不少“边缘”“次要”的思想（因而引起了另一个专家的不满，讥为细碎）；较之更大规模的美学史，本书自然阐述得还不够全面，但这是由篇幅所限决定的，我们不能要求一部书穷尽所有材料和思想。

⑥评述对象之间的“共同联系、运演创化和发展变化的线索轨迹也少见揭示，甚至被隔断了，这就与‘通史’之名不相符合了”。笔者按：本书评述对象之间的纵向联系，见本书的历史分期及其论述；横向联系，见每一时期章目对不同人物和著作的分类概括。本史名“通”，正在前后的贯通和同一时期不同文艺门类和哲学派别美学思想的打通。当然这种纵横联通无须喋喋不休地复述，应留点认识的空间给读者；由于对象之间的思想联系是多维的、复杂的，也无法做出明确的揭示——那样做必然留下线性、简单、机械的弊病。

（4）观点不同

①“从隋到元长达700余年合为发展期，而忽视元代与隋唐之间的许多不同，有粗疏之嫌，至少要分发展前期与发展后期以示区别。”笔者按：这实际上涉及对相关中国思想史，尤其是中国人文思想史时代特征的不同理解和把握。过去人们谈中国思想史，往往习惯将宋明与隋唐分开来视为两个时期，称“隋唐佛学”“宋

明理学”。其实，隋唐思想界的情况与宋元颇为相似，这就是儒家道学与宋元理学的一致性。而明代思想界的情况则与宋代大不一样，已逐渐告别儒家道统，走向个性解放，这些在《隋书》《新唐书》《宋史》《元史》和《明史》中均有明显记载。在中国思想史上，作为对六朝追求自然适性、任情纵欲产生的流弊的反拨，隋初统治者抬出儒家道统加以矫正，标志是隋文帝、李谔、王通。唐太宗针对隋炀帝骄奢淫逸导致覆亡的历史教训，进一步弘扬儒家道统，命孔颖达主持注疏儒家五经，命魏征以儒家思想主持修史，总结仁政之道。自此，儒家思想成为隋唐占统治地位的思想。韩愈的古文运动和白居易的新乐府运动就是在诗文领域贯彻儒家道统的实践。隋唐道学为宋代理学的发展奠定了坚实的基础。元代继之，用宋代重新诠释过的儒家学说作为统一天下思想的意识形态。可见，隋唐至宋元，是儒家思想重新获得主宰地位、不断发展壮大的时期（见笔者系列论文《中国人学思想历史演进的整体把握》，加拿大《文化中国》2001 年第 6 期，《书屋》2002 年第 6 期；《从先秦至清末：中国人文思想的四次启蒙》，《学术月刊》2007 年第 8 期；笔者著作《中国人学史》，上海大学出版社 2002 年，《国学人文读本》，上海文化出版社 2008 年）。站在这个思想背景之下来观照美学史，就会发现儒家道德理性的美是这一时期人生美学和文艺美学的主要的和一贯的追求，从而区别于前面的六朝与后面的明清。该专家坚持自己的陈旧观点，固然是他的权利，但以此来批评、要求笔者的研究所得，实在不敢受命。

② “视美为普遍快感的对象，所持学术观点稍嫌陈旧、偏颇。”“该书把美学史理解为感觉经验理论史……就其观点来说不一定十分公允。”笔者按：先辩“陈旧”。西方传统的美的定义是“视听觉快感”，本人将美视为“普遍快感的对象”，主要有三点与此不同：a. 美是能普遍引起主体快感的客观对象，而非仅仅是主观感觉。b.“普遍快感”包括五觉快感；c.“普遍快感”

包括理智快感、心灵满足。正是由于这个观点的新颖性，所以笔者的论文《论美是普遍愉快的对象》得以发表在重要学术期刊《学术月刊》1998年第1期上，并由中国人民大学1998年第4期《美学》资料以及江西高校出版社2000年出版的《美学文学研究文集》、黑龙江大学2005年出版的《拒绝与接受》、安徽大学出版社2008年出版的《美学人学研究与探索》全文收录转载。据此加以简述的同名文章后来又发表在2001年4月21日的《文汇报》学林版上。说这个观点"陈旧"不合实情，只是一家之见。再辩"偏颇"。衡量美的根本是"普遍快感"。客观对象美的特质都是由主体的"普遍快感"决定的。美又是感觉经验的圆满完善，研究美的美学是感觉学。它侧重于研究正价值的感觉——愉快，也兼顾负价值的感觉——痛苦。普遍引起快感的对象既可以是纯粹的形式，也可以是寄托道德或真理元素的形象。于是美学就从感觉学走向了形式学、道德学、真理学。美既可以与真、善无关，也可以是道德的象征、真理的符号。这就既杜绝了把美学研究降低为与真、善绝缘的感官美学、形式美学的庸俗化，也避免了忽视美的独立性，把美学研究等同于道德学、真理学研究的简单化、机械化，从而使美学研究显得左右兼顾，公允无偏。称这样的思路"偏颇""不十分公允"，是有些冤枉笔者的。但笔者无权指责别人的批评，不过笔者也有坚持自己长期研究形成的观点的自由。

③ "将《尚书》《左传》《周易》作为儒家美学并置于孔子之后论述是否妥当？"笔者按：《尚书》《周易》由孔子编订，是公认的儒家经典；《左传》是为儒家经典《春秋》所作的传注，儒家思想明显。将三书"作为儒家美学"，当无误。《尚书》《周易》的经部分虽然产生于孔子之前，但由孔子编订；《左传》作者左丘明约与孔子同时或略后，即便从时间上看置于孔子之后叙述亦无不可。何况思想史叙述还要兼顾逻辑概括。本章为"儒家美学"，逻辑上以孔子、孟子、荀子为主，其他儒家著作为辅，故本书并

不完全按照评述对象时间的先后排序叙述。评审专家的疑问固然有一定根据，而笔者做这样的技术处理当亦有其学术自由。

（5）恶意中伤

在五位专家的评审意见中，唯一一位用电脑打印的意见（下称“打印意见”）对本成果采取笼统肯定、具体否定；简单肯定，重点否定的方法，在简单肯定了本成果“有一定的学术价值和理论价值，对于中国美学史研究具有一定的资料价值”之后，便罗列了九大条意见，对本成果极力加以批判。这些意见除了极个别的之外，多属于以偏概全、恶意引申的道德批判，有的分明是无中生有的诬蔑中伤。不仅与多数专家的肯定意见相矛盾，也与他自己对本成果的肯定意见相矛盾。这些批评中的个别不当意见，本人在上面已有所答辩。这里集中就其恶意中伤的几个观点加以辩驳：

① 关于学风，“打印意见”用一连串的价值用语批判本书：“很多章节……论述极为粗略而浮泛”，如“论述魏晋时期绘画美学、书法美学、园林美学非常潦草、粗梳”。最后下结论：“总的说来，该成果存在的缺陷和不足反映出的是文风问题，解决的办法是提倡‘板凳甘坐十年冷，文章不写半句空’的踏实学风和治学态度，大力扭转和革除那种浮躁、急功近利的不良文风。”

笔者按：事实表明，这是无中生有的妄断和诬陷。

首先，本书写作历时五年，净字数 150 余万，写掉方格稿纸 4000 余页，消耗一次性水笔数十支，熬过若干不眠之夜，拇指中指都磨出了老茧，打印后花数月时间校对两次（尚不包含这一次）。请问：能说这样长时间的辛苦劳动叫“浮躁”吗?

其次，本人所以能在五年里写出这样一部 150 多万字的大书，完全得力于此前 20 多年的长期积累。笔者 1978 年考进大学读中文，醉心于文艺创作和文艺评论，1980 年在《电影评介》发表第一篇电影评论。1981 年开始从事文艺理论和美学研究，不久开始复习考研。1986年在《文艺研究》发表第一篇研究古代诗歌美学的论文，迄今发表与美学相关的论文一百多篇，出版与美学相关的专著若干部，为《中国美学通史》的写作做了大量的前期准备。如关于美本质和庄子美学、老子美学的研究论文早在1998年的《学术月刊》、1989年的《华东师大学报》、1999年的《上海大学学报》上刊发；《美学关怀》（复旦大学出版社1998年）凝聚了对美、美学和艺术本体问题的一般思考，《中国古代文学原理》（学林出版社1993年）、《中国美学原理》（山西教育出版社2003年）体现了对中国古代文艺美学和哲学美学范畴流变的爬梳，《佛教美学》（上海人民出版社1997年）、《佛教美学观》（宗教文化出版社2003年）为佛教美学史的梳理提供了学理基础，《中国人学史》（上海大学出版社2002年）则为中国美学史的撰写提供了相关背景知识。《中国美学通史》乃是在这些思想和知识储备基础上的新的飞跃。没有前面20多年的学术积累，就没有《中国美学通史》的诞生。常言说："十年磨一剑""板凳甘坐十年冷"。其实，本成果的形成时间岂止十年！若从1978年算起，则有30年；即使从1981年开始从事美学研究算起，也有27年。试问：花近30年的积累写一部大书，可称之为"急功近利"吗？

再次，来看文本。本书材料征引广泛。所有引文都按规范注明了详细出处。对难见材料的出处甚至注明到页码。如第一卷所引佛教资料注明到《大正藏》第几卷第几页上、中、下行。对所引资料，参校诸书，考辨真伪，订正了权威资料的一些错误。如第二卷隋唐书论关于智果《心成颂》原文的辨正：

本书所引《心成颂》，据王有朋、孙小力编著《翰墨风致：书法艺术文粹》。按该书所引前人注释，《中国历代美学文库·隋唐五代卷》列为正文，实不确。理由一：原题为"颂"，通行为四言句，而散文化的注释部分明显与此不合。理由二：正由于注释部分不是原文，而颂文意思不明确，才致使清人包世臣之友姚

配中做出了不同于前人以字体书形解释的另一种理解，认为此颂实为传授大字书法而作。（见包世臣《艺舟双楫》）

对引文中冷僻的字，一律加夹注注明音义。对意义难明的引文，随文用括号加上自己的解释，如第二卷第四章张彦远节：

张彦远在阐释“运墨而五色具”的水墨写意美学观时说：“所以不患不了（明了于五色），而患于了（由于过分明了五色而画得很谨细）。既知其了，亦何必了？此（指“何必了”所产生的“不了”）非不了也。若不识其了（五色之了在于不了），是真不了也。”

即便以受到该专家诟病的魏晋画论论述而言，笔者的态度同样是相当严谨的。如关于王微《叙画》“本乎形者融灵，而动变者心也”的辨义：

关于这句话的标点，各本有异。金原省吾《支那上代画论研究》，徐复观《中国艺术精神》，李泽厚、刘纲纪《中国美学史》均如此标点，北京大学编《中国美学思想资料选编》标作“本乎形者融，灵而动变者心也”，几读不通，亦不合那个时期文章的常见句法。周峰编《丹青意趣——绘画艺术文粹》（东方出版中心，1999 年）标作：“本乎形者，融灵而动变者，心也。”可备一说。标点之所以会有如此差异，盖在文义本身有些费解，而费解之关键词，在“融灵”。“灵”，古文写作“靈”。《玉篇》：“神，靈也。”《大戴礼记》：“阳之精气曰‘神’，阴之精气曰‘靈’。”《尚书·泰誓》：“惟人万物之靈。”汉孔安国传：“靈，神也。”《诗·大雅·靈台》毛传：“神之精明者称‘靈’。”可见，“灵”最初与“巫”“神”有关，即“神灵”。而当毛传说“神之精明者称‘靈’”时，“灵”则有了“精神”“心灵”的含义。王微所说的“灵”，大抵可做人的精神解。故“本乎形者融灵”，即山水形体之“本”是融入人的精神，与“动变者心也”的“心”正相对应。而“动变者心也”，意即变化生动之根本是心灵。这两句话与画“以明神降之”一样，都是以主体心神为美的表现主义美学命题。

此外，本书对待同一美学家的著作引文，尽量查考其写作时间，以联系作者特定时期的生活经历准确理解文意（如柳宗元园记），甄别其思想的前后变化（如袁宏道早年痴迷狂禅、倡导性情，32岁后皈依净土，走向冲淡），理清其思想发展历程（如对蔡元培的美学论文一一考察出它们的发表时间）。在准确、全面理解评述对象美学思想的基础上，分类加以概括，纳入合适的章目之下进行评述。上述认真、审慎的写作态度，贯穿在全书每个章节的写作中。真可以说是“文章不写半句空”。该专家以“极为粗略而浮泛”“非常潦草、粗梳”评断本成果，符合实际吗？客观公道吗？

其实，本成果及其体现的作者的学风，已赢得了多数评审专家的肯定：“全书结构严谨，秩序井然”，“内容充实，结构合理”，“论述简切，要言不烦”；“在叙述中，作者力图运用当代美学观念，吸收前人相关研究成果，选择翔实的原始材料，加以分析、诠释和解说，每每持之有故，言之成理，给人扎实浑厚的感觉”，“具有重要的学术价值”。这说明，是非自有公论。对照“打印意见”所强加给本人的“不良”“文风”帽子，谁是谁非，不是很清楚吗？

② 关于“述”与“论”的关系。“该成果是‘述’大于‘论’，有的地方‘论’近乎无……这就造成了十分明显的缺陷。”笔者按：本书是思想史书，它的任务应是“述而不作”，向读者提供古代美学思想的丰富资源以便采用，所以应当以“述”为主，以“论”为辅，绝不能以“论”代“述”。包含作者史识的“论”不仅体现在明显的评述中，也暗含在材料的取舍排列中。当分类、分层次选用的材料本身已可彰显其意义和价值，再对持同类思想的不同人物重复同样的评点就显得多余。尽管以“论”为辅，但较之其他思想史书，本书又是有自己更多的想法的（详见本答辩书第一部分）；在具体个案内蕴的深入挖掘中，常常伴随思想的新发现，因而本书不少章节作为有新见的单篇论文被许多刊物，包括权威、

核心期刊采用。到目前为止，本书已在各类刊物发表相关章节20多篇。以“打印意见”列举的老子、庄子为例，笔者在原来已发表过的研究成果基础上再加挖掘，写成一万余字的《老子美学:“孔德之容，唯道是从”》和《庄子美学：“自适其适”，“至乐无乐”》，前者发表于《文艺理论研究》2004年第5期，后者入选《东方学术文库》第二卷，并应邀在2004年度上海学术年会上做主题发言。然而即便是这些被权威刊物和专家普遍认可的章节，也被“打印意见”指责为“全部内容几乎都是引文，较少诠释和阐发，更不用说分析论证了，只是材料的堆积而已”。这真有些混淆是非、颠倒黑白了。现在，《老子美学:“孔德之容，唯道是从”》和《庄子美学：“自适其适”，“至乐无乐”》就保留在本书第一编第二章中，请比照明断。

顺便交代一下：如果要看笔者对中国古代美学史的“论”，请参笔者《中国美学原理》一书，这当中有集中阐述。

③ 关于个案篇幅的长短详略。本书关于每个对象评述篇幅的长与短既受制于对象自身美学思想的丰俭程度，也体现着笔者对其在美学史上地位的认识，同时还受到全书设定篇幅的限定。这本来是研究者应当享有的学术自由。可“打印意见”却自以为是，以己划线，对本书横加责难。老子美学、庄子美学章已各写了一万字左右，但“打印意见”还觉得“挖掘出来的东西也非常有限”。《尚书》虽然包含一些美学芽胚，某些观点对后世也很有影响，但毕竟是历史著作而不是美学著作，其美学内涵也极其有限，但“打印意见”却认为《尚书》“包含着极其丰富（的——笔者补）美学内涵”，而笔者的介绍“只用了一页多一点”，太少。同理，像陆九渊、王守仁之类毕竟是理学家，从其世界观出发可以推导出一些美学观，但除了强调道德心性美之外别无多少美学主张，本书着墨不多，“打印意见”却责难说：“这些重要人物的美学思想岂是三言两语就能说好的？”东晋画家王廙画论美学并不丰

富，主要就一个观点值得注意，所以介绍很简略。“打印意见”将这也视为一条罪状：“王廙一节，连生平介绍只有12行文字。”每个个案究竟应当写多少字，他人有权利代为设定吗？其实，本书在150万字左右总字数的设定下，对各位评述对象的详略长短是有自己的独特考虑的，该详的浓墨重彩（如刘勰一节写了三万字，康有为、梁启超、王国维诸节都写了一万多字），该略的点到即止（少则几百字）。笔者的这个用心，实际上曾获得两位评审专家的好评，他们誉之为“重点突出”“论述简切，要言不烦”。而“打印意见”不明白本书之用心，就匆忙武断地斥之为详略失衡，乃至要为本书规定每个人物应写的字数，不荒唐可笑吗？设想如果真的听从了他一个人的意见，我又如何向肯定我的专家交代？

④ 关于取材的常见与拓展。“打印意见”指责本书“论述的内容大路货较多”。笔者按：撰写中国美学史，不仅不能回避那些常见的、被人们讥为“大路货”的材料，而且应当把它们作为首选，因为它们影响巨大，凝聚着共识，属于经典的资料。如果回避它们，将给美学史造成致命的缺失。因此，本书对这些材料眷顾有加。同时，由于笔者坚持美是快感及其对象、美学是感觉学的标准，将古代文化典籍中凡是论述快感及其原因的部分都视为美学材料加以考量，拓展、发现了许多过去被人忽略的新的美学材料。此外，由于笔者长期致力于佛教美学及与道教美学、玄学美学的比较研究，因而在佛教和道教、玄学典籍中论及感觉经验的美学材料的拓展方面屡有所获，尤其是佛教美学和道教美学部分的资料，所有中国美学史资料文库选本均不见，亦非现有中国美学史书所有，乃笔者辛苦批阅原典所得（详见本答辩书第一部分）。可是，“打印意见”一方面将本书无法回避的经典材料指责为“大路货”，另一方面又对本书开拓的许多美学新材料视而不见。这没法不让人怀疑他的动机究竟是什么。

⑤ 关于继承与创新。本书既注意尊重和吸收前贤成果，又力

求有自己的独特创新。为了证明这种创新的合理性、可信度，本成果原来都注明了笔者成果发表的刊物或出版社。可在“打印意见”看来，笔者对前贤成果的继承则被嘲讽为“相关内容多为其他中国美学史已经论述过”，本书的创新及其出处注释则成了未能“借鉴、吸收已有成果”的“自说自话”“自言自语”（为避嫌，本次修改基本上全部删除笔者所发论文、著作出处）。这两种批评本身自相矛盾，但在试图诋毁笔者这一点上是不矛盾的。

⑥ 瑕疵的恶意夸大。一部 150 多万字的书在手写、打印、校对过程中出现个别技术性差错是可以理解的，与“文风问题”没有必然联系。可“打印意见”抓到一点瑕疵，就无限夸大。“好花渐欲迷乱眼”明明是对前人诗句的化用，“打印意见”却偏偏作为对古诗的引用指责其一字之误。原书第四编开头引用《路德维希·费尔巴哈：德国古典哲学的终结》，打印时误将“和”打成了“：”，校对时疏漏了。“打印意见”抓住这个细小的校对错误，将它上升为“任意改动”。而就在第四编稍后的刘熙载一节引用同一则材料时，笔者有准确、详细的注释（见原书第三卷第 156 页）：

恩格斯《路德维希·费尔巴哈和德国古典哲学的终结》，《马克思恩格斯选集》第四卷第 210 页，人民出版社出版，江苏人民出版社 1975 年重印。

“打印意见”却视而不见。蔡元培在 1931 年所著《二十五年来中国之美育》明确声明“美育”一词由他本人于“民国元年”“从德文 Asthetische Erziehung 译出，为从前所未有”，本书因而认为为蔡元培“首次提出‘美育’概念”，不能说没有充分根据。“打印意见”发现王国维在 1903 年《论教育之宗旨》一文中就提出了“美育”，本有弥补见之未周之功，但据此否定笔者表述的有力证据，却不厚道。

依据“打印意见”列举的上述种种重大问题，本书应当是没有任何价值的，但又确实无法一概否定本书“有一定的学术价值和理论价值”及“一定的资料价值”。这叫笔者确实不知本书的“学术价值”“理论价值”“资料价值”在何处。“打印意见”不仅在具体否定中漏洞百出，而且具体否定与简单肯定明显自相矛盾。不仅暴露了他欲置本书乃至本人于死地而后快的主观恶意，而且暴露了他思维的严重混乱。

也许有人要问：人家何故会伤你？因为我在原书相关成果出处及结项书“阶段性成果”作者的填报中无意透露了自己的身份，并且只要上网搜索国家项目名称，主持人的名字就会显现。尽管与人为善是我一贯的做人原则，而敢于表达真实观点的我确实不知道在什么时候无意地得罪了什么人。

4. 结论和要求

总体说来，五位评审专家意见中肯定大于否定。在商榷和批评意见中，有合理的，但不合理的远大于合理的。国家项目评审本来是很神圣、很严格的事，没想到在只有几百字、至多上千字的评审意见中，却出现了不少诸如漏字、错字等明显错误，似是而非的错误和不合实际的误解就更多。这表明：相关专家的态度是不够认真的。这就使得本书的价值没有得到真正的理解和应有的确认。

五位专家中，四位提出的商榷或不同意见大多出于善意，尽管未必正确，但可以理解。唯一的一位“打印意见”竭力夸大瑕疵、以偏概全、无中生有、混淆是非，以主观推断和道德评判代替错误实证，打棍子，戴帽子，损害本书的价值，败坏笔者的声誉，存在明显的主观恶意。不仅缺乏一位学者学术探讨的平等精神和宽容态度，也丧失了一个评审专家实事求是的起码道德。而公然借严肃的国家项目评审挟带私情实现置人于死地的个人目的，其胆大妄为到了何等地步！任何人都有自由发表意见的权利，但却没有诬陷他人的权利。有鉴于此，我认为此人已丧失了作为国家项目评审专家的基本资格，请求国家规划办邀请第三人重新评审，并保留必要时启动法律程序对簿公堂，明辨是非澄清名誉的权利。

答辩意见连同修改稿2008年底呈送国家哲学社会科学规划办。

三、不等复审结果，《中国美学通史》由人民出版社出版

一年前，人民出版社已与我签订了按8%的版税出版的协议。考虑到国家项目能否结项的复审意见不知拖到何时才能出来，也不知会给出什么样的结果，于是我决定：不等复审结果，不注明“国家社科基金项目”，让《中国美学通史》进入出版程序。2008年12月，在经历先扬后抑的磨难后，该书终于在人民出版社出版。王元化先生早已为本书题写书名。中华美学学会副会长、中国社科院哲学研究所研究员聂振斌先生为本书作序，给予充分肯定。这篇序言后来发表于2009年3月23日《文汇读书周报》。

2009年9月4日，校科研处来电，笔者缓期结项的2005年国家社科基金项目“中国古代美学史的重新解读”终端成果《中国美学通史》获得通过，评审结果为“合格”。据说凡缓期结项通过者，等第一律为“合格”。当时我在博客中写道：缓期结项获得通过，固然值得欣慰，但这样一部由个人调动20多年的研究积累、花了约5年时间独立完成、若干章节已经发表的大部头成果只获“合格”，与那些一人发包、众人拼凑的应景之作获得“优秀”“良好”的境遇相比，未免让人不平和遗憾。

四、夏中义、王向峰先生的好评

一项成果的好坏是有公论的。2009年2月9日夜10时许，夏中义先生来电，告《中国美学通史》收到，初步感觉三个字：通、气、力。“通”是对视野所及的广泛知识的融通；“气”既是一种发愤之气，也是一种气

派之气；“力”是一种充沛的精力，一种旺盛的活力，一种强大的能力。他说我适合做这样的题目。又以李四光、达尔文作喻，希望我不仅做美学上的李四光，而且要成为美学上的达尔文。

辽宁前辈王向峰教授在9月10日写给我的书信中说：

志祥同志：

从网上发来的文章与信文都已收到，所寄的《中国美学通史》也已收到。文章读了，非常同意你的见解；大著也匆匆翻看了一遍，觉得学问功底深厚，所论的对象涉及了中国美学的广泛视野，布局匀称，并在观点上多有所见，足见你的用功之勤苦和反应之敏捷，这在当日中国罕有所见，特别为你高兴。此书我如早日拜读，我会在去年沈阳美学会议上大谈此书的创新与成就的！

在沈阳我们是第二次见面，但你的书读得不止一本，深感你的学养与见识、果断与直率，并认为你是同辈学人中非常有希望的一位，所贡献的成果不会过了三五年便不值一杯水的那种。但现在国内这样的出名人物——即所著不少，过一段便无什么价值，成了时事学问。这是不可取的。

2009年第7期，《学术月刊》以《走向人学的文艺美学研究》为题，发表了关于我的学术访谈，并刊载了我谈《中国美学史研究的观念更新与路径创新》的长篇论文。同年9月，中国人民大学《美学》全文转载。

五、学界高度肯定《中国美学通史》的学术贡献

2009年12月19日，由上海市美学学会、上海财经大学国学研究所、社会科学报社、人民出版社联合举办“中国美学史研究的创新暨《中国美学通史》研讨会”。与会专家高度肯定和评价了《中国美学通史》的学术贡献。这些意见主要集中在以下几个方面：

1. 肯定该书填补空白的意义

中华全国美学学会副会长、上海市美学学会会长、复旦大学朱立元教授，上海市美学学会副会长、上海社会科学院陈超南研究员均指出：作为以一人之力完成的中国美学通史巨著，以前学界没有过，是“上海美学学会的骄傲”。华东师范大学张弘教授指出：《中国美学通史》无论从题目上、写法上还是构思上都具有填补空白的价值。复旦大学陈引驰教授说：与以往的同类著作相比，《中国美学通史》时空上宏大，内涵上丰富许多，整体架构非常清晰。抓住了重点，比如，把儒家放在突出的地位，更符合中国传统文化的实际。

2. 肯定该书的学术个性

上海社会科学院前文学所所长陈伯海研究员指出：作者撰写美学史有自己的基本观点。作者认为“美是普遍的快感对象”，这个观点用在中国美学通史的梳理上很有意义，它恰好把中国人以“乐生”为美的传统突出了出来，不仅彻底跳出了认知论，也在目前的实践美学和后实践美学之外开辟了第三条路。这部著作结构上的特点是两种视角的交错。一种是思想史的视角，哲学的视角，形而上地往下看；一种是各门艺术的视角，形而下地往上看。这样更有助于反映中国美学史的全貌。复旦大学陆扬教授指出：本书写作有独特的美学观念，可视为继实践美学、后实践美学之后的第三派观点。陈超南指出：写中国美学史可有多种角度、观点与方法。本书从感觉学和形式学的美学观出发重写中国美学史，使美学史研究回到审美经验的原初状态，对中国美学史的真实面貌做出了贴切的把握。不仅如此，本书还深入到中国古代美学精神的精髓中，将其概括为以“味”为美、以“道”为美、以“意”为美、以“文”为美、“同构”为美的互补系统，以此为中国美学思想史运行的轴心和考察的对象，更符合中国自己的民族特色。上海市美学学会副会长、复旦大学张德兴教授指出：《中国美学通史》有独到的视野与出发点，史料详尽，观点贯穿其中，这种史论互证的做法对中国美学史研究起到了推动作用。张弘教授认为：这部书一个突出的优点是：它不是一般历史史料的简单罗列，而是有自己的美学观贯穿其中。于是，整部著作就呈现出艺术美、现实美和思辨美的统一，体现出深度来。复旦大学张宝贵副教授认为：《中国美学通史》以对美本质的独特看法统摄全书，很有新意。全书始终围绕审美经验梳理中国美学史的进程和演变，令人耳目一新。

3. 对“通史”之“通”的肯定

《中国美学通史》是第一部以“通史”为名的中国美学史。较之以往的同类著作，该书的一大特点是真正做到了纵向打通与横向联通。朱立元教授指出:《中国美学通史》由一人完成，这就为走向“贯通”提供了可能，合作出书是很难做到这一点的。张弘教授指出：《中国美学通史》打通古今，可称名副其实的通史。该书的“通”，不仅在于朝代的打通，更在于思想体系上、美学观点上的贯通。这是极其难能可贵的，对中国美学史的研究具有重大作用。上海社会科学院邱明正研究员进一步分析指出：通史必须“通”，操作起来难度很大。祁教授以一人之力写通史，一方面体现了他相当的学术根基，另一方面也体现了他过人的胆识。本书的“通”可概括为六个方面：（1）时间上的“通”，即两千多年美学思想演变脉络的纵向打通；（2）各家各派哲学美学观的贯通；（3）各艺术门类美学思想的融通；（4）不同时期美学家的美学思想与该时期艺术创作之间的沟通；（5）美学研究与美学实践关系的沟通；（6）特定时期美学思想与时代思潮、社会风尚的联通。以上六点就显示出本书与以往美学史的区别。

4. 对本书思考精审的肯定

本书虽然是由一人完成的一部大书，但每个章节和细节都用了心思，体现了作者严谨的治学态度和非凡的学术功力。朱立元教授用“体大思精”评价《中国美学通史》。华东师范大学陆晓光教授将《中国美学通史》的特点概括为“体大虑周”“慧见卓览”“心血灌注”。并举该书对《文心雕龙》

“文”字的考析为例说明这个问题。上海市美学学会副会长、华东师范大学朱志荣教授指出：本书的优点在于围绕美学有自己的史识，哲学美学思想与艺术美学思想的统一做得很好，不仅材料征引广泛且规范，而且言之成理，逻辑严密。

5. 对作者甘于寂寞、潜心学术的肯定

该书写作历时五年，加上修改，横跨七年。在今天这个时代，很少有学者能做到这一点。陈超南研究员指出：现在学术界风气很浮躁，很少有人能静下心来认真搞大项目的研究。大部头的著作大多由一个导师带着一帮弟子完成，质量堪忧。祁志祥教授以一人之力花数年时间完成《中国美学通史》这部一百六十万字的巨著，殊为不易。上海市美学学会名誉会长、上海市社会科学院蒋冰海研究员回顾了祁志祥教授十多年来学术的勤奋和著述的成果，肯定《中国美学通史》是作者一贯勤奋取得的结果。上海师范大学曹旭教授对作者做事“不过夜”的拼搏精神深表敬佩。上海大学邓牛顿教授在书面致辞中说：相对于我们这个泱泱大国而言，目前潜心于学问者甚少。这些年来，志祥同志孜孜不倦地从事人学、美学的研究，收获甚丰，其精神可嘉、可敬佩也。

会议的报道发表于 2010 年 1 月 2 日的《文汇读书周报》、2 月 4 日的《社会科学报》和 1 月 5 日的《上海财经大学报》。

6. 入选《国家社科基金项目成果选介汇编》，荣获两项大奖

2010 年 6 月，这部以“合格”结项的成果入选全国哲学社会科学规划办公室编的《国家社科基金项目成果选介汇编》（第六辑）（社会科学文献出版社 2010 年 6 月版）。《成果选介》的介绍是：

> 由上海财经大学人文学院祁志祥教授负责主持并独立完成的 2005 年国家社会科学基金项目成果《中国美学通史》2009 年 8 月通过评审。作者熔铸 20 多年来在中国美学及相关的中国文论、中国人学和宗教文化方面的积累，以美是普遍愉快的对象、美学是

感觉学为独特视角，以味美、心美、道美、文美、主客同构美为中国古代美学精神的运行轴心，以现实美和艺术美为考察对象，以哲学美学和文艺美学为抓手，在古今比照与平行兼顾中重写中国美学史，致力于在纵向打通中揭示中国美学思想史的不同分期和时代特征，在横向联通中考察不同哲学派别和文艺门类美学理论的相互渗透和影响，建构了一部融儒、道、墨、法、佛、玄及诗、文、书、画、音乐、园林美学史于一体的多声部全景式美学通史。

本书的重要观点及主要贡献是：

（1）对当前美学界流行的解构主义美学观提出商榷，指出道不可言而又不可废言，美学研究不能回避对美的共性的归纳和对美本质的追问；中国美学史必须聚焦中国历史上关于美本质的思考。

（2）在坚持美本质可以而且应当追问的前提下，对曾经流行的“美是人的本质力量的对象化”定义的逻辑漏洞提出质疑，指出它不仅因“人的本质”歧义多出而使美的本质含糊不清，而且势必导致将中国美学史写成中国人的本质思想史，因而此路不通。

（3）从审美实践出发，在继承和超越中外美学史上关于美本质思想成果的基础上，提出“美是普遍愉快的对象”的观点。在日常生活中，人们通常将指称主体愉快感的“美”叫“美感”，将指称引起快感的对象的“美”视为身外客观存在的“美”。美学既要重视主体的愉快感本质、规律的研究，又要重视引起主体愉快的对象本质、特征、规律的研究。对象纯粹的形式因为普遍有效地使人感官愉快被认为是美，道德的形象、真理的象征也由于能普遍引起人们的精神愉悦而被认可为美。因此美学研究既要关注纯粹的形式美，也要兼顾真、善的美。作为与真、善无关的纯形式美并不局限于西方传统美学所说的视、听觉愉快的对象，而包括色、声、香、味、触在内的五觉愉快对象，因为五觉快感在物质过程机制上除了具体媒介物或者说刺激物不同外，没有什么本质区别，都是神经组织对外界物质的直接感应性愉快。

（4）在这种美本质观和美学观的基础上，对中国古代的美本质观和美学精神做了独特的研究和把握，揭示了中国古代普遍的美本质观是一个由以“味”为美、以“心”为美、以“道”为美、以“文”为美、同构为美构成的复合互补系统。在中国古代美学看来，“美”是一种如同快适滋味一样的事物。不只视听觉快感对象是“味”，五觉快感乃至心灵愉悦的对象也是“味”，“仁义之悦我心，犹刍豢之悦我口”。这是“味美”观。中国美学以什么为“至味”呢？大抵儒家美学以道德心灵的表现为至味至美，道家美学以天道的象征为至味至美。这是“心美”观和“道美”观。中国美学处于天人合一的文化系统中，天人感应、物我同构，被视为美的发生机制和心理本质。这是同构为美观。美不只是心灵的意蕴、道德的寄托、真理的化身，而且是特定规律的形式。参差错落的形式就是美丽的文饰。这是“文美”观。五者复合互补，构成了中国美学精神的精髓，也成为考察中国美学思想史运行的轴心。

（5）以上述对中国古代美学精髓的把握去考察其历史演变，得出了对中国美学史的独特划分：先秦、两汉是中国美学的奠基期，中国美学的“味美”说、“心美”说、“道美”说、“文美”说、同构为美说这些基本思想不只在先秦，而且至两汉才奠定了坚实基础，各家美学（如儒、道、佛）的初步建构也直至两汉才大功告成。魏晋南北朝是中国美学的突破期，在玄学“人性以从欲为欢”、“越名教而任自然”思想的推动下，情欲从理性的约束中挣脱出来，形式从道德的附庸中解放出来，以“情”为美的情感美学和以“文”为美的形式美学潮流一下子突涌出来，覆盖了人格美和艺术美。隋、唐、宋、元是中国美学的发展期，儒家道德美学成为这个时期的美学主潮，形式主义诗学和达意为美的诗文美学也支脉流淌。与此同时，佛教与道教再度兴盛，出世的道德美成为这个时期书画美学和园林美学的主要追求。明清是中国美学的综合期，在吸收、总结中国古代美学思想成果的基础上，诞生了许多集大成的美学论著，以“道”为美与以“心”为美、以“情”为美、以“文”为美的思想多元交汇，矫正了前一时期道德美学的板结偏向。近代是中国美学的借鉴期，中国美学借鉴西方美学的观念和方法，探讨美的本质和文艺的审美特征，译介与建构现代美学概论，呈现出中西合璧的特色，标志着古代美学向现代美学过渡和转型。

（6）以上述关于“美”“美学”“中国古代美学精神”的独特美学观念对中国古代美学史进行重新解读，得出了许多新的认识。比如由美是快乐的对象，我们可以重新发现庄子“游心于物之初”而“得至美至乐”“至乐无乐”，佛家“涅槃最乐”“乐无所乐”，王弼“美者，人心之所进（追求）乐也”，阮籍“恬淡无欲，则泰志适情”，陶弘景“味玄沮真，于是至乐”，康有为“人性之道”“求乐免苦”，梁启超情感至上、快乐至上等等命题的美学意义。由美是一种超越于视听快感之外的一切快适滋味，我们可以重新发现儒家“仁义之悦我心，犹刍豢之悦我口”，道家“至味去味”“无味而五味形焉”，佛家“涅槃”如“醍醐”“甘露”，“淡乎无味，乃直道味”，王充的“美善可甘”，夏曾佑“小说之所乐，与饮食、男女鼎足而三”，王国维包含“烟酒”“博弈”“艺术”在内的“人间嗜好”研究等等的美学价值。由美可以是道德的象征、真理的形象，我们在阐述中国古代美学时不致过分局限于形式美学，而理直气壮地把引人快适满足的道德真理的物化纳入考察范围。由美是心性的寄托和形式的律动，我们在考量中国古代诗文、书画、音乐、园林的美学思想时就会始终兼顾意与象、神与形、心与手、道与技两极，而不偏一端。

（7）以新观念对中国古代美学思想个案进行扎实研究，取得若干独到发现。比如孟子的“充实之谓美”含义不明，笔者联系后继者荀子“不全不粹，不足以为美”的特定语境，考证荀子“不全不粹”的主语指道德修养，由此返证孟子“充实之谓美”的“充实”之道德修养的充实，从而与孔子的“善者，美之实也”思想一起，构成了儒家的道德美学观。又如同是以道为美的道家美学，老子的“道”内涵偏指产生众有的“无”，庄子的“道”内涵偏指“任其性命之情”的“适性”。而庄子的“适性”为美，发展到魏晋玄学手中又产生了分裂，一是保持庄子人性本义的“适性”，应物无伤，不动情欲，这就是《世说新语》高标的“雅量”；一是背离庄子人性本义、符合自然人性实际的“适性”，纵情任欲，不拘名教，这就是《世说新语》高标的“任诞”。再如对刘勰情感美、形式美思想的考辨，对隋唐间华严宗以“十”为美思想的揭示，不一而足。由于这些章节富有新见，所以在各种刊物发表。

（8）由于本书坚持美是普遍快感的对象，美学是感觉学，而感觉学又联系着对象的形式与道德，所以，本书考察的视野就扩展到过去许多不为美学研究注意的材料上去，特别是扩展到佛教、道教等文化典籍中去，从而带来了新的美学材料的开拓与发现。

（9）叙述结构的合理创新。已有的美学史一般在时代分期之下将各类人物和著作直接按时序并列，对它们之间的关系则不加分析归类。本书在深入思考、反复斟酌的基础上，依据每一时期众多评述对象美学思想和特点的相互联系，在一个更高的层面上对它们加以分类概括，在每编标题之下增设二级目，将叙述对象的个体变为三级目，更便于读者把握著作内容。

（10）坚持名实相符、论史互证。以往的美学史多存在名不当实、论史矛盾的局限。笔者把中国美学史写成关于普遍愉快之感觉、情感的经验、本质、原因、特征、形态、风格等等的思想理论史，写成普遍引人愉快的形式学史、道德学史，分析各家各派的人生美学、文艺美学，符合笔者关于美是普遍快感的对象、美学是研究快感规律的科学的逻辑要求，印证了笔者对中国古代美学精神五大主旨的概括，体现了循名责实、史论相参的严密性。

本书视野恢宏，材料翔实；新见迭出，言之成理；史论互证，逻辑严谨；结构合理，详略得当；首尾一贯，水平均衡，具有鲜明的学术个性和重要的学术价值，足资中国美学、文学、哲学、宗教、书画、音乐、园林研究者及爱好者参考，具有良好的社会价值。

2010 年 12 月，《中国美学通史》获上海市第十届哲学社会科学优秀成果著作类三等奖，并接受评奖组委会安排的电视专访在颁奖大会上播映。2013 年 3 月，该书获中华人民共和国教育部颁发的第六届高等学校科学研究优秀成果著作类三等奖。

第十四章　财大工作期间写的诗歌与游记

一、迎春花开

2005年3月底至4月下旬，国家五部委在中央党校举办部属高校骨干教师培训班，为期一个月。上海财大属于财政部部属院校。我作为中文系副主任、新聘教授，参加了这次高规格的培训班。培训班分四个小组。我们这一组的组长是吉林大学文学院院长张福贵教授，副组长是南开大学文学院常务副院长王立新教授。前后有十多位国家部委的部长、副部长或司长为我们做过报告。自由讨论时，开始大家不知深浅，都打太极拳，说套话。后来感到天天说套话很累，再说时代毕竟变了，说点真话也没关系，就往真处说。于是说出了思想，说出了见识，也说出了笑声。几次发言后，王立新教授对我刮目相看。一次晚上散步长谈时，他向我发出了加盟南开大学的邀请。我因导师承诺的调到复旦大学的希望还在，加之与家人商量后不想举家搬迁至天津，所以没有接受这份邀请。这次培训是有益的。它让我开拓了眼界，结识了不少学界朋友。培训班结束举行文艺联欢会的时候，我被班长指定为主持人，主持还算成功。培训班结束前，要求每个学员交一篇作业。我提交的是一篇诗歌。这篇诗歌后来发表在2005年6月6日的中央党校《学习时报》上，题为《迎春花开》。这是我平生发表的唯一首诗歌。

阳春三月
迎春花开
来自全国五湖四海的
各部属院校的教授副教授们
像一群报春的燕子
飞往北京
相聚在万寿山下
掠燕湖边
来接受一次思想的哺乳

十三位共和国的部长副部长
走上讲坛
用不同的色彩
诠释着对坚持
马克思主义统领
哲学社会科学研究
的理解

生活之树常青
而理论是灰色的
改革开放二十多年
我们的生活发生了
天翻地覆的变化
可教科书
还是那么陈旧
理论的苍白
带来信仰的迷茫

思想的真空
引发理想的缺失
一个没有信仰与理想的民族
是没有希望的
于是
用当代马克思主义
重编哲学社会科学的教材
去铸造国民魂
让莘莘学子精神成人
就显得刻不容缓

何为
当代马克思主义
从毛泽东
到邓小平
从江泽民
到胡锦涛
“实事求是”四个大字
穿越历史时空
从井冈山
写到延安
从宝塔山下
写到掠燕湖畔
马克思主义的精髓
不是僵化
而是“与时俱进”
不是教条
而是“求真务实”

不是自我封闭的
一潭死水
而是海纳百川的
“先进文化”
它承载着古今中外的
优秀文明
代表着民利民心
和历史走向
显示出有容乃大的
泱泱风范

你看过
鸢飞鱼跃的
壶口瀑布吗
那是
实事求是的
活力四射
你见过
滔滔不息的
长江大河吗
那就是
与时俱进的
马克思主义
于是
坚持就是发展
坚持就是创新
理论创新的依据
是实事求是

理论创新的生命力
是实事求是

当掠燕湖畔的迎春花
从金黄变成嫩绿
这一百名学员
又兵分三路
奔赴上海
井冈山
延安
去追寻中国共产党的
历史踪迹

井冈山的翠竹
回荡着“思想建党”的涛声
接过朱毛挑粮的扁担
体会当年红色根据地
在白色恐怖包围中
存在的奥秘

踏上黄土高坡
走进延安窑洞
和南泥湾
品味为什么一块
不毛之地
当年却能成为
全国热血青年
趋之若鹜的

理想圣地

站在上海兴业路 76 号
中国共产党的诞生地
从十三人到七千万
从石库门到摩天大楼
历史的磁悬浮
从心灵上飞啸驶过

早已疲倦的心灵
迎来了久违的震撼
得民心者得天下
这一古老的政治真谛
正为中国共产党
八十四年的风雨征程所印证
而得民心的理论基石
仍是实事求是
只要坚持求真务实
情为民所系
利为民所谋
历史的车轮就能驶向未来

带着沉甸甸的收获
重回掠燕湖
参天的白杨树
绿成了一片又一片
花红之后是叶绿
当这些身为人师的学员们

回到各自的高校
谁能说他们不是一只只
报春的燕子
叫开了花红
叫开了叶绿呢

在潜心学术研究和写作的同时，我也曾利用学校组织或自己参加的旅游机会，写下过一些游记作为纪念。时过境迁，回过头来看看，觉得别有一番趣味。

二、《潮起潮落：湘赣游记》

2003 年 7 月 15 日上午 11 时，上海财经大学人文学院教师一行来到上海西站，开始了学院组织的为期九天的张家界—井冈山旅游考察行程。

出发之际，正值内地发洪水。安徽告急。湖南告急。邻近湖南的四川境内的丹巴县刚刚发生了泥石流，四名上海游客不幸遇难。出发的头一天晚上，从电视上得知，邻近张家界的洞庭湖水位猛涨，我曾担心这次游程是否安全。果不其然，当我们进站时，只见入口处张贴了告示：因湖南境内猛洞河至终点站怀化的部分路段被水冲垮，列车改道直接至怀化。而我们首站的目的地恰恰是猛洞河。

怎么办?

这是一次组织已久的集体活动。继续行程固然不便，但取消行程更加尴尬。

商量的结果：先去怀化，再坐汽车去猛洞河。

好家伙，一下子又增加了好几个小时的车程。1607 次列车是一趟名为“普快”的慢车。从 12 点 20 分发车，一路上停停等等，翌日下午 3 点才抵达怀化。

怀化是湖南第二大铁路中转站。张家界旅游公司安排的中巴已在等候我们。我们分别登上了两辆中巴。我那辆车的导游是位姓郁的土家族小伙子，能说会唱，忠于职守，一路上不断为我们介绍沿途所见。

车在崎岖不平的山路上行驶。出外旅行，最怕的就是走山路。这山路没有柏油，由碎石铺成，颠颇起来就像骑在野马的马背上。晴天时尘土飞扬，雨天时泥泞不堪。山路倚山而凿，既窄又险，常常有一百八十度的急转弯。眼看直通通就要朝山头撞去，猛地一转，又向相反方向驶去。最惊险的是连续几个180度的急转弯叠加在一起，那可真叫“惊心动魄”。尽管事先吃了晕车药，但还是有几个人呕吐。特别是一位小伙子，一路上呕吐不止，翻肠倒肚。

幸好一路上有名城相伴，我们并不寂寞。

我们驶过凤凰县城。这里因出了沈从文、黄永玉而声名远播。鳞次栉比的白墙黑瓦，掩映在青山环抱之中，一条绿水穿城而过，颇有江南村镇气象。不过凤凰古城比一般的村镇要大，约有十万居民。这在山区，可算是不小的规模了。

来到乾州镇。这里正在平山造地，埋设管道。导游说，正在兴建的是吉首新城。

一会儿来到吉首市。这是湘西最大的一座城市，约有50万人口。这里的居民以土家人和苗家人为多，所以吉首也是湘西自治州首府。吉首城呈狭长条形，两面被巨大的山峰陷住，所以新城只好建到南面不远的乾州。吉首城并不漂亮，但吉首大学则面貌一新。这里以研究沈从文为代表的湘西文学而著称。

离开吉首不久，便驶上古丈县一条平整的柏油马路。导游说，这条路人们叫“祖英路”，据说是宋祖英为回报故里出资修建的。宋祖英就出生在这里，父母是地道的农民。宋祖英呢，也就是名副其实的“鸡窝里飞出的金凤凰”。

黑夜降临了。车在夜幕中又颠簸了约两个小时，快九点的时候，终于到达猛洞河邻近的小镇芙蓉镇。芙蓉镇原来叫王村。20 世纪 80 年代刘晓庆在这里拍摄了电影《芙蓉镇》，使这个湘西小镇一举成名，为吸引游客，小镇改名“芙蓉镇”。因为明天一早就去猛洞河，所以顾不上极度疲劳，晚饭后我们踏上当年拍摄《芙蓉镇》的一条街。街很黑，无法走完，只有几只悬挂在墙壁上的红灯笼，依稀勾勒出小街的轮廓。几乎所有的门都关上了，唯有当年刘晓庆卖米豆腐的店面尚未打烊。店主用“刘晓庆”招徕着买卖，而应者寥寥。

一夜好睡。次日上午，我们买好草鞋、雨衣，往猛洞河进发。猛洞河漂流，这是旅游项目的正式开场。谁知一路上风起云涌，似乎要下雨。打开车窗，让山风把车吹满，把心吹胀。雨真的来了，叮叮咚咚，敲击着车窗，汇成一片动人的交响。雨愈下愈大，我穿好雨衣雨裤草鞋，准备雨中漂流。下车后，从另一辆车上跑下来的两位领队出于安全考虑，说不漂了。

雨中漂流，固然叫人不是很放心，但真的取消漂流，这两天的苦岂不是白吃了？关键是到底安全不安全。向当地工作人员确认安全绝对没问题后，一部分人提议：还是本着自愿原则，愿者参加，不愿者留下。这个提议最终获得认可。于是我们穿好救生衣、登上橡皮筏，开始了这一天猛洞河的“第一漂”。

猛洞河漂流是最近十年才开发的。比较其他地方开发的峡谷漂流，它河道长，水流急，水深适中，两岸山林自然生态保存完好。因此，费孝通来此漂流过以后，曾题为“天下第一漂”。行进在谷底山涧，可看到两岸离水面好几米高的树木枝杈挂着游人遗弃的红红绿绿的食品袋，艄公说，半个多月前，这里曾发过洪水，当时水位就齐食品袋那么高。后来一直没下雨，所以今天雨再大也不会引发安全问题。潮起潮落，这是自然规律。按说出太阳漂流最好，恰好可以达到水与火、冷与热的交融和平衡。但暴雨之中漂流也别有韵味，这更刺激、更能激起人的斗志，唤起人的崇高感。崖高、云低、风大、雨急，瀑布的轰鸣和天上的雷鸣交织一起，令人不寒而栗。迎面而来的瓢泼大雨通过下巴颏不时渗进脖子，可以感受到汗衫和肚皮是贴在一起了。比纸还薄的塑料裤不知什么时候撕裂了个大口子，每当趟过急流旋涡，就有一股股水流透过豁口扑向腿跟，短裤也失守了。两个半小时的行程，不时遭遇急流险滩，都被眼明手快的艄公化解。最令人难忘的是“阎王关”，嶙峋巨石横亘水中，留下的缺口仅可容身，水流落差约七八十公分，搞不好就会人仰马翻。先遣的救生员已在巨石那边做好救助准备，幸好我们一驶而过，有惊无险。转眼间，雨停了，天晴了，水面也变得开阔、平静起来。我们欢呼雀跃，相约上岸后向那些没有参加漂流的同伴夸耀雨中漂流感觉的美妙，谁知不久也看到了不甘落下的后续队伍……

喝过姜汤、用过午餐后，往张家界进发。从十二点半到六点半，又是六个小时的险峻山路，我们来到了张家界。

张家界是一座新兴的旅游城市。与吉首新旧交错的建筑相比，这里的楼群清一色地现代。规模也更大，约有 120 万人口。它有自己的机场，可迎接各大都市的客人。但要真正领略张家界的风采，还必须离开张家界市区，到几十里开外的武陵源，张家界的胜景主要集中于此。

18 日上午，从下榻的武陵源酒店出来，参观天子峰。天子峰海拔高度一千多米，听起来不是很高，但徒步登上去一般得三个小时。为节省体力和时间，我们乘索道而上。“会当凌绝顶，一览众山小。”站在天子峰之巅四下眺望，一个个像石笋一样瘦骨嶙峋、高耸入云的石峰尽收眼底，仿佛千帆竞度，百舸争流。你不能不惊叹大自然的鬼斧神工。据说最早发现张家界奇峰之美的是画家吴冠中。他的一篇《养在深闺人未识》的妙文引发了人们对张家界的兴趣。香港摄影家陈复礼慕名而来，一下子被眼前的景色怔住了。他以朝圣者的虔诚，痴迷地守在山中，等待着合适的天气、光线、云影，按下了一个个使世界惊叹的快门。

下午参观黄龙洞。洞口很小，但洞身却异常大。它下方是水，上方是陆地，是山，是楼梯般的石阶。石阶之高，使得两位中年教师望而却步，中道而返。然而登上几百级石阶之巅，仍然有偌大的空间须得仰望。在洞顶与洞底之间，不时可见被滴水长时间冲得溜滑的石钟乳，神态各异。相传陈复礼在此守候三日拍得的一幅《定海神针》曾获英国皇家摄影金奖，奖金就拿了十万英镑。

19日，取道长沙并做短暂停留。走了六七个小时的车程，下午三时许，来到省博物馆，参观马王堆汉墓遗物。墓主当年曾煊赫一时，死后曾希图不朽，而今或早已化为墓盗者手中的猎物，或成为浸泡在福尔马林中供人观瞻的标本。潮起潮落，这是人生规律，谁也无法改变。给我留下最深印象的是女主人随葬的襌衣，它薄如蝉翼，呈透明状，总重只48克，现代科学技术的复制品也无法达到这个重量，令人叹为观止。

长沙有毛泽东“独立寒秋、湘江北去”的“橘子洲”，有名垂后世、膏腴学子的岳麓书院，时间关系，我们只是匆匆而过，把未尽之余兴留给未来。

从长沙到井冈山又需一天的车程。湘潭、株洲、炎陵，我们逐渐告别湖南。从炎陵到黄洋界，正在全线修路。原路削掉一半，岌岌可危。新路正在挖土，高低起伏。坡度之大，甚至车辆爬坡时需要人下来推。没见过这样修路的，好像不想让车走。而到井冈山，就只有这“华山一条道”。山重路断疑无径，我们都为司机叫苦。年轻的司机则安之若素，从容应对，更令人惊叹的是他还要连夜赶回张家界，因为明天的游客公司已经安排好。驶过黄洋界，进入龙市、茨萍，我们走进江西。六点三刻，我们到达井冈山，下榻“红星宾馆”。张家界的导游和司机圆满完成了他们的使命，饭也没吃，便乘亮返回。“为了生活，人们四处奔波”，生活真不易。

江西的井冈山，青松翠柏，云蒸雾绕。1927年，毛泽东在此建立了第一个农村革命根据地，1928年，朱德、陈毅率部到此，与毛泽东胜利会师，从此揭开了中国历史的新的一页。井冈山是新中国的摇篮。不过，新中国成立后，与全国所有的革命老区一样，井冈山人民生活并不富足。直到改革开放后，井冈山人以自己得天独厚的历史资源和生态资源开展旅游经营，生活才发生了巨大变化。五龙潭、五指峰、水口瀑布，可圈可点；大井旧居、茨萍旧居、烈士陵园，令人发思古之幽情。不过，令人尴尬的是，在“红太阳城”景点，毛泽东的所有像章成了兜售的商品。在一尊高大的毛泽东塑像前放置了一个香炉，两边站立的迎宾小姐手持茗香，招徕着游客敬香捐钱。

两天后，我们告别井冈山，取道樟树火车站返沪。这时全国的洪水险情已告缓解，上海已迎来了不知第几天38摄氏度的高温。

三、《欧洲之旅》

2007年2月6日至15日，以上海财经大学人文学院教师为主体的一行19人通过上海春秋旅行社前往意大利、法国，完成了为期10天的欧洲之旅。

1. 手续

意大利、法国十日游的一般报价是12800元。因为我们组团的人少，又不愿意其他散客参与进来，加之我们要求赶在18号春节之前回国，再加上付给导游和司机的小费，所以我们每个人的游费是15000元。

约一个月前，每个准备出游的人交了3000元定金，出国手续开始启动。一星期后，旅行社来人收取每位游客的护照、二张标准照、500欧元现金、房产证复印件及五万元人民币定期存款证明。护照和照片是应该交的。500欧元现金交得便有些令人费解：欧洲游并不强行消费，带多少钱是我的私事，为什么非得按要求兑好交纳？回答是：这是外国领事馆的规定，验证后就还给你。我想，出国总要花钱，也就算了。这房产证复印件及五万元人民币定期存款证明交得就让人不舒服了：我是出国游，跟房产有什么相关？出国本身就得花不少钱，却还要出具五万元的定期存款证明，恰好我这笔钱本拟他用，现在为了出国却不能动弹，这又是为何？回答是：这是旅游国衡量你资信的依据，以确信你不会滞留不归。假如没有房产，欧洲游能否成行？我隐约感到，这出国手续中包含着一种发达国家对我们的歧视。

又过了约一个星期，我被通知到意大利领事馆面试。被叫去面试的约占一半，共十人。谁该面试谁不该面试，似乎也说不出个所以然，好像是随机抽取的。领事馆的询问者虽然态度友好，问题也简单，结果也都顺利通过，但我敢保证没有哪位被问者会感到舒服：因为对方首先假定你出国动机不轨。而我们这一行人几乎都是教授、副教授、博士，还有些身份，到欧洲只是想开开眼界，哪有非分之想？

出行前一天，我们到春秋旅行社集中开行前预备会，交纳游资余款，另须交纳五万元人民币押金给旅行社，回国后归还。我们哪来这么多闲钱？旅行社告诉我们一个变通办法：可将五万元定期存款提前解冻，转为押金。尽管如此，原先的不痛快此刻还是变成了愤怒：不仅外国领事馆不相信我们，而且国内旅行社也不相信我们。春秋社做出的解释是：这不是他们一家旅行社的规定，而是国家旅游委的统一规定。去年一年，国内因私出国滞留欧洲未归者达四千人。话说到这份上，我们也只好对这种一竿打落一船人的规定给予配合。

以前我也曾出过国，比如泰国、新加坡、马来西亚，但从来无须经历如此麻烦、如此令人压抑的手续。第一次去欧洲，办理这一连串的手续给我最强烈的感受就是：无论是谁，不管他资产有多少，信誉有多好，乃至地位有多高，只要他是跟着旅行社出国到欧洲观光，他就必须接受有罪动机设定。此外，穷人别指望到欧洲旅游，到欧洲旅游必须是有钱人。我们旅行团中也有一家三口一同出行的，那得动用多少资金？有钱人却必须接受有罪动机的假定，其压抑和痛苦自然可想而知。

九天后，当我们候机回国的时候，大家开玩笑说：不要说罚五万元，就是送给我们五万元，我们也不会留在欧洲。因为中国的发展远远超出了欧洲人的想象。至少我们这行人生活在上海，比欧洲舒服。

2. 萝卜干

临行前一天开预备会的时候，旅行社又一次重复了此前的预告：欧洲宾馆的早餐比较简单，只是牛奶和面包。中午晚上在中餐馆用餐，五菜一汤。品种不多，但量多，能吃饱。不过为适应欧洲人的口味，当地中餐馆的口味已经有所改变，比如豇豆不是炒的，而是盐水煮的。有几顿为赶路，无法在中餐馆用餐，按每人6欧元的标准退餐，由各人自理。大家可以带点榨菜，但牛肉制品不好带——防止疯牛病；禽蛋制品也不要带——防止禽流感。

十天的行程，吃饭非常重要。我平时最不喜欢吃面包，而现在必须连续十天早上吃面包，而且没有咸的东西佐餐，肯定受不了。于是，当天晚上，我严阵以待、郑重其事地去超市买吃的。开胃最重要，榨菜是首选。只是超市太大，我转了半天也没找到小包装榨菜，倒是无意间发现了散装什锦菜专柜，目光被黄黄的、红红的萝卜干吸引。一尝，咸咸的、辣辣的、甜甜的。三元八角一斤。我称了五块钱的，心想这一斤多萝卜干总该绰绰有余了吧？又买了十包方便面，一大包沙琪玛。一边买一边暗自窃笑：这哪里是到发达国家去旅游？倒分明像去穷地方逃难。

晚上装包，发现十包方便面体积太大。加之泡方便面需要开水，欧洲宾馆不供应开水，烧开水必须自己带电热壶，而欧洲的电源插座又与国内不一样，用电热壶必须购置与之配套的转换插头，而且法国与意大利的电源插座也不一样，买一套转换插头还不行，最主要的是不知到哪儿去买，等等，实在不胜其烦。于是，只好忍痛割爱，只带萝卜干和沙琪玛上路。沙琪玛可充饥，萝卜干可开胃。

后来的事实表明，萝卜干远比沙琪玛来得重要。在欧洲三顿都可以吃饱，沙琪玛派不上用场，而萝卜干却顿顿可以佐餐。尤其是自理吃西餐的时候。那是第四天中午从威尼斯去热那亚的路上。我学着导游小姐，要了一份意大利肉酱面，搁了芝士粉，外加一小盆水果拼盘，共花去 7.2 欧元。那肉酱是牛肉末做的，看上去很诱人，其实既不咸，也不甜，也不辣，只有一股牛肉本来的腥膻味，我差不多一闻就想呕，但又不能不吃，于是只好在吃的时候屏住呼吸，用萝卜干压住腥膻味、搅拌着咀嚼，勉强下咽。最后，不值钱的面条吃掉了，值钱的肉末都剩在碗里。整个下午，都在反胃。我确实不敢设想，如果没有萝卜干，这顿意大利面怎能吃下去。

无独有偶，接下来的一顿晚餐和一顿午餐连着自理。连续三顿吃西餐，全团大多数人都受不了。于是，我的萝卜干便成了抢手货。原来以为绰绰有余，现在却发现带得太少，只得精打细算，按计划分配。

在从巴黎返程的法航班机上，我们又一次品尝了地道的法式西餐。仍然像意大利肉酱面那样不咸、不辣、不甜，中国传统饮食文化中形容可口之味的语词在这里都用不上。这使我想起了为我们服务的意大利司机所以不喜欢吃中餐，就是嫌中餐的味道太重。在这个意义上，咸、辣、甜的萝卜干可谓是区别于不咸、不辣、不甜西餐的中餐之标志。这当中几乎储存着中西饮食文化分野的全部密码。

3. 住

出外旅行，吃很重要，住同样重要。我们这次旅游，旅行社早已告知：欧洲的三星、四星级宾馆不同于国内标准，普遍比较小，电梯也小，有的仅能容纳一个人。而且一般不供应牙具、拖鞋、毛巾、洗发液和洗澡液。2月6日傍晚，经过十多个小时的飞行，飞机降落意大利首都罗马机场。从机场到宾馆的路上，当地导游又一次重复了上述预告，并且告知：欧洲的宾馆一般没有很大的大堂；总台接待人员往往只有一位，办理入住手续时比较慢，请保持耐心；入住后如有人敲门，无论是服务员还是维修工，只要未事先电话联系，坚决不要开门。因为经常发生冒充服务员或维修工入室抢劫的事，而且最近事故频发，尤其要警惕。如果发生被抢被盗事件，宾馆概不负责。这让我们很反感：在我们国内，大概没有哪家宾馆可以公开声称不负责客人的财产及人身安全的。可到了发达的法制国家，竟然不得不责任自负。

当晚洗漱完毕，一夜无事。可翌日晨与诸位闲聊时，章先生说他半夜听到有人用钥匙开他的门，吓得他用椅子抵住房门。阮女士也说听到了同样的开门声，吓得她一夜都没睡好。领队徐先生告诉我，在欧洲组团旅游，导游最不安全，因为身上带有大量团款。宾馆与抢盗人员内外勾结合谋抢导游团款的事时有发生。我们的导游是位女士，所以团款都由高大威猛的男领队保管。所以他们一路都不敢睡得安稳。

我们在意大利和法国共住了八个晚上，当中换了七个宾馆。大多数宾馆还有洗发液、洗澡液、毛巾供应。电梯虽然不大，但一般能容纳三四个人，最小的也可容纳两个人及其行李。宾馆大多坐落在城郊，有足够的土地空间，可房间却造得偏小，有的小到令人无法忍受的地步。比如罗马的 Iinter Hotel 酒店，双人房的面积大概只有 8 平方米，床只有 80 厘米宽，而且四个脚的滑轮没有固定，一坐上去就滑动。这是我生平看到的最窄的床。卫生间不会超过 3 个平方米，淋浴时根本无法转身。不过尽管如此，这里的房间尚有桌子可搁电视机。到了巴黎的 Comfort Hotel，房间小到大概只有 6 平方米，床对面距离墙体只有五六十厘米的空间，电视柜都放不下，电视机只好搁到墙角处窄得可怜的衣柜顶上。一张床抵着墙放，床与床之间的距离只有约 40 厘米，另一张床离窗台的距离小得连沙发椅都无法摆正。行李包搁在地毯上，路就没法走。这是我看到的世界上最小的宾馆双人房。可是这些宾馆却号称“三星”。在我们国内，三星宾馆的标房面积有严格规定，比这要大得多。让我百思不解的是：这么小的房间在我们国内连二星、星外宾馆都算不上，何以会在罗马、巴黎开张营业？是土地空间不够吗？显然不是。而且即便市区土地紧张，也可以往高处造啊！是没有钱吗？显然也不是。欧洲不是很发达、富有吗？那到底是为什么将标房造这么小？欧洲人不是身材更高大吗？我们这些不胖的亚洲人尚受不了，他们如何受得了？欧洲宾馆的人本精神到哪儿去了？欧洲国家的“完全市场经济地位”到哪儿去了？

我们住的宾馆是如此，当地人的居住情况如何？我们的导游是已来巴黎 14 年的华侨，28 岁。刚在巴黎老城区买了房子，46 平方米，30 万欧元。我问她这是不是过渡房，何时准备升级换代。她说不，巴黎两口之家差不多就住这么大。如果有了孩子，住 70 平方米也就算好的了。这个说法后来在归途中又一次得到了邻座的一位在巴黎生活了六年的华裔女孩的证实。这使我颇感意外，有些失望，又有些得意——我们在上海住得可比巴黎人宽敞多了！

4. 观

我们这次行程，前半段游意大利，后半段游法国。在意大利参观的城市有罗马、佛罗伦萨、威尼斯、米兰、热那亚，在法国参观的城市有摩纳哥、尼斯、戛纳、里昂、巴黎。同时还参观了坐落在意大利的梵蒂冈。

罗马是一座享有盛名的历史古城，也是欧洲文明的发祥地。古罗马城的斑驳遗址埋藏着往昔繁华时期的车水马龙，罗马斗兽场的断壁残垣展示着当年格斗士的英勇与无奈。在讲述海神故事的特莱维喷泉和人头攒动的西班牙广场，导游给我们讲述着当年好莱坞拍摄《罗马假日》的趣闻逸事。在国中之国梵蒂冈，我们瞻仰了世界第一大教堂圣彼得大教堂，它里面石雕和壁画的精美比它的外观更令人惊叹。

佛罗伦萨是意大利文艺复兴的摇篮，15 至 16 世纪欧洲最著名的艺术中心。不过在这里导游并没有安排我们参观珍藏意大利艺术精品的乌菲齐美术馆。我们参观了露天博物馆——君主广场、但丁故居和圣母百花大教堂。矗立着许多雕塑的君主广场，我们和裸体的美男子大卫合影。逼仄的但丁故居，我们对这位中世纪的最后一位诗人、新时代的最初一位诗人投去崇敬的一瞥。在圣母百花大教堂，我们则领略了世界第三大教堂的风采。与圣彼得大教堂侧重内秀不同，圣母百花大教堂的精华都集中在外部。所有的外墙图案都由墨绿、赭红、白色大理石镶嵌而成。特别是它的前门，华靡、繁复、辉煌，集中了西方建筑和雕刻艺术的伟大成就。

威尼斯位于意大利东北部，比邻亚得里亚海，由 118 座小岛组成，有 177 条水道贯穿其间。离开陆地驶上约 20 分钟的行程，我们来到老城区。老城区是在浅海滩上打下几十万根木桩建造的水上古城。穿过由上百根立柱和若干斗拱环绕的总督府，糅合着东西方各种建筑风格的圣马可大教堂映入眼帘。偌大的圣马可广场四周，是连绵不断、气势恢宏的建筑群。早在公元 6 世纪，这座水上城市就初具规模，后来逐渐发展为地中海贸易中心之一。

如今城区有400多座桥梁相连，交通工具以舟代车。参观威尼斯古城，最富有民族特色的莫过于贡多拉游船。船作独木舟状，可容纳6人，通体漆成黑色，局部红色，坐垫由黑须绕边的黑牛皮制成，典雅而高贵。船尾站着一位年轻艄公娴熟地摇橹，在宽狭不均的城间水道轻盈地穿梭。正是：船在城中行，人在两边住，波光连天光，人间似天堂。

当晚在离米兰不远的酒店入住。在日落以前，我们来到了慕名已久的米兰大教堂。如果说圣彼得大教堂偏重内美，圣母百花大教堂注重外饰，那么米兰大教堂则是外饰与内美的完美统一。放眼望去，成百上千根哥特式尖顶像无数把利剑刺向天穹，又像一个个音乐的重音，反复强调着这首建筑交响曲的雄壮。尤其令人叹为观止的是，每一根尖顶不管多么尖细，都凝聚着栩栩如生的雕刻。抢在关门之前步入教堂内部，只见纵横60根硕大的石柱将整个教堂的顶部高高托起，其间又丝丝入微地镶嵌着精美的壁画和雕刻，令人肃然起敬而仰望上苍，惊叹至极而至于无言。

在海滨城市热那亚、摩纳哥、尼斯和戛纳，我们看惯了碧海、蓝天、白帆、桅樯。著名度假胜地尼斯几公里长的蔚蓝海岸和英人散步街，给人留下难忘印象。在里昂，我寻觅着巴尔扎克笔下“外省”的影子。虽然这是法国第二大城市，不乏辉煌，但因属于“外省”，至今仍不被巴黎人看好。巴黎人确实有他们引以为傲的地方。那就是凯旋门、凡尔赛宫、卢浮宫和埃菲尔铁塔。埃菲尔铁塔是一座高达300米的铁构建筑。它完工于1889年。1930年前，它一直是傲视天下的世界最高建筑，成为巴黎骄傲的象征。直到今天，当我们登上这座铁塔的时候，仍会被它压人的气势所慑服。矗立在协和广场一侧的凯旋门，则铭刻着拿破仑一世东征西讨大获全胜的辉煌，炫耀着当年法国在欧洲乃至世界的霸主地位。今天的卢浮宫内，许多意大利或埃及的文化瑰宝，就是拿破仑军队抢夺而来。卢浮宫本是中世纪城堡，16世纪经过重新设计和扩建，成为法国故宫，1793年起改为博物馆。如今馆藏的文化和艺术珍品就是七天七夜也看不完。而有三件镇馆之宝是游客必看的，这就是爱神维纳斯、胜利女神尼卡和达·芬奇名画《蒙娜丽莎》。凡尔赛宫坐落于巴黎西南25公里处，原为帝王行宫。始建于16世纪，后不断扩建，最终完成于18世纪，由宫殿、大花园和放射形大道构成。宫殿南北长402米，拥有500多间大殿小厅，流光溢彩，极尽奢华之能事，尤以镜厅为最。花园纵深3000米，布有巨大的草坪、花圃、树丛、水池和若干雕像，以及1400多个不息的喷泉。这是欧洲最富丽堂皇的皇宫，其风格曾为当时欧洲王宫竞相模仿，巴黎因它而愈加唯我独尊。

在厚重的历史文化的重负之下，巴黎也有塞纳河的妩媚，香舍丽榭大道的浪漫，红磨坊歌舞的妖娆，老佛爷购物中心的时尚。

在意大利和法国，我们看到了欧洲的历史与现代、文化与自然，同时也领教了欧洲的文明与瑕疵，比如罗马街头的烟蒂、法国工人的懒惰、戴高乐机场办事效率的低下，以及星级宾馆非人的拥挤……

欧洲值得游，欧洲不可留。

四、《东北之旅》

2007年8月2日，上海财经大学教工一行25人在工会崔老师的带领下，开始了为期7天的东北之旅。

第一天，哈尔滨。

飞机离开上海的时候，还感到湿热难耐。一下哈尔滨机场，迎面而来的是彻心彻骨的凉爽。午餐后，我们来到市中心的索菲亚教堂。这是俄国人留下的东正教教堂。洋葱头，尖顶，造型以不对称为特点。“文革”中曾被洗劫一空，差不多被拆。勉强保留下来后，里面就成了堆放杂物的仓库。现在的教堂是后来重修的，巍峨壮观，充满着欧洲建筑的风情。不过由于曾在意大利、梵蒂冈、法国看过各式各样的大教堂，眼前的索菲亚教堂并没有给我带来太多的感动。

哈尔滨的异国风情不只凝聚在索菲亚教堂上，还体现在中央大街上。这也是100多年前俄国人留下的建筑群，类似于上海的外滩，但远比不上外滩建筑的辉煌。半年前的冬天，我来黑龙江大学开会，晚上曾到此一游，当时照着绿色射灯的中央大街两侧的欧式建筑给我留下深刻印象。现在，当夜幕尚未降临，这两旁的建筑裸露在光天化日之下时，却发现她比那时少了不少风韵，显得那么平淡。

中央大街并不长。大街的另一头连接着防洪纪念碑广场。本可以直接走过去，可导游还是带我们上车绕了一个C字，大概这样就可算上又一个景点了吧。防洪纪念碑广场原来叫斯大林广场。后来中苏交恶，斯大林塑像被毁。再后来苏联解体，俄国代之而起，中俄睦邻关系开始了一个新纪元，但斯大林塑像并未复原，因为对斯大林已有了与过去完全相反的评价。原来斯大林塑像被防洪纪念碑取代。纪念碑铭刻着哈尔滨人与松花江洪水斗争的历史。纪念碑向北俯瞰着蜿蜒的松花江。松花江养育了哈尔滨人，也曾经给哈尔滨人带来过水患。

凡到哈尔滨的游人，总想到太阳岛去看一看。上世纪80年代，郑绪岚一曲《美丽的太阳岛》，把太阳岛演绎得风情万种，令人神往。其实，太阳岛无岛，只是坐落在一块平地上。冬天来的时候，这里是用白雪堆砌成的童话世界。有古堡，有雪山，有卡通娃娃，有溜冰场，溜冰场上曾看过俄国姑娘的表演。现在是夏天，太阳岛摇身一变，不知又用什么新招吸引游客。我确实不敢奢望什么激动人心的场景，加上头一天夜里没睡好，就干脆在车里躺了一躺。没想到熄了火、关了空调的车内比车外还热好多。

晚上吃了一顿饺子宴。各式口味的，上了十来盆，丰盛而可口。

总算午餐的糟糕晚上有了补偿。

第二天，满洲里。

从哈尔滨乘700多公里的火车，第二天中午时分抵达内蒙古的满洲里。

满洲里比邻俄国小镇贝加尔斯克，是一座边贸城市。建筑融合了中、蒙、俄三种特色，色彩斑斓。门面招牌多用中、俄两种文字书写。城市规模不大，约有十多万人口。大街上，可以方便地看到很多俄国人，在这里做生意、或度假。商店里，充斥眼帘的是俄国产的福娃、望远镜等产品。天下一家，世界融合。站在高耸的满洲里国门之上眺望，咫尺之外，便是写着硕大俄文的俄罗斯国门和异国的广袤土地。这里有当年中共领导人通往苏联的秘密通道；这里也曾陈兵百万，剑拔弩张；如今，一切烟消云散。眼前，一辆满载木材的列车从贝加尔斯克呼啸驶入满洲里，正谱写着中俄边贸友好关系的新篇章。

晚上品尝俄罗斯风味餐，观看俄罗斯姑娘的表演。姑娘们很漂亮，笑容可掬，十分卖力，但艺术基本功有限，表演并不算精彩。我们一行人中许多提前离场。我和范老师最后离场的，但也没能看完。曾经沧海难为水。现在的看客经历多了，眼界高了，表演要吸引住他们的眼球并不容易。我突然为俄罗斯姑娘也为一代大国俄罗斯，产生了一丝伤感。

在空旷的大草原上，满洲里靠呼伦湖水系为生。南方的游客绝对想不到，在缺水的内蒙大草原上走过望不到边的草地，能看到一望无际、波光粼粼的湖水。呼伦湖面积很大，有两千多平方公里。里面盛产各类鱼虾，绝对绿色无污染。司机告诉我们，他年轻时，湖里的鱼很多，站在水里鱼都打腿。呼伦湖的鲤鱼弹跳能力特强，能跳两米高，俗话说的“鲤鱼跳龙门”指的就是呼伦湖的鲤鱼。因为是上等无污染的好鱼，开放后，人们不停地打捞，运往全国，出口到海外。打鱼一般在冬季。这里的冬季长达七个月，最低气温零下 40 摄氏度。湖面结满了厚厚的冰。人们在冰上钻洞，一网一网地把鱼从水底下拉上来。那时，呼伦湖的四周停满了运鱼的卡车，重型卡车都成了紧俏货，价格一路攀升，倒卖车辆也可赚上一把。连续不断过度打捞的结果是，现在湖里连巴掌大的小鱼也不多了。两千多平方公里的呼伦湖啊！文明是把双刃剑，它的负面效应令人不寒而栗。

第三天至第四天，阿尔泰。

第三天是一整天的行程。金龙面包车开足马力在内蒙古大草原上疾驶。车在飞速移动，但窗外的景色不变，始终是草原、蓝天。我们感受到草原胸怀的博大；感受到地是圆的，天似穹庐，我们是地球的圆点，人类是世界的中心，既伟大，又渺小。草原有起有伏。有时，我们的车好像开进天际；有时，我们又可将前方的世界尽收眼底。青青的草，绿绿的树，黄黄的麦子，蓝蓝的天，雪白的云，层层叠叠，线条分明，构成了很有质感的风景画。偶尔，路边闪现的羊群、奶牛、骏马和蒙古包给车内的你平添一次次感动。身旁的范老师不停地举起专业相机，按下闪动的快门。清新、单纯、明丽、祥和，这是不是就是蒙古歌手腾格尔歌唱的“天堂”？

中午时分，我们来到甘珠尔庙。这是一座藏传佛教圣地。人烟稀少，很难想象如此空旷遥远的草原会有多少人来朝拜。然而，灵魂不能没有祈求，就像草原不能没有甘霖。即便是脚踩大地的牧民，也不能没有心灵的企盼。

长时间乘车是单调乏味的。从下午起，人们开始了自娱自乐。崔老师首先带头，没想到她唱得那么专业和动听。起初大家还有些矜持，后来激情逐渐被唤起，歌声不断洒落到大草原上。

落日前进入阿尔泰山区。这里的树林以落叶松为主。只见北坡树林茂盛，南坡是光秃秃的山头。什么原因呢？导游还告诉我们，因为这里夏季缺水，北坡的积雪化得慢，可给树林提供足够的水分，所以根深叶茂，而南坡的积雪早已融化，树木缺少必要的水分，不能成活。

阿尔泰是呼伦贝尔市下属的第101个县级市，人口五万多。我们住的新城区仅有8000居民。全市只有一条街，名为“七十一条街”，是“其实一条街”的谐音。走在大街上，当地的居民少，几乎都是游客。阿尔泰是刚开发不久的旅游区。这里有面积10万余公顷的阿尔泰国家森林公园。翌日上午，登上穿行在落叶松和白桦林之中的一千多级花岗石板铺砌的台阶，便可一睹坐落在海拔1000多米山顶的全国第三高天池的神秘面容。天池约三个足球场大，到现在还没能测出她的深度来，无论旱季雨季，始终保持同一高度的水平面，安闲而奇诡。在狭仄的柏油路上驱车一个多小时，就来到亚洲最大的火山岩溶地貌——石塘林景区。到处是灰黑色的、瘦骨嶙峋的火山石。在石塘林深处，可见渗透在山石之间的一汪清水、绿得泛黄的苔藓、刀砍般的白垩色火山岩和几株古树老干。驻足凝神，恍若穿越时间隧道，来到宇宙大爆发的远古洪荒。距离石塘林不远，是杜鹃湖。湖面四周的荆棘丛中，躺着黑垩色的石头，耸立着无数烧焦的松干。几年前，这里曾发生过森林大火。烧死的林木早已砍光，留下的落叶松主干正等待着复活。在火山岩地区，树木是无法种植的，全靠自然生长。阿尔泰森林公园的最后一站景点是三塘峡。三塘峡亦属火山熔岩地貌，原始而奇特。凝灰岩构成的直立斗削的龙影壁，与如镜的涧水相映成趣，令人刻骨铭心。在熔岩地貌上起伏的白桦林，吸引了我们留影的脚步。原校工会主席李卫国是一位摄影爱好者。将难得的美景定格成永远，是他最大的快乐。

应当说，阿尔泰景区游是最令人激动的亮点。可是，不久，这个亮点所带来的兴奋就被晚上的温泉浴泡凉。一路上导游告诉我们，“阿尔泰”是“热的圣水”之意。这里有许多温泉，能治百病。到阿尔泰不泡温泉就算白来了。泡温泉属于自费项目，98元、128元、168元不等。领队之一李卫国主席动员大家想开点，踊跃一泡。最后报名者13位。要泡就挑最好的。于是来到价格最高的“国家温泉博物馆”。这里据说有34眼温泉池，温度各不相同，可适应不同要求。谁知进去后方知，山上晚间温度低，除了44摄氏度、48摄氏度的两个池子，其余的水池温度都低得让人不敢下去。两个水温高一点的池子里挤满了人，水看上去并不干净。更令人不解者，是所有的池水都不冒泡，也不流动，看不出泉水痕迹。我问一位中年男子：这是真的温泉吗？他说不是。我问你怎么知道的，他说他们导游说的。我说那你为什么还来泡，他说反正来了总得花钱挨骗呗。明知可能被骗，但不花钱被骗心有不甘，这就是商业骗术为什么屡屡得手的原因。李主席泡过全国很多温泉，这次大呼上当，感觉很糟，一刻钟后就提前离场。于是大家也纷纷收兵。168元加上现买的泳衣，损失不小。更要命的是被没去泡澡的人的笑话，让你雪上加霜。

第五天至第六天，海拉尔。

第五天又是一天的行程。为了不让行程太过冷清，导游安排了玫瑰峰奇石和鄂温克博物馆做点缀，实在平淡无奇。倒是侵华日军海拉尔要塞遗址令人触目惊心。这个地下工事长5000多米，目前只开放了200多米。它深入山下，钢筋混凝土结构，有指挥部、士兵宿舍、厨房、卫生间、急救室、下水道，一应俱全，系先浇筑、后填土而成。工程完工后，所有的中国劳工被枪杀，只有一人侥幸逃生。工事造好后本是为了向苏联发起进攻，最后却在苏联红军的总攻中投降。我不明白那个时候的日本人为什么那么野蛮和凶残。走在寒气逼人的地下水泥建筑工事中，我想即便在当时来说很坚固安全，但待在里面本身就够痛苦。战争中没有幸福的一方。这也就是为什么人类发展到今天，和平成为世界主流的缘故。

我们到达海拉尔市的时候是下午三点，但一天的旅游项目已经结束。我们只好在宾馆打牌消磨时光。海拉尔是呼伦贝尔市首府，人口约30万。市容比满洲里、阿尔泰要繁华得多。我们来到这里的时候，正逢海拉尔60周年大庆，所以晚上举行了盛大的焰火表演。不过因为大庆，火车票变得紧张起来，我们翌日赶往长春的火车票没有买到下午的，只买到晚上十点多钟的。而第二天的旅游项目又用不了一整天的时间，于是第二天上午不得不继续自由活动。下午我们来到呼伦贝尔大草原金帐汗蒙古部落。部落依天下第一曲水莫日格勒河而建。部落的蒙古包已蜕变为现代化的砖瓦建筑和商业场所。而因为一曲《敖包相会》誉满天下的“敖包”仍是有无数虔诚的祈祷客投掷的缠着红绸、寄托着信仰和愿望的石块垒成。从小听《我爱呼伦贝尔大草原》长大，内心一直渴望着“风吹草低见牛羊”的醉人场景，然而即便是来到了呼伦贝尔大草原景点，想象中的美景也没出现。我们看到的是稀疏的草地。尽管有马匹、骆驼可供游客戏耍、拍照，但四个小时的停留时间实在嫌多。倒是访问牧户的节目颇能满足我们的好奇心。男主人骑着摩托在附近赶羊，接待我们的是四十多岁的女主人。蒙古包席地而搭，屋内草地上搁着一张桌子，两张床，简单而简陋。旁边还有两个蒙古包，一个搁着床，另一个放着杂物。女主人有三个孩子，大儿子今年参加了高考，两个小的在寄宿学校读书，半个月左右回来一次。谈起计划生育，这里的蒙古族人可生三个，鄂伦克人可生两个。蒙古包里有电灯，电能由户外的风力发电机提供。户外还有卫星电视接收器，与风力发电机一样都是政府免费配送。她家有6000亩草地，700多头羊，每头羊大约可卖500多元，仅此一项就有35万元的家产。此外还有奶牛、马匹、卡车、拖拉机、摩托车。奶牛用来挤奶维持家用，马匹用来冬季放牧，卡车用来运送远处草场割下的草料，留着牲畜过冬，也可以用来运送牛羊，拖拉机用来翻地，摩托车用来夏日放牧。他们无偿拥有6000亩草场，什么税也不用上交。在不远的地方有一群蒙古包，被旅行社承租，仅此一项她家每年又可获得五千元的租金。何况附近还有旅行帐篷，也得交点地租；而我们这样的旅游团的来访也得交点钱给她。真的没想到，今天草原牧民生活这么富足。

第七天，长春。

火车到达长春的时候已是中午 12：20。而返程的飞机起飞时间是下午 4：26。长春有好多值得游览的地方。原定游伪满皇宫、伪满八大部、伪国务院和长春电影制片厂，后因车票的时间不凑巧不得不全部取消。经过大家尽力争取，领队和导游多方协调，才抢救出一个景点——伪满皇宫。这个景点游必须在 2：30 之前结束，才能确保飞机不误点。于是大家先在火车上自行解决了午饭。一出火车站就登上当地旅行社的车来到伪满皇宫。这是末代皇帝溥仪上世纪 30 年代至 40 年代在日本人的扶持下做傀儡皇帝时所生活的“宫殿”，为原来的长春盐业局改建。清代皇宫目前留下三处：北京故宫、沈阳皇宫和长春皇宫。从面积上说，故宫第一，远在另两处皇宫之上，长春皇宫位居第二，沈阳皇宫最小。不过，长春的伪满皇宫虽然比沈阳皇宫大些，但仍脱不了袖珍皇宫的小家子气，而且比不上沈阳皇宫富丽堂皇。在这里，溥仪与他的四个女人演绎了种种悲欢离合的故事。皇后婉容，说得一口流利英语、聪明绝顶的盖世美女，因为溥仪的“不行”和冷落，遂与卫士长私通，事败后被软禁在二楼一角长达七年，极度寂寞中靠鸦片度日，最后郁郁而死。另一个女人文秀，受民主风潮影响，公开登报与皇帝离婚，写下了一段千古奇缘。第三位女人是一个青年学生，受时代进步思潮影响，她不断向溥仪灌输抗日思想，生病期间被日本人投毒致死。第四个女人年龄最小，家境最穷，最没文化，不过在四个女人中命运最好——解放后她与长春电影制片厂一导演重新结婚，走过了幸福的后半生。溥仪处理政务的辑熙楼是个四方形的两层建筑，呈“口”字状。中间长着一棵银杏树。原来硕果累累，但自溥仪来了之后就不再结果。这恰与身患男性疾病的溥仪没有子嗣巧合。而“口”字当中长一“木”，正暗寓了溥仪在此期间被“困”的悲剧命运。溥仪在这里被迫签署了好多卖国文件。他的心情是极为矛盾的。一方面他感激日本人给他做了满洲国的“大元帅”，可以享受虚幻的尊荣，另一方面他又对日本人对他的限制和使唤充满了愤恨，并时刻提防日本人害他。有道是“士可杀不可辱”，这个一米六八个头的瘦小男人毕竟没有活出个大丈夫的模样。据说溥仪六岁登基时，面对群臣“万岁万万岁”的朝拜声吓得大哭，他父亲不断哄他：“别哭啦，快完啦！别哭啦，快完啦！”谁曾料：这不仅成了末代皇帝溥仪的谶语，而且成了大清朝的谶语。

五、《日本本州游》

早就听说日本值得一看，在同事的促动下，2008 年 7 月 10 日，我随上海春秋旅行社开始了六天的日本游。

1. 飞往关西国际机场

飞机于上午十时许从浦东国际机场起飞。越过日本海，便来到了日本本州岛上空。日本原名“倭国”。公元 670 年，倭国遣使者入唐，此时倭国已“稍习夏言，恶‘倭’名，更号日本”，取义为“太阳升起的地方”“日出之国”。汉语中又称“东瀛”“扶桑”。国土面积约 38 万平方公里，呈南北狭长条状，东西宽 300 公里，南北长 3500 公里，由北海道、本州、九州、四国 4 个大岛和 6848 个小岛组成。从天空远远望去，就像散落在蔚蓝海洋中的璀璨的珍珠。1 小时 50 分后，飞机降落在日本中部东海岸的大阪府。

“府”是日本的行政区之一，与“都”“道”“县”平行，直属于中央政府，下设“市”“町”（相当于中国的镇）、“村”。日本分 1 都、1 道、2 府、43 县，共有 47 个一级行政区。

当我们走出关西国际机场、踏上日本国土的时候，浑身有一种说不出的亢奋，因为这毕竟是第一次走进日本，我们要用整个身心去感受这个国家的风土人情究竟有什么特点。

前来接机的是一位年过四十、已经发福的女导游。她的母亲是日本人，父亲是福建人，出生于日本，就读于台湾，虽然形象差强人意，但口齿还算伶俐。她告诉我们，关西机场是填海而成。于是从机场到下榻的酒店一路都是高架桥。都说日本寸土寸金，酒店很小，可我们下榻的华盛顿酒店还算可以，虽不能与国内的标房相比，至少比我曾经去过的意大利、巴黎酒店要宽敞许多。旅行社总是精于算计的。中午12点多就到日本，但既不安排午餐和晚餐，也不安排旅游项目，打着到关西最大的名牌商店购物的幌子，整个一个下午让我们自由活动、自行解决吃饭问题。从酒店到商场的路上，一个强烈的感受是道路很整洁，没有一点垃圾。这正印证了导游的介绍：日本人从不随手乱扔垃圾，每个人都会将自己消费产生的垃圾收在自备的袋中，最后分类扔入垃圾筒，以便再生处理、循环利用。在这方面，日本大概是世界上做得最好的，因而日本马路上看不到清洁工人。来到商场，首先必须解决的是吃饭问题。一碗海鲜面，880日元，一份章鱼小丸子，8只，500日元。日元和人民币的即时比价是1000日元折合人民币64元。海鲜面的味道就像国内的味千面，还好，章鱼小丸子则是切碎的章鱼与包菜丝、蛋和面粉和在一起烧烤而成，里面还没有焦心，味道和口感均不算好，怎么勉强自己，也没有把它吃完。在商场逛来逛去，本来就只为观光而来，没打算买什么，何况也没有什么需要买、值得买，于是不久便与同行的冯老师坐在一个露天吧台上聊天。天还没黑时回到酒店。洗完澡，打开电视，只有十个左右的频道，除一个英文的外都是日文的，居然凤凰卫视也没有，内容远不及国内电视节目丰富好看。而“有料电视”需另付1000日元方能观看。与这诱惑形成鲜明对照的是，在床头柜下方，放着一本圣经、一本佛经，均是日、英文对照。这就是日本社会奉行的价值理念和人生准则。

2. 大阪城公园与京都府

一夜好睡，翌日上午游览大阪城公园。沿路看到许多日式民房。拥挤、密度大，不讲究采光和景观。化工企业的管道或球罐连绵不断，导游说大阪的生物制药工业特别发达。进入大阪市区后，眼前的建筑一下子变得高大起来。大阪城历史悠久，系丰臣秀吉于1586年所建，由雄伟的石墙砌造而成，后毁于战火。现存的大阪城公园于1931年由民间集资重建。公园内城中央耸立着大阪城的主体建筑，镶铜镀金、巍峨壮观的天守阁，内部保存有丰臣秀吉的木像、使用过的武器及绘画等。登上五层八阶的天守阁，可以俯瞰大阪周围的美景。在大阪城公园内，有一处景观特别有意义。它将现代人们使用的各种体积不大而具有标志性的器物埋藏在地下十五米的真空密室内，5000年之内不允许打开，以供若干年后的人们了解我们这个时候的人类文明。离开大阪城公园，我们来到大阪市南部的心斋桥商业区。这是一条长约3公里的步行街。步行街两侧排列着大大小小的商店，销售着各类高端或普通的日用商品。肥皂或牙刷在几百日元之间，衣服在一千多至上万日元之间。我同样对购物不感兴趣，逛了一半便在一家星巴克咖啡店门口坐下来，360日元要一杯冰咖，一面解渴，一面等待着与大部队会合。

离开大阪向西驱车40多公里，就来到了本州中部的京都府。京都承载着日本厚重的历史。从公元794年平安京城始建于京都至1868年迁都到东京为止的1000多年间，京都一直是日本的首都。不仅留下了京都皇宫和二条城堡，而且留下了大量神庙、寺院。日本人以白色为喜庆的颜色。沿路所见寺庙的黑色门楼斗拱立面常以白色勾勒。据说日本人过节时的门联也用白纸黑字书写。中午已过，我们吃上了第一顿日本方面为我们安排的正宗的日本午餐。打开外黑内红的饭盒，一点绿色的咸菜、几片腌制的黄瓜，切成丁状的茄子，都是蔬菜。幸好有一块黄亮亮的炸鱼排，一咬，方知是炸土豆片。即便是蔬菜，分量也太少，不够下饭，何况日本的米饭又很好吃。饭碗里盛的米饭也少得可怜，只一两吧，幸好可添。菜不够，就用桌上由烘干的菜薹、芥末、胡椒、芝麻构成的混合调料撒在饭中，倒也可凑合。就这样的饭菜，导游告诉我们，一份一千日元。我问日本人的饮食平时是不是就是这样，导游说差不离。日本人吃得很简单、很清淡，但也很满足、很长寿。可同行的时尚少女们似乎并不认同。她们虽然是味千拉面、章鱼小丸子的粉丝，但却不能接受日本的这种正餐，身旁的几位女孩子饭盒里的菜都剩下很多。我们就餐的地方靠近西阵织会馆。饭后我们观赏了西阵的纺织表演与和服秀。京都的丝绸质量非常高，高超的印染技艺和独创的花纹给人特别的美感。而京都西阵地区就是日本丝绸纺织业现代化技术革新的发祥地。午后的两个景点是游览金阁寺和平安神宫。金阁寺的正式名称是鹿苑寺，因为主建筑物舍利殿外面包有金箔，故名金阁寺。它始建于1397年，在之后的应仁之乱中，鹿苑寺内大部分的建筑物都遭到焚毁，只有舍利殿得以幸免。然而很不幸，1950年，舍利殿因为一名21岁的见习僧人林承贤放火自焚而完全烧毁。今天我们所看到的舍利殿是1955年依照原样重新修复建造的。1987年全殿外壁的金箔装饰又更换一新。金碧辉煌的金阁与镜湖池的绿水和蔚蓝的天空交相辉映，美妙无比。金阁寺因而于1994年被联合国教科文组织指定为世界文化遗产。值得注意的是，金阁寺虽然名为禅寺，以金阁为中心的庭园虽然表示佛教中的极乐净土，全寺却看不到一尊佛像或菩萨像，而完全庭园化、世俗化了。它是京都寺院基本风格的象征。平安神宫则是1895年为纪念日本古都平安迁都1100周年而依照原来平安京的官厅中心——朝堂院建筑缩小重建。双层构造的楼门称为应天门。位于中央正面的拜殿为太极殿。在位于拜殿左右的楼阁中，东面的称为苍龙楼，西面的称为白虎楼。左右对称，结构严谨，红柱碧瓦，色彩分明，具有皇家建筑园林的富丽堂皇和雄伟气魄。

日落西山，我们取道新名（名古屋）神（神户）线，前往爱知县丰桥市。又一次感受到这个岛国高架桥的连绵不断，我们下榻于日航丰桥酒店。房间很大，完全可以与我们国内的星级标房媲美。安排同住的男士一家三口另住一起，我怀着好奇，也为了解日本的旅游文化，付费观看了日本的“有料”成人电视，感到日本在性产业方面实在开放得很，也想起了领队所说的日本这个民族“非常下流”的含义。

3. 富士山

我们落脚的爱知县是日本战国时代三豪杰织田信长、丰臣秀吉、德川家康的出生地，有关三人生平的史迹和遗址很多。县府所在地是著名的名古屋市。这里每年 10 月都要举行名古屋节，由市民们装扮成德川家康、丰臣秀吉、织田信长及其嫔妃的游行队伍多达 1000 人、长达一公里。丰田市也坐落在爱知县，它的汽车生产和装配举世闻名。不过爱知只是我们前往富士山的过往之地。行程并未安排我们游览爱知的名胜古迹。在丰桥酒店用完早餐，我们便往东北行驶，在爱知县与静冈县交界的自然名胜浜名湖稍做停留，就来到了静冈县境内的富士山。富士山是一座活火山，自 1707 年最后一次喷发之后，已休眠近 300 年。它海拔 3776 米，是日本第一高山，被视为日本的骄傲和象征。不过由于大量游客、商贩和登山者丢弃的垃圾，富士山进入世界遗产的努力迄今尚未成功。富士山常常云遮雾掩，看不清真面目，但我们看到了，乃至山脊的皑皑白雪也清晰可辨，导游说我们很幸运。随后我们登上活火山遗址大涌谷。伴随着熏人的硫黄气味，大涌谷散发着地热，由地热煮熟的黑壳鸡蛋被神化得可以长寿，6 个起售，500 日元。我买了 6 个，分发诸人品尝，自己留下一个。因为其实就是白煮鸡蛋，一直没有吃的兴趣，时间一长，只好扔了。平心想来，这个景点实在乏善可陈。下午来到平和公园。公园占地万平，广植各种树木及花卉。园内最醒目的莫过于一座来自印度的舍利子塔。塔身纯白，形状酷似北京的白塔。塔内供有镏金佛像，以佛法的慈悲表达着反战的讯息和祈求和平的愿望，凝聚着日本人对战争的反思。晚上入住神奈川县境内的箱根。大约 40 万年前，箱根一带曾经是熔岩四溅的火山口。现在这里却翠峰环拱、溪流潺潺。箱根的温泉久享盛名，这里有著名的“箱根七汤”，就是七个被视为疗养胜地的温泉。然而我们入住的山中湖新星温泉酒店条件却甚为简陋，离“疗养胜地”相距甚远。被导游渲染得令人遐想无限的“温泉”其实平淡无奇。我们只泡了十来分钟就回来了。而日本的夜晚照例是没有什么娱乐活动的。

4. 横滨、东京都

行程的第四天上午，我们来到日本第二大城市横滨。横滨为神奈川县的县府所在地，是世界著名的天然良港。在山下公园，我们和停泊在港口浩瀚水面上的巨大邮轮合影。横滨有一条中华街，是中国游客必去之地。中华街两侧以饮食为主。六个麻球卖 600 日元，一个炒菜一般标价 1000 多日元。而在弄堂里的一家服饰店，我们看到一件女式夏装上衣售价是 1200 日元或 1500 日元。看来日本的饮食比服装要贵得多。日本一般上班族的月收入只在二三十万日元之间。比如给我们开车的司机月薪是 20 万日元。可见日本人的生活并不像我们原先想象的那样宽裕。中午是一顿行程中最为丰富的自助餐。日本的饮食中很少烧、炒的做法。荤菜有炸虾、烤三文鱼或马高鱼。蔬菜是生的，加调料，属于西方的吃法。餐馆的位置在五楼，拿一杯冰可乐，在户外阳台的遮阳伞下小坐，可以饱览彩虹跨海大桥之下的横滨市容。一路走来，所见日本的城市高大的建筑不多。午后我们向东京进发。没多久，就见到一排排高大的建筑鳞次栉比，有王者气象。一问导游，果然是东京都。在台场，我们参观了流光溢彩的丰田汽车陈列馆。在戒备森严的国会议事堂门口，我们匆匆留影，那是日本议员民主议事、经常吵架的地方。穿过大片松树构成的绿肺和约百米长的碎石子路，我们来到掩映在山间绿树中的天皇住所——皇居二重桥。登上47楼的东京都厅大厦，东京全景尽收眼底。我们发现在东京的每一座高楼的顶端，都有一个停机坪，用来处理应急事宜。傍晚时分，我们在新宿歌舞伎町漫步。这是东京最繁华的商业大道，道路的一侧是红灯区，据说入夜就有人招客。

晚餐后，庆应大学的中文教师、旅日华侨吴敏女士如约接我去逛东京另一著名商业区银座夜景。银座相当于上海的南京东路。银座商家的招牌以灯箱居多，多白色，霓虹灯很少，色彩和繁华程度远不及上海南京东路。走累了，便在一家咖啡厅要了两杯饮料。只见吴敏递给收银员一张1000日元的纸钞，对方找回一只大约100元的硬币。一边品茗着冷饮消热，一边听吴敏讲述如梦往事。她在恢复高考后1979年考进华东师大。在最早的出国热中东渡日本。打工、导游，什么活都做过。拿到硕士学位便开始了在大学的教书生涯，并加入日本国籍。貌美、聪慧，多才多艺，是昆剧、京剧、越剧票友，民歌唱得如同天籁，清纯动听，写得一手真书小楷，日、英文俱佳。而且在思想上她还是一个自由主义斗士，为人也颇有豪情侠义，这与她清瘦的外表形成巨大反差。早些时候回国时，国内的同学朋友都很羡慕她。不过这些年国内的经济发展很快，上海的文化人收入大幅提高，她当年的同学几乎都生活得不比她差，倒是由于日本文部省取消了大学第二外语，原来通常作为第二外语选项的中文地位一落千丈，中文教师供大于求。她在庆应大学的课去年就少了一半，收入也大大减少。现在一个月也就20多万日元，而每月房租就有10万日元。说起这些，我真的为我的到来感到局促不安。因为她明天还要陪我一天，并且明晚为我请了几个日本大学的教授见面一聚。

这一晚我们旅游团住在中环地区的好日酒店。不通日语的我走在东京就像哑巴。吴敏送我回旅店。日本的地铁出口很多。没想到灵巧而自信的吴敏也搞错了，结果反其道而行。发觉不对后，便向一位迎面走来的中年妇女问路。她帮着打电话到酒店，然后就挑头领着我们向相反的方向走。她执意要把我们送到酒店。走了好远，我们实在不好意思，因为她的家在另一头。坚决谢绝了友好的日本妇女，再问了一家便利店员，就终于找到了入住的酒店，这时已经是夜里 11 点多。看着吴敏消失在夜幕中回家的背影，一种深深的感动油然而生。

5. 靖国神社、庆应大学、早稻田大学

行程的第五天，上午安排参观浅草寺，去秋叶原购物，下午安排到迪士斯尼乐园游玩。这些项目除浅草寺外对我都没有吸引力，于是我便毫无遗憾地由吴敏陪我自行安排。

日本出租车很贵，起步费好像七八百日元，只有两公里。我买了一张单日通票，1000 日元。按线路远近，先去吵得沸沸扬扬的靖国神社。这是一个呈开放状的祭奠场所，并无重兵把守，一切进出自如，与我们在日本曾经看到的“神社”并无特别不同。道路两侧悬挂着写着亡灵名字的黄色灯笼。在庙宇似的主建筑里，空空荡荡，看不到有什么供奉的主尊雕塑。据说这里面供奉着甲级战犯的牌位，但不懂日文的我没有分辨出来。中国政府最不能容忍的就是日本政客对包含着甲级战犯亡灵的神社的祭奠。吴敏告诉我，在日本文化中，一个人死了，他生前的罪过就应得到宽恕，何况他们是为自己的国家战死的。看来这当中有说不清的复杂因素。我不便妄予价值判断，只是想看一看这个吵得很喧闹的靖国神社到底是什么样子。

日本的地铁系统很发达，车次多，因而每上一路车都有座位。

各路车的换乘亦无须跑多远，就在上下之间完成，可见当初设计精度之高。走得太累了，上车入座后禁不住跷起二郎腿解乏，吴敏提醒赶快放下，因为日本人乘车从来没有跷腿的，这会给人带来不便，而给人带来不便的事日本人尽量不做。所以在地铁中不可打手机，只能发短信。收短信也只能用振动方式——车厢内张贴的标示牌提示得很清楚：禁止手机铃声。这使我想起一次在上海乘三号线，身旁的人手机通话声音大得震耳欲聋，我提醒她能否轻点，她不知羞愧，反而怒目圆睁："我就是这个大喉咙！"于细微处见精神。这就是国民素质的差异。第二站来到吴敏供职的庆应大学。庆应大学是东京的一所私立名校，也是一座贵族学校。校内建筑以红砖墙为主，风格类似于上海华东政法学院。考虑到我要付账，吴敏就带我去学生食堂。食堂不用饭票，日元付账即可。饭菜比外面便宜得多，但以诚信著称的日本人不会有外人经常到大学食堂来讨便宜。我要了一份撒着几根韭菜叶的炒猪肉、一份腌菜、一份颇有内容的汤，一份饭。只 500 多日元。炒肉很嫩，味道很好，是我游日本几天来吃得最香的一顿。日本大学还没有放假。庆应大学正在期末考试。食堂内坐满了学生。我惊奇地发现，周围的女生没有一个染指甲的，而且穿着也比较传统，有一种清纯自然的美，与我们同行的几个女生形成鲜明的对照。都说日本女人长得丑，而坐在我对面的女生就长得很端庄漂亮。瓜子脸，双眼皮，目不旁视，很文雅地将饭菜摄入口中，然后无声地闭合咀嚼。我请吴敏做翻译，在征得她同意后问了她两个问题。一是为什么不见女生染指甲油？是不是对此有负面看法？她说倒不至于有不好的看法，主要是学习紧张，没时间、没心思顾及指甲的装饰。我又问：日本比较开放，但我发现这里的女生们穿着都比较典雅，很少袒胸露臂的，这是为什么？她说对学生来说，保持清纯是应该的。而且学校过去曾规定：不允许学生染发。虽然现在这个规定取消了，但环顾四周，男女学生中明显染发的还真不多。

我突然觉得：这应当是我回去跟我的女儿和我教的大学生们加以宣扬的人文风景。

离开庆应大学，又去了早稻田大学、东京大学。20世纪的历史上，中国共产党人中曾有许多仁人志士就读于早稻田大学。早稻田大学是一所平民学校。这是早期革命党人与之结缘的缘由所在。我们走过三所大学，发现都没有醒目的校牌。只有东京大学有一块铜牌挂在校门口，但铜牌本身就不大，只有约五六十公分见方。上面除“东京大学”外还有其他不少字，“东京大学”的字体居然并不比其他字大。这可以解释为“低调”，但没有招牌或招牌的字很小，不便于外人寻找，终归一憾。

在早稻田大学露天座椅小憩时，吴敏与我讲起一件往事。几年前，复旦大学中文系美学教授王振复先生到京都某外语学院交流一年。其实复旦大学与京都大学才属般配，而该校比复旦大学至少低两个档次。复旦所以愿意与比自己低级别的大学联姻交流，只是出于挣钱的考虑。而日本的大学聘请中国名牌大学的教授来交流，并非如出于对名校学者学术成就的仰慕，因为这些学者来到日本学校后给学生们授课的内容是中文ABC。王教授由于所长不在于此，而且因为方言的影响中文发音不准，还让学生不满。加之不通日文，电视也看不懂，压抑、委屈、寂寞，让王教授痛苦不堪。其实每一个来日本大学“交流”的学者都有此不堪，只是为了挣些比当时国内高出许多的钱只得隐忍着。而投以艳羡的外人并不知底里，我们的教授回国后对此也都讳莫如深。得知王教授的落寞心境，吴敏借东京举办学术会议的机会邀请王教授来此散散心，王教授也希望能否在东京的什么大学搞一个学术讲座。经过吴敏的宣传和张罗，讲座是落实了，但报酬只有一万日元——当时不过折合人民币700元左右，比国内报酬还低。吴敏说，在日本大学，要校方同意出资举办一个讲座得提前两个月申请，审批手续极为麻烦。王教授的这个讲座费还是主持讲座的日本教授私人支付的。

参观好大学已是下午 4 点多。本来计划去一下浅草寺，因为走得太累了，加上夫人女儿嘱托的化妆品非买不可，有一位懂行的吴女士帮助再好不过，于是便在吴敏的引领下来到她经常光顾的一家化妆品店。晚上六点，我们准时来到市中心的一家饭店。不久，吴敏约请的日本日中人文社会科学学会会长黄华珍教授、副会长张世英教授、庆应大学长堀祐造教授如约而至。黄教授是印尼人，曾在北京待过多年。张世英教授来自河北，因原来任教的日本大学课时裁减很多，谋生不易，于是回国受聘于河北科技大学。长堀教授是纯粹的日本人，但专治中文及中国现代文学，能听、说汉语，但遇上复杂的，就要吴敏翻译了。餐宴是自助的，有时间限定；梅酒是免费供应的，但啤酒需另外买单。交谈并无一定主题，侧重在加深两国学者之间的彼此了解。兴之所至，说得多，吃得少，然亦乐而忘饥。日本的轿车很便宜，不过日本的教授回去时都是乘的地铁，没见开车。都说东京的房价很贵，然而一打听，与上海的房价相差无几，比如黄教授几年前在中环地区购的一套房每平方米单价约合人民币 2000 多元。看来上海房价已在悄然之间与国际接轨。

这一晚，旅行团住在东京成田机场附近的马洛德酒店。细心的吴敏女士早已从网上下载了路线图打印给我，并一直送我到驶往成田的列车。最后在日本青年的帮助下终于找到了去酒店的免费大巴，有惊无险地完成了自己在异国他乡的一段独立行程。操起电话向到家不久的吴敏报声平安，并发自内心地感谢她的热情安排、辛勤陪伴，让我与日本有了一次近距离接触和比旅行团安排丰富得多的了解。然而这又岂是一个“谢”字了得?

6. 凯旋

第六天是返程日。飞机下午 5 点起飞，但白天却无任何活动安排。标房很大，住得很舒服，但仍然没有中文台，比如凤凰卫视。十一点半集合后又是到商场购物。我买了多个外黑内红、或外红内黑、或通体紫红的很有日本特色也很精致漂亮的烤漆碗，希望回家后能经常想起日本之行。在商场，我和冯老师又一次以海鲜面为午餐，里面的海鲜比我们在大阪吃得多，但价格却便宜得多，只 500 日元一碗。下午两点，我们提前三小时办理登机手续。在机场免税商店，又买了化妆品、香烟。商店看来利润不菲，售货小姐高兴地送我两块手表、一把圆珠笔。连购物带花费，这趟行程总共用去四万九千日元、600 人民币，尚不包括 7300 元的游资。临行前，我们觉得上海春秋社日本本州游 7000 元的游资不算贵，因为到云南、新疆都差不多要这个数。回来后偶然从网上得知：苏州一家旅行社同样的行程报价只 5100 多元（不知是否包含机票税），一下子有点晕。

六、《飞往俄罗斯》

1. 2010 年 8 月 19 日：飞往圣彼得堡

儿时看电影《列宁在十月》《列宁在 1918》，冬宫的富丽堂皇给我留下难以磨灭的印象；考研时学习国际共产主义运动史，苏联的“红场”意象让人刻骨铭心；加之年轻时读过《卓娅与舒拉的故事》《钢铁是怎样炼成的》，耳畔经常萦绕《莫斯科郊外的晚上》的优美旋律，所有这一切，都铸就了我们这一代人心中的俄罗斯情结。在去过新马泰、我国的港澳、意大利法国、日本之后，我们计划今年暑假去俄罗斯旅游。

美丽、温婉的女同事 R 有兴趣结伴同行，自然是再好不过的，因为她本身就是风景。为了不显勉强之意，联系旅行社的事请她全权做主。本来以为这条线路不紧张，没想到报名时却很热门，因为今年夏天上海太热。几经周折，我们预订上了8月17日启程的圣彼得堡—莫斯科旅行团，后来旅行社改为19日出发。不过在接下来的一个月里，情况却发生了意想不到的变化。从7月15日开始，俄罗斯发生了有史以来差不多是最大的森林大火，浓烟蔽空，直逼莫斯科，莫斯科人上街甚至不得不戴上口罩。莫斯科机场许多班机被迫取消。大火甚至威胁到莫斯科郊外的核设施安全，以致欧洲国家发出警告：建议本国公民9月5日以前不要赴俄罗斯旅行。每天通过电视密切关注事态发展，心想怎么如此倒霉。R来电问我怎么办。考虑到临行还有十多天，灭火工作可能会在我们出发时有所好转，加上春秋旅行社是一家有信誉的品牌社，会对游客的安全负责任，既然旅行社没有取消行程，我们不必自乱方寸。8月13日开行前预备会的时候，刚刚从莫斯科带另一个旅游团回来的领队朱女士告知：火势已得到控制，她离开莫斯科时是蓝天白云。我和R庆幸坚持住了。然而，就当18日晚一切准备就绪等待第二天成行的时候，R来电，因父亲查出脑部可能有癌变，需待第二天中午确诊，只好取消俄罗斯之游，已交的一万元旅游费就让它作废。我只好振作精神，踏上独行之旅。不过我自信：我的黏合能力不会让我孤单寂寞。

从吴淞到浦东机场，乘3号线转4号线、再转2号线，一路马不停蹄，却花了2个小时10分钟。好在打了提前量，比规定的集合时间还提前了10分钟。

我们乘坐的是大韩航空的飞机。登机的时候，一对母女座位被分开，正好我的座位与她们其中的一个座位在一起，于是与我商量调换——有趣的是，后来从首尔到圣彼得堡、从莫斯科到首尔、从首尔到上海，都是这样。于是我结识了料理财务的王女士和她在上海师大读建筑设计的女儿陆婷。在后来的行程中，我电脑充电的转换插头就是向她们借的；陆婷用我和她的相机帮我拍了不少照片。当我调好座位后，那座位又把一家四口分开了，于是我又接受了第二次调配。因此我又结识了鲍先生及其夫人潘女士，以及他们的女儿鲍女士和外孙——一个很帅、很酷、很招人喜欢的初中生。在后来的行程中，他们一家是我主要的交流对象。形单影只的问题开始得到解决。

飞机外壳是浅蓝色。空姐着装也以标志的浅蓝色为主，与白领头相间，典雅而时尚。原说13：30的飞机延迟半小时才起飞。一小时四十分后降落韩国首尔仁川机场。机场规模很大，也很现代。高高的落地窗外停靠着许多韩国航空公司的大飞机。我们这趟航班的旅客除我们到圣彼得堡外，还有转机到日本、伦敦、多伦多、西雅图等地的。显然，这里是承担着大量中转业务的空港。从地图上看，“大韩”其实很小，但国际转机的大量业务却由小小的韩国占有了，不能不叫人暗暗佩服韩国的过人之处。

一小时后，我们换乘另一架小一点的大韩航空飞机飞往圣彼得堡。圣彼得堡在俄罗斯的最西边，与西欧接壤。我们从东往西飞，地球也从西往东自转，于是形成了一道奇观：西边的太阳永不落，我们不停地飞向太阳。太阳位居在11000多米高的云层之上，无遮无挡，光芒耀眼。机身下的云彩看不出什么变化，机翼仿佛静止不动，其实飞机正在以800公里的时速飞行。这又一次证明了宇宙间的一个真理：至动若静。几个小时后，太阳终于落到云层底下，将光辉从背面照耀在云层上，黛中泛红的云彩弥漫到天边，形成美丽的天河。直到北京时间22点的时候，天还亮着。空姐为了营造一种夜晚的氛围以便乘客休息，让乘客把舷窗内侧的遮阳板关上。从首尔到圣彼得堡，行程9个多小时，两餐。韩餐比国内飞机上的丰盛多了，也很可口。两餐之间，是小吃。空姐忙得一刻没停过，但一直保持微笑，无怨无悔。北京时间凌晨一点，当我们被叫醒第二次用餐时，打开遮阳板，窗外依然如白昼，不过洒下光辉的已不是太阳，而是月亮。

圣彼得堡与北京时差4小时。经过9个半小时的飞行，北京时间27日凌晨2：25，也就是当地时间晚上10：25，机身掠过汽车穿梭的市区上空，安全降落在圣彼得堡机场。

机场不大，比较陈旧。入境手续办得并不快，据说办事效率低是俄罗斯人的一贯风格。

接待我们的当地导游并非俄罗斯人，而是来自黑龙江、在这里读研究生的小伙子，姓田。这不免让人有些失望：如果是俄罗斯导游多好，我们还可以问他些俄罗斯风俗民情。领队朱女士说：其实俄罗斯导游并不好。他们一般说来服务意识都很差，一旦发生问题，总是两手一摊，表示无能为力。

从机场去酒店有一个小时的车程。田导很实在，实在得在车上与大家第一次见面都没做自我介绍。坐在第一排车位上讲解时脸也不面对大家，只管自言自语，似乎必要的礼貌也省略了。圣彼得堡地处芬兰湾，1703年由彼得大帝下令建造，至今不过307年的历史，却拥有很多的名胜古迹。全市现有人口480万。著名的涅瓦河流经全市，加上建市时开挖的许多纵横交错的运河，水上面积达10.2%，有“北方的威尼斯”之称，是世界上著名的旅游胜地。每年，全世界来这里旅游度假的人络绎不绝。

我们入住的酒店位于圣得堡市西南。不高，只有四层。门口有三星标志，但大堂极小，只有十来个座位。虽然事先已有安排，但入住手续还是办得很慢。还没办完的时候，另外一个中国旅行团的游客进来了，大堂一下子显得拥挤不堪。终于领到钥匙，来到三楼过道，两侧的墙角板已经开裂。打开房门，一股人体脂肪发酵的异味扑鼻而来。开关不用磁卡，是最老式的手动开合式。打开灯，门套内两个墙面的墙纸和三边的包边条都不见了，裸露出绿色的石膏板、锯齿状的墙纸边以及起泡的泡沫黏合剂。这让人匪夷所思：为什么不及时修复——后来从朱领队那儿得知：因为不修照样有人住。桌柜是榉木贴面的密度板制作的，这在时下的国内已过时。卫生间不大。没有洗发液、洗澡液、牙刷、梳子，这些事前领队都交代了，我们都有备而来。配有毛巾，还有一块小肥皂。肥皂白色，好像是香皂，但表面粗糙，是国内普通的洗衣皂的味道。没有开水瓶，也没有电热水壶，这是最不方便的。夜已经很深了，洗个热水澡准备睡觉吧。拧开水龙头，很长时间没有热水。终于来热水了，温度太低，不过可以将就着洗澡。当我洗完准备离开冲淋房时，却发现池中淤积的水很浑，像泥浆一样，顿时感到我刚才洗过的头发、身体留着浑水中的泥垢，其实很脏。再拧开龙头调试，水依然如此。一个三星级酒店怎么可以这样？我随即向朱领队反映。她来了，说自己从来没有遇到过，让我开着龙头让热水多流一会儿试试。又过了几分钟后，水果然干净多了，谢天谢地。送走朱领队，我不得不重新脱衣进入冲淋房再冲洗一遍。

2. 8月20日：瓦西里岛古港、冬宫

圣彼得堡的酒店一般都不安装空调。所幸8月下旬圣彼得堡气温已转凉，我们穿着T恤衫离开上海，到这里必须穿春秋衫。

也许是由于在飞机上睡多了，加上倒时差的关系，夜里睡得不是很好，总是醒。干脆6点起来，趁着头脑清醒，记点日记。

8点早餐。餐厅在一楼。去餐厅的过道上，地砖有不少裂缝。餐厅不大，酒店的住客如果在同一时间就餐，肯定容纳不下。早餐是西式的，不算很丰盛，也不很寒碜。

我们花钱到俄罗斯是来参观名胜古迹、异国风情的，但导游却以俄罗斯人10点上班为由，约定我们的大巴10点出发。早餐后到10点前的一个多小时就这样浪费了。圣彼得堡面积不算大，大巴开出不久就来到涅瓦河畔。狮身人面像平淡无奇，瓦西里岛古港灯塔巍峨，圣彼得堡罗要塞呈奇特的六角形，易守可攻。瓦西里岛古港有全市最高的建筑，那是123米高、直刺云霄的金黄色纪念碑。全市所建楼房多为四五层。放眼望去，天高云低，视野开阔。空旷的大街上人影稀疏，别有一番宁静、休闲的意味。

午餐一般安排在下午两点，吃的是中餐，八菜一汤。菜还说得过去，汤大概只有半个番茄，几片黄瓜，一点蛋花，是名副其实的“汤”。午餐后参观金顶大教堂。这幢哥特式建筑是全市最高的教堂，一个个高耸的圆柱横空而起，支撑着建筑的圆顶，气势宏伟。紧挨金顶大教堂的是十二月党人广场，那是一个俄国历史上革命者传播理想、抛洒热血的地方。这些景点说来动听，其实旅行社都不需付钱购买门票，是无成本的旅游项目。参观其中有的部分需购门票，因为旅行社没帮我们买票，我们只能在外围转悠。

下午4点，终于有一个旅行社要花钱的项目了：参观冬宫。冬宫是长方形的三层建筑群，外立面以蓝、白相间，面积九万多平方米。原为沙皇行宫，1754年始建，经过八年的建设，于1762年建成。十月革命胜利后，从1922年起改为国家博物馆。如今它是俄罗斯收集欧洲艺术品最多的博物馆。进入冬宫，走道的四壁和穹顶布满壁画和浮雕。藏品很多，据说有275万件。如果在每件作品前停留参观1分钟，每天花8小时，每周花5个工作日，全部参观完需花4年时间。冬宫内游客摩肩接踵，空气浑浊。导游有选择性地给我们讲解了达·芬奇、伦勃朗、毕加索的绘画，米开朗琪罗的雕塑，等等。愈是注意听，大脑愈是缺氧。开始参观满怀期待，觉得看少了吃亏；走了一个多小时后便感到大脑发胀，脚踝发酸，深感看多了吃力，只盼望早点结束。也就在一小时四十分钟以后，全天最重要的一个旅游节目结束。导游留下半个小时，让我们在冬宫广场前自由活动，拍照留念。

晚餐后回到酒店时，已是八点有余。回到房间洗澡，没想到只有热水，没有冷水，而且热水烫得不行，没法用。没有了冷水，抽水马桶也无法使用。立即向领队报告情况。领队与酒店交流的结果是：不是酒店出的问题，而是市区供水系统出了问题，一大片地区停水。至于什么时候能恢复供水，酒店也无可奉告。这就是圣彼得堡的服务设施。淌了一天的汗，澡是不能不洗的。无奈之下，只好先把热水放在水池里，等凉下来后再汤浴。所幸冲淋池还有大约20公分的深度，可以蓄点水。将就着洗好澡后，迷迷糊糊进入梦乡。不久，领队来电话，说冷水来了，但对我已没有意义。

3. 8月21日：夏宫的奢华与涅瓦河救美

早餐后驱车20多公里，驶往圣彼得堡西南郊的夏宫。

车上说起昨天停水的事，大家都叫苦不迭。田导宽慰我们说：比起前不久因为停电一个中国旅游团被困在地铁中很长时间的遭遇，我们算是幸运的。而停水停电，这在俄罗斯很正常。他在这儿生活了7年，已经见怪不怪了。

夏宫是俄罗斯皇室的夏季行宫，由彼得大帝建造于18世纪初。整体风格仿照法国凡尔赛宫，外立面黄白相间。夏宫分上花园和下花园。上花园是夏宫背面的广场花园。从南向北，由一系列对称的水池、喷泉、雕塑、林木构成，气象阔大。东西两侧南北排列的樟树全部修剪成长方体状，相互连在一起，形成一道整齐的绿墙，令人啧啧称奇。穿过上花园，就来到规模更庞大、景象更精彩的下花园。下花园位于夏宫的正前方，最激动人心的景点是中央雕塑喷泉。洁白的大理石底座上，矗立着一个个镏金的人体雕塑，在正午的阳光下流光溢彩，尽显辉煌。若干道喷泉将白色的水柱按不同高度喷向天空，犹如参差排列的五线谱。最高的水柱25米，抛开的水珠在蓝色的天幕中变幻出迷人的彩虹。建造之初，喷泉系利用20多米的自然落差形成，二战中遭到破坏后，修复时改由水泵控制。沿着中央花园的一侧拾级而下，加入游客的人流一直往前走，是波罗的海一望无际的湛蓝。波罗的海，这是一个与俄罗斯海军紧密联系的大海。围绕她原来储存了许多神秘想象，现在她则脱去面纱，近在咫尺，一任观赏。沙滩、石头、水鸟。一条码头伸向湛蓝的海中，白色的游艇不时地把游客拉向大海深处的怀抱。大海的尽头与天边汇合处，是隐隐约约的斑斓楼群。鲍老先生退休前为海军舰艇政委。虽然七十有余，但精神矍铄，好学深思。听他抒发面对波罗的海的感慨，别有一番意味。

午餐安排在圣彼得堡开发的新区。沿路看到中国绿地集团承建的商品房。新区与圣彼得堡老城区风格迥异，除了招牌上写的俄文字母，市容与国内大城市几乎无异。餐厅老板心比较平，居然上了走油蹄髈、清蒸鱼。走油蹄髈很大，烧得也很好。鱼也很大，足有2斤多重，头尾都超出了盘子的边沿。这是涅瓦河生长的武昌鱼，最大可长到20斤。

午餐后先来到斯莫尔尼宫外稍做瞻仰。该建筑由叶卡捷琳娜二世建造。外立面像冬宫一样蓝白相间。斯莫尔尼宫的意义在于，历史上，它曾充当过十月革命的指挥部，当时列宁就在这里运筹帷幄，赢得了苏维埃革命的胜利，建立了世界上第一个社会主义国家。圣彼得堡也因之改名为“列宁格勒”。而现在，一切烟消云散，物归原样，“列宁格勒”也重新更名为“圣彼得堡”。

下午四点，登上游船游涅瓦河。这属于自费项目，450元人民币。导游让我们另准备50卢布或10到15元人民币的小费。游船分上下两层。上层为室外，主要为游客观景拍照提供方便。下层为室内，后部两侧是四人座的小方台，台上放着一瓶香槟、一瓶伏特加，供游客观赏文艺表演时自由取用，另给每位游客配发一小片抹着黄油和黑色鱼子酱的面包，以及一个苹果、一根香蕉。游船向芬兰湾进发。整个游程一个来回，约一个半小时，节目也就分上下两半程。短暂的室外拍照留念后，游客被通知到室内集中，观赏俄罗斯民族歌舞。两男两女四个演员身着各色俄罗斯民族服装，在一个手风琴手、一个三角琴师的伴奏下轮番上场，演唱俄罗斯民歌，表演俄罗斯芭蕾，还来点滑稽小品，不时地与游客互动，气氛热烈，笑声不断。演员虽然上了年纪，但基本功不错，可能是专业剧团退休下来的。我坐在前面，福星高照，先是被唱歌的胖胖的俄罗斯大娘拉着跳舞，后是被跳舞的瘦瘦的俄罗斯少妇亲吻面颊，既不能太忸怩，又不能太投入，只好半推半就地配合，给大家助兴。

当游程过半往回返的时候，同行的一位二十出头的姑娘因为酒喝多了，头情不自禁地倒在台子上，昏昏入睡。她母亲陪在她身边，以为一会儿就会醒的，没当回事。与她母亲同行的四位女同事中一位摄影爱好者发现这是难得一见的有趣场景，便操起脖子上一直挎着的长焦距相机，捕捉小姑娘不省人事的醉态，并通过回放，与姑娘的母亲分享调侃，开心一乐。我在船的另一侧目睹着这一切，也感到好笑：一个姑娘，没有人劝酒，在母亲的眼皮底下，竟然不知不觉把自己灌醉了，太有趣了！不过，随着时间的流逝，事情从无害的有趣向令人担心的方向发生变化。就在游船即将靠岸的时候，姑娘呕吐了，呕得台布上一大摊，胃中半发酵的食物淹没了弥漫在台子上的长发。母亲和同事这下子紧张起来，连忙拿出塑料袋套住姑娘的嘴巴，姑娘又呕了半袋，将中午可口的食物差不多都呕了出来。游程已结束，游客纷纷上岸，演员也已散去，船上的服务员是位瘦小的俄罗斯姑娘，等待许久后，希望尽快离船。母亲和她的几位女同事不停地叫姑娘醒一醒，但姑娘没有任何反应。试着扶她站一站，但她烂醉如泥，身体根本不听使唤。是不是有危险？要不要叫救护车？母亲和她的同事说，这还用不着，她们就是医生，有把握。眼下关键的问题是把姑娘送回去好好休息恢复一下。姑娘的母亲和女同事无法让她站立行走离船，只得向还留在船上的力量较大的两位男士——我和田导求援。我们责无旁贷，无法推脱。我们先试着一人架住她一只肩膀，把她抬出去，可她已变成一堆柔软的肉疙瘩，根本无法直立挪动。有人建议我驮她出去。掂量了一下，这也不行，因为她已失去知觉，上身会向两边滑落。如果正面扛着，因为姑娘穿得少，有男女授受不亲之嫌，也只得放弃。唯一可行的方法是由一个人抱着她的腰和腿，托着她出去。姑娘一米六几的身高，不算太瘦，我平时不爱锻炼，臂力极为有限，担心抱不动、摔着她。但田导不仅比我矮，而且比我瘦，非我不可！没有退路的我只好鼓足气力，托着她快步来到船门口，侧着身登上台阶，离开游船，跨上紧挨着的另一条游船的船舷，再小心翼翼地拾级而下，但抱腰的手背已吃不消，姑娘的上身和头几乎就要摔下来，我抢在松手前将她安全地放到船内的沙发条椅上。平息了一会儿心跳、恢复了一下体力后，我让田导走在前面保护姑娘的上身，再次用足力将姑娘托起，走下船舷，但力已耗尽，连忙将她搁在船坞上。姑娘四肢分开，素面朝天，十分狼狈，母亲和同事给她整理衣裙，不让她太过暴露。在船坞与岸边，搁着一条长约两米、宽度大约只有半米的跳板，木板的两侧是铁护栏，间距在五六十公分之间。因为通道太窄，原来的抱法即便侧着身走也行不通。怎么办？正焦急无奈之时，忽然发现船坞上两块长条木板，宽度恰好可以通过。一块较薄较轻，但上面有钉子；一块没钉子，但很厚很沉。于是只好用很厚很沉的这块。母亲和女同事将姑娘搭上了木板，我和田导一前一后抬着姑娘来到船坞与岸边的通道口。通道下面是汹涌的涅瓦河。为了防止侧翻的危险，确保姑娘的安全，我吩咐田导注意：过通道时一是不能站着抬得太高，只能蹲着一步步悬空移位；二是悬空移位时要确保木板两侧的平衡：三是每移一步搁下来时，要确保木板上的人体两侧有可以保护的栏杆。由于蹲着抬只能使用手腕的力量，浑身的力气使不上，在将姑娘搁到通道上时，田导就无法再抬起来平衡朝前移动了。搁在通道跳板上的姑娘随着波浪一起一伏，姑娘的母亲、同事以及岸上的游客都揪紧了心。众目睽睽之下，精神高度紧张的我一面密切关注着躺在通道上的姑娘有无滑落的危险，一面呼唤导游鼓足劲尽快将人抬上岸，否则很危险。田导又试了一次，还是用不上力。时间在一分分流逝，危险在一分分增大。万一木板上的人翻个身，或是抬木板时把握不住平衡，姑娘从护栏的间隙滑下河去，我就由好人沦为罪人了。一生中从来没有感到几分钟有这样漫长。就在不知如何收场的危急关头，姑娘母亲和同事从船内找来一位俄罗斯大汉，替代了不管用的田导。俄罗斯大汉抬起木板的后端，我铆足劲抬起前端，竭力保持平衡、稳步前行，终于走过了这段最危险、最让人担心的通道。心跳超速、筋疲力尽的我一来到岸上，就将姑娘搁下，瘫软地坐在地上，只恨力量太小。见我脸色煞白，担心我虚脱，同行的好心人送给我一瓶矿泉水，叫我照管好自己，其余的事不用再管了。王会计看我一直忙碌，乃至为我鸣不平地说：还有其他人，你可歇着了。

时间已经是傍晚六点半。停在路边的大巴和坐在车上的游客一直等着去吃晚饭。躺在木板上的姑娘进不了大巴，也不适合再去吃晚饭的地方折腾，于是，说得一口俄语的朱领队帮着叫了辆出租车，母亲和一位女同事将醉酒的姑娘送回酒店。回到大巴，我受到了英雄般的称赞。整个情形，真像上演了一出英雄救美的好莱坞大片。姑娘母亲的同事说，多亏了我，否则不知道姑娘怎么离船、怎么上岸。鲍先生赋诗为证："曼舞欢歌绕内舱，香杯美酒醉姑娘。多多出手齐相救，竭力倾心赞志祥。"

因为晚餐太晚了，其他人胃口都很好，我却吃不下饭。不知什么时候，我的长裤被姑娘吐得一塌糊涂，眼前每每浮现这个情景，就食欲全无。

八点多回到酒店。通过领队询问姑娘的情况，说已没有问题。然而一个问题始终萦绕在我的心头：伏特加入口很辣很苦，并不好喝，一般中国人不习惯，再说这种免费招待的伏特加肯定不是什么上乘的伏特加，在游程过半这点时间里，在无人劝酒的情况下，一个年轻的姑娘是怎么会喝醉的？太让人费解了。

4. 8月22日：叶卡捷琳娜宫、喀山大教堂

早晨候车的时候，姑娘母亲的一位同事跟大家打招呼：昨天醉酒的事不要再谈，因为毕竟不是什么光彩的事。正说着，姑娘和母亲来了。两位都不介意、不回避谈及昨天醉酒的事。交流中得知：姑娘从小生活在德国，在那里读完了小学。1996年随父母回国，父亲是华东师大地理系教授，母亲是华东师大医院的医生。姑娘姓张，本人现在上海师大哲学系读大三。由于自幼接受德国文化的熏陶，不知不觉间养成了吃西餐、喝酒的习惯。这习惯是如此根深蒂固，以至于回国后到现在，在家里一直是爸爸妈妈吃中餐，她吃西餐，还不时喝点酒。这次到俄罗斯来连续吃了几顿中餐，又无酒供应，她快憋疯了。所以一上游船看到酒，便喜不自胜。她那张台子就坐着她和母亲两个人。她先把一瓶香槟当作汽水喝了个八九不离十，然后又自斟自饮，喝掉了半瓶伏特加。田导在俄国生活多年，他说：伏特加与香槟是不能掺着喝的，喝了以后更不能吹风，否则就特别容易醉。而姑娘将两种酒掺和在一起喝了许多，在游船到达芬兰湾后又走出船舱拍照吹了风，所以回到舱内不久便醉倒了。我说：“伏特加我尝过，很苦，你不觉得进口难吗？”她说：“不，我觉得很好喝呀！”我说：“觉得好喝就更要注意控制了。”姑娘说：没什么呀，长这么大，不过醉了三次。醉酒的感觉真好，什么都不知道。我的天！我活了五十多岁，也没有像她这样醉过一次，而且今后连一次也不想醉。以这次的经历，我不得不提醒她：以后千万注意别再醉酒。如果这次身边没人，后果不堪设想。姑娘点了点头，眼神似信非信。醉酒前，她一声不响，神态冷漠，醉酒之后，她开口说话了，表情生动了好多，也漂亮了好多。

尽管姑娘醉酒很狼狈，也很让人担心，但她的母亲自始至终没有责备、抱怨过女儿一句。这既包含着一个母亲对孩子的溺爱，

也与她在德国生活形成的尊重孩子个性自由发展的观念有关。

后来我发现：这对母女的关系很特别，追求自由的女儿不断向外倾斜，做无视母亲情感需求的离心运动。比如到了一个景点，手里各拿着一个相机，女儿从不给母亲拍照，只拍自己感兴趣的风景；而母亲给女儿拍照，则被女儿拒绝，一次母亲趁女儿不注意时举起相机，女儿发现后将头转到另一侧，母亲只能拍到背影。

与此形成鲜明对照的是我们餐桌上的另一对母女：女儿很胖，肚子像怀了三个月身孕的妇女，已在华东政法学院读大三，可每次吃饭，母亲都不停地往她碗里夹菜，边夹边问：这个要吃吗？尽管在公共场合很难看，但女儿并不拒绝。候车的时候，女儿常常倚在母亲的肩上，手甚至搭住母亲的脖子。看来女儿心理上尚未断乳，母亲也一直没有把女儿当作成人，最要命的是，母女都没有意识到女儿身体肥胖的严重性。这对母女的关系是：严重依赖母亲的女儿不断向内倾斜，做围绕母亲的向心运动。

倒是也在一桌共餐的陆婷母女关系比较平等：既彼此独立，又相互照顾，尽管女儿大手大脚、随买随扔的消费方式让母亲往往哭笑不得、徒叹奈何。

因为救人，我引起人们的注意。知道我是在大学教人文课程的，研究美学的，醉酒姑娘母亲的一位同事问我："你认识朱志荣吗？"我说他是我好朋友，我们一起在上海市美学学会共事。她说："我是他妻子。"世界真小，真是太巧了。生活中就是这样充满了戏剧性。她脖子上总是挎着一架高级相机。我不仅多了一个说话对象，而且又多了一位帮我拍照的热心人。

上午驱车 30 多公里，来到圣彼得堡市南郊的普希金城，参观叶卡捷琳娜宫。叶卡捷琳娜宫是俄罗斯女皇叶卡捷琳娜二世会见外国政要和情人的地方，装饰很奢华。特别是其中的一间琥珀宫，全部用当地盛产的琥珀镶嵌而成，别具特色。宫殿外观像冬宫、斯莫尔尼宫一样蓝白相间。据说蓝色象征叶卡捷琳娜二世的眼睛，白色象征叶卡捷琳娜二世的皮肤。参观叶卡捷琳娜宫属于自费项目，350元人民币。同行的鲍女士是有心人，她注意到售票处门票的团体每人只需180卢布，约合45元人民币。即便把交通费、讲解费算进去，导游从中赚的钱也堪称暴利。

午后参观免费开放的喀山大教堂，这是我们第二次与它相见。教堂外一根根哥特式立柱栉风沐雨，锈迹斑斑，满脸写着历史的苍老。教堂内前来朝拜的俄罗斯男男女女、老老少少那股虔诚劲儿，让人倍感信仰力量的巨大。信仰有高下真伪之分，但一个人、一个民族不能没有信仰，否则就没有约束自己的力量。再次绕到涅瓦河畔，参观停泊在那里的阿芙乐尔巡洋舰。当年，这艘巡洋舰发出了十月革命的第一炮。接着去一家琥珀店购物。琥珀店位于冬宫广场一侧。几天之中，我们已好几次看到冬宫。看来圣彼得堡的旅游景点都集中在一起。如果导游按路近原则安排参观和购物点，在圣彼得堡根本用不了停留三天。为了将多余的时间填满，所以导游将同一地区的景点和购物点交错开来安排，用绕来绕去的开车来填补多余的时间。琥珀是芬兰湾盛产的一种松脂化石，比玉石轻盈，黄色、透明、中间有各种花纹，极具观赏性。我出外旅游奉行一条原则：只看不买，因为要买的东西都是可有可无的，回家后大多派不上用场。但同行的游客购买欲望强烈，远远超过了规定的购物时间，上车时一个个拎着购物袋笑逐颜开。现代消费的特征是炫耀和浪费；如果一定要坚持需要才消费，那么挣的钱也许永远也花不掉。导游见大家如此踊跃，就带我们到另一个购物点。虽然夫人、女儿有不少饰品，但琥珀挂件没有，买一个表表情感也未尝不可。不过担心好心被指责，我还是用短信征求了远在国内的夫人的意见。得到认可后，我分别给夫人、女儿以及外甥女雯婷和母亲各买了一个琥珀挂件，74欧元。俄罗斯商店只收卢布和美元。与朱领队调换成卢布，花去750元人民币，而其时1欧元与人民币的兑换价是9元不到。

傍晚6点多，导游在涅瓦大街一侧的滴血教堂旁将我们放下参观。8点，两对报名自费的母女跟随导游去看附近大剧院上演的芭蕾舞《天鹅湖》，每人票价1100元人民币。因为票价太高，大多数游客都没有参加这个自费项目。似乎是一种惩罚，导游就将这部分游客丢在涅瓦大街上自由活动，等两个半小时的《天鹅湖》演出结束后再吃晚饭。在接下来的四个小时中，剩下的23名游客成了无处着落、不得不在涅瓦大街上到处乱逛的游魂，走累了，就在大街两侧的花台上坐一坐。折腾到深夜11点，才吃上晚餐。又吃到海带。来此三天，六顿正餐，几乎顿顿有海带，因为海带最便宜，凉拌一下便可做一菜。我们都快吃成海带了。

5. 8月23日：谢尔盖耶夫镇上的教堂和克里姆林宫

零点时分，来到圣彼得堡火车站。

车站候车大厅内座椅很少，坐满了候车的俄国旅客。没有座位的旅客只好蹲着，或坐在自己搁在地上的行李上，有点像逃荒。我们只能站着候车。领队让我们把行李放在当中，围在四周，防止偷盗或抢劫。围着行李，我们足足站着等了一个多小时。

一点一刻，我们进站台。为了安全，俄罗斯火车票实行实名制，上车前由列车员凭身份证检票入车。列车外壳是刷漆的粗糙铁皮。软卧包厢色彩黯淡，空间拥挤，门的把手、上铺的脚蹬都十分不灵便。床单是漂洗过的，被褥却不知用了多少人，打开时一股脚臭味弥漫开来，叫人作呕。1：30，列车启动了，变道时不断发出强烈的喀喀喀摩擦声，让人惊恐，直叫人担心车轮将铁轨折断。时速80公里，慢得出奇。凌晨起来上厕所，冲便不是采用水箱上的按钮，而是采用马桶一侧的铁制踏板。车厢内不设垃圾箱，垃圾就从厕所地板上的一个圆洞中扔到车下的铁轨上。车厢内也没有独立的洗漱间，刷牙洗脸就在厕所一角的用于洗手的小水斗中完成，水龙头十分原始和不便。当晨光初现、凝视窗外时，忽然发现车窗玻璃四周不是用橡皮封条嵌缝，而是镶嵌的浸过桐油黏合剂的布条，布条的起伏不平及其毛边都清晰可见。与玻璃窗交界的木框十分粗糙。这就是传说中可怕的俄罗斯列车，让人猜想至少是50年前的产物。

10点10分，经过八小时的运行，列车到达莫斯科。

地接导游姓王，来自北京，也是中国产，个儿比田导还矮，皮肤却不像田导那么黑，给人眼前一亮的感觉，不过举止有点娘娘腔。操一口地道的北京话，很好听，但说一句重复大半句，听了不久就让人受不了。开始欢迎用语还讲得挺流利，后来的表达就不那么准确了。尽管如此，还是能从他的讲述中了解到一些知识。俄罗斯在俄文发音中是罗斯，中国人所以称俄罗斯，乃是由蒙古语转译的结果，因为蒙古人习惯在指称某物前加个“呃”。俄罗斯虽然是从苏联解体而来，但国土面积仍然有中国的两倍大，可人口只有1.4亿，是中国的十分之一，而且持续呈负增长。所以俄罗斯政府鼓励人们生育，生一个孩子的奖励约合人民币10万元，成年前每个孩子每月发放50美元的补贴，而且只要满18岁就可以结婚。俄罗斯属于欧亚国家，以乌拉尔山为界，东部属亚洲，西部属欧洲。所以国徽是双头鹰，表示东西兼顾。国旗分白蓝红三色，白色表示俄罗斯北部白雪皑皑的寒带，蓝色象征中部草木丰盛的温带，红色代表南部四季如春的亚热带或热带。在圣彼得堡建都前，莫斯科一直是俄罗斯的首都，莫斯科的历史比圣彼得堡古老多了。俄罗斯人口虽少，但莫斯科的人口却位居世界第一，达三千万，人均收入1500美金，但物价是中国的十倍，消费指数世界最高。

俄罗斯人信东正教。全国东正教的中心就在莫斯科东北70公里处的谢尔盖耶夫镇，称“金环小镇”。镇很小，人口只两万人。但小镇上耸立着三一修道院、三一大教堂、圣母升天大教堂和特拉别茨纳雅大教堂，是俄罗斯级别最高的修道院，凝聚着俄罗斯的文化和精神。不过，俄罗斯的硬件和软件在这里又一次暴露了它的缺陷。在这样一个全世界游客慕名参观、国内信徒齐聚瞻仰的宗教圣地，厕所却是最原始、最不堪入目的，如厕一次，出来就浑身沾满了臭气。参观修道院是免费的，但游客如果要拍照，每个相机则须缴费 80 卢布，也让人匪夷所思。

小镇没有中国餐厅，午餐为俄餐。先上黑白面包片佐餐。第一道是开胃菜，是生包菜、胡萝卜碎片、芥菜末拌色拉油。小心尝了一点，受不了如同蒜味的绿色芥菜末。第二道是汤。实际上就是稀烂面糊，面须很短，烂得就像喂婴儿或老人的，味道可接受，但口感不好。第三道是主食。我对此已不抱希望，烦请司机将大巴开开，到车箱内取来自己携带的方便面和咸鸭蛋。泡好面，回到餐桌上，发现一份属于我的主食，类似于国内的盖浇饭——白米饭加鸡块，味道尚可。于是吃完分量不多的方便面，又将盖浇饭吃了个光。省略了咖啡甜点，餐厅最后上了一道红茶。据说俄罗斯人招待客人吃饭，都是这几道程序。

为了确保明天上午看列宁墓的时间不受影响，王导将第二天参观克里姆林宫的项目提前到了今天下午。克宫外立面黄白相间，背后的广场有卫兵守卫，不准人靠近，三次警告不听，格杀勿论。远远看去，克宫的顶端国旗飘扬，据说梅德韦杰夫就在里面办公。克宫四周赭红色的围墙上，耸立着 20 多个塔楼。在俄罗斯，凡是大型建筑，必有教堂相伴。克宫的教堂有三个紧密相挨，分别代表着人的出生、婚庆、升天三阶段，每个主题的仪式在不同的教堂完成。

回酒店的路上很堵。都说北京堵，莫斯科比北京更堵，24 小时都堵。俄罗斯没有车辆限期报废规定，所以在俄罗斯的大街上，可以看到最好的车，也可以看到最破的车。停停走走，大巴终于在一幢 30 多层高的三星级大酒店门口停了下来。酒店的气魄、大堂和设施明显比圣彼得堡好多了，不过标房面积比国内同等级别的小多了，两张单人床只能像圣得堡酒店那样对角摆放。房门出奇地单薄，只一张密度板那么厚，关上门，对门房客开门说话的声音都听得很清楚。餐厅在33楼。端菜的服务员长着中国人的面孔，但似乎不懂汉语，菜一上就走人，不点头微笑，也不打招呼，跟她交流也没有应答。他们所做的只是给客人按时喂食而已。吃到了久违的红烧肉，同样吃到了不可或缺的海带。

6.8月24日：红场、新圣女公墓、二战胜利公园地铁站

早餐是中餐，不是自助，围桌而食。极稀的稀饭，配上一个馒头、一个鸡蛋和一点小菜，相当简单，成本极低，与酒店的等级形成巨大反差。

上午安排参观列宁墓。这是莫斯科游的重头戏。列宁墓上午10点开放，下午1点关门。为了防止堵车，导游约我们9：20发车，可司机的大巴10：10才到。大巴昨天就发现了问题，导游建议换车，可还是昨天的车开来了。开始车门都开不开。启动了，又常在路上抛锚。

抵挡不住游客的群体抗议，经过联系，当地旅游公司同意在游完列宁墓后换车接人。

大巴有惊无险地熬到红场。导游却先带我们顺道参观无名烈士墓。后来的情况说明，他显然对莫斯科人办事效率的低下估计不足。11点40分左右，我们加入等候参观列宁墓的人流。前面的队伍排得很长，移动很慢。等着等着，只见前面的队伍中几十个中国游客出列了。原来参观克宫的时间是定好的，不能超过15分钟，否则作废。为了去看克宫，他们不得不浪费排队等候看列宁墓的几十分钟时间。我们在12：40的时候，成了最后一批被第一道关口放行的游客。以为进入第一道关卡就肯定会参观到列宁墓，朱领队和王导游都禁不住笑话另一个中国旅游团的导游没经验，庆幸我们将参观克宫的日程提前到昨天下午，保证了我们今

天能够成为最后一批参观列宁墓的幸运儿。我们全团游客都觉得我们是最幸运的人。

然而领队、导游和我们都高兴得太早了。由于里面还有一道安检关，今天执行安检任务的据说是实习警察，动作很慢，当我们在里面又等了半个多小时，快等到安检的时候，俄罗斯警察告知：今天的参观到此结束。导游、领队都傻眼了，他们不断用俄语与俄罗斯警察商量，但怎么协商也无济于事——这就是俄罗斯人的办事风格，绝不会为别人——哪怕是远道而来的、已经进入第一道关卡、等待了两个多小时的外国游客着想。于是我们从最幸运的变成了等待时间最长、期望最高、失望最大的最不幸的人。整整一个上午的排队等待就这样泡汤了。大家抱怨司机——如果他不迟到，如果他的车不坏，我们就不会这样；也抱怨导游——如果他不是先领我们参观无名烈士墓，而是直接带我们去排队，我们就不至于白等一上午。

我们付了一万元旅游费是来购买旅游产品的。现在这个产品变成了这样，一定要有个说法。面对游客的抱怨和要求，朱领队、王导游采取虚心接受、坚决不理的应对方式，不争辩，不顶牛，也不主动承诺赔付。事实上，对旅游产品名不副实、以次充好或意外取消的赔付有待于回到国内与旅游公司理论，而且这往往很麻烦，所以每每不了了之。所以旅游产品是最无法监管、最好牟利的。

离计划中的午餐时间还有一个小时，导游让我们在红场上自由活动。“红场”姓“红”，其实与“红”并无直接联系，“红”在古俄语中是“美丽”的意思。“红场”意即“美丽的广场”。15世纪，它最早作为集市广场出现，叫“托尔格”。二战时期，苏联人民在保卫国家的战争中死难无数，血流成河。为了纪念这场卫国战争，1962年，“托尔格”改名为“红场”。红场面积九万多平方米，比天安门广场小多了。地面都由条石铺成。西侧是克里姆林宫墙，对面是巨大的乌姆商场，南侧耸立着色彩斑斓的瓦西里大教堂，与涂满红色的哥特式建筑国家历史博物馆遥遥相望。广场中央有围栏，围栏中的露天舞台、观众座位正在拆除，似乎刚刚举行了什么大型庆祝活动。

下午四点，我们在雨中来到新圣女公墓。来墓地瞻仰无须门票。小雨淅淅沥沥，墓地阴气森森，我们在墓地中穿行。奥斯特洛夫斯基、卓娅、舒拉、赫鲁晓夫、叶利钦……俄罗斯历史上各行各业出类拔萃的人物的墓碑前耸立着形色各异的雕塑，寄托着人们的怀念。不过这毕竟不是单纯的雕塑艺术展，总觉得自费花钱来墓地，味道怪怪的。天晓得这里收不收费。

从公墓出来，大巴把我们送到附近的二战胜利公园地铁站。这个站是世界上最深的地铁站，深度达 180 米，2003 年建成。放眼望去，几道往返的自动扶梯呈 45 度角往下延展，显得深不可测。扶梯顶上一盏盏圆球形的玻璃灯组成数条长长的灯带，映照着立在扶梯上上上下下的乘客。站在扶梯上自动下行，总是排除不了这样的想象：万一不慎跌倒滚落下去，就没命了。想到这就禁不住腿打软。为了摆脱这种想象的侵扰，我干脆坐在电梯上。乘了三分钟的电梯，我们来到 180 米深的地铁站台。地铁列车每分钟一班。跨上车，体验 380 公里的时速，只乘一站，到基辅站下车。基辅站上世纪 40 年代建成，站台内墙壁上镌刻的浮雕和壁画反映的是斯大林时期工人农民进行社会主义革命和建设的场景，题材与冬宫、夏宫的作品迥然不同。艺术水准虽然不高，但在地铁站中堪称最美的了，所以参观前被导游拿来大肆渲染。参观公墓雕塑和莫斯科地铁属于自费项目，收费 150 元人民币。比起其他自费项目是最便宜的，所以无人不报名。参观后方才得知，这几乎是净赚。

从基辅站折回二战胜利公园站，我们在二战胜利公园和凯旋门前留影。

7. 8 月 25 日：列宁墓、阿尔巴特步行街

上午 8 点半就发车，沿路先参观久负盛名的莫斯科大学。然后赶到红场参观列宁墓。本身去得早，安检人员动作比昨天快得多。我们很早就通过安检。总算看到列宁墓了，索赔的事情也就不再有人提起。

进入列宁墓之前须通过一个 L 形的通道。通道一侧矗立着十几尊白色大理石雕像，是已故的原苏联国家领导人，其中有一尊是斯大林。斯大林遗体已被后来的俄罗斯人清除，但雕像还保留着，似乎体现着当今俄罗斯人对斯大林的复杂心情。绕过通道，来到赭红色花岗岩砌就的方形建筑，这里长眠着列宁的遗体。建筑分地上地下两层，地面及四壁都由黑色大理石铺砌，地上的防滑垫也是黑色。拐角处顶部的射灯照耀着灯下笔直站立的俄罗斯卫兵，也指引着游客前行的路。列宁的遗体安放在地下层，射灯的光芒透过水晶罩映照着列宁标志性的额头，额头和脸呈淡红色，让人怀疑是蜡像。游客在列宁遗体前缓步行走，凝神屏气，静得出奇，但人人脑海中想必都是思绪翻飞、感慨万千。他是世界上第一个社会主义国家的缔造者，曾经改变了世界。本来想让人民生活得更好，结果却适得其反。苏联的罪过一般认为是斯大林统治时期造成的，其实在列宁的思想理论中已经种下根子。看一看高尔基在 1917—1918 年编辑《新生活报》期间写的时评结集《不合时宜的思想》对革命领袖的反思与批判，便可略知一二。“无产阶级专政”的矛头既可指向敌人，也可指向自己，因为自己是随时可以被视为敌人的，所以这种专政必然不能长久。1989 年，苏联解体，东欧剧变，正所谓“成也萧何，败也萧何”。

带着沉重的心情从列宁墓出来，是一个半小时自由活动的轻松时间。我们在阿尔巴特步行街徜徉观光。这是一条类似于上海南京路步行街的购物街。两侧商店鳞次栉比，各种纪念品琳琅满目。

不少黑人在店门口的大街上吆喝拉客，颇为吓人。街中央置放着不少画摊，向游人兜售油画、水粉画，也有画匠现场作画卖画。

至此，俄罗斯之行的旅游项目已全部结束。下午3时许，我们在莫斯科用完最后一次午餐。午餐质量堪称来莫斯科最好的一次，我们吃饱了好对付十几个小时的回国行程。晚上8点的飞机，我们3时半向机场进发。看时间许可，领队安排一个小时，让大家到一家大型超市买点俄罗斯特产。逛了一圈，商品确实很贵。

5点多，来到机场。莫斯科有四个机场，其中两个是国际机场。飞亚洲的是老的国际机场。候机厅不大，中间都被小商场占满，座位依商场的外墙空当而设，很少。没有这样以牺牲乘客候机位为代价做生意的。俄罗斯服务业人性化的道路看来还很漫长。

说是八点的飞机九点才起飞。依然是韩国的飞机、韩国式温馨的服务。飞机依然在韩国首尔中转。从西往东，飞机与地球的自转相向而行，彼此迎合，所以返程的时间比来时节省一个小时。也许是韩国人别有用心，飞机比预定到达首尔的时间还提前了半个小时。这样在首尔机场就能多停留半个小时，让中转的游客有更多的时间购物。首尔机场的候机厅座位充足，空间敞亮，商场的服务热情周到，还配有会说中文的服务员。所有这一切，都与俄国的情形形成鲜明的对照。我终于在这里找到了妇女健脑、强化记忆的保健品，完成了夫人交给的购物任务。同行的不少游客也在这里买了化妆品、护肤品、韩国泡菜等等。一盒泡菜售价36美元到40美元不等，利润极高，韩国人富国的秘密由此可见一斑。

起飞不到两个小时，也就是翌日北京时间12点10分，飞机安全降落浦东机场，我们从俄罗斯回来了。

与R取得联系，她父亲是脑血栓，尽管很危险，但毕竟比癌症好多了。

出国旅游，如果别国的条件比我们好，那便有开眼界的兴奋；如果别国的条件比我们差，则拥有优越感的欣慰。俄罗斯之游给我带来的更多是优越感。的确，同属金砖四国，我们的硬件、软件和生活状况，看来是比俄罗斯好多了。俄罗斯之游，无异于自己花钱给自己完成一次爱国主义教育。

第十五章　在财大遭遇的挫折

当然，在上海财大工作期间，并不是一帆风顺的。

一、进复旦未遂

最大的挫折就是进复旦未遂，而这主要原因，竟然出在我的博士导师黄霖身上。

2005 年，在我拿到“中国古代美学史的重新解读”国家项目后，他聘我为复旦大学中国古代文学研究中心兼职教授：

聘任合同书

复旦大学中国古代文学研究中心（以下简称中心）主任黄霖（以下简称甲方）聘任上海财经大学人文学院教授祁志祥（以下简称乙方）为中心兼职教授，并订立合同如下：

1. 甲方聘任乙方为中心兼职教授，聘期自 2005 年 6 月 1 日至 2008 年 6 月 1 日。乙方接受此项聘任，并保证受聘期间每年在中心驻所研究时间不少于一个月。

2. 自受聘期起，乙方承担国家社会科学基金项目“中国古代美学史的重新解读”（该项目资助经费共计 6.5 万元）的研究工作。

3. 在受聘期间，甲方向乙方提供办公室、计算机设备使用等相关的工作条件，以及相应的科研经费，具体数额将根据下拨的科研经费，按乙方承担的工作量确定，并在中心内部公布。

4. 在聘任期间，乙方应如期完成“中国古代美学史的重新解读”的研究工作，并将其成果作为中心的研究成果，中心拥有使用和发表的优先权，乙方依法享有著作权和署名权。

5. 甲方将在每年年底对项目进度进行一次检查，乙方如未完成预定工作，甲方有权中止合同，或停拨经费。

6. 本合同经双方签字后生效。

7. 本合同一式四份。具有同等效力，乙方执一份，甲方执三份，以供留档及报有关机关备案之用。

合同签署者甲方：黄霖（签名）

乙方：祁志祥（签名）

2005 年 6 月 1 日

实际上这是一份虚假合同。半年后乙方接受甲方年底检查，乙方在承担合同规定的若干义务、责任的同时，甲方一点儿也没有履行合同所规定、承诺的向乙方提供的“办公室”“计算机设备”和“相应的科研经费”。之所以继续接受这份不平等协议，是因为我把这视为是正式调进复旦大学的一个过渡，在过渡阶段做些牺牲、奉献是必要的。

2006 年，黄霖启动将我调入复旦大学的操作程序。在我前面，黄霖站在帮我谋划的角度，先让我找两位名家写推荐信。一位是王运熙教授，他是复旦大学中国文学批评史专业的泰斗。一位是钱中文教授，他是中国社会科学院的学部委员，在《文学评论》上主持过“中国古代文论现代转换”的大讨论。同时让我找一找朱立元教授，说作为相近学科，他的态度在中文系学术委员会上很重要。朱老师表示完全支持。王运熙教授早在陈尚君担任系主任时曾写过推荐信。这次到他家将来意说明后，王先生又用钢笔一笔不苟地写了“推荐书”：

复旦大学中文系：

祁志祥同志二十年来长期从事文艺理论、美学、中国思想史诸领域的研究工作，已出版《中国古代文学原理》《中国美学原理》《中国人学史》等著作多种，单篇论文发表在国内核心期刊上的数量也不少。他为人作风正派，专心治学，适宜在高等学校从事文艺理论、文学批评史、美学思想史等领域的教学、研究工作。他对中国古代文学理论批评史各阶段都比较通晓，而于先秦两汉、魏晋南北朝阶段尤为熟悉。考虑到目下复旦中国文学批评史室原有教授队伍逐渐老化，有的业已退休，需要补充人员以保证该专业队伍能薪火相传，保持较强的梯队，我觉得祁志祥同志是一位值得引进的人员。特为推荐。

王运熙（印章）

2006 年 4 月

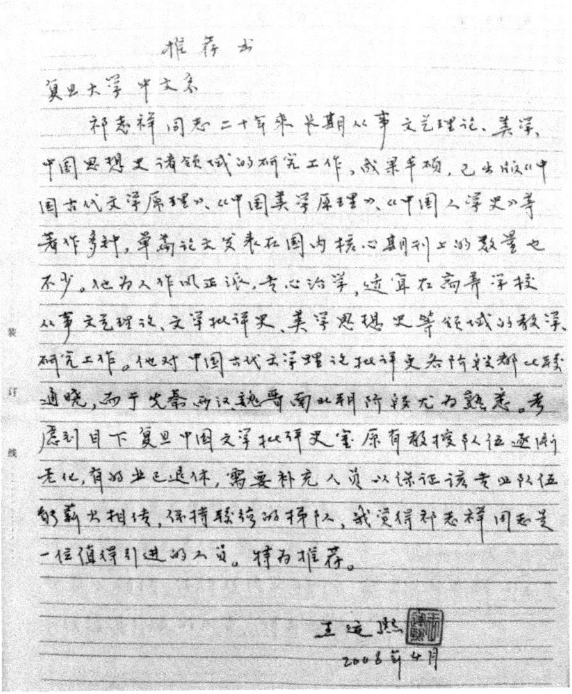
推荐书

复旦大学中文系

祁志祥同志二十年来长期从事文艺理论、美学、中国思想史诸领域的研究工作，成果丰硕，已出版《中国古代文学原理》、《中国美学原理》、《中国人学史》等著作多种，单篇论文发表在国内核心期刊上的数量也不少。他为人作风正派，专心治学，适宜在高等学校从事文艺理论、文学批评史、美学思想史等领域的教学、研究工作。他对中国古代文学理论批评史各阶段都比较通晓，而于先秦两汉魏晋南北朝阶段尤为熟悉。考虑到目下复旦中国文学批评史室原有教授队伍逐渐老化，有的业已退休，需要补充人员以保证该专业队伍能薪火相传，保持较强的梯队，我觉得祁志祥同志是一位值得引进的人员。特为推荐。

王运熙

2006年4月

钱中文先生的《推荐书》写的是：

复旦大学中文系：

祁志祥博士是近 10 年来迅速成长起来的中年学者，他勤奋治学，对我国古代文论、美学的原典的把握全面而翔实，对它们的思想精神有极高的感悟力。他至今出版了多部有关中国古代文学理论、美学的专著，对儒家特别是道家、佛教美学，既有宏观的把握，又有精深的理解与阐释。难能可贵的是，他在中西方美学思想结合的基础上，就关于美的理解，提出了独到的见解，自成一家之说，而具有独创精神。他的《中国人学史》，角度新颖，功底厚实，融合现代精神，理论性强。他以美学是“感觉学”的观念为指导，美是“感性经验的完善”、是“普遍有效的快感”为其对象，既关注使人愉快的事物的形式，也兼及事物形式背后能给人带来情感满足的内容的真善，重写多卷本《中国美学通史》，全书约 160 万字，完全凭借个人之力撰写，规模恢宏。它的完成将会在不多几部的中国美学史中另立新说，而独树一帜，从而将全面彰显其独特的美学思想与深厚的学力。

祁志祥教授是位优秀的中青年学者，成绩卓著，极富学术潜力，这种学术品格无疑有助于教学与科研力量的提高。近闻贵系正在招纳优秀人才，以充实教学、科研力量，不揣冒昧，特此推荐。

中国社会科学院文学研究所研究员钱中文（签名）

2006.4.2（印章）

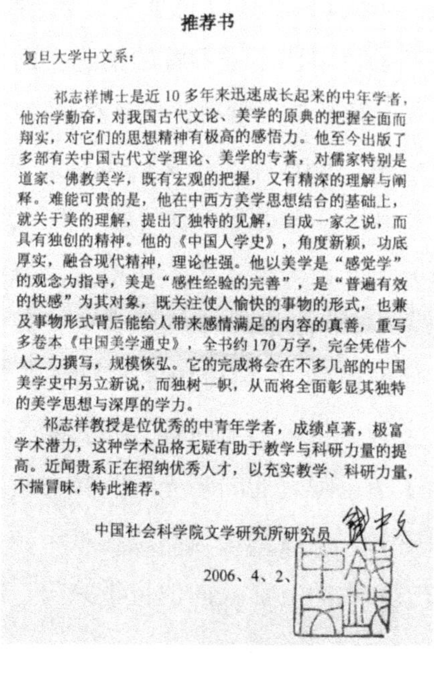

推荐书

复旦大学中文系：

祁志祥博士是近 10 多年来迅速成长起来的中年学者，他治学勤奋，对我国古代文论、美学的原典的把握全面而翔实，对它们的思想精神有极高的感悟力。他至今出版了多部有关中国古代文学理论、美学的专著，对儒家特别是道家、佛教美学，既有宏观的把握，又有精深的理解与阐释。难能可贵的是，他在中西方美学思想结合的基础上，就关于美的理解，提出了独特的见解，自成一家之说，而具有独创的精神。他的《中国人学史》，角度新颖，功底厚实，融合现代精神，理论性强。他以美学是“感觉学”的观念为指导，美是“感性经验的完善”，是“普遍有效的快感”为其对象，既关注使人愉快的事物的形式，也兼及事物形式背后能给人带来感情满足的内容的真善，重写多卷本《中国美学通史》，全书约 170 万字，完全凭借个人之力撰写，规模恢弘。它的完成将会在不多几部的中国美学史中另立新说，而独树一帜，从而将全面彰显其独特的美学思想与深厚的学力。

祁志祥教授是位优秀的中青年学者，成绩卓著，极富学术潜力，这种学术品格无疑有助于教学与科研力量的提高。近闻贵系正在招纳优秀人才，以充实教学、科研力量，不揣冒昧，特此推荐。

中国社会科学院文学研究所研究员 钱中文

2006、4、2、

王先生的推荐书我是直接转送给黄霖的，钱先生的推荐书是寄到中文系转给黄霖的。

一切准备就绪，只等黄霖通知我再准备些著述成果的说明材料和著作原件、代表性论文复印件，但一直没有动静。5 月底，黄霖来电话，告知系学术委员会会议已举行过，我的调动一事没有通过。那意思是，他已尽了努力，但结果他也左右不了。我感到意外：怎么讨论前没让我准备材料呢？后来了解到情况，原来，黄霖在系学术委员会上讨论我的事情时根本就没有提到王运熙、钱中文两位先生专门写的推荐信。因为信如果拿出来，我进复旦的事很可能通过，而这是他不希望看到的。他所以表面上让我找他们写信，实际上是为了应付我。

我向来认为，对于我进复旦的想法，黄霖可以直接拒绝我，但不可以要弄我。从此，我辞去了复旦大学中国文学研究中心的兼职教授，不再与他打交道。

二、与《文艺研究》交恶

自从 1986 年通过自然投稿在《文艺研究》发表了敲开学术之门的一篇论文后，该刊便在我心目中留下了不解的情缘。向该刊继续投稿，是我不懈的追求。但是引入市场经济因素后，从自然来稿中择优用稿已非常态，本人的投稿一直没被采用。2003 年，《文艺研究》编辑部编辑元亮（赵伯涛）在通信中提出，希望我为该刊组织或撰写一篇王元化先生的学术访谈。他告诉我，《文艺研究》开设了学术名家访谈，上海的学者尚未出现过。要安排，就从王元化先生开始，因为上海学者中王元化先生的学术成就和思想贡献首屈一指，他们很尊重。他们曾约请过王先生的一位弟子胡晓明写过，但不知何故过去了一年多仍无回音，问我能否落实此事。我自然乐意效力。于是我联系了华东师大的陆晓光。晓光与我师出同门（硕士从徐中玉先生），后来跟随王先生读博士。不过他难于领命，坚持让我操笔。于是我从晓光处要来王先生的电话，向他自报家门，转达《文艺研究》的好意。先生听说我是徐先生弟子，好多年前在华东师大留学生招待所曾经与他打过招呼，说对我有印象，于是一下子拉近了距离。先生说他曾与《文艺研究》的老主编林元有过一段交往。出于对《文艺研究》的情缘和尊重，他推掉了当时《中华读书报》和香港电视台的采访要求，接受了我的访谈。于是我推开当时手中《中国美学通史》的撰写工作，一头扎进王元化先生的所有著作及其相关的研究资料中，拟出文章提纲后就有所未明的情况与王先生做了多次电话访谈。一个多月后，访谈完稿。文章分六部分：（1）成就："庾信文章老更成"；（2）经历："艺而进于道"；（3）学术：从《文心雕龙》到黑格尔、莎士比亚；（4）思想："独立精神、自由思想"；（5）人格：沉潜而英烈；（6）清园："诗意地栖居"。文稿经先生审定后发送元亮。不过，令人意想不到的是，这篇访谈到了《文艺研究》编辑部后，却遭到了执行主编方某的推诿。责编转来了主编提出的修改意见，这些意见多不近情理，违反常识，不仅令人难以苟同，而且也无法实施。尽管如此我还是勉为其难地一再修改，但发稿的事情一拖再拖。最后弄明白了：因为"八九"学潮后中国艺术研究院的个别大人物曾与主编《新启蒙》的王元化有过一段笔墨官司，作为中国艺术研究院院刊《文艺研究》的主编对传主王元化可能有难言之隐，而组稿的责编并不知情，这稿子《文艺研究》肯定是发不了了。《文艺研究》的这种做派无论是对王先生，还是对我这个作者，都既不慎重，也很无礼，而且极不负责。尽管王先生获悉此事后表现出相当的理解和宽容，但我不能不对王先生有个交代。我将访谈发给《学术月刊》常务副主编夏锦乾编审，并将事情的原委做了说明。夏主编立即做了安排。根据刊物风格，他选取了其中的主干部分，以"王元化先生的学术成就"为题，发表在 2004 年第 1 期的《学术月刊》上，并在封二、封三以"学术名家"的栏目配发了王元化先生不同时期的生活照片。文章发表后，时任上海社联主席的潘世委先生带领社联一行领导成员给王先生拜年时，便将这期的《学术月刊》带上作为新年礼物。虽然《文艺研究》捅下的这个娄子我想方设法解决了，但一次去京时，我专门造访了主编方宁，当面对他表达了不同意见。在纪念王元化先生的文集中，我又将此事回忆了一番。[①]《文艺研究》编辑部主任陈某看到此文后很不开心，曾当面质询我为什么要把这事写进去。从此，我给《文艺研究》的文章不再被理会，我也就不再给他们稿件了。

三、评优再次遭挫

在上海财大工作多年，每年中文系教师年终考评，我从来与世无争，都是“合格”，没有评过“优秀”。2008年，我出版了三部大书《中国美学通史》《国学人文读本》《中国古代文学理论》，由于科研处负责登记的工作人员的疏忽，当年未及统计，就补充统计到2009年度。参加这一年的年度考评时系里的评比结果是“优秀”，但院里公布的结果却是系主任张某。原来是张某作为院教授委员会成员在教授委员会开会研究时动了手脚。向院部、校部反映后，最终还是维持原来结果。这个时候上海的高校收入已经逐渐拉开差距，上海政法学院教工一年的收入可以等于这里三年。于是我接受了上海政法学院的邀请，送上一纸请调报告，于2010年10月离开了上海财经大学这个我曾经追求公道的地方。这理由居然与离开上海大学时一个样。它说明，哪儿都不是净土。

① 详参祁志祥：《等闲识得东风面——记与王元化先生的一段交往》，陆晓光主编《清园先生王元化》，华东师范大学出版社2009年，第160–161页。

第十六章　佘山脚下：学术事业再创高峰

2010年10月，我接受邀请，来到上海政法学院新闻传播与中文系，12月起担任系主任。

一、一年的系主任经历

校领导对我寄予厚望，我也想借机将这个20个人的小系的面貌改变一下。

但上任伊始，就遇到了三件事。

一是第一个星期，系领导班子开会时，新闻教研室主任与列席会议的新闻学教授大吵一顿。当时我在校部开会，系总支书记主持会议。事情反映到我这里，在处理时却遭遇总支书记的不配合，最后不了了之，留下隐患。

二是第二个星期，系务员安排周末英语等级考试监考教师，一教师——恰恰是推动我到这所学校来的老朋友——以在职进修为由拒绝监考，而系里所有能监考的教师都安排上了，系务员问这个缺口怎么解决，我在了解情况，得知在职进修教师工作量可以减半后，一方面保护了这位朋友，表示这位教师这个学期可以不监考；另一方面又与此人沟通：既然工作量减半，这学期不监考，下学期按理得参与监考，要做好心理准备。而这学期监考的缺口，就由我亲自顶上。

三是第三个星期，系务员请探亲假去加拿大看在那里留学的女儿。时值考试周，各门考试的卷子都得系务员到教务处统一取。全系只有一个系务员。系务员说她已经跟另一个系的系务员说好了帮助代领，但这么多门试卷万一出错怎么办？再说系务员是全系与学校各部门联系的窗口，她不在，学校有什么通知谁来接电话？还有三个星期就放寒假了，为什么不在放假时去看女儿，非得在最繁忙的考试周请假？再说看女儿是探亲假吗？假条上有原系领导——总支书记 9 月份的批准签字，以及人事处长和校长的同意签字。我感到这个时候批探亲假很不合理，也很奇怪。因为如果这种探亲假成立，所有的教工都在这个时候请假，教学工作将无法开展。吊诡的是，我请系副主任去人事处查法规依据后，说是这个时候请探亲假没问题。我总觉得不可能有这个荒谬的规定。于是亲自去人事处查了文件。一个蓝封皮、一个黄封皮的教工手册上明文规定：一、探亲假只能发生在探望父母、丈夫或妻子的关系中，探望父母四年一次假，探望丈夫或妻子一年一次假。父母看望孩子，不属探亲假。二、学校教工请探亲假，不得用工作日，只能用寒暑假时间。考虑到系务员机票已买，我只能放行，但告知她只能做事假处理。她外出两周期间，我请一位辅导员到系务员办公室负责接电话，处理正常事务。考虑到辅导员同时兼一份工作很辛苦，我从系里不多的办公经费中挤出几百元作为补贴。

这三件事，件件办得出于公心、问心无愧，但却捅了马蜂窝。

第一件，要求挑事的新闻教研室主任向当事人道歉，不仅得罪了这位主任，还得罪了袒护她的系总支书记。

第二件，虽然代替拒绝监考的那位教师监考了，但因为告知她按规定下学期必须参加监考，无意中得罪了这位朋友。因为她原来是两个学期都不想参加英语考级监考的。

第三件，我得罪的人就更多了。首先直接得罪了系务员——系务员办公室是一个系里所有教工经常见面交流、臧否人物指点江山的地方，得罪她可不讨好；其次得罪了他老公——学校某管理部门的一位副处长，与校领导及各部门关系处得很铁；再次得罪了系总支书记和校人事处长，他们都是签字批了探亲假的；最后，也是最为关键的，是得罪了校长——校长签了字的条子，你还敢否定——校长不理解，我这样做，正是为了更好地完成他交给我的工作。

所以第三周就有人告诉我，我已坐在火山口上，得当心。我则一头茫然。

系里的主要工作，一是教学，一是科研。关于科研，这里原来大多数教师满足于教学，不搞科研，且完不成科研任务的罚款要由完成的人共担。这很不合理，自然应当改革。但改革的结果是触犯了大多数完不成科研任务的教师的利益。教学上，这里有一门全校公共课是应用文写作，系里好多教师参编的，自产自销，有名有利。我听过这门课，很枯燥乏味，完全是操作性知识，不需学习，到时候有此写作需要时到网上拉一下公文格式即可。何不用更有趣味也更有价值的大学人文或语文课程取而代之？征求大家意见后开始了应用文写作向大学语文的课程教学改革。原来从事应用文教材编写和教学的教师表面上附和改革，暗中则积聚了强烈的不满。

如此等等。终于在一年后的系主任数值考评中得到爆发。系小，便于串联。于是不满者相互串通，沆瀣一气，给了我个下马威。

考评结果，投赞成票的不足一半。

校领导也顺水推舟。所谓的民意这时起了决定作用。这种民意是不思进取、共同矮化的利益共同体达成的共识。它是一种恶意民主。它告诉我，民主不是万能的，民意不都是高尚正确的。这段为官经历，使我对现代民主的缺失有了深切的认识。

组织部门反馈了民主测评的意见。我一方面建议组织部门组织调研，看看德能勤廉方面到底有哪些问题；另一方面表示顺应民意，离开新闻传播与中文系这个是非混淆的地方。

恰好这时学校组建了研究院。我到那儿成立了一家国学研究所，继续我的中国传统文化及美学研究。

事实证明，这个转型和选择成就了我。它使我得以从大量琐碎无聊的行政事务中摆脱出来，全身心地投入学术研究中，迎来了自己学术事业的又一高峰。

二、八年出版16部著作，创造学术事业的新辉煌

从2010年10月到2018年底，我来上海政法学院工作了八年。

这八年中，我出版了16部著作，其中13部是独著，一部是编著，一部是合著，一部是主编。

1.《历代文学观照的经济维度》，河南人民出版社2012年出版。这是在财大工作时参与的集体项目中的一种。自己写了一部分，收罗了一部分他人的相关著述加以编著。属于不得不完成、勉为其难的集体项目。

2.《人学原理》，商务印书馆2012年出版。这是一本哲学著作。与陈志尚主编的《人学原理》（北京出版社2005年版）写法完全不同。它从人性论、人生论、人治论、人格论、社会理想论五方面50多个范畴或命题入手，组建了一个独具特色的整饬严密的人学范畴体系。林同华教授曾为《人学原理》写过书评《从文学研究到人学建构》，发表于《文艺报》2013年6月26日；写过评论《人学范畴体系的系统建构》，发表于《文汇读书周报》2013年8月2日。

3.《国学人文导论》，商务印书馆2013出版。这是为大学本科生通识教育写的教材，同时也把它当作一部学术著作来写。它从中国古代内圣外王之道的若干个主要范畴入手，首次建构了国学人文价值系统。陆扬教授曾为《国学人文导论》写过书评《今天我们从国学汲取什么——读祁志祥〈国学人文读本〉》，发表于《文汇读书周报》2013年5月31日。它成为后来与智慧树慕课平台合作的《国学与人生》视频课程的蓝本。

4.《社会理想与社会稳定》，社会科学文献出版社2013年出版。这是上海政法学院吴鹏森教授主持的财政部项目“城市公共安全与社会稳定科研基地”的一个子项目。它成为我在法学院招收法理学方向研究生的学术依据。

5.《中国文学美学史》，山西教育出版社2014年出版。这是为朱志荣教授主编的中国门类美学史丛书写的一种。原为朱志荣本人承担。他后来发现写不了，请我救急。我根据《中国美学通史》中的一条线整理改写而成。

40余万字，从古代一直写到现代，可当作中国文学批评史的另一种个人的完整解读。

6.《乐感美学》，北京大学出版社2016出版。这是建构的新美学原理著作，分导论、本质论、现象论、美感论四编14章，60万字。为2014年国家社会科学基金后期资助项目成果。

7.《中国现当代人学史》修订版，2016年在台湾出版。

8.《国学与人生》，这是在全国大型慕课平台智慧树网拍摄的大学通识课教学视频的演讲录，商务印书馆2017年出版。

9.《佛教美学新编》，上海人民出版社2017年出版。这是在1997年出版的《佛教美学》基础上的重新增补改写，篇幅比原先增加了近一倍。

10.《钱中文祁志祥八十年代文艺美学通信》，与钱中文先生合著，由我执笔叙述、编纂，上海教育出版社2018年4月出版。钱中文先生将《钱中文祁志祥八十年代文艺美学通信》送给柳鸣九先生后，柳先生在5月24日的回信给予高度评价："此书问世，值得大大祝贺！可谓2018年中国的一本奇书。它是一本加深美学修养的教科书，它是一本提升人生境界的教科书。这是一部有人格力量、有人生洗涤价值的范例书。以书信结集的书籍已经不止一种了，我以为当以此书境界最高，社会意义与正能量价值当以此书为最高。在胸襟上、在无私的人文精神上，甚至比《傅雷家书》有过之而无不及。……真有意潜心拜读之后写一书评以抒怀。但愿上帝赐给我起码的健康，完成此一区区心愿。"

11.《中国现当代美学史》上、下册，商务印书馆2018年3月出版。这是2016年国家社科基金后期资助项目的结项成果。2018年5月上架面世后，8月11日，来自上海和全国各地的30多位专家学者齐聚上海政法学院，举行"中国美学的现代转型高端论坛暨《中国现当代美学史》新书恳谈会"。会议由上海政法学院研究院、北京师范大学文艺学研究中心、商务印书馆上海分馆、中国图书评论杂志社、社会科学报社联合主办。北京师大赵勇教授借林白的小说名，将祁志祥所做的一切比作"一个人的战争"。中华美学学会副会长、后实践美学代表杨春时教授指出：祁志祥教授凭一己之力打通古今的中国美学史研究，为学界第一人。复旦大学陆扬教授称道祁志祥是最多产的学者。上海交大汪济生教授对作者以对学术的坦诚，不计利害地涉足这个是非之地，光明磊落评价当代人的勇气深表感慨。《澳门理学院学报》桑海编审对作者在书中敢于评述在世学者的胆识、魄力和气度赞不绝口。《中国现当代美学史》聚焦现代美学学科的奠基、诞生、演变、创构、转化，被美学大家曾繁仁先生在序言中誉为“第一部完整的中国现代美学学科的演变史”。中国政法大学张灵教授在将书读破的基础上，指出此书评述了60多位代表人物的美学思想，详略得当，有血有肉，为人们提供了“百年美学一幅翔实可靠的地图”。南开大学刘俐俐教授从审美与美本质的对应关系出发，认为《中国现当代美学史》抓住这一美学研究规律进行材料考析，是一部有“信”、有“思想”的美学史。周志强教授指出中国现当代美学史难写，因为它不仅需要收集、阅读、梳理大量的资料，而且包含了大量的思想史内容以及特殊的政治认同，而该书迎难而上，完成了这一项富有挑战性的工程。深圳大学李健教授认为此书体现了“历史与观念的交织”，亦即史料辨析能力、历史良心与学术能力。安徽大学宛小平教授称道此书彰显了逻辑与历史的统一。复旦大学陈引驰教授联系祁志祥的其他著述，指出史论并进，是其治学和写作的一贯特色。河南大学张清民教授认为此书体现了通变意识、创造意识、问题意识和核心意识，称道作者是“侠之大者”。《上海文化》主编夏锦乾编审指出此书是一部“个性化”的著作。这种“个性”，华东师大陆晓光教授诠释为不曲学阿世的“独立精神”。2018年8月18日，《社会科学报》网以《一个人的美学史》为题，发表了会议报道。艺诺网新媒体发布的报道同时在全国20多家网站推送。与此同时，三组评论文章也相继在《中国图书评论》《理论月刊》《学习与探索》刊发。

12.《中国美学全史》五卷本，上海人民出版社2018年8月出版。此为上海市高校服务国家重大战略出版工程项目，也是“十三五”国家重点图书出版规划项目。它是在博士论文《中国古代美学精神》、三卷本《中国美学通史》、二卷本《中国现当代美学史》及《乐感美学》基础上的重新整合。全书共 257 万字，是一个人完成的最完整、最全面的中国美学史。它以先秦到 21 世纪初的时间为纵轴，古代部分以儒、道、佛、玄等派别的哲学美学和散文、诗词、戏曲、小说、书法、绘画、音乐、园林等文艺美学的多条线索为横轴，现当代部分以美学概论、文艺概论等原理性论著为纬度，精心打造了一个结构宏伟、气象万千的中国美学史的思想——学术宫殿。配合该书 2018 年 8 月的出版，8 月 17 日上海书展期间，上海人民出版社在上海展览中心举办“中国美学的古今演变——《中国美学全史》新书发布会”。复旦大学中文系主任陈引驰教授出席发布会并做评议，艺诺艺术网独家发布，并在全国二十几家网站同步发送。10 月 28 日，上海市美学学会、上海市哲学学会、上海市古代文学学会、上海作家协会理论委员会联合主办该书恳谈会，上海人民出版社、《社会科学》杂志社、《社会科学报》社参与协办。中国社会科学网、上海社会科学报电子版、解放日报上观新闻网、艺诺艺术网发布报道，百度、搜狐、腾讯等十几家知名网站同步推送艺诺艺术的报道。

13.《中华传统美学精神》，上海人民出版社 2018 年 8 月出版。这是对“传承和弘扬中华传统美学精神”要求的回应，是在博士论文《中国古代美学精神》基础上的增补改写。

14.“十一五”国家级指南类高等教育教材《中国古代文学理论》修订版，华东师大出版社 2018 年 12 月出版。邀请北京师大、安徽师大、山东大学、上海社科院学者增补了第十三章《中国古代文学理论的历史演变》，约七万余字。

15. 编订了《且行且珍惜——祁志祥自传体诗文集》，汕头大学出版社 2018 年 12 月版。

16. 与朱立元先生联合主编《美学与远方》，上海人民出版社 2017 年 11 月出版。这是上海市美学学会会员在过去一届四年中的论文结集。编者以类相从，分 15 章加以编辑，凸显了其内在逻辑脉络。

三、围绕《乐感美学》的争论

《乐感美学》，是一部新美学原理的建构著作。这部60万字的著作中几乎所有的章节都曾经作为单篇论文在全国重要期刊发表，若干被各类文摘刊物转载。2016年6月，上海市美学学会、上海市哲学学会、上海市伦理学学会联合举行研讨会，该书受到上海及全国专家的肯定和好评。有关研讨会的情况，见寇鹏程《重构美学的形上学——〈乐感美学〉研讨会综述》，载《上海文化》2016年第8期；孙沛莹、李纲耀《〈乐感美学〉：美学体系重建的新界碑——“重构美学的形上之维”高端论坛暨〈乐感美学〉研讨会综述》，载《黑龙江社会科学》2017年第1期；孙沛莹《重构美学的形上之维》，载《社会科学报》2016年7月28日。根据会议发言，发表了两组笔谈。一组是《人文杂志》2016年第12期发表的朱立元先生主持的“当代美学研究：问题·理路·方法”笔谈，李西建、赖大仁、马大康参加讨论，赖大仁的文章为《当代美学研究的观念与方法问题》，李西建的文章为《重构美学的形上之维：问题与方法》，马大康的文章为《从“乐感”探寻美学的理论基点》。第二组是由冯毓云、汪济生、高楠、张灵、寇鹏程等参与的“建构中国特色的美学学科体系”笔谈，发表于《学习与探索》2017年第2期。冯毓云的评论为《〈乐感美学〉的多重建设性向度》，汪济生的评论为《当代中国美学前沿的坚实界碑》，高楠的评论为《“乐”：中国传统美的生成范畴》，张灵的评论为《〈乐感美学〉的“照着说”与“接着说”》，寇鹏程的评论为《论“乐感美学”的形而上学性质》。2018年第2期《上海文化》“海上新论”专门发表了三位专家关于“乐感美学”学说的讨论文章，分别是陆扬的《“乐感美学”批判》，杨守森的《美从“乐”处寻：〈乐感美学〉的独到发现》，庄志民的《〈乐感美学〉与乐感体验——以荻港古村审美为例》。此外，《中华读书报》2016年5月25日发表了曾繁仁先生的书评《反思·对话·共建——读祁志祥教授的〈乐感美学〉》，《文汇报》2017年1月13日发表了支运波的评论《评美是有价值的乐感对象》，《中国读书评论》2017年第3期还发表了冯毓云的评论《〈乐感美学〉

的多重建设性向度评析》，《中国美学研究》第九辑（2017 年）还发表了汪济生的评论《心无旁骛矢志求真——祁志祥教授力作〈乐感美学〉读后》。

《乐感美学》的出版，是新世纪重构美学的形上之维的标志性成果。它提出的建设性后现代的方法论，引发了众多学者的进一步思考。如朱立元认为"应当鼓励、支持对美和审美的本质进行多维度、多层次、全方位的动态研究"。[①] 赖大仁说："建设性后现代"方法的基本精神"大致有三个要点：一是强调反思性，即对任何研究方法的长短得失都应当加以反思，保持清醒的认识；二是强调建构性，即反思的目的不是要像'反本质主义'那样怀疑和否定一切，而是应当更多导向建设性的理论重构；三是强调综合性，只有综合兼顾各种方法之长，才能实现理论创新。对于论者这种观点和主张，笔者是非常赞同的"。[②] 李西建在基本认同建设性后现代方法论概念的前提下，以"后形而上学"的视域"进一步考察"了"重构美学形上之维的基本问题与方法"。[③]《乐感美学》的组织架构和逻辑系统也获得专家好评。陈伯海指出：《乐感美学》"内容广博，组织严密，令人叹服"。[④] 汪济生指出：《乐感美学》广谒前贤，博采众长，锐意出新，严求自洽。"作为紧扣审美实践，从古今中外美学成果积聚的若干共识的约简、过滤、综合、组织中重建起来的美学原理体系，足以构成当代中国美学学术前沿的一个坚实界碑和弥足珍贵的新起点。"[⑤] 张灵也认为："作者不仅建构起了一套自己的颇具说服力的系统的美学理论体系，而且为我们提供了一个颇为值得信赖的美学探索的新起点。"[⑥] 关于《乐感美学》的贡献及其在中国学术史上的位置，不少学者给予充分肯定。高楠指出：

---

① 朱立元：《"当代美学研究：问题 · 理路 · 方法"笔谈主持人语》，《人文杂志》2016 年第 12 期，第 54 页。

② 赖大仁：《当代美学研究的观念与方法问题》，《人文杂志》2016 年第 12 期，第 67 页。

③ 李西建：《重构美学的形上之维：问题与方法》，《人文杂志》2016 年第 12 期，第 54 页。

④ 寇鹏程：《重构美学的形上学——〈乐感美学〉研讨会综述》，《上海文化》2016 年第 8 期，第 115 页。

⑤ 同④。

⑥ 同④。

“《乐感美学》是当代中国美学界的一部力作，也可以说，它正引发着中国美学界的一次不小的地震。它的震动力量来于它对于一些几成定论的或者争论不休的美学理论的纵深性的爆破。”[①]陆扬指出:《乐感美学》围绕“美”的定义和感受“逐层展开，旁征博引，不但有形而上的梳理，而且有生活层面的汪洋恣肆的铺陈”，[②]“是一部关于‘美’的考察的百科全书”。[③]夏锦乾指出：《乐感美学》这部厚重的具有体系性的美学论著，是作者多年美学研究的一个重要的突破和提升。他所提出的美是有价值的乐感的对象，本身就具有重要的理论价值。他建立了乐感美学独有的一套范畴，并对流行的各种美学理论给出自己的批判，形成美学观上独特的一家。[④]马大康指出：《乐感美学》“无论是掌握资料的丰富翔实，还是理论视野的开阔深邃”，“都可谓轶类超群、独步一时”。[⑤]冯毓云认为：《乐感美学》是作者长期“执着、顽强地建构的一种全新的美学理论的壮举”。“以独特范畴‘乐感’命名的美学，将在中国美学史上独领风骚。”[⑥]

由《乐感美学》的系统研究出发，针对当下社会生活中把“美”仅仅等同于娱乐对象，遂致美丑颠倒、是非混淆的突出乱象，我写了一篇《重塑美的本质维度，坚守美的价值内核》，的时评给了《社会科学报》。该报将题目改为《抛弃价值底线让美丑失范》，于2018年3月28日发表。本人认为，当下社会美丑颠倒，美本质取消论难辞其咎，所以从批判美本

① 寇鹏程:《重构美学的形上学——〈乐感美学〉研讨会综述》,《上海文化》2016年第8期,第115页。

② 寇鹏程:《重构美学的形上学——〈乐感美学〉研讨会综述》,《上海文化》2016年第8期,第112页。

③ 寇鹏程:《重构美学的形上学——〈乐感美学〉研讨会综述》,《上海文化》2016年第8期,第116页。

④ 寇鹏程:《重构美学的形上学——〈乐感美学〉研讨会综述》,《上海文化》2016年第8期,第115页。

⑤ 寇鹏程:《重构美学的形上学——〈乐感美学〉研讨会综述》,《上海文化》2016年第8期,第112页。

⑥ 寇鹏程:《重构美学的形上学——〈乐感美学〉研讨会综述》,《上海文化》2016年第8期,第116页。

质取消论开篇，指出“美本质取消论助长以丑为美社会乱象”，疾呼“辨别美丑亟须重塑美的本质维度”，标举“美是有价值的乐感对象”：

首先，人们在对象引起愉快时称对象为“美”，引起不快时称对象为“丑”。美的最初产生与审美主体的乐感经验密切相关，美应从乐处寻。

“美”产生于引人愉快的对象，但如果据此以为所有的乐感对象都是美，那就要出大错。美不等于乐感对象，只是乐感对象的一部分。作为神圣的价值符号，美仅仅指有价值的那部分乐感对象。

什么是“价值”？“价值”是客体对于主体显示的积极意义。“价值”包括促进主体生命存在的一切正能量。它包含“真”与“善”又大于“真”与“善”。美存在于生命主体鸢飞鱼跃、活色生香的健康生活中。美所带来的快乐必须对主体的生命具有积极的促进意义。价值是美作为乐感对象必须具备的内核。有了这个内核，乐感对象才被认可为“美”；失去了它，乐感对象就好比是饱含毒素的糖果，引发再强烈的快感，也只是“丑”。

最后回过头来呼应前文，批评“娱乐至死”是“生命中不可承受之重”，指出面对美丑混淆、颠倒的社会乱象，重申美的价值尺度，坚守美的价值内核，十分迫切和必要，并揭示了按照价值底线创造快乐，给他人、给社会带去有价值的快乐这一“美的切实可行的创造之道”。

不过，这样一篇有迫切的现实意义、表述异常清晰的学术短论则遭到了北京语言大学教授韩德民的不满。他置本文积极的现实批判意义于不顾，抓住“美是有价值的乐感对象”命题大张挞伐，批判它不符合逻辑，并在离开《乐感美学》书籍全面阅读、仔细研究的情况下，给“乐感美学”学说戴上“学术泡沫”的帽子，全盘加以否定。批判文章以《不遵守逻辑规范滋生的学术泡沫——以祁志祥教授的“乐感美学”为分析样本》为题，发表在《中国社会科学评价》2018 年第 2 期上。

那么，他的否定能否成立呢？是合理还是荒谬呢？我被迫应战，写了一篇回应文章。考虑到《中国社会科学评价》叫我一改再改，已到了我难以接受的地步，我将文章给了《文艺争鸣》2018 年第 10 期发表。全文如下：

学术批评究竟应取怎样的态度和方法
——以韩德民对"乐感美学"的酷评为反面案例

自1981年结识钱中文先生后转向理论研究，[①]1987年考上徐中玉先生研究生后走上学术之路，三十多年来，一直行走在学术研究的漫漫长途上，步履匆匆，无暇旁顾。总是不断发现有价值的研究课题，总是不断地去建设。即便面对既有资源有所甄别与臧否，但也从不与人论战。因为我深知，否定容易建设难，建设的意义大于批判的意义；与人论战耗时耗力，会拖累建设的进度，甚至会偏离建设的目标；与其批判别人的不足，不如致力于规避这种不足的建设，这样才更有说服力，也更有益。种瓜得瓜，种豆得豆。"恶人者，人亦从而恶之"，"爱人者，人亦从而爱之"（墨子）。因为不与人论战，所以一直也没有人与我论战。不久前我还在暗自庆幸：出版了不少著作，但从未卷入抄袭的绯闻，也没有遭遇别人的恶骂。余何幸哉！

不过最近，我的这种幸运感被打破了。7月22日，韩德民在中华美学学会理事群转发了一篇他在《中国社会科学评价》发表的点名批评我的文章，题为《不遵守逻辑规范滋生的学术泡沫——以祁志祥教授的"乐感美学"为分析样本》，将我提出并建构的"乐感美学"体系扣上"不遵守逻辑规范滋生的学术泡沫"的帽子。看到此文后我相当震惊。学术批评怎可用这样的态度和方法？居高临下、盛气凌人，有失平等；自以为是、全盘否定，有失宽容；扣帽子，打棍子，有失仁德。在《乐感美学》第一章中，针对走向碎片化描述的当代美学的非理性化、非逻辑化倾向，本人曾高举理性思辨的大旗，对"经不起逻辑的严密推敲"的当代存在论现象学理论给予过尖锐批判，[②]现在我的这部严格按照逻辑规范写

① 参见《钱中文祁志祥八十年代文艺美学通信》，上海教育出版社2018年3月版。
② 祁志祥《乐感美学》，北京大学出版社2016年版，第24页。

成的著作却被别人批判为“不遵守逻辑规范”的“样本”，这不仅让我意外，而且让我要领教一下韩德民所说的“逻辑规范”到底是什么。这事还让我醒悟：你不招惹别人，但并不能保证没有人来攻击你。本来，我因忙于新课题的研究，不容分身，坚信清者自清、浊者自浊，不打算予以书面回应。现鉴于《中国社会科学评价》愿意给我一个答辩的机会，我觉得通过答辩，不仅对拨去诬陷不实之词，以正视听、还我清誉是必要的，而且对重新认识学术批评究竟应该采取什么样的态度和方法这样的带有现实意义的重大问题也是很有必要的，故抽出时间，来啃韩文这颗酸枣，回应韩德民对“乐感美学”的酷评，谈谈我对批评应取的态度和方法的理解。请各位读者明鉴。

1. 韩德民对“美是有价值的乐感对象”的批评：偷换概念，任意曲解

我所以不能接受韩德民对“美是有价值的乐感对象”逻辑问题的分析批判，是因为这些分析批判都是建立在偷换概念、任意曲解的前提上的。换句话说，他批评的罪状，只是他想当然假设、杜撰出来的靶子而已。

韩德民在批判“美是有价值的乐感对象”不合逻辑时指出：“‘美是有价值的乐感对象’作为美的本质的定义，实质上是逻辑学上所谓‘循环定义’，只是形态稍微隐蔽而已。”“‘价值’和‘美’两个概念之间的基本逻辑关系决定了，这种定义方式不可能成立。”[①] 接着韩德民论证了一大段，但都没有说明白这个定义为什么是“循环定义”。究其文意，其推理过程是这样的：既然祁志祥认为美是一种价值，那么说“美是有价值的乐感对象”无异于说“美是有价值的价值”，所以自相循环，不能成立。在

① 韩德民《不遵守逻辑规范滋生的学术泡沫——以祁志祥教授的“乐感美学”为分析样本》，《中国社会科学评价》2018 年第 2 期，第 88 页。

韩德民看来，“美”只是“价值”这一属概念之下的种概念之一；定义“美”是一种什么样的“价值”，其格式应是“种差 + 属概念”，表述形式应是“美是 ×× 的价值”。①

的确，本人承认“价值”是“美”所依存的“属概念”，但“美”所依存的“属概念”并不仅仅是“价值”，还可能是其他，比如“乐感对象”。在笔者的研究中，相对于“美”而言，“乐感对象”是比“价值”更重要的“属概念”。因为“价值”有些抽象，不易把握，而“乐感对象”则是具体的、鲜活的，在审美活动中直接为人所感受、容易为人所识别的。按照“种差 + 属概念”的定义格式，“美”的更合适的定义形式是：“美是 ×× 的乐感对象。”这样定义比表述为“美是 ×× 的价值”更易于被人理解和把握。一个明显的事实是，“乐感对象”并不都有“价值”，只有与“价值”相交叉的那部分“乐感对象”才称得上是“美”。所以我将“美”定义为“有价值的乐感对象”。这是符合韩德民所要求，也是逻辑所要求的“种差 + 属概念”的定义规范的，因而逻辑自洽。

这里需要进一步探讨的是，用一个属概念作为种差来修饰、限定另一个属概念，是否符合逻辑？答案依然是肯定的。在生活中我们常常发现，某个种概念分属于不同的属概念，它处于两个属概念的交叉地带。最明显的例子是钱中文、童庆炳先生提出的“文学是一种审美意识形态”。“文学”既是一种“审美”形态，也是一种“意识形态”，“审美”与“意识形态”都是“文学”的属概念。用“审美”去界定“意识形态”，合乎逻辑，表意精确。在定义项中究竟用哪个属概念做中心词，取决于论者对属概念重要地位的理解。一般把地位更重要的属概念作为定义项中的中心词。比如在“文学是审美意识形态”的定义中，“意识形态”的

① 韩德民《不遵守逻辑规范滋生的学术泡沫——以祁志祥教授的“乐感美学”为分析样本》，《中国社会科学评价》2018 年第 2 期，第 89 页。

地位在钱中文、童庆炳先生看来更为重要，它是文学的基本属性；而“审美”的地位仅构成文学的特殊属性。同理，依笔者的研究，“乐感对象”是美的基本属性，“价值”是美这种乐感对象的特殊属性。以“有价值”为种差限定“乐感对象”从而定义“美”，逻辑上有何不合规范呢？

退一步说，即便按韩德民的思路，一定要在定义项中把“价值”作为中心词，按照笔者美是“价值”与“乐感对象”交叉产物的理解，“美”也不是不可以定义为“是 ×× 的价值”这种形态的，但不可表述为“有价值的乐感对象”，而可表述为“以乐感对象呈现的价值”。

既然“美是有价值的乐感对象”符合“种差 + 属概念”的格式，韩德民为什么会断定该命题在逻辑上陷入自我循环呢？这是缘于韩德民先将“乐感对象”置换为、等同于“价值”，再戴上“循环定义”、逻辑失范的帽子加以批判。殊不知，“乐感对象”与“价值”这两个概念是不能画等号的，“乐感对象”并不都具有“价值”，“价值”也不都表现为“乐感对象”。这一点我曾一再强调，韩德民在驳难时也引述过，但在批判我时还是偷换概念，将这两个属概念混为一谈。我不知道他是不自觉地偷换概念才产生出批判我的冲动，还是为了达到批判我的目的才故意偷换概念。如果是前者，属于思维水准问题；如果是后者，则属于人品道德问题。

韩德民偷换概念、无中生有的批评，还体现在其他方面。

比如对“价值”的理解。本人所说的“价值”，不是特指，而是“一般意义上的‘价值’”。它“是客体对于主体显示的积极意义”，“包括促进主体生命存在的一切正能量”。“它包含‘真’与‘善’，又大于‘真’与‘善’。”包含“真”“善”内涵的形象固然是“有价值的乐感对象”从而被认可为“美”，而不包含“真”“善”内容的纯形式唤起的超功利快感照样可以成为“有价值的乐感对象”而被认可为“美”。而后者正是“美”

区别于“真”“善”的地方，我们把它叫作“形式美”“自由美”，与被称为“内涵美”“附庸美”的真善之美区别开来。我称之为“美区别于真善的独立性”。[①]但韩德民在批评中却说：“在祁志祥教授的思路中，也有可能该定义项中所谓‘价值’，虽名之曰‘价值’，实际并非一般意义上的‘价值’，只是某种特殊类型的‘价值’而已。”[②]那原因，是我引述了从亚里士多德到孔子、孟子以道德善为美的特殊属性的例子。我说过“价值”包含“善”，因而引述“善”的愉快对象来证明“美是有价值的乐感对象”是顺理成章的，但韩德民却据此断定我将“善”这一“价值”的种概念等同于“价值”这一属概念本身，并把这种假设当作事实，将“美是有价值的乐感对象”曲解为“美是善的乐感对象”，煞有介事地加以批判：“在当下的学术语境中，坚持将‘符合善的要求’作为‘美的本质’的内在核心标准，就不能不考虑如下两个问题：首先，这种定义方式意味着取消‘美’作为价值类型与‘真’‘善’并列的资格，而将其转化为某种‘善’的特殊形态。”[③]“其次，即使作者愿意放弃对‘美’‘区别于真善的独立性’的坚持，退而承认‘美’只是‘善’的特殊形态，这个定义距离作为‘可操作的答案’仍嫌过于遥远。”[④]查遍笔者的所有著述，笔者从未说过、也从不同意“美是善的乐感对象”“‘美’只是‘善’的特殊形态”这种简单化的狭隘说法，也从未“放弃对‘美’‘区别于真善的独立性’的坚持”。在《乐感美学》一书中，笔者不仅理论上为区别于真善内涵的形式美张目，而且花了大量篇幅分析讨论形式

① 韩德民《不遵守逻辑规范滋生的学术泡沫——以祁志祥教授的“乐感美学”为分析样本》，《中国社会科学评价》2018 年第 2 期，第 89 页。

② 同上。

③ 同上。

④ 同上。

美规律和法则，[1]就是证明。

又如韩德民将“美是有价值的乐感对象”歪曲为美是“符合美的要求的乐感对象”加以批判，更是无中生有的极端例证！我从未说过这样不合常识的话，韩德民是怎么得出这样的归纳的呢？他的推理过程如下：“既然‘价值’概念在具体语境中可以与‘善’互相替换，那么有没有可能将此处的‘价值’理解为‘美’从而克服前述困难呢？这样做以后，会发现用‘符合美的要求的乐感对象’作为对‘美’的定义，会导致同语反复的问题，这同样是基本的逻辑规范所不允许的。同时，这种理解还有可能导致命题逻辑上自相矛盾的问题。”[2]韩德民这里信誓旦旦地批评的“美是符合美的要求的乐感对象”这样的“自我循环”的命题，出自他自己逻辑混乱的杜撰，与我实在无关。令人匪夷所思的是，由“‘价值’概念在具体语境中可以与‘善’互相替换”，只能得到将“价值”理解为“善”的推论，可是韩德民却得出了“将此处的‘价值’理解为‘美’”的推论。大家可以仔细琢磨一下，这个口口声声批评别人不合逻辑的韩德民逻辑混乱到了什么地步。

韩德民不仅在批判我的“美是有价值的乐感对象”命题中的“价值”要义时无中生有，张冠李戴，而且在阐释这个命题的另一要点“美是能够带来快乐的对象”时也离开本义，妄加评论。在他看来，我将美定义为“乐感对象”只是“从伊壁鸠鲁、托马斯·阿奎那、休谟，到康德、费希特、尼采”等西方快乐说美学传统的简单“接受和继承”，不足挂齿。其实，美与快乐相连，不仅是西方快乐说美学的传统，也是整个西方美学的传统，还是中国美学的传统，更重要的，这是客观存在的审美经验的事实。所以本人的这个概括不仅是对西方快乐说美学传统的继承，也是对整个

① 祁志祥《乐感美学》，北京大学出版社 2016 年版，第 243—319 页。

② 韩德民《不遵守逻辑规范滋生的学术泡沫——以祁志祥教授的“乐感美学”为分析样本》，《中国社会科学评价》2018 年第 2 期，第 89 页。

中西美学资源的广采博取，还出于对审美实践的理论抽象。

韩德民将我继承的资源仅限定在西方快乐说美学传统方面，是对我书中的大量论述以及在收集古今中外相关理论的和实践的资料方面付出的艰辛劳动的无视造成的。即便继承美学传统，呼应审美实践，也不那么简单容易。君不见，明明审美感受和判断的起源在于快乐，但偏偏有人说“美在生活”“美在典型”“美在实践”“美在自由”“美在超越”“美在意象”或“美不可解”等等，导致人们不知“美”为何物。所以我们指出“美从乐处寻”，有正本清源、返璞归真之效，在当下的“美无本质”论与“美之本体”论中具有不可忽视的意义。

同时，本人提出的美是一种“乐感对象”说不只是继承，也有许多创新之处。其一，传统的快乐说美学在快感与快感对象、美感与美之间往往混为一谈，笔者对此做了严格区分，指出美是“乐感对象”而不是“乐感”本身，“乐感”属于美感的范围，是“美”的一种性能或功能。其二，西方传统美学只将“美”引发的快感局限在视听觉范围内，而“乐感美学”则根据审美实践将它扩展到五觉范围。其三，西方快乐说美学习惯将美所引起的美感称作“快感”，与感官、肉体、身体密切相关，“乐感美学”则标举“乐感”替代“快感”，声称美所引起的“乐感”不仅涉及五官，而且涉及中枢，不仅包含感性欢乐、肉体快乐，而且包括道德满足、精神愉悦。其四，“乐感对象”不同于传统所说的纯客观的“乐感事物”，它是一个在主客体关系中存在的概念，因为“对象”是相对于主体存在的物，这就决定了客观事物所具有的美的流动性、相对性；同时特定的对象引发特定的感觉，所以对象的美又具有客观性、绝对性。其五，美的子范畴优美与壮美、崇高与滑稽、悲剧与喜剧实际上是由不同的乐感反应决定的，它们构成了相应的乐感对象的不同特征。其六，乐感的本质或心理机制在“适性”，即主客体属性的契合，同时，须兼顾从客观对象适合审美主体之性最终走向适合客观对象本身的生命本性，从而达到物物有美、美美与共的生态美学境界。如此等等对于“乐感对象”的特殊、丰富界说在《乐感美学》一书中有多章节的详细论析，遗憾的是都被韩德民忽视了。

韩德民一再声称，“美是有价值的乐感对象”是笔者关于“美的本质”的定义，这也是不合实际的误解。我在书中反复声明：“本质”不一定指永恒不变的、绝对唯一的客观实体，还可指某一类事物复杂现象背后的统一规定性。[①]“被称为‘美’的现象无论是现成的还是生成的”，其背后都具有“统一性”，这是人们称作“美”的依据。作为“美”的统一规定性，“美的本质”包括：第一，“美的语义”，即“‘美’这个词包含的共同语义是什么”。第二，“美的范畴”，它们各具特点而又具有“美”的统一性，印证着“美”的统一语义。第三，“美的原因”。第四，“美的规律”。第五，“美的特征”。[②]“美是有价值的乐感对象”只是笔者关于“美的本质”的一部分“美的语义”的界定，并非关于“美的本质”的全部定义。韩德民一再将“美是有价值的乐感对象”说成笔者关于“美的本质”的定义，也是对笔者“美的本质”观的曲解。

综上所述，韩德民对“美是有价值的乐感对象”的不合逻辑的批判是无中生有、张冠李戴的。他先是将这个命题曲解为“美是善的乐感对象”，然后歪曲为美是“符合美的要求的乐感对象”，对此大张挞伐，而这些都不是本人命题的原意，而是韩德民强加于我的不实之词、荒诞之论。这到底是出于思维混乱还是出于恶意抹黑，只有韩德民自己最清楚。

有资深的学者在读过韩文后提醒我，韩德民所说的“循环定义”是一个本身就没有准确理解的用错了的概念。“循环定义”指定

---

① 祁志祥《乐感美学》，北京大学出版社 2016 年版，前言，第 3 页。

② 祁志祥《乐感美学》，北京大学出版社 2016 年版，第 54—55 页。

义项直接或间接包含了被定义项的概念，用被定义项的概念解释被定义项。比如说“审美活动是人们在审美关系中创造审美价值的实践活动”就是典型的例子。因为“审美”这个概念是在被定义项中包含了的。但在“美是有价值的乐感对象”中却不存在这个问题。韩德民批评这个定义有“循环定义”的逻辑毛病，暴露了他缺乏基本的逻辑常识。

韩德民还批评“美是有价值的乐感对象”太抽象，不属于“可操作的答案”。这里我要告诉韩德民的是，在《乐感美学》研讨会上，陆扬、庄志民等教授反复肯定，该书不仅有渊博的形上思辨，而且有强烈的现实操作意义。[①] 上海市艺术特色学校枫泾中学校长陆旭东博士深感《乐感美学》提出的“美是有价值的乐感对象”命题具有很强的可操作性，对从事中学艺术审美教育很有指导意义，于是以学校名义为每个教师配备了一本《乐感美学》。

2. 韩德民对“乐感美学”整个体系的否定：抓住一点，以偏概全

韩文具体批评的对象是“美是有价值的乐感对象”这个定义，但由此得出的结论则是对“乐感美学”整个体系的否定。韩文声称：“本文选取祁志祥教授的‘乐感美学’为样本，具体分析不遵守逻辑规范在学术思考和创新过程中造成的危害。”《乐感美学》体量比较大，可是韩德民断言：这本书“无论表面上如何玄奥堂皇，底子里都只能是经验材料和情绪冲动的堆砌，这种堆砌虽然在一定限度内可以强化，但不可能有真正的深化，可以有量的积累，但不可能有真正质的提升”。[②]

然而这一切并不是对《乐感美学》全书“具体分析”的产物，而只是分析一句话“美是有价值的乐感对象”导致的结果。因为

① 寇鹏程《重构美学的形上学——〈乐感美学〉研讨会综述》，《上海文化》2016 年第 8 期。

② 韩德民《不遵守逻辑规范滋生的学术泡沫——以祁志祥教授的”乐感美学“为分析样本》，《中国社会科学评价》2018 年第 2 期，第 87 页。

在韩德民看来，“美是有价值的乐感对象”“是其整个体系的根本支点”，[①]只要将这个“支点”推翻了，整个体系也就不攻自溃。韩文在这里采取的是抓住一点、不及其余的批判方法。值得说明的是，韩文对“美是有价值的乐感对象”论证过程的分析，并不是依据书中第三章《“美”的语义：有价值的乐感对象》六万多字的详细论析，而只是以我发表在《社会科学报》上的时事短评《抛弃价值底线让美丑失范》为全部根据，文中引文，几乎都源于此。[②]韩德民或许以为这样做最省力、最投机取巧，殊不知弄巧成拙，留下以偏概全恶意中伤的铁证。

韩德民以为一个学说体系的“根本支点”有问题，这个体系的其他部分乃至全部就应该全盘否定。姑且不说他批评的“根本支点”实际上没有问题，即便有，也不可一概否定这个体系的其他部分或全部学说。马克思批判黑格尔的唯心主义世界观，但对他哲学学说中的辩证法却大加赞赏，加以继承。黑格尔《美学》的“根本支点”是“美是理念的感性显现”。赞成这个定义的人很少，但这并不妨碍人们承认黑格尔整个《美学》体系的价值，并从《美学》的其他论析中汲取到有益的资源。刘勰《文心雕龙》的本体论《原道》篇提出“人文之元，肇自太极”，将文章的本体说成“太极之道”，今天几乎没有人信，但谁也不会否定《文心雕龙》的整体价值。以为“乐感美学”关于“美的定义”有问题就株连其他，把整个“乐感美学”体系都否定掉，其荒谬如同因不同意“美是理念的感性显现”而否定黑格尔的《美学》四册本、因不赞成“人文之元，肇自太极”而否定《文心雕龙》50篇一样，实在暴露了论者的无知和鲁莽。

现在我们看到的韩德民的批评文章，实际篇幅不满6页，

① 韩德民《不遵守逻辑规范滋生的学术泡沫——以祁志祥教授的”乐感美学“为分析样本》，《中国社会科学评价》2018年第2期，第88页。

② 见韩德民自己的说明，《中国社会科学评价》2018年第2期第87页注释2。

直接分析批评“乐感美学”“美的本质定义”的部分仅占两页半，不足全文一半，但文章题目却是“以祁志祥教授的‘乐感美学’为分析样本”批评“不遵守逻辑规范滋生的学术泡沫”，所证非所论，所论非所证，论题与内容严重脱节，好比大帽戴小头，实不当名。任何正常的读者都可以看出韩文的这个不可忽视的缺失。它除了彰显韩德民急于想直奔的主题，欲置祁志祥“乐感美学”于死地的主观故意，无法证明是善意的正常的学术批评。

韩德民抓住一个命题，否定一部用60万字论证建构的“乐感美学”理论体系。他是如此轻率马虎，以至于连“乐感美学”四个字都读错。在《乐感美学》第1页前言中，我明确注明“乐感美学”的“乐”读lè，是快乐的乐，不是音乐的乐。但在文章发表后我与他通电话时他却将“乐感美学”读成“乐(yuè)感美学”。可见他对论战对手不尊重到了何种地步！他的治学态度、风格由此也可见一斑。

有道是“成也萧何，败也萧何”。韩德民责难“乐感美学”用的是“抓住一点否定全部”的手法。当这“一点”否定成功，否定全部还有点希望；当这“一点”无法被否定，试图否定整个“乐感美学”的企图就化为泡影了。

让我们追问一下：韩德民在否定了我的“美的定义”之后，有没有提出自己的“美的定义”呢？没有。他到底认为“美”有无“本质”呢？没回答。在否定了我的“乐感美学”学说之外，他有没有建构过什么美学理论体系呢？没有。他批评“乐感美学”是“不遵守逻辑规范滋生的学术泡沫”，感叹中国当下美学成果“学书含金量”低，我曾请教他能否提供一部“遵守逻辑规范”“学书含金量”高的自己的著作让我学习效仿，没有回应。我不得不从百度上搜索他。这个1964年出生的50多岁的北京语言文化大学美学“教授”一生只勉强出了两部与美学无关的不成系统的书，发表了60篇不像论文的“论文”，没见他主持过一个国家或省部级科研项目，获得过一个国家或省市级优秀成果奖。这个一直为中国当下学术的“效率”忧虑的“教授”，他的“效率”之低下，连他自己也公开表示过惭愧。但他批评起别人的时候却自信满满。而这个被他批评的对手，是一个独立主持、完成过 3 个国家社科基金项目、3 个省部级科研项目、出版过 30 多本书、发表过 400 多篇论文、作品屡屡获奖（国家级、省市级优秀成果奖）、论文若干被转载的学者。其宽以待己、严于律人的眼高手低、大言不惭着实令人吃惊。在《乐感美学》第一章方法论中，我曾指出：“常见的情况是，在批评别人的不足时夸大其词，陷入极端，而对自己平庸的、甚至矛盾百出的立论却过于自信。”[①]看来韩德民就属于这类人。

还要回应一下韩德民所指斥的“学术泡沫”是什么。“学术泡沫”指不是从学术研究的内在冲动出发，而是为了某种外在的功利目的勉为其难、粗制滥造的“学术”著作。从学术研究的内在冲动和自然要求出发产生的著述哪怕体量再大，也可能是学术佳作；为了某种外在功利目的的勉强拼凑之作即便体量再小，也必定是学术泡沫，甚至学术垃圾。韩德民为评职称像挤牙膏出版的那些著述属于什么呢？有兴趣的读者可以找来看看，自主做个评判。比如他是研究中国思想史的哲学博士，出的专著只有两本。一本是齐鲁书社 2001 年出版的《荀子与儒家的社会理想》，那是参与别人主编的丛书中的一种，并非出于自己独立研究、水到渠成、非出不可的著作。另一本是《孝亲的情怀》，这是 2001 年在他本校北京语言文化大学出版社出的 32 开本 196 页的小册子，相当单薄。两本都属于述而不作，毫无新意，乏善可陈。另有一些发表的“论文”连题目都不会立，如“枫林晚”“风流人物”之类，谁能想得到这是论文题目？但这就是韩德民发

① 祁志祥《乐感美学》，北京大学出版社 2016 年版，第 10 页。

表的论文题目。在我看来，韩氏之作，才属于真正的“学术泡沫”。一个从未出版过什么“学术精品”的“学术泡沫”制造者批评别人制造“学术泡沫”是非常荒唐可笑的。“学术泡沫”不是可以随便妄断的，它有一些硬性的考量指标。韩德民之作几乎都符合这些指标。他不读《乐感美学》而大批“乐感美学”这篇文章，本身就是“学术泡沫”。而他将通过了国家社科基金后期资助项目的五位评审专家的严格评审，几乎所有章节都在全国权威和核心期刊发表，得到许多名家肯定好评的《乐感美学》说成是“学术泡沫”，不是诬蔑诋毁、信口雌黄，又是什么？事实上，由于海德格尔存在论现象学的盛行，当下国际国内学术论著中否定本质、反对体系、取消思辨、不合逻辑的碎片化倾向相当突出，至于集体项目成果中矛盾百出的漏洞比比皆是。韩德民对此一概视而不见，而偏偏抓住一贯崇尚思辨逻辑，坚持本质追问和体系建构，每章每节都亲力亲为，不转包众人代笔的《乐感美学》说事，如此明显的颠倒黑白、混淆是非，不正证明了其居心叵测、别有用心吗?

3. 学术批评应取怎样的态度和方法？平等宽容，多元对话

韩德民的这篇批评文章，为我们提供了一个如何合理地进行学术批评的反面样本。它有好多教训值得我们总结和反思。

人人都有言论自由和批评权利。在学术研究中，甄别取舍、扬长避短，是研究深化、学术进步的必由之路。这甄别取舍、扬长避短就是批评。我们总是在批评、取舍别人，自然，我们也应当允许别人对我们自己的批评。是否有雅量包容和允许别人的批评，是衡量一个学者是否具备现代文明素质的基本标尺。不过，在我们倡导被批评者包容批评的文明素质的同时，也应对批评本身提出文明的要求。批评者有自由批评的权利，但却没有滥用这种自由的权利。所谓滥用批评自由，即居高临下，自以为是，唯

我独尊，你死我活，扮演判官的角色，剥夺被批评者坚持自己观点的自由，宣判对方死刑。韩德民的批评文章，就是这样一个活生生的反面样本。其结果，不仅无助于推动学术研究的进步，反而会抹杀批评对象固有的学术价值，诋毁批评对象应有的学术荣誉，挫伤批评对象静心研究的积极性，破坏和而不同、多元共存的学术生态，搅乱正常、健康的批评风气。

韩文可以反思总结的教训有很多。这里我想重点说两点。

一是倡导平等、宽容的批评态度。我们倡导学术批评的自由，但对批评自由应有正确的理解。批评自由的真切内涵是，我虽然不同意你的意见并提出批评意见，但我尊重并宽容你坚持自己意见的权利。因此，真正的批评自由最终是走向宽容的。不容忍批评对手坚持己见的批评是任性与专制，与自由的真谛背道而驰，亦与平等的精神相去甚远。要明白自己的批评意见也可能出错。因此，洞悉自由真谛的人是懂得保持批评的宽容、平等态度的。倡导自由的胡适最终走向宽容是一个著名的例子。否定容易立论难。“在美学争论中往往有这样一种情况，当他在批评别人的观点时，一语说中的，很有分量，可是，当他自己树立一个观点时，又会显得矛盾百出。”[①]历史的这些教训告诫我们：在批评前人不足、重构美学新论时要怀有“忠恕”之道，对待别人的成果要尽量肯定、吸收其可取之处，对待自己的立论切勿自以为是，要给别人留下商榷的余地。“恕”道，是清人章学诚对批评者提出的“文德”：“凡为古文辞，必敬以恕。”[②]“论古必恕。”[③]“恕”是对待前人文章、观点应当秉持的态度。其含义是“设身处地”、换位思考，懂得宽容，多看前人的长处，不能抓住一点，全盘否定，不及其余。章学诚提出的设身处地评价对象得失的“恕”

① 楼昔勇：《美学导论》，华东师范大学出版社1996年版，第28页。
② 章学诚：《文史通义·文德》。
③ 同上。

道，是从事任何有价值的学术批评应当秉持的态度。假设韩德民在撰写此文时有一点胡适提倡的宽容精神，有一点章学诚提倡的“恕”道，站在作者的角度想一想全书写作横跨六年，若干篇章都被高端刊物刊用，不少又被转载，想一想此书曾通过国家社科基金后期资助项目的多名评审专家严格的评审，想一想那么多著名的学者曾给此书高度评价与他们的名誉息息相关，未必是出于情面，他就会重新审视自己的疑虑，好好完善自己的意见。可惜他缺乏这个态度，单单站在自己的角度自说自话，陷入尖刻片面、荒谬悖理的境地。

二是倡导亦此亦彼、和而不同、多元共存的批评方法。这种方法其实是探寻真理的必然要求。“横看成岭侧成峰，远近高低各不同。”真理具有多面性，不是唯一的。人文社会科学领域尤其如此。因此，亦此亦彼，多元共存，是探寻人文真理、走向社会科学繁荣的不二法门。孔子早就告诫：“君子和而不同。”不过，由于批评是带着情感的，这种情感很可能导致“爱之欲其生，恨之欲其死”的绝对化，所以历来有“捧杀”或“棒杀”两种批评倾向。“文革”中批评者的情感打上阶级论的烙印，批评的方法升格为“一分为二”“唯我独革”、非此即彼、势不两立的批判方法，为害甚烈。有感于此，在思想解放的新时期，钱中文先生提出“亦此亦彼”“多元对话”的批评方法加以替代。20 世纪 80 年代，“非此即彼”的“文革”思维方式在文学批评界依然“相当根深蒂固”：“在 20 世纪 80 年代的文学理论的各种争论中，双方每每表示出都是绝对真理的化身，甚至连双方参与论争的资格都会受到质疑与嘲弄，以致在价值判断中随意性的、情绪化的成分极多。至于说到尊重对方，进行对话，承认在对方的阐述中存在某种真理，这种情况更如凤毛麟角。这种你错我对、你输我赢、非此即彼的思维方式，都是长期以来形而上学猖獗的结果。人们一面批判这种思维方式，一面又重复这种思维方式，没有相互丰富的愿望，缺乏共同建设的气氛，更无双赢的气度。”[①] 于是，20 世纪 90 年代末，钱中文提出“亦此亦彼的思维”概念：“当今现代性所要求的，应是一种排斥绝对对立、否定绝对斗争的非此即彼的思维，更应是一种走向宽容、对话、综合、创新，同时包含了必要的非此即彼、具有价值判断的亦此亦彼的思维。”[②] 这种“亦此亦彼”是包含着一定的“非此即彼”价值取向的：“亦此亦彼假设双方各有真理成分，并且不排斥一方或双方的谬误，但不排斥价值判断，即一定的非此即彼。绝对的亦此亦彼，绝对的相对主义，必然排斥价值判断，你对我对，消解了正确与谬误之别。更成问题的是，这种绝对的亦此亦彼，有时对于对方并不理解，就匆忙做出否定，或匆忙做出肯定，以示大度，这之间并未存在真正的对话。对话是无尽的，但是又要承认，对话又是有一定目的的，对话的目的在于认识真理，辨别谬误，即使真理是无尽的，每一对话实际是为了增加对无限真理的有限的认识。”“在对话与交锋中，两个主体，互揭短长，去芜存精，共同发现，揭示与充实真理因素。在共同的探讨中，可能主体双方的真理因素多寡有别，但都自有价值，即使一方意识全是谬误，亦应在对话、批判中被揭示，而不是在另一方居高临下的肆意贬抑中被否定与消灭。”[③] 由于“非此即彼”的绝对化方法造成的灾难大家感同身受，于是钱中文先生倡导的“亦此亦彼”“多元对话”方法赢得了广泛的应和。我也是这种方法的拥护者和实践者。在中国现当代美学史的个案研究如叶朗、朱立元、陈伯海美学思想的评述中，笔者既客观总结其主张，肯定其贡献，又坦陈不同意见，同时不把这种不同意见绝对化，而是以讨教、

---

① 《再论文学理论现代性问题》，《文艺研究》1999 年第 3 期。

② 《文学理论现代性问题》，《文学评论》1999 年第 2 期。

③ 《再论文学理论现代性问题》，《文艺研究》1999 年第 3 期。

商榷的方式提出来，供当事人及读者参考取舍。[①]韩德民经历过“文革”，他对“捧杀”与“棒杀”两种批评方式也颇露微词，表示要做“立足学术内在标准的本色批评”。然而，他的这篇文章究竟是属于“立足学术内在标准的本色批评”，还是属于“文革”非此即彼、唯我独尊、你死我活批判方式的遗留，属于他所不齿的“强作惊人之辞、以非理性情绪宣泄为基本特征的攻击性批评”，[②]读者自可判断。

韩德民的批判文章来者不善，属于典型的“欲加之罪，无中生有”。那么，他为什么要这样对我发难呢？这里提供一些背景资料。

我与韩德民20世纪90年代相识于中华全国青年美学会，后来在各种美学会议上常见。原无深交，亦无过节。他给我留下的印象是人比较老实，但学术比较平庸。2016年5月6日—8日，中华全国美学学会在江西师大举办理事会暨“中华美学精神”高端论坛。理事会上，会长高某通报成立中华美学二级学术委员会提议及会长副会长名单，韩德民也在这个二级委员会的副会长提名中。因这个二级委员会中不少负责人并无过硬的相关成果，而另有一些致力于研究中华美学的学者却被拒之门外，我对这个委员会的成立依据及其负责人选的合法性提出质疑，并提醒学会工作要坚持基本的公道，不能拉帮结派，随意许愿封官。我的这个意见是针对高某提出来的，但无意中却同时得罪了韩德民等二级学会的负责人选。后来江西师大派车送高某、韩德民等及我去机场返程，路上我与高某发生争论，韩德民等主动为高某帮腔，一片谄谀之色。我以一敌三，相互留下过节。这就不难理解韩某为什么要借学术批评之名捏造事实将我全盘否定。因为这样，不仅可以为自己报一箭之

① 祁志祥:《叶朗“意象美学”学说的系统述评及得失检讨》,《清华学报》2018年第4期;《陈伯海“生命体验论美学观”的独特创构》,《社会科学》2017年第2期;《朱立元“实践存在论美学”述评》,《人文杂志》2017年第12期。另参祁志祥《中国现当代美学史》下册相关章节，商务印书馆2018年版。

② 韩德民《不遵守逻辑规范滋生的学术泡沫——以祁志祥教授的“乐感美学”为分析样本》,《中国社会科学评价》2018年第2期，第87页。

仇，而且可以向高某邀功，回报高某的提携之恩。而这样一篇极不严谨、漏洞百出、充满火药味、已超出正常的学术讨论范围的文章竟然能够被中国社科院办的《中国社会科学评价》采用，不是说明这家刊物有被人利用、公报私仇的嫌疑，就是说明这家刊物的编辑水准存有问题。

四、上政八年发表的论文

本人写书，力求每个章节在篇幅合适的情况下都能作为单篇论文发表，从而保证全书的质量，也不耽误论文的发表与考评。于是在专著出版的同时，我发表了不少论文。上海政法学院的政策鼓励在南大核心期刊发表论文。政策是指挥棒。于是我自 2010 年 10 月之后至今，平均每年都要发 10 篇以上的南大核心论文。同时，还有些非核心刊物向我索文，等等。这些文章写作发表时都花了力气，不容易。

1.《文学与经济关系的二律悖反》《学习与探索》2010 年第 5 期。

2.《国学中的“民本”思想》《文汇报·每周演讲专版》2010 年 7 月 17 日。

3.《“共同人性”与“差等人性”的重新反思》《浙江工商大学学报》2010 年第 6 期。

4.《王国维：中国现代美学体系的奠基人》《盐城师范学院学报》2010 年第 6 期。

5.《中国佛教美学的历史巡礼》《文艺理论研究》2011 年第 1 期。

6.《走向美学、人学的文学研究》《广东社会科学》2011 年第 1 期。

7.《金圣叹的小说美学》《辽宁大学学报》2011 年第 1 期。

8.《庄子美学新探》《广东社会科学》2011 年第 3 期。

9.《中国古代审美主客体关系论及其当下意义》《人文杂志》2011 年第 1 期。

10.《佛教美学新探》《学术月刊》2011 年第 4 期。

11.《中国古代“民生”“民心”思想及其当代意义》《浙江工商大学学报》2011 年第 4 期。

12.《建构具有民族特色的中国古代文学理论体系》《学习与探索》2011年第5期。

13.《善恶观：可欲为善、公意为善》《上海大学学报》2011年第5期。

14.《中国美学的历史演变及其时代特征》《社会科学》2011年第11期。

15.《道家“适性为美”思想的生态美学意义》《安徽师大学报》2011年第5期。

16.《江西诗派的形式美论》《云南大学学报》2011年第5期。

17.《龚自珍的美学思想》《中国美学（第二辑）》2011年9月。

18.《从现代性审视〈文心雕龙〉文学观念的民族品格与时代特征》《人文杂志》2012年第1期。

19.《毛宗岗的〈三国演义〉评点》《辽宁大学学报》2012年第2期。

20.《国学中的“民本”论及其现代意义》《安徽师大学报》2012年第2期。

21.《国学中的“人性论”及其现实意义》《社会科学战线》2012年第8期。

22.《国学中的“民主”论及其现代意义》《上海大学学报》2012年第6期。

23.《认识你自己——祁志祥教授谈国学中的人性思想及其启示》《解放日报思想者专版》2012年7月21日。

24.《“美学”究竟是什么——与王建疆等人商榷》《广东社会科学》2012年第5期。

25.《“美学”是“审美学”吗》《哲学动态》2012年第9期。

26.《刘熙载的文艺美学观》《燕赵学术》2012年春季卷。

27.《文艺创作呼唤“新理性”回归》《边疆文学》2012年第3期。

28.《中国古代小说美学的真幻关系论》《学习与探索》2012年第5期。

29.《明清小说评点中的艺术真实论》《社会科学辑刊》2012年第5期。

30.《东西“味美”思想比较研究》《人文杂志》2012年第6期。

31.《“文学是人学”对当下文艺创作的启示》《边疆文学》2012年第6期。

32.《美在适性：关于“美”的本质的全新解读》《社会科学战线》2013年第6期。

33.《国学人文精神的现代意义》《浙江工商大学学报》2013年第1期。

34.《论人的双重本性及其现实启示》《上海大学学报》2013年第3期。

35.《关于实践美学范畴的反思》《辽宁大学学报》2013年第3期。

36.《论美的愉快性、形象性、价值性》《文艺理论研究》2013年第3期。

37.《翁方纲“肌理”说辨》《陕西师范大学学报》2013年第4期。

38.《中国文学与美的关系的历时考察》《人文杂志》2013年第8期。

39.《“美”的原始语义考察：美是“愉快的对象”或“客观化的愉快”》《广东社会科学》2013年第5期。

40.《佛教“光明为美”思想的独特建构》《社会科学研究》2013年第5期（《中国社会科学文摘》2014年第2期转载）。

41.《“美”的特殊语义：美是有价值的五官快感对象与心灵愉悦对象》《学习与探索》2013年第9期。

42.《国学中的法治观》《中国政法大学学报》2013年第5期。

43.《明代曲学中的本色论》《社会科学辑刊》2013年第6期。

44.《重“道”而兼顾“文”：朱熹美学的整体视域》《吉首大学学报》2013年第3期（《美学》2013年第8期转载）。

45.《中国古代南北方文化特色论》《新疆大学学报》2013年6期。

46.《明代曲学中的折中论》《中国文学研究》2014年第1期。

47.《论人的情感及其应对态度》《云南大学学报》2014年第1期。

48.《建设性后现代视域下的美的客观性与主观性问题》《社会科学》2014年第2期。

49.《论内涵美的构成规律》《贵州社会科学》2014年第2期（《高等学校文科学术文摘》2014年第3期转摘）。

50.《“以人为本”的历史注脚与当代解读》《社会科学研究》2014年第3期。

51.《文学的“本质”问题是否可以探讨》《文汇报》2014年1月6日第11版。

52.《挖掘传统文化的价值观基因》《解放日报》2014年3月11日第5版。

53.《文学本体问题的理论反思》《文艺理论研究》2014 第 4 期。

54.《审美经验中的以香为美》《江西社会科学》2014 年第 7 期（《美学》2014 年第 10 期转载）。

55.《从文学与政治关系的百年论争看如何建设“文艺政治学”》《学习与探索》2014 年第 9 期。

56.《艺术美的构成分析》《人文杂志》2014 年第 10 期（《学术界》2014 年第 11 期转摘）。

57.《论公平正义》《中国政法大学学报》2014 年第 4 期。

58.《唐代禅宗美学思想略探》《中国禅学》2014 年第 1 期。

59.《徐中玉先生学术谱系的历史巡礼与共时解读》《文艺理论研究》2015 年第 1 期。

60.《徐中玉先生的学术生涯及其学术贡献》《中国美学研究》2015 年第 1 期。

61.《“社会美”的系统厘析》《吉首大学学报》2015 年第 1 期。

62.《“崇高”检讨》《社会科学研究》2015 年第 2 期。

63.《论悲剧与喜剧》《人文杂志》2015 年第 7 期（《中国社会科学报》2015 年 10 月 16 日转摘）。

64.《自然美新探》《社会科学战线》2015 年第 2 期。

65.《五四新文化运动的价值转向及其当代反思》《上海文化》2015 年第 4 期。

66.《从空想社会主义到马克思的共产主义》《马克思主义美学》2015 年 2 月。

67.《论美感的本质与特征》《河北学刊》2015 年第 4 期（《文艺理论》2015 年第 9 期转载）。

68.《隋唐之际的诗律论》《原诗创刊号》2015 年 1 月。

69.《刘勰“赋比兴”论的承前启后意义》《陕西师大学报》2015 年第 1 期。

70.《道安的美本体论溯源及其方法论影响》《燕赵学术》2014 年秋之卷。

71.《时代语境下的“自由”新解》《中国政法大学学报》2015 年第 4

期（《思想政治教育》2015 年 12 期转载）。

72.《陆扬的后现代西方美学研究》《文汇报》2014 年 12 月 8 日。

73.《论形式美的构成规律》《广东社会科学》2015 年第 4 期。

74.《清代词论的“尊体”取向》《社会科学辑刊》2015 年第 4 期。

75.《论美感的结构与机制》《江西社会科学》2015 年第 6 期。

76.《重构：“建设性后现代”方法论阐释》《学习与探索》2015 年第 8 期（《高等学校文科学术文摘》2015 年第 6 期转载，《文艺理论》2015 年第 12 期转载）。

77.《明代曲学中的情趣论》《辽宁大学学报》2015 年第 4 期。

78.《“社会美”的系统厘析》《吉首大学学报》2015 年第 1 期。

79.《“美的原因”再思考》《社会科学》2016 年第 2 期。

80.《乐感美学原理的逻辑建构》《文艺理论研究》2016 年第 3 期。

81.《论优美与壮美》《陕西师大学报》2016 年第 4 期。

82.《“性感美”刍论》《社会科学研究》2016 年第 3 期。

83.《现代艺术对传统艺术双重审美特征的反叛》《人文杂志》2016 年第 7 期。

84.《风骨与平淡：中国古代文学风格美论》《社会科学辑刊》2016 年第 3 期。

85.《“滑稽”探奥》《学习与探索》2016 年第 7 期（《中国社会科学文摘》2016 年第 11 期转载，《美学》2016 年 12 期转载）。

86.《东周时期的社会理想学说》《浙江工商大学学报》2015 年第 6 期。

87.《魏晋南北朝绘画美学思想的整体考量》《澳门理工学报》2016 第 3 期。

88.《明代的〈水浒传〉评点》《云南大学学报》2016 年第 5 期。

89.《陈伯海先生的为人为学特点》《古代文学理论研究》第 24 辑，2016 年 6 月。

90.《李衍柱先生的文艺美学贡献》《中国美学研究》第七辑，2016 年 6 月。

91.《王夫之美学—文论思想的生成理路》《河北学刊》2016 年第 6 期。

92.《直觉、回味与反映、生成——论审美的基本方法》《人文杂志》2016年第12期。

93.《莫道桑榆晚，为霞尚满天——徐中玉先生评传》《中国语言文学研究》2016年卷。

94.《明代戏曲批评综论》《中国文论》第三辑，社科文献出版社2016年10月。

95.《论美是有价值的乐感对象》《学习与探索》2017年第2期。

96.《论美感的基本元素与充分元素》《社会科学战线》2017年第2期。

97.《陈伯海“生命体验论美学观”的独特创构》《社会科学》2017年第2期。

98.《萧公弼：中国现代美学学科的奠基人》《广东社会科学》2017年第2期（《美学》2017年第5期转载）。

99.《“文学审美特征论”：童庆炳先生文艺美学思想述评》《清华学报》2017年第3期。

100.《李泽厚实践美学思想的历时评析及反思》《社会科学研究》2017年第5期。

102.《中国美学史书写的历史回顾与得失研判》《河北学刊》2017年第4期（《美学》2017年第9期转载，《新华文摘》数字版2017年第20期转载）。

103.《论听觉美的双重形态》《浙江工商大学学报》2017年第5期。

104.《明代的戏曲美学论争》《艺术百家》2017年第4期。

105.《晚清美文学概念的破茧》《西北师大学报》2017年第6期。

106.《论“动物美感”问题》《上海文化》2017年第4期。

107.《高尚的人格，深邃的学养——钱中文先生20世纪80年代的学术通信》《辽宁大学学报》2017年第3期。

108.《论味觉美及其审美活动》《中国政法大学学报》2017年第1期。

109.《日常生活的审美维度》《中国社会科学报》2017年5月22日。

110.《朱立元实践存在论美学评述》《人文杂志》2017年第12期。

111.《曾繁仁生态存在论美学观及其创新意义》《学习与探索》2017年第12期。

112.《钱中文祁志祥20世纪80年代文艺美学通信》《黑龙江社会科学》2017年第6期。

113.《让美学走向迷人的远方》《中国美学研究》2017年第十辑。

114.《周代：神的祛魅与人的觉醒——论中国思想史上的第一个启蒙时期》《湖北社会科学》2017年第12期。

115.《从神道设教走向人文之道——〈周易〉的思想史意义研究》《理论月刊》2018年第5期。

116.《〈周礼〉的人文价值：设官分职、得民为本》《宝鸡文理学院学报》2018年第1期。

117.《试论中国古代社会形态的重新分期》《云南大学学报》2018年第5期。

118.《中国美学学科的最初确立》《社会科学》2018年第1期（《美学》2018年第2期转载）。

119.《中国现当代美学史的整体走向与时代分期》《社会科学战线》2018年第6期。

120.《朱光潜美学思想的历时解析》《社会科学辑刊》2018年第4期。

121.《叶朗意象美学学说的系统述评及得失检讨》《清华大学学报》2018年第4期。

122.《蔡仪美学思想的发展历程及其历史地位》《首都师范大学学报》2018年第4期。

123.《乐感美学：中国特色美学学科体系的构建》《中国政法大学学报》2018年第3期（《社会科学文摘》2018年第6期）。

124.《汪济生"一元论三部类三层次美感体系"的独特建树》《广东社会科学》2018年第5期。

125.《中国古代戏曲理论的历史演变》《河北学刊》2018年第6期。

126.《学术批评究竟应取怎样的态度和方法》《文艺争鸣》2018年第

10期。

127.《康有为的人生美学及其艺术追求》《人生美学与当代实践论文集》中国社会科学出版社2018年5月出版。

128.《“乱世之文，有英伟气”：〈战国策〉人文思想研究》，《湖北社会科学》2018年第11期。

129.《同中有异：吕荧、高尔太主观派美学之辨》，《人文杂志》2018年第12期。

五、协助朱立元会长开展学会活动，当选上海市美学学会第九届会长

自2009年到2017年，作为上海市美学学会的副会长，我协助朱立元会长策划、组织学会活动。这些活动构成了学会的闪光历史和美好记忆。

2009年2月21日，召开全体会员大会，顺利完成学会领导班子的换届工作，朱立元先生担任会长，本人当选为副会长。

2009年2月27日到5月9日，先后召开秘书组、正副会长及全体理事会议，草拟、审议、确定了本年度学会工作方案。

2009年3月21日，由副会长张森联系，到上海大飞机公司参观考察。共有41名学会会员参加，增强实践参与意识。

2009年5月31日，召开“审美教育思想的探索暨蒋冰海先生《审美世界的灵魂》”研讨会，总结学会在审美教育理论及实践方面的成绩。

2009年6月，祁志祥、蒯大申代表学会提交纪念新中国成立60周年征文，并获奖。

2009年12月1日，与上海戏剧学院联合召开喜剧艺术与审美研讨会。

2009年12月19日，与上海财经大学国学所联合召开中国美学史研究的创新暨《中国美学通史》研讨会。

2010年3月5日至13日，先后召开秘书组、正副会长及全体理事会议，草拟、审议最后确定了本年度学会工作方案。

2010年5月22日，本人组织在宝山举办了一次“世博与审美”学术研讨会，共有36名会员出席。会后参观宝山湿地公园。

2010年6月5日，由副会长朱志荣组织，召开“夏商周美学思想与中国美学史研究”研讨会。

2010年10月23日，由理事张宝贵组织，朱光主持，召开了题为“艺术与批评：当下中国艺术的审美世俗化问题”的青年论坛。

2010年11月12日，由理事庄志民、余玉花组织，在华东师大召开了“生命美学及美育价值”研讨会，前会长蒋冰海及楼昔勇、张森、陈超南、姚全兴等13位学者出席了会议。

2010年12月，由本人组织，在上海三民博物馆举行“美学研究的人学维度”年会。

2011年1月19日，召开学会秘书组会议，商讨、草拟2011年学会工作提案。2月26日，召开学会第一次理事会，商讨确定了本年度学会工作方案。

2011年4月2日，由学会理事金丹元、葛颖组织，与上海大学联合举办“贺岁片的审美形式与价值取向”学术研讨会。

2011年4月9日，由学会理事庄志民联系组织，到上海野生动物园进行了参观游园活动，同时举办张森先生书法艺术报告会。

2011年6月25日，围绕庆祝建党九十周年，由会长朱立元先生负责，举办了马克思主义美学中国化学术研讨会。

2011年10月22日，由学会副会长杨燕迪先生负责，与上海音乐学院联办年会暨音乐美学学术研讨会。

2011年11月12日，由庄志民、余玉花负责，召开楼昔勇、姚全兴美育思想讨论会。

2011年11月19日，由张仲年先生负责，召开戏剧美学思想研讨会。

2011年12月10日，由张宝贵负责，举办当代艺术批评青年论坛。

2012年2月20日，召开学会秘书组会议，商讨、草拟2012年学会的主要工作提案，以及本年度、特别是上半年的基本工作目标。3月10日，召开学会第一次理事会，讨论秘书组提供的工作提案，确定了本年度学会工作的具体计划，每项活动都落实了具体负责人。

2012年3月18日，在复旦大学召开“西方美学研究的新路径暨西方美学思想史”全国性学术研讨会，上海市及北京、山西等地20余位知名美学学者参与研讨。

2012年4月21日，学会与上海政法学院研究院联合主办“佛教视野内外的山水之美”高级论坛暨《中国佛教美学史》研讨会。五十多位专家学者及会员出席了本次研讨活动。会后参观辰山植物园。

2012年11月10日，联合M50网站、中国设计家联盟、创意产品实验试制平台举办“艺术设计与审美”青年论坛。

2012年11月12日，张德兴、祁志祥出席社联优秀学会、特色学会活动、优秀学会工作者会议。

2012年12月在上海戏剧学院召开年会暨戏曲美学研讨会。

2013年2月26日，在复旦大学召开学会秘书组工作会议，商讨、草拟2013年学会的主要工作提案，以及本年度、特别是上半年的基本工作目标。3月16日，召开学会本年度第一次理事会议，正式确定了换届议程，并通过了本年度的学会工作议案。

2013年4月12日，与上海大学影视批评中心联合举办春季审美考察及“电影审美批评与价值重建”研讨会，由理事曲春景教授负责，共有50位会员参加。

2013年6月15日，在上海市社科院一楼会议室举办了上海市美学学会第八届会员大会第一次会议，朱立元会长做了学会四年来的工作报告，会议审议通过了学会的工作和财务报告，以及关于学会章程的修改说明，也通过了新一届正副会长、秘书长及理事的人选。会议由副会长许明研究员负责，共有会员70余人参加。

2013年8月21日，学会与华东师大联合主办陈伯海先生“生命体验美学”研讨会。会议由祁志祥、朱志荣负责，近30位专家出席。

2013年9月29日，学会召开第二次正副会长及秘书长会议，张德兴副会长通报了他代表学会参加社联工作会议的情况，确定了学术活动月的三项活动，特别是年会工作的具体安排；并由祁志祥副会长负责学会论文集的出版联络等事宜。

2013 年 10 月 21 日，学会联合上海大学影视学院、上海影视戏剧理论研究会举办了金丹元先生《新中国电影美学史》学术研讨会。

2013 年 10 月 26 日，学会联合 M50 艺术课堂，举办了主题为“当代中国艺术的价值趋向与审美分析”的青年审美论坛，祁志祥副会长代表学会致辞，理事朱光主持，张宝贵组织策划，部分青年会员及沪上艺术家参加了本次论坛。

2013 年 11 月 18 日，上海市美学学会年会在上海交通大学徐汇校区浩然大厦 102 室举行，会议主题为马克思主义美学研究的今天与未来。本人担任大会主持。

2013 年 12 月 22 日至 23 日，赴崇明前卫村举行上海市美学学会理事论坛暨生态美学研讨会。

2014 年 2 月 25 日，在复旦大学召开学会秘书组工作会议，商讨、草拟 2014 年学会的主要工作提案，以及本年度、特别是上半年的基本工作目标，主要包括时尚审美文化研究、艺术美学研究、青年论坛、西方美学研究、化丑为美研讨会及蒋孔阳先生文集发布会等。3 月 5 日，召开学会本年度第一次理事会议，讨论、通过并细化了本年度的学会工作议案。会上，祁志祥副会长通报了社联会议精神，告知本学会获得 2013 年度学术活动月优秀组织奖。

2014 年 4 月 25 日至 27 日，学会和东华大学联合主办时尚审美文化及传播研究论坛，本人出席、主持论坛，并做大会发言。

2014 年 5 月 11 日，学会和上海师范大学美术学院联合举办艺术美学研究学术研讨会，陈伟副会长及刘旭光理事负责，61 位会员参加。

2014 年 8 月 30 日，学会联合复旦大学中文系，召开当代西方美学研究暨陆扬教授学术成果研讨会，共有 20 余位专家学者参加了本次会议。

2014 年 10 月 25 日，学会联合 M50 艺术课堂，在莫干山路举办了“行动中的海派艺术”青年论坛，共有23位专家和艺术家出席了本次论坛。论坛由朱光、张宝贵、汤筠冰、冯维维等负责。

2014年11月15日，学会与上海政法学院刑事司法学院、上海市监狱学会等单位联合举办“化丑为美”学术研讨会暨年会。

2015年1月16日，学会与上海市社联、上海人民出版社联合举办《蒋孔阳先生全集》发布会及蒋孔阳先生美学思想研讨会。

2015年4月19日，与华东政法大学人文学院合办“当代中国美学的现状与趋势”研讨会。范玉吉教授负责。本人主持大会发言并做简要评点。

2015年8月29日至30日，与上海市艺术特色学校枫泾中学联合主办“美育：青少年审美教育研讨会”。

2015年9月19日，与上海市法律学会、伦理学学会联合主办“文艺与法律中的性”跨学科研讨会。

2015年10月24日，张宝贵负责，与上海理工大学联办青年论坛：陶瓷艺术的审美价值。

2015年11月14日下午，由杨燕迪副会长负责，与上海音乐学院联合举办“音乐美学的传承与创新”年会。主持开幕式。会长朱立元教授做2015年学会工作总结。在最近三年一个周期的评比中，上海市美学学会获上海市优秀学会奖、优秀特色活动奖。晚餐后欣赏音乐会。

2016年3月，在复旦大学召开了第一次秘书组会议，初步拟订2016年学会工作计划。3月18日在复旦大学召开本年度第一次理事会议，讨论并确定本年度学会的工作议案。

2016年4月9日，学会和上海枫泾中学联合举办“美育的理论与实践”研讨会，会议由学会庄志民、余玉花教授负责联系。

2016年6月25日至26日，上海市美学学会联合上海市哲学学会、伦理学会，在上海政法学院举办了“重构美学的形上之维”高端论坛暨祁志祥《乐感美学》研讨会。

2016年10月22日，上海市美学学会联合上海市工艺美术学会、炎黄学会等，举办“工艺美术的创新发展与审美价值”跨学会青年论坛。

2016 年 11 月，与上海戏剧学院联合举办“戏剧美学的实践维度”学术研讨会暨年会。做《明代的戏曲美学论争》主题发言。

2017 年 2 月 17 日，学会组织会员赴浦东参观大飞机研发中心，感受与交流科技美的奥秘。

2017 年 4 月 9 日，组织会员到崇明区长明中学、江南造船厂子弟学校举办船文化审美研讨活动，探讨科技美的真谛；下午参观江南造船厂航母制造过程。

2017 年 5 月 6 日，与复旦大学文艺学科联合举办“当代艺术与身体美学”研讨会。

2017 年 6 月 18 日，在东华大学举办第九届学会换届大会，选举了新一届理事会和领导班子，本人当选为会长，陆扬、张宝贵、庄志民、朱志荣、杨燕迪、王云、夏锦乾、刘旭光当选副会长。本人作《发扬优良传统，共创美好未来》就职讲话。全文如下：

尊敬的上海市社联副主席任小文先生，

尊敬的上海市美学学会名誉会长朱立元先生，

尊敬的各位理事、会员朋友：

大家好！

2017 年 6 月 18 日，一个值得纪念的美好日子；东华大学，一所以追求和研究时尚美为特色的名校。在上海市社联的正确领导和社联学会管理处的具体指导下，在学会全体会员和理事的共同努力下，上海市美学学会第九届换届工作在此时此地顺利完成，学会新老班子实现和谐交接，首先表示由衷的祝贺！

借这个机会，我要表达几份感谢。

首先，感谢老会长朱立元先生以及上一届副会长张德兴教授、许明研究员、张仲年教授、陈伟教授过去为学会所做的贡献，感谢上一届各位理事为学会工作所奠定的基础。

其次，感谢全体会员及新一届理事会对学会领导班子的信任与推举，感谢上海市社联的认可与支持。

年初以来，学会新老秘书处成员一直忙于换届的各项事务，付出了诸多辛劳。为保证换届大会的顺利举行，东华大学人文学院做了精心周到的安排。这里，对学会新老秘书处成员张宝贵、张永禄、陈磊的辛勤付出和东华大学人文学院院长王梅芳教授领衔的团队的大力支持表示诚挚的感谢！

在这个时候，我想以两重身份说点想法。

一重身份，是作为一名会员，以个人的名义，表示对上海市美学学会的感恩。

作为美学研究队伍中的一员，我伴随上海市美学学会共同成长。1990 年 10 月 30 日，“美的研究者与美的创造者对话会”在宝钢十三冶举行，在那里，刚在上海参加工作的我第一次见到了全国美育研究会会长、上海社科院的蒋冰海先生，复旦大学中青年美学家朱立元先生，并聆听了他们的发言。因为这个机缘，我于 20 世纪 90 年代初加入了上海市美学学会，在学会活动中得以亲识当时的市美学学会会长蒋孔阳先生，并有幸得到蒋先生的提携。后来蒋冰海先生接任上海市美学学会会长，我不仅参加了学会组织的各种活动，结识了不少同道，受到不少滋养，而且作为秘书组成员，协助蒋冰海会长编辑出版了两部论文集，即作家出版社 2001 年出版的《世纪之交的上海审美文化建设》，群言出版社 2005 年出版的《上海城市建设的美学思考》，并参与操办了学会成立 20 周年的庆典。当时，《文汇报》（10 月 5 日）、《文学报》（9 月 22 日）、《新民晚报》（9 月 27 日）、《学术月刊》（2002 年第 4 期）对此都做了报道。

2007 年，朱立元先生接任会长。十年来，学会在朱老师的领导下开展活动，我作为秘书组成员和两届班子成员，不仅在学术上得到朱老师有益的点拨，而且在学会运作管理上也学到不少经验。回顾我走过的学术道路，有 26 年与上海市美学学会的发展相交叉，是市美学学会的引领、哺育、鼓励和影响，驱使、促进我走向了学术盛年，并与学会同人结下了深厚的友谊。在这里，我要对市美学学会献上一份深深的感恩。

另一重身份，是作为会长，代表新一届学会领导班子，谈一点初步设想。这种设想归纳为两句话：保持优良传统，争取更大光荣。

先讲第一句话：保持优良传统。保持什么优良传统呢？

1. 君子风范。美学是研究美、塑造美的。研究美学的人首先人格要美。老会长蒋孔阳先生说，“人”是“世界的美”。在学会与朱老师相处十年中，对朱老师的为人有切身的体认，这就是君子人格。这种人格体现为与人为善，乐于奉献；体现为待人以诚，真实无伪；体现为清虚自守，拒绝庸俗；体现为平等公正，主持公道。西方美学有一句话：“崇高是伟大心灵的回声。”中国古代有一句话：“大人之学为道。”学会领导层的君子风范是学会凝聚力、向心力之所在，是值得新班子保持的宝贵精神财富。

2. 民主作风。也就是遇事多通气，大的决策多商量，防止独断专行。与朱老师在学会相处多年，深为他的民主作风感染。学会有一个秘书处。关于学会活动有什么想法，大家都可以提出来，群策群力，和谐协商，保证了活动计划的顺利落实。这个民主议事原则我们将继续延续。

3. 多元共存。学术是求异的，而非趋同的。尽管我们应当对自己的观点、方法心怀虔诚，拥有自信，但又必须防止把自己的观点强加到别人头上，甚至垄断话语霸权，搞一言堂。只要是出于真诚的学术探索，言之有据，各种观点和方法可以多元共存、百花齐放。在这方面，朱老师也为我们做出了表率。我们要继续保持这种多元共存的学术心胸，反对非此即彼，坚持亦此亦彼、共生共荣。

4. 面向实践。美学来自审美实践，只有能有效解释审美实践的理论才是有生命力的美学理论，也只有在为审美实践的服务中，美学才能获得旺盛的活力，产生广泛的社会影响。这是朱老师一直强调的一点，也成为学会活动的一个特色。过去的学会活动始终密切联系戏剧、音乐、影视、书画、中学美育等艺术创作和美育实践，受到会员的欢迎。这一特色今后要继续保留，并进一步拓展。

5. 活动机制。学会是一个自由的会员联合体，会员们平时都有自己的工作和生活。学会活动太少则体现不出学会的存在，太多则造成许多会员因为工作忙而难以参加，有时间的会员的参与积极性也会大打折扣。本着学会活动既不能太少、也不能太密的精神，学会在过去的实践中摸索出了全年活动两大两小、一次青年沙龙的基本频率，突发活动临时申请，酌情增加。两大活动一次放在年初春暖花开的时候，与自然美、艺术美考察结合在一起，一次放在年底社联学术活动月中，努力与艺术欣赏结合在一起，它们都是面向全体会员的活动。两小活动放在年度当中，议题的学术含量较高，理论色彩较强，参与人员以相关的理论工作者为主，规模大概在二三十个人。青年沙龙以年轻会员为主，以往的议题以绘画、陶艺等为主。活动方案由秘书处在每年的春节之后策划商定，并在三四月之交提交理事会讨论落实。突发活动在主办人提出申请后，由领导班子核心成员沟通达成共识后酌情增加。实践证明，这种活动机制是行之有效的，值得我们好好珍视和保持。

再讲第二句话：争取更大光荣。如何争取呢？

1. 促进中国特色、中国风格、中国气派美学学科体系、话语体系成果的孵化，建构中国特色的哲学社会科学体系，是党中央对我国哲学社会科学工作者提出的要求，也是市社联对学会工作提出的要求。在这项义不容辞的使命面前，上海学者要做出与上海这座文化大都市相匹配的贡献。美学也是如此。上海是全国美学研究的重镇，上海市美学学会应当以营造合适氛围、推动相关美学成果的诞生为主要追求。美学作为一门基础理论学科，毫无疑问，应当仰望星空，有宏大叙事，有终极关怀，有体系建构。中国特色、中国风格、中国气派美学学科体系、话语体系并不一定是研究中国美学的，研究对象当然也可以是西方美学、审美文化或一般美学问题，但研究的气派、风格可以是具有中国特色的，是体现当代中国学者特殊智慧的。我们呼吁学会的美学工作者潜心研究，为中国学界奉献货真价实的成果，同时学会将对这些体现中国特色、中国风格、中国气派的成果展开必要的研讨、对话和宣传。

2. 坚持美的价值标准，积极介入现实、服务社会，为美化社会风气尽责。人们常说要弘扬真、善、美，拒绝假、丑、恶，对美丑颠倒、是非混淆的现象大加痛斥，这说明美、丑是有基本界限和标准的。由于种种原因，新时期以来社会上出现了美丑不分甚至以丑为美的乱象。比如新时期中曾经出现的几个人生口号就是如此，什么“过把瘾就死”“爱就要爱他个死去活来”“宁可坐在宝马车里哭，也不愿坐在自行车后笑”。近些年来整顿情欲横流的社会风气，情况有所好转，但拜金主义、娱乐至死、“好吃懒做”“笑贫不笑娼”等现象改头换面，依然不同程度存在，“小鲜肉”“尼玛”“卧槽”“牛逼”“傻逼”“屌丝”等网络语的流行，已严重污染了当下的汉语，以至于我们现在似乎不能好好地说话、优雅地说话。美丑不分的现实乱象恰恰从一个侧面说明了当下重申“美”的基本标准是多么重要。这个基本的标准是什么呢？亚里士多德早已揭示：“美是自身就具有价值并同时给人愉快的东西。”我据此表述为“美是有价值的乐感对象”。它有两个要点。首先，美与情感愉快相关，是一种给人愉快的事物；同时，这种愉快对象是有价值的。“价值”是什么呢？就是对生命主体来说具有积极意义的正能量。美或者说是具有正能量的愉快对象，而不是玩物丧志、饮鸩止渴、娱乐至死的情感鸦片。这是美的价值底线。朱立元先生说：“审美是一种高级的人生境界。”

美则是这种人生境界的“对象化”。陈伯海先生认为：美是超越性的生命体验的对象化或意象化。这里说的“高级”“超越性”，都是对美的价值属性的不同表述与要求。美学工作者应身体力行，积极弘扬美的正能量，传播美的正能量，为美化社会风气、营造全社会有品位的快乐氛围服务，让人们能够真正“诗意地生存”。

3. 拓展办会思路，开展更加丰富多彩的活动，为会员提供更加满意的服务。我们都是来自五湖四海，为了一个共同的美学目标，走到一起来了。在新一届学会工作中，我们要发挥新一届班子成员各自的优势，调动理事和会员的积极性，坚持有学术含量、有趣的活动原则，将学会办成上海美学工作者的精神家园。根据个别会员提出活动还可以多点的建议，今后我们将考虑以灵活的方式增加面向全体会员的活动频率，进一步丰富他们的生活，增强他们的学会归属感。根据某些重要高校多年没有举行过美学会活动的现状，我们将进一步扩大学会活动的覆盖面，将美学的阳光照耀到上海外国语大学、上海财经大学、同济大学、上海视觉艺术学院等高校，领略他们的美学成果和风采。中学艺术教育是一块很大的园地，需要我们去共建；审美时尚也是一个热点话题，东华大学也有很好的基础，而且我们的相关理事热情也很高。我们将考虑酝酿成立学会下属的二级专业委员会，在学会的领导下相对独立地展开活动，凸显优势特色，给学会注入新的活力。此外，为了进一步丰富学会活动的内容，增强活动的吸引力，提升学会的影响力，我们在立足上海的基础上可能会尝试走出上海，与兄弟省市乃至域外的美学学会或高校联办学术会议。当然这一切要符合社联的相关财务规定。当然，这种活动学会不可能像在上海地区搞活动那样全包，学会至多承担部分会务费，交通费、住宿费将由与会者承担，同时提倡以文与会。

4. 建立成果发布与共享平台，加强与新闻出版界的联系及其对学会活动的宣传和学术成果的推广。学会不只在活动中才体现它的存在感，而且必须在新闻媒体的宣传中扩展它的存在感。为此，我们已开设上海市美学学会微信公众号，计划对学会活动的动态加以发布，对成员的代表作及其最新成果加以介绍。挖掘会员的资源，加强与新闻媒体的合作，争取不断在重要报刊上发表上海市美学学会组织的专题笔谈或活动报道。密切与出版社的联系，为会员学术著作的出版提供合作机会。完善四年一次的论文集出版机制，定期检阅和展示学会成员的优秀学术成果。下一次出版论文集的时候，恰逢学会40周年生日。我们也要做好学会生日大庆的准备工作。

5. 活动方式的改进。工欲善其事，必先利其器。传统的通信方式耗时耗力，增加成本，拖延办事周期，影响办事效率。在学会规模日益扩大、活动频率不断提高的情况下，义务奉献的秘书处人员再沿用过去的书信通信方式势必力不从心。学会工作要做得更好，离不开方便快捷的通信手段的更新。因此，以后学会的活动通知将以电子信箱、手机短信、学会微信群三种方式实施。同时完善学会成员的电子档案和学会活动的文字报道、影像资料，为学会日后的薪火相传积累宝贵资源。

各位会员，上海市美学学会自1981年成立至今，已走过36个年头，先后由著名音乐家贺绿汀教授、著名美学理论家蒋孔阳教授、著名美育家蒋冰海研究员以及我们熟悉的著名美学理论家朱立元教授担任会长。今天，学会会长的重任交给了我，既感到是一份崇高的荣誉，也感到是一份沉甸甸的责任。荣誉要求自律，责任要求奉献。我很乐意为学会活动生动活泼地开展尽职尽力；同时期待新一届学会班子成员以及理事同人们团结协作，群策群力，在奉献中彰显价值、获得点赞；也希望会员朋友多参与、多包容、多展示、多做贡献，让学会成为彼此释放爱意、交流学术的园地，共同建设美学家园，谱写学会美好的未来。

2017年9月23日，“创意设计与美学”青年论坛在上海黄浦区国际文化众创空间成功举办，副秘书长汤筠冰负责并主持。

2017年10月28日，副会长张宝贵代表学会参加与上海市工艺美术学会等单位在浙江衢州开化根雕博物园联合举办的“工业文化与工艺产业发展研讨会”。

2017年11月11日—13日，与南开大学文学院、中国人民大学文学院、天津市美学学会等单位在南开大学合作举办“听觉文化国际学术研讨会”，杨燕迪副会长出席会议并做学术报告。

2017年11月18日，与上海市哲学学会，上海市伦理学学会在上海大学联合举办“中华传统美学精神高层论坛”。

2017年11月，由朱立元、祁志祥主编的学会过去四年论文集《美学与远方》在上海人民出版社出版。

2018年3月2日，在上海市社联2018年度学术团体负责人暨党建工作会议上，做《坚持有学术含量、有趣味的活动原则，将学会办成有凝聚力的会员之家》交流发言：

在今天这样一个重要的大会上做经验交流，感到很荣幸。感谢社联领导对本学会多年来工作的肯定，我们将以此为契机，争取把工作做得更好。同时也感到惭愧，因为在座的不少兄弟学会工作做得比我们好，如果说我们有什么成绩，是向他们学习、取经的结果。

上海社科院有一位词学专家钱鸿瑛，今年89岁了。她是普通会员，但参加活动十分积极，而且是一个人乘公共交通。我们为她的安全担心，她一再说明：我身体能行的，有活动不要忘记通知我。还经常打电话到我家问：最新有啥活动吗？上海财经大学的一位艺术课教师，退休后在马来西亚买了房子，候鸟式地定居在那里，但学会会员的资格他仍坚持保留着，只要回国后学会有活动，他总是尽量参加。去年6月学会换届后，发展了一批年轻会员，学会活动规模也进一步壮大。

上海市美学学会是一个基础理论学会。它是凭什么把会员凝聚到一起的呢？我想最主要的原因有两条，一是活动有学术含量，二是有趣味。

学会姓“学”。许多会员加入学会，是希望在学术上有所充电、有所提升。学会活动有学术含量，应当是不成问题的。但事实并不尽然。在学会活动的历史上，我们曾经历过摸索阶段。这就是大会发言事先不准备，发言无时间限制，结果是会员辛辛苦苦从四面八方赶来，只听到几个老面孔信马由缰，老生常谈，言不及义，一讲就是几十分钟，无法打断。这不仅影响了会议的学术含量，而且影响了发言的学术民主，久而久之，挫伤了会员参会的积极性，参会者愈来愈少。针对这种情况，学会在听取意见的基础上，引入全国乃至国际正式会议规范，对学会会议的举办方式做了全新改进。首先，在选题上，结合主办单位实际，努力跟踪学术前沿，如“美学研究的人学维度”“当代艺术与身体美学”“中华传统美学精神”等等；其次，在发言人选安排上，体现民主均衡原则，各单位的学者、老中青尽量照顾到，并提前通知，让发言人做好准备；再次，设定发言时间，避免了大量超时；复次，设立评点人，对发言内容加以评议，形成对话互动、相互生发的不同视角与思想张力。同时，探寻效果最佳的大会发言时间，一般将发言长度设定在15分钟上下，让更多的会员有发言的机会；半天的会议设上下场，让更多的学会负责人参与主持与评点。这就不仅保证了会议的学术品位，而且保证了会议的人气盎然。

美学的研究对象是美。美是有趣味的，令人快乐的。美学研究必须以生动有趣的美为基础，美学活动也应告别僵化刻板、索然无味的学究形态，具有活泼有趣的美。美在大自然中、在生活中、在艺术中。多年来，本会根据美学学会自身的特点和优势，兼顾有趣的活动原则。我们在春暖花开的时节组织会员到上海各地的自然景观中徜徉交流，切磋美的存在的客观性，以及自然美与人工美的交融性；我们组织会员到上海大飞机研发中心、江南造船厂等单位的现场参观国产大飞机和航空母舰的制造过程，探讨科技美的真谛在形式还是在内涵，抑或二者兼而有之；我们组织会员到青浦监狱参观罪犯改造成果，感受“化丑为美”的神奇力量；我们组织会员到上海市艺术特色学校枫泾中学参观美育成果，与莫干山路M50联手多年举办青年沙龙，反思现代绘画艺术以丑为美倾向的得失；我们发挥上海音乐学院、上海戏剧学院的优势，每年不定期组织会员欣赏戏剧美和音乐美。

丰富多彩、生动有趣而又富于学术含量的美学活动的开展，焕发出一种强大的吸引力，使学会变成了会员愿来、想来、常来的共同学术家园。

我们愿在社联的谋划、支持下，以全心全意的服务意识，把这个会员之家建设得更加美丽。

上海市美学学会2018年第一次会议3月24日上午在上海政法学院普陀校区举行。会议重点讨论并通过了学会2018年工作计划。

2018年4月22日，上海市美学学会60多名会员赴金山区山阳中学，和该校师生举办了一场以“春回大地”为主题的中学音乐教育现场观摩研讨会。本次活动由学会中学美育教育专业委员会承办，陆旭东校长负责落实。

2018年6月24日上午，在复旦大学召开2018年第二次理事会，落实下半年学会活动。下午举行朱立元先生美学思想与贡献暨实践存在论美学观研讨会。上海市美学学会与上海文化杂志社、社会科学报社在复旦大学共同主办了本次会议。本人主持会议并做总结发言。朱立元先生在介绍自己的学术经历和美学主张时指出，自己的实践存在论美学观来源分两部分：一是马克思的《巴黎手稿》。马克思在《巴黎手稿》中两次提到“本体论”（亦即“存在论”），是马克思开创了西方现代存在论的思想，马克思存在论的基础是实践论。二是蒋孔阳的《美学新论》。朱先生把蒋孔阳的美学思想归纳为以实践论为基础、以创造论为核心的审美关系理论，认为美学研究的出发点应当是人和世界的审美关系。关于实践存在论美学观，朱立元先生从五方面做了归纳：（1）实践是人存在的基本方式，这个“实践”是广义的人生实践。（2）审美也是人基本的存在方式和人生实践之一。（3）美学是以人与世界的审美关系及其现实展开——审美活动为研究对象的。（4）应由关系生成论取代对美的本质单一、固定不变的现成论思考。对于美学的提问方式应当从“美是什么？”转向“美何以存在？”“美怎样存在？”（5）审美是一种高级的人生境界。朱先生强调：实践存在论尝试超越西方近代以来主客二分的思维方式，以期和人生实践更贴近、和审美更贴近，也和中华传统美学思想更贴近。本人根据对朱立元的“实践存在论美学观”的专题研究指出，朱立元的“实践存在论美学观”是建立在对以李泽厚为代表的传统美学的本质论、实体论、现成论、方法论的全面解构之上的。他用马克思主义的实践论改造海德格尔的存在论，用海德格尔的存在论解读马克思主义的实践论，以人的实践存在方式之一的审美活动为美和美感产生的基础和前提，通过对人与世界的关系和审美实践中人的地位的高扬，建立了独特的生成性美学学说，不仅是对传统的实践美学的突破，也是对从古希腊以来传统的认识论美学的突破，具有重要的学术探索和创新意义。

2018 年 9 月 2 日下午，以“演讲的艺术”为主题的上海市美学学会青年沙龙在上海政法学院普陀校区举行。活动由汤筠冰副秘书长负责组织。杨燕迪、庄志民、田奇蕊教授结合自己的演讲及教学经验做了分享。本人分享的题目是“成功的演讲：思想的飞翔”。

2018 年 10 月 28 日，上海市美学学会与上海市哲学学会、古典文学研究会、上海市作家协会理论委员会联合举办中国美学史学科体系建设论坛暨祁志祥《中国美学全史》五卷本新书恳谈会。

2018 年 11 月 18 日，上海市美学学会与上海外国语大学联合举办中外美学的对话与回顾高层论坛暨 2018 年年会，会后举行辞旧迎新文艺庆祝活动。

六、追求讲课效果、应邀各地讲学，传播学术影响力

一个杰出的学者，不仅应当会写，而且应当会说。做了几十年教师，如何达到良好的讲课效果，一直是我孜孜以求的境界。2009年9月至12月，在上海财经大学中文系给古代文学和现代文学专业的研究生开设中国文学理论课程。结业考试时出了一题“谈谈学习中国文学理论课程的主要收获”。学生的回答是我讲课效果的证明，也是一份弥足珍贵的纪念。特录于此：

2009级古代文学专业研究生欧冬梅：

有幸能系统学习中国古代文学理论这门课，聆听才华横溢的祁老师授课，于我真是一个珍贵的缘分。

此前，我们也曾经接触过一些文学理论作品。这些作品大多对从古至今的中国古代文论进行了一番历时性的叙写。祁老师编写的这本教材却荡开一笔，别开生面，按照一种共时性的逻辑结构对中国古代文论进行系统总结，显示出祁老师的独特创见和新颖之处。

中国古代文学理论这门课程的学习，不仅极大丰富了我的学识，而且使我对中国古代的浩瀚繁复的文学现象有了一个比较系统的规律性的认识。有了这样的理论基础，再回头看各种问题，便觉得有了全新的视角和收获，做研究也有了全新的思路和方法。这门课的学习，不仅给我们打开中国古代文学研究宝库之大门，让我们慨叹古人之文气纵横，也让我们学到了作为一名文学研究生，究竟应该以怎样的态度、目光去审视欣赏各种文学现象。

就这本教材而言，我们最为佩服的就是老师善于从大处着眼，在纷纭复杂的现象中抓住有本质意义的问题和共同点。其编次章节的安排都潜藏着老师对于中国古代文论的总结和论断，颇显匠心。整个研究显得有章有法，有点有面。并且，每个小专题研究，都尽可能做到在“考镜源流”中“辨章学术”，如作品论中的“文气说”，就是先从古代哲学的“元气”谈起，再辨析“文气”内涵，

再到“文气”风格论、“文气”修养论，最后评论“文气”说的现实意义。这样精微析理，层层深入，如剥茧抽丝，显示出相当的理论深度。

更重要的是祁老师本人更以其出色的“才学胆识”给我们以启发和震撼，醍醐灌顶，去蒙开蔽。课堂上，老师每每有一些独特的个人创见。如老师提出：隋唐和宋明在崇尚儒家道德理性方面有许多相近之处，把它们截然分为“佛学”和“理学”是不太符合思想史实际的提法。因为从陈子昂到“唐初四杰”，老杜及至新乐府运动等无不是强调一个“道”字，这样的分析论断真是很有个性和胆识见地的，给我们留下了深刻的印象。还让我们收获了一种态度，那就是：面对既有的学术论断，我们不能只是仰视与盲从，要有一种怀疑的勇气和独特的思考。

总之，祁老师以其丰富学识、幽默个性、独特思想、学者风范让每一位学生折服，学有所获。

2009级古代文学专业研究生张楚舒：

学习本课程，是一次荡涤心灵的旅程。旅程中，默默欣赏风景的我，一次次感受着灵魂的震撼，收获着知识和感动。我认为，本课程带给我的最大的收获有以下几方面。

首先，本课程帮助我建立了中国古代文学理论的基本框架，了解了古代文论最核心的思想。以往阅读古代文学作品，大多是感性认识。而通过学习本课程再去回忆读过的文学作品，将理论与作品相结合，脑海中逐渐浮现了中国古代文学中一些一脉相承的本质联系，加深了对古代文学思想的认识。感性认识上升到理性认识，中国古代文学理论课帮我实现了认识的第二次飞跃。这有助于我在今后的学习中，站在理论的高度上去阅读每一部古代文学乃至现当代文学作品，我的体悟会向纵深处展开，而不是只将文学作品作为一种满足精神愉悦的事物。以理论为基石，我可以在作品中读出一个时代的文学风貌，一代文人的精神状态，甚至时代的经济社会生活，以往阅读中所忽略的细节也会在把握了理论的基础上一一拾起，温故知新，从中读出新的感悟。

其次，我认为本课程带给我更多的是专业以外的收获。曾经以一个文学爱好者自居的我们，在面对博学多才的老师时，更多的是自惭形秽。我们也说自己爱好文学，却从未像老师一样日积月累地记日记，摘抄文学知识，创作作品，甚至不肯去动笔写写文章。在翻阅老师字迹工整的日记时，我才发现，在日益浮躁的社会里，同样浮躁的我们缺少的是什么，是静下心来执着于自己喜爱的事物的那一份坚持。我们往往想得很多，做得很少，只有大量的阅读与写作的训练，才有可能下笔如有神助，让那些清词丽句在笔下焕发出生命力。路漫漫其修远兮，吾将上下而求索。通过这门课程的学习，我收获的是一种态度，对文学乃至对人生的一种态度，只有为伊消得人憔悴的艰辛付出，才可能获得蓦然回首，灯火阑珊那一瞬间的绚烂。

最后，我认为聆听老师生动地授课，我得到了许多人生感悟和做人的真谛。老师对文学的热爱和对生活的热爱都将成为我今后人生时刻铭记的准则。热爱生活其实也是对仅有一次的生命的尊重，这体现在对自己外表与内在的修养的重视上，善于发现美的事物，更要将自己塑造成为一个能够为别人送去“美”的人，这才不虚度此生。同时，老师的自信与阳光让我感动。您的自信，就是对古代文学的自信。我们有理由相信，阳春白雪般的中国文学带给我们的是语言能力的提高，和精神世界的丰腴。老师的很多妙语都每每让我拍案叫绝。作为古代文学的研究生，我们应该骄傲。因为同样的语言，不再苍白无力，它可以掷地有声，语惊四座。那个时候，我就告诉自己，努力成为一个自信阳光的人，去完成生命的绽放。

千言万语却只能一言以蔽之，然而手过于弱，笔过于拙，我只能由衷地道一声感谢。人生若只如初见，即使在很多年以后，我仍会想起某个阳光灿烂的早晨，和蔼可亲的祁老师妙语连珠的讲课，阳光洒落在他身上，折射出金色的光芒。这光芒，也照耀了我们心中对文学的向往，对未来的憧憬。

2009级古代文学专业袁惠萍：

记不得是从哪里看到过一段话：“静观伟大之时，我们所感到的或是恐惧、或是惊叹、或是严肃，拜倒于伟大之前，承认自己的渺小与脆弱。”我想，难不成此人也有与我们相似的经历？

畏惧、惊叹继而拜倒于伟大之前，这就是一个学期以来我的心路历程。由最初“望洋兴叹”的畏惧，到后来发自真心地“仰之弥高，钻之弥坚”的惊叹，最终五体投地。古语有云：“博通者隅于疏漏，专精者隅于寡识。”而能将“博通”与“专精”完美结合，当今学界又有几人？幸运的是，被我们遇到了，并且深深地为之感动。

您作为一名如此成功的学界名流，对学术如此孜孜以求，大有“谁谓荼苦？甘之如荠”的感觉。在您的世界中，我仿佛真正看到了一种“不以读书为苦，以无书可读为苦”的境界。

文学理论是一门高深的学问，甚至对不少人来说十分“枯燥”，但是从您那甘之如饴、有如品茗的悠然自得之中，才让我真正懂得了一个道理：“花看潘岳花方艳，酒醉青莲酒始灵。”您对这门学问正如潘岳之于名花，青莲之于仙酒。看来，伟大也要有人懂。这门课程和您相加，才是珠联璧合、相映成辉。

我们在聆听您对课程条分缕析、脉络清晰的解读时，更加感受到了这一点。古代文论有很多独特的艺术特色，像是“境界”“情境”“意蕴”“趣味”等等。很多学者在解读时，总是一种“只可自怡悦，不堪持赠君”的感觉，使原本就虚无缥缈的古代美学越发地云里雾里，难以“使人昭昭”。但是在您的课上，大有“拨开云雾见月明”的清朗。当然，可想而知，这也是您“博观而约取，厚积而薄发”后的必然，值得我们学习。

除了课堂授课之外，您还提供我们许多难得的户外学习的机会，如“洛夫讲座”“觉群文化周”，还有我因参加六级考试而遗憾错过的“美学研讨会”。这些经历使我们的视野更加开阔。原本只存在于教科书中的人物，一个个来到了现实之中。我感到无尽的兴奋与激动。除此之外，更多的还是对您的感谢。而且由于您对佛教文化的广泛涉猎，也影响了我的阅读，我也开始仔细地品味佛家的心乐、寂灭乐、涅槃乐、法乐、觉知乐……也想要去体会“入我佛门，皈依三宝。众生无边誓愿度、烦恼无边誓愿断、法门无边誓愿学、佛道无边……”的感受。虽然我只是世俗中一世俗人，但也感谢您的引领，让我稍稍懂得了佛家教义的皮毛。

您对知识的态度更是让我惊叹。记得在觉群寺，我问您那个法师的头上为什么没有点香疤。您说您也不是很清楚，然后就带着我们大大方方地去向那位法师请教。您作为一名资深的大学教授，如此诚实、坦白地对待知识的态度让我深深受教。

您作为文论研究的专家，所做出的成就即使我穷尽一生也难望其项背，然而“虽不能至，但心向往之”，我会将您作为榜样，努力学习的！

2009级现当代文学专业徐文慎：

首先，我谈谈祁老师的这本书——《中国古代文学理论》。虽然关于中国古代文学理论的论著有很多版本，而且也叫法不一，有的叫批评史，有的叫批评理论，有的叫文学理论等，但老师的这本书显得十分卓尔不群，我认为通过研读老师这本书，其收获要比其他版本多很多，所谓的读书要读经典，其意义大概也就在于此吧！

这本书被评为普通教育“十一五”国家级规划教材，绝不是浪得虚名。本书有以下两个特点：一是老师用“创作论”“作品论”“接受论”等现代文学理论方法结构此书，这有很大的难度，需要宏观概括能力、抽象思维能力。没有极深的文艺功底及史哲功底是完不成的。中国古代的文学理论是很散乱的。如果用历时性的方法去描述是很方便的，但这样对于读者就麻烦了，读者仍需要自己去归纳总结。而老师的这种横向方法，却可以使读者达到一劳永逸的目的。二是这本书真正是用“美”的方式写“美”。品味此书，让人丝毫感觉不到枯燥乏味之感，处处散发着温馨的气息。我们知道，理论的书籍如果写不好，不但会流于平庸，更重要的是嚼之无味。而老师的语言极为含蓄，处处散发着表现主义的民族特色。中国文论不同于西方文论，所以，只有用这种极为含蓄的方式才能把握。以“美”言“美”，尤其是中国古代文学之“美”，妙不可言！

接着，我谈谈老师的言行及授课方式。老师举手投足间处处显示出美，其语言娓娓道来，在不知不觉中让学生受益无穷，所以，也只有老师才能讲得下这本书。听老师讲课就像品茶，后劲十足，初尝苦涩，细细品来，甘之如饴，真是“意在言外”，言有尽而意无穷。我想用文学理论的“内容与形式”关系去分析老师：老师的言行、举手投足是形式，老师渊博的知识是内容，在这里，内容与形式达到了完美结合，如同羚羊挂角，无迹可求。

第三，本课程能使我们系统地掌握文学理论。原先对于中国古代文论的知识是散乱的，不成体系的，这样在分析古代文学作品时，就会遇到困难。而通过本课程的学习，原来百思不得其解的东西，现在突然柳暗花明。

第四，有助于国学的复兴。我们知道，中国古代文化，尤其文学，博大精深，但“五四”以来，我们传统的东西几乎丢尽。西方的文论大量译介进来，但是，外来的东西只有在东方的土壤下才能生根发芽，任何生搬硬扯只能是削足适履。我们离不开传统，我们只是传统的延续，西方文论只有和中国传统文论相结合才能有生命力。

2009级古代文学专业李晓明：

坦诚地说，我并不擅长理性思维。一直以来，我对具体作品的兴趣要远远大于对理论研究的兴趣。我喜欢从作品中获得感动感想感慨感叹，然后一个人默默地呆坐，充分享受阅读所带来的那种精神上的满足和愉悦。然而，那个时候，我的身份只是一个普通的读者。所以，我尽可以不要理性，只任感性流淌蔓延。可是，当我从读者变为一个在文学领域里蹒跚学步的研究者时，我发现，仅有感性是不够的，我必须有一定的理论素养来支撑。否则，我永远只能是一个在作品的世界里多愁善感的阅读者，而不可能进入真正的研究领域。

犹记得第一节课，老师让我们讨论关于文学与人学美学的话题，当时，脑子里一下子变得空空如也。努力从记忆中搜寻学过的知识，可是竟然什么都想不起来。这才发现，自己的底子是多么薄弱。下课后一直在反省自己，连这些最基本的概念和内涵都没弄清楚，何敢谈做研究呢？以后的每节课，我都非常认真努力去听老师的讲授。我想自己的底子可以不好，脑子可以很笨，但是我却不可以不勤奋向上。庆幸的是，老师是一个很懂得怎样把课讲得很生动的人，那些抽象难懂的理论在他的讲述下就有了某种亲切的味道，不再陌生不再枯燥，而变得有温度有色彩起来。每当看到老师在讲台上神采飞扬的样子，就不自觉地受到了感染和鼓舞，突然发现，原来理论的东西也可以这么有意思，原来做学问可以达到像老师这样的境界：快乐着、享受着，因此也就自如挥洒着。在老师的引导之下，慢慢地对文学理论，尤其是中国文学理论，有了一个相对清晰的了解。虽说还只是了解而已，但总算找到了学习文学理论的那扇门。

我最感兴趣的还是中国古代的文学理论。以前所学习的文学理论教材，基本上还是以西方的体系为主。而我的学习方法就是背诵重要的概念。功夫下了不少，但对文学理论还是一知半解。而我国的古代文学理论，更是没有系统学习过。只是在文学史的课本上读到过一两点皮毛（或者，连皮毛也算不上吧），比如知道《典论·论文》《文心雕龙》，也知道《诗品》《沧浪诗话》之类，也大体知道他们的一些基本观点等，但一来没读过原作，二来没什么思考，总觉得中国古代的文论都很零碎，一人有一人的观点，一家有一家的看法，不成体系。那天拿到祁老师的书，迫不及待地打开，迅速浏览了几页，“文以意为主”“表现主义特色”，一下子吸引了我的注意。对啊，这不正是中国古代文论的共同特色吗？老师用这一根红线，将古代文论贯穿而下，真是恰当而鲜明。我抽出一个星期的时间，很仔细地读完了整本书，然后在课堂上，又听老师提纲挈领地为我们“穿针引线”，解疑释难，眼前顿觉豁然开朗。我觉得在两点上我收获颇大：一、在古代文论的视角下重新审视古代的文学作品，会对它们有更全面更深入的理解。与以前单纯的感性阅读相比，我的眼光专业化多了。二、研究要有一个宏阔的视野和恰当的切入点，这样不仅能使自己的研究脉络清晰毫不杂乱，更重要的是能够见人所未见发人所未发，不落俗套有所创新。

通过一个学期的学习，我对文学理论的重要性有了重新的认识，在这方面也有了一定的进步。此外也充分感受到了老师身上的那种学者风范，我想这将对我辈学子有潜移默化的深远影响。期待下学期能再次感受老师的风采。

2009级古代文学专业赵婧洁：

作为一名中国古代文学专业的研究生，中国古代文学理论是一门必要的基础课，我是第一次接触这门课，在经过了半年的学习之后，收获颇丰。

曾经学习过文学概论，但基本上学的都是有关文学的一些比较浅显的理论，或许还不能称其为理论，只是一些关于文学方面的知识的梳理，所以不知道所学的东西到底该用在哪里。在经过半年系统的古代文学理论的学习之后，我豁然开朗，知道了古代文学理论是一门站在古代文学所有学科最高点的课程。它是指导我们平时学习研究的法宝。学习了古代文学理论，才能更好地研究古代文学。

最开始学习这门课，我一直担心自己无法很好地理解古代文学理论的精髓。毕竟此前接触的理论知识太少，但真正开始上课之后，就发现此前的担心完全是多余。这实在要感谢授课的祁老师。您就如同一位魔法师，能把平淡的东西变得很神奇。本来古代文学理论是一门非常不好讲解的课程，但祁老师能够深入浅出，将理论性的东西讲得浅显易懂。最难得的是，祁老师在美学、哲学和佛学方面的造诣也十分深厚，在讲课时能够将文学理论与这些相关学科联系起来，这种融会贯通的授课方式使我受益匪浅，才知道文学理论是如此精彩。

我以前曾想过文学是什么？学习文学我又能得到什么？这些问题此前一直困扰着我，又无法解答。学习了古代文学理论之后，我终于知晓了答案。文学就是人学，就是心学，学习文学就是要用心去感受的，学习文学是要获得美的享受。文学是美的，学习文学也是一种美的过程。追求美就是我们学习文学的目的。

通过这门课的学习，我感到我不单单是学习了知识，我还学会了如何更好地生活。这是学习之外更大的收获。既然学习文学，阅读文学作品是美好的，是为了获得精神的愉悦，那么在生活中，我们追求美，也同样是为了获得更多的快乐，让生活变得更加美好。

除了上课，祁老师还为我们提供了很多课外学习的机会，名家讲座，学术会议，这都是十分难得的，让我获益匪浅。

时间过得很快，半年的学习转眼就过去了，但对于古代文学理论这门课，我收获颇丰，感慨良多。写的时候，祁老师的音容笑貌一直在我眼前回荡，亲切又自然，我想我以后也会经常想起您的教诲，您的笑容。最后我想衷心地说一句：“谢谢您。”

2009级古代文学专业张文婷：

上中国古代文学理论这门课，感觉就像是一场舒心的美学散步，在娓娓的叙述中，已经跨越了古今，包罗了文、史、哲，不仅引领我们遨游在浩瀚而神奇的文学海洋中，还给我们带来一股清新的美学之光。

历来对文学的解释有很多种，一方面道不可言，另一方面道又可言，因而对于文学都没有一个明确的定义。从该种意义上说，文学的本质等于不可解说。况且，随着历朝历代的更替，文学的本质和特征也随之发生着改变。以下我从两个方面分别谈谈我对文学与美、文学与人的关系的认识和感悟。

第一，文学与美。文学与美的关系，实际上是说不清道不明的。“美”是普遍愉悦的对象：“千树万树梨花开”是美、“一江春水向东流”是美、“蓝田日暖玉生烟”是美……太多的美，在文学中展现出来，犹如一场五光十色的盛宴，令人心驰神往。我以为：“美”，不是单纯意义上的令人愉悦，喜怒哀乐、酸甜苦辣皆可以是美的，只要它能够令人“心动”，它便具有了美的力量。《诗品·序》中说：“气之动物，物之感人，故摇荡性情，形诸舞咏。”正因为有这样一股气的感召，使得人们对大千世界、万事万物充满感慨与激情，人们把这种情感转化为文字，变成文学。因而，文学在一定程度上是一种美的感受，这种美，来源于生活，又高于生活，它让人的心灵为之颤动。苏轼与友人泛舟游于赤壁之下，长叹“哀吾生之须臾，羡长江之无穷”，虽人生未能圆满，却依然美得淡然；黛玉泪眼迷蒙，哀唱：“嫁与东风春不管，凭尔去，忍淹留”，凄惨冷清之中，自有一股打动人心的美。如若说，文学是美的载体，那无论它出于何种目的，政治的还是功利的，它的最终目的都是为了让人得到精神上的满足，并且这种满足是美好的，令人愉悦的。

第二，文学与人。文学创作的主体是人，因而从某种意义上，我赞同“文学即人学”这样一种说法。古往今来，文学都是人们孜孜不倦的追求，没有什么会阻止文学前进的脚步，即使秦始皇焚书坑儒、雍正大兴文字狱，文学依然延绵不绝。文学在精神上给人以最宽慰的力量：曾经沧海难为水的柔情；千金散尽还复来的豪迈；相见时难别亦难的压抑；一蓑烟雨任平生的豁达；位卑未敢忘忧国的奋勉……它能够教人识天地之大、晓人生之难，有自知之明、有预料之先，不为苦而悲，不受宠而欢，绝权欲、弃浮华，潇洒达观、不俗不谄。于是，越是执着于文学的人的骨子里就越能够揉进复杂的情愫：阮籍的猖狂、公瑾的自信、李白的浪漫、陆游的忧患、雪芹的愤慨……从那些古典的笔触中可窥见做人的本色：成，如朗月照花、深潭微澜，是扬鞭策马、登高临远之起点；败，乃滴水穿石、铁杵成针，有穷且益坚、不坠青云之傲岸；荣，犹江山依旧、风华绝代，恰沧海巫山，视岁月如流、浮华万千；辱，如胯下韩信、雪底苍松，宛若羽化之仙，知退一步，海阔天空。

最后，引用汪国真的一句诗做结尾，献给老师及这门课程："让我怎样感谢你 / 当我走向你的时候 / 我原想捧起一簇浪花 / 你却给了我整个海洋。"

2009级中国现当代文学王婷：

四分之一的硕士生学习时光恍然而逝，站在旧年年末与新年伊始的交叉路口，我轻轻地转过身回望这半年来与文学走过的路：充满新鲜与精彩，流淌着我的回味与留恋。我钦佩老师的博学睿智，我感谢你们对我的悉心栽培。我实在太庆幸了：我从理科跨考到了文科，选择了我最热爱的文学。

对于"中国古代文学理论"这门课的学习，对于祁老师半年来的精彩教授，我受益匪浅，颇有感受，体现在以下方面：

首先，补充了我学习中国古代文学理论知识的空白。中国古代文学历史悠久，博大精深，然而这些宝贵的"文学珍珠"却散落在历史的长河中，缺乏一根长长的线将它们串起，使它们彰显于世。尤其是五四新文化运动后，中国传统文化遭到了强烈批判，进而受到摒弃的是中国古代文学。这场运动使中国古代文学理论隐匿到历史的背影中。取而代之的是鲁迅式的“拿来主义”中国文论思维。

虽然，目前中国当代文学的发展已经获得了骄人的成果，仅仅是短短不到百年的时间，现代白话汉语的文学创作已经达到了和世界平等文学对话的水平，它不仅仅创造了自己民族的历史，也为世界文学史增添了无穷的魅力。但是，“拿来主义”的文论思维使中国现当代文学理论的发展不尽如人意，我们20世纪中国文学理论一味地模仿、移植、嫁接欧美文学理论而缺乏独特创造，可以说20世纪中国文学理论史基本上是一部外国文学理论的引进史，而不是一部文学理论创造史。

探究现当代文学理论的薄弱原因，不得不说，是因为我们丢弃了传统的古代文学理论，致使我们现当代文学理论呈现出“无根”状态。然而，任何事物的存在都与它的过去、未来息息相关。文学也一样，由于政治的原因，人们习惯把文学分成古代、近代、现代。但是无论怎样划分，它们都应该是一个完整的整体。只有在对文学的过去，即古代文学熟悉掌握研究之后，才能开创现当代文学理论的亮点、创新点；才能拥有我们中华民族文学自己的特点，使我们现当代文学独立于世界文学之林。所以，学习“中国古代文学理论”这门课对我来说具有重要意义。

除此之外，我对老师写的《中国古代文学理论》这本书尤感兴趣。应该说这本书对我系统地认识古代文论帮助很大。这本书的理论构成很有“中国特色”，用我们古代文学传统自己的一套话语系统与思想系统写成。从整体上呈现出“综合多家之言”的旁征博引的色彩，所谓“古今相交，融会贯通”，“中西对比，彰显差别”。这本书思想深厚，体现出老师知识结构水平的深厚。我身为一名文学专业的学习者，应该多向老师学习，博览群书，广泛积累，希望终有一天能做到“信手拈来”。

其次，书本之外的收获。中国古代有“内重外轻”的文学价值观念，重视文人“道德修养”和自身素质的提高。现代人也有人提出“文学即是人学”的观念。无论哪种观念，越来越向我们昭示文学关注人本身，关注心灵，关注生命，探求“美”与“善”，这正是我追求文学的原因。我欣喜的是，中文系的老师们都是以这种重“修养”的姿态为我们授课。

听了“中国古代文论”这门课，我更是沉浸在老师仿佛“润物细无声”的潜移默化的教诲中，文学是一种审美意识形态，与美学联系紧密，而在这门课中我感到的是：老师在言语、举止、着装各方面亲身实践“美学理论”。这种做法鼓励我在文学上有更高的美学追求与开掘，使人生也丰富无比。

2009级古代文学专业贾飞

从临沂师范学院来到上海财经大学，从一个不出名的普通大学进入到一所国内外著名的高等学府，从接受一般大学老师的知识到聆听名师的教诲等等，这一切的一切，不能不说是一个飞跃。飞跃到上海财经大学，进入祁老师的知识殿堂，不能不说是飞跃后的幸运。这半个学期以来，在祁老师的影响下，我学到了很多，自身也有较大的改变，谈谈学习本课程的主要收获，我想这可以分为课堂上和课堂外。

课堂上：

1. 第一堂课我就学到了很多，虽然或许有同学认为老师讲这些与课堂无关的事迹，并且远离我们，觉得这样讲没必要，但是我却觉得这样讲很好，很有必要。当时老师一边讲，我一边认真地倾听并思考，觉得此时坐在讲台那儿的不是老师，更像是一位斗士。在他那儿，我们能够吸取前进的动力。他的眼神，点燃了我们的希望之火。和老师的人生经历比起来，我觉得自身很渺小，但是我仿佛隐隐约约地看到了那个强大的我，我相信，这不是一场梦，我有能力去追求，并实现之。

2. 在课堂上，老师对知识的无私奉献，开拓了我们的思想境界，并使我们对知识怀有一种渴求的情怀。美学，在以前的学习中，这是我们不敢涉及的一个知识领域，这是一个知识的无底洞，并且美学经常与外国大家相挂钩，而他们的名字我们虽然熟悉，但作品却那么陌生。前段时间我看了一本鲍桑葵写的《美学史》，感觉看起来很吃力。但是，祁老师在这点上做得很好，把文学与人学及美学结合起来，在我们熟悉的文学中，注入了人学、美学的知识，从而让我们接受了大量的人学与美学知识，这可以说是教学中的突破，并取得了实质性的成果。

3. 讲课时，每一个主题过后，祁老师都会留给我们讨论的时间，并及时解决我们的问题，我觉得这样的教学方式非常好，教学互动，不仅仅是祁老师在传授知识，我们接受知识，而且也让我们的思维真正地动起来了。在名师大家的课堂中，学习的效果还真是不一样！

课堂上，老师的一言一行都将对学生产生或多或少的影响，而祁老师在讲课时，神采飞扬，精力十足，从而让上课时间变成了我们享受知识的时间。每次课后，都不愿就此离去。

课堂外：

1. 课堂外，我们和祁老师亦师亦友。“知行相结合”，对于每一个读书人而言，是非常重要的，而祁老师给了我们一些参加重要会议和活动的机会，让我们受益颇多，在上海这个大码头，停留了许多大船，很高兴，我们现在能够认识这其中的一部分，祁老师给我们的机会，也大大拓展了我们的眼界。

2. 课堂外，我和祁老师的交流比较多，而正是这些交流，让我获得了很多课外知识。

理想和现实之间是有差距的，很多时候我们也必须接受，但是从祁老师的奋斗成功的历程来看，其实理想和现实之间只隔一层薄纸，而我现在要做的就是端正心态，明确目标，勇敢地去奋斗！

不为理想去奋斗，最终我们只能永远受困于现实。

自身要谦虚，对人要尊敬，用语须谨慎。这个道理我想很多人都知道，但是把它们铭记于心，却不是每一个人都做到了。我，我承认，我还没有完全做到，但是从祁老师那儿，我学到了，而现在，正在努力地去做。

“学而不思则罔，思而不学则殆”，以前只不过是机械地背诵，但是从祁老师那儿，我已经懂得了如何去运用这两句话。

太多了，从祁老师那学到的真是太多了！这半年，祁老师对我的影响真是不小，回顾这半年，我能发现我成长的轨迹，而这其中，都有祁老师的身影。祁老师，谢谢您！

2009级古代文学专业宁莉：

这学期，我学习了中国古代文学理论这门课程。可以说，这门课程的学习，使我受益匪浅。我所获得的，不仅是对中国古代文学理论有了更全面、更深刻的了解和认识；更重要的是，老师的言传身教使我在潜移默化中学习了人生这门课。所以，如果用一句话来总结我学习本门课程的收获的话：就是在这门课上，我不仅学习了知识，更学会了做人。

首先在学习知识方面。老师的中国古代文学理论这门课，是以一种全新的角度来研究中国古代文学的。《中国古代文学理论》这本书的基本观点是：中国古代文学理论是对中国古代表情达意为主的文学作品的理论概括。通过对中国古代文学观念论、创作主体论、创作发生论、创作构思论、创作方法论以及作品论、风格论、形式美论、鉴赏论、功用论、价值论、方法论的学习，我认识到表现主义就是贯穿在中国古代文学理论中的有机联系。对“虚静”说、“神思”说、“兴会”说以及“活法”说、“定法”说、“用事”说等都有了深刻的理解。理论的知识虽然抽象，但它却为我们系统地、更深层地研究文学作品打下了坚实的基础。只有理论学扎实了，我们才能在以后的研究中游刃有余，见常人所不能见，才有可能发现新的观点、开辟新的研究思路。

接下来是学习做人方面。在这方面我学到的东西真是太多太多，若让我一时全写下来，我只恐篇幅有限而不能言尽。老师的才华横溢、潇洒儒雅、对学生的体贴关心，以及周身所散发出的自信和风度无不令我们每一个人为之深深叹服。当我们看到老师那一份份保存完好的文字和绘画，我们也终于明白，老师今天之所以能获得如此大的成就，不仅有着与生俱来的才气，更有着踏踏实实的努力。这其中所付出的汗水也是我们今天所无法想象的。当我阅读着老师所写的小说、诗歌时，我从中看到您对文学执着的、深深的热爱，但同时也觉得很惭愧。我虽然也非常喜爱文学，却未曾像老师您那样细心地保存着自己的创作。在我看来，那不仅仅是一篇篇的文字和一幅幅的图画，那更是飞扬的青春、理想的萌发，是老师今天所获得的成功的铺垫。“宝剑锋从磨砺出，梅花香自苦寒来。”正是一滴滴汗水的浇灌，赢来了老师今天成功的辉煌。从这门课上，我收获了知识，收获了自信，收获了对待人生的积极态度，我看到了老师对工作的认真负责和对学生的尊重，这些都是非常值得我们学习的。

最后，我想起老师您对我们说过的一句话：通过一个学期的相处，老师和同学们之间的距离慢慢拉近，心和心靠得更近了。老师您的这句话，让我在寒冷的冬日，每当想起时心都是温暖的。非常感谢祁老师这一学期给我们上的课，这不仅是中国古代文学的理论课，更是人生的理论课，使我受益终生。

2009级古代文学专业杜晓婷：

1. 知识层面的丰富

虽然大学阶段也曾学过文学理论，但并未形成一个完整系统的理论框架，而对祁老师《中国古代文学理论》的学习，则将原来散落的知识点串联起来。并且由于教材脉络清晰，以“表现主义”贯穿理论的始终，从文学观念到文学创作再到文学方法，很容易为我们理解和掌握。另外，教材的知识含量大，不仅包含了原有的理论观点，而且囊括了祁老师自己独特的见解，观点新颖，使我们的知识得到了丰富和更新。

2. 能力的提高

文学理论只有运用到文学作品的研究中才有生命力。掌握了这门理论，也就使得我们在阅读作品时，有自己的思考，并在理论的指导下及时发现文字层面以外的用意，加深我们对文学作品的理解，使得我们分析问题、解决问题、独立思考的能力得到提高，同时鉴赏能力也得到提升。

3. 新观点、新理论的接受

在讲课的过程中，老师经常提到自己对于某些问题的看法，相对于我们脑子里那些陈旧的观点来说，它们是锐利的、独特的、新颖的，是我们在课本中学不到的，因此它也是超前的。在这种新观点的指导下，我们看问题自然要比以往前进一步，是从一个全新的视角上去思考问题，得出的结论自然也令人耳目一新。

4. 老师的风采、态度带给我们的感染力

老师上课总是能旁征博引，举一反三，由此及彼，思维具有跳跃性，似“如鱼得水”般地遨游在知识的海洋里，得心应手，自由自在。常常私下想：老师是如何做到如此出色的？透过老师一本本泛黄但却整洁有序、字迹工整的笔记，我想我找到了答案：这缘于老师对于文学深沉的爱。因为对文学的无限热爱，所以才能做到每一个细节都去认真思考而乐在其中，并在这种快乐的享受中收获对文学那份独特的灵性与悟性。

老师不是为做学问是为做学问，他已经把这当成了自己生命的组成部分，因此耐心、细致，每一笔、每一画都能窥到老师对文学的敬重。“大胆假设，小心求证”是给我留下深刻印象的一句话，我们可以体会到老师视野的开拓性、行动的谨慎性、思考的严密性，老师的确是在用他的行动向我们展示如何做学问。我想也许知识会随着时间的流逝而遗忘，但老师做学问的态度将会在人生的道路上时时鼓舞我们。

以上，是这一学期学习这门课程的主要收获，相信这点点滴滴将会影响我以后的人生道路，最后，感谢老师。

2009级现代文学研究生高今颐：

这学期我上了中国文学理论和西方文艺理论两门课，大致建构了完整的文学理论知识体系。同时开的这两门中西文艺理论课，让我从中感受到了二者各自的独特性，西方思维重视逻辑思辨，东方思维比较强调知觉顿悟。而且我感觉到这两门课的学习路径也有相似之处，从一开始的上课听讲、阅读理解课本，明白文学理论的具体概念、流派、风格特征，追踪阅读相关的文艺理论原著，进而认识了中西方美学，也对中西方哲学产生了兴趣。康德认为，美学是全部哲学的入口。文艺理论课是我最喜欢学，也同时感到收获最大的课程。因为这堂课的内容非常充实，而且具有理性思辨性，学期结束时我发现已经在心中形成了有关文学理论的历史的纵向体系以及横向而宏观的提炼与总结。

在中国文学理论课上，有两个地方给我带来了震动。一是祁老师您既带有感性敏感的文人气质，又带有温和儒雅的学者气质。看您写的文章也可以读出您的气质。我看过您的论文和著作，发现虽然是内容翔实、理论功底深厚的学术性文章，但兼具语言优美流畅的特点，绝非乏味沉闷，而且不时还会闪现感性思绪的灵动。我想这种风格与您的个人气质和早年的文学理想有关。您在年轻时写了很多诗歌、小说，梦想成为一名作家，这就锤炼了您的优美文笔，也积淀下了文学气质。您上课的时候，可以凭记忆连贯不绝地口述讲课内容，把庞杂琐碎的中国文论的知识点都烂熟于心并融会贯通，确实很令我叹服。第二个震动是看了您编著的《中国古代文学理论》。从一个独特的视角来系统建构中国古代文学理论确实很难。本书用表情达意的“表现主义”作为一根主线去贯穿、统辖诸多古代文论的范畴、命题。不同于之前很多的中国文学批评史著作，都是用历时性的眼光来梳理和评价中国古代的文学批评理论，这本书是用表现主义的一根红线贯穿，以横向的眼光梳理中国古代文论，并用文化学的方法来考察中国古代文学理论的文化成因和品格，主要着眼于民族的精神文化，尤其是儒、释、道三家文化与中国古代文论的联系。分别从中国古代文学的创作发生论、创作构思论、创作方法论、文学作品论、风格论、形式美论、鉴赏论、功用论等方面清晰阐述了中国古代文学理论的表现主义体系。书中从《文赋》《文心雕龙》《典论》《诗品》《文选》《艺概》中的诸多引语，对我初识这些中国古代的文学理论经典有着很多的指引作用。

中国文学理论课带给我的更深刻的影响是，在理解古典文学理论的基础上，使我有兴趣去关注中国美学。我阅读了《中国美学原理》这本书，得到许多启发，之前自己积累的有关中国哲学的知识也顿时有了体系性。书中说，中国美学精神的主旨是以“味”为美，它不仅把五觉快感对象都叫作美，而且把思想满足、道德满足的对象都视为美，这是中国古代对美的本然状态的哲学认识。以“心”为美，以“道”为美，是中国美学关于美的价值界说。因为以“味”为美，所以审美是“品味”“回味”；“心”是一种美，所以审美要“以我观物”；“道”是一种美，故必须要以“虚静”的心态审美。在认识了中国古代美的共相基础上，再来认识儒、释、道三家的美论殊相。儒家美论体现在以“德”为美、以“情”为美、以“和”为美、形式合目的性；道家美论以“无”“妙”“淡”“柔”“自然”“生气”“适性”为美；将一切现实美视为空幻的“泡影”，以涅槃、空寂、死亡为美，并以象征佛道的“圆相”“光明”为美，是佛家美论。

最后，感谢老师您一直以来细心、耐心的上课讲授和对我们在课下的关怀、关心，感谢我们相遇的缘分。

2009级现代文学研究生周念念：

通过学习本课程，收获颇多。下面我分两方面来具体谈谈我个人的收获。

一是关于理论知识方面的内容。老师您在课堂上已经将您的一部分知识传授予我们。首先，您将我们领进“文学”之门，紧接着谈论到文学与美、文学与人学，最后将中国古代文论与中国现代文论大致梳理了一遍。老师讲授的内容很精练，同时课堂教学方法也很好，让我们自己讨论发言，这很能锻炼我们的思考能力与组织语言回答的能力。虽然这个学期的课程时间不长，但是通过这十几周的学习，我在原有的基础上进步颇大，尤其是在古代文学理论知识上的收获。之前本科阶段，虽学习过古代文学史和文学理论，但在自己的知识系统中，没有将二者融合为一个整体的体系。而在祁老师您这里，我学习到了一种全新的知识体系——属于老师您自己的学术创作。我相信，老师您的这本教材能启示我今后的学术生涯。无论如何，师傅领进门，学习还在于自己。

二是除了理论知识方面的，老师您为人修养方面的内涵也是我的收获之一。老师给学生的第一印象：儒雅、风度有余，一派学者风范，总之是“文质彬彬”吧。由内而外的人文修养给予了我们在座的每一个学生以最大的人文熏陶。其实，我很喜欢祁老师您的妙语连珠。我觉得固定的课堂授课反而束缚了您的思维，我则更喜欢倾听一些老师所谈及的课外方面的知识。在纵横驰骋的谈论中，您的一些经典名言反倒更能启发我，比如说“上海是个大码头，会有许多文化巨人来泊靠”。其实，还有许多，我不再多举例。

再者，通过这个学期的学习，我发现学习到的仍只是“冰山一角”。我很遗憾，没有选祁老师下学期开设的佛学课程。然而，我个人更感兴趣的是祁老师对中国人学史的研究。尽管这学期您没有开讲，但是我想能读到您的这本书也是个颇大的收获。所以希望祁老师以后能再开设人学史这门选修课。自然，我想最好的办法就是阅读老师您的著作。

总之，一个学期的课程学习下来，收获很大。记得有同学说您有着灿烂的笑容，有人说您像杯茶，也有人说您像杯红酒，我觉得除却语言的装饰，老师您就是率真、自然的一位大学老师。

给学生讲课与举行学术或文化讲座并不是一回事。在不断探讨总结学术讲座的经验教训的基础上，从 2009 年开始，我接受邀请，到全国各地做文化、学术讲座，演讲技巧愈来愈成熟，演讲效果愈来愈好，学术影响力也日益扩大与提升。

2009 年 7 月 4 日晚 6：00—8：30，赴复旦大学美国研究中心 108 室，给哲学学院国学班做《国学人文思想历史演进的四次启蒙》讲座。

2009 年 11 月 24 日，赴东华大学做《你了解国学吗？》讲座，谈国学人文的几个重大问题，兼谈国学人文精神历史演进的四次启蒙。

2010 年 1 月 13 日下午 3：00—5：15，赴华东师大中文系，给博士生、硕士生做《关于国学人文精神若干重大问题的重新考量》讲座。

2010 年 3 月 22 日下午 3：00—4：40，应上海市社联东方讲坛安排，赴宝山区罗店中学做《漫话“国学”》讲座，听众 700 余人。

2010 年 5 月 19 日上午，上海财经大学金融学院给仪征、宝应的社会研修班做《国学中的民本思想》讲座。

2010 年 6 月 2 日，在上海档案馆东方讲坛讲座点开设《国学中的民本思想》讲座，听众 300 人左右，上海电视台录像。上海电视台新闻综合频道 7 月 11 日（星期日）下午 4：30—5：30 首播，7 月 15 日（星期四）下午 4：00—5：00 重播。

关于这次讲座的反响，师兄华东师大陆晓光教授的妻子刘克江女士来电说：您谈的国学思想，娓娓道来，条理清晰，更有深厚的人文关怀，很有意义。希望这样的演讲在更大范围内在领导干部中举行，也希望听到诸如此类的系列演讲。上海财经大学人文学院副院长郝云副教授来电说：我从头到尾看了，讲得非常好，很成功！特别是与现实联系，感觉以人为本重要，很深刻，发人深思。上海宝山区广播电视台党委书记张幸珍来电说：讲得真好，我又受了一次人本教育。上海交大汪济生教授总结为如下几点：一、现代性。听了你的演讲，感觉有些意外。过去一直有一种感觉，认为国学就是翻故纸堆，与现实无关。你的选题能从古代国学中挖掘出如此富有现代活力和意义的思想，对我们认识现实很有启发，这是我没有想到的，也让我很受教益。二、纵深度。演讲分五个主题词，每个主题词下设若干思想小点，环环紧扣，层层推进，体现了严密的逻辑性和纵深感。三、学术性。从概念的辨析梳理中可以看出，案头工作做得细，资料翔实，言之有据，有学理性。四、重点突出，析论精辟。比如民富与国富的关系问题。五、表达精练，文辞工整，体现了驾驭语言的功力和美感。商务印书馆上海编辑部钱厚生总编主动联系：祁教授：您好！今天从东方讲坛听到您关于中国古代人本思想的讲座，非常精彩。请问是不是有撰写这方面专著的设想？（于是与商务印书馆开始的友好合作，《人学原理》《国学人文导论》都是钱厚生担任的责编）上海财经大学人文素质教育中心樊天和先生来电说：祁教授，看了您在《东方大讲坛》的演讲，太好了。演讲底稿可传一份给我吗？下学期能否为全校大学生开一次讲座？华东师大陆晓光教授来电说：侃侃而谈，举重若轻，鞭辟入里，有大家风范。特此祝贺。我的硕士导师、华东师大陈谦豫教授来电说：讲座我看了，讲得不错。尤其是对诛无道的革命和政治之道攻守转换的解读，给人启发很深。

2010 年 6 月 13 日上午，在上海财经大学金融学院给吉林社会研修班做《人性与民本》讲座。

2011 年 1 月 23 日，应邀到南京图书馆做《国学中的“民本”思想》市民讲座，听众约 400 人。

2011 月 4 月 22 日下午，上海市社联安排去五里桥街道开设《国学人文精神的现代传承》讲座。

2011 年 9 月 8 日，赴杭州给浙江大学国学与领导力总裁修炼高端班举行为期一天的《国学的人文智慧》讲座。

2011年9月9日上午，给山东行政学院组织的国企高管培训班举行《国学的无用之用》讲座。

2012年7月26日下午1：30—3：50，在松江西部渔村，为上海市松江区农委100多位中层干部做《国学中的“民主”论及其当代启示》讲座。

2012年10月17日上午，上海市政法委机关党工委干部培训班在顾村公园衡山宾馆凯旋厅举行。应邀做为时一小时的讲座《政法干警核心价值观的传统文化解读》。

2012年12月28日，上海政法学院召开全院科研工作大会。本人以过去的考核年度（2011.09—2012.12）发表25篇论文，其中16篇南大统计的核心期刊，1篇重要报刊专版，以及出版两部专著的成绩名列全院科研第一，受邀在大会做治学方法的发言。下面是根据提纲整理的发言全文。

甘做无花果，我思故我在

——谈学术研究的创新品格和基本方法

花：指绚丽多彩的省部级以上项目和奖项。

惭愧的是：我主持的省部级以上项目并不多，获得的部级以上的奖项也不多，品级也不高。

但我想，科研是学术积累和思考的自然流淌，不应为项目和评奖而存在；开花固然要结果，不开花也要结果，而且在去除了各种繁杂的手续和心灵的躁动不安后，可以更快地结果；开不开花，有好多不确定的因素我们无法控制，但结不结果，却是可以由自己的努力决定的。我们应当而且只能甘做“无花果”。

学术成果的价值是独到的学术之思。

一个称职的大学教师必须是一位合格的学者。

一位学者的存在标志是他不停地进行着学术思考。一旦停止了思考，他的学术生命也就不复存在。所以说：“我思故我在！”

方法一：坚持“独立之精神，自由之思想”

学术成果的价值在于创新；学术创新源于独立品格——“独立之精神，自由之思想”。这两句话是陈寅恪在1929年所做的王国维纪念碑铭中提出，王元化以此为衡量五四新文化运动的标志，今天已成为中国知识分子的共同追求。戴震纪念馆题词：“为学不作媚时语，独寻真知启后人。”这是这种独立品格的另一种写照。坚持学术研究的独立品格，就是要不迷信权威（外国的、中国的、古代的、现代的），不屈从师长（比如实践美学、美在意象之类），不迎合潮流（比如当今学界流行去体系化、去本体化、去理性至上、否定主客二分，本人并不以为然）。对于你经过独立思考认准的东西，要“咬定青山不放松，任尔东西南北风”，甚至“苟余心之所直兮，虽九死其犹未悔”。

方法二：实事求是，材料说话

集腋成裘、聚沙成塔。材料是学术研究的基础。在材料收集方面，要不怕吃苦，不怕寂寞，广采博取，在丰富的材料中提炼观点，形成有学问的思想（卡片、眉批、索引、电脑储存）。要像蚂蚁一样点滴收集，像蜜蜂一样辛勤劳作，像蜘蛛一样不辞辛苦。寻寻觅觅，凄凄惨惨戚戚。为伊思得人憔悴，衣带渐宽终不悔。做个有心人：留心处处成文章。杂书、报刊、人生经验、审美感受，只要有心，都可以成为研究材料。

方法之三：“大胆假设，小心求证”

学术研究不仅要用苦力，而且要善于用巧力。要善于依据有限资料大胆推论想象，然后在推论、想象的指导下求证材料、丰富材料、生发材料，加快速度，产生事半功倍的效果。

在几何学中我们已知两点的坐标，并不需要知道所有点的坐标，就能准确画出曲线。那种只有等到了解了所有点的坐标才能画线的做法是一种不智慧的治学方法。我们要做一加一等于三、四、五等等的算术题，这需要悟性。比如研究佛教美学对色声香味美的变相肯定时对丁福保《佛学大辞典》中材料的运用；中国古代人文思想史上四次启蒙规律的提炼与相关史料的查找。

方法四：纵横交错，史论结合

纵：指历史观照，原始表末，追根寻源。小至单个美学范畴、文论范畴、人学范畴的历史梳理，大到《中国美学史》《中国人学史》《中国佛教美学史》的撰写，就是这样，因而使文章获得厚重的历史感。横：指理论阐释，注意范畴之间的相互联系，左顾右盼，相辅相成，力求整体把握。如《中国文学原理》《中国美学原理》《人学原理》《佛教美学观》《国学人文导论》的撰写，以使文章获得思辨的逻辑力量。

方法五：由点及面，个案与系统相结合

首先，图大于其细，做好个案、范畴、代表论著的研究；其次，由点及面，在个案研究中兼顾系统、建构系统，如《中国古代文学理论》《中国美学原理》《人学原理》就是由几十个范畴研究构建起来的；再次，在整体系统中定位个别，使个案研究不落一偏，具有融通的学术视野。坚持由约返博、由博返约的往返互动，点与面、个案与系统的互相促进。

以写书的计划写论文，以论文的要求写书；分开来成论文，合起来成专著；以章节能成为单独发表的论文保证全书质量，以论文能够组合成书保证论文的系统性。

方法六：打破专业壁垒，走向综合融通

专业分工是学术进步的需要，也是学术提升的瓶颈；局限于专业壁垒，只能成为专家，不能成为高明的专家，更不用说成为学术大家。人们开始进入学术园地时是必须有分工的，后来随着研究思考的深入，势必打破专业壁垒，走向综合融通的境界。因为学术研究所面对的专业是相互联系的。某一个领域的建树，必然有其他相关领域的积累做基础；这些积累为在原有领域的建树完成后另辟蹊径，实现学术的可持续发展提供了学术储备。本人由文学理论专业起家；因为文学的特征是美，所以转到古典美学研究；因为文学、美学以人学为逻辑起点，所以兼顾人学研究；因为佛教是中国古代文化的重要组成部分，决定着中国古代文论、美学的民族品格，所以拓展到佛学研究；因为美学是一门跨学科的杂学，中国古代美学研究是打通真善美、文史哲壁垒的综合研究，所以走向了国学研究。于是，在文论、美学、人学、佛学、国学五大板块，笔者以历史为主干，以理论为枝叶，编织起一张知识、学术、思想之网。

关于治学方法的说明

治学方法是不好谈的。古语：文章之道，大体须有，定体则无。可以言论者，意之粗也；不可言论者，意之精也。可以授受者，规矩方圆也；不可授受者，心营意造也。治学方法只能言其大概，微妙之处不可言传，难于细说；况且治学方法因人而异，难以一概而论。

以上所说，如能给人提供一点参考启示，则属万幸。

学术研究的终极价值

学术研究是有终极价值的，否则我们无法沉潜于学术研究。学术研究有学科价值、功利价值，更重要的是有自我肯定、自我实现的终极价值。首先，它能给你带来求知的快乐；其次能带来精神充实的快乐；再次可带来被社会肯定的价值实现的快乐；复次可带来远离尘世喧嚣的宁静的精神快乐；最后，可满足人“立言不朽”的形上追求。人是世界的匆匆过客，立言可以使人不朽。魏文帝曹丕说：夫文章，经国之大业，不朽之盛事。年寿有时而尽，荣乐止乎于其身，二者必至之常期，未若文章之无穷。故周文王被拘禁而演《周易》，周公旦显赫而制《周礼》，不因挫折而不做文章，也不因康乐而改变志向。如果你的文章是有价值的，你对自己的著作是有自信的，那么，你就可以超越生命的有限存在，在世界留下不随形灭的痕迹。

《易传》说：“天行健，君子自强不息！”愿以此与诸位共勉。

2012年5月30日下午，受华东师大民俗学研究所所长田兆元教授邀请，给该所教师及硕博士生开《中国传统文化中的“民本”思想及其现代意义》讲座，并接受“超星”拍摄。

受厦门大学管院河南培训分公司邀请，2013年11月27日—28日，赴南阳卷烟厂给基层以上管理者开设《国学思想与人生大智慧》内训，中午参观车间制烟流程。回馈意见：约48%“非常满意”，48%“比较满意”，无人“不满意”。

2014年4月23日上午9：00—10：30，受上海社联东方讲坛安排，去杨浦区延吉街道做题为《传统文化与我们的生活——古代“人本”思想的现代解读》讲座。出席对象为基层居委会干部和退休居民。

2014年5月30日下午2：00—3：30、6月17日下午1：30—3：00，上海社联安排到浦东新区航头镇、松江区泗泾镇做《中国传统文化中的人生智慧》讲座。

2014年10月16日，赴位于北京延庆康庄的北京人文大学国学院参观访问，与国学院长蔡恒奇教授举行学术交流。17日上午，对国学院大一、大二学生及国学书院预备班学生做“国学人文价值体系”演讲。

2015年1月15日（周四）下午2：00—3：40，受邀到上海铁路局做《中国传统文化中的人生智慧》讲座。

2015年4月8日下午，受朱志荣教授之邀，赴华东师大中文系给文艺学博士生、硕士生举办讲座《一代宗师、道德文章——徐中玉先生的学术生涯及成就贡献》。

2015年5月13日，受邀赴枣庄煤矿集团党校，给领导干部讲《国学中的外王内圣之道》。

2015年9月8日晚6：00—7：30，应学工办邀请，在上海政法学院天马讲堂为2015级新生做《传统文化教我们如何做人》讲座。题目是自拟的。这是一个无趣、涉嫌说教的题目，也是一个有针对性的、有益的题目，但却讲得很成功。全场五六百名学生无人退场、看手机。印晓慧老师主持。讲座结束后本来准备提问互动10分钟，结果互动了半小时，不得不结束。

但还有五位同学走上主席台提问请教。一个沉重的题目讲出如此效果，很欣慰、很快乐。

2015 年 10 月 28 日下午，受邀去上海市艺术特色教育学校枫泾中学给高中部学生做《关于美的含义与规律的思考》美学讲座。陆旭东校长主持。

2015 年 11 月 11 日下午 3：25—5：05，应邀去苏州卫生职业技术学院做《人性问题的反思及启示》讲座。

2015 年 12 月 13 日（星期天）下午，应邀为上海射阳商会迎新年会（红子鸡大酒店白玉兰厅）讲《老子的人生策略》，会长、陶艺大师代表商会赠送他设计并签名的紫砂套壶《飞翔》。

2015 年 12 月 9 日晚，应邀在山东大学高等儒学研究院尼山国学大讲堂做《国学中的人文价值系统》主题演讲。王学典院长主持。校内外师生近 200 人出席报告会。演讲很成功，互动很热烈。王院长评点说：报告人首次将国学人文价值系统做出如此清晰而富有密切联系的揭示，精彩深刻而又机智幽默，是尼山国学大讲堂举行的十七次演讲中不多的相当成功的演讲之一。前来参听的一家金融公司副总裁李维说：能将一个思想类的题目讲得如此出彩而富有吸引力，深感惊叹和佩服。现场的十几位山东大学研究生听众还在第二天下午专程赶到山东师大文学院，出席了我的另一场美学讲座。

2015 年 12 月 10 日下午，作为建校 65 周年系列学术报告暨社科大讲坛之一，来到山东师大文学院给硕士博士生做《乐感美学原理的方法、核心与结构》学术报告，文艺学学科带头人杨守森教授主持。山东大学的部分研究生赶来参加。富有激情和机智的讲座引发学生不时发出会意的笑声。互动环节同样很热烈。

2016 年 3 月 12 日—13 日，应绵阳德恒智业文化传播有限公司之邀，给绵阳企事业单位及党政部门领导人做《国学中的内圣外王之道》讲座，八讲，12 小时。

2016 年 4 月 13 日（周三）晚 6：00—7：45，东华大学学术报告厅做“如何发现美——美是有价值的乐感对象”讲座。

2016年6月18日周六下午1：00—4：30，东华大学公共管理专业硕士班讲座《审美与时尚》。

2016年8月27日—28日，上海交通大学老子书院给企业家做“入世、忘世与出世——国学中儒道佛人生观纵横谈”讲座。经邦济世、建功立业的时候用儒家积极入世的思想激励自己，受挫的时候用道家的忘世思想、佛家的出世思想安慰、支撑自己，这就是本讲题的意义。

受高楠教授之邀，2016年9月26日晚6：00—8：30，沈阳师大文学院研究生学术讲座“乐感美学原理的方法、核心与结构”，胡院长、张冬梅老师主持。27日上午9：00—11：15，辽宁大学文学院硕博师生学术讲座：乐感美学原理的方法、核心与结构，高楠教授主持，崔海峰副院长出席。

2016年9月8日下午2—4时，中国政法大学昌平校区明法楼208室，给外语学院新生做首日教育“传统文化叫我们如何做人”。

2016年10月12日上午，受余玉花教授之邀，去华东师大授《思想道德修养与法律基础》教学示范课，讲题“中华传统美德的继承与弘扬：修身之道”。100多名新生出席，部分老师观摩。

2016年11月24日下午3：00—5：15，来重庆师大文学院给研究生做“乐感美学原理的方法、核心与结构”学术讲座，王有亮副院长主持。11月25日晚西南大学文学院给硕士、博士生做美学讲座，王本朝院长主持，寇鹏程教授评点。

2016年12月24日，受在职研究生李纲耀神父邀请，去奉贤县泰日天主教堂参加圣诞庆祝活动，做《中国古代的孝道观》分享。

2016年11月30日上午到张家界，学兄张建永教授驱车两个多小时特为到机场迎接。下午2：30—5：00在吉首大学张家界学院对全校新生做《国学中的价值体系及其现实意义》讲座并答问，张建永教授评议。晚驱车两个半小时至吉首市。31日上午参观吉首大学沈从文纪念馆、黄永玉纪念馆。下午2：30—5：15为文学院学生及部分研究生做《乐感美学原理的方法、核心与结构》讲座并答问，张建永教授评议。气氛热烈。

2017 年 3 月 15 日下午，受上海师大中文系主任、长江学者宋莉华教授之邀，给文学院研究生做“中国思想史上若干重大问题的重新反思”学术讲座。

2018 年 5 月 16 日下午，上海视觉艺术学院做“中国古代美学精神及其演进历程”讲座。

2018 年 5 月 13 日周六下午，东华大学人文学院公共管理硕士班做《审美与时尚》讲座。

2018 年 5 月 25 日下午，在上海政法学院普陀校区与广东法官开设《传统文化与社会主义核心价值观》讲座。

2018 年 5 月 6 日下午，北京师大文学院给硕博士生及部分校内外老师做《中国美学精神及其历史演进》讲座。李春青教授主持，赵勇教授评议。

2018 年 5 月 6 日 12 日下午，中国艺术研究院给硕博士生做《中国美学精神及其演进历程》讲座。电影所所长、著名电影史家丁亚平教授主持评议。

2018 年 5 月 6 日 14 日下午，受聘为首都师大美育研究中心特聘研究员，给文学院硕博士生做《中国美学精神及其历史演进》讲座。社科处处长、美育研究中心主任王德胜教授主持评议。

2018 年 6 月 22 日，苏州卫生职业技术学院讲座《正确辨别美丑，树立健康的审美趣味》。

2018 年 6 月 27 日，上海视觉艺术学院大会堂为几百名学生做《佛教美学及其人生启示》讲座。

2018 年 9 月 2 日，上海市美学学会青年沙龙：演讲的艺术。做“成功的演讲：思想的飞翔”分享。地点：上海政法学院普陀校区。

2018 年 9 月 19 日下午，哈尔滨师范大学文学院，为全体学生和部分老师做《中国美学精神及其历史演进》讲座，冯毓云教授主持，孙立军校长接待。

2018 年 9 月 20 日上午，为黑龙江大学文学院硕博士生举行《中国美学精神及其历史演进》讲座，马汉广教授主持，于文秀副校长接待。

2018 年 9 月 24 日，中秋节上午，上海政法学院中国—上合组织司法培训基地综合楼 106 室，为云南德宏州处级干部做《领导者的国学素养》辅导报告。

2018 年 9 月 26 日晚，上海视觉艺术学院做《谈美是有价值的乐感对象》讲座，潘端伟博士主持。

2018 年 11 月 22 日下午，赴崇明，为上海贤达学院本科生做《正确辨别美丑，坚持美的价值底线》讲座，教务处副处长石莹女士主持。

2018 年 11 月 25 日下午，全国大学大型慕课平台智慧树网上海总部拍摄《中国审美》第一讲《“美”的解密：有价值的乐感对象》教学视频。

2018 年 12 月 1 日上午，上海政法学院上合组织培训基地综合楼 113 室，给青浦区人民政府办公室青年干部做培训：《领导者的国学素养》。

2018 年 12 月 4 日上午，上海市佘山兰笋山庄多功能厅，青海扶贫干部培训班授课《国学中的修身济世之道》。

2018 年 12 月 7 日晚，应刘俐俐、周志强教授联合邀请，赴南开大学文学院给硕博士生做《从〈美的历程〉到〈中国美学全史〉》讲座。

2018 年 12 月 19 日晚，长沙湖南财政学院人文学院，给本科生做《“美”的解密：有价值的乐感对象》讲座，原吉首大学党委副书记、名誉院长张建永教授主持评议。

2018 年 12 月 20 日上午，长沙中南大学文学与新闻传播学院，给硕博士生做《从〈美的历程〉到〈中国美学全史〉》讲座，院长刘泽民教授主持，老院长欧阳友权教授评议。

2018 年 12 月 26 日，上海临港，美丽的建桥学院，给新闻传播学院本科生做《“美”的解密：有价值的乐感对象》讲座，王梅芳院长主持评议。

2018 年 10 月 2 日，女儿祁雪莺与女婿翁培文完婚

第十七章　上政所写游记六篇

在上海政法学院工作期间，利用假日外出观光，写了六篇游记，开拓眼界，放飞心情。

一、《柬埔寨、越南游纪实》

2013 年 1 月 24 日至 29 日，利用寒假的机会，我和夫人一起随春秋旅行社去了趟柬埔寨和越南。

24 日：浦东—胡志明市—暹粒

柬埔寨是我们早已耳熟能详的。那里不仅是中国人民的老朋友、已故西哈努克国王的故乡，也是闻名遐迩的红色高棉的故乡。结束了红色高棉的极左统治后，柬埔寨逐渐走向和平安康，继续和中国保持着特殊的友好关系。在近来菲律宾、越南等国与我国的南海纷争中，柬埔寨坚决支持中国，立下汗马功劳。越南曾经是中国人民的“同志加兄弟”，尽管后来发生过中越战争，眼下仍存在着南中国海主权之争，但同属社会主义国家，同样经历着改革开放。但凡中国人，大多怀有柬埔寨、越南情结，有兴趣去走一走，看一看。

对于大多数外国游客而言，如今柬埔寨最吸引人的景点不是西哈努克国王待过的首都金边，不是设在金边的红色高棉头领波尔布特的罪恶馆，而是位于柬埔寨西北部暹粒市的历史古迹吴哥窟。

柬埔寨毗邻越南的西南部。下午4点，我们由周领队带领，登上越航飞机，飞往胡志明市。柬埔寨和越南的时差比北京时间晚1个小时，冬天温差达20多摄氏度。经过4小时的飞行，飞机飞抵胡志明市上空时，只见灯火璀璨。办理好中转手续后再飞约一小时，就到达暹粒市的上空，但见灯火寥落。夜色中走下舷梯，上海登机时穿的冬服这时已换成夏装。怀着初入异国他乡的兴奋，走进具有民族特色的机场大厅办理入境手续，必须外付1美元小费。你不付时，边检人员会直接提示你“小费”。这确是柬埔寨才有的特色，说到底，是因为柬埔寨比较穷。柬埔寨特色还不止于此，每晚住店也得放床头小费，一般是一个晚上一张床位2000柬币，当然一个房间付2000柬币也成。100元人民币可以兑换5万柬币，2000柬币折合人民币4元。于是我们等着与当地导游兑换柬币。

接团的当地导游是位姓张的姑娘，属于华裔第三代。柬埔寨不实行计划生育，她排行老六。柬埔寨国土面积18万平方公里，相当于中国一个省。全国人口1400万。全国分几十个省，暹粒是暹粒省的省会城市，人口200万，分布在城乡。柬埔寨的历史开始于公元1世纪。公元9至15世纪，是柬埔寨历史上最辉煌的吴哥王朝统治时期，疆土曾广及今天的泰国、越南。吴哥王朝建都于暹粒，留下了吴哥石窟寺庙群，使暹粒成为柬埔寨最著名的旅游胜地。暹粒的吴哥窟古迹如今已经成为柬埔寨的标志，印刷在柬埔寨的国旗上。从机场到市区，不时见到由橙黄或淡绿的射灯映照的用来接待外国游客的酒店，酒店的造型以三角形斗拱和高耸入天的飞檐为主，镶上柬文招牌，极富异域风情。进入中心城区，看不见高楼大厦，只见星星点点的路灯和密度不大的建筑。

一路上张导将准备好的柬币与我们兑换，我换了二万五千元柬币。拐过几道弯，在有些凌乱的环境中，车辆在微笑酒店门口停下来，此时已是当地时间10点有余。奔波了一整天，只吃了顿飞机餐，现已饥肠辘辘。我们问小张附近有什么可吃的小摊，她说可能不够卫生。微笑酒店是座五层楼的四星酒店，但装潢并不精致，卫生间的门套与墙体之间露出不小的缝隙。意外地备有毛巾浴巾、牙膏牙刷、洗头液沐浴液，但牙刷制作相当粗糙，刷一次就变形。打开电视，不仅可看到凤凰卫视，还可搜到我国的央视1频道、4频道，这让人倍感亲切。用带来的点心充饥，怀着对第二天早餐的强烈期待，我们进入梦乡。

25日：大吴哥窟—塔普伦寺—小吴哥窟

早餐是自助的，比较合口味，这在出国旅游的东西方国家酒店中几乎都是如此。7：30发车，向大吴哥窟进发。天亮撩起了这座城市的面纱，让我们渐渐看清了它的面容。道路相当于我们乡村的柏油马路，两侧是简陋的商铺、厂房、民居。暹粒不通公交车，整个柬埔寨都没有公交车，人们出行只好搭乘摩托车改装的三轮车，或自备摩托车。

不久来到大吴哥窟。下车后第一个强烈的感觉是地面上的泥土。天气很好，连续放晴，地面上都是浮尘。大吴哥窟由1181年登基的加亚华尔曼七世所建。这是一个被长达12公里的城池所包围的都城。我们从由巨石堆砌雕刻的南城门进入。城门的两侧由一个个面容凶恶的阿修罗和面容和善的修罗石雕把守，有些头已断落。城门狭窄，必须重新换小一点的巴士。大吴哥城窟中央，依佛教须弥山概念建立起壮观的巴戎庙。巴戎庙是大吴哥的主体建筑，不用黏合剂，以每块重达8吨左右的砂岩叠合起来，最后作为一个整体加以浮雕。每座石塔的四面，都刻有三公尺高的加亚华尔曼七世的微笑面容，其中有一种特别玄妙，世称“高棉微笑”。

石块本身是灰色的，由于年代久远，如今有的地方变黑，有的地方长着青苔，远远看去，成为由灰、黑、青三种色块不规则组成的现代派绘画。当你走近，会发现不少石块七横八竖倒坍在一起，没有复原。我们现在看到的巴戎庙都是经过后人部分修复的。抚今思昔，你的脑海里会浮现出许多历史碎片构成的模糊影像，令你唏嘘不已。

位于巴戎庙的北面是巴本宫。这是1060年为供奉印度教三大天神之一建造的国庙。传说每个晚上，国王都必须在这座国庙的厢房内与蛇后会面，延续国家之福祉。根据元人周达观的《真腊风土志》记载，当时他所见的巴本宫比巴戎庙还高，底层所建的内室数超过10间，但现在只剩下巨大的方形石头基座，基座周围和石台上散落着无数的石头建筑材料。再往北走是斗象台、古代法院。当年国家政要集会、观赏斗象比赛、判决和惩罚罪犯都在这里举行，如今也只剩下石头基座，无可观赏。斗象台、古代法院的对面是歪歪斜斜的十二生肖塔，里面空荡荡，不值得用心去看。

从大吴哥窟的北门出去，我们在周萨神庙做短暂停留。周萨神庙属于吴哥寺庙建筑中的小品，导游说是江泽民时期中国帮助修复的。又走过一座中国正在帮助修缮的神庙，我们来到塔普伦寺。这属于自费项目。塔普伦寺是加亚华尔曼七世1186年为母亲所建，曾集高僧、祭司、舞女于一身，具有庙宇和修院双重功用。从进门到主体建筑有一段泥路。脚板哪怕轻轻走过，也会卷起飞扬的尘土。奇怪的是，好像嫌这尘土飞扬得还不够，这里还有一位清洁工正在用笤帚扫着充满厚厚浮尘的道路上的落叶。躲过扫起的烟尘往前走，只见路边坐着一群人在演奏着各种乐器，前面搁着一只接受捐助的碗。导游说，这是被当年红色高棉埋下的地雷炸伤脚的残疾人。游客如果愿意，可以给点钱。所谓“红色高棉”，是20世纪柬埔寨激进的左派政党——原名柬埔寨共产党，1966年改名为柬埔寨民主党的称谓。该党武装反抗朗诺政府军时，曾在全国各地埋了许多地雷。1975年推翻政府成为执政党，建立民主柬埔寨政权，头领是波尔布特。在其三年零八个月的统治期间，由于推行极左政策，造成大约200万人的非正常死亡，约占当时全国人口的四分之一。1979年，这个红色恐怖政权被推翻；1997年，柬埔寨成立审判红色高棉委员会；2003年柬政府与联合国达成协议成立审判红色高棉的特别法庭。红色高棉所犯下的历史罪行遭到正义的审判，但留下的大量地雷无法清理，还在误伤不少无辜之人。踏进塔普伦寺的长廊，穿过连接长廊的祭坛，可以看到结实的墙体被当地人称为蛇树的卡波克树所盘踞。它葱茏的枝叶就像祈神的臂膀伸向天际，与神庙交错相缠，蔚为奇观。当代美国好莱坞影星安吉丽娜·朱莉曾在这里拍了电影《古墓丽影》，取了奇特的“树包屋”镜头，使塔普伦寺名声大振。

中午回到市区用餐，午餐吃的是中式合菜，八菜一汤，味道和菜量还可以。饭后来到塔凯欧寺。此寺建造过程横跨两个王朝，四面大门中仅有东面大门有雕刻。据说建造时雷电击中了山顶上最高一座须弥山塔，被认为不祥之兆而被迫放弃修建。建于高塔之上的石破天惊塔没有留下任何雕刻，表明所有吴哥窟遗址群之建筑都是先将石头堆砌再在表面刻出外形轮廓和各种图案。

下午的旅游大餐是小吴哥窟。小吴哥窟长1.5公里，宽1.3公里，面积比大吴哥城小得多，但建筑规模却是吴哥古迹中最大而且保存得最好的，代表了高棉古典建筑艺术的高峰。它结合了高棉寺庙建筑学的两个基本的布局：祭坛和回廊。祭坛由三重长方形回廊环绕须弥台组成，一重比一重高，象征印度神话中位于世界中心的须弥山。在祭坛顶部矗立着按五点梅花式排列的五座宝塔，象征须弥山的五座山峰。寺庙外围环绕一道护城河，象征环绕须弥山的咸海。它创立于12世纪中期，为供奉印度教毗湿奴神所建，也是吴哥国王的陵墓；13世纪后期演变成佛教寺庙，并逐渐成为东南亚主要的佛教圣地。具体说来，小吴哥窟由东南西北四廊、西参道、正门、三重回廊和以主殿中央尖塔为中心的五座尖塔所构成。丰富多彩的装饰浮雕镌刻于回廊的墙壁及廊柱、窗楣、基石、栏杆之上，令人目不暇接。常见的是整墙的仙女浮雕，面带微笑，头戴花饰，端庄秀丽。仙女裸露的乳房由于经常被游客抚摸，显得光滑晶亮。笔直耸立的主殿尖塔顶部据说代表“天堂”，台阶陡而滑，要想爬上去只能手脚并用。以前的台阶没有扶手，1973 年一名法国女游客攀爬时跌落致死，她的丈夫悲痛之余捐资在台阶一侧修了扶手，以为后人参观提供方便。因为台阶太陡，攀爬太吃力，而且浮雕风格大同小异，我们没有爬上天堂，只是感受了小吴哥窟一重高过一重的三重回廊。

下午的太阳特别火。虽是柬埔寨的“冬天”，但气温也在 30 摄氏度左右。一个多小时跑下来，气喘吁吁，汗流浃背，带的瓶水已全部喝光。我们来到入口处的小卖部买饮料解渴。一听可乐 1 个美元，或 4000 柬币，可见柬埔寨物价并不低。柬埔寨人的收入并不高。导游说机场的边检人员月薪只有 50 美元，中小学教师月薪只有 25 美元。柬埔寨的导游没有底薪，不带团就没收入，带团每天可拿 14 美元报酬，在柬埔寨已属于高薪。柬埔寨收入这么低，物价这么高，怎么生活呢？那就是利用和发挥自己的行业优势，挣外快。比如机场安检每人每次出入境收 1 美元小费；教师向学生卖货物或补课；导游通过自费项目及向游客推销特产拿回扣，等等。你如果没有行业优势，挣不到外快，就只能在生活的底层挣扎。

下午的最后一个项目是看巴肯山日落。巴肯山高 60 多米，登山的路盘旋而上。如果坐大象上下山，收费 20 多美金。徒步走上去，也就 20 分钟左右。入口处又见路边一群被地雷炸断了脚的残疾人在卖唱。山顶容纳的游客是有限的。我们马不停蹄一路快步登顶，太阳还很高，于是在背阳的石墩阴凉下席地而坐，慢慢等待夕阳下山。邻座是几个越南青年学子，我们用简单的英语互相招呼，并自报家门。目前来柬埔寨参观的游客中，韩国人最多，越南人其次，中国位居第三。鉴于中国经济的高速发展和中柬两国的友好关系，柬埔寨人对未来中国游客上升为国外游客第一位满怀期待。离导游约定的集合时间已近，但太阳还蛮高，我们不得不提早下山。虽然没有看到巴肯山日落，但并不遗憾，哪里的日落不一样？在集合地点等待团内其他游客下山时，兜售围巾、服装的柬埔寨姑娘和兜售纪念币、明信片的未成年孩子围上来，百折不挠，耐心极好，不达目的，绝不罢休。他们身体消瘦，没有胖子；肤色黧黑，眼白特大，典型的高棉人种。

晚餐在一家硕大无比的柬式餐厅吃“柬埔寨风味自助餐”。偌大的一楼大厅长条桌一字排开，两边紧密地放着木椅，可供数百人同时用餐。自助的食客就像打仗，供应常常脱节。其实可口的食物并不多。喝了两碗芦荟糯米粥，只求吃饱就满足。不久，前面舞台上极富东南亚民族特色的乐舞表演开始。音乐节奏舒缓，旋律奇诡；演员着装艳丽，瓔珞闪烁；手指蜿蜒，舞姿婆娑。初看感到新奇，看多了便觉单调乏味，于是在导游的提议下便提前退场。

一天在充满浮尘的路上跑下来，鞋袜、裤子、身上都是灰。于是回酒店的第一桩事是洗澡，第二桩事是洗衣裳。晴天有灰尚可，如果是雨天，肯定满地泥泞，简直不知道景区怎么行走。

26日：女王宫—崩密列

柬埔寨游的第二天。行程安排游圣剑寺——这是吴哥国王放置打仗所用宝剑的寺庙；达松将军庙——除它的西门被一棵大树包裹有点意思，建筑和雕塑艺术均不突出；东梅蓬寺——为历代国王祭祖之坛；变身塔——风格与吴哥寺庙一样，不过石块在这里变成了砖块，且无雕刻；罗洛士建筑群——这是最有名无实的建筑群，与前一天参观所见相比，也最索然无味，以至于一些游客已不愿下车。于是我们把期望放在接下来的自费项目上。

驱车25公里，来到女王宫。史载它建于公元10世纪吴哥王朝盛期。女王宫被护城河环绕着，坐西朝东，长200米，宽约100米，内外有三层红砂石砌成的围墙。与吴哥窟砂岩石材呈现的青灰色不同，女王宫用火山岩建造，通体呈现朱红色。从大门到中门的道路两旁对称竖立着两排朱红石柱。第二道围墙正东有三个石拱门，中门两侧各有一根竹节状石柱和一根镂花石柱，上面是一个山形门楣，刻有许多武士像。第三道围墙正东也是三个拱门，中间拱门也有镂花门柱和双层山形门楣。中心建筑是三座塔寺，外墙全部布满精美的雕刻。三座寺塔由一条巨大的石基连接在一起，中间一座最高，里面供奉着湿婆神，因而原名“湿婆宫”。庙宇现在的名字“女王宫”可能得自浮雕上的女神。“女王宫”还有层意思是“女人的城堡”，因为其雕刻太过精美，不像出于男性之手，有人猜测它是出自女性工匠之手。女王宫以色彩艳丽、雕刻精美、小巧玲珑、精致剔透的浮雕而著称于世，有“吴哥古迹明珠”和“吴哥艺术之钻”的美誉。

女王宫规模不大，浮雕上的故事我们不想深究，旅游时间绰绰有余。于是我们来到一个茶座歇息，一个椰子3000柬币。女王宫虽有特色，但给人的感觉与大、小吴哥窟相比，显然震撼不够。于是我们对下午的崩密列景点也不再敢抱有什么过高的期待。

崩密列离市区约50公里。由于道路蜿蜒颠簸，车子开了一个半小时才到。领队关照：崩密列是当年红色高棉游击队的总部所在地，周围埋了许多地雷，有的后来没有得到完全清理，所以游览时要跟着导游走常规的路，不要自寻路线。看来红色高棉的后遗症无处不在。

崩密列是吴哥王朝鼎盛时期建造的一座供奉湿婆神的印度教寺庙，但也有一些雕塑反映的是佛教主题。原本应该有浮雕的寺墙上都空空如也，说明这座神庙古代就没有完工。崩密列护城河长 1.2 公里，宽 0.9 公里，规模与小吴哥寺相当。但与大、小吴哥窟经过修缮保存较为完好不同，崩密列的寺庙完全未经修缮，是一副彻底的倒坍、损毁、破败、荒芜的废墟。参观由巨石砌成的大、小吴哥窟时，我一直在纳闷：是什么力量能将它们推倒？风雨还是雷劈？在这里我们终于找到了明确的答案：是蛇树根茎和躯干的挤压。蛇树是柬埔寨的热带树种。蛇树粗壮的根茎，由一棵不起眼的种子开始，历经数百年的努力，嵌入石缝、缠住石体、裹住窗门、绕过梁柱、盘绕在屋檐之上，深稳紧密地缚住神庙，日复一日，年复一年，茎干从小到大，从瘦到粗，从柔软到坚硬，有力地向天空攀升，长成扶疏参天的大树，以顽强生长的生命力量，使庙宇变形，叫岩石移位，将墙体压垮。这种勃发的生命伟力，凝聚在攀附于青灰色砂岩墙壁的苍老遒劲的树根上，弥漫着一股股不可确知的神秘气息，散发出不加掩饰的原生态所特有的魅力。如果不是法国人拍摄电影《虎兄虎弟》在这里取景时搭的栈道，游客是无法踏进崩密列内部景区的。跟着导游走屋脊、穿房屋、爬窗户，会发现总是有意想不到的惊喜。与大小吴哥相比，崩密列给人的是一种完全不同的奇妙感受，让人喜出望外。

回来的路上，见一群穿着校服的孩子放学了，有的骑车，大多数步行。乡村的学校离家并不近。柬埔寨中小学教育是免费的，甚至书费也由政府承担。这是令人赞赏的。但医院很少，医疗水平也不高，看不好的病要到越南去求医。

回去的车程有一个多小时。有备而来的导游问我们饿不饿，借给我们品尝当地特产的机会，向我们推销起香蕉片、棕糖、咖啡豆、胡椒豆等等。手工包装，价格颇高，小小的一袋香蕉片不足半斤，售价 30 元人民币。最后全团订购了十几包，达不到送货要求，只好作罢。

27日：红砖教堂—邮电局—市政厅

暹粒市区不大，微笑酒店离机场不远。很早就来到暹粒机场。每人交了1块美金的小费出境，我们在候机厅有大把的空余时间。商场很小，没有什么吸引人的东西可买。候机厅只有四个登机口，停机坪上停泊的飞机屈指可数。上午10：40，登上柬航的飞机飞往胡志明市。螺旋桨发动机高高挂在机身中前部座位的两侧。我的座位在第10排。飞机起飞时，螺旋桨高速旋转发出的轰鸣声震耳欲聋。这种飞机在国内支线也没见到过，心中不免担心它的安全系数。直到落地，一颗悬着的心才落了下来。

因为团中有两位游客的护照是新办的，有新的中国边界图，涉及南中国海的部分正是与越南有争议的，所以在胡志明市机场入境时耽搁较久。越南的态度是想挣中国游客的钱，但不承认中国确认的边界，就采取了一个两全其美的变通办法：另打一份白纸说明，签字盖章，灵活处理。

接团的当地导游是位年届40的彭姓男子，人称“阿文”。他是越南人，曾在一家台湾公司工作过七年，所以说得一口带有福建口音的中国话。他首先代表9000万越南人民欢迎中国游客的到来，接着介绍起胡志明市的概况和注意事项。胡志明市旧称“西贡”，1975年北越统一全国后，为纪念越南共产党创始人胡志明，翌年将西贡改名为“胡志明市”。现有市区12个郡，郊区6个县，面积2000多平方公里，比河内略小，但人口比河内多，是越南5个直辖市中人口最多、经济最发达、市容最繁华的城市。这里曾经是法国殖民统治时期的南圻首府，1955年后成为南越（又称越南共和国）首都。经济、文化深受西方影响，城市建筑也留下法国人的痕迹，有“东方巴黎”的美誉。市内有公共交通，但不发达，人们的主要出行工具是摩托车。目前越南全国人口中平均两人就拥有一辆摩托车，可以说是全世界的摩托车王国。步中国后尘，社会主义的越南也早已开始了改革开放，但生活水平相比中国还有较大差距。政府工作人员的月薪大概在人民币 2000 元左右。但消费并不低，以车上发的矿泉水为例，一瓶就要 8000 越盾，约合人民币 2 元多。越南盾也不值钱，1 美元可兑换 20000 越南盾。从机场到餐厅，穿过胡志明市的繁华街区，一些法式建筑和现代化楼房映入眼帘，给人感觉不错。胡志明市市容虽然不错，但治安状况不好。阿文告诫我们：上街最好把钱放在衣袋里，不要带包，也不要在街上打手机，不然很可能被人抢走。他一抢就骑摩托溜走了，即使你报案，警察找不到。一番友情提醒说得我们毛骨悚然，好像我们进了匪窝。

餐厅是福建华侨开的名叫“小美酒店”的连锁店。环境明亮、温馨，一盘卤水鸭脚大肠给我们留下了难忘的印象。胡志明市没有什么好玩的，所以下午的行程安排得很宽松。导游先是把我们带到一座哥特式尖顶红砖教堂，名叫“圣母大教堂”，这是胡志明市最著名的地标建筑，但并不对外开放。毗邻红砖教堂的是法国人留下的邮电局。这是一座两层建筑，由法国建筑师设计，建于 19 世纪末，现在仍然焕发着它的魅力。中央大厅是当年办理电话电报业务的柜台，如今继续办理着邮电业务。老式的华丽装饰与挑高的穹庐式圆顶相呼应，散发出犹如百年陈酿的古典气息。大厅的两翼已改成旅游小商品市场，吸引着游客猎奇的眼光。离开邮局后来到市政厅广场。胡志明市政府大楼原是西宫市政厅，也是一座具有浓烈法国风格的建筑。市政厅两侧是现代化的购物市场，陈列着各种品牌时尚的高档商品。广场的另一端是通衢大道和高楼大厦。胡志明市的高楼大厦一般是五六层楼，最高的不过是一座 28 层楼。广场由各种热带花卉环绕，在中央荷花池青翠欲滴的荷花叶的簇拥下，矗立着长须飘飘、面庞清癯的胡志明雕像。

在法式教堂、邮局、市政厅走马观光、拍照留影后，下午三点半时分来到地处闹市的新太平洋酒店入住。这是一座 12 层的四星酒店，环境明显比柬埔寨的同级酒店好。大堂、标间的桌椅均为红木器具，卫生间备有洗漱用品，看来领队事先叫我们预备的牙膏牙刷此行是派不上用场了。洗浴后躺在床上打开电视，竟没有一个中文普通话频道，连凤凰卫视也没有。当你听不懂道白、看不懂字幕时，一切影像便失去了吸引力。于是小睡解乏。但不久住在八楼的我们就被楼下奔驰的摩托车的巨大轰鸣吵醒。从楼上俯瞰楼下的大街，下班的摩托车一步追着一步，呜呜作响，铺天盖地，就像蝗虫一样。不仅噪声大，而且尾气污染重，但目前处于经济发展起步阶段的越南人似乎尚无法顾及这些。这绝对是具有越南特色的街头一景。晚餐在离酒店很远的另一家“小美”连锁店就餐，但不如中午理想。回酒店尚早，部分游客结伴游越南夜市。我们冒险精神和游玩热情都不足，便宅到酒店里。打开电视意外翻到一个频道显示“南方卫视”，说着粤语，打着中文字幕，大喜过望。但一会儿画面就闪烁不停，无法看下去。干脆睡觉养养精神。没想到楼上传来巨大的电声音乐混响，让你怎么也无法入眠。向总台投诉，告知十楼正在举行婚庆，十点钟才能结束。

28日：湄公河—有名无实的“水果大餐”“歌舞表演”—西贡河夜游

越南游的日程安排是如此之松，以至于第二天上午9点才出发，向美拖的湄公河进发。行程约70公里，得走一个多小时，是做生意的好机会。于是阿文向我们推销起腰果、龙眼、莲子、咖啡。腰果、龙眼是50元人民币一瓶，莲子是70元一瓶，咖啡是180元一瓶。试着跟他砍价，他欲擒故纵，始终寸步不让。

车到了湄公河，我们登上机动船。这种柴油发动、冒着白烟、嘟嘟作响的机动船如今在中国已经绝迹。驶过了宽阔的河面，到达了河心的一座小岛，美其名曰“水果岛乐园”。一登岛便走进椰子糖作坊。尝了免费的糖果，买回了八袋椰子糖。回来后证明：其实没有必要，因为它一吃就粘牙。人行道两侧都是旅游小商品摊头。同行的不少游客抓住机会品尝榴梿——据说它比国内便宜得多，但酒店不准带，旅游车内也不准带，因为它气味太难闻。四个人一组坐在露天石桌旁，品尝了品种和数量都很少的有名无实的“水果大餐”，欣赏了越南村姑名不副实的“歌舞表演”，便被村姑提着篮子索要小费。行走在果园中，见硕大的榴梿结在树干上，成串的香蕉挂在树头，感到饶有趣味。小岛游的最后一个节目是“坐独木舟体验越南水乡之美”。时值旱季，河水枯竭，独木舟行驶的支流成了泥浆浑浊的小水沟，来回载客的独木舟磕磕碰碰，“水乡之美”已荡然无存。但旅游向来是这样，不来遗憾，来了更遗憾，除非你足不出户。既来之，则安之。在极为简陋的码头上，我们小心翼翼地等上独木舟，四人一船坐稳。小船前后各蹲着一个划船人，左躲右避，奋力前行。划了约 20 分钟，独木舟将我们送到等在湄公河边的机动船上。一趟独木舟划下来，可挣得两块美元的小费。机动船载着原班人马返回对岸，然后在岸边石船餐厅品尝油泡象鱼风味餐，于是结束了白天的游程。乘车返程途中，全团的游客都订了阿文的货，有两家一下子就各买了 20 份，回去送亲戚朋友。

下午三点半回到酒店。晚上七点半来车接我们游西贡河。这段时间是我们自由活动、无所事事的时间。我乘机逛了逛酒店周围的大街小巷，借以了解风土人情。透过敞开的门窗，可见普通居家都是地砖铺地。地面空间大一点的，都停放着摩托车。杂货店的大米每斤售价在 10000 至 19000 越盾之间，相当于人民币 3 至 6 元。街头小贩卖的夹心面包一个 1 个美元。普通餐馆 1 碗牛肉米粉，售价约合人民币 10 元。

又一次感受到汽车与蝗虫般的摩托车同行的艰难，不到八点，我们来到西贡河口游船码头。码头灯火通明，登船的通道两侧站着头戴大盖帽、身穿白色制服、英姿飒爽而又漂亮端庄的女服务员。游船含晚餐，先到先吃。陆陆续续，欧洲游客和南亚游客也上船入座。游船八点半起锚，原先在岸上迎宾的美丽姑娘这时已回船上，列队行礼。游船缓缓离开码头。河的对岸相当于当年的浦东，是一片刚刚开发的热土。西贡河两岸的灯火并不耀眼，城市的建筑也缺少辉煌的灯饰。一位长笛姑娘和一位男贝斯手来到游船的前台为大家演奏。虽然演奏的曲子从没听过，但凭临晚风、长发飘飘、吹着金色长笛的金发姑娘构成一道动人的剪影，典雅而浪漫。随着乐曲的展开，坐在我们前面的欧洲游客齐声用法语应和，显然长笛姑娘和贝斯手演奏的是法国歌曲，这似乎彰显着这座城市与法国的血缘联系。半小时后，游船返航。小小的舞台上来了两个舞女，或分或合，跳着热烈奔放的西班牙舞。这本来是游船项目的应有之义。当舞蹈结束他们伸展着双臂向游客索要小费的时候，让人感到尴尬和变味。在游船的二层和一层，游客看来都是越南人，演员唱着越语歌，台下游客有很好的互动，气氛热烈。

西贡河虽然没有什么动人的夜景可看，但游船本身组织的餐饮歌舞娱乐项目把气氛推向高潮，使整个行程曲终奏雅，给人留下了美好的回味。

翌日上午 10 点登上越航的飞机，经过四小时的飞行，到达浦东机场已是北京时间下午 3 点有余。

二、《飞越美利坚》

美国是世界上头号发达国家。到美国看一看，一直是我的梦想，但由于种种原因，这个计划迟迟没能付诸实施。经过努力，2014 年 7 月 13 日，我和夫人跟随春秋国旅的年轻领队田英凯，开始了为期 18 天的美国东西海岸的穿越。

第一天：人在航班

飞机于13日晚北京时间9：30从浦东机场起飞。所乘飞机为美国航空公司的航班AA182。空乘服务人员不是青春靓丽的空姐，而是体形胖瘦不一、与美丽无关的中年男人和妇女。为我们那个过道乘客服务的甚至是一位大腹便便、非常臃肿的中年男子。美国的国际航线提供西式便餐。经过12小时的飞行，抵达美国西部城市洛杉矶。洛杉矶位于美国加州西南，是美国的第二大城市，也是美国西部最大的城市。洛杉矶市区人口约400多万。由于美国的居民大多住在独幢别墅中，这就使得整座城市从空中俯瞰像铺开的大饼，占地面积极大。洛杉矶的时间比北京时间晚15个小时。飞机落地时，是当地时间6点左右。但美国的入境安检很严很慢，我们一个34人的团队总共花了约两个小时才通过安检。等到出机场时，已是9点有余。接待我们的当地导游是一位姓周的50多岁男子，天津人。车辆是一台白色大鼻子客车，司机也是一位天津男子。车子在十车道的高速公路上疾驶了约50分钟，来到一家中餐馆就餐。员工已经下班，老板娘充当起端菜的服务员。全队34人分成4桌，我们在4号桌，共有8人。另6位是两对母女和一对母子。我们在等菜时，恰巧看到牌子上的菜价，一般在10美元上下，与上海大体相当。菜很可口，量也很足。特别是油炸的多春鱼，子白、味美，系当地特产。用餐结束后又行驶了约40分钟，下榻到Radisson酒店时，已是12点。酒店是一座两层的建筑，摊开的面积很大。我们住在189室，走进去像迷宫，转了好几个弯才到。酒店有毛巾、洗头液，但没有牙刷牙膏拖鞋。这在临行前领队已做了说明，我们已经备好。想喝开水，但咖啡壶烧起水来很不方便。美国自来水管的冷水是可以喝的。于是我们只好将就着喝点冷水解渴。

第二天：洛杉矶

因为倒时差的关系，睡得并不太好。14 日一早 6 点，我们就起来了。天气晴朗，阳光很灿烂，我们在酒店大门前留影。9 点整出发，向洛杉矶城区进军。洛杉矶处于地震带，高层建筑很少。洛杉矶河是流经该市的一条主要的季节性河流，其余很少看见河水，常年干燥少雨，民居别墅都用木材建造。它最著名的产业是影视业，其实在这之外，仓储、电子、金融、医药、军工都是它的支柱产业。洛杉矶是美国最大的海港，这使它成为美国最大的仓储基地，美国国际贸易中心之一。洛杉矶也是美国电子业的最大基地，享有“科技之城”的称号。洛杉矶还是仅次于纽约的金融中心。医药是一本万利的暴利行业。美国多家医药企业都落户在洛杉矶。除此而外，洛杉矶最赚钱的产业是秘而不宣、鲜为人知的军火业。2013 年，洛杉矶 GDP 为 6200 亿美元，约为排名第 19 位的沙特阿拉伯一个国家的 GDP 总和。洛杉矶的 GDP 虽高，但生活成本并不高。三口之家自己做饭，一个月只需 800 美元就够。房租五六百美元也可租到一室一厅。工作并不难找，找份月薪 2000 美元左右的家政、餐饮服务等工作非常容易。比较起来，会说中文的人更受用人单位欢迎。

仓储、电子、金融、医药、军工都没有什么观赏价值，与游客关系最密切的莫过于影视行业。上午，我们参观了好莱坞明星大道。名声显赫的好莱坞明星大道其实很平常，不过是通向奥斯卡金像奖颁奖典礼举行地点杜比剧院的街道一侧印有若干五角星图案的黑色大理石路面，据说上面有近 2300 个明星留下的签名和手印，每颗星都表达了对电影、广播、电视、话剧和录音行业做出巨大贡献的艺术家的敬意。好莱坞明星大道前方，被视为好莱坞的地标，是中国戏院，也是美国最著名的影院。而最终的柯达剧院，则是奥斯卡金像奖颁奖礼的举行地点。柯达剧院 2001 年 11

月建成，拥有3400个座位，从2002年开始一直都是奥斯卡的固定举办地。柯达公司曾耗资7400万美元获得了这家剧院20年的冠名权，然而2012年初，经营不善的柯达公司申请了破产保护，再也没有闲钱来支付这笔巨额的冠名费了。他们向破产法庭请求终止冠名合同，获得批准。2012年5月，著名的音响技术公司杜比实验室公司与原柯达剧院所有人CIM集团签订了长达20年的冠名合同，从此柯达剧院将正式改名“杜比剧院”。与此同时，美国电影艺术与科学学院也与CIM集团延长了他们的合同，从当时起直到2033年，奥斯卡都会在杜比剧院举行颁奖典礼，二十年不变。

离开杜比剧院后，来到好莱坞环球影城。好莱坞环球影城是全球最大的电影制片基地，也是游客必到、最受欢迎的主题乐园。乐园位于洛杉矶市区西北郊。20世纪初，一些制片商开始在这里拍片，到1928年，便形成了以派拉蒙等八大影片公司为首的强大阵容。20世纪三四十年代以来，好莱坞成为美国的一个文化中心，众多的作家、音乐家、影星就住在附近的贝弗利山上。乐园依山而建，分别由影城之旅与上园区、下园区三个部分组成。影城之旅是了解好莱坞制作内幕的必看项目，约1小时一趟。我们11点进园，恰好赶上12点开始的全天最后一班配有中文讲解的影城之旅。排队等了近几十分钟，方才坐上特制的有轨电车。电车由三四节车厢组成，讲解员坐在第一节车厢前部讲解，每节车厢配有电子显示屏，将讲解员讲解的视频同时送达每位游客。电车在蜿蜒的街区道路上缓缓穿行，两旁的花岗岩或砖质欧式建筑曾在许多有名的电影中出现过，其实它们都是用特殊的材料搭建粉刷而成。不久，车辆陡转，驶入一个全封闭的黑洞内，突然，四周上下出现恐龙撕咬、金刚搏击、山崩地裂等影像，配合着巨大的声响和活动的场景，车辆上下左右倾斜摇荡，好像还有水花溅进车厢，体验360度3D的特效，这是好莱坞环球影城独家开设的世界上最壮观、最惊心动魄的3D体验之一。惊魂未定之际，大门洞开，然后近距离领略飞机空难、火车出轨、地震物坠、洪水暴发、海水分道、巨轮航行、白鲨出没等大片中的特效场景。令人惊叹的是，自然界中如此具有偶然率的场景都可以靠着高科技人为复制加以控制。

结束后已是下午一点。“水世界”是必看的，但急匆匆赶过来时已经不能进场，于是看怪物史瑞克的节目。边排队边吃点心作为午餐，等了20多分钟，进入怪物史瑞克的预演区。十多分钟暖场的预演并不精彩，使我们在进入4D影院后唯恐顾此失彼，错过2点开始的“水世界”表演，于是离场来到“水世界”表演区，观赏世界上制作最精美的现场水上特技表演和爆破表演，目睹玩命的弄潮特技以及惊人的爆炸效果。节目最后，一架飞机飞过大门，从天而降，恰好落在水池前端，令人瞠目结舌。

“水世界”散场后出来，已近3点。看看其他精彩的节目开场时间，都要等待60～70分钟，而4点是集合的时间。于是捡漏补缺，看了无须排队的动物表演。这有点类似于我们在杂技团或荧屏上看过的马戏表演，只不过是表演的动物大多在好莱坞大片中担任过角色。演出结束后只剩下不到一小时的时间，我们只好到下园区随便走走看看，拍拍照片作为留念。

晚餐是自助餐，花色齐全。由于中午只吃了点面包，胃口很好，自是一顿好吃。晚上续住Radisson酒店。

第三天：拉斯维加斯

15日一天向东进发，赶车去拉斯维加斯。尽管车程约四五小时，但出发时间还是定在上午9时。本趟美国之行人均花费约37000元，谁都不希望到美国来睡觉。但由于美国的上班时间有严格的限制，超过8小时要另外付费，且付费不菲，而春秋国旅看来并未另外支付这笔费用，所以每天早晨都是9点才发车。一路走来，满目寸草不生的沙砾地，气温高达40摄氏度。走了约一半，途经奥特莱斯大卖场，便停下来购物两小时，以作全天旅游的点缀项目。但全团的游客们大多数似无反感，因为他们来美国承担着为自己、为亲人、为朋友买些免税名牌商品的使命。我们此前出国多次，好多品牌夫人、孩子早已买好，所以兴趣不大。这里的奥特莱斯刚开不久，规模不大，品种不多。两个小时中我们转了两三个来回。夫人个高，买皮鞋不易，倒是在一家皮鞋店发现了多款合脚的皮鞋，买了4双，包括另外支付的税金在内只116美元，比国内还合算。上车后又开两个多小时，仍然是满目荒凉的沙砾地。沿途不时见到大鼻子集装箱卡车从对面擦肩而过。在美国，铁路网线少，货物运输不得不靠集装箱卡车。美国的集装箱卡车箱体与车头分离。车头高大威猛，马力很大。箱体下安有车轮，运货时与车头连接固定，卸货时与车头分开。逐渐驶进高楼林立的拉斯维加斯。拉斯维加斯属于美国西部的内华达州，地理条件仍然是荒凉、缺水。美国人就是在这片恶劣的自然环境下造出了一座极度繁华的旅游城市。作为全世界最著名的赌城，拉斯维加斯拥有最集中、最奢华的高档酒店，它们造型各异，高耸云端。而大楼底部的土地上生长的每一棵绿树、每一片小草，都埋藏着滴灌的细管和喷嘴。

我们下榻的Flamingo酒店地处市中心，是一家规模庞大的四星级酒店，一楼都是四通八达的开放式赌场。从世界各地蜂拥而至的游客登记入住，前台对团队登记并无特殊照顾，我们在大堂干等了约1个小时才入住。晚餐是在郊区的一家自助餐厅。晚餐后作为“特别赠送”，导游、司机在超工作时间未另外收费的情况下，带领我们参观了极度奢华而又颇具特色的威尼斯人酒店、百乐宫酒店及花园酒店的音乐喷泉。令人称奇的是百乐宫酒店的一楼开放式餐饮大厅，一男一女两位音乐家一人拉小提琴、一人弹吉他伴奏，在一块不大的舞台上循环演奏《五星红旗迎风飘扬》等中国歌曲，风度优雅，琴声专业，赢得围观谛听的许多中国游客的掌声和小费。花园酒店的大堂吊顶是意大利艺术家用七彩琉璃仿造的各种荷叶荷花，令人驻足流连，拍照留念。酒店门前有一个巨大的人工湖，湖底安设了各种机关，定时举行音乐喷泉表演。我们从大堂走出，摩肩接踵地加入湖面周围的游客人流，少许，音乐声起，五彩灯亮，冲天的水柱随着音乐节奏翩翩起舞，忽高忽低、忽疾忽徐、忽左忽右、忽前忽后，演绎成令人浮想联翩的舞蹈造型。据说在四周的酒店中有各种混合着色情的艺术表演秀，门票价位在几百美元之间，但美国地接导游并不负责帮助登记，因为他不想让人感到有拿回扣之嫌，只想拿一份春秋合作方提供的足额服务费即可。

第四天：科罗拉多河大峡谷

我们在拉斯维加斯停靠，不仅是为了利用晚上的时间一睹赌城的纸醉金迷，也是为了给参观科罗拉多河大峡谷提供较好的落脚点。16 日，我们驱车约 3 小时，来到科罗拉多大峡谷。科罗拉多大峡谷位于美国亚利桑那州西北部，科罗拉多高原西南部。全长 446 公里，平均宽度 16 公里，平均深度超过 1500 米，最深处 1800 米。供人参观的是大峡谷的西峡，为瓦拉派印地安保留地，狭长、蜿蜒、陡峭而深邃，宛然地球裂开的一条天缝。半数的游客每人花 235 美元选乘直升机在峡谷中上下穿行，近距离体验峡谷的深邃陡峭和飞行的惊险刺激。我们不想花钱买难受，只是按照常规线路安排，坐景区的巴士到老鹰岩、蝙蝠岩，观赏大峡谷的险峻。老鹰岩边没有树保护栏，游客在两米开外的岩边朝下眺望已感到晕眩，但这样并不能看到谷底，但朝前走腿也发软。蝙蝠岩位于一个高耸的成 90° 角的角顶，可以较为方便地向两侧的谷底眺望，而一侧便是科罗拉多河流以及长着苔藓的呈淡绿色的峭壁。如此陡峭、惊险而狭长、壮观的峡谷，以前只是在汤姆·克鲁斯主演的好莱坞大片中看到过，令人感叹大自然的鬼斧神工。

回到拉斯维加斯酒店时已过7点。晚餐自理。我们去附近最豪华的凯撒酒店吃海鲜自助大餐，加上税，人均55美元，约合人民币330元，比国内同级酒店便宜得多。

第五天：锡安国家公园

17日进入来美国的第五天。我们离开美国的西部，向中西部进发。地接导游换成了30多岁的年轻人，姓陈。车辆也换成了一辆灰色的大巴，司机是一位肚子大得出奇但人很和善有趣的美国人。陈导不像前一个导游老是唬着个脸，他一上车就笑着跟我们说他陪我们走的这段路线，是偏僻的乡野，不像洛杉矶、拉斯维加斯那么繁华，没人愿意跑。美国总体说来是个大乡村，这在中西部体现得最为强烈，但是也有它的好处，就是单纯、明净，令人心灵平静，精神净化。于是我与他有了自然的调侃与互动，不时激发出一些笑声。从此，车厢内一改前几天的沉闷，变得充满生气与活力起来。

车辆向东疾驶，两旁见到的仍然是长着沙棘的荒凉土地。渐渐地，土地由黄变红，我们走进犹他州的锡安国家公园。这是一片由红砂岩构成的新奇风景，还有了水流、有了绿树。高大险峻的悬崖峭壁加上淙淙小溪的点缀，构成了一幅美丽的山水画。换乘锡安公园特备的公交车走过两站，我们来到半山腰中凹陷成弧形状的哭墙，常年的山泉滴沥留下了斑驳的水迹，宛如道道泪痕。简单的三明治午餐后，我们走出锡安国家公园。穿过落基山脉的一条支脉，我们看到了另一种从未看到过的自然奇观。触目所见，是山崖一望无际的感人的赭红色，岩石仿佛叠在一起的千层百叶或拧成一团的麻油馓子，层层条条蜿蜒起伏的线条犹如一幅幅以几何线条见长的现代派绘画。车辆所走之处若干年前是巨大的湖底，远处的四周都是巍峨的平顶山脉，那是昔日的河岸。停车后步行走过一段黄沙覆盖的岩石通道，便来到“马蹄湾”。“马蹄湾”

是科罗拉多河在亚利桑那州内的一截U形河道，以河湾环绕的巨岩形似马蹄而得名。陡峭的悬崖构成了天然的防护栏，站在上方可以方便安全地俯瞰马蹄湾全景，这更像好莱坞西部大片的取景地，绝色惊艳，夺人心魄！

虽然从进入锡安国家公园起，见到了先前在西部沿线不曾见到的山泉、小溪，但从未看到过万顷碧波。所以，当汽车把我们带到一望无际的鲍威尔湖面前时，还是禁不住地欣喜、惊奇。鲍威尔湖是拦河蓄坝发电形成的人工湖，长300公里，湖岸线3000多公里，以一片的蔚蓝镶嵌在赭红色的群山峡谷之间，犹如红色镶边的蓝宝石，熠熠生辉，让人心醉。

晚上入住亚利桑那州的佩吉小镇。小旅馆不仅没有围墙，也没有封闭的过道，房门直接面对大马路。这在国内，肯定存在安全隐患，但在美国却不然。美国人人有枪，如遇入室盗窃，主人有权正当防卫。小旅馆条件很为简陋，漱嘴杯都是一次性的，与头一天住的拉斯维加斯的酒店形成巨大的反差。

第六天：羚羊峡谷

佩吉距离世界上著名的狭缝型峡谷羚羊峡谷最近。峡谷位于印第安人保护区，自然的奇幻美景是游客们的“地下天堂”，但天堂需要印第安导游的带领才能入内。这不仅仅是为了自然保护的需要，更是为了保证游客的人身安全。就算是峡谷上方阳光灿烂，如果一场暴雨突然降临，这狭窄的缝隙瞬间就可能变成一处急流奔腾、无可逃生的地狱。走进峡谷须乘印第安导游开的敞篷卡车。卡车具有很好的抗颠簸的越野功能，才能越过已经变成沙漠的河床。峡谷由被洪水冲刷成流线型的红砂岩构成。峡谷入口的狭窄处只有一人多宽。它幽深，距离并不长，大概只几十米，沿着山势蜿蜒切开一道狭长的缝隙，游客可以通行。它上承天空，不时有明亮的阳光照进缝洞，与洞内的红砂岩汇成由明到暗、层次分明、如梦如幻的光晕。游客在导游的指导下将相机调至合适的模式，翘首向洒进阳光的洞口拍去，形成的图像酷似蜷曲着婴儿的子宫。据印第安纳瓦荷族的历史传述，这里过去曾是叉角羚羊的栖息处，所以人称“羚羊峡谷”。老一辈的纳瓦荷族人将此地视为静思与大灵沟通的栖息地，而敢于冒险的驴友则把这里当成旅游、摄影的梦幻世界。但这个美丽而神秘的梦幻世界是潜伏着危险的。在纳瓦荷族土著居民实施管理前，曾有七八个西方游客在此游玩，而不期而至的山洪葬送了他们的性命。所以现在的羚羊峡谷游是有着严格的安全限制的，要看季节、天气如何而定。

午后驱车来到布莱斯峡谷。峡谷位于犹他州南部，科罗拉多河北岸，取1875年在这个地区定居的苏格兰拓荒者布莱斯为名。这是以拥有形态怪异、颜色鲜艳的天然岩柱闻名的自然奇观。峡谷内有14条深达300米的山谷，岩石受风、水、雨、雪的长期侵蚀，形成一个个栩栩如生的天然石俑，呈红色、橙色、黄色与白色等60多种色度不同的颜色，在光线的照射下溢金流彩。供人参观的部分虽有“峡谷”之名，但无“峡谷”之实，而是庞沙冈特高原东面由形态各异的无数天然石俑参差错落构成的巨大的露天剧场，恍若陕西地下兵马俑坑穴在自然界的偌大再现。

晚宿盐湖城附近的希尔顿酒店。

第七天：盐湖城

盐湖城是美国犹他州的首府，也是犹他州的最大城市，而市内人口只有20万左右。城市位于一个山谷的北端，以紧靠大盐湖而得名，但却是绿化成荫的宜居城市。我们的导游就住在这座城市。它海拔1300多米，纬度与辽宁相当，冬天气温零下20多摄氏度，所以曾举办冬季奥运会。该城系1847年由杨百翰率领一批耶稣基督后期圣徒教会——摩门教的信徒拓荒所建。此后，摩尔门教会的总会一直设在盐湖城，目前超过半数的当地人士为该会教徒。

市中心的圣殿广场是摩尔门教总部的建筑群，每年吸引游客三百至五百万，是犹他州最热门的旅游景点。来自中国杭州、美国华盛顿和巴西的四位年轻的“姐妹”——摩尔门教信徒兼志愿者接待了我们，带领我们参观了大礼拜堂、圣殿等。她们的善良、纯洁令人感动，而对神的虔诚与迷信则令人有点惊恐。参观结束，她们让我们留下联系方式，但最终无人应和。须知游客多是些热爱生活、远离天国的世俗中人。

从圣殿广场出来，行经市中心主要街道。两旁有现代化的高楼，也有优雅别致的别墅。天空湛蓝，路面洁净。来到犹他州议会山的政府大厦。大厦常年对外开放，任人参观。顶部是铜制圆顶，内部是花岗岩穹庐、石柱和壁画、雕塑，镌刻着犹他州政府的四大理念。我们参观时恰逢动物保护组织的部分成员举行集会，表示抗议。抗议者带着爱犬，牌子上写着自己的诉求，但安静无声。

美国很大。由西往东的穿越行动决定了大部分时间都在车上行走。如果沿路有些景点，便可聊作对游客交代的点缀。在驶向黄石小镇的路上，途经爱达荷州爱达荷福尔市的爱达荷瀑布。美国的“市”比“县”小，相当于一个小镇。小镇居民很少，因而很安静、也很安详。爱达荷瀑布是在蛇河上建立水电站而形成的人工瀑布，长度约有数百米，堪称世界最大的人工瀑布。在这还能远眺远处尖顶的白色建筑，那是当地的摩尔门教圣殿，可见摩尔门教巨大的覆盖范围。

晚宿西黄石小镇一家酒店。酒店前后有好多小木屋供游客入住，造型别致，恍若世外桃源。入住后太阳尚未落山，于是我和夫人拿起相机，捕捉美景，且在充满牛仔味的小镇上溜达徜徉。

第八天：黄石公园

来美国之前，在对旅行社的旅行线路和项目做比较选择时，在美国工作过的女儿就告知：黄石公园一定要去。20 日，黄石国家公园游终于成行，不过震撼力远比不上大峡谷、锡安公园、马蹄湾和布莱斯，让人感到盛名之下，其实难副。黄石公园占地约 9000 平方公里，是美国最大的国家公园，而其实，不过是把偌大的无人居住而有动物出没的荒野取名叫“国家公园”而已，与我们前几天在中西部穿行所见的乡野并无质的不同。这里看到的郁郁葱葱的松林、白雪皑皑的山峰、冰山融化的溪流、清澈平静的湖泊、冒着白气的地热、翻滚着气泡的石灰浆，以及偶尔出现在路边的野生牦牛、大角鹿等等，都似曾相识。说起来，也许只有号称“地球眼”的由地下水包含的矿物积淀的五彩缤纷的湖面和间歇式喷发的地下水柱还能给人留下特别一点的印象。依同行者的说法，黄石公园的景点类似于国内的九寨沟，但远不及九寨沟。但在一般的国内旅游项目中，有无黄石公园旅游项目，费用至少相差在5000元左右，实在有些不值。

晚上仍住在西黄石小镇。

第九天：大提顿国家公园

21日安排看大提顿国家公园。大提顿国家公园毗邻黄石公园，须从黄石公园中穿过。大提顿国家公园的核心风景是大提顿山。它由三座像乳房似的高耸入云、终年积雪的山峰构成，山峰顶端有三个小山包凸起，酷似乳房上的乳头，往往肉眼看不出，但在佳能相机拍摄的照片上却清晰可见。而这也正是“大提顿”的含义和取名的由来。美国派拉蒙电影公司的片头的山景便取材与此。不过再有名的雪山也不过是雪山，谁未曾见过？西藏境内处处是雪山。同理，园区内长达约20多公里、汇聚冰山雪水而成的杰克森湖也是如此。从黄石公园到大提顿公园，所见风景已是一蟹不如一蟹了。

走出杰克逊，再在杰克逊城稍做盘桓。杰克逊城又叫西部牛仔城，具有典型的西部牛仔风味。小镇上有一个独特的鹿角公园，它的四个门都是用鹿角堆积起来的拱门，是吸引游客的特色。小城的一侧是坡度合适的高山，远远看去，从山顶有几条绿草带与两侧树林的深绿区分开来，那是冬天滑雪爱好者的滑雪道。由于杰克逊城地理位置得天独厚，是休闲、运动、度假的好地方，许多影星名流来此置业，把这里的房价抬得很高。

向东走了这么远，但下午仍得返回盐湖城。因为美国没有动车高铁，要到达美国东部，必须乘飞机。而此处最近的机场，仍在盐湖城。

第十天：飞往华盛顿

22日整天都是乘机。早晨6点的飞机飞达拉斯，达拉斯时间上午10：35再飞华盛顿。在美国，乘飞机就像乘动车、高铁，是比汽车更快的唯一交通工具。由于需求量大，人口少，工作劳累，所以空乘服务人员很少俊美的年轻人，大都是空叔、空嫂，甚至空奶、空爷。也因为是最常见的交通工具，所以不提供餐食。从飞机上俯视华盛顿，掩映在一片绿色的茂密树林中，与中西部的荒山秃岭形成鲜明的对比。走出华盛顿杜勒斯机场，迎接我们的地接导游换成了曾经是“教授”的朱姓男子，看上去很苍老，黝黑面色毫无光泽，稀疏的头发干枯而凌乱。几句话一说，既无教授水平，又无幽默感。带我们入住远离华盛顿的Suberban酒店，还与对门的一家酒店搞错了，让我们拖着行李箱走来走去。司机是一位墨西哥裔中年男子，不爱说话和交际，与前面热情而开放的美国司机形成鲜明对比。Suberban酒店没有大堂，没有餐厅，连早餐都要以打包的方式分发，比佩吉的小旅馆还差，连国内的168便捷酒店都不如。我们分得一张大床房，里面小得出奇，还不合规矩地放了一张单人床，弄得我们没法下脚，只好把行李箱搁在上面整理。这样的酒店在咱们国内根本就无法获准开业。我们交的团费不少，不属豪华游也至少属于体面游。我拒领分发的打包早餐以示抗议。但查阅春秋国旅行程安排，“住宿Suberban”“打包早餐”写得分明，只好哑巴吃黄连——闷进。我们唯一能做的，就是以后不向别人推荐春秋的这款旅游产品。上网时跳出该酒店主页，每间双人房每天挂牌价79美元。春秋团购，想必更低。

第十一天：参观华盛顿

跟随陈导的几天，一般都是8：30出行。这是他和司机卖力的地方。到了华盛顿，又恢复到了9点出发。23日是重头戏，参观美国首都华盛顿的政府建筑和文化展馆。因为住得离市区较远，到达市中心时已是10点。“华盛顿”其实是华盛顿哥伦比亚特别行政区（WashingtonD.C.）的简称，又称“特区”或“华府”，

1790年作为首都而设置，是美国的政治和文化中心，管理国家是华盛顿的主要工作，是世界上少有的仅以行政职能为主的城市。虽是一国的首都，但市区面积并不大，只有178平方公里，人口也不多，整个特区的人口只有约55万。特区总面积6094平方公里，南同弗吉尼亚州相连，其他三面同马里兰州相连，两州界河波多马克河由西北向东南流贯特区。来到白宫南草坪远眺白宫，这个美国历届总统入住的官邸居然只是不起眼的三层白楼，与“宫殿”之“宫”一点不沾边。

平时在电视新闻中经常出现的圆顶建筑实际上是“国会山”，是国会大厦所在地。美国人把国会大厦看作是民有、民治、民享政权的最高象征。它高耸巍峨，很有气派。与国会山形成一条直线的是林肯纪念堂，是为纪念美国第十六届总统林肯而建，外形类似毛泽东纪念堂。林肯担任总统期间，美国爆发南北战争，林肯坚决反对国家分裂。他废除了叛乱各州的奴隶制度，颁布了《宅地法》《解放黑人奴隶宣言》，击败了南方分裂势力，维护了美利坚联邦及其领土上不分人种、人人生而平等的权利。林肯此举大大触犯了白人的地位和利益。内战结束后不久，林肯遇刺身亡。但他的功绩不朽，并逐渐为后人认知，曾位列最伟大总统排名第一位，也是当今评出的最有作为的总统之一（其他2位为华盛顿和罗斯福）。林肯塑像成为美国永恒的塑像，林肯纪念堂成为华盛顿市的标志。站在林肯纪念堂正前方向前眺望，是华盛顿纪念碑，纪念美国首任总统乔治·华盛顿。他不仅作为军队总司令率领人民推翻了英国殖民统治，迎来了美利坚合众国独立，而且在两届任期结束后，自愿放弃权力不再谋求续任，为后世的总统任期树立了典范，因而被称为“美国国父”。再后来，我们来到韩战纪念碑瞻仰。这是一个由一座黑色的花岗岩纪念墙、一组置于地面的小方座以及19个与真人尺度相仿的美国军人雕塑群构成的纪念区。小方座前供奉着一只纪念花圈，挽联上写着韩文，据说是韩国大使馆每天送来的，以表示对当年以美国为首的联合国军队无私支持的铭谢。“韩战”即我们所说的“抗美援朝”战争。对这场战争究竟应当如何评价，历史自有公论。不过有一点可以肯定的是，这场战争中毛岸英的意外身亡，却彻底根绝了中国实行朝鲜式世袭政权的可能，使中国能有今天的改革开放，确是不幸中的万幸。同样让中国游客反思的还有越战纪念碑。当年中国政府援越抗美，不知给越共多少物力财力的支持，现在当权的越共则跟中国反目相向，而又跟美国打得火热。这个事实再次印证了世界上没有永恒的朋友，只有永远的利益。美国人是崇尚自由民主的。越战纪念碑采用的是当年耶鲁大学建筑专业21岁华裔女学生林璎的设计方案，别出心裁地将黑色花岗岩砌成的长500英尺的V字形碑体嵌入地下，上面刻满了战争中牺牲者的名字，让游客不是向上登攀，而是向下行走瞻仰凭吊。在美国，这些名字是值得人们记住的英雄。但不过过去了几十年，这些名字又有谁知晓？充其量，不过是些冰冷的、没有什么实际意义的字母符号罢了。

在华盛顿城区的一家中式自助餐馆用餐，挂牌餐费一如既往，仍然不过在10美元左右，但品种够丰富，让人再次感叹美国餐饮比中国便宜。午后导游带领我们参观国家航空航天博物馆。这是全世界首屈一指的有关航空航天历史的专题博物馆，主要收藏、展示美、苏的航天发射火箭、空间站、登月车、登陆舱、宇航员用过的器物和莱特兄弟发明的人类历史上第一架飞机和一战、二战时期使用的主力战机，以及现代以来不断改进的先进战机、民航客机，等等。这是美国人引以自豪骄傲的地方，也令外国游客对美国人领先的科技、杰出的聪明才智深感敬佩。作为文化中心，市中心附近拥有各种主题的博物馆。剩下两个小时自由参观。我们想多看点，就先走马观花地看了国家艺术馆，再匆匆看了国家自然历史博物馆。国家艺术馆一楼展厅陈列着油画作品，以写实风格为主，也有些印象派、抽象派现代画；地下层以展示大理石雕塑为主，据说也有中国古代的瓷器，但时间所限，我们没看到。当我们赶到自然历史博物馆时，离集中时间只剩下半个多小时。我们楼下楼上火速浏览了一下，有些展厅陈列着各种动物标本，像动物园；有些展厅陈列着各种头盖骨，回溯着人类起源、进化的历史轨迹。在自然历史博物馆的正门对面，隔开一幅草坪，是暗红色的尖顶建筑群，据说是博物馆管理处。这是极好看的标志性建筑，我们抢出几分钟匆匆留影，然后挥手与华盛顿说再见。

回酒店的路上，天还没黑。晚霞中，不时看到路旁地面上树立的原木电线杆，上面连接着道道电线和各种用黑皮包裹的管线，像蜘蛛网一样；路上的信号灯也悬在横挂两边的管线上，不仅与现代化的城市形象极不协调，遇到飓风也很不安全。这种状况遍布美国各地，但在首都城区，显得特别刺眼。看来美国的基础设施和城市形象建设也不是尽善尽美的。

第十二天：巴尔的摩、阿米什村、好时朱古力世界

告别华盛顿，下一个重头戏是尼亚加拉大瀑布。但距离太远，汽车一天到不了，于是24日又安排了些陪衬的景点过渡。

离开华盛顿60多公里，我们来到马里兰州最大的城市巴尔的摩市，这是美国大西洋沿岸重要的海港城市。巴尔的摩是美国国歌诞生地，这里的明珠港是有名的旅游观光区。在U形海港，停泊着许多古帆船、巨轮、游艇，船帆和桅杆高耸入云，刺向天穹。在港湾漫步，可以看到著名华裔建筑大师贝聿铭设计的国家水族馆等现代建筑。一位与妻子散步的美国老人朝我们微笑，主动示意给我们夫妇拍照合影。在港湾的另一侧，停靠着一艘过时的潜艇，可以买票参观。尽管时间极为有限，我们还是每人花11美元买了票子，冒着迟到10分钟的大不韪，平生第一次深入潜艇内部，将它的五脏六腑看了个究竟。

上车又开了一个小时，在阿米什村稍做停留。先是一位当地的小伙子用英语对阿米什人的历史和生活特点的大段介绍，然后到原景再现的一幢二层民居样板房参观，再后来在划定的村落自由观赏。介绍太专业，团队内几乎没有什么人能真正听明白。朱导的英语水平也好不到哪儿去。在美国小伙子用英语介绍时他并不翻译，在客人提出翻译要求后他居然说这要春秋社另外安排导游了，好像让游客听清楚介绍这事与他无关。于是我们只好自己瞎看看。网上查了资料，方有所了解。阿米什人是崇信基督的一个古老分支教派，以对《圣经》的虔诚遵守为名，拒绝现代文明，生活简单朴素。缘于欧洲，以操德语的居民为主，18世纪迁移到美国宾夕法尼亚州。之后这个教派传播到美国其他地区和加拿大。2008年的统计显示，阿米什人数已经达到22万多人。阿米什人至今仍坚守中世纪的生活方式。不接受高等教育，但有自己创建的学校，学校只有一个教室，各年龄层次的孩子们都可以聚集在那

个教室学习。交通用马车，不能拥有汽车，但可以乘坐汽车。家庭禁止使用电话，但门口也会设有电话，以便应急。一般不用电，对家用电器的使用也绝对禁止，但我们参观的样板民居有节能灯照明，电压只有 12 伏。着装也有严格限制。男人和女人的服装颜色基本是黑色、蓝色、白色。男人穿裤装、背带裤，戴黑色毡帽或草帽等，女人穿长裙，戴白色或黑色小纱帽。布料都是纯色的，没有花纹图案。女人衣服上也没有扣子和任何饰物。以耕种牧养为生。马匹、奶牛、鸡是他们饲养的主要牲畜。总的来说，这个本来有点可以满足游客猎奇心理的宗教村落因为导游不称职而变得索然无趣。

午后来到位于宾夕法尼亚州的首府哈里斯堡的好时朱古力世界，它是世界上最大的巧克力生产基地之一，被称为“世界上最甜蜜的地方”。这里不仅是现代化的巧克力工厂，而且是一个处处充满巧克力主题的文化乐园：巧克力博物馆、巧克力游乐场、巧克力电影院、巧克力餐厅、巧克力大道，就连路灯的灯罩都是巧克力的形状。它的营销做得相当出色。游客一进来，就被安排六人一组，免费坐上一辆小火车车厢，游览从筛选巧克力豆到制作巧克力各式成品的全过程，不时配有卡通动物（如奶牛）的翩翩起舞和震耳欲聋的音响伴奏，感染力极强，将游客的兴致调到极高状态。于是，当人们下来，步入必经的巧克力货架世界时就难免要买一些了，尽管天气炎热，现在这个时候不适合保藏。

晚宿哈里斯堡郊区某酒店。

第十三天：尼亚加拉大瀑布

25 日的日程安排很简单：直奔尼亚加拉大瀑布。因为游客提了意见，领队小田做了协调，出发时间提前了半小时，上午 8:30 出发。路途较远，一天都在乘车。公路依山而建，弯道不多，但依山起伏，往往一段公路驶向天边，到了天边又出现一段低缓的路段。两旁的绿树不是人工栽培，而是充满野趣的原生态，说明该路原是在原始森林覆盖的山丘上开凿而成。下午3时许，连续驶过伊利湖形成的水面上的两座大桥，到达布法罗。

布法罗的尼亚加拉大瀑布位于美国纽约州的尼亚加拉河与加拿大安大略省交界处，是世界第一大跨国瀑布。它与南美的伊瓜苏瀑布及非洲的维多利亚瀑布合称世界三大瀑布。尼亚加拉河南起隶属于纽约州的布法罗市，上游集水面积包括苏必略湖、密西根湖、休伦湖和伊利湖水系，水量充沛，河面很宽，水流平缓。从距伊利湖北岸32公里起，河面逐渐变窄，水流不断加速，在一个几乎是直角的急转弯处，河道上横亘起一道石灰岩断崖，尼亚加拉河经此骤然摔下50多米，声震如雷，浪花澎湃，水珠四溅，白雾缭绕，形成了气势极为壮观的尼亚加拉瀑布，最后汇入安大略湖。瀑布实际由三部分组成。两部分在美国境内，一部分在加拿大。美国境内的瀑布是由山羊岛隔开的美利坚瀑布和由月亮岛隔开的新娘面纱瀑布。加拿大境内的瀑布是马蹄形瀑布，规模最大。事实上，在美国境内看到的只是尼亚加拉瀑布的侧面，也就是规模较小的两个瀑布，但这足以惊心动魄。我们先是在岸上远观，然后穿上塑料雨衣，登上景区游船，来到离瀑布最近的位置，与两部分瀑布进行最亲密的接触，接受瀑布四溅的水花的洗礼。水流狂泻，从天而降，犹似千军万马，在峡谷回荡不已；撞击发出的轰鸣震耳欲聋，喷射的水珠打在脸上、裤脚上，令船上的游客目瞪口呆。下船后脱去雨衣，本准备上岸，突然发现可以在瀑布一侧装有铁栅栏的台阶上与瀑布有更近的接触，于是吆喝夫人重新穿上雨衣，摘下眼镜拾级而上，但每一步都遭遇瀑布冲击山崖所形成的暴风雨的袭击，眼睛睁不开，只好背过头去，用整个身体去感受，一面登攀最高的观赏平台，一面念念有词：“让暴风雨来得更猛烈些吧！”而在谷底浪花翻滚的水面，确实汇聚着上下击水的海鸥。

当晚住得较好，就在市中心离瀑布不远的地方，步行七八分钟就到。布法罗太阳落山迟。于是晚饭后大家不约而同地再来补看，因为这景象确实是看不够的。听说晚上10点放礼花，四面八方的游客早早会聚在广场上。10点，在对岸的加拿大最大的城市多伦多上空，放起了绚丽的礼花。这是旅游季节每晚一次的保留公益节目，美国这边的游客可以免费观赏。这也算是礼尚往来的一种回报吧。美国境内的瀑布，加拿大那边的游客可以处于最佳位置一览无余，尽情地免费观赏。通过放礼花，两方算扯平了。

第十四天：波士顿

26日从布法罗到波士顿，车程约9小时。人很累。这让人深切感受到美国没有高铁、动车的坏处。因为没有铁路客运，中等距离的路程都需通过汽车，这不仅给人们出行带来不便，也增加了能源消耗和环保压力。从长远的眼光看，随着美国人口的增加和石油能源的限制，发展高铁、动车等高起点的铁路客运是美国未来交通的大势所趋。越是滞后，还历史欠账的代价就越大。

波士顿是一座海滨城市。作为补偿，旅行社安排了一次龙虾晚餐。前来就餐的中国游客很多，用餐要排队。乘此空当，导游安排了半小时自由参观饭店附近的唐人街。唐人街的入口处有一牌楼，正面上书孙中山墨宝“天下为公”，背面上书蒋介石墨迹“礼义廉耻”。牌坊一侧是一小块公共活动场所，一些当地的中国移民在下棋、打牌。波士顿的唐人街据说是北美第四大唐人街，占地五亩，有近百家店铺，但我们走进去，主街道大概只有百米长，其破败、冷落程度超出了人们的预期。

特色龙虾餐还称得上名副其实。一人一只盐水龙虾，估计每只1斤以上是有的。每桌再配以五六个荤素菜，比我们想象的要好一些。

第十五天：哈佛大学、麻省理工学院

27日安排大学考察。从波士顿到纽黑文，参观哈佛大学和麻省理工学院。哈佛大学建于1636年，是全美第一所学院。这里先后诞生了八位美国总统，40位诺贝尔奖得主和30位普利策奖得主。其商学院案例教学盛名远播。在哈佛校园拍照时，巧遇夫人姐姐和侄女。夫人姐姐在中国政法大学执教，侄女在该校读大一。暑期，夫人姐姐带领一群大学生前来纽约搞夏令营活动。本来约好明天下午在纽约第五大道见面，没想到在此相遇。麻省理工学院是全球高科技和高等研究的先驱领导大学，培养了众多对世界产生重大影响的人士。其自然及工程科学在世界上享有极佳的声誉，其管理学、经济学、哲学、政治学、语言学也同样优秀。下午参观耶鲁大学，这是全美第三古老的高等学府。它的名声也与总统及诺贝尔奖有关。该校先后培养了5名美国总统及19名美国联邦最高法院大法官，另有49名诺贝尔奖得主现在或曾经在耶鲁学习或工作。在晚宿纽约附近的新泽西郊区Best Western Riverbiew酒店。前台服务员将我们团预订的房间给了先期到达的另外的中国旅游团，他必须重新分配房间，并重新给门卡设定密码。但各种电话不断打来，而小酒店的前台只有他一个人，这就将分发房卡的时间一再耽搁下来。不过进房后发现房间很大，还好。据说纽约城区酒店每晚价格在200美元以上，但郊区只有几十美元。我们这次美国之行，除拉斯维加斯外，基本都住在乡下的“Inn”，并把大量时间花在了从乡下的“Inn”到市区景点的往返上。

第十六天：纽约与自由女神

28日游纽约。这是本次行程最后的辉煌。

纽约市是美国第一大城市。它地处华盛顿特区和波士顿之间，东临大西洋，面积约1200多平方公里，哈得孙河、哈莱姆河、布朗克斯河和东河贯穿其中，水网纵横，水域宽阔，陆地面积只占三分之二，近 800 平方公里。纽约城区大多落在曼哈顿、斯塔滕岛和长岛，因土地狭小，人口密度很高，2012 年达到 830 多万人，是全美人口最多的城市。纽约市下辖五个区，最著名的是曼哈顿、布鲁克林区和皇后区。纽约是一座移民为主的多元化城市，在此使用的语言达到 800 种左右。纽约位于哈得孙河与大西洋交会处，是天然良港，每年有成万上千艘船舶进出，货物吞吐量巨大，成为美国的商贸重镇。当然，纽约更是一座世界级城市，在金融、文化等方面发挥巨大的全球影响力。

然而，在这样一座极负盛名的国际大都市，我们在进入市区的时候，仍可以看到道路中央和两侧金属隔离栏或护栏上的斑斑锈迹，以及大桥过道两侧未得到及时清扫的垃圾。进入曼哈顿下城，沿路不时见到修路的护栏，将原已狭窄的路面搞得寸步难行。在华尔街入口处与标志性的铜牛亲密接触，然后步入世界金融中心的华尔街观光，世界上最大的证券交易所纽约证交所就位于此。华尔街并不长，为了防止恐怖袭击而又不破坏景观，华尔街两头的入口地面上分别安放了四五个铜疙瘩。接着赶去排队，乘 12 点一班的游船，沿着哈得孙河，观赏纽约美丽的城市建筑，近眺自由女神像。渐渐地，我们看到在裙楼环抱中，有一座最高的自由塔高出一截，直刺天幕。那是兴建中的美国纽约新世界贸易中心的摩天大楼，坐落在“911”袭击事件中倒塌的原世界贸易中心的遗址上，又称“世界贸易中心一号大楼”。这反映着美国人民为追求自由不折不挠、永不言败的精神。游船往哈得孙河口里弯过后，就来到高举火炬的自由女神像面前稍做停留，供游客拍照。自由女神像是当年法国为庆贺美国独立 100 周年赠送。历史上，法国与美国有着很深的友谊。美国独立战争中，是法国人帮助美国人打赢了摆脱英国殖民的独立战争。神像左手拿独立宣言，右手高举火炬，眼望前方，象征着自由、民主精神，鼓舞世界各地的移民为实现自由理想而投身美国的怀抱。游程结束前，游船又往回驶入布鲁克林大桥和曼哈顿大桥，让人们领略哈得孙河上100多年前留下的标志性建筑。而这桥、这景，正是20年前热播的电视连续剧《北京人在纽约》的片头场景。

午餐后步行到联合国总部大厦前参观。联合国总部大厦是一座火柴盒状的摩天大楼，它一面濒临东河，一面贴近拥挤的交通要道。前面没有想象中应有的广场和腹地，想必给安保带来巨大压力。沿路一侧开肠破肚正在维修。隔着维修护栏，可以看到各成员国的国旗悬挂在旗杆之上。天气晴好，无风，各国国旗都像秋天蔫了叶子蜷曲地依附在不锈钢的旗杆上，令人不解：为什么代表国家形象的国旗不能机械送风保证它高高飘扬？是经济困难还是不当回事？回头集合的途中，恰逢总部大厦附近一块空地人头攒动，演讲、抗议声震耳，示威的人群手举以色列旗，写着英文标语，表达着对近期连续不断的巴以冲突的诉求和联合国相关决议的不满。四周围着钢管栅栏，警察荷枪实弹。看来在西方，示威也是要申请的，有地点限制的，只不过申请容易获批而已。

登车来到著名的纽约“第五大道”。这是纽约曼哈顿区的中央大街，道路两旁是一排排玻璃幕墙闪闪发亮的高楼大厦，鳞次栉比，尽显繁华。这里货物丰富，名牌云集，是“最高品质与品位”的代名词。导游给我们两个多小时观光购物。在洛克菲勒广场，夫人与其姐姐、侄女如期相遇，她姐姐给她带回来一些保健品等物品给上海的父母。我们没有购物的需要，于是决定登临洛克菲勒大楼之顶，一览纽约全貌。门票每人29美元。排队买票、安检、等候，花了约半个多小时，才进入登顶电梯。从二楼的起点到楼顶共67层，43秒便到。顶端又可分三层，四周用无框的加厚玻璃围起来，安全而又不影响视野，纽约360°全景尽收眼底。

登顶结束时，离集合时间已经不多。我们在附近的街道上逛了逛，拍一些街头照表示来此一游，便与夫人姐姐和侄女道别，并重回洛克菲勒广场，等待着 4：15 与团队的其他人会合。

团队的其他人纷纷拎着购物袋回到集合点。我们这个团姓“老”，不是“老师”，就是“老板”。尽管一路上在奥特莱斯和所住酒店附近超市购物不断，但在这个价格不菲的极品大道还是有所斩获。最后一站是时代广场。时代广场位于百老汇剧院区枢纽，是世界娱乐产业的中心之一，也是世界上行人来往最密集的步行购物地段之一，被称作“世界的十字路口”。在时代广场的两块大屏幕电子广告牌上，不停地更换着“新华社”“中国大连”“川剧变脸”等中国元素。自由活动时间 45 分钟。乱逛没意义，于是来到导游介绍的马球牌 T 恤店。店面不大，但十分拥挤，购物者多为中国游客。马球牌 T 恤分大马球与小马球，但售价一样，男式每件 24 美元，女士每件 22 美元，价格合适。一路上我们几乎没购什么物，在这里买一点做个纪念。我买两件夫人买三件。同行的一对母女一路购物不止，这里又买了十几件，堪称“购物达人”。至此，美国行程全部结束。

晚上回酒店整理行李，竟然发现放在洗脸台上的一个装有牙膏、牙刷、肥皂洗衣粉和电动剃须刀的透明塑料袋被服务员作为垃圾扔掉了。找导游与前台交涉，说是清理房间的服务员已回家，要等明天上班后询问后再说，而明天凌晨三点我们就要赶飞机。美国号称重视人权，但酒店的服务确实不能叫规范，对出现问题处理的回答也不能叫人满意。好在领队小田请示国内春秋总部后，春秋社请小田垫付 20 美金，作为赔偿。

第十七天：返程

29 日，凌晨 2：15 起床，3：20 出发，横跨纽约，4：10 来到纽约另一端的国内航空机场，6 点飞芝加哥，约 2 小时。在芝加哥机场逗留 3 个多小时，花 42 美元买了一瓶 50 毫升男士香水，再乘美国航空公司飞机飞行 13 小时，北京时间 30 日下午 1：50，降落上海浦东机场。

第十八天：总结

总结本次旅游获得的对美国的感受，主要如下：

1. 美国人聪明、智慧、伟大，硬是在荒凉贫瘠的西部创造了现代化的城市，在殖民的东部土地上创造了自由民主的政治文明和社会制度，并创造和引领着世界的商业文明和科技文明。

2. 美国经济发达，人均收入高，社会保障好，没有城乡差别，没有太穷之人。所到之处，看不到棚户区，也看不到流浪的乞丐。

3. 美国地广人稀，人均排放少，严格控制本土资源开采，利用高科技将有污染的工业基地大都放在人力资本低廉的海外，保证了本国自然生态的完好。天蓝水清，空气清新，房屋的造型和色彩千姿百态，异彩纷呈，特别是它花园式的乡村小镇，宁静祥和，恍若世外桃源，令人羡慕不已。

4. 美国收入高，但生活成本低。住房比中国便宜，比如洛杉矶的一套民居别墅大约几十万美元，价格比上海的一套公寓房还低。自己买菜烧饭也很便宜。所吃中式自助餐，品种丰富，但每份售价加上饮料、小费、税金，在十块美元上下，在中国是吃不到的。这增加了美国生活的富足感。

5. 美国也不是没有缺陷。它没有动车高铁，不设铁路客运，给人们中距离出行带来极大不便，也大大增加了汽车运输的压力及相关的石油消耗和碳排放。国道两侧铁皮护栏锈迹斑斑，用材陈旧，缺少升级换代；所经钢铁大桥（包括纽约的几座大桥）油漆时见脱落，缺少有效的定期维护。形同蛛网的地面电路管线络绎不绝，且电线杆多为易被腐蚀的原木，不仅影响市容，而且暗藏隐患。重要城市（如纽约）干道两侧的垃圾没有得到及时清理，对城市形象的负面损害尤大。酒店业特别是“Inn”系列的硬件规范尚待严格把关（比如没有大堂和餐厅不准涉外接待），服务意识尚待进一步增强（比如增加接待人手，开设中文频道或转播中国新闻，因为中国游客目前已成来美国观光客的主力军），等等。

记于 2014 年 7 月 31 日至 8 月 4 日

三、《穿越欧亚的土耳其之旅》

在一线旅游国基本上都去过以后，今年暑假，我们选择土耳其作为旅游目的地。

土耳其地处欧亚交界处，面积 78 万平方公里，属于规模中等的国家，其中 97% 位于亚洲的小亚细亚半岛，3% 位于欧洲的巴尔干半岛。国土包括西亚的安纳托利亚半岛、巴尔干半岛的东色雷斯地区。北临黑海，南临地中海，西临爱琴海，与希腊和保加利亚接壤，东部与格鲁吉亚、亚美尼亚、阿塞拜疆和伊朗接壤，东南与叙利亚、伊拉克接壤。在安纳托利亚半岛和东色雷斯地区之间的，是博斯普鲁斯海峡、马尔马拉海和达达尼尔海峡。人种、文化、习俗融合着欧亚特色，东方的伊斯兰教与西方的基督教在这里和谐共处。早在《虎口夺险》中就领略过非常有特色的土耳其浴室；后来在成龙出演的好莱坞大片中，又曾被土耳其姑娘惊艳的美貌深深震撼；再后来在法国某男星主演的谍战片中，土耳其城市鳞次栉比、可以奔跑跨跃的屋顶给我留下深刻印象。今年 3 月东方卫视开始热播的真人秀节目《花样姐姐》因为取景土耳其，一下子令土耳其旅游热起来，价格也随之暴涨。我们本来与春秋国旅预订的八月的两个土耳其团因未及时缴费，后来都报不进了，于是只好参加春秋新增加的 7 月上旬的团。实际游程是 9 天，团费 14800 元，不包含意外保险费。

1. 卡航

上海到土耳其的航线有两种走法，一是乘国航从新疆经中亚某国中转，一是乘卡航从多哈中转。我们乘的是卡航。7 月 3 日凌晨 0：50，我与夫人乘坐卡塔尔航空的航班，在飞行了 9 个小时后到达多哈国际机场。然后再飞 4 个多小时到达伊斯坦布尔。卡塔尔是一个地理和人口的小国，但却具有国际影响力。在复杂的中东事务中，它敢于表达自己的是非判断，毫不畏缩，令人刮目相看；半岛电视台成为沟通伊斯兰国、塔利班与世界的唯一信息通道，具有独一无二、无可比拟的世界知名度；它曾战胜强大的竞争对手美国，获得 2022 年的男足世界杯主办权。卡塔尔超越有限地域追求无限影响的生存智慧，也体现在航空领域。卡国人少，无法满足大型国际航空公司空乘人员选择的要求，便向世界开放，机上空服人员肤色各异，显然招募自世界各地；卡航的服务温馨而高贵，这从空乘人员的微笑和机上提供的餐食可以感受到；作为首都机场和国际航空中转站，多哈空港超大无比，气宇非凡，令人叹为观止。在多哈机场，我们看到许多用黑袍将自己的身体、头部甚至脸部都紧紧裹住的阿拉伯妇女。超俗的伊斯兰信仰与现代化的世俗生活场景在这里呈现出奇妙的组合。

2. 伊斯坦布尔

到达伊斯坦布尔时是当地时间下午。迎接我们的是一位名字很难记的说英语的中年正导和一位有着土耳其与中国血统、会说中文的年轻的副导小尼。土耳其能说中文的有资质的导游全国只有 40 人。这两年中国游客剧增，能说中文的导游不足，于是就配备了正副两个导游，副导主要充当翻译和与中国游客沟通的角色。

伊斯坦布尔位于土耳其西北部，毗邻希腊，是世界上唯一地跨欧亚两个大洲的城市。历史上，这里曾是罗马帝国（拜占庭帝国）、奥斯曼帝国以及土耳其共和国建国初期的首都，具有悠久的历史传统。伊斯坦布尔原名拜占庭、君士坦丁堡。拜占庭是古希腊的一个城市，相传是从墨伽拉来的殖民于公元前 667 年建立的。公元330年，罗马皇帝君士坦丁一世在拜占庭建立新都，命名为“新罗马”，但该城普遍被以建立者之名称作“君士坦丁堡”。发展到公元12世纪时，君士坦丁堡成为全欧洲规模最大且最为繁华的城市。在其上千年的存在时期内，“拜占庭帝国”一般被人称为“罗马帝国”。1453年5月29日，突厥人建立的土耳其奥斯曼帝国（又称奥斯曼帝国、土耳其帝国）攻陷了东罗马首都君士坦丁堡，末代皇帝君士坦丁十一世战死，历时一千余年的拜占庭帝国就此灭亡，罗马帝国正式终结。奥斯曼帝国发展到16世纪时达到鼎盛期。20世纪初沦为英、法、德等国的半殖民地。1919年，凯末尔发动反抗外国殖民者的民族解放战争，最终于1923年取得胜利，建立土耳其共和国。1930年，君士坦丁堡更名为伊斯坦布尔。它地处海陆贸易要冲，如今是土耳其最大的港口，文化、工业和金融中心，气候宜人，是世界著名的旅游胜地。导游说，这里是土耳其人口密度最高的城市。

该城的欧洲部分由金角湾分为南部的旧城和北部的新城。抵达伊市后驱车前往南部的老城区。先来到埃及方尖碑广场。关于方尖碑的来历，小尼的介绍让人感到不大可信，我也就没太注意听。然后去参观蓝色清真寺。蓝色清真寺原名苏丹艾哈迈德清真寺，17世纪初由伊斯兰世界著名古典建筑师锡南的得意门生设计建造，是伊斯坦布尔最重要的标志性建筑之一。世界各地慕名而来的游客众多，进去前必须排队。蓝色清真寺属阿拉伯风格的圆顶建筑。远远看去，寺的中央覆盖着一个硕大无比的半圆式穹顶，周围由若干个圆形穹顶环抱。清真寺的四周，六根火箭般的尖塔高耸云天，象征伊斯兰教六大信仰。尖塔上方悬挂着多个高音喇叭，以高分贝传播出宣讲古兰经的声音，又叫“布礼塔”。排队等了约半小时。入寺前必须脱鞋，鞋子有塑料袋盛放，每个游客自己拿着。女游客必须披戴头巾，没有准备头巾的，进口处免费发放，待参观结束时回收。教徒进清真寺本来是应洗脚以示洁净的。因为游客多，免了这个环节，所以寺内弥漫着并不怡人的脚汗的气味。脚踩在地毯上，游客人头攒动。四周墙壁上镶嵌着2万多片的蓝白色瓷砖，“蓝色清真寺”因此得名。寺内中央一侧被隔开，正有几个教徒在吟诵伊斯兰经典。

如果说蓝色清真寺是阿拉伯伊斯兰教教堂，比邻的圣索菲亚大教堂则是融合了阿拉伯圆顶建筑风格的基督教堂。教堂供奉着耶稣。“圣索菲亚”在希腊语里的意思是“上帝智慧”。该教堂于公元532年由拜占庭皇帝下令建造，公元537年竣工。在1519年塞维利亚主教座堂诞生之前，圣索菲亚大教堂一直是世界上最大的基督教教堂。该教堂至今有近一千五百年的历史，因其巨大的圆顶而闻名于世，是一幢改变了西方建筑史的拜占庭式建筑典范。

经过古罗马竞技场，我们来到托普卡普皇宫。此皇宫于15世纪建造，从15世纪到19世纪一直是奥斯曼帝国的政治中心，现改建成博物馆，里面陈列着当年土耳其王室的许多珍贵的珠宝和生活用品。站在老皇宫的一侧，可以看到蔚蓝色的大海和另一侧的欧亚大桥，以及大桥两岸依山而建、层层叠叠的橙色屋顶，在落日的照耀下熠熠生辉。

我们到达土耳其时，恰逢“东突”分子在伊斯坦布尔闹事。原来安排好的中餐馆被砸，我们改在一家韩国餐馆用餐。尽管那里烧的中国菜不地道，但领队说这可是土耳其游程中最可口的饭菜。

第二天乘船前往属于亚洲的王子岛。四人一组，我们乘坐仿古马车环游小岛。王子岛位于马尔马拉海中。拜占庭时期，王室将获罪的王子或其他王室成员流放至此，故名“王子岛”。岛上许多拜占庭时期的教堂、修道院和清真寺仍然保持完整。19世纪中期，开始有汽船往来于伊斯坦布尔和王子群岛之间。伊斯坦布尔许多有钱的希腊人、犹太人、亚美尼亚人和土耳其人开始在岛屿上兴建或购置别墅，作为度假胜地。这里远离城市的喧嚣，禁止任何机动车辆通行，维多利亚风格形色各异的洋房掩映在亚热带的葱茏树林中，伴随着徐徐海风，俨然一片世外桃源。

中午品尝了第一顿土耳其餐。先是一小盘色彩斑斓的蔬菜：白色的大白菜丝、橙色的胡萝卜丝、殷红的紫橄榄丝，生的，无味，外加一片柠檬算是调料，让你挤下柠檬汁搅拌着三种生的蔬菜丝吃。然后是一道土耳其汤，看上去有点像稀稀的面汤，里面含有土耳其香料，让你蘸着外皮坚硬的面包吃。再后来是一道主食：煎鱼，外加一小勺米饭。煎鱼没有味道，只能蘸着盐吃。佐餐的饮料是有配额限制的瓶装水。生的蔬菜我没吃，味道怪异的汤我没喝，勉强吃了几块煎鱼和一口带咸味的米饭。一顿含着期待的午饭就这么半饥不饱地打发了。这让我们预感到在土耳其吃饭是一件并不容易的事。

午餐后乘船返回伊斯坦布尔，游览金角湾。虽不是购物团，但旅游总是要被安排购物。导游将我们带到一家珠宝店，说是这里生产一种祖母绿的宝石。21 人的团队中只有苗姐为她的女儿花 500 美金买了一枚祖母绿宝石戒指，其余的游客均未消费。再后来安排到伊斯坦布尔“大巴扎”自由活动。“巴扎”是集贸市场的意思。“大巴扎”确实很大，各种商品琳琅满目，不少商贩都会说几句中国话向我们兜售。我们只看不买。“大巴扎”的各个重要出口处，当地警察荷枪实弹，严阵以待，谨防出事。听说就是这天，在清真寺广场游行的“东突”民运分子将一名韩国游客当作中国游客打了。我们团之后到土耳其的几个团都被取消。

这一天晚餐自理。我们带来的两袋方便面派上了用场。

3. 特洛伊木马

从伊斯坦布尔往西南进发，乘船渡过分割欧洲和亚洲的达达尼尔海峡，从亚洲穿越到欧洲。驱车四个多小时前往恰纳卡莱，参观拍摄电影《特洛伊木马屠城》留下的木马和特洛伊古城遗址。

特洛伊，位于今土耳其的恰纳卡莱南部，是公元前16世纪前后为古希腊人渡海所建，公元前13世纪—前12世纪时，颇为繁荣。公元前12世纪初，希腊各城邦组成联军，渡海远征特洛伊，战争延续十年之久，史称“特洛伊战争”，特洛伊也因此闻名。关于战争的原因，一种普遍的说法是为争夺世上最漂亮的女人海伦而起。荷马史诗《伊里亚特》即叙述此次战争事迹。特洛伊王子帕里斯来到希腊斯巴达王麦尼劳斯宫做客，受到了麦尼劳斯的盛情款待，但是，帕里斯却拐走了麦尼劳斯的妻子海伦。麦尼劳斯和他的兄弟决定讨伐特洛伊，由于特洛伊城池牢固，易守难攻，攻战10年未能如愿。最后英雄奥德修斯献计，让迈锡尼士兵烧毁营帐，登上战船离开，造成撤退回国的假象，并故意在城下留下一具巨大的木马，特洛伊人把木马当作战胜品拖进城内，当晚正当特洛伊人高歌畅饮欢庆胜利的时候，藏在木马中的迈锡尼士兵悄悄溜出，打开城门，放进早已埋伏在城外的希腊军队，结果一夜之间特洛伊化为废墟。遗址的发掘始于19世纪中期，延续到20世纪30年代。考古学家在深达30米的地层中发现了分属9个时期、从公元前3000年至公元400年的特洛伊城遗迹，找到了公元400年罗马帝国时期的雅典娜神庙以及议事厅、市场和剧场的废墟等等。这些建筑虽已倒塌败落，但从残存的墙垣、石柱来看，气势相当雄伟。这里有公元前2600年—公元前2300年的城堡，直径达120多米，城中有王宫及其他建筑。在一座王家宝库中，发现了许多金银珠宝及青铜器、绘有几何图形的陶器，此外还出土有石器、骨器、陶纺轮等。不过现在看来，特洛伊古城几乎面目全非，乏善可陈。比较而论，这一天的景点是传说大于实际，盛名之下，其实难副。

4. 以弗所

翌日驱车前往爱琴海度假胜地库萨达斯，游览世界文化遗产以弗所古城。以弗所（又译为埃菲斯）古城遗址，为土耳其目前保存最好也是最大的露天遗址。它的历史比伊斯坦布尔古老。相传建于公元前七世纪，是罗马小亚细亚的首都，曾经为利底亚人、波斯人统治，亚历山大征服后成为古罗马帝国在亚洲的首府，兴建了剧场、赛跑场和竞技场，是当时最大、最美丽的城市之一。经多次重建，现存遗址包括阿耳特弥斯神庙、露天剧场、竞技场、集市、浴场、图书馆和罗马大道。它是地中海东部保存最好的古典城市，是体验和感受罗马时代生活的最佳处所。

晚上入住爱琴海边的华美达酒店。这是一座世界连锁的五星级酒店。自助餐美食丰富。剧场、泳池及各种健身、娱乐设施一应俱全。这是我们在土耳其住得最好的一晚，也是吃得最好的一次。只是我们住的大床房居然是电梯不可到达的六层顶楼，而且是屋顶低矮的阁楼，让我不仅很费气力地将行李箱从五楼搬上去，而且在写字台用电脑时两次撞了头。

5. 棉花堡

第五天早餐后驱车向棉花堡进发。路程较长，当中安排了一场“皮衣秀”。皮衣制作工艺很高，将羊皮处理得既软又薄还又轻，薄得像一层纸，一件夹克卷起来只有一把那么大，几两那么重，款式也别致。不过价钱极高，每件在八千元人民币以上。我们团无人购买。

午后到达土耳其西南部的温泉度假区棉花堡。远在十多公里之外，就能看到黄土地上惊现一抹白色，仿佛一片冰川。当轮廓越来越清晰时，眼前竟俨然出现一座巨大的白色城堡。地下温泉的水不断从地底涌出。水中含有丰富的碳酸钙，经过长年累月，碳酸钙聚结成白色的岩石，层层叠叠，像朵朵棉花连成一片竞相吐放。这块奇异的坡地长 2700 米，高 160 米。放眼望去，白玉般的岩石像层层梯田铺满山坡，涓涓细流顺着山势在丘岩间潺潺流淌。平台处蓄水成塘，一汪汪淡蓝的泉水像翡翠嵌在座座白玉台上。置身其间，宛如踏上天国之梯，又像梦游玉宇琼楼的瑶池仙境。这些白色岩石构成的“棉花”踩上去并不光滑，走上去甚至有点举步维艰，但为了保护这片大自然的礼物，游人被统一要求赤脚，权且当成免费的脚底按摩。水池的泉水深浅不一，有些只及脚踝，有些可及腰部，水温终年保持在36到38摄氏度。由于棉花堡上的温泉是不收费的，所以来此泡温泉的游人络绎不绝。在炎热的夏天，温润凉爽的泉水更令人感谢这大自然赐予的奇迹。

棉花堡附近有著名的古罗马遗迹希拉波里斯古城，是古代丝绸之路的重要站点，公元前190年期间建造，在公元2至3世纪发展至鼎盛时期，成为古罗马浴场的中心。在建设结构上承袭了希腊的传统风格，主要的街道有1公里长，主要的建筑物都排列在街道的旁边，街道两侧的小巷都与街道成直角形，1988年被列为世界文化遗产。但它的气势和震撼力远不及以弗所，所以我们没有将自由活动时间分给它，而是全部给了棉花堡。

6. 卡帕多奇亚

第六天驶往卡帕多奇亚。行程漫长，需一整天。于是安排中午时分在孔亚的梅夫拉那博物馆稍做停留。“梅夫拉那”意为“我的师父”，指以旋转舞闻名于世的梅夫拉那教创始人杰拉尔丁·鲁米。这座博物馆的外观以铺满绿色瓷砖的华丽尖塔，成为孔亚的地标。里面停放着许多灵柩，表达着人们对死亡的思考。后来又行驶了5个小时，才到达卡帕多奇亚的SUHAN酒店。晚上又是一顿较可口的自助餐。我们主要吃的是烤鱼，因为只有烤鱼浸过汁水，最有味。当晚有部分人参加自费项目——土耳其浴，每人55美金。

翌日凌晨参加热气球自费项目的人四点就被叫醒，4: 30集合，被专车接去乘热气球，每人250美金。上午9点，前往卡帕多奇亚壮观的“风化区”。大约于三百万年前，由于火山爆发，熔岩及火山灰覆盖该地，后经长期风化侵蚀，成为特殊地形。千姿百态的石头，稀奇古怪的造型，引发各种美丽的想象，使人感叹是否来到了外星球，美国的科幻大片《星球大战》曾在此取景。由于风景独特，这里被称为“精灵王国”。接着游览格莱梅露天博物馆。格莱梅露天博物馆集中了数量众多的基督教岩窟教堂和清真寺，体现着近代历史上基督教徒在这里遭受的悲惨命运。岩窟教堂装饰着精美的石灰壁画，壁画的内容以圣经为主。制作过程是用石灰涂在墙上，在石灰潮湿的时候，把颜料调好后涂在石灰上。

午餐后来到鸽子谷。到处都是石头，石头上有许多密密麻麻的洞眼，这些洞眼全部是鸽子洞。要看到群鸽起舞，需要在傍晚鸽子回巢时分，场面甚是壮观，显然我们没有这个眼福。再后来参观“三个美女”奇石群。说是“三个美女”，其实更像父亲、母亲和依偎在母亲怀中的孩子这一家三口。

最后被带到地毯工厂。手工编织的地毯分羊毛、棉毛、全棉、丝毛、丝质五个由低到高的品种。丝质地毯最贵，两个平方尺售价在 8000 美金左右。土耳其人都把我们当作腰缠万贯的阿联酋富豪了。

晚上参加自费项目，以肚皮舞为特色的“土耳其之夜”，每人 65 美金。不过不是肚皮舞，而是旋转舞，给我们留下了深刻印象——这种舞旋转的纪录是八个小时，旋转时演员可以做出各种表演动作。

7. 羁留广州

第八天驶往土耳其首都安卡拉。午餐后游览安纳托利亚文明博物馆，然后前往机场。到机场后得知因上海台风，飞往上海的航班取消，不得不改飞广州。由于大量航班都改飞广州，从广州回上海的动车票很不好买。女儿帮我们网上抢购了 14 日下午3：39的动车票。于是我们只好顺势而为，在广州旅游。12日游了中山纪念堂、越秀公园和岭南建筑风格的陈家祠、西方建筑风格的沙面大街，13日瞻仰了黄埔军校旧址、登了广州塔、游了海心沙亚运公园。曾去广州开会多次，从没有这样到广州的景点玩过，这一次总算对广州有了一回亲密接触。

8. 土耳其印象

七天的土耳其之行，给我留下的总体印象有如下几点：

（1）土耳其的历史地位。土耳其在今天的世界中数二流国家，地位并不重要，但在古代却具有举足轻重的地位。它与希腊接壤，深受古希腊文明的影响；也曾是罗马帝国的首府（以弗所、伊斯坦布尔相继成为东罗马帝国的首都），深受罗马文明的哺育。13世纪土耳其奥斯曼帝国打败了罗马帝国，辉煌一直延续到19世纪末。尽管20世纪初曾落入欧洲殖民者之手，但不久，英勇的土耳其人就夺了回来。因此，土耳其人对自己的国家表现出极大的爱和自豪。所到之处经常可以看到土耳其国旗，有悬挂的，有绘画的，有镶嵌的。即便在跳旋转舞的时候，也会从腰间变幻出一面国旗飞舞。

（2）土耳其的城市建筑很有特色。这些建筑依山而建，层层叠叠，参差错落，不像在我国多削峰填谷，铲出一块巨大的平地，然后造房。这些房屋的间距很小，似乎没有采光、绿化概念。真叫人担心：一旦出现火情，消防车怎么进去施救？

（3）土耳其人的饮食很简单。首先是烹饪方式简单。绿叶菜以生吃为主。烹饪方法中没有炒，只有煮、烤、煎。比如煮豆角、煮土豆、煮茄子、煮鸡肉块、煎鱼、烤鱼、烤西红柿、烤胡椒。除了烤鱼有咸味外，其余似乎都不搁盐，当然，番茄酱是主要的调料。其次是食物简单。供应我们的土耳其餐，如是份餐，一般是一道生拌蔬菜丝、一道土耳其汤、一道肉食加一勺米饭、一道水果，外加面包；如是自助餐，可选择的品种也不多，而且千篇一律。再次是饮料。土耳其信伊斯兰教，一般不供应酒类。我们所到之处，无论份餐还是自助餐，都没有酒类和果汁饮料供应，即便是瓶装水，也限额供应。这种食谱我们很不习惯，但土耳其的导游、司机就吃这些，安之若素，津津有味。

（4）土耳其人均国民产值达一万美元，但日常生活似乎并不太好。据导游说，在土耳其羊肉、牛肉属于“奢侈品”，所以一路上供应我们的肉食除了海鱼就是鸡肉，少有牛肉，从无羊肉，虽然我不吃羊肉。

（5）土耳其人爱喝茶、爱吃甜。土耳其的红茶很有名。茶水用像酒杯一样的玻璃杯盛放，一杯两个里拉，约合 4.6 元人民币。红茶里搁点方糖或蜂蜜，是土耳其人的最爱。每到休息区，不仅导游、司机心满意足地享用着服务区免费送上的一小杯红茶，而且过往的土耳其当地人也其乐融融地品尝着红茶，是否有其他食物，这无关紧要。

（6）土耳其还没有做好接待中国游客的充分准备。服务不到位，但要钱不含糊。酒店说是当地五星级，其实大多不合格，最后一晚的洞穴酒店实际上是当地家庭开的农家乐。吃的大多也不好。玩的景点除了伊斯坦布尔、以弗所、卡帕多奇亚“风化区”，其余均无什么激动人心之处。有趣的项目都要自费，且费用高得惊人，如乘热气球是 250 美金，洗土耳其浴是 55 美金，看不是很正规的文艺演出是 65 美金。带去的购物点设价也高得离谱，如皮衣、地毯。即使在旅游区、服务区上厕所，都要钱，一次一个里拉，弄得我们为了上厕所换了十个美金的里拉，最后因为不敢用而没有用掉，给了领队。

（7）土耳其是一个信教的国家，全国约 98% 的人口信奉伊斯兰教。以圆顶和火箭般高耸入云的布礼塔为特征的清真寺遍布全国各地，沿途还看到在建的清真寺。从布礼塔上悬挂的高音喇叭发出的诵经的声音随处可闻，有几次深夜在我们入住的酒店四周经久不息地回荡，扰得我们好多人迟迟无法入睡。伊斯兰教对女性是很禁锢的，但奇怪的是土耳其的女人可以跳肚皮舞，而且女人的肚皮舞就是土耳其的特色。宗教与世俗在土耳其就是如此奇妙地融合在一起，令外人百思不得其解。

写于 2015 年 7 月 21 日

四、《宜兴竹海印象》

女儿的一同学做促销生意，获得一次近期到宜兴竹海国际会议中心免费住宿一天并奉送 136 元自助早餐的机会。她将这个机会送给了暑假在家有大把空闲时间可供安排的老爸老妈。

本来不想劳神自驾找路。查了一下上海到宜兴的动车，去有早晚两班，回来只有晚上一班。乘动车往返不方便，只好选择自驾前往。

女儿做了功课。从竹海国际会议中心咨询获知的驾车线路是从沪宁高速至无锡转宁杭高速转 104 国道。成行前我通过百度地图查看了一下，发现宜兴地处太湖的西北角，而竹海景区位于宜兴的南端，太湖西侧中央偏北一点。从上海到宜兴竹海，既可以按照惯常的路线从北线的沪宁高速（G2）在无锡转 104 国道往西南去竹海，也可以从南线的沪渝高速（G50）经湖州往西北通过 G25 转 104 国道去竹海。从地图上看，从南线走路程更短，也更便捷。

2015 年 8 月 12 日，星期三。起了个大早，加满了油，6：45 左右，我们上了路。驶往湖州的 G50 远比沪宁高速（G2）的车子少，所以开起来很顺畅。驶离青浦、朱家角、淀山湖，进入江苏路段。经过苏州、周庄同里出口，再入浙江境内。不久看到南浔出口路牌，没想到这个闻名遐迩的古镇就在这条路边。南浔现在属于湖州市的一个区。驶过湖州路牌不久，就转入了 25 国道长兴县路段。长兴也属于湖州市，从西侧环抱着太湖，沿路可见太湖波光粼粼的水面。从25国道长兴出口出来，就驶入了104国道。不久进入江苏宜兴境内。行驶约半小时，就到了通往竹海的出口。

宜兴竹海，位于无锡宜兴市境内，是无锡旅游十八景及宜兴十佳景点之一。宜兴盛产竹，自古有“竹的海洋”之称。竹海绵延苏、浙、皖三省，纵横八百余里，形成了一片海洋。竹海风景区处于竹的海洋中心，面积达一万亩。万亩翠竹随山势起伏，好似波涛翻滚，绵流不绝，有“华东第一竹海”之称，是华东地区最大的竹资源风景区，也是国家4A级旅游区、国家风景名胜区。

上午9点多，来到竹海国际会议中心。一般说来一天的住宿以中午12点为界，但酒店的管理颇为人性化，前台告诉我们可以当即入住，第二天下午1点退房。现在公费旅游、会议消费已经极少，散客的生意不好做。竹海酒店的这种颇具人性关怀的变通处理，首先抓住了我们的心。

这是一家依山而建、竹林环绕的五星级酒店。大堂很气派。电梯很豪华。我们入住的3068房是大床房，面积很宽敞，设施很高档，除了淋浴房外还有可供泡澡的大浴缸。洗个热水澡后，利用上午1个多小时的边角时间，沿酒店西侧一条通往竹林深处的水泥路徜徉，尽情地吮吸着竹林间清新的空气，在山中的青竹间穿行拍照，与山涧的淙淙流水嬉戏。正好遇到一位竹农在挑拣堆放在路边的刚砍下不久的青竹。一问究竟，他是做竹子批发生意的。成用的竹竿要长到6年以上。一根碗口粗的好一点的竹竿，批发价12元一根，其余的依此类推。最次的竹竿剔在一边卖给建筑工地扎手脚架。

回竹海国际会议中心酒店就餐的时候，看到毗邻的江苏洲际会议中心，我们顺势进去看了看。路面上长满了野草，水池中残留着塑料垃圾袋，地下停车库入口一片狼藉，成片的别墅群里面空空如也，气派的主建筑大门紧闭着，紫铜大门的保护膜部分剥落了，在风中飘逸。反腐、整顿公款旅游给酒店业造成的重创由此可见一斑。

中午在酒店用餐。老伴说五星级酒店的菜价格都很贵。我说住没花钱，怎么着也得在吃上面做点贡献。打开菜单，觉得菜价还可以。冷菜蔬菜 10 ~ 20 多元一份，荤菜 36 ~ 38 元一份，热菜中的炒蔬 20 多元一份，荤菜 40 多到 100 多元一份不等。我们点了一份红烧土鸡，48 元；酸汤肥牛，48 元；水炖笋干，38 元；虎皮尖椒，28 元；外加两碗米饭，每份 3 元。大麦茶是免费的。

午后小睡。下午到附近哪个景点呢？来到路上看到“陶祖胜境”的指示牌，以为“陶祖”是指道教祖先陶弘景，所以选择驱车到“陶祖胜境”。“陶祖胜境”有三个主要景点：慕蠡洞、汉代陶器艺术展、竹尖长廊。门票总价 175 元，优惠价 100 元。进去方知，“陶祖”与陶弘景无关，而是指中国儒商之鼻祖陶朱公范蠡。春秋末期，越国将军范蠡在辅佐勾践成功复仇后功成身退，西渡太湖来到宜兴，改名陶朱公，开创陶业，成为宜兴制陶第一人。他的情人西施四处寻访范蠡下落，终于相会于这里的溶洞，故名“慕蠡洞”。若干年前曾经来过宜兴，游过宜兴的溶洞，但这次重游仍然感到很有吸引力。慕蠡洞是以地下暗河为主的典型石灰岩溶洞，经长期的滴水溶融和凝结，形成了万千姿态的石柱、石笋、石幔、石花等景观。面积很大，约 8000 多平方米，其中水道面积 1750 平方米，流程 750 米。沿路用灯带、射灯、点缀和指示牌指引，全程有宽带覆盖。在没有导游也没有其他游客做伴的情况下，我们来到溶洞内地下河道的码头。码头无人，我们拨通联系电话，不久，一艘木船驶来，将我们和陆续赶到的其他游客载出洞外。

为了突出与“陶”的联系，景区与民间收藏家联手，在进门之处辟出六个展厅，常年举行汉代陶器艺术展，其实这些陶器艺术品并非在这里出土，许多出土产地写明是“四川”。让人惊叹的是，制陶技艺在两千年前的汉代竟然得到了如此高的成就。朱陶、紫陶、黄陶、灰陶、青铜陶，各个品种都已备齐，那些陶土烧制的车马宛如青铜一般。这些陶土制作、烧焙的汉代日常生活场景乃至神话传说（如西王母）千姿百态、栩栩如生，令人啧啧称奇。

“竹尖长廊”设计得也别出心裁、独具魅力。它用木板铺成长长的栈道，层层级级向竹海的顶端伸展，让游客可以与在平地上可望而不可即的竹尖有一个亲密的接触。回程的长廊先是一段曲折的用竹片铺就的栈道，别有一番风味；然后是用三层钢化玻璃铺就的栈道，可以俯视脚底的竹尖，形成一种在竹尖漫步的奇异效果。

下午五点半关门。我们赶在关门前离开了陶祖胜境，回到酒店到室内游泳池游泳，这是对住店客人免费的。老伴游得很自在，我是旱鸭子，只能观看。

觉得酒店的菜价还不算太贵，晚上继续在酒店用餐。一道凉拌时蔬（小豆苗）12 元，调料很好；一道野猪肉冷盘，38 元，有一种腊香；河海一网鲜，48 元，其实是红烧小鱼虾，味道也到位，让人唤起了童年的记忆；尖椒豆腐煲，就是搁了几片青红辣椒丝的红烧豆腐汤，38 元，这个点亏了。因为鱼汤好吃，我们两个人吃了三碗饭。

宜兴竹海是天然氧吧。酒店门口的电子显示屏显示：这里负氧离子：34650 个；温度：31.3 摄氏度；湿度：65%；FM2.5：28ug。夜里睡得很香。感到在这里度假，真好比神仙过的日子。

第二天早餐是奉送给住店客人的，标价每人 136 元。早餐确实丰盛可口。我感叹：这是我一生中吃到的最好的早餐之一。

上午准备参观酒店对面的竹海景区。门卫好心提示，在酒店前台买景区门票，可享受一定优惠。果不其然，门票每人 80 元，优惠 10 元。但索道往返票 70 元、电瓶车票 20 元不优惠。考虑到景区太大，时间有限，我们买了索道、电瓶车票。走进大门，登上电瓶车，经过“镜湖秀色”“索桥凌波”，我们来到索道起点站。

乘索道25分钟，但见重重叠叠的竹林依山起伏，形成一层层青翠的波浪，连绵不断，涌向天际。从索道终点站下车，就来到了“苏南第一峰”，遗憾的是太阳没出来，白色的雾气缭绕在山间的竹林中，从山顶向下俯视，依稀可见山下镜湖波光闪烁，但整个画面模糊不清，一片氤氲。从索道返回，电瓶车又把我们送到“海底”——也就是竹海底端。这里，经过人工打造，有“太湖之源”可供游客留影。天热，稍一走动就出汗。快到12点的时候，我们登上电瓶车驶向出口。电瓶车在竹荫道上呼啸行驶，凉爽的山风迎面扑来，令人感到特别惬意。

回酒店洗了把澡，赶在一点之前退了房，简单吃了午饭，我们就返程了。

曾经去过南浔古镇，但印象已经模糊了。不想浪费途经南浔顺道再访的机会，于是我们再寻南浔。

南浔，浙江湖州市所辖的一个区。东接苏州吴江区，北濒太湖，隔湖与无锡相望，总面积702平方公里。南浔虽是小镇，但因丝绸、盐业生意，历史上很富有、很有名，是江南六大古镇之一。从G50道口下来直行左转走几公里，就来到南浔古镇。门票100元。我们跟着山东临沂的一个小学生夏令营的导游，参观了光绪年间南浔首富刘墉的私家园林小莲庄、刘镛之孙刘承干1920年所建的嘉业堂藏书楼、江南巨富张颂贤之孙张均衡（字石铭）所建的张石铭旧宅、刘镛三子刘安泩的刘氏梯号等古建筑群，发思古之幽情，叹人生之无常。

回到家的时候，已是晚上七点。

写于2015年8月15日

五、《走进阿联酋》

这是一次期待已久的旅行，早在三年前就开始策划。由于种种原因一直耽搁下来。一月份是相对清闲的日子。在紧张的开会、讲学、写作之余，我得给自己放几天假去休闲。国外去多了后会发现，处于同一个地球中，世界的山山水水其实是差不多的。国外的自然山水已很难唤起我游览的兴趣，只有富有特色的人文景观才能调动我出发的激情。在欧洲、美国、俄罗斯、日本、东南亚都看过之后，下一站最能吸引我的国外景点就是迪拜了。这是硬生生在一片沙漠上造出来的高度现代化国际大都市，也是神秘的阿拉伯文化、伊斯兰文化的代表。这个大都市究竟如何现代？它所显示的伊斯兰文化究竟如何与世俗生活融合？这些都是我十分好奇并感兴趣的。一个人去是孤单的，于是我发出邀请。最后结伴而行的有：金柏松，一位喜欢写诗的画家，75 岁首出国门；王梅芳，东华大学原人文学院院长，现为建桥学院新闻传播学院院长，时尚教授；覃卫萍，建桥学院新闻传播学院副教授，准驴友；孙沛莹，上海进才实验小学教师，跟随我的学生，好旅游，走过国内除西藏之外的几乎所有省份，但这次出国也是第一次。

上午 9：15，我们一行五人在浦东机场集合。11：40 飞机准时起飞。在香港转机后，飞行九小时，在北京时间 24 日凌晨两点半、当地时间 23 日深夜十点半，飞机降落在迪拜机场。

接待我们的当地导游姓刘，是个 30 多岁的小伙。登上一辆白色中巴车，夜色中我们向入住的酒店行驶。司机是位面带微笑、忠诚朴实的印度人。从机场到酒店，约有半个小时的车程。刘导做了简单的介绍，并说明了一些注意事项。他欢迎我们在冬季来到迪拜观光。迪拜一年只有两个季节。冬季的温度在十至二十摄氏度之间，最适合旅游；而夏季气温在四十至五十摄氏度左右，离开空调寸步难行。迪拜人早晨起来得很晚，晚上睡得很迟，所以虽然深夜11点了，道路两旁的高楼大厦依然灯火通明。明亮的灯光将道路两侧和远处鳞次栉比、连绵不断、各种造型的摩天大楼勾勒得清晰可见，让人强烈感受到这座城市的繁华。刘导告诉我们，阿联酋信奉伊斯兰教。伊斯兰文化有三大禁忌，请大家注意遵守。一是禁毒，这与国内一样，不需多说。二是禁酒，这是与国内不一样的地方。不仅禁止喝白酒，而且啤酒、红酒也禁喝。实在要喝，酒店有指定的地方。在未经允许的地方喝酒要被严厉处罚，甚至拘留判刑。三是禁色。曾经发生过一个故事。一对前来旅游的英国情侣在大街上亲吻，这被认为是有伤风化的重罪，结果被处以死刑。后经英国政府求情，二人补办了结婚手续，才饶下一命，但仍被判了三年的徒刑。所以导游建议团队的男女在公共场合要保持合适距离；即便是夫妻情侣也不可在大众广庭之下卿卿我我；见到穆斯林妇女，无论出于好奇还是欣赏，不可拍照。

半小时后，我们在Ramada酒店下榻。我与老金同住，王院长与覃老师同住，小孙与周领队同住。我带的转换充电插座坏了，恰好王老师与覃老师各带了一个，就调剂一个给我。不过她们匆匆出行，都忘了带牙具。而以奢侈著称的迪拜酒店并不配备牙具。我获悉后将多带的一套牙具支援他俩，但也只能解决一个人的刷牙问题。

富得流油的阿布扎比：法拉利主题公园与扎耶德清真寺

一夜好睡。飞机上睡得太多了，第二天早早起床。吃完早餐，我和老金在酒店附近逛逛。酒店虽是四星级，但地处市区边缘，周围没有太多的高大建筑。酒店的一侧，是一座白色镶边的赭红色清真寺，颇为雄伟。清真寺的旁边，是两层结构的民居别墅。清真寺、民居别墅的围墙及周围，长着各种不知名的热带植物，绿叶中开着色彩各异、浓郁的花。

上午9点集合出发。上车后导游每人发一瓶矿泉水。刘导说：这里水比油贵。一瓶矿泉水1.5迪拉姆（迪拉姆：阿联酋货币，约合1.85人民币），一升汽油也差不多1.5迪拉姆，原油自然比水便宜。阿联酋没有淡水，所有淡水都由海水净化而来。阿联酋属于热带沙漠。你在这里看到的每一株树木、乃至每一棵花草，都是由人工栽培而成，地下都埋藏着滴灌的水管。

第一天，导游安排我们去阿布扎比。

阿布扎比是阿联酋联合酋长国七个属国中面积最大的酋长国。全国面积八万多平方公里，它就占了87%，达67000多平方公里，是迪拜的17倍。都说阿联酋“富得流油”，其实迪拜地底下没有什么石油，阿联酋的石油主要集中在阿布扎比，储量占全国的94%。阿联酋的富有主要是靠阿布扎比每天出口石油换来的。虽然阿布扎比比迪拜大很多、富很多，但人口却比迪拜少，只有230多万。阿联酋还实行分利于民的政策，外国公司在阿联酋注册，无须向政府交税，只要找到一位年满18岁的当地男子，给他51%的股份即可。这就使得阿布扎比的人均可支配财富高得吓人。在阿布扎比，如果年薪不足50万人民币，就属于扶贫救助对象。而在迪拜，政府扶贫对象的年薪标准是20万人民币以下。所以导游戏言：在阿布扎比，穷得只剩下钱。

从迪拜到阿布扎比大约两小时的车程。第一站是法拉利主题公园。阿布扎比拥有200多座岛屿。法拉利主题公园坐落在亚斯岛。亚斯岛原为25平方公里的沙漠，“法拉利世界”投入400亿美元的巨资，以现代化的手段将这片沙漠打造成一座休闲绿洲。毗邻着一级方程式阿布扎比站的赛道，一个面积达20万平方米的庞大的三角形火红屋顶下，笼罩着占地达86000平方米的室内主题乐园，全球最大。主题乐园以宣传法拉利的历史、推广法拉利品牌为特色，自然也给游客提供吃喝玩乐及购物的机会。虽然销售的商品以运动用品为主，但也广及其他。匆匆逛了一圈之后，小孙在一家小店停留下来。她对毛绒宽领、绒球镶边的几款披肩产生了购买兴趣，征求我的意见。见她决意要买，我建议考虑烟灰色的那款。同行的老阿姨说色彩有点老气，但小孙依然果断下单，划卡支付，折合人民币只415元。在这个奢侈得疯狂的地方，这个价钱真不算贵。买好后，我向小孙解释推荐理由：较之其他款式的披肩，这一条面料密不透光，质地似乎更好；毛领平整，虽为人造，几可乱真；色彩看似有点老，但年轻人穿戴，可以形成一种具有反差的和谐，而且，灰色向来是一种时尚的颜色，有助于彰显出高贵的气质。小孙点头称是："老师眼光真好。"购物有从众心理。小孙买的这款披肩引来同行的几位老阿姨的购买欲，一位显得特别强烈，也想买一条同样的，但已经没货。她甚至想到其他店面去寻找，无奈集合上车的时间已到。上车后，这条披肩成为全车人把玩、观赏、羡慕的对象。老金觉得给他女儿带一条很好，于是把在未来几天留心帮着买这款披肩的任务交给了小孙。小孙满口承应，心中暗自窃喜。

中午在一家中餐馆就餐后，来到 Heritage Village 民俗村。民俗村依海滨搭建，明显是现代人的建造。它模仿、反映着进入现代文明之前阿布扎比人的生活状况：用椰枣树叶搭建的狭小的草棚内，除了依壁就地铺着睡席地毯，几乎就什么也没有了。用"家徒四壁"来形容当地人以前的生活，再合适不过。这个地方原属于不适合人居的热带沙漠地区，常年高温，寸草不生，年降雨量不足20厘米，是人畜饮水的主要来源。人们原来靠当地的一种树的树叶和海鱼为生，但高温下海鱼无法保存多久。所以，当地人原来的寿命很短，男子的平均寿命只有35岁。阿联酋步入现代化国家只不过是近几十年中发生的事。1958年，阿布扎比才发现石油。

1962 年，才开始油田开发。1971 年 12 月，以阿布扎比为首都的阿联酋联合酋长国才宣布成立。在西方日新月异的开采技术的帮助下，石油逐渐发展为国家的经济支柱，阿布扎比才有了今天这样的富庶。

阿布扎比几十年中的迅速暴富如同神话。暴富后的阿联酋人几乎是土豪的模样。他们出奇地懒。导游说他刚到这个国家时，发现商场购物者中坐轮椅车的人很多，以为这里的残疾人很多。但后来发现结账时，每每是轮椅上的人站起来付款，才知道他们不是残疾人，而是主人，推车的乃是他们的家佣。他们所以购物时坐轮椅车，是因为懒得连路都不肯走。导游说他是十年前随在迪拜做生意的妻子来到这里的。开始三年帮妻子打理生意。一次跟一个当地人约好一小时后见面谈事，却等了足足一个下午。妻子告诉他不用奇怪，这里的阿拉伯人没有时间观念，把一小时当作一个下午，是常态。

当地阿拉伯人懒散，但在建的高楼大厦却随处可见，酒店业也非常发达。建筑可是力气活，酒店服务也不是轻松的事。这些建筑工人和服务人员大多是印度、巴基斯坦等外国人。印度、巴基斯坦与阿联酋隔海相望。导游说，阿联酋的各种中低端行业主要是由印度、巴基斯坦人承担的，如果缺了他们，社会就会瘫痪。

因为懒，阿联酋人学习不肯卖力。中小学上午上课的时间十点，而下午两点就放学了，中间还要吃一顿免费午餐，而且回家不准带作业。因为在这里的学校学不到什么，所以导游的两个孩子都放在国内上学，由爷爷奶奶照看。然而即便这样，当地还有好多孩子不肯读书。因为不读书照样有好日子过。所以当地人出身的警察都比较蠢，导游就讲过一个身边的故事。当地的营业员也比较傻——后来小孙以自己购物的亲身经历说，用外币换算结账时，他们反应比较迟钝，常常会少算。

他们的国王或王室成员在规划投资时，则一掷千金，极尽奢华之能事，堪称土豪中的极品。

离开民俗村后，导游带我们远眺八星级酋长皇宫。据说这是全球奢华级别最高的，单是半圆的金顶就用了多少多少吨黄金。因只在外围打圈，无法细说其详。然后我们驶过门口有卫兵把守的逶迤连绵的大片围墙。导游说，围墙里面是王室成员生活的宫殿。那规模，估计比几个故宫还大。再驶过一片鳞次栉比的豪华别墅群，导游说，那是王室赐给部长级官员的居所。再后来看到一排排民用别墅，其中一些在改建。导游说，阿布扎比人因为有钱没处花，所住别墅过几年就翻修重建，这已成为阿联酋的一道特殊景观。

阿联酋王室一掷千金的奢华与豪迈尤其体现在礼拜真主的谢赫扎耶德大清真寺的建造上。该清真寺为纪念阿联酋开国总统而建。建造之初，由于施工要求和难度极高，许多公司知难而退，最终由德国诺布莱斯公司中标承建。该公司以国际化的建造思路，设计、施工、材料集合了德国、意大利、摩洛哥、印度、土耳其、伊朗、中国、希腊的力量。建寺时间长达 12 年，造价 21.67 亿迪拉姆，约合 5.92 亿美元，仅廊柱上黄金就用去了 46 吨。2007 年，一个新的地标性景点——阿联酋最大的清真寺在中东地区落成并对外开放，可以同时容纳 4 万名礼拜者。这也是唯一的一座允许女性从正门进入的清真寺，在男女地位异常悬殊的阿拉伯地区意义非同寻常。

按照伊斯兰教规定，男性穿好正装，女性裹好头脚，通过严格的安检，穿过长长的地下走廊，我们来到这座清真寺前。放眼望去，清真寺巍峨壮观，通体洁白，在明媚的阳光下熠熠生辉。4个高耸的尖塔，57个圆顶均由汉白玉精雕而成。据说这些精美的雕刻出自中国工匠之手。走进正门，只见被四方形长廊围绕的巨大广场，这大概是室外让信徒做礼拜的地方。沿着一侧长廊徜徉观赏，数不清的汉白玉廊柱上，镶嵌着由黄金包边、各色宝石构成的植物图案，千篇一律，似乎包含着什么宗教象征意义。在长廊中走完了一个C字后，步入中央大厅，这是室内信徒做礼拜的主要场所。高耸的穹顶之下，悬挂着巨大的水晶吊灯。地面上铺着一块面积达5600多平方米的顶级羊绒地毯。这是伊朗制作的世界第一大手工编织地毯。清真寺中有一面墙雕刻着《古兰经》，经文由24K金镀成。信仰的力量是超乎想象的。扎耶德清真寺的奢华给我们强烈的震撼和兴奋。它提醒我们，世界建筑的成就不仅集中体现在西方基督教的教堂上，而且凝聚在伊斯兰教的清真寺中。

回迪拜用完晚餐，已是入夜时分。导游带我们来到迪拜节日城，观摩大型水幕秀。节日城洲际酒店一面近五千平方米的墙上，六十台投影机投射出巨幅的影像视频。这是序曲。接下来，这墙面面对的海湾上，超强的激光在海面上空的水雾上映射出色彩斑斓的图像，世界上最大的水幕表演闪亮登场。它将智能照明、动态喷泉、卡通电影、立体环绕声与焰火表演巧妙融合在一起，气势磅礴。故事的主角是卡通男孩，不是酋长、不是亲王。故事的主题是童年梦想，不是远离生活的政治理念、或高不可攀的国家意识形态。来自世界各地的游客、当地青年男子及其穿着黑袍的妻子带着孩子会聚在广场，欢呼雀跃，啧啧称奇。

世界级旅游目的地：迪拜之窗、帆船酒店与沙漠冲沙

第一天的游程大开眼界，第二天的更加激动人心。我们这次

旅游是冲着迪拜而来。第二天、第三天的游程都在迪拜展开。上午集合候车的时候，一辆超常长悍马车停在酒店门口。我戏言：莫不是来接我们的？事实上正是来接我们旅游团的。这让我们喜出望外。原来只是在影视的豪华婚礼中看到过这种豪车，从来不知里面的模样，更不用说乘坐了，连想都没想过。原来这是旅行社的特别安排。迪拜是时尚之都。旅行社所以这样安排，为的是让游客以奢华座驾，感受奢华之城。这是一辆世界顶级豪车。从后门进车，团队十八人将车厢坐满。车厢内从地面到顶棚，装饰流光溢彩。由于人都坐满了，四壁的豪饰没能看出来，但无法落座的吧台还是透示出它的超级奢华。大约四十分钟后，悍马车停靠在亚特兰蒂斯酒店一侧，留下二十分钟让游客尽情地与这辆豪车合影留念。

亚特兰蒂斯酒店以传说中拥有高度文明的古国亚特兰蒂斯为主题，耗资15亿美元，设有中东最大的水上乐园和巨型水族馆，客房每晚租金800美元至25000美元。酒店坐落在人工棕榈岛尽头，面朝大海。棕榈岛是世界上最大的人造岛，也是吸引游客的一大亮点。徜徉海滨大道上，俯视观景道与海平面之间人工堆砌的用以减弱海浪冲击的巨石，远眺烟波浩渺的海景，令人振奋不已，展臂欲飞。

从棕榈岛尽头折回，中巴车把我们带到迪拜之窗。这是一座高入云天的镏金方框建筑，也是迪拜的最新地标。从上面可以看到迪拜新、老城区全景。导游告诉我们，就在外围看看，拍个照。若想上去观光，得自费。一问价格，不到100元人民币。上！我首先提议，同行四人都表示赞同。团队其他成员大部分也加入自费观光行列。排队买票时，小孙从英文告示上看到60岁以上可以免费。通过导游与售票人员交涉，外国游客是否可以享受此条款。说凭身份证或护照就可以。于是我和老金、王老师以及队伍中的其他几位都成了免费对象。我和王老师第一次享受到年老的好处，彼此感叹自嘲。迪拜的这个待遇不是像我们国内许多景点内外有别，而是国内外游客一视同仁，让人感受到迪拜的大气。而这个意外的惊喜是由小孙带来的，于是我们同声感谢小孙，并笑言要给小孙什么奖励。

通过安检，进入迪拜之窗。先在底层接受服务人员的英文介绍，四周同步配有相应的光影视频。然后从左侧电梯迅速上行，步入方框上方的透明建筑。这是钢筋与钢化玻璃合成的观光走廊。透过两侧的玻璃，可以鸟瞰迪拜新老城区。脚下有长长的钢化玻璃区，可以俯视迪拜城全景，但令人担心坠落，我望而却步。观景走廊上，悬挂着阿联酋联合酋长国国王和迪拜酋长国国王的画像。迪拜没有什么石油，也没有搞什么社会主义。它老老实实发展经济、改善民生，抓住旅游、金融、贸易三大支柱产业做大做强，让这块高温、贫瘠的沙漠在短短的几十年内发生了巨变，并惠及民生。虽说“普天之下，莫非王臣”，但普通的迪拜民众作为子民，享受到国王给他们带来的巨大恩典，他们是应该、也会由衷感谢国王的。合影毕，小孙买了一蛋筒。里面是裹着巧克力的草莓。她吃完一枚，给我一枚，并将其余三枚分食于其余三人。未及给她奖励，她已先返哺于吾等。

午饭后，来到伊斯兰文化中心。伊斯兰工艺品真是精妙绝伦。尤其是用当地的骆驼骨拼接制作的桌、椅等各种器物令人倍感意外。从开始铺垫式的讲解到后来镶嵌着珠宝、编织着金丝的伊朗挂毯的展示推销，堪称无懈可击。挂毯价从数万元人民币不断优惠，降到一万元人民币。王老师怂恿我买一件。小孙从手机里查了一下，同样造型的伊朗挂毯只要600多元人民币。考虑到我们不是珠宝专家，无法辨别真伪，加之伊斯兰风格的挂毯带回国放在家里也不协调，最终我们这个团没有人出手购买。小孙虽然年轻，购物热情也不低，但她对于旅游购物有自己遵守的原则。这就是大件淡定小件大度。所以面对看似美轮美奂但价格达几万块钱的伊朗挂毯，她一直不为所动。当其他人都忍不住俯身触摸、把玩、甄别挂毯上的金丝、珠玉真假时，她一直坐在椅子上，不动声色。最后，王老师买了一些其他工艺品，姗姗归队。

而后前往茱美拉（Jumeirah）集市。这是迪拜最大、最漂亮的一个集市，峰回路转，繁复得像迷宫。屋顶设有古老的自然通风装置，可以调节气温。集市保留着旧时阿拉伯人的生活风貌，挂毯、烟壶等日用品凝聚着浓浓的阿拉伯风情。为了保证效率，我们五人兵分两路，我和小孙形成一个自然小组。看到刚刚在伊斯兰文化中心展示的黑底金丝珠宝花瓶挂毯，一问价格，只2000多元人民币，深感刚才未买的正确。穿过集市的一条通道，走出集市后门，发现别有一番洞天。原来，茱美拉集市坐落在著名的运河酒店建筑群里，身后海水环绕，临水有露天餐台，有舢板，有拱桥，有参差错落的酒店建筑，仿佛置身威尼斯水城。小孙品尝着当地一种风味独特的冰淇淋，在小孙看来，在这里品尝冰淇淋过程本身或许更有风味。折回时意外发现一条通道通往集市顶部，于是拾级而上，来到错落着花草、长椅、遮阳伞的露台，近距离体认集市的通风装置。

接下来参观迪拜博物馆。迪拜没有什么古迹，博物馆完全是现代作品。迪拜人的过去是悲惨的。贵族住的屋子，其实就是棕榈叶、椰树叶搭成的棚子。他们一路走来，好不易、好精彩、也好英明。他们在没有什么石油资源、自然条件极为恶劣、宗教习俗极为保守的情况下，把迪拜打造成世界级的旅游目的地和国际金融大都市，并依托波斯湾出海口的优势，将迪拜打造成全国的贸易重镇（贸易额占全国的70%以上），找到了一条适合自身发展的现代化通道。看来，懒散的迪拜人并不傻，他们表面的傻是大智若愚；他们的决策层更是相当智慧的。

入暮时分，我们来到停泊着许多伊朗木船的迪拜运河岸边。本来安排坐水上小船到对岸的黄金市场，终因排队候船的时间太长而作罢。于是弃船步行，灯火阑珊时进入黄金市场。黄金市场两侧的店面则灯火辉煌。导游把我们带到一家最大的店面，橱窗模特身上展示着由金片制成的背心，叫“黄金衣”。阿拉伯人喜欢黄金饰品，饰品多为18K金。金价本来就不算高，18K饰金在富有的迪拜人看来就更便宜。据说他们买金饰都是用大袋子装。在这家店，王老师、小孙合计着，认真调试了几款饰品，眼看成功在望，最后无果而终。王老师提议再到其他店面看看。时间有限，于是凭感觉选择了一间小店。小孙觉得这里的金价一点不比国内便宜，再说18K金饰没有保值功能，决意不买。但王老师兴致勃勃，覃老师和小孙为之参谋。经过艰难的挑选和砍价，在集合的时间下限到来前一刻，一款18K金的项链挂件终于成交。

已经7点多了，饥肠辘辘。午餐吃得很差，这时已胃口大开。导游把我们带到阿联酋商场。这是迪拜第二大购物中心，在一层楼面上有好多各种风味的餐食店。晚餐由自己解决。我说这次活动是我发起邀请的，为感谢大家的热情响应，也为了兑现给小孙的奖励，晚餐我请客。王老师带头说好，大家也拍手称快。兜了一圈，想找一家中餐饭店，吃个圆桌饭，但都是快餐店。征求意见后，我和老金选择一人一份的中式套餐，王老师、覃老师、小孙选择阿拉伯风味的四人套餐。英语是迪拜除阿拉伯语之外的通用语。问询、交流由覃老师主动担任。没想到她英语会话如此利索。原来曾在一家外企做过总裁翻译。中式套餐是蛋炒饭加两道荤菜，分量很足，手机支付，共110元人民币。阿拉伯套餐是12串烤肉串、炸土豆条、蔬菜沙拉、四块面饼、四杯可乐。肉块很多，面饼很大，共50美金。在就餐区，小孙早已找好一长桌，于是我们五人同桌共食。大家共同举杯，庆祝这次不可重复的迪拜之行。因为午餐没吃到什么，面对如此丰盛、合口的美食，人人喜不自胜，手舞足蹈。2019年是猪年。我说：现在我们就要做快乐吃喝的猪！大家附和：像猪一样生活其实很幸福！

第三天是自由行，旅行社不提供餐食、车辆服务。导游提醒说，如果你们打车到某个景点，请注意不要乘女性司机的出租车。为了给伊斯兰女性出行提供方便，迪拜专设了女性出租司机。由于空车率高，所以计程价很贵，是男性司机出租车的一倍。而男性司机出租车的单价也不低。我不想劳神，加之这次行程的价格很便宜，只有5888元人民币，本来就准备让导游在自费项目组织上挣点钱，于是请导游帮我们安排全天自费活动，并全部听从。小孙自然跟我保持统一。同行的老金和王老师本来另有打算，想看什么油画展云云，终因无法实施而放弃，附和了我们的决定。

上午十点，我们来到迪拜最有名的帆船酒店，吃自助早餐，并参观酒店。这是导游为游客着想所做的精心设计。自助早餐可以吃到中午十一点，这就可代替午餐了。帆船酒店的自助早餐是155美元，而自助中餐是215美元。这就是说，导游帮我们节省了50美元。155美元吃一顿早餐，够贵的了，但导游说你不吃早餐、进去参观的门票就得120美元。我补写此文时从网上百度了一下，显示门票平日只有25美金、假日才50美金，而这一天是星期五。不知是百度缺少革新，还是导游说的是假话。

帆船酒店建在波斯湾内的人工岛上，三面环海。本名阿拉伯塔酒店。由于造型酷似帆船，故多叫帆船酒店。酒店高321米，56层。外部用白色的墙面和蓝色的玻璃勾勒出帆船矫健的身线。走进酒店大门，立刻被内部金碧辉煌的气势所震慑。LG楼层地面和顶部用色彩斑斓的宝石制成上下呼应的河蚌图案，地面图案的尖端是留影的绝佳位置。乘手扶电梯上行到G层楼面，仰视掏空到顶的巨大的三角体空心，不禁叹为观止。三角空心体由三个三角形立面组成。每个三角形立面有无数个帆布状的白色三角形，镶嵌在象征着海面的蓝色背景上。这蔚蓝色也被切割成若干个三角形，从而与白色三角形和整个三角空心体形成一种绝妙的呼应。202间豪华套房就深藏在这白帆与大海的图案背后。最小的房间170平方米，都是复式；每日房费在1500美金以上，最高的20000美金一晚，据说是全世界最豪华的酒店。G层楼面是酒店接待客人的主楼层。电梯宽阔的门楣等等都由K金打造，金光闪闪。通往自助餐厅的过道采用现代灯光技术，上等的质材变幻出如梦的色彩。自助餐有中式、日式、东南亚、西式。我们由于来得迟，配菜似乎有点跟不上。王老师、覃老师起来得迟，没在酒店用早餐，本准备在帆船酒店大快朵颐，饕餮一顿，现在看来有点失望。好在日式料理的虾仁、三文鱼等等还跟得上客人风卷残云的步伐。在这里发现了几天来一直没喝到的米粥，我忍不住喝了一小碗。为我们提供服务的有肥硕的黑人女子，也有清秀的中国姑娘。其实在这里重要的不是吃什么，而是用餐环境及过程本身。你看，在世界顶级酒店，一边品尝着美食，一边透过落地窗观赏波斯湾，岂不是人生中值得浓墨重彩记下的一笔？

用完餐后我们分散出门，围绕着酒店四周散步观赏、拍照留念。阳光明媚，空气纯净。葱绿的高耸天际的椰枣树，褐黄色的可以小憩的防波石堤，洁白得一尘不染的临海水榭，蔚蓝的伸向远方的海平面，恍若人间天国。景美人亦美。给小孙拍照，深感美丽属于年轻，年轻是一种美丽。气温有点高，小孙所带的毛领披肩派不上用场。因她是拍照的主角，我替她拿着。因毕竟不属于我，所以在如厕后竟忘了带出来。终于在集合离店前，小孙发现披肩不见了。于是我们返回去找。幸好有酒店工作人员拾到后，送到失物招领处，披肩失而复得。

下午的自费项目是沙漠冲沙，80美金，含节目表演和风味晚餐。要求女性穿长裤，因为含骑骆驼的安排。午后三点，司机来酒店接我们。这是一位中等个儿的阿拉伯青年男子。穿着青色阿拉伯长衫，戴着运动帽，标志性的络腮胡子刚刚修剪过。开的是一辆日本产丰田越野车，可载六人。我们一行五人加上周领队，正好一车。上车后他用英语有一番介绍。覃老师又一次发挥了她的语言才能，担任我们之间沟通的翻译。四十分钟的车程，当中有一次休息。小孙买了一包薯片、一个冰淇淋。她将走到哪儿、吃到哪儿视为旅游过程的一部分。这既体现着她对旅游的独特理解，也透露着童心未泯的纯真孩子气。这次休息是进入沙漠冲浪前的准备。车胎放气以增加抓沙的咬合力，游客方便一下以免冲沙时想如厕。

车辆重新启动不久，便来到了一片荒芜不平的沙漠区。那里已有许多越野车在等候。一声令下，几十辆丰田越野车相继出发，向一望无际的沙漠深处驶去。车辆在起伏陡峭的红色沙丘间蛇形穿越，一会加速冲顶，一会又下坠漂移。有时仰角或俯角超过45度，但车辆危而不覆，倾而不倒，我们禁不住发出阵阵尖叫。倾斜漂移时，车轮溅起道道沙尘。我们不仅赞叹迪拜司机的驾车技术，也佩服日本车的过硬品质。在迪拜，日本产品是很受欢迎的。导游曾介绍说，迪拜的高铁都由日本建造。当时中国也参与竞标。中国走的是低价路线，日本走的是豪华路线。迪拜不差钱，它要的是好，而不是便宜或实惠。结果不言而喻。穿梭在茫茫大漠中，我还为沙漠冲沙这个创意拍手叫绝。中国也有不少沙漠，但从未听说有此娱乐项目。而在迪拜、阿联酋乃至整个阿拉伯地区，沙漠冲沙最受欢迎的民间趣味运动之一。这是化废为宝的神来之笔。

约半小时后，车辆在沙漠的脊梁处停泊，让游客下来与沙漠嬉戏。残阳如血。在橙红的斜阳中，我们脱去鞋袜，光脚感受沙漠的绵软。风儿轻轻吹拂。小孙薄如蝉翼的连衣裙随风飘起。王老师身着镶花牛仔服，覃老师戴着墨镜穿着无袖衫，在沙漠上欢乐奔跑。老金兴奋时，便习惯性地摆出一个“大”字，远远看去，恰成一个顶天立地的人。狂欢之后，我和小孙突然发现沙漠上躺着一群鸡蛋大小的圆瓜。瓜的下面裸露着枯黄的藤蔓，正是这些扎根在沙漠中的藤蔓，维系着瓜果的生长和存活。环顾左右，这样的小瓜群随处可见。这太令人无法理解了，也太神奇了。我用手捏开一个，里面是充满水分和黑色瓜子的瓜瓤。瞧瓜皮的花纹像西瓜，我觉得这好像是袖珍西瓜，忍不住用舌头舔了一下。没想到极苦，本能地立即吐掉，但怎么吐也吐不掉苦味。小孙大笑，说没想到老师这么有童心。将这段故事说与他人，其他几位都笑开了怀，大有幸灾乐祸的味道。上车后我让覃老师问迪拜司机这瓜有没有毒。他说没关系，沙漠中行走的骆驼就以它为食。

然后司机把我们送到沙漠中一个围着栅栏的大本营。晚上的活动就在这里举行。赶在太阳下山前，我们参加骑骆驼的娱乐项目。骆驼的腿特长。骑骆驼的惊险和刺激集中在骆驼立起来或坐下去时骑驼人前倾后仰的狼狈中。虽是打包在一起的免费项目，但迪拜人包藏匠心。在我们骑上骆驼迈步的一刹那，一位阿拉伯男子微笑着给我们拍照。当时我还不明就里，谁知晚间就餐时，一位女子竟然在漆黑中从人丛中找到我们，一张照片居然要了15美金。

进入大本营，可以免费吃小吃，喝饮料，也可以免费穿戴阿拉伯男子的白色长袍、头巾和女子的黑色长袍、头巾，扮演一回阿拉伯男子或女子的形象。充满好奇心的小孙自然不放过这个机会，好奇心未泯的王老师也勇敢地以身试形。但这照片只能永久封存在手机里，因为在国内，此类伊斯兰教徒的形象是不允许传播的。

6点半前后，排队供应自助晚餐。虽说是当地风味餐，但很土著、原始，下咽很难。我勉强吃了几口便搁下，权当今晚节食减肥。

7点左右，正式演出开始。游客可以边吃边看。两男两女穿着民族服装，在太阳灯的照耀下登上中央露天舞台，表演阿拉伯风情的舞蹈。舞台的四周，来自世界各地的游客围着低矮的条台席地而坐，像放光芒似的向360度方向放射。节目演了几个，尽管服装不同，但看得出只是四个演员轮番上场。虽然跳得卖力，演完也尽情吆喝，但舞台大，演员少，终究形不成热闹的气氛。开始的几个节目都是前奏，为的是铺垫广告上说的肚皮舞出场。肚皮舞仍然是四人中的一个女演员表演。衣着比较暴露，跳得比较奔放，有时撩人地抖动着高耸的胸部。这显然是为了迎合观众的需要，不过我却感到有点低俗，同时也感到困惑：伊斯兰文化对女性的着装非常保守，这位女子在走下舞台后平时如何安然生活？接着上来一位缠着高高的头巾、穿着厚厚的喇叭裙的男演员，表演的是旋转舞。我曾经在土耳其旅游时看过旋转舞，这看来是阿拉伯人的绝活。舞者在舞台上不停地快速旋转，清醒地做出各种舞蹈动作，将喇叭裙拆解分层，旋转成各种造型，从腰间或喇叭裙中变幻出彩旗或魔术棒，制造出令人意外的惊喜。正当惊叹之际，灯光熄灭，舞者开动服饰中的机关，只见全身上下的荧光条在高速旋转。灯光再启时，舞者戛然而止，纹丝不动，神定气闲，令人喝彩不已。压轴节目是火把舞。一个肤色黝黑的阿拉伯小伙赤膊着上身，扭曲着臂膀，将各式燃烧的火把贴着自己的胸前背后自由舞动，将令人眼花缭乱的动态图画谱绘在黑色的大漠上空。最后，小伙连连口吐莲花般的火焰，将火把舞推向高潮。

散场前，知我喜好的小孙悄悄为我买来一包爆米花让我充饥，令我好生感动。

还是接我们来的那位司机、那辆车送我们回去。车上，大家欢声笑语，兴奋不已。虽然晚餐差了点，演员少了点，但沙漠冲沙给了我们从未有过的刺激体验，沙漠中骑骆驼、旋转舞、火把舞等则属于锦上添花。总体来说，下午的自费活动不虚此行，值！而正是下午的这个自费活动，王老师、老金本来是不想参加的。车上，我调侃说：鉴于王梅芳老师深明大义，能够及时做金老师思想工作，保证了我们一行五人步调一致，特授“顾全大局奖”。鉴于金老师能够接受建议，及时回心转意，特授“悬崖勒马奖”。覃老师是跟着王院长走的，在与司机及当地人的沟通中发挥了重要作用，特授“对外交流奖”。小孙一路买一路吃，温婉且萌，她的加盟不仅拉低了我们五人团队的平均年龄，而且给我们团队增加了年轻的活力，特授“超级可爱奖”。

回到酒店时，已是夜间十点。

沙迦的鱼市场菜市场与迪拜贸疯狂购物

先声夺人、层层加码、惊喜连连，前面三日的游程收获多重震撼，可谓高潮迭起，第四日的游程有点强弩之末的味道，但也不失曲终奏雅之乐。

这一天的活动主题是沙迦与购物。

旭日东升时分，来到帆船酒店身后的茱美拉海滩，倾听海浪的呢喃，领略阳光沙滩的浪漫，远眺帆船酒店背光的剪影。小孙在路边的小店要了一只椰子吮吸，倒也合适地点缀了这沙滩大海的意境。

作为前日未完成的项目的补偿，敬业的导游安排我们重新来到迪拜运河码头，乘上享有“水上的士”小木船在河面上游弋，感受似曾相识的威尼斯水城的风情。

然后驱车进入阿联酋第三大酋长国沙迦。导游说，沙迦靠近迪拜，但房价、房租低很多，所以很多外籍人士在迪拜上班，在沙迦购房居住。他们家做生意的仓库也在沙迦。驶过摩天楼与居民区，车停泊在文化广场附近。广场中央是沙迦统治纪念碑，北侧是半圆形金顶金光闪耀的酋长皇宫，两侧是考古博物馆与费萨尔国王清真寺。驶过阿支曼海滨，来到火车头黄金手工艺品市场。王老师买了多只由点状的朱、蓝彩釉饰面的餐盘和一尊伊朗风格的高脚花瓶，准备带回去进一步装点她的豪宅。小孙买了一套大红色镶金酒杯酒壶、一个花瓶、几块围巾、两枚镀金首饰。因为总价在可控范围内，竟也不还价。她觉得为小钱还价有点累。

然后参观沙迦鱼市场和相邻的菜市场，了解当地人的生活状况。市场里有各种海鱼，也有熟悉的梭子蟹和海虾。一问价格，很大的虾，一斤折合人民币 45 元，跟国内相差无几。在菜市场问了土豆和洋葱的价格。土豆一斤 3 元人民币，洋葱一斤 1 元人民币，也与国内差不多。但是当地人的收入则是中国人的好多倍，所以阿联酋人很富有。

我们这个团是纯玩团，不强迫购物。但人是很奇怪的。你强迫购物，他要投诉；你不让购物，他又要叫唤。比如我们五人中的王老师老早就嚷着要购物。小孙虽然不响，但也做足了功课、铆足了劲，准备在迪拜贸大买一场。同行的其他成员不少也有备而来。午餐后两点，导游将全团人员送到中东最大的购物广场 DUBAI MALL，留出四个半小时给游客购物。我们兵分两路，我继续陪着小孙，为她购物提供拎包的后勤保障。商场约有 50 个足球场大，分布着 1200 多家商店及世界各国的名品店。尽管有中东最大的室内水族馆、最大的室内瀑布，也有世界最高的音乐喷泉，喷出的水柱比 50 层楼还高，瞬间可变出 1000 多种造型，还可在此近观全球最高的大厦哈利法塔（楼高 828 米），但这些都没能分散小孙的注意力，留住小孙购物的脚步。小孙曾考了英语高级口译证书，语言交流没有障碍。虽然平常着装比较内敛，但处于这辈年轻人追求名牌消费的潮流中，她对于一二三线世界名品约几百个牌子的情况及其国内外差价其实了如指掌。她给自己设定的名品购买原则是：差价达到 50% 以上，果断买进，否则就坚决不买。她第一次出国，不仅要给父母买点合适的表示孝敬，而且要完成小姐妹托付的使命。迪拜贸的名品价格平时并不比上海便宜多少，但 1 月是迪拜打折促销的月份，我们来的时机恰好！于是偌大的商场，小孙如入无人之境，对爸爸的T恤衫、运动鞋，妈妈的手提包、化妆品，自己的皮靴等等实施精准打击，效率极高。当中还忙中偷闲，在一家著名的汉堡连锁店品尝了一份味道独特、据说最好的汉堡。食毕已是下午近6点。她决定将原来犹豫未决的一个手包买回来。巧的是半路上遇到王老师和覃老师。一问究竟，原来金先生因为年事已高，跑不动，已到一旁休歇去了。而覃老师陪着王老师购物，但王老师一直没找到合适的那款鞋。恰好小孙刚刚买了一双高筒皮靴，小孙说是名牌，在上海置地广场打折的时候最少也得花1000块左右，而在这里只卖了300多块人民币。王老师表示立即去买，但集合的时间临近了。为了确保王老师能迅速找到这家店，我请小孙为王老师引路，居然一下子就找到了。更让我称奇的是完成领路任务后，小孙仍没有走弯路，而是凭借其出色的记忆力，直接找到三小时前问询的名包店，取包付账。她告诉我，这款包在国内的售价是5000多元，而这里是2500。集合时间快到了，小孙带着我和周领队穿过地下车库，回到路面大桥下的中巴车上。

于是小孙成了大家心目中的购物达人，不少年长者向她咨询。返程飞机上，走遍世界的周领队一面翻阅飞机上的香水广告，一面向小孙询问价格是否合算。转机香港途中，在香港免税店短暂的停留时间里，小孙以火中取栗的气概，对迪拜贸没买成的名品发起又一波精准打击，圆满完成了小姐妹们交代的代购任务。

在迪拜贸里也看到阿拉伯女性在选购物品。她们穿着黑袍，裹着黑色头巾。本来以为色彩、时尚与她们无缘，因为在公共场合，她们永远只需要一种颜色、一种服装。事实上她们也买有色彩的、时尚的服装和奢侈品。不过导游提醒说，阿拉伯女性穿这些服装时只能给一个人看，那就是她的丈夫。所以，在公共场合人们穿着色彩单一的阿拉伯世界，时尚名品的销售并不受影响。

这是一次愉快而和谐的旅行。

这是一个能够互补的自由组合。

覃老师，牛仔装束，外语极棒，对外交流一把好手，王老师购物的忠实伙伴；

王老师，时尚学者，乐观爽朗，对生活充满爱，对购物永远充满热情，这种热情常常感染了大家；

小孙，温婉且萌，但秀外敏中，是购物达人，对各种奢侈品的价格状况如数家珍，进入陌生商场所向披靡，购买商品果断自信，常令人效仿跟进，最后成为团队购物咨询师；

金先生，奔放的画家，敏感的诗人，常常爆发出自由的欢笑，总是倾吐着不羁的感受；

本人，本次活动的发起人和协调者，出游的用心不在购物，而在看，即用一双纯净的眼睛一颗无染的心灵去感受异国他乡的人文与地理特色，一方面在集合守时、协调行动时维护着整体形象，另一方面又扮演着欣赏购物并为他人购物拎包的角色，乐此不疲。

六、《迪拜，我们来了》

浦东出发
香港转机
飞行九个多小时
夜色中降落波斯湾
在温暖的冬季
迪拜
我们来了

一

迪拜
建在沙漠上的
享誉世界的现代化大都市
我们慕名已久
想念太久
来后方知
你太高调
原以为你富得流油
其实你地下的石油
十年就已采光
原以为在阿联酋
迪拜最牛
其实无论面积还是石油

你只是阿布扎比的小弟弟
阿联酋不算大
但在七个联合酋长国中
阿布扎比是最大的
石油储藏也是最多的
其余六个酋长国加起来的总和
都抵不上阿布扎比一个零头
在阿联酋
阿布扎比才是绝对的老大

这是波斯湾南岸
200 多个岛屿
组成的苍茫大漠
高温干旱
虽朝大海
却无淡水
一年降雨不足 20 厘米
便是人畜饮水的全部依赖
除了个别树种
寸草不生
这里最适合生存的动物是骆驼
而依靠树叶和海鱼为生的人
原来的平均寿命
只有 30 多岁
于是地广人稀
成为这个地区的先天宿命

都以为这是一块

可以任意抛弃的废地
石油在地下和海底
沉睡了不知多少年
1958 年
才被英国人发现
1962 年
才被西方人开采
1971 年
以阿布扎比为首都的阿联酋
才正式宣告独立
从此，石油才逐渐成为阿布扎比
也是阿联酋的支柱产业
每天
黑色的原油从阿布扎比
源源不断地输出
真金白银从国外
源源不断地向阿联酋输入

阿布扎比富了
它用比油还贵的淡化海水
长出了花草、树木、庄稼
打造出宜居城市、人间乐园
王公贵族告别了原来
用椰树和棕榈树叶搭建的茅棚
住进了逶迤连绵、金碧辉煌的宫殿
年薪不足 50 万元人民币的民众
即属政府扶贫对象
寻常百姓购买金器

如同日常用品
不是用精致的首饰盒
而是用囊橐一样的布袋
这一切得感谢真主的保佑
于是阿布扎比王室动用巨资
打造出阿联酋最大最奢华的
谢赫扎耶德大清真寺

阿布扎比的暴富
风驰电掣
发展得太快
堪比法拉利一级方程式赛车
不断超道行驶
把前面的车辆甩在身后

不要以为阿布扎比的富有
只是自然的恩赐

委内瑞拉拥有世界第一的石油储藏
现在却是一沓钞票
都买不了一摞手纸
能把自然的资源
变现成国家和民众的财富
阿布扎比有值得参观、学习的大智慧

于是第一天安排到阿布扎比
从民俗村
到八星级酋长皇宫
感受几十年间
生活的巨变
从火红标志的法拉利主题公园
到洁白无暇的扎耶德清真寺
领略经济的高速发展
与宗教的力量

二

因油致富
固属不易
无油而富
更当喝彩
迪拜
就是这样一座城市
它位于阿联酋东北门户
一半是苦涩的海水
一半是火焰般的沙漠
虽然没有阿布扎比的石油
却有阿布扎比没有的地理优势
它是进入波斯湾的咽喉与要冲
也是驶出波斯湾的入海口
于是迪拜成为世界级的通商口岸
全国 70% 以上的贸易额都由这里创造
于是迪拜成为国际性的金融中心
一座座金融摩天楼拔地而起
于是迪拜成为世界级的旅游目的地
创造了无数个吸人眼球的
世界之最
或中东第一
这里有世界上最大的人造岛
棕榈岛
这里有世界上最豪华的酒店
帆船酒店
和亚迪兰蒂斯
这里有全球最大的水雾激光映射

节日城水幕秀
这里有全球最高的大厦
哈利法塔
这里有中东最大的购物广场
迪拜贸
迪拜贸里有
中东最大的室内水族馆
最大的室内瀑布，
也有世界最高的音乐喷泉
喷出的水柱比50层楼还高

在迪拜
我们曾登上高耸入云的
“迪拜之窗”
俯视脚下的迪拜市容

和南北的新老城区
我们曾乘坐“水上的士”
越过迪拜运河
去感受对岸
允许自由贸易的“黄金市场”
我们曾花 155 美元
到帆船酒店吃了一顿
最贵的自助早餐
为的是亲眼领略一番
顶级酒店的独特魅力

我们也曾漫步阳光沙滩
倾听波斯湾浪花的呢喃
触摸椰枣树的奔放与浪漫
我们曾走进茱美拉市场
体验阿拉伯古老的生活风情

和市场后门运河酒店
露天的食府
临水的舢板
及水面的拱桥
我们也曾跟随丰田越野车
在起伏不平、险峻陡峭的沙丘上
做蛇形穿越
一会儿加速冲顶
一会儿下坠漂移
领略阿拉伯地区最受欢迎的
民间运动的趣味

这是一座穆斯林之城
15% 的本地人都信奉伊斯兰教
白袍和黑袍
将当地男女划分成
阴阳悬殊的两个世界
这是一座包容之城

来自全球200多个国家和地区的外籍人士
在这里相安无事地
共同生活
这是一座时尚之都
各种奢侈名牌应有尽有
像香港一样免税销售
满足着迪拜各种人群的消费需要
吸引着世界游客趋之若鹜
这是一座智慧之城
埋头发展经济、改善民生
整个阿联酋
从不在国际政治舞台上发声
当海湾地区的上空战云密布
迪拜一直晴空万里
这是一座有理由高调的城市
短短五十年内
硬是在荒漠中创造了绿洲
在炎热中创造了清凉
在贫瘠中创造了财富
在原始中创造了文明
在传统中创造了现代
在保守中创造了时尚
在极端中创造了宽容
在爆炸中创造了平安
在荒凉中创造了美丽
在不可能中创造了可能
迪拜
我们没有白来

代尾声　为中学同学四十年后的相聚而咏

我是1975年刘庄中学毕业的高中生。2015年10月初，分别四十年后，中学同学举行了一次聚会。四十年的沧桑变化令人感慨万千，也让人领悟了许多人生真谛。我有感而发，为此写了一首诗，女同学中被人公认的女神翁恬敏以她富有磁性的声音在聚会上朗诵，引发共鸣。四十年的感慨与六十岁的领悟有相通之处。诗的最后一句“且行且珍重”既是对他人未来人生的祝福，也可借来自勉。权以此诗代做本书尾声。

分别四十年了
虽然我们在各自的人生轨道行走
但并没有把彼此相忘
当四十年后再次聚首
四十年前的幕幕情景一下子浮现眼前

那是一个激情燃烧的年代
每天，我们都挎着书包
登上串场河畔一座青苔斑驳的石拱桥
走进紫云山下一个叫刘庄中学的学府

在那里我们固然学了一些文化知识的皮毛
不过那时的学府更多的是一座革命大熔炉

我们不断在大批判、小评论的烈火中淬炼
我们经常奔赴农机站、水利工地、养猪场
学工、学农、学兽医，开门办学接受再教育

忘不了翁寿林、徐同林——
那是很有水平、我们很尊重的校长
忘不了姚玉华、朱春生、颜绍辉——
那是我们三个班各具个性魅力的班主任
忘不了卢育正、李玉秀和顾广宠、陈志远……
那是本地原有与苏南下放的优秀教师的代表
忘不了一张张青春亮丽的脸庞
多少次我们春心萌动口难开
四十年过去了
与时代的天翻地覆同步
我们每个人的人生都发生了巨大变化
当年家庭出身不好的子女
早已摘去了矮人一等的帽子
当年随父母下放的苏南同学
早已燕雀南飞重归故里
当年如长江天堑的苏南苏北鸿沟
早已被改革开放的成果填平
当年土生土长的刘庄同学
如今已分布在全国各地创业
当年被人轻视的农村户口
如今变成了令人羡慕的香饽饽
当年容光焕发的少男少女
如今变成了安享家庭美满的爷爷奶奶

四十年是个魔术师
它使我们的人生发生了意想不到的变化
四十年是个收获季
它给我们的家庭和事业带来了金秋的硕果
四十年是个人生坎
我们要抓住这个机会互道一声问候
人生能有几个四十年
祝福各位未来的人生且行且珍重